Jan Moran

Sterne über dem Comer See

Roman

Aus dem Amerikanischen
von Stefanie Retterbush

GOLDMANN

Die amerikanische Originalausgabe erschien 2021 unter dem Titel
»Hepburn's Necklace« bei Sunny Palms Press, Beverly Hills.

Sollte diese Publikation Links auf Webseiten Dritter enthalten,
so übernehmen wir für deren Inhalte keine Haftung, da wir uns
diese nicht zu eigen machen, sondern lediglich auf deren Stand
zum Zeitpunkt der Erstveröffentlichung verweisen.

Dieses Buch ist auch als E-Book erhältlich.

Penguin Random House Verlagsgruppe FSC® N001967

1. Auflage
Deutsche Erstveröffentlichung Mai 2021
Copyright © der Originalausgabe 2021 by Jan Moran
Published by Arrangement with Jan Moran
Copyright © der deutschsprachigen Ausgabe 2021
by Wilhelm Goldmann Verlag, München,
in der Penguin Random House Verlagsgruppe GmbH,
Neumarkter Str. 28, 81673 München
Dieses Werk wurde vermittelt durch die
Literarische Agentur Thomas Schlück GmbH, 30161 Hannover
Umschlaggestaltung: UNO Werbeagentur, München
Umschlagmotive: FinePic®, München
Redaktion: Waltraud Horbas
KS · Herstellung: kw
Satz: KompetenzCenter, Mönchengladbach
Druck und Bindung: GGP Media GmbH, Pößneck
Printed in Germany
ISBN: 978-3-442-49173-5
www.goldmann-verlag.de

Besuchen Sie den Goldmann Verlag im Netz

PROLOG
Comer See, März 2010

Ruby trat so nahe an den felsigen Abgrund, wie sie es nur wagte, und eine stille Freude erfüllte sie beim Anblick des schimmernden tiefblauen Wassers weit unten in dem von Grün umwachsenen Fjord. Schaute man nach Norden, wo die Grenze zwischen Italien und der Schweiz lag, sah man schneebedeckte Gipfel in den Himmel ragen. Auf beiden Seiten des Sees scharten sich sattgrüne Palmen, Tannen und Maulbeerbäume um kleine Dörfchen, die sich an den Fuß der steilen Felswände schmiegten, umgeben von einem Meer aus gelben Narzissen und lila Krokussen.

Ruby reckte das Kinn in die *Breva*, den nachmittäglichen Wind, der über den Comer See wehte, und fuhr sich mit der Hand durch die langen dunkelroten Haare. Ihre Friseurin war zwar eine echte Zauberin und traf ihre natürliche Haarfarbe immer sehr genau, aber die wallende, glänzende Mähne von früher, der sie auch ihren Spitznamen zu verdanken hatte, war das schon lange nicht mehr.

Als kleines Mädchen hatte sie so leuchtend rubinrot

schimmernde Haare gehabt, dass ihre Mutter sie immer nur Ruby nannte. Ein liebevoller Kosename, der sie ihr ganzes Leben lang begleiten sollte; Lucille Eunice war aber auch einfach zu umständlich zu rufen. Später dann hatte Ruby den Mädchennamen ihrer Mutter als Künstlernamen angenommen: Raines. Sie fand, das klang mondän und extravagant. Nicht wie der Familienname ihres Vaters, Smith, den ihr Agent viel zu gewöhnlich für eine aufstrebende Filmschauspielerin fand.

Während die kleine, private Reisegruppe aus pensionierten Filmveteranen hinter ihr munter weiterplapperte, verlor sie sich in ihren Erinnerungen. Sie dachte daran, wie es sich angefühlt hatte, als Niccolò die Arme um sie gelegt hatte, damals, genau hier, just an dieser Stelle in Bellagio. Mit starken Händen hatte er ihre schmale Taille umfasst. Bei der Erinnerung daran wurde sie von einem zarten, köstlichen Gefühl erfüllt. Ihre Liebe zu ihm war nie erloschen, noch nicht einmal verblasst.

Eine Liebe wie diese, das wünschte sich Ruby von ganzem Herzen auch für ihre Nichte Ariana. Und fürchtete doch, Ariana könnte die Gelegenheit dazu einfach verstreichen lassen.

Niccolò. Liebster. Im Sommer 1952 hatten sie sich kennengelernt, am Filmset von *Ein Herz und eine Krone*, der ihr bis heute der Liebste von all ihren vielen Filmen war. Sie konnte nie genug bekommen von der Geschichte der eigensinnigen, entlaufenen Prinzessin, die aus ihrem goldenen Käfig ausbricht, um ein paar verzauberte Tage in Rom zu verbringen, und dabei zum ersten Mal die wahre Liebe erlebt. Mit diesem Film war Audrey Hepburn über Nacht zum Weltstar geworden, und in gewisser Weise hatte er auch Rubys Filmkarriere überhaupt erst ins Rollen gebracht.

Sie legte die Hand an die kleine Kuhle am Hals und strich nachdenklich über den abgegriffenen silbernen Anhänger, den Audrey ihr damals geschenkt hatte. Ihre Großzügigkeit hatte Ruby sehr gerührt, aber nicht nur deshalb hing sie an dem Schmuckstück.

Dieser Sommer war für immer in ihren Gedanken, wie eine Filmspule in ihrem Kopf – und doch so ganz anders als die Version, die immer im Kino lief.

Es war im Juni 1952 ...
In einem weit schwingenden himmelblauen Rock mit frisch gestärkter schneeweißer Bluse und einem flott geknoteten Tüchlein um den Hals – mit besten Grüßen vom Chef der Kostümabteilung – saß Ruby auf der Spanischen Treppe in Rom und streckte die langen Beine aus. Hinter ihr, oberhalb der Steintreppe, ragte das imposante Hassler auf – das Grandhotel, in dem Audrey Hepburn, Gregory Peck und Eddie Albert abgestiegen waren.

In der Sommerhitze hatte Ruby die Ärmel ihrer Bluse weit nach oben gekrempelt, wie der Garderobier sie angewiesen hatte, und versuchte, sich auf das Skript in ihrem Schoß zu konzentrieren. Sie musste noch den Text für ihre kleine Szene auswendig lernen.

Ruby legte die Hand auf den Bauch. Ihr Magen

schien sich so fest verschlungen zu haben wie die Bulin-Knoten, die ihr Vater ihr zu Hause auf der Ranch in Texas beigebracht hatte. Da war sie nun und lebte das Leben, das sie sich immer erträumt hatte. *Eine richtige Rolle mit Text, in einem Film! In Italien!* Sie konnte ihr Glück kaum fassen. Dieses unbeschreibliche Abenteuer hatte Ruby allein ihrer Mutter zu verdanken.

Gleich unterhalb der Stufen auf der Piazza beriet sich Mr Wyler gerade mit seinem Regieassistenten. Miss Hepburn und Mr Peck nutzten die Drehpause zur Entspannung, während die Maske ihre Frisuren richtete und das Make-up auffrischte. Kameramänner und Beleuchter überprüften Geräte und Beleuchtung. Von oben beugten sich Menschen über die Geländer und gafften, während sich der Rauch ihrer Zigaretten in der warmen Luft kräuselte. Das lebhafte Geplauder würde schnell wieder verstummen, wenn erst wieder gefilmt wurde.

Ein Schatten fiel auf ihren Text.

»*Buongiorno, Signorina.*«

Ruby schirmte die Augen mit einer Hand ab und schaute auf, geradewegs in die unglaublichsten blauen Augen, die sie je gesehen hatte, gerahmt von dichten, dunklen Wimpern und betont von markanten Augenbrauen. Hohe Wangenknochen, glänzend schwarze, gelockte Haare, die ein ausdrucksstarkes Gesicht rahmten ... Ruby fand, es musste der wohl attraktivste Mann sein, der ihr je über den Weg gelaufen war.

»Hi«, krächzte sie. Ihr Hals war wie zugeschnürt.

»*Americana?*«

»Ich komme aus Texas. Wir waren mal eine Republik. Zehn Jahre lang.« Stumm schalt sie sich: *Was rede ich denn da?* Schon seit ihrer Ankunft in Rom war sie verschreckt wie ein nervöses Kaninchen.

Ein Lächeln spielte um die vollen Lippen des jungen Mannes. »Ich bin Niccolò. Darf ich mich zu Ihnen setzen? Wir könnten zusammen unseren Text durchgehen«, fügte er hinzu und schlug sein Skript auf.

»Ruby. Erfreut, Sie kennenzulernen.« Seine Stimme klang so melodisch, dass ihr ganz anders wurde. »Wo haben Sie denn so gut Englisch gelernt?«, fragte sie.

»Ein bisschen von meinen Eltern, aber das meiste aus dem Kino. Amerikanische Filme, englische Filme. Ich finde es unglaublich, diesen Leinwandzauber, der einen so in seinen Bann zieht. Ich wollte immer schon schauspielern – und schreiben. Solange ich denken kann. Vielleicht haben wir da eine Gemeinsamkeit.« Er berührte beim Sprechen ganz leicht ihre Schulter. »Und nun sind wir hier, mittendrin, und helfen mit, die Menschen zu verzaubern.«

Ruby nickte und brachte kaum ein Wort heraus. Was dieser Niccolò da sagte, empfand sie genauso. Es war, als spräche er ihr aus der Seele. »Ja, da haben wir wohl etwas gemeinsam.«

Ruby blinzelte in die leichte Brise. Dieser Sommer hatte ihr ganzes Leben auf den Kopf gestellt. War das wirklich schon so lange her? Die Jahre vergingen wie im Flug. In nächster Zeit hatte sie einige dringende, unaufschiebbare Angelegenheiten zu erledigen – vor denen sie sich schon seit Langem drückte.

Der junge italienische Fremdenführer legte ihr sachte eine Hand auf den Arm. »Signora Raines«, sagte er mit sanfter, respektvoller Stimme, und sein linkes Auge zuckte dabei ganz leicht. »Sie sind extrem dicht am Abgrund. Würden Sie bitte einen Schritt zurücktreten? Wir würden Sie nur ungern verlieren.«

»Ich habe mein ganzes Leben lang in Extremen gelebt, Matteo. Und das hier wäre doch ein atemberaubend schöner Ort zum Sterben, nicht?« Doch als Ruby merkte, wie nervös der junge Mann war, trat sie brav einen Schritt zurück, und ihre elfenbeinweiße seidene Marlenehose flatterte im Wind. »Aber nicht heute, versprochen.«

Matteo war sichtlich erleichtert. Ließe er einen weltberühmten amerikanischen Filmstar in den Abgrund stürzen, würde er sich wohl einen neuen Job suchen müssen. Aber was für eine furiose, dramatische Schlagzeile das gäbe! *Star am Abgrund: Ruby Raines stürzt sich von Alpengipfel.*

Wobei das, worauf sie gerade standen, eigentlich mehr ein lombardischer Hügel war. Reizend, aber nicht halb so spektakulär.

Ihr Fremdenführer wandte sich wieder an die kleine Reisegruppe. »Wenn der Comer See Ihnen irgendwie bekannt vorkommt, könnte das an Filmen wie *Casino Royale* und *Ocean's Twelve* liegen, die zum Teil hier gedreht wurden.«

Ruby klopfte mit ihrem eigens angefertigten Gehstock – ein reich verziertes Ding, aus duftendem Zedernholz gefertigt, mit einem rubinäugigen silbernen Adler als Handgriff, das sie bei einem Heimatbesuch in Texas in Auftrag gegeben hatte – energisch auf den Boden. Die Presse hatte sie früher gerne als »feurige Texanerin« bezeichnet und sie mit Maureen O'Hara und Katharine Hepburn verglichen. Damals hatte sie gerade ihren ersten Western gedreht, *Tagebuch einer Pionierin*, an der Seite eines bekannten Cowboy-Film-Helden.

Der Kerl war so zudringlich gewesen, dass sie die vom Drehbuch vorgegebenen Ohrfeigen sehr genossen hatte. Er hatte sich jede einzelne davon redlich verdient, aber auch die hatten ihm das selbstzufriedene Grinsen nicht aus dem Gesicht wischen können. Nicht einmal, als sie rund um den Globus für ihre Rolle Auszeichnungen als Beste Darstellerin gewonnen hatte. Diese Genugtuung war ihr immerhin geblieben.

Entschieden schüttelte Ruby die Erinnerungen an damals ab und stemmte ihren Gehstock gegen einen Felsvorsprung. *Wobei Spazierstock irgendwie eleganter klingt*. Auch wenn es nicht ganz stimmte ... Und das alles nur wegen eines ungeschickten Schrittes von der Bordsteinkante, zu Hause in Palm Springs, bei dem sie sich den Knöchel verstaucht hatte.

Wirklich, sie war doch noch nicht so alt und tatterig, dass sie einen Krückstock brauchte.

Doch Ariana hatte darauf bestanden, dass sie ihn mitnahm. »Als kleine Hilfe, damit du das Gleichgewicht besser halten kannst, Tante Ruby.«

»Meinem Gleichgewicht geht es ausgezeichnet, herzlichen Dank«, hatte Ruby brüsk erwidert, auch wenn ihr insgeheim das Herz aufging, weil Ariana sich so rührend um sie kümmerte. Ihre entzückende Nichte mit den rotblonden Haaren hatte ein Herz aus Gold. Nur war sie leider oft viel zu nett.

Ruby setzte die Spitze ihres Gehstocks auf den steinigen Boden. *Hier, genau hier, haben Niccolò und ich gestanden und uns unsere gemeinsame Zukunft erträumt.* Träume, so groß wie das unendlich weite Himmelszelt über ihnen, gespannt zwischen schneebedeckten Berggipfeln.

Aber wir waren so jung, so naiv.

Schauspielerin zu werden war immer ihr Traum gewesen, schon seit sie ihren allerersten Film, *Die Wildnis ruft*, in einem alten verstaubten Kino gesehen hatte. Über eine Stunde lang war ihre Mutter mit dem verrosteten Pick-up, den sie auf der Ranch hatten, über holperige Straßen gerumpelt. Sie hatten sogar ihren Sonntagsstaat getragen. Ihre Mutter hatte ihr eigens ein neues rot kariertes Vichykleid mit blauen Paspeln genäht.

Vom ersten Flimmern auf der Leinwand an war Ruby der Zelluloidsaga rettungslos verfallen und stellte sich vor, selbst der kleine Junge aus dem Film zu sein. Jahre später hatte ihre Mutter ihrer Schwester Vivienne, die in Hollywood wohnte und zufällig einen Talentsucher kannte, aus einer Laune heraus ein paar Fotos von Ruby geschickt. Angefleht hatte ihre Mutter Rubys Vater, ihr dieses eine kleine Abenteuer zu gönnen, ehe sie heiratete und eine eigene Familie gründete. Und dann, ehe sie sich versah, hatte Ruby in einem Greyhound-Bus nach Hollywood gesessen.

Ruby schwankte ein wenig am Hang und richtete sich mithilfe ihres Gehstocks wieder auf. Die Vergangenheit erschien ihr oft präsenter als die Gegenwart. In letzter Zeit ertappte sie sich gelegentlich dabei, dass sie Unwichtiges vergaß. Einen Termin oder den Namen einer neuen Bekanntschaft. *Aber eigentlich gar nicht mal so übel für eine junggebliebene Dame gewissen Alters*, sagte sie sich. Nie würde sie zugeben, auch nur einen Tag älter zu sein als neunundsechzig, zumindest nicht vor der Presse. Sie fühlte sich nicht alt. Nur manchmal, wenn an regnerischen Tagen die Gelenke verräterisch knackten.

Aber an das, was damals in Italien passiert war, erinnerte Ruby sich noch ganz genau. In Gedanken schwelgte sie in zuckersüßen Erinnerungen und hob das Gesicht mit geschlossenen Augen genießerisch in die warmen Sonnenstrahlen. Gleich darauf zupfte sie jemand am Ärmel, und sie drehte sich um.

»*Scusi, Signora.*« Matteo stand schon wieder neben ihr.

Mit hochgezogenen Augenbrauen sah Ruby ihn an. »Ich kann Ihnen versichern, ich habe nicht vor, mich umzubringen. Weder jetzt noch in der nahen Zukunft.«

Ihr Fremdenführer lachte leise. »Ehrlich gesagt, wollte ich bloß mal einen Augenblick für mich allein sein. Manchmal vergisst man, wie wunderschön die eigene Heimat eigentlich ist.« Schweigend ließ er den

Blick über den windgepeitschten See schweifen, dann wandte er sich wieder zu ihr um. »Hat Rom Ihnen gefallen?«

Dort hatte ein anderer Fremdenführer die Gruppe begleitet. »Hat es. Ich habe ein wichtiges Kapitel meines Lebens in der Erinnerung noch einmal aufleben lassen können. Eine winzige Rolle, in meinem allerersten Film. Mit Audrey Hepburn und Gregory Peck. Aber Sie sind vermutlich zu jung, um ihn zu kennen.«

»*Vacanze Romane* oder *Ein Herz und eine Krone*, wie Sie wohl sagen würden.« Matteo grinste und schirmte die Augen mit einer Hand gegen die Sonne ab. »Der erfreut sich hier noch immer großer Beliebtheit. Das muss eine unbeschreibliche Zeit gewesen sein.«

Ruby lächelte. *Aber ganz anders, als du glaubst...* Sie schlang sich das smaragdgrüne Tuch, das im Wind flatterte, um den Hals und sagte: »War es. Das war der erste Hollywood-Film, der hier in Italien an Originalschauplätzen gedreht wurde. Es waren zauberhafte Wochen, ganz Rom schien vor Aufregung zu brummen wie ein Bienenstock. Und wir waren eine wunderbare Truppe, talentierte Schauspieler und ein tolles Team. Gregory Peck kannte natürlich jeder. Er war damals schon ein Superstar. Er hat auch in dem ersten Film mitgespielt, den ich je gesehen habe, *Die Wildnis ruft*.«

»Und wer hat Regie geführt?« Matteo nahm sie sachte am Ellbogen, um sie zu stützen.

»William Wyler – Willie nannten seine Freunde ihn, aber am Set war er Mr Wyler«, sagte Ruby. »Er ist das Risiko eingegangen, die Hauptrolle mit einer beinahe unbekannten Schauspielerin zu besetzen, die bis dahin nur in England gearbeitet hatte. *Ein Herz und eine Krone* war Audrey Hepburns großer Durchbruch. Mr Wyler hat gleich gewusst, dass sie das Zeug dazu hat, ein ganz großer Stern am Hollywood-Himmel zu werden.« Ruby hielt kurz inne. »Sie fehlt mir sehr. Ich habe sie am Set angehimmelt. Audrey war nicht nur eine begnadete Schauspielerin, sondern auch eine wunderbare, warmherzige junge Frau.«

Matteo lächelte, als er das hörte. »Wenn ich das anmerken darf, Sie scheinen mir viel zu jung, um in diesem Film mitgewirkt zu haben.«

»Jetzt schmeicheln Sie mir aber.« Ruby lachte. »Ich war gerade siebzehn, aber dieser Film hat mir den Weg zum Erfolg geebnet. Und als *Ein Herz und eine Krone* dann in die Kinos kam, bin ich nach Hause zu meiner Familie in Texas gefahren und habe ihn mir gemeinsam mit ihnen allen angeschaut.« Amüsiert schüttelte sie den Kopf. »In ein paar Szenen war ich als Statistin zu sehen. Sie können sich gar nicht vorstellen, wie frenetisch meine ganze Verwandtschaft gejohlt und gejubelt hat, sobald ich auch nur ganz kurz zu sehen war.«

Ihre Mutter war völlig aus dem Häuschen gewesen, aber ihrem Vater war es ganz und gar nicht recht, dass sie nun urplötzlich Schauspielerin sein sollte. Ihre Mutter Mercy hatte ihn wochenlang beschwatzen und umschmeicheln müssen, damit er Ruby ziehen ließ.

»Haben Sie in Rom auch einige der alten Drehorte des Films besichtigt?«, wollte Matteo wissen.

»Aber ja«, antwortete Ruby und hakte sich bei ihm

unter, um nicht das Gleichgewicht zu verlieren. »Wir haben den Palazzo Colonna besucht, diesen prunkvollen Adelspalast, wo die letzte Szene von *Ein Herz und eine Krone* gedreht wurde. Ich bin die Via Margutta entlanggeschlendert, ein schmales Kopfsteinpflastergässchen, wo sich die Künstlerateliers aneinanderreihen, und habe sogar die kleine Wohnung gefunden, in der Joe im Film gewohnt hat. Und dann habe ich in einem Café mit Blick auf das Castel Sant' Angelo und den Tiber gegessen. Vielleicht erinnern Sie sich an die Kulisse. Das war die Szene mit dem Handgemenge auf dem Kahn, in der Audrey dem Polizisten eins mit der Gitarre überzieht.«

»Sie müssen Spaß gehabt haben.«

Ruby lachte leise. »Es war eine lange, heiße Drehnacht. Ich war als Statistin in einer Szene dabei, als eine der Tänzerinnen. Wir waren alle todmüde, uns war heiß, und nachdem Audrey und die anderen Schauspieler am Ende der letzten Aufnahme ins Wasser gefallen waren, sind wir alle zu einem nächtlichen Bad im Tiber hinterhergesprungen. Ja, wir hatten Spaß.«

»Klingt mehr nach Sommerferien als nach Arbeit«, meinte Matteo und stimmte in ihr Lachen ein.

»Ja, das stimmt wohl.«

In Rom war Ruby auch heimlich von der Gruppe desertiert, um die kleine Pension zu suchen, in der sie damals während der Dreharbeiten gewohnt hatte. Davor angekommen war sie andächtig stehen geblieben und hatte hinaufgeschaut in den oberen Stock, zu dem sonnigen Zimmerchen, das damals ihres gewesen war.

Das Haus war längst renoviert, aber die schmale Treppe, auf der sie und Niccolò einander lachend nachgejagt waren, schien unverändert. Mit der Hand fuhr sie über den abgewetzten Lauf des Holzgeländers und konnte das helle, fröhliche Gelächter von damals beinahe hören.

Matteos Handy summte, aber er drückte den Anruf weg. »Ich würde gerne noch mehr von damals hören, aber das war unser Aufbruchsignal. Vielleicht möchten Sie heute beim Abendessen noch ein wenig mehr erzählen?«

»Liebend gerne«, erwiderte sie lächelnd.

»Es wird wohl einen Moment dauern, bis ich all meine Schäfchen beisammenhabe«, meinte Matteo.

»Dann warte ich so lange hier, wenn's recht ist.« Sie klopfte mit dem Gehstock auf die Erde. »Keine Sorge. Ich stehe mit beiden Füßen fest auf dem Boden.«

So sehr Ruby Rom auch liebte, der Höhepunkt ihrer Reise war ganz ohne Frage der Lago di Como – der Comer See – oder Lario, wie der lateinische Dichter *Vergilius* den beindruckenden y-förmigen See genannt hatte. Seine grandiose Schönheit hatte die Jahrhunderte unbeschadet überdauert.

Ruby glaubte die Schönheit dieser malerischen Gegend beinahe greifen zu können. Bellagio thronte auf der Spitze des *Triangolo Lariano*, des Lariano-Dreiecks. In ihrer Erinnerung funkelten die Lichter an den Hängen ringsum abends wie Diamanten im Mondlicht. Beiderseits umarmte der See den Ort mit seinen anmutigen Armen, während Pirole ihre Lieder trällerten.

Ruby hielt das Gesicht in den Wind, der über den See wehte und den Duft unzähliger Gärten mit sich brachte.

Ihr Blick schweifte über das Wasser, und sie sah Villen aus vergangenen Jahrhunderten, die sich ans Ufer schmiegten. Auf der einen Seite lag das Örtchen Tremezzo mit der entzückenden Villa Carlotta. Weiter südlich waren Cernobbio zu sehen und die unvergleichliche Villa d'Este. Aber ihren Blick zog es unwiderstehlich hinüber zum anderen Ufer, zur kleinen *comune* Varenna mit ihrer bescheidenen Kirche, deren hoch aufragender Glockenturm weithin erkennbar war.

So viele Erinnerungen.

Ruby rieb sich die Arme und wandte sich ab. Sie konnte nicht allzu lange hinschauen.

Gewiss musste eine Göttin auf den Comer See herabgelächelt haben, lange bevor Menschen seine atemberaubende Schönheit bewunderten. Eine Erinnerung schoss Ruby durch den Kopf, und sie musste daran denken, wie Niccolò den Lago di Como beschrieben hatte.

Die Kultur der Schönheit. La cultura del bello.

Ruby hatte ihr Herz vor langer Zeit an diesem See verloren. Danach hatte sie ihr Leben der Schauspielerei verschrieben. Theater, Film, Fernsehen. Ihr Künstleragent Joseph Applebaum hatte alles auf eine Karte gesetzt und dafür gesorgt, dass sie gleich im Anschluss mehrere Filme hintereinander drehen konnte. Neben ihren Filmrollen hatte Ruby mit ihrem Gesicht außerdem für Kosmetik- und Modelinien geworben und in einer sehr erfolgreichen Fernsehserie mitgespielt, und ganz nebenbei unzählige Preise und Auszeichnungen eingeheimst. Selbst ihre Parfumkampagne hatte ihr einen Clio Award eingebracht. Und noch heute stand sie gelegentlich vor der Kamera.

»Wenn Ariana das nur erleben könnte«, wisperte Ruby in die sanfte Brise. Ariana war eigentlich ihre Großnichte, aber Ruby nahm es damit nicht so genau, weil sie fand, dass sie das unnötig alt machte – und der schöne Schein war schließlich alles in ihrer Branche.

Als Kind hatte Ariana in Rubys Kleiderschränken gespielt und dabei ein ausgezeichnetes Auge für Mode und Kostümdetails entwickelt. Aber Arianas Mutter war strikt dagegen gewesen, dass ihre Tochter Modedesign studierte. Mari war eine taffe Frau, in deren Augen nur ein Abschluss in Naturwissenschaften, Wirtschaft oder Technik wirklich zählte.

Als Mari sich also standhaft geweigert hatte, Arianas Modestudium zu finanzieren, war Ruby ihrer Nichte beigesprungen und hatte Ariana, Maris Protesten zum Trotz, das Studium am Fashion Institute of Design and Merchandising in Los Angeles bezahlt, wo die junge Frau regelrecht aufgeblüht war.

Inzwischen arbeitete Ariana für ein Filmstudio und schuftete oft bis spät in die Nacht für einen Chef, der sie zum Dank beschimpfte und heruntermachte. Und ihr sogenannter Freund war auch nicht viel besser.

Es gab nichts, was Ruby nicht getan hätte für Ariana, ihr Herzenskind, das sie mehr liebte als ihr eigenes Leben. Könnte Ariana doch nur sehen und einsehen, wie talentiert sie wirklich war und wie bedingungslos sie geliebt wurde. Ruby konnte nicht anders, sie musste versuchen, Arianas Leben wieder auf den richtigen Weg zu bringen. Ihr letztes Geschenk für Ariana sollte ihr Lebensglück sein.

Doch wie nur?

Mit der Macht der Verzweiflung wünschte Ruby sich, sie könnte mit ihren Liebsten alles wieder in Ordnung bringen. Der Tod ihrer Schwester Patricia im vorigen Jahr – und der letzte Wille, den sie hinterlassen hatte – zwangen Ruby, lange Aufgeschobenes endlich anzugehen. Das war sie Mari schuldig – und ihrer süßen Ariana, die ihre alte Tante Ruby liebte, wie sie war, und nicht die Technicolor-Rollen, die sie auf der Leinwand spielte. Den größten Teil dieser heiklen, delikaten Angelegenheit hatte ihre Schwester Patricia Ruby überlassen.

Rubys Hand wanderte zu ihrem Hals, und sie musste an den Brief denken, den sie so oft gelesen hatte, dass sie ihn auswendig kannte wie einen einstudierten Rollentext.

Meine liebe Ruby,
wenn du das hier liest, ruhe ich längst in Frieden. Noch während ich dies niederschreibe, ringe ich mit meiner Diagnose, aber ich dachte mir, ich sollte wohl gewisse Vorkehrungen treffen, solange ich noch kann. Ich bin dir für immer dankbar für alle Entscheidungen, die du für mich wirst treffen müssen. Aber ich habe noch eine etwas persönlichere Bitte; eine Angele-

genheit, zu der ich mich einfach nicht durchringen kann. Ich habe einen Brief und einige persönliche Gegenstände in einem Bankschließfach hinterlegt. Es ist nur für Maris Augen bestimmt. Ich überlasse dir, Ruby, die Entscheidung, wie, wann und sogar ob du ihr den Schlüssel dazu aushändigen willst. Sei nicht zu hart mit ihr. Sie ist genauso ein Dickschädel wie du und hat dein weiches Herz.
Meine liebe Schwester, wir beide haben gemeinsam harte, herzzerreißende Zeiten durchgestanden. Ich bin dir aus tiefstem Herzen dankbar für alles, was du uns gegeben hast – nicht nur mir, sondern der ganzen Familie. Du bist auf ewig in meinem Herzen. Aber nun zu den Einzelheiten...

Matteo winkte Ruby. Wie eine kleine versprengte Schafherde strömte die Reisegruppe auf den Minibus zu. Zeit zu gehen. Sie warf sich das Tuch über die Schulter und marschierte mit großen Schritten zum Bus.

»Signora Raines, darf ich.« Matteo reichte ihr die Hand, um ihr hineinzuhelfen.

»*Grazie*, Matteo. Untadelige Manieren.« Und dann bedachte sie ihn mit einem strahlenden Lächeln, reichte ihm hoheitsvoll die Hand und raffte den Rock, streckte eins der langen Beine aus und bestieg den Bus wie eine königliche Karosse.

Matteo lächelte, und Ruby senkte den Blick und neigte den Kopf, wie Mr Wyler es ihr damals gezeigt hatte. Ein Auftritt wie eine Königin. Der berühmte

Regisseur war bekannt dafür gewesen, nicht allzu viele Worte zu machen, und umso mehr hatte sie jedes einzelne davon aufgesaugt. Meist waren seine Anweisungen ganz einfach. *Noch mal, noch mal.* Oder *diesmal noch besser.* Sie verehrte ihn, und im Laufe vieler Jahre waren sie enge Freunde geworden.

Matteo hielt ihre Hand und strahlte über das ganze Gesicht.

Ruby lächelte. Sie hatte es immer noch drauf.

Dann setzte Matteo sich ans Steuer, und sie fuhren los. Gedankenverloren schaute Ruby aus dem Fenster und erfreute sich an der vorbeiziehenden Szenerie. Oleander, Rosen und Bougainvilleas blühten in Hülle und Fülle. Auf einer schmalen Straße unweit des Sees hielt Matteo kurz den Wagen an. Versteckt hinter einer niedrigen Steinmauer, halb überwachsen von wild wucherndem Jasmin und einem Meer aus rosa Kletterrosen, lag eine Villa mit Tonziegeldach wie aus einer anderen Zeit. Den steinernen Torbogen zierten die gemeißelten Worte *Villa Fiori.*

Fiori. Blumen.

Die Blumenvilla. Gab es etwas Romantischeres?

Ihr Blick blieb an dem kleinen gelben Schild hängen, das an das Holztor genagelt war. *Vendesi.* Darunter war eine Telefonnummer gekritzelt.

Ruby traf es wie ein Schlag. Wie damals, als sie das erste Mal im Scheinwerferlicht gestanden hatte. Sie beugte sich vor. »Mein lieber Matteo, wären Sie so nett, eben diese Telefonnummer für mich zu notieren?«

»Das Haus braucht eine Menge Arbeit, Signora,

aber ich mache gerne ein Foto für Sie.« Er wies auf das Handy in der schicken Leopardenhülle, das sie in der Hand hielt. »*Posso?*«

»*Grazie.*«

Matteo lenkte den Wagen an den Straßenrand, und sie gab ihm das Handy. Während er draußen Fotos machte, verrenkte sie sich fast den Hals, um einen Blick auf das Anwesen zu erhaschen. *Steinmauern. Hohe Fenster. Ein verwunschener Garten.* Es war faszinierend. Aber in ihrem Alter, ermahnte sie sich, musste das ein schöner Traum bleiben.

Oder nicht?

Ihr Fremdenführer stieg wieder in den Bus und gab ihr das Handy zurück. »*Bellissima*«, sagte er und drückte überschwänglich einen Kuss auf seine Fingerspitzen. »Nun haben Sie ein paar schöne Fotos zur Erinnerung.«

Die Sonne schien Ruby durchs Fenster warm ins Gesicht. Der Bus schlängelte sich die gewundene Bergstraße entlang, und der regelmäßige Schwung der Serpentinen wiegte sie bald in einen seligen Schlummer.

1952 ...
Nebeneinander auf der Spanischen Treppe sitzend, gleich neben Töpfen mit üppig blühenden lila Bougainvilleas, probten Ruby und Niccolò abwechselnd den Text ihrer kleinen Szenen. Ruby staunte über Niccolò, der seine Zeilen immer anders vorbrachte. Er verstellte die Stimme, versuchte es mit anderen Tonlagen, veränderte Gesichtsausdruck und Gestik, womit er den

ganzen Ton der Szene zu färben vermochte und sie nicht selten zum Lachen brachte.

Nachdem Ruby einige unterschiedliche Ansätze für ihre Rolle probiert hatte, gab sie schließlich auf und fächelte sich mit dem Skript frische Luft zu. Dann krempelte sie die Ärmel ihrer weißen Bluse noch ein bisschen weiter nach oben und lockerte das um den Hals geknotete Tuch.

»Heute ist es noch heißer als sonst«, stöhnte Niccolò. »Wie wär's, wollen wir uns ein Eis holen?«

»Klingt verlockend.« Ruby stand auf. Auch die anderen am Set gönnten sich eine kleine Verschnaufpause.

Niccolò nahm ihre Hand und führte sie ein dicht bevölkertes gepflastertes Trottoir entlang. Er hielt ihre Hand ganz fest und selbstverständlich in seiner, als sei es das Natürlichste der Welt, mit ihm Händchen zu halten, und immer, wenn er sie berührte, wurde Ruby ganz kribbelig.

Sie kamen an einem kleinen Restaurant vorbei, aus dessen offener Tür es verführerisch duftete – frisch gebackenes Brot, italienische Kräuter und überbackener Käse. Genüsslich schnuppernd blieb Ruby kurz stehen.

»Wie kommst du zu *Ein Herz und eine Krone*?«, erkundigte Ruby sich, nachdem sie eine ganze Weile nebeneinander hergelaufen waren. Sie hatte mitbekommen, dass viele Mitglieder der Filmcrew schon bei anderen Produktionen zusammengearbeitet hatten.

»Ich bin zu einem Vorsprechen gegangen«, antwortete Niccolò. »Ich habe in der Schule Theater gespielt, und meine alte Lehrerin hat mich ermutigt hinzugehen und es zu versuchen. Sie fand, das sei meine große Gelegenheit. Und du?«

»Eigentlich war das bloß ein Jux«, erklärte Ruby. »Meine Tante wohnt in Los Angeles, und sie kennt einen Talentsucher. Aus einer Laune heraus hat meine Mutter ihm ein paar Fotos von mir geschickt. Die haben dem Agenten wohl gefallen, also bin ich mit dem Zug von Texas nach L. A. gefahren, damit er mich kennenlernen kann. Und was glaubst du, am nächsten Tag hat er mich gleich zum Vorsprechen geschickt!« Sie schüttelte den Kopf und konnte ihr Glück noch immer kaum fassen. »Ich weiß nicht, ob ich besser war als die anderen Mädchen, aber der Besetzungschef meinte, ich hätte genau den Look, den sie suchen. Mein Agent hat dann ein paar Schauspielstunden für mich bezahlt, und ehe ich mich versah, stieg ich schon in ein Schiff nach Italien. Das ist alles so aufregend.«

Ruby war ganz hin und weg gewesen – vor allem, weil ihr Vater sie doch tatsächlich nach Italien hatte gehen lassen. Ihre Mutter hatte ihn angefleht, Ruby diese kleine Abenteuerreise zu gestatten, ehe sie nach seinen Plänen heiraten und Kinder bekommen sollte. Hätte ihre Mutter doch nur mitkommen können, aber die Überfahrt nach Italien war für sie unerschwinglich. Für Rubys Schiffspassage hatte ihre Mutter den Sparstrumpf ausgeleert, den sie immer mit dem Geld aus dem Eierverkauf gestopft und ganz hinten im Schrank versteckt hatte. Davon kaufte Mercy Smith ihrer Tochter auch eine Kamera und Film, damit sie festhielt, was ihre Mutter nie mit eigenen Augen zu sehen bekommen würde. Ruby versprach hoch und heilig, mit recht vielen Bildern im Gepäck zurückzukommen.

Niccolò blieb vor einem schmalen Laden stehen, vor dem auf der Straße ein Schild stand, das verkündete: *Gelato fatto in casa.*

»So gut wie selbstgemacht«, versicherte Niccolò und zog den Kopf ein, als er unter die Markise trat. »*Salve, come va?*«, sagte er zu dem Eisverkäufer, der ungefähr in ihrem Alter sein musste.

»*Bene*«, entgegnete der Junge.

Während die beiden sich in gewehrfeuerschnellem Italienisch unterhielten, das Ruby nicht verstand, schweifte ihr Blick über die Wannen mit den köstlichsten Eiscreme-Verlockungen, die sie je gesehen hatte.

An Ruby gewandt fragte Niccolò schließlich: »Was möchtest du? *Limone, fragola, cioccolato, pistacchio?*«

»Was ist denn *fragola*?«, fragte sie.

Grinsend wies Niccolò auf eine Wanne mit rosaroter Eiscreme. »Erdbeere. Und das ist Pistazie.«

»Ich kann mich einfach nicht entscheiden«, seufzte sie. »Das sieht alles ganz köstlich aus, aber Pistazie muss ich auf jeden Fall probieren.«

Niccolò sagte etwas zu dem Jungen, der daraufhin verschiedene Eissorten in ein Waffelhörnchen löffelte. »So kannst du mehrere Sorten probieren«, erklärte er. »Wenn es dir nichts ausmacht, teilen wir uns einfach alles.«

Die übervollen Hörnchen in der Hand balancierend schlenderten sie die *strada* entlang, bis sie an einen

Brunnen kamen, wo sie stehen blieben und sich setzten. Hier war die Hitze des Tages leichter erträglich.

Nachdem Ruby jede Geschmackrichtung in den beiden Hörnchen gekostet hatte, fragte Niccolò schließlich: »Und, welches ist deine Lieblingssorte?«

Am liebsten hätte sie gerufen *du*, aber stattdessen sagte sie brav: »Pistazie. Die mag ich am liebsten.«

»Besser als amerikanische Eiscreme?«

»Anders«, antwortete sie. »Aber schrecklich lecker.« Ihr Hörnchen fing in der Hitze an zu tropfen, und rasch leckte sie die köstlichen Tropfen auf.

Niccolò lachte. »Komm her.«

Ruby spürte etwas Kaltes an der Nasenspitze.

»*Mi permetta*«, rief er und küsste sie auf die Nase. »Wie ein kleiner Hund, was?«

Ruby prustete vor Lachen, und dann schmierte sie ihm mit dem Finger einen Streifen Erdbeereis über die Nase. Unter Grimassen und wildem Augenverdrehen versuchte er, es mit der Zunge abzulecken. Schließlich wischte sie ihm das Eis kichernd mit einer Serviette ab.

Das sanfte Schaukeln des Busses brach ab, und Ruby regte sich auf ihrem Sitz.

»*Scusi, Signora*«, rief Matteo. »Wir sind am Hotel.«

»Ich muss wohl kurz eingenickt sein.« Blinzelnd setzte Ruby sich auf.

»*Signora, per favore.*« Matteo stand an der offenen Tür, bereit, ihr aus dem Wagen und die kleinen Trittstufen hinunterzuhelfen. Bellagio war mit seinen schmalen Gässchen, die steil bergab zum See führten, eher für Fußgänger ausgelegt.

Ruby stieg aus dem Wagen. Sie wollte noch nicht auf ihr Zimmer. Ein eisgekühltes Getränk auf der Terrasse wäre jetzt genau das Richtige, dachte sie bei sich und straffte beim Hineingehen die Schultern. Sie war zwar einen Kopf größer gewachsen als ihre Mutter, aber Mercy Smith hatte Ruby immer eingeschärft, hoch erhobenen Hauptes durchs Leben zu gehen. Selbst jetzt hatte sie die Worte ihrer Mutter noch im Ohr. Bei ihrer Geburt hatte ihre Mutter den Namen Mercy bekommen – Mercy Raines –, weil an diesem Tag ein sintflutartiger Wolkenbruch wie eine Gnade des Himmels der schier endlos erscheinenden Dürre ein glückliches Ende gesetzt hatte. Ganz gleich, wie düster es auch aussehen mochte, ihre Mutter sah immer den Silberstreif am Horizont.

Kerzengerade stolzierte Ruby durch die marmorne Eingangshalle.

Vor Jahren hätten ihr hier womöglich Paparazzi aufgelauert, aber die Zeiten waren längst vorbei. Sie warf das lange Ende ihres Tuchs über die Schulter und ging mit großen Schritten durch das Foyer zu einem Tisch auf der Terrasse mit Blick über den See. Die Aussicht war so herrlich, dass sich ihr Herz schmerzhaft zusammenzog. Im Laufe der Jahre hatte sie die eine oder andere Romanze erlebt, aber nie wieder hatte sie einen Mann kennengelernt wie Niccolò.

Ein Kellner trat an ihren Tisch, und Ruby bestellte einen Bellini mit Prosecco.

»*Pane e olio?*«, fragte der Kellner.

»*Grazie.*«

Während Ruby an der herrlich erfrischenden Mischung aus Schaumwein und Pfirsichpüree nippte, besah sie sich die Fotos, die Matteo für sie mit dem Handy gemacht hatte. Auf einem war das Zu-verkaufen-Schild zu sehen, auf den anderen die Villa und die Gärten. Vielleicht war der Gedanke doch gar nicht so abwegig.

Beherzt riss sie ein kleines Stück vom duftenden Rosmarinbrot ab, das der Kellner gebracht hatte, und tunkte es in Olivenöl. Köstlich. Versonnen betrachtete sie die Bilder und überlegte, dass alles auch ganz anders hätte kommen können. Sie hätte mit Niccolò in genau dieser Villa mit Blick über den See wohnen können. Sie trank noch ein Schlückchen von ihrem Cocktail und spann die Geschichte in Gedanken weiter, stellte sich ihre gemeinsamen Kinder vor, Segeln auf dem See, gemütliche Abendessen mit Blick auf die Alpen. Wie sie sich unter dem klaren, sternenfunkelnden Himmel oder in verregneten Nächten liebten.

Eine Geschichte. Nur eine Geschichte. Eine, die nicht hat sein sollen.

Seufzend trank Ruby noch ein Schlückchen. Wäre sie nicht Schauspielerin geworden, dann ja vielleicht Schriftstellerin. Und doch war sie stolz auf ihre Arbeit. Und darauf, ihren Liebsten (und dem einen oder anderen mehr) finanziell ein wenig unter die Arme greifen zu können.

Das Stück Land ihrer Eltern im Texas Hill Country

war zwar nicht annähernd so groß wie die benachbarte Hillingdon Ranch, aber Ruby hatte ihren Eltern darauf ein schönes neues Haus gebaut. Und eine neue Scheune. Und sie hatte ordentlich Geld in die Ranch gesteckt und auch ihre Schwester und ihren Mann unterstützt, wo immer es nötig war. Wobei das ja eigentlich, genau genommen, nur recht und billig war.

Ruby blinzelte die Tränen weg, die ihr beim Gedanken an all die vielen alten Erinnerungen in den Wimpern hingen. Sie alle waren nicht mehr. Ruby hatte für ihre Familie getan, was sie konnte. Damals hatte sie eine Entscheidung treffen müssen, an der sie fast zerbrochen wäre. Aber ihr war nichts anderes übrig geblieben, auch wenn es ihr beileibe nicht leichtgefallen war.

Sie hatte ihren Eltern versprechen müssen, die Ranch nicht zu verkaufen. Nach deren Tod war Ruby aber doch nicht mehr so oft dort gewesen, wie sie es eigentlich vorgehabt hatte, also hatte sie die Ranch kurzerhand in eine gemeinnützige Stiftung umgewandelt, die benachteiligten Kindern aus der Stadt einen sicheren Hafen bot, um mal hinauszukommen und das einfache Landleben und die unverfälschte Natur kennenzulernen. Als ihre Nichte noch jünger gewesen war, war Ruby oft mit Ariana hingefahren. Sie hatten lange Ausritte unternommen und Grillabende veranstaltet, mit Fleisch, so zart, dass es vom Knochen fiel, und unter den Sternen kampiert, die sich dort nachts am Himmel drängten.

Unvermittelt begann ihr Handy zu summen, und

Ruby schreckte auf. Bestimmt Stefano, ihr Hausdiener in Palm Springs. Wobei es in Kalifornien noch unverschämt früh war. Bestimmt trank er gerade seinen ersten Kaffee oder strampelte sich im Fitnessstudio um die Ecke ab. Sie schaute auf die angezeigte Nummer und musste lächeln. *Ariana.*

»Hallo, Süße.«

»Gut, dass du drangegangen bist, Tante Ruby.« Ariana klang freudig erregt. »Ich bin so aufgeregt, ich habe kaum geschlafen. Du wirst es nicht glauben, aber Phillip und ich werden endlich heiraten.«

Sollte Ruby sich jetzt für ihre Nichte freuen? Ariana wusste ganz genau, was sie von Phillip hielt.

»Er hat dir einen Antrag gemacht?«, fragte Ruby, um ein bisschen Zeit zu schinden. *Selbstredend.*

»Ja, und wir heiraten auch ganz bald. In der kleinen Kirche in Studio City, da, wo du früher oft warst.«

»Die ist ganz hübsch«, brummte Ruby nachdenklich.

»Ein anderes Paar hat wohl abgesagt, weshalb wir kurzfristig einen Termin bekommen haben. Wie schnell kannst du wieder hier sein?«

»Sag mir, wann ihr heiratet, und ich bin da.« Die Reisegruppe konnte auch ohne sie nach Venedig weitergondeln.

Ariana nannte ihr das Datum, dann schien sie zu zögern. »Und ich fände es schön, wenn du mich zum Altar führst.«

»Mit dem allergrößten Vergnügen, aber warum fragst du nicht deine Mutter?«

»Habe ich ja versucht«, sagte Ariana. Sie klang

gekränkt und aufgebracht. »Mom hat wieder ihre Heiratshasstirade vom Stapel gelassen und sich darüber ausgelassen, was die Ehe doch für eine altmodische, überflüssige, überkommene Institution ist. Bloß, weil sie selbst geschieden ist, heißt das doch noch nicht, dass jede Ehe gleich von vornherein zum Scheitern verurteilt ist. Sie weigert sich jedenfalls, sich den Tag freizunehmen.«

»An der Wall Street zu arbeiten ist knallhart, vor allem in den oberen Etagen«, murmelte Ruby. Ein vergeblicher Versuch, ein wenig zu beschwichtigen. Mari war nach ihrer Scheidung noch immer furchtbar verbittert, aber es brach Ruby das Herz, dass ihr das den Blick dafür verstellte, wie sehr ihre Tochter sie brauchte. »Liebes, es wäre mir eine Ehre und ein Vergnügen, dich zum Altar zu führen.«

Nachdem Ruby schließlich aufgelegt hatte, schüttelte sie ungläubig den Kopf. Arianas Mutter hatte nach der Scheidung eine unüberwindbar hohe steinerne Mauer um ihr Herz gebaut. Bei Rubys älterer Schwester Patricia, Maris Mutter, hatten sich im selben Jahr die ersten Anzeichen ihrer Alzheimer-Erkrankung gezeigt. Da war Ariana noch ein kleines Grundschulkind gewesen. Patricia war die Betreuung ihrer Enkeltochter bald schon nicht mehr zuzutrauen gewesen. Frustriert und doch fest entschlossen, noch einmal ganz von vorne anzufangen, hatte Mari einen Job in New York angenommen.

Wie um die Scharte ihrer gescheiterten Ehe wieder auszuwetzen, hatte Mari Ricci sich in die Arbeit gestürzt und sich langsam, aber unaufhaltsam nach oben gekämpft. Inzwischen war sie eine erfolgreiche Investmentbankerin. Ruby bewunderte ihren Einsatz und ihren Ehrgeiz, aber der Erfolg und die unvermeidlichen Überstunden belasteten die ohnehin schon angespannte Beziehung zu ihrer Tochter.

Zuerst kümmerte sich Maris Haushälterin um die Kleine. Aber schon bald war Mari ständig auf Geschäftsreisen, weshalb sie ihre Tochter schließlich in ein Internat gesteckt hatte. Auf Rubys Bitte hin – und ihr Angebot, die gesamten Schulgebühren zu übernehmen – hatte Mari sich überreden lassen, sie auf ein ruhig gelegenes Internat unweit von Los Angeles zu schicken.

Als Ariana irgendwann keine Lust mehr gehabt hatte, ständig nach New York zu fliegen, um ihre Mutter zu besuchen, hatte Ruby ihr ganzes Leben um die Schulferien ihrer Nichte geplant. Ihre Nichte bekam ein eigenes Zimmer in Rubys Haus in Palm Springs, nur eine Autostunde von ihrer Schule entfernt.

Vielleicht hatte Ruby Ariana ein bisschen zu sehr verwöhnt, aber Patricia hätte es nicht anders gewollt. Wen, außer ihrer überehrgeizigen, karriereorientierten Mutter, hatte Ariana denn schon? Arianas Freund, dieses selbstverliebte große Baby Phillip, zählte für Ruby jedenfalls nicht. Auch wenn die beiden nun allem Anschein nach heiraten wollten. Phillip war ein überambitionierter Filmemacher, dem die Karriere wichtiger war als alles andere im Leben – auch als Freunde und Familie. Ruby befürchtete, dass auch Ariana das zu spüren bekommen würde.

War Ruby als junges Mädchen jemals so ehrgeizig gewesen? Natürlich, sie hatte ja keine andere Wahl gehabt, aber die Menschen um sie herum waren ihr immer wichtiger gewesen als der Beruf. Selbst als sie die schwerste Entscheidung ihres Lebens hatte treffen müssen, hatte sie die Familie über alles andere gestellt.

Phillips vielen Fehlern zum Trotz hätte Patricia gewollt, dass Mari zur Hochzeit ihrer Tochter ging.

Ruby nippte an dem kühlen Glas. War es wirklich schon beinahe ein Jahr her, seit Patricia gestorben war? Sie musste blinzeln, weil ihr beim Gedanken daran die Tränen kamen. Ihre Schwester war die Einzige, die noch gewusst hatte, welchen Preis Ruby einst für ihren Erfolg gezahlt hatte.

Verstohlen tupfte sie sich die Augenwinkel mit einer Stoffserviette. Körperlich war Patricia zwar noch bei ihnen gewesen, aber ihr Wesen hatte die Krankheit ihr schon Jahre zuvor entrissen.

Beinahe ein Jahr. Patricia hatte ihr eine verantwortungsvolle Aufgabe übertragen – und mit ihr die Entscheidung, diese anzunehmen oder abzulehnen. Den Schlüssel zu dem Bankschließfach trug sie immer noch in der Handtasche mit sich herum. Ruby wusste nicht ganz genau, was in dem Schließfach war, konnte es sich aber denken. Das letzte Jahr war ihr zwischen den Fingern zerronnen, und kein Tag war ihr als der richtige erschienen, die Geschichte, die sich vor so langer Zeit ereignet hatte, endlich zu erzählen.

Ruby trank noch einen Schluck von ihrem Bellini. Dann griff sie zum Handy und suchte die Nummer in

New York heraus, die sie brauchte. Sie tippte und wartete.

Eine junge Frau meldete sich. »Mari Riccis Büro.«
»Könnte ich bitte mit Mari sprechen?«
»Wer spricht denn da?«
»Ruby Raines.«

Gestotter am anderen Ende der Leitung. »Entschuldigen Sie bitte, das klang gerade, als hätten Sie ... Ganz egal. Wie war bitte der Name?«

»Sie haben ganz richtig gehört«, erklärte Ruby sehr charmant. »Mari ist meine Nichte.« *Die ihre Assistentin offensichtlich nicht ins Bild gesetzt hat.*

»Bestimmt hat sie einen Augenblick Zeit für Sie, Mrs Raines. Eigentlich nimmt sie gerade keine Anrufe entgegen, aber ich sage ihr, dass Sie dran sind.«

»Ach, warum überraschen wir sie nicht einfach?«

»Prima Idee. Einen Augenblick bitte, Mrs Raines.«

Es dauerte nicht lang, bis ihre Nichte dranging. Ihre Stimme klang spröde und kurz angebunden. »Mari Ricci, ja bitte?«

»Mari, hier ist Ruby. Ariana hat mir gerade die großartigen Neuigkeiten erzählt.«

Entnervtes Seufzen von Mari. »Lass uns später darüber reden.«

»Später kommt selten oder nie«, entgegnete Ruby. Sie musste versuchen, irgendwie zu vermitteln. »Kommst du bitte zur Hochzeit? Sie wäre überglücklich, wenn du sie zum Altar führst.«

»Wäre sie nicht so chaotisch und hätte das alles ein bisschen besser organisiert und im Voraus geplant, wäre ich gekommen«, erklärte Mari spitz. »Aber ich werde dieses egoistische Verhalten nicht auch noch belohnen.«

»Mari, es ist ihre Hochzeit.« Ruby musste sich zusammenreißen, um nicht die Beherrschung zu verlieren. *Hatte Mari denn gar kein Herz?* Sie versuchte es abermals. »Ohne dich fehlt etwas. Und Ariana würde das ihr ganzes Leben lang nicht mehr vergessen. Du willst doch deine Entscheidung nicht irgendwann bereuen.«

»Ich bereue so einiges«, gab Mari scharf zurück. »Dass ich ihren Vater geheiratet habe zum Beispiel. Aber diese Entscheidung wird nicht dazu gehören. Und außerdem, die Scheidungsrate liegt inzwischen bei, was, fünfzig Prozent? Wenn nicht sogar noch höher. Und nein, ich verspüre nicht den unwiderstehlichen mütterlichen Drang, bei der Hochzeit meiner Tochter dabei zu sein. Sie ist eine erwachsene Frau. Sie kriegt das schon alleine hin. Und außerdem, sie hat ja dich.«

»Mari, Liebes, ich wünschte, du wärst nicht immer noch so wütend.« Ruby hielt den Atem an.

»Ich bin nicht wütend. Ich bin realistisch. Ariana kommt auch ohne mich zurecht, und ich habe feste Termine mit Klienten, die das nicht tun. Und jetzt muss ich wieder an die Arbeit. Du kannst dir gar nicht vorstellen, was hier los ist.«

»Aber, Mari...« *Klick.* Seufzend legte Ruby das Handy auf den Tisch. Wenigstens hatte sie es versucht. Sie würde Ariana lieber nicht sagen, dass sie mit ihrer Mutter gesprochen hatte. Warum dem armen Kind zweimal wehtun?

Ruby trank noch einen Schluck von ihrem Cocktail. *Die liebe Ariana.* Könnte sie ihre Großnichte doch bloß für eine Weile hierherlocken, bevor es zu spät war.

Für sie alle.

Aber vielleicht blieb ihr noch eine andere Möglichkeit. Die Villa Fiori ging ihr nicht mehr aus dem Kopf. Sie hob die Hand und winkte dem Kellner, der sofort an ihren Tisch kam.

»Würden Sie bitte den Concierge für mich holen?«, bat Ruby ihn. »Ich habe eine dringende Bitte.«

KAPITEL EINS
Beverly Hills 2010, zwei Wochen später

Im privaten Showroom des Juweliers auf dem Rodeo Drive flutete ein Oberlicht den Raum mit Sonnenstrahlen, die die filigrane Diamantenhalskette in Arianas Händen zum Funkeln brachten. Von sämtlichen Schmuckstücken, die Ariana für ihre Besetzung und ihre sonstigen Klienten ausgesucht hatte, strahlte dieses am meisten Wärme aus. Die schimmernden Goldtöne würden sich wunderbar in den ausdrucksvollen Bernsteinaugen ihrer Klientin spiegeln.

Nachdem sie die beeindruckende Kette ausgiebig begutachtet hatte, schaute Ariana auf und sah Yasmin an, die Juwelierfachfrau, die ihr an dem antiken, auf Hochglanz polierten Schreibtisch gegenübersaß.

»Solani Marie möchte das Stück zur Verleihung der Palme d'Or bei den Filmfestspielen in Cannes tragen«, sagte Ariana. »Wäre es möglich, die Halskette nach Frankreich überführen zu lassen?« Das Studio hatte eine gigantische Kampagne für Solani Maries letzten Film gestartet. Die gelben Diamanten waren zwar kein Vergleich zu dem atemberaubenden 128-Karat-Diamanten, den Audrey Hepburn vor vielen Jahren für eine Werbekampagne des Juweliers getragen hatte, aber sie waren dennoch etwas Besonderes.

»Wir können es zu unserer dortigen Niederlassung schicken lassen«, entgegnete Yasmin. »Die kümmern sich auch um die entsprechenden Sicherheitsvorkehrungen.«

Ariana hielt die Kette ins Licht und betrachtete sie von allen Seiten. Die Stars würden nachmittags über den roten Teppich flanieren, weshalb sie befürchtet hatte, im grellen Sonnenlicht könnte die Farbe verblassen. Aber die Steine strahlten nur umso heller.

»Ein wirklich erlesenes Stück.« Was Ariana aber in Wahrheit faszinierte, war weder der Wert der Steine oder die Arbeit mit Prominenten, sondern die pure Freude an der schöpferischen Gestaltung. Sie hegte tiefen Respekt für vollendete Handwerkskunst. Es gab kaum etwas, das sie mehr begeisterte, als sich einen Look auszudenken, für eine Figur oder eine reale Person, und dieser Vorstellung dann Leben einzuhauchen. Funkelnde Edelsteine, geraffte Stoffe, leuchtende oder auch verhaltene Farben. Abertausende kleiner Details verliehen Schauspielern überhaupt erst Selbstbewusstsein und gaben ihnen die nötige Strahlkraft, um bewegende, ergreifende, mitreißende Geschichten zu erzählen.

Während manche Menschen – unter anderem ihre Mutter – Modedesign für albernes Chichi hielten, wusste Ariana um seine geheime Macht. Mit den richtigen Kleidern blühte manche Frau erst richtig auf.

Oft genug gab die passende Garderobe den entscheidenden Ausschlag, sich einen eigenen kleinen Winkel in der großen weiten Welt zu erobern.

Zufrieden damit, wie die Steine in der Sonne funkelten und die Farben strahlten, ließ Ariana die Kette sinken. Sie hielt das Schmuckstück gegen den matten Jerseystoff ihres Kleides – das sie selbst entworfen und genäht hatte. Die gelben Diamanten leuchteten umso heller vor dem tiefschwarzen Stoff.

»Das ist eins der erlesensten Colliers, die wir haben«, sagte Yasmin und beugte sich nach vorne.

Ariana hatte schon bei mehreren Anlässen mit Yasmin zusammengearbeitet. Der Juwelier, für den sie arbeitete – der älteste auf dem Rodeo Drive –, verlieh oft Schmuck an Stars. Schmuckstücke im Wert mehrerer Millionen waren für sie Tagesgeschäft.

Ariana konnte das dezente Orangenblütenparfum riechen, das von einer Kerze herüberwehte. Das Markenzeichen des Juweliers. Mancher Frau in ihrem Zustand wäre davon vielleicht übel geworden, aber ihr nicht. Jedenfalls noch nicht. Tief atmete sie den frischen Duft ein. Unter ihren Füßen lag ein persischer Teppich im Wert eines mindestens sechsstelligen Betrags. Und auch die französischen Antiquitäten ringsum verströmten eine Aura opulenter Exklusivität. Hinter ihnen standen uniformierte Wachleute mit Knopf im Ohr an der Tür des Showrooms.

Würde Ariana einen Hechtsprung durch die hohen Fenster versuchen, sie käme vermutlich nicht weit.

Yasmins Blick wanderte zu Arianas linker Hand und

dem unberingten Ringfinger. Verstohlen zwar, aber Ariana entging er nicht. Sie sah den Anflug von Sorge in Yasmins Gesicht und wand sich unbehaglich unter dem fragenden Blick. Noch ehe Yasmin etwas sagen konnte, fiel Ariana ihr mit einer Frage fast ins Wort. »Wurde die Kette schon einmal von jemand anderem auf dem roten Teppich getragen? Oder zu einem anderen Event?«

Yasmin faltete die Hände. »Das ist ein neues Stück, ungetragen.«

»Ich garantiere eine ausführliche Medienberichterstattung«, versprach Ariana und zog zum Abgleich eine Stoffprobe aus der Tasche.

Heute Morgen hatte Phillip wieder eine seiner Launen gehabt. Weil er sich über Budgetkürzungen für den neuen Film, bei dem er Regie führen sollte, geärgert hatte, hatte er sie barsch angefahren, als sie vorschlug, sich am Wochenende Blumenschmuck für die Trauung anzuschauen. *Warum kannst du das nicht ohne mich entscheiden?* Konnte sie, hatte sie ihm versichert, aber ihre Widerworte hatten ihn nur noch mehr aufgebracht. Sie wollte doch nur, dass er sich ein bisschen in die Vorbereitungen mit einbrachte und einige der Entscheidungen mittrug. Irgendwann hatte er sich – quasi – entschuldigt und gesagt, er wisse, dass sie nichts für ihre hormonellen Stimmungsschwankungen könne. Schon bei dem Gedanken an die Auseinandersetzung pochte ihr wieder der Schädel.

»Weshalb wir Ihrer Klientin diese einmalige Gelegenheit bieten«, sagte Yasmin mit einem diskreten Blick auf ihre diamantbesetzte Platinarmbanduhr.

»Das Stück passt wunderbar zu dem Stoff, den ich im Auge habe«, entgegnete Ariana. »Und meine Klientin legt allergrößten Wert auf Exklusivität bei der Auswahl derart auffälliger Schmuckstücke.« Als vielfach ausgezeichnete Schauspielerin hatte Solani Marie hohe Ansprüche, was Kleidung und Accessoires anging. Sie hatte schon eine ganze Reihe Stylistinnen und Stylisten verschlissen, ehe sie Ariana schließlich anheuerte, die die Kostüme für Solani Maries letzten Film entworfen hatte.

»Solani Marie ist zwar blutjung, aber schon ein großer Social-Media-Star«, erklärte Ariana. »Sie können sich darauf verlassen, dass die Medien ausführlich darüber berichten werden, was natürlich wiederum die Chancen erhöht, das Stück anschließend zu verkaufen.« Denn genau darum ging es schließlich, wenn Juweliere ihren wahnwitzig teuren Schmuck verliehen.

Ariana musste an die gute alte Zeit in Hollywood denken, als Schauspielerinnen ihren eigenen Schmuck getragen oder sich etwas aus dem Kostümfundus geborgt hatten. Elizabeth Taylors Schmuckkollektion war legendär gewesen, genau wie die von Ginger Rogers, der bestbezahlten Schauspielerin ihrer Zeit.

Edith Head war damals eine der talentiertesten, begehrtesten Kostümdesignerinnen gewesen. Jahrzehntelang hatte sie die ganz großen Stars eingekleidet – vor der Kamera und dahinter – und mehr Oscars für das beste Kostümdesign gewonnen als die Woche Tage hat. Edith hatte Audrey Hepburn eingekleidet, Greta Garbo, Mae West und Hunderte anderer.

Ariana liebte die Fotos von Grace Kelly in Ediths zurückhaltend schlichtem eisblauem Entwurf, einer Verkörperung zeitloser Eleganz, für die Academy Awards 1955. Die Kostümbildnerin hatte dazu nur gesagt: *Die einen brauchen Pailletten, die anderen nicht.* Ruby hatte ihr einmal erzählt, ein Kostüm von Edith zu tragen sei, wie eine andere Haut überzustreifen – als könne sie ganz mühelos in die Rolle schlüpfen, die sie zu spielen hatte.

Yasmins Blick huschte wieder zu Arianas Hand.

»Ein klassisches Hollywood-Collier«, bemerkte Ariana und betrachtete nachdenklich das Schmuckstück. Ruby hatte einen ganzen Schrank voller Kostüme und Schmuck, den Ariana als Teenager oft geplündert hatte, um sich für irgendwelche Partys schick zu machen. Schon als junges Mädchen hatte sie eine Ahnung davon bekommen, dass Kleider wirklich Leute machten und wie sehr Kostüme helfen konnten, sich in jemand anderen zu verwandeln. Ihre Tante Ruby war das Paradebeispiel. Von einer staubigen texanischen Ranch auf dem Edwards Plateau bis ganz nach oben in Hollywood – ihre Tante spielte jede Rolle mit selbstsicherer, gelassener Souveränität.

Ariana ließ die Kette durch ihre Finger gleiten und stellte sich vor, wie sie, einmal angelegt, fallen und den Ausschnitt des Kleides, das sie für Solani Marie entworfen hatte, ganz wunderbar betonen würde. Ariana hatte schon die Kostüme für die Fernsehserie entworfen, die der große Durchbruch für die junge Schauspielerin gewesen war, ebenso wie für ihre bisher größten Filmerfolge, und nun auch für ihren Auftritt auf dem roten Teppich. Ob Kostümdesigner oder Stylisten, Solani war wählerisch, von wem sie ihren Look kreieren ließ.

»Unsere Security wird das Collier ständig bewachen«, erklärte Yasmin. »Uns wäre es am liebsten, wenn es gleich nach der Preisverleihung zurückgegeben würde.«

»Mir auch.« Nach der letzten großen Veranstaltung, für die Ariana eine Prominente ausgestattet hatte, hatte die Schauspielerin sich heimlich hinausgeschlichen, um zu einer Party zu gehen, und hatte es dabei irgendwie geschafft, auch die Wachleute abzuhängen. Ariana hatte einen bitterbösen Anruf vom Chef des Studios bekommen. Ein Glück, dass der Schmuck schließlich wieder aufgetaucht war, aber bis dahin hatte sie Blut und Wasser geschwitzt.

Ariana legte keinen Wert darauf, dergleichen noch einmal zu erleben.

Dank ihrer Tante Ruby, die ihr Nähen beigebracht und sie mit dem Leiter der Kostümabteilung des Studios bekanntgemacht hatte, arbeitete Ariana schon seit ihrer Collegezeit dort. Als Praktikantin in der Kostümabteilung hatte sie angefangen, noch bevor sie ihr Studium in Los Angeles abgeschlossen hatte. Das Fashion Institute of Design and Merchandising war eng mit dem Studio verbandelt. Oft zeigten sie beispielsweise während der Preisverleihungssaison Ausstellungen von Hollywood-Kostümen. Ariana war derweil immer weiter aufgestiegen und im vergangenen Jahr schließlich zum ersten Mal für eine Auszeichnung nominiert worden.

Yasmins Blick hing immer noch an Arianas linker Hand. »Ich will ja nicht aufdringlich sein«, sagte sie zögerlich. »Aber mir ist aufgefallen, dass Sie Ihren Ring nicht tragen. Sollte er nicht richtig sitzen, können wir ihn gerne anpassen.«

»Er passt perfekt, danke.«

Yasmin runzelte die Stirn. »Gefällt er Ihnen nicht?«

»Er ist wunderschön.« Ariana rutschte ein wenig auf dem weinroten Ohrensessel herum. Nachdem der erste Schreck des positiven Schwangerschaftstests verflogen war, hatte Philipp ihr eher widerwillig einen Antrag gemacht. *Dann können wir ja auch gleich heiraten.*

Um es all seinen geldgeilen Ehrgeizlingen von Freunden mal so richtig zu zeigen, hatte Phillip weder Kosten noch Mühen gescheut und den Ring für Ariana bei Yasmin gekauft. Doch leider war das Ding, das er ausgesucht hatte, ihr viel zu protzig und pompös. Ariana wäre ein etwas schlichteres, unauffälligeres Design lieber gewesen. Aber wie immer musste Phillip seine Freunde unbedingt übertrumpfen.

Unvermittelt ging ihr auf, dass Yasmin immer noch auf eine Antwort wartete, also fügte Ariana hastig hinzu: »Ich habe heute Morgen vergessen, ihn anzuziehen.« Was sogar stimmte. Nach Phillips Wutausbruch war sie fertig mit den Nerven gewesen. Ihr wurde ganz eng um die Brust beim Gedanken daran.

»Das hören wir oft«, sagte Yasmin. »Ist ja auch erst eine Woche her. Mit der Zeit gewöhnen Sie sich daran, einen großen Ring zu tragen.«

Ach, tatsächlich?, dachte Ariana.

Mit Anfang dreißig war Ariana kein kleines Mädchen mehr und müsste sich doch eigentlich freuen, endlich verlobt zu sein. Aber vielleicht erlebten nur junge Bräute diesen glückselig-euphorischen Freudentaumel.

Sie und Phillip führten schon seit Jahren eine On-off-Beziehung. Weil inzwischen viele ihrer gemeinsamen Freunde verheiratet waren, wollte er wohl auch endlich Nägel mit Köpfen machen.

Ich bin jetzt bereit für eine Familie, hatte er eines Morgens zu ihr gesagt, als hätte der Wecker auf seinem Handy geklingelt. Sie hatte sich zwar immer eine eigene Familie gewünscht, aber nie den richtigen Zeitpunkt dafür gefunden. Bis zu jenem positiven Schwangerschaftstest.

Immer wieder fing Phillip davon an, sie könne doch die Kostüme für seine Filme machen, und sie könnten zusammenarbeiten wie ein echtes Hollywood-Powerpaar. Das wollte sie doch auch, oder?

»Hätten Sie heute Mittag Zeit für einen kleinen Lunch?«, fragte Yasmin freundlich. »Sie müssen mir unbedingt alles über die Hochzeitsplanung erzählen. Eine Freundin von mir hat in einem Wahnsinnsschloss in Frankreich geheiratet, aber entschieden hat sie sich erst dafür, nachdem sie sich Dutzende anderer Locations angeschaut hat. Ich kann Ihnen gerne den Kontakt vermitteln.«

»Heute geht es leider nicht. Ich habe gleich noch ein Meeting.« Behutsam legte Ariana die Halskette zurück auf die mit Samt ausgeschlagene Ablage auf dem zierlichen französischen Schreibtisch vor sich. Noch eine Fragenflut konnte sie jetzt nicht ertragen.

Yasmin sah sie eindringlich an. »Sie müssen irgendwas ganz irre Ausgefallenes machen. Dieser gigantische Ring schreit einfach nach einer unvergesslichen Hochzeitsfeier.«

»Wir planen eher etwas Kleines, Intimes.« *Und Schnelles.* Wobei bei der Hochzeit schwanger zu sein heutzutage natürlich nicht mehr so verwerflich war wie noch zu Zeiten ihrer Großmutter. Aber Ariana war da irgendwie altmodisch. Das Herz schlug ihr bis zum Hals, wenn sie nur an die Hochzeit dachte. Doch ohne ihre Mutter fehlte der Feier schon jetzt etwas ganz Entscheidendes.

»Dann reservieren Sie die Kette also für mich?«, fragte Ariana, um das Gespräch schnellstmöglich zu beenden.

»Mache ich.«

»Danke. Ich finde selbst hinaus.« Rasch lief Ariana an den Wachleuten vorbei nach draußen.

Sobald sie in die grelle kalifornische Sonne und den Verkehrslärm trat, begannen die ersten Sorgen an ihr zu nagen. Los Angeles war – genau wie die meisten anderen Städte, in denen sie ihren Lebensunterhalt verdienen konnte – eine betriebsame Metropole.

Nach der Scheidung ihrer Eltern war Ariana zwischen ihrem Internat und dem Haus ihrer Großtante Ruby in Palm Springs gependelt. Während ihre Freunde nach Hause zu ihrer meist großen Familie flogen, fühlte Ariana sich oft einsam ohne ihre Mutter. Wäre

Ruby nicht gewesen, und Stefano, der treu ergebene Hausdiener ihrer Tante, sie hätte eine traurige Kindheit gehabt.

Mit Phillip an ihrer Seite war sie nicht mehr so allein. Und wenn sie erst einmal Kinder bekämen, hätte sie endlich die Familie, die Ariana sich immer erträumt hatte.

Vom Bürgersteig vor dem Juwelier steuerte Ariana auf das Parkhaus zu, wo sie ihr Auto abgestellt hatte. Sie schlängelte sich durch die vielen Menschen auf dem Gehweg und musste daran denken, wie sie früher im Sommer oft ein paar Wochen bei ihrer Mutter in New York verbracht hatte. Selbst damals war sie sich immer schon vorgekommen wie ein Klotz am Bein. Mari hatte ihr erklärt, um an der Wall Street Erfolg zu haben, müsse sie härter arbeiten als sämtliche Männer um sie herum zusammen. Weshalb Ariana oft allein mit der Haushälterin zu Abend essen musste.

Je älter Ariana wurde, desto sporadischer und kürzer wurden ihre Abstecher nach New York. Die langen heißen Sommer verbrachte sie lieber bei Ruby in Palm Springs – oder wo auch immer sie gerade war. Manchmal war ihre Tante zu einem Seriendreh in Los Angeles oder tourte mit dem Dinner-Theater quer durchs ganze Land. Dann feierten sie Pyjamapartys im Drake Hotel oder Teepartys im Huntington. Tante Ruby liebte ihre Arbeit, aber für ein bisschen Spaß mit Ariana war immer Zeit.

An einer Straßenecke blieb sie an der Ampel stehen, um die Straße zu überqueren, und musste an ihre Eltern denken. Ihr Vater hatte inzwischen eine neue Familie und hatte sich schon seit Jahren nicht mehr bei ihr gemeldet. Und als Ariana ihre Mutter angerufen hatte, um ihr von der Hochzeit zu erzählen, war sie enttäuscht gewesen von deren kaltschnäuziger Reaktion.

»In zwei Wochen schon? Oh nein, mein Kind, das wirst du verschieben müssen, wenn du mich dabeihaben möchtest«, hatte Mari sie mit brüskem, geschäftsmäßigem Ton abgebürstet. »Da musst du schon ein bisschen weiter im Voraus planen.«

Ariana hatte nicht mal einen Anflug von Begeisterung oder Bedauern herausgehört. »Das ist der einzige Tag, an dem wir in diesem Jahr noch einen Termin in der Kirche bekommen.« Die Kirche war winzig, aber umso besser geeignet für die kleine intime Feier, die Ariana sich vorstellte.

»Dann sucht euch was anderes«, hatte Mari trocken zurückgegeben. »Ich sage meiner Assistentin, sie soll mal in meinen Kalender schauen und dir ein paar freie Termine nennen. Wir brauchen allerdings mindestens sechs Monate Vorlaufzeit, würde ich annehmen.«

Wieder einmal wurde Arianas Zeit mit ihrer Mutter fremdbestimmt. »Mom, Phillip und ich wollen aber jetzt heiraten.« Warum, ließ sie unerwähnt.

»Dann kommt an die Westküste«, hatte Mari vorgeschlagen. »Wenn du unbedingt deinen Kopf durchsetzen musst, kann ich mir vielleicht ein Wochenende freischaufeln. Wobei ich dafür natürlich andere Termine absagen müsste. Meine Assistentin kann …«

»Mal in deinen Kalender schauen. Ich weiß.«

Die gereizte Stimme ihrer Mutter knisterte in der Leitung. »Du kannst doch nicht allen Ernstes erwarten, dass ich meine ganze Terminplanung auf den Kopf stelle, nur weil du nicht das kleinste bisschen vorausschauend bist. Und du weißt, was ich von der Ehe halte. Ich verstehe beim besten Willen nicht, warum du es auf Teufel komm raus darauf anlegst, dir dein ganzes Leben zu verpfuschen.«

»Vielleicht hast du ja recht.« Ariana versuchte, sich nicht anmerken zu lassen, wie gekränkt sie war. Am liebsten hätte sie ihre Mutter angeschrien, wusste aber aus Erfahrung, dass das überhaupt nichts brachte.

Ob ihre Mutter gekommen wäre, wenn sie gewusst hätte, dass Ariana schwanger war? Nein, das hätte sie vermutlich auch nicht interessiert. Bestimmt hätte Ariana sich nur wieder eine Litanei anhören müssen, dass sie einfach nicht auf sich selber aufpassen könne.

Während Ariana sich durch die Touristenmassen auf dem Rodeo Drive schlängelte, bekam sie plötzlich ein unangenehmes Engegefühl in der Brust, und ihr Puls fing an zu rasen. Mit wild hämmerndem Herzen rannte sie die Betonstufen zu ihrem Auto hinauf. Hitze überlief ihren Hals wie eine glühende Welle, und sie schob die Haare beiseite. Endlich am Auto angekommen, war sie in kalten Schweiß gebadet.

Diese unvermittelten Attacken mussten wohl mit den unvermeidlichen Hormonwallungen zu tun haben. Wobei sie schon mehrere Monate vor ihrer Schwangerschaft vereinzelte Anfälle gehabt hatte.

Ariana schlüpfte hinter das Steuer ihres alten MGB-Cabrios – das sie nun sicher bald gegen ein praktisches Mamamobil eintauschen musste – und schraubte hastig an der Thermosflasche, die immer darin lag. Sie trank einen großen Schluck Wasser, dann atmete sie tief ein und aus, ein und aus, bis ihr Herzschlag sich allmählich wieder beruhigte. Schließlich lehnte sie den Kopf gegen das Lenkrad und atmete ganz ruhig weiter. *Ein, zwei drei. Aus, zwei drei.*

Das Handy in ihrer Handtasche klingelte, und sie kramte es heraus. »Hi, Phillip.« Sie versuchte, sich nichts anmerken zu lassen.

»Babe, wie gut, dass ich dich erwische. Also, die Sache ist die – ein ganz großer Produzent aus New York ist mit seiner Frau in der Stadt. Sie wollen sich mit uns treffen. Du musst sofort herkommen.«

Sie atmete tief durch. »Phillip, ich arbeite.«

»Du klingst, als wärst du gerade gerannt«, sagte er. »Nimm dir den restlichen Tag frei. Kingsley hat bestimmt nichts dagegen.«

Wie um alles in der Welt kam er auf die Idee, so einen absurden Satz zu sagen? Ihr Boss war ein Mann, der gegen alles etwas hatte. Kingsley hatte mal eine Frau zur Schnecke gemacht, die nicht zur Arbeit gekommen war, weil sie ihren kleinen Sohn zu einer Blinddarm-Not-OP ins Krankenhaus hatte bringen müssen. *Hätte sich nicht jemand anders darum kümmern können?*

»Phillip, ich habe mir schon einen halben Tag freigenommen, um den Schmuck für Solani Marie auszusuchen. Und ich muss noch die Ärmel an ihrem Kleid anpassen.«

»Hast du keine Assistentin, die das für dich erledigen kann?«

Hatte sie, aber darum ging es nicht. Phillip *bat* sie nicht darum, für ihn alles stehen und liegen zu lassen. Nein. Er *erwartete* es von ihr. Und ihr Boss, Kingsley Power – welche Eltern bürdeten einem Kind so einen Namen auf? –, war alles andere als umgänglich und verständnisvoll. Ganz im Gegenteil. In letzter Zeit hatte er sie regelrecht auf dem Kieker. Alles, was Ariana eigentlich entspannte – entwerfen, zeichnen, drapieren und sogar klitzekleine Stiche von Hand nähen –, war zu einem zusätzlichen Stressfaktor geworden.

»Nur auf einen Cocktail.«

»Phillip...«

Am anderen Ende der Leitung ging Phillip regelrecht in die Luft. »Kapierst du denn nicht, wie wichtig das für mich ist?«

»Und meine Arbeit ist unwichtig?«

»Komm schon, Babe. Wie lange willst du noch für das blöde Studio ackern? Du hast doch selbst gesagt, du wünschtest, du könntest was anderes machen.«

Was anderes. Ja, das hatte sie in der Tat. Ariana schloss die Augen.

Plötzlich ertönte hinter ihr lautes Gehupe, und sie schreckte hoch. Ein Mann in einem teuren Sportwagen mit schnurrendem Motor winkte ungehalten. »Hey, Lady, fahren Sie da heute noch raus? Ich hab nicht den ganzen Tag Zeit.«

»Was ist denn jetzt?«, verlangte Phillip zu wissen.

Ariana drehte den Zündschlüssel und stellte das Gespräch auf Lautsprecher. »Ich bin im Parkhaus. Der Typ hinter mir wird langsam nervös.«

»Immer lässt du dich von allen herumschubsen. Sag ihm, er soll sich ...«

»Hör auf, mir zu sagen, was ich zu tun und zu lassen habe, Phillip.« Ihr Herz fing wieder an zu rasen. Sie legte den Rückwärtsgang ein und fuhr aus der Parklücke. Wieder ertönte die Hupe.

»Phillip, ich muss jetzt Schluss machen.« Sie drückte ihn weg, als er gerade Luft holte.

Eine wütende Stimme hinter ihr brüllte: »Erst gucken, dann fahren!«

Erschrocken machte Ariana eine Vollbremsung, und wieder überkam sie eine Hitzewelle. *Das ist zu viel*, dachte sie. Ich. Halte. Das. Nicht. Aus.

Hals über Kopf flüchtete Ariana aus dem Parkhaus und hielt am Straßenrand an. Keuchend atmete sie sich durch eine weitere Attacke, dann schickte sie Kingsley eine Nachricht, dass sie sich nicht wohlfühle, und gleich noch eine an ihre Assistentin. Solani Marie würde sicher schmollen, dass Ariana zur zigsten Anprobe nicht persönlich anwesend war, aber sie war sich sicher, die Ärmel einen Fingerbreit abzunähen würde ihre Assistentin auch ohne sie hinbekommen.

Ich muss hier raus.

Kingsley und Solani Marie sollten ihre Launen doch ohne sie ausleben. Ariana lenkte ihren Wagen in Richtung Highway.

Fast wie ferngesteuert hielt sie auf die fernen Hügel östlich von Los Angeles zu.

Zwei Stunden später hatte Ariana den Bergpass ins Coachella Valley überquert, wo es gleich ein paar Grad wärmer war. Vorbei an den Farmen mit den kleinen Windrädern, mit denen die Wüste übersät war, verließ sie den Highway in Richtung Palm Springs.

Ihre Tante wohnte in einem ruhigen, alten Stadtteil, den alle nur Movie Colony nannten, weil sich so viele Filmstars auf der Suche nach Ruhe und Abgeschiedenheit dorthin zurückgezogen hatten. Marilyn Monroe hatte dort gewohnt, Cary Grant, Jack Benny und Dinah Shore. Die meisten Häuser waren irgendwann zwischen den dreißiger und den sechziger Jahren gebaut worden, darunter auch das weitläufige Mid-Century-Anwesen ihrer Tante, das sie nach einem ihrer ersten großen Filmdeals gekauft hatte.

Ariana tippte den Zugangscode in das Tastenfeld, und das Tor schwang geräuschlos zurück und gab den Blick frei auf einen schattigen Wüstengarten unter einem Säulendach sachte rauschender Palmen. Rubys Cabrio, ein Oldtimer-Cadillac, stand vorne in der überdachten Einfahrt. Ariana parkte ihren Wagen dahinter.

Es dauerte nur einen Moment, und schon stand Rubys Hausdiener Stefano an der Tür. Er strahlte übers ganze Gesicht, als er sie sah. »So eine Überraschung. Weiß Ruby, dass du kommst?«

Ariana fiel dem stämmigen Mann, der sich schon seit vielen Jahren um Ruby und ihr Haus kümmerte, um den Hals. Inzwischen über fünfzig, war Stefano in jungen Jahren ein ambitionierter Bodybuilder gewesen, und die Muskeln zum Beweis hatte er bis heute. Mit Stefano in ihrer Nähe musste Ariana sich nie Sorgen um die Sicherheit und das Wohlergehen ihrer Tante machen. Er war Rubys Hausdiener, Koch und engster Vertrauter in Personalunion.

»Höre ich richtig?«, ertönte Rubys Stimme im Hintergrund, und gleich darauf trat ihre Tante hinter Stefano. »Ich habe dich gar nicht erwartet, Herzchen, aber es ist mir wie immer ein Vergnügen.«

»Ich habe mir den restlichen Tag freigenommen.« Ariana umarmte ihre Tante zur Begrüßung, die frisch und vital schien wie ein Frühlingsmorgen, selbst in ihrem Alter noch.

»Komm rein und zieh die Schuhe aus«, sagte Ruby, noch immer mit dem Anflug eines breiten texanischen Akzents. Sie musterte Ariana eindringlich, sagte aber nichts dazu, wie aufgelöst sie wirkte. »Wie wäre es mit einem schönen kühlen Bellini? In Bellagio habe ich einen getrunken – köstlich, sage ich dir. Stefano hat alles im Haus, was wir brauchen.«

»Klingt herrlich.« Ariana trat in das einladende Haus mit den hohen Decken. »Machst du mir bitte einen ohne Alkohol? Ist noch ein bisschen zu früh für mich zum Trinken.«

Ariana hatte Ruby noch nicht gesagt, dass sie schwanger war. Ein Teil von ihr wollte es noch immer nicht recht wahrhaben. Sie konnte noch nicht weiter sein als sechs Wochen, und sie wollte erst abwarten, ob alles gut ging. Morgenübelkeit wie viele ihrer Freundinnen hatte sie noch nicht. Aber sie war eindeutig schwanger. Ein Arztbesuch hatte den positiven Schwangerschaftstest bestätigt.

Und dann tauchte noch ein Gedanke am Horizont auf. *Ob er mich wohl auch heiraten würde, wenn ich nicht schwanger wäre?*

Darüber wollte Ariana erst gar nicht weiter nachdenken.

Gegenüber der Haustür war eine Fensterfront, die wie ein Rahmen den Blick auf die San-Jacinto-Berge im Hintergrund einfasste. Der Pool glitzerte in der Sonne. Arianas elegantes kleines Schwarzes und die Absatzschuhe – perfekt für die Stadt – erschienen nun plötzlich einengend und hoffnungslos deplatziert.

»Ich ziehe mich schnell um«, rief Ariana. »Und, Tante Ruby – danke, dass du so schnell aus Italien zurückgekommen bist.«

»Süße, keine zehn Pferde könnten mich von deiner Hochzeit fernhalten«, entgegnete Ruby.

Ariana gab ihrer Tante rasch einen Kuss auf beide Wangen, dann schlüpfte sie aus den unbequemen Schuhen und tappte über die kühlen Fliesen zu ihrem alten Schlafzimmer. Dort angekommen schob sie die gläserne Schiebetür beiseite und atmete die klare Wüstenluft in tiefen Zügen. Innen war alles im typischen Palm-Springs-Dekor gehalten. Blassrosa Wände mit weißen Möbeln und eine türkisblaue Tagesdecke mit muschelförmigen Kissen. Das Haus ihrer Tante war stilvoll und elegant, aber wie ein Überbleibsel aus einer anderen Zeit. Ariana mochte es trotzdem. Es war ihr Zuhause.

Rasch schlüpfte Ariana aus ihrem Kleid und stieg in den orangeroten Badeanzug, den sie zum Bahnenschwimmen am liebsten trug. Ihr Blick schweifte zum Spiegel, und sie legte die Hand auf den Bauch.

Noch nichts zu sehen.

Sie schnappte sich ein flauschiges weißes Handtuch und marschierte dann zum Pool, wo sie das Handtuch auf einer Sonnenliege drapierte. Dann trat sie an den Beckenrand, hob beide Arme über den Kopf und tauchte kopfüber in das kühle Nass.

Sofort verschwand die Welt um sie herum. Konzentriert auf gleichmäßige Armzüge und Beinschläge schwamm sie verbissen ihre Bahnen, stieß sich vom Rand ab und hielt wieder auf das andere Ende zu. Nach einer Weile wurden ihre Muskeln wach, und sie konnte wieder durchatmen, obwohl sie ein bisschen außer Puste war. Sie fühlte sich gleich viel besser, als hätte das Wasser alle Widrigkeiten von ihr abgewaschen.

Ariana strich sich die nassen Haare aus dem Gesicht und stieg aus dem Pool, um sich abzutrocknen.

Ruby saß an einem Tisch im Schatten und ließ sie nicht aus den Augen. »Du bist ja regelrecht durchs Wasser gepflügt.«

Stefano brachte ihnen Cocktails in Champagnergläsern. »Ihr alkoholfreier Cocktail, junges Fräulein«, sagte er zu Ariana.

»Danke, Stefano.« Ariana sank auf einen der bequemen gepolsterten Clubsessel und trank einen großen Schluck, heilfroh, dass sie einen Ort hatte, an dem sie sich verstecken konnte – nicht, dass sie besonders stolz darauf gewesen wäre. Während Ariana an ihrem Glas nippte, fiel ihr Rubys ungewöhnliche Halskette auf. »Hast du die aus Italien mitgebracht?«

Fast andächtig griff Ruby danach. »Vor vielen Jahren schon.«

»Gar nicht dein Stil«, stellte Ariana fest. Sie glaubte, einen bedeutungsschwangeren Unterton in der Stimme ihrer Tante wahrgenommen zu haben, aber Ruby sagte nichts weiter dazu.

Als Stefano wieder gegangen war, beugte Ruby sich vor und wechselte das Thema. »Also, was hast du auf dem Herzen, Liebes?«

»Es war einfach alles zu viel. Die Arbeit, die Stadt ...« Ariana zögerte. Sie wollte ihr nicht sagen, dass sie schwanger war. Noch nicht. Sie wollte den richtigen Augenblick abpassen. *Nach der Hochzeit*, sagte sie sich. Aber wenn sie und Phillip erst einmal verheiratet waren, konnte sie nicht einfach so nach Lust und Laune weglaufen und sich hier draußen vor der Welt verstecken.

Ariana fummelte am Handtuchsaum herum. Ruby wartete auf eine Antwort. »Es ist wegen Phillip.«

»Ach ja. Der große Regisseur«, brummte Ruby.

Ihre Tante hatte ihr einmal gesagt, Phillip plustere sich immer so auf, als wäre er wer. War er aber nicht. Arianas Blick wanderte zu den Bergen. »Dauernd liegt er mir in den Ohren, ich soll die Kostüme für seinen neuen Film machen. Dafür hat er extra einen riesengroßen Batzen vom Budget abgezwackt.«

»Hieße das, du müsstest beim Studio kündigen?«

»Vermutlich.«

»Du wolltest doch immer unabhängig sein.«

»Wäre ich doch dann.« Ariana wusste, dass sie sich eigentlich darüber freuen sollte.

»Nein. Du wärst abhängig von Phillip.«

Mit Haut und Haaren. Ariana beugte sich nach vorne und stützte die Ellbogen auf die Knie. Da war es wieder, dieses Engegefühl um den Brustkorb, und sie versuchte, dagegen anzuatmen.

»Schätzchen, ist alles gut?« Ruby schob die Sonnenbrille auf die Nasenspitze und musterte sie durchdringend.

»Mir ist bloß ein bisschen komisch.« Ariana setzte sich ganz gerade hin in der Hoffnung, so werde der Druck ein bisschen nachlassen. Als Nächstes kam das Herzrasen, dann die aufsteigende Hitze. Sie wickelte sich fest in das Handtuch.

»Magenverstimmung?«

»Vielleicht«, murmelte Ariana, obwohl sie kaum etwas gegessen hatte. Sie nippte an ihrem eiskalten Mocktail.

Ruby beugte sich nach vorne und legte ihre Hand auf Arianas. »Ich habe dir viel zu erzählen von meiner kleinen Reise an den Comer See.«

Hitze überflutete Arianas Hals und Gesicht, und der Pulsschlag pochte ihr in den Ohren. Sie fuhr sich mit der Hand über das Gesicht. »Können wir uns vielleicht später unterhalten?«

Ruby starrte sie an und zog die fein geschwungenen Augenbrauen hoch. »Du siehst gar nicht gut aus.«

Als hätte sie sich verbrannt, zog Ariana die Hand

weg. »Alles bestens. Ich bin bloß ein bisschen gestresst wegen … *allem*«, murmelte sie und machte eine allumfassende Geste mit der Hand.

Rubys eindringlicher Blick machte alles nur noch schlimmer. »Du musst das nicht«, sagte sie ganz ruhig.

»Nein? Was soll ich denn sonst bitte machen? Es ist schließlich *mein Leben*.« Aufgebracht sprang Ariana auf und taumelte auf den Pool zu. Ihr war so schwindelig, dass sie über eine Stufe stolperte. Wild mit den Armen rudernd versuchte sie, sich irgendwo festzuhalten, und fiel. Aus den Augenwinkeln sah sie, wie Ruby zu ihr stürzte.

Als Ariana wieder zu sich kam, kniete Stefano neben ihr. Er hielt ihr Handgelenk und fühlte ihren Puls, während Ruby ihr ein Kissen von einem der Stühle unter den Kopf schob.

»Du bist ohnmächtig geworden und gestürzt«, sagte Ruby. »Warst du schon beim Arzt?« Ariana schüttelte den Kopf, und Ruby bohrte weiter. »Könnte es sein, dass du schwanger bist?«

Ariana kniff die Augen fest zusammen, trotzdem liefen ihr heiße Tränen über das Gesicht. »So solltest du das eigentlich nicht erfahren.«

Ruby strahlte vor Freude. »Ein Baby! Da brat mir einer einen Storch! Stell dir das nur vor. Dann läuft hier bald so ein kleines Ding herum. Komm, wir setzen uns auf die Veranda.« Ruby half Ariana zu der überdachten Terrasse, über die eine sanfte Brise strich und wo sich über ihren Köpfen Ventilatoren mit Rotoren wie Palmwedelblätter träge im Kreis drehten.

Stefano brachte ihr einen dicken Frotteebademantel und ein frisches Handtuch für die Haare.

Derart umsorgt rang Ariana sich ein schwaches Lächeln ab.

Ruby zog den Bademantel fest um ihre Nichte. »Das erklärt auch, warum du keinen Alkohol trinken wolltest. Kein Wunder, dass du umgekippt bist.«

»Daran liegt es nicht.« Am liebsten hätte Ariana ihre Symptome heruntergespielt, aber Ruby war die Einzige, der sie alles sagen konnte.

»Das hat schon vor der Schwangerschaft angefangen«, gestand Ariana und legte die Hände auf den Bauch. »Zuerst fühlt es sich an, als würde mein Brustkorb in einen Schraubstock geklemmt. Dann wird mir glühend heiß. Dann setzt Schwindel ein, bis ich das Gefühl habe, jeden Augenblick in Ohnmacht zu fallen.« Sie lächelte schief. »Was diesmal tatsächlich passiert ist. Na ja, jedenfalls geht es nach ein paar Minuten wieder vorbei, aber dann bin ich immer ganz matt und schlapp.«

Ruby nickte. »Stress kann Panikattacken auslösen. Mir ist es einmal ganz ähnlich ergangen. Lampenfieber, erst vor der Kamera, dann auch dahinter. Aber du solltest dich gründlich untersuchen lassen. Dr. Espinoza – Lettie – hat immer noch ihre Praxis in Palm Springs. Stefano soll gleich einen Termin für dich machen.«

»Ich muss wieder zurück an die Arbeit. Und Phillip ...« Ariana seufzte tief. »Dem wird das gar nicht gefallen.«

»Es ist doch beinahe Wochenende«, entgegnete

Ruby. »Nimm dir den Freitag frei. Und eine kleine Auszeit von Phillip kann auch nicht schaden.« Ruby unterbrach sich. »Freut er sich auf das Baby?«

»Darum hat er mir überhaupt erst den Antrag gemacht.«

Ruby nickte und schürzte nachdenklich die Lippen.

»Also gut. Ich bleibe.« Ariana fehlte zwar nur ungern bei der Arbeit, aber morgens im Berufsverkehr nach Los Angeles hineinzufahren war die reinste Horrorvorstellung. Und was Phillip anging, Ariana brauchte einfach ein bisschen Zeit allein mit ihrer Tante.

Auf dem Tischchen neben ihr stand eine offene Schachtel mit alten Fotos und Erinnerungsstücken. Neugierig spähte Ariana hinein. Sie wollte nicht hören, was Ruby womöglich noch alles über Phillip zu sagen hatte. »Was sind denn das für Fotos?«

»Die sind alle noch aus den Anfangsjahren meiner Karriere«, erklärte Ruby. »Ich weiß gar nicht, wann ich mir die, das letzte Mal angeschaut habe. Stefano hat die Schachtel beim Aufräumen gefunden. So, und nun wieder zurück zu Phillip. Bist du dir ganz sicher, dass du das wirklich willst? Heutzutage muss man deswegen nicht mehr heiraten.«

»Ich bin zweiunddreißig.«

»Und?«

Um Ruby von ihrer verkorksten Beziehung abzulenken, fing Ariana an, in der Schachtel zu kramen. »Die sind ja uralt.« Sie zog eine vergilbte Zigarrenkiste heraus. »Warum guckst du dir das alles ausgerechnet jetzt an?«

Ruby gab keine Antwort, aber Ariana hörte, wie ihre Tante nach Luft schnappte. Der Markenname *King Edward the Seventh* prangte in goldenen Lettern auf dem Deckel, und daneben das Wort *Invincible – Unbesiegbar*. Ariana klappte den Deckel auf. Ein Portrait und eine kleine Krone zierten die Innenseite, die verkündete: *Eine erlesene Mischung feinster Tabaksorten.* »Was ist das alles?«

»Andenken«, entgegnete Ruby nonchalant. Ihr Blick schweifte über den Inhalt der Schachtel.

Stefano kam mit einem Tablett zu ihnen auf die Veranda. »Kräutertee für Ariana, und der Rest vom Bellini.«

Ruby schaute lächelnd zu ihm auf. »Stefano, du bist ein Schatz. Danke, mein Lieber.«

»Schau dir das an«, sagte Ariana. »*Aida* in den Caracalla-Thermen, 1952.« Ariana nahm ein altes Opernprogramm heraus. »Das muss unglaublich gewesen sein. Du hast Herzchen auf das Programmheft gemalt.« Sie reichte es ihrer Tante, die es in den Händen hielt wie ein seltenes Artefakt.

Ruby drückte sich das Heft an die Brust. »In diesem Sommer spielte das weltbekannte Opernensemble Teatro dell'Opera in den Caracalla-Thermen, dem antiken römischen Bad mitten in der Stadt. Ich kann mich noch gut an diese Vorstellung erinnern.« Mit den Händen beschrieb sie die Szene in der Luft. »Maria Pedrinis Stimme schwebte durch die laue Abendluft wie ein Zaubervogel, die Bühne war aufgebaut zwischen den gewaltigen Propyläen des *Caldariums*. Unbeschreiblich kolossal. Entrückend und betörend...« Sie brach abrupt ab.

»Klingt nach einem unvergesslichen Abend.«

»Ja. Das war es«, flüsterte Ruby.

In ihrer Stimme schwang eine Melancholie mit, die Ariana gar nicht von ihr kannte, außer von Rubys Darbietungen auf der Leinwand. Aufmerksam sah sie ihre Tante an und sah, wie sie die Tränen wegblinzelte. Das hier war echt, nichts Gespieltes für Kamera und Regisseur. Ariana streckte die Hand nach ihr aus und strich ihrer Tante sanft über die Schulter. »Ist damals etwas passiert, Tante Ruby?«

Ruby schniefte. »Der Vergangenheit nachzuhängen bringt überhaupt nichts. Lebe im Moment, sage ich immer.« Sie legte das Programmheft wieder in die Schachtel und klatschte in die Hände, als sei das Gespräch damit beendet.

Doch Arianas Neugier war geweckt. Sie nahm das Programm noch einmal heraus. »1952. Tante Ruby, ich wusste gar nicht, dass du damals in Italien Filme gedreht hast. Da kannst du doch höchstens...«

»...siebzehn gewesen sein.« Ruby und Stefano wechselten einen Blick. »Meine kurze Szene mit Text ist am Ende rausgeschnitten worden, aber gleich darauf habe ich eine Rolle in einem anderen Film bekommen.«

»Und was für ein Film!«, seufzte Stefano mit einem Lächeln.

»Es war *Tagebuch einer Pionierin*«, erklärte Ruby.

Ariana war es gewohnt, dass die ausschweifenden

Gedankengänge ihrer Tante bisweilen vom rechten Weg abkamen. »Zurück ins Jahr 1952.«

Rubys Augen glitzerten. »Das war das wunderbarste Jahr meines Lebens.« Sie blinzelte ein paar Mal und schien sich in Erinnerungen an längst vergangene Zeiten zu verlieren.

Stefano räusperte sich. »Wo Ariana schon mal hier ist, könnte ich uns doch ein schönes Abendessen kochen.«

Aber Ariana wollte urplötzlich nichts wie raus aus dem Haus. Sie sah ihre Tante an und sagte: »Du wolltest doch unbedingt mal in das neue Restaurant in Rancho Mirage. Da könnten wir doch essen gehen. Alle zusammen. Du musst auch mitkommen, Stefano.«

Ruby lächelte und schien die Erinnerungen abzuschütteln. »Aber nur, wenn du dich fit genug fühlst.«

Ariana setzte sich auf. »Mir geht's allein beim Gedanken daran schon viel besser.« Ruby hatte eine ausgeprägte Schwäche dafür, sich schick zu machen und auszugehen. »Dann kannst du mir haarklein von deiner Italienreise berichten. Phillip hat kürzlich erwähnt, er wolle gerne mal mit mir nach Italien. Vielleicht kannst du uns ein paar Tipps geben.« Ariana sah, wie das Lächeln ihrer Tante erlosch, kaum, dass sie Phillip erwähnte.

»Ich liebe Italien, aber mein Herz gehört vor allem dem Comer See und den kleinen Dörfern drum herum. In Bellagio habe ich eine entzückende alte Villa gesehen, und ich dachte mir, es wäre doch herrlich, so ein …«

»Aber einen zweiten Wohnsitz in Übersee zu haben wäre in deinem Alter doch schrecklich anstrengend«, warf Ariana ein.

Ruby presste die Lippen zusammen, bis sie nur noch ein schmaler, entrüsteter Strich waren. »Nicht du auch noch, Ariana.«

»Ich meine doch nur ...«

»Ich weiß, du meinst es gut. Du klingst genau wie Dr. Lettie«, schnaubte Ruby empört. »Mein Knöchel ist inzwischen gut verheilt. Und jeder kann sich den Fuß verstauchen, wenn er ungeschickt auf eine Bordsteinkante tritt. Du vergisst wohl, dass meine Großmutter hundertzwei geworden ist, und das, noch bevor es solchen Schnickschnack wie Antibiotika gab. Sie hat auf ein Gläschen Tequila nach dem Abendessen geschworen. Und ich beabsichtige, sie zu überleben.« Sie griff nach ihrem Cocktail und trank ein Schlückchen.

»Verstehe«, murmelte Ariana kleinlaut.

Ruby stand auf. »Wenn wir essen gehen wollen, muss ich noch baden und mich umziehen.« Sie sah Ariana durchdringend an. »Sicher, dass es dir besser geht?«

»Ganz sicher.«

Ruby zögerte einen Augenblick, dann wies sie auf die Schachtel mit den Fotos und Erinnerungsstücken. »Du kannst dir gerne alles anschauen, aber bitte sorge dafür, dass nichts verloren geht. Ich habe da seit Jahren nicht mehr hineingeschaut.«

Ariana versprach es, und Ruby schritt wild gestikulierend ins Haus, eine Frau mit einer Mission, dicht gefolgt von Stefano, dem sie noch im Gehen genaue

Anweisungen gab. Kopfschüttelnd beugte Ariana sich über eins der alten Fotoalben und nippte an ihrem Glas. Wie sie ihrer Tante gesagt hatte, ging es ihr schon viel besser, aber sie machte sich trotzdem Sorgen. Sollten diese Anfälle wirklich stressbedingt sein, was um Himmels willen sollte sie dagegen tun? Sie konnte doch nicht ihr Leben ändern? Schließlich hatte sie hart dafür gearbeitet, ihre Träume zu verwirklichen.

Und dann auch noch ein Baby...

Ariana ging die vielen Erinnerungsstücke in der Zigarrenschachtel durch und musste grinsen, als sie sah, was Ruby alles aufgehoben hatte.

Münzen mit der Prägung *Repubblica Italiana*, Lire-Scheine, Zugfahrkarten, gewellte Schwarzweiß-Schnappschüsse von Menschen, die sie nicht kannte. Sie faltete ein paar Zettel auf.

»Ein Filmmanuskript.« Lächelnd betrachtete Ariana die an den Rand gekritzelten Bemerkungen zu Bewegung und Betonung. »Das muss Rubys Szene gewesen sein.«

Der rot-blau gestreifte Rand eines dünnen Umschlags mit dem Aufdruck *Per Via Aerea* guckte aus dem Stapel. Adressiert war er an Miss Ruby Raines und eine Anschrift in Hollywood. Der verblichene rote Poststempel war gerade noch zu lesen. *Poste Italiane*, stand da, und *Roma*. Ariana fuhr mit den Fingern über die blassen Buchstaben.

Sie schaute in die Umschläge, aber sie waren leer, wohl lange schon ihres Inhaltes beraubt. Ariana musste seufzen beim Gedanken daran, dass heutzutage eigentlich niemand mehr Briefe schrieb. Von Phillip hatte sie kaum etwas, das sie als Erinnerung aufbewahren könnte. Textnachrichten und E-Mails löschte sie meist gleich. Aber immerhin hatte sie unzählige Fotos auf dem Handy.

Ariana fiel die Kette wieder ein, die Ruby trug. Sie schien alt und ihrer Tante am Herzen zu liegen, aber Ariana hatte sie vorher noch nie an Ruby gesehen. Sonst trug ihre Tante eher extravaganten Schmuck. Vielleicht hatte die Kette eine besondere Geschichte, wie die einzelnen Billetts und das Opernprogramm, die Ruby aufbewahrt hatte. Ariana nahm sich vor, ihre Tante später danach zu fragen.

KAPITEL ZWEI
Rom, 1952

Niccolò reichte ihr die Hand. Zögerlich legte Ruby die Finger in seine Handfläche, und wieder kribbelte es wie ein elektrischer Schlag, wie immer, wenn sie sich berührten. Statt ihre Lire bei den Straßenverkäufern für heiße Panini mit dem besten, hauchdünn geschnittenen Prosciutto, den frischsten Tomaten, dem aromatischsten Basilikum und dem cremigsten Mozzarella auszugeben, hatte er vorgeschlagen, sie solle sich überraschen lassen.

»Vertraust du mir?« In Niccolòs strahlend blauen Augen blitzte der Schalk, und sein weicher, melodischer Akzent war hypnotisch.

Aus ihr unerfindlichen Gründen ertappte Ruby sich dabei, wie sie nickte. »Wo willst du denn mit mir hin?«

Niccolò rückte die Stofftasche über seiner Schulter zurecht und grinste. »Ich bringe dich zur großartigsten Darbietung in ganz Rom. Vielleicht der besten, die du je sehen wirst.«

Verunsichert schaute Ruby an sich herab. Sie trug

ein schlichtes Seersuckersommerkleidchen, das sie vor ihrer Abreise in Texas genäht hatte. »Ich hoffe, es wird nicht allzu vornehm.«

»Sogar sehr vornehm«, sagte er und führte sie zu den Wohnwagen der Filmproduktion. »Aber ich habe einen Plan. Komm mit.«

Die erste Drehwoche lag gerade hinter ihnen. Angefangen hatte sie mit der Eröffnungsszene im barocken Palazzo Brancaccio, wo es vor schmuckbehangener italienischer Noblesse in opulenter Abendrobe, die sich auf einen Aufruf der Filmfirma hin gemeldet hatte, nur so wimmelte. Sie waren genauso fasziniert von der Glamourwelt der Hollywoodfilme wie die Menschen auf der Straße.

Die meisten Mitglieder des Filmstabs waren längst in die Stadt geschwärmt, um ihren freien Tag zu genießen. Ruby hatte gehört, wie Audrey Hepburn erzählte, ihre Mutter, Baroness Ella, habe Reservierungen zum High Tea im Babington's, einem englischen Teehaus unweit des exklusiven Hotels Hassler, wo Miss Hepburn untergebracht war. Andere, darunter auch der Regisseur, schauten womöglich ungeschnittenes Rohmaterial des Films oder tranken Bellinis oder Negroni auf der Via Veneto, einer beliebten Nobelstraße, in der sich die Straßencafés drängten.

Ruby hatte schon viel über italienische Cocktails gehört und fragte sich, wie sie wohl schmecken, aber sie hatte ihren Eltern versprechen müssen, keinen Alkohol zu trinken und sich vor den Jungs in Acht zu nehmen. Diese Woche hatte sie sich einmal einen eisgekühlten

Latte macchiato bestellt und war sich dabei sehr erwachsen vorgekommen.

Wobei Wein nicht als Alkohol zählte, wie sie nach ein paar Tagen in Rom bereits gelernt hatte. Selbst junge Mädchen und Jungs in ihrem Alter tranken schon Rotwein zu Lasagne oder Ravioli oder den vielen anderen Pastasorten, die sie kaum aussprechen konnte. Und eigentlich war sie ja auch schon achtzehn, also musste sie sich auch so benehmen. *Eine Rolle in einer Rolle*, überlegte sie und musste über sich selbst lachen.

Niccolò legte einen Finger auf die Lippen und führte sie in den Wohnwagen, in dem der Kostümfundus untergebracht war. Sachte klopfte er an die Tür. »David, ich bin's. Niccolò.«

Die Tür flog auf, und heraus wehte schwungvolle Jazzmusik. Niccolò reichte seine Tasche einem jungen Assistenten des leitenden Kostümbildners.

»Amaretto und Limoncello«, sagte Niccolò. »Nur vom Feinsten.«

»Ausgezeichnet. Du überraschst mich«, entgegnete David mit dem unüberhörbaren Akzent des amerikanischen Mittleren Westens. Er spähte in die Tasche und winkte sie dann herein. »Ihr dürft euch aussuchen, was ihr mögt, bis auf die Sachen von Miss Hepburn, Mr Peck und Mr Arnold. Und kleckert bloß nicht alles voll. Niccolò, dein Anzug hängt hier drüben.«

»Ich weiß gar nicht, wo ich anfangen soll«, flüsterte Ruby ehrfürchtig mit einem Blick auf die in langen Reihen hängenden Kostüme.

David wandte sich Ruby zu. Nachdenklich strich er

sich über das Kinn. »Du bist ungefähr so groß wie Miss Hepburn. Ich weiß genau, was dir am besten steht.«

Niccolò lachte. »David will mal ein ganz großer Modeschöpfer werden, wie Coco Chanel.«

»Wohl eher wie Elsa Schiaparelli«, entgegnete David und grinste breit, während er einen silbernen Stöckelschuh in die Luft warf und danach wie einen Hut auf dem Kopf balancierte. »Elsa hat 1937 zusammen mit Salvador Dalí einen Schuh namens *Chapeau* entworfen. Darling, das war der letzte Schrei in der *Vogue*.«

Ruby musste kichern. Noch nie hatte sie jemanden wie David kennengelernt, aber er war ein lustiger Vogel. Als sie zur Anprobe hier gewesen war, hatte sich einer der anderen Assistenten um sie gekümmert.

David wies auf die Rückseite des Wohnwagens. »Und jetzt verschwinde, während ich mich um deine Freundin kümmere.«

»Oh, nein«, rief Ruby, die auf einmal ganz rot wurde. »Ich bin nicht seine Freundin.« Wobei ihr das Herz bei diesen Worten wild in der Brust pochte. Ruby hatte noch nie einen Freund gehabt, aber würde Niccolò sie fragen, sie würde wohl nicht Nein sagen.

David lächelte. »Die Nacht ist noch jung, Liebes. Bin gleich wieder da.«

Vor der Stange mit Miss Hepburns Kostümen blieb sie andächtig stehen. Die schlichten Baumwollblusen und weiten Röcke könnten auch aus ihrem Schrank stammen. Aber die königlichen Roben von Prinzessin Ann waren einfach hinreißend. Gleich vor Ruby hing ein Spitzenkleid mit langen Ärmeln, so zart und süß wie die Zuckerwatte, die sie einmal auf einem Jahrmarkt gegessen hatte.

Der Anblick eines Ballkleids auf einer Schneiderpuppe verschlug Ruby beinahe den Atem. Das Kleid war anbetungswürdig. Ein Wort, das draußen auf der Farm nicht viel Verwendung fand. Geschneidert war es aus silbernem Brokatstoff, schulterfrei, mit schmalem Mieder und einem schier unmöglich weit ausgestellten Rock. Selbst ohne Schmuck und viel Tamtam wirkte es majestätisch.

»Zauberhaft«, flüsterte sie und wagte kaum, den Stoff zu berühren. Ruby konnte schneidern, aber so einen traumschönen Stoff hatte sie noch nie gesehen. Die Verarbeitung war märchenhaft. Bewundernd besah sie die winzig kleinen Stiche, akkurat, wie ihre Mutter es ihr beigebracht hatte, auch wenn ihre eigenen Nähte niemals auch nur annähernd so fein sein würden. Als Näherin würde sie in Los Angeles immer ihren Lebensunterhalt verdienen können, aber das war es nicht, was sie wirklich wollte.

David kam zurück mit einem ärmellosen aquamarinblauen Kleid mit U-Boot-Ausschnitt und weitem Rockteil. »Wie findest du das?«

»Oh, nein, das geht doch nicht«, stammelte sie, obwohl das Kleid betörend schön war. Sie fuhr mit den Fingerspitzen über den Stoff, der so zart war, dass er fast schon schillerte. Ein Petticoat sorgte für Stand und betonte die schmale Taille.

»Reinste italienische Seide vom Comer See«, erklärte David. »Du musst es anprobieren. Für mich.«

Ruby spielte verlegen mit den Fingern. »Dreh dich bitte um.« Sie knöpfte die Bluse auf und schlüpfte kopfüber in das Kleid, bevor sie ihren Rock zu Boden fallen ließ. Vorsichtig zog sie sich das Kleid über die Hüften. »Okay, jetzt kannst du wieder gucken.«

David drehte sich um, und der Mund blieb ihm vor Staunen offen stehen. »Oh, Grundgütiger. Ein neuer Stern am Hollywood-Himmel!« Rasch half er ihr mit dem Reißverschluss. »Dazu ein paar Perlen, *faux* natürlich, und flache silberne Sandaletten. Darf ich dir die Haare machen, mein Kätzchen? So ein leuchtendes Rubinrot habe ich ja noch nie gesehen.« Er senkte die Stimme zu einem vertraulichen Flüstern. »Ist die Farbe echt?«

»Ich hatte schon als kleines Mädchen dunkelrote Haare«, erklärte Ruby lachend. »Wo kommst du eigentlich her?«

»Omaha«, entgegnete David gedehnt.

»Du bist lustig«, rief sie. David war anders, witzig, modebewusst und überdreht. »Sind in Omaha alle so wie du?« Sie hatte keine Ahnung, wo das lag, aber es klang irgendwie exotisch.

»Darling, niemand in Omaha ist wie ich. Darum habe ich mich auch schleunigst aus dem Staub gemacht und bin nach Kalifornien gegangen. Was glaubst du, wie nervös ich war, Miss Head meine Kostümmappe zu zeigen, aber sie hat mich vom Fleck weg eingestellt, kaum dass sie sie gesehen hatte.«

»Hast du keine Angst, dass sie dich deswegen rausschmeißen?«, flüsterte Ruby. Edith Head hatte in

Hollywood schon alles eingekleidet, was Rang und Namen hatte, und war mit mehr Preisen dekoriert als jede andere Kostümbildnerin. Eine derart eklatante Missachtung ihrer strikten Regeln würde sie sicher nicht dulden.

»Sie ist weit weg in Hollywood. Wenn du es ihr nicht verrätst, von mir erfährt sie nichts.« David zwinkerte ihr verschwörerisch zu. »Was bringt dich denn nach Tinseltown?«, fragte er.

»Ich liebe das Kino«, erzählte Ruby begeistert. »Man darf jemand anderer sein als der, der man wirklich ist. Und wird dafür auch noch bezahlt.« Vertraulich flüsterte sie ihm zu: »Eine ganze Menge sogar, wenn man richtig gut ist. Meine Familie kann das Geld gut gebrauchen, also will ich alles über die Schauspielerei lernen, was es zu wissen gibt.«

Im Spiegel erhaschte sie einen Blick auf sich. Das eisklare Blau bildete einen formidablen Kontrast zu ihren dunkelroten Haaren.

»Bleib, wo du bist«, kommandierte David. Er drehte die Lautstärke des Plattenspielers in der Ecke auf, auf dem sich eine schwarz-goldene Schallplatte drehte, dann schnappte er sich eine Haarbürste und einen Make-up-Koffer. »Mmm, that's my desire«, sang er mit. »Ist es zu fassen, dass ich hier im Laden eine Platte von Louis Armstrong gefunden habe?«

»Den habe ich schon ein paar Mal im Radio gehört«, rief Ruby ganz aufgeregt. Leider ließ ihr Vater sie nur selten etwas anderes einstellen als seine Country-and-Western-Sender.

David schnippte die Finger im Takt zur Musik. »Das ist Jazz, Baby. Satchmo – so nennen sie ihn – ist oft in Italien auf Tournee, die Leute hier kennen also seine Musik.« David bekam ganz leuchtende Augen. »Er hat hier in Rom einen Film gedreht, *Botta e Risposta – Die große Schau*. Eine Screwballkomödie, und der Song stammt aus dem Film. Er heißt *You're My Desire*. Und du solltest mal italienischen Jazz hören. Wow.« Er fächelte sich mit den Händen Luft zu.

Ruby lachte, aber es dauerte nicht lange, bis sie mit den Füßen den Takt der Musik mitklopfte. Sie musste stillstehen, damit David ihr die Haare aus dem Gesicht kämmen und sie mit zwei Strasskämmen hochstecken konnte. Mit einem feinen Pinsel tupfte er ihr rote Farbe auf die Lippen, dann trat er einen Schritt zurück, um sein Werk zu bewundern.

»Ich brauche unbedingt ein Foto für meine Mappe«, sagte er. »Rühr dich nicht vom Fleck.«

David richtete eine grelle Lampe auf sie, die einen langen Schatten warf. Dann stellte er das Objektiv einer kompliziert wirkenden Kamera ein. »Nicht lächeln«, kommandierte er. »Und jetzt schau über meine Schulter.«

Ruby tat, wie ihr geheißen, und in dem Moment kam Niccolò lässig dazu und schnippte mit den Fingern zur Musik. Er trug einen dunklen, schmal geschnittenen Anzug, in dem er viel älter wirkte. Ihr Herz schlug schneller, und sie öffnete vor Staunen ganz leicht die Lippen.

»Bleib so«, rief David.

Ein Blitz knallte und blendete sie, dass sie nichts mehr sah.

Niccolò kniete sich neben sie und nahm ihre Hand. »Weißt du eigentlich, wie wunderwunderschön du bist?« Seine Stimme klang belegt.

»Du aber auch«, brachte Ruby mühsam hervor.

»So, genug Verkleiden gespielt«, rief David und klatschte in die Hände. »Bringt mir die Sachen morgen Nachmittag zurück. Punkt vier Uhr. Auf keinen Fall früher. Ich habe einen Termin mit meinem Kater.«

Ruby und Niccolò stürzten lachend und einander umarmend zur Tür hinaus.

Unterwegs kaufte Niccolò bei einem Straßenhändler *Arancini,* köstliche frittierte Reisbällchen, gefüllt mit Käse und Erbsen, die Ruby ganz vorsichtig aß, um den Lippenstift nicht zu verwischen. Und wie sie so auf dem romantischen kleinen Platz saßen und futterten, Servietten im Schoß, um bloß ihren Sonntagsstaat nicht zu bekleckern, warf die untergehende Sonne ihr tiefes Licht über sie wie hauchfeine Spinnfäden. Es war ein zauberhafter Abend. Und Ruby wusste jetzt schon, sie würde die Erinnerung daran fest in ihr Herz schließen und auf ewig dort festhalten.

Danach fuhren sie mit dem Taxi vorbei am Pantheon, dem Forum Romanum und dem Kolosseum. Niccolò zeigte ihr all seine Lieblingsorte. Er lebte mit seiner Familie hier in Rom, aber er erzählte auch vom Comer See in Norditalien, wo die Familie seiner Mutter herkam.

»Und wie haben deine Eltern sich kennengelernt?«,

fragte Ruby auf der Rückbank des Taxis, das Knie ganz dicht an seinem. Seine Nähe war berauschend.

»Mein Großvater mütterlicherseits besaß ein florierendes Weingut in Norditalien, und mein anderer Großvater hatte eine gutgehende Kunstgalerie in Rom. Eines schönen Tages hat meine Mutter ihren Vater begleitet, als er Wein an eben die Galerie lieferte, wo auch mein Vater arbeitete. Wein und Kunst – das perfekte Paar, wie alle immer sagen.«

Ruby hielt das Gesicht in den warmen Wind, der durch das offene Fenster hereinwehte. »Und, stimmt das? Was meinst du?«

Niccolò lachte. »Was für eine komische Frage. Liebe gibt es in unserer Familie mehr als genug.« Er gab ihr einen Kuss auf die Wange.

Niccolòs unschuldiger Kuss kribbelte Ruby bis in die Zehenspitzen. Der Taxifahrer lächelte sie im Rückspiegel an und bremste, am Ziel angekommen.

»Das sind die *Terme di Caracalla*«, erklärte Niccolò und wies auf die imposanten Ruinen vor ihnen. »Was so viel heißt wie das Badehaus des Caracalla«, fügte er leise lachend hinzu. »Meine Mutter liebt die Oper.«

Ruby starrte mit weit aufgerissenen Augen aus dem Fenster. »Oper?«

»Du warst doch bestimmt schon mal in der Oper?«

»Nein, aber das wollte ich immer schon mal.« Elegant gekleidete Menschen strömten von allen Seiten herbei, lachten und küssten sich zur Begrüßung auf beide Wangen. *Ciao! Come stai?* Sie runzelte die Stirn. »Sind die Karten sehr teuer?«

Niccolò lachte. »Ich habe da einen Cousin.« Er bezahlte den Fahrer und nahm ihre Hand, um ihr beim Aussteigen zu helfen.

Sie stieg aus dem Wagen und bemerkte, wie die Leute sie anstarrten. Verdattert verzog sie das Gesicht, legte eine Hand auf die Brust und fragte Niccolò: »Stimmt irgendwas nicht mit mir? Die Leute gucken so.«

»Weil du einfach umwerfend aussiehst«, erklärte er und legte ihr schützend einen Arm um die Schultern.

Erleichtert schaute sie zu ihm auf. Niccolò schmiegte das Gesicht an sie und küsste sie auf Wange und Hals. Ihr wollte das Herz schier übergehen vor Glück. So etwas hatte sie noch nie erlebt. *Diese Leidenschaft.* Die Leidenschaft, die sie so oft auf der Kinoleinwand gesehen hatte, die gab es also wirklich.

Niccolò löste sich von ihr und nahm ihr Gesicht behutsam in beide Hände. »*Anima mia*«, flüsterte er heiser.

»*Anima mia*«, wiederholte sie.

Er lachte. »Gar nicht schlecht. Ich kann dir Italienisch beibringen, wenn du willst.«

»Oh ja«, rief sie begeistert und sank in seine Arme. Und wurde gehalten – von einer Seele, die ihrer eigenen so ähnlich war. Niemals hätte sie zu hoffen gewagt, dass es so jemanden geben könnte, und doch hielt sie ihn hier in ihren Armen. Sie war das glücklichste Mädchen auf der ganzen Welt und meilenweit entfernt von Texas.

Niccolò wies auf den Eingang. »*Andiamo.*«

Ihre Hand fest in seiner führte er sie durch das Gedränge. »Das *Teatro dell'Opera* tritt hier jeden Sommer auf. Dieses Jahr spielen sie *Aida*. Du kennst doch *Aida*, oder?«

Ruby schüttelte den Kopf. Sie hörte ohnehin kaum zu und hatte nur Augen für ihn und die Leidenschaft, die in seinen Augen blitzte.

»Warte nur, bis du das siehst und hörst.« Niccolò küsste seine Fingerspitzen. »*L'opera è magnifica*. Sensationell. Maria Pedrini singt. Sie hat eine Stimme wie ein Engel. Sollte ich je eine Tochter bekommen, ich würde sie Mariangela nennen. Ein Name wie Musik.« Er grinste. »Sag ihn für mich.«

»Mariangela.« Ruby lachte mit, aber sie fand es hinreißend, was er da sagte. Und der Name war wirklich wie Musik.

Schließlich hatten sie Niccolòs Cousin gefunden, einen jungen Mann, kaum älter als Niccolò selbst. Er nickte und winkte sie mit einem Lachen hinein.

»Jetzt müssen wir uns nach freien Plätzen umschauen, aber ganz unauffällig«, flüsterte Niccolò ihr verschwörerisch zu. »Tu so, als hielten wir Ausschau nach Freunden.«

»Das kriege ich hin«, entgegnete Ruby grinsend.

Nonchalant blieben sie, bis das Licht ausging, neben einer Sitzreihe mit mehreren freien Plätzen stehen. Dann schlüpften sie schnell auf die frei gebliebenen Sitze und mussten sich auf die Zunge beißen, um nicht laut zu lachen. Doch sobald die Scheinwerfer die Bühne erhellten, die zwischen gewaltigen Steinsäulen aufgebaut war, schauten Ruby und Niccolò verzückt und fast ehrfürchtig zu und lauschten gebannt.

Ruby gefiel alles an der Oper – die Musik, die Geschichte, die Darsteller, die Kostüme. Die rasende Leidenschaft der Aufführung, die den Aufruhr in ihrem eigenen Herzen spiegelte. Flüsternd erzählte Niccolò ihr zwischendurch in kleinen Bruchstücken die Handlung, aber auch ohne ein einziges Wort zu verstehen, begriff ihr Herz die ganze Geschichte.

Nur eine Chance, schwor sie sich stumm, und sie würde diese Gefühle auf die Bühne und auf die Leinwand bringen – auf ihre eigene Art, versteht sich, aber genauso stark und unvergesslich.

Als die Darbietung endete, klatschten die Zuschauer frenetisch Beifall und johlten vor Begeisterung. Ruby und Niccolò erhoben sich, wie alle anderen auch, und Ruby war ganz hingerissen von dieser offensichtlichen Liebesbekundung des Publikums.

Auf dem Weg nach draußen schnappte Niccolò sich rasch ein Programm von einem der Plätze. *Aida, Giuseppe Verdi, 1870.* Er zog einen Stift aus dem Jackett und malte ein paar Herzchen darauf, um es ihr dann feierlich zu überreichen. »Damit du diesen Abend nicht so schnell vergisst.«

»Wie sollte ich ihn jemals vergessen?«

Sie winkten ein Taxi heran und stiegen ein.

»*Scalinata di Trinità dei Monti*«, sagte Niccolò zu dem Fahrer.

Die Spanische Treppe lag ganz in der Nähe der kleinen Pension, in der Ruby mit der übrigen Besetzung untergebracht war. Sie war zwar nicht annähernd so mondän und elegant wie das Hotel Hassler, wo die Stars residierten, aber Ruby fand es einfach herrlich, mitten in Rom zu wohnen und in einem Hollywoodfilm mitzuspielen.

Am Fuß der Treppe auf der Piazza di Spagna setzten sie sich auf ein niedriges Mäuerchen am Rand eines großen Figurenbrunnens. Das plätschernde Wasser blendete alle anderen Geräusche aus, und die leichte Brise, die vom Brunnen herüberwehte, strich kühl über Rubys bloße Arme.

Versonnen schaute sie in den Brunnen und musste daran denken, was einer ihrer Schauspielkollegen neulich gesagt hatte. »Das ist Barock, oder?«

»Du kennst dich mit Kunst aus?« Niccolò grinste. »Das ist die Fontana della Barcaccia. Der Bootsbrunnen.«

Den Kopf zur Seite geneigt studierte Ruby den Brunnen. »Passender Name, wo doch anscheinend jemand sein Boot mitten im Brunnen versenkt hat.«

Niccolò grinste, zog sie näher zu sich und legte ihr einen Arm um die Schultern. »Du bringst mein Herz zum Lachen.« In der lauen Abendluft zog er das Jackett aus.

Ruby erzitterte ganz leicht in Erwartung dessen, was wohl noch kommen würde.

Behutsam legte er ihr einen Finger unter das Kinn, bis sie ihn ansah, und streifte fast fragend ihre Lippen mit seinen.

Sie erwiderte den Kuss, zart, aber gewiss. Es war ihr

erster Kuss, hier, in Rom, mit einem Jungen, dessen Herz mit ihrem im Gleichklang schlug und in dessen Augen sie die Tiefen ihrer eigenen Seele widergespiegelt sah. Nie würde sie diesen Abend vergessen.

»*Anima mia*«, wisperte sie.

KAPITEL DREI

Los Angeles, 2010

Das Herz schlug Ariana bis zum Hals, als sie die Tür der kleinen Kirche aufriss und Hals über Kopf hinausstürzte. Das fließende, handbestickte Seidenkleid in den Fäusten gerafft, klemmte sie sich und ihre Brautausstattung hinter das Steuer ihres alten MGB-Cabrios.

»Ariana!«, rief Phillip ihr nach, doch sie wagte es nicht, sich umzudrehen.

Sie hatte zwar nicht vorgehabt, in ihrem Brautkleid Auto zu fahren, aber im Nachhinein erwies sich ihre Entscheidung für eine schmale Silhouette als geradezu prophetisch. In einem ausladenden Prinzessinnenkleid mit Reifrock wäre sie nicht weit gekommen. Selbst mit offenem Verdeck hätte sie damit nicht in das Cabrio gepasst.

»Stopp!«, brüllte er.

Auf keinen Fall würde sie sich erst umziehen.

Nach der Hochzeit hatten sie und Phillip eigentlich gemeinsam wegfahren wollen, ein bisschen die Küste hinauf, flittern und ausspannen. Phillip wollte die gigantischen uralten Mammutbäume sehen und mit alten Schulfreunden am Pebble Beach golfen. Golf war nichts für sie, also wäre sie die meiste Zeit allein gewesen. So sehr sie sich auch auf die Flitterwochen gefreut hatte, das war seine Traumreise, nicht ihre.

»Soll er doch alleine golfen gehen, ist mir egal«, knurrte sie.

Ein kurzer Blick in den Spiegel bestätigte ihre Vermutungen. Ihre Wangen glühten, und sie war, aller Schminke zum Trotz, hochrot im Gesicht vor Wut und Fassungslosigkeit. Wie konnte Phillip ihr das nur antun?

Der Schleier verhedderte sich im lederbezogenen Lenkrad. Behutsam versuchte sie, das verflixte Ding loszufummeln, ohne die zarte Dentelle-de-Calais-Spitze und den Tüll zu zerreißen, die sie so sorgfältig mit kleinen Stichen an Rubys perlen- und diamantenbesetzten Haarkamm genäht hatte.

Durch die offene Kirchentür hörte Ariana den Organisten pflichtbewusst die musikalische Untermalung einer Trauung spielen, die nun nie stattfinden würde. Sie verdrehte die Augen angesichts der unfreiwilligen Ironie.

»Ariana, ich kann alles erklären!«, schrie Phillip. »Bitte, ich brauche dich.«

Das Einzige, was *Ariana* gerade brauchte, waren die warmen Sonnenstrahlen auf den Schultern und ein kaltes Glas Eistee an den Lippen.

Sie drehte den Schlüssel im Zündschloss und trat mit den handgemachten High Heels die Kupplung durch. Sie hatte sich solche Mühe gegeben bei der Zusammenstellung ihres Brautkleids und der Accessoires, damit auch alles stimmte, aber jetzt wollte sie nur noch raus aus dem Ding. Wie hatte sie nur all die vielen Alarmglocken in ihrer Beziehung mit Phillip überhören können?

Rasch setzte sie rückwärts aus der Parklücke und sah, wie ihre Freunde und Phillips Eltern ratlos draußen vor der bescheidenen kleinen Kirche von Coldwater Canyon in Studio City herumstanden. Unzählige Prominente und auch ganz gewöhnliche Menschen hatten in der Little Brown Church geheiratet, einer kleinen Kirche mit Kiefernholzverschalung, die lange vor den meisten anderen Gebäuden in der Gegend schon hier gestanden hatte. *Eine kleine intime Trauung*, darauf hatte sie bestanden.

Was für ein Glück.

Den vertrauten Gesichtern vor der Kirchentür war der Schreck anzusehen. Phillips Eltern guckten sich peinlich berührt um, was eigentlich auch ihrem Sohn gut zu Gesicht gestanden hätte. Ihre Großtante Ruby stand ein wenig abseits neben der Tür, eindrucksvoll wie immer in einem extravaganten Hut mit Federschmuck, den sie vermutlich vor Urzeiten mal in einem Film getragen hatte. Gelassen hob sie die lackierten Nägel an die farblich abgestimmten Lippen, warf Ariana einen Kuss zu und lächelte.

Nur Tante Ruby versteht mich. Im Nachhinein, dachte Ariana, hätte sie wohl auf ihre Tante hören sollen. Dann hätte sie sich diese ganze Peinlichkeit ersparen können.

Ariana legte den Gang ein und trat aufs Gas. Unvermittelt tauchte Phillip mit ausgestreckten Armen vor ihrer Motorhaube auf. Erschrocken machte sie eine Vollbremsung. Ihr Ex-Zukünftiger prallte gegen die Haube.

»Ariana, halt um Himmels willen an.« Atemlos stemmte er sich hoch. »Ich bin doch da. Also los, ziehen wir das Ding jetzt durch.«

Empört richtete sie sich im Sitz auf. »*Du* bist zu spät gekommen. *Du* hattest deine Zweifel. *Du* hast die letzte Nacht mit einer wildfremden Frau verbracht, die du in einer Bar aufgegabelt hast. Und *jetzt* bist du dir plötzlich sicher?«

»Komm schon, es ist doch gar nichts passiert.« Er sah zum Kotzen gut aus in dem Smoking, den sie für ihn entworfen hatte. Phillip breitete die Hände aus. »Viele Männer kriegen im letzten Moment kalte Füße. So was kann schon mal vorkommen, Babe.«

»Nein, so was kommt bei mir nicht vor. Entweder man ist in einer Beziehung, oder man ist es nicht. Und dank dir hatte ich ja mehr als genug Zeit zum Nachdenken.«

Alles, was mit Phillip zu tun hatte, war wichtiger als irgendetwas in ihrem Leben. Die Cocktailparty, zu der er, hopplahopp, ganz dringend musste, vermieste ihr den Abend der Verleihungsfeier für einen wichtigen Kostümbildnerpreis, für den sie nominiert worden war. Das romantische Wochenende, das sie geplant hatte, wurde abgesagt, weil er versprochen hatte, am Samstagmorgen mit seinen Kumpels an der Beverly Hills High

School Basketball zu spielen. Sie könnte unendlich so weitermachen, aber wozu?

Über eine Stunde hatte er sie in der Kirche warten lassen wie bestellt und nicht abgeholt, weil *er* sich nicht sicher war, ob er wirklich heiraten wollte? Kein Anruf, keine Nachricht, nichts. Sein Trauzeuge hatte schließlich im Kreuzverhör zugeben müssen, dass Phillip nicht auf seinem Hotelzimmer gewesen war, als sie sich morgens auf den Weg zur Kirche gemacht hatten.

»Wann hast du ihn das letzte Mal gesehen?«, hatte Ariana ihn wütend angefahren.

Sein bester Freund, so verkatert, dass er einen zartgrünen Schimmer um die Nase hatte, hatte gebeichtet, dass Phillip am Abend zuvor mit einer fremden Frau verschwunden war.

Schon vergangene Nacht, als Ariana stundenlang auf die Uhr gestarrt und vergeblich wieder und wieder den Wiederwahlknopf an ihrem Handy gedrückt hatte, hatte ihr Böses geschwant.

Und wie sie heute so dagestanden und auf Phillip gewartet hatte, war ihr plötzlich aufgegangen, dass sie keine Nebendarstellerin mehr in seinem Film sein wollte. Sie wollte die Hauptrolle und einen Mann an ihrer Seite, der sie nicht zur Statistin machte. Einen echten Partner. Und obwohl es niemand für möglich gehalten hätte – ihre Brautjungfer nicht, und auch nicht Phillips Eltern –, nahm sie ihr Schicksal kurzentschlossen selbst in die Hand.

Einen Fuß auf der Bremse, nahm Ariana den Gang heraus und ließ den Motor aufheulen.

»Schon gut, schon gut.« Abwehrend hob Phillip die Hände. »Das Kind ist vermutlich sowieso nicht von mir. Ich wollte dir nur einen Gefallen tun, damit du es weißt.«

»Jetzt reicht's aber«, schrie Ariana. Sie riss sich den geschmacklosen Klunker vom Finger und schmiss ihn mit aller Kraft nach ihm. Das grässliche Ding kullerte über den heißen Asphalt, und Phillip stolperte ihm hektisch hinterher.

Hastig griff er danach und hielt ihn dann wie einen errungenen Pokal in die Höhe, damit alle Gäste ihn sehen konnten, um sich dann vielsagend mit dem Zeigefinger an die Schläfe zu tippen. *Durchgeknallt, die Alte.*

Jetzt würde er bestimmt irgendeine verlogene Geschichte erfinden und die Wahrheit zu seinen Gunsten verdrehen.

Mit wild pochendem Herzen trat Ariana aufs Gaspedal und schoss mit quietschenden Reifen über den Parkplatz. Just in diesem Augenblick packte ein Windstoß ihren Schleier, den sie auf den freien Rücksitz gelegt hatte, und er wehte davon.

Leise fluchend riss Ariana das Steuer herum, um den flüchtigen Schleier einzufangen. Hinge nicht eins von Rubys kostbaren Schmuckstücken daran, sie hätte ihn drangegeben und wäre jetzt einfach den Coldwater Canyon hinuntergerast.

Noch ehe Ariana des Schleiers habhaft werden konnte, machte Ruby einen entschlossenen Schritt nach vorne, und wie eine Wolke aus Tülle und Spitze schwebte der Schleier geradewegs in ihre ausgebreiteten Arme.

Ariana stoppte den Wagen neben ihrer Tante, die mit dem teuren Stoff kämpfte, der sich bauschte wie Zuckerwatte. Die pflaumenblauen Federn an ihrem Hut plusterten sich im Wind, und Ariana fand, es wirkte fast wie eine Szene aus einer der vielen Komödien, in denen ihre Tante mitgespielt hatte.

»Nun guck nicht wie 'ne Kuh, wenn's donnert. Mach lieber die Tür auf.« Ruby legte den Kopf schief. »Am besten lässt du mich fahren.«

Ariana wagte es nicht, sich nach dem aufgeregt durcheinanderredenden Menschenauflauf hinter ihr umzudrehen. »Nichts lieber als das. Aber er hat eine manuelle Schaltung.«

Ruby grinste. »Was meinst du, womit ich Autofahren gelernt habe, Süße? Na los, machen wir, dass wir wegkommen.«

»Aber dein Knöchel ... und Stefano.«

»Ganz ruhig, ein Pedal werde ich noch treten können. Und Stefano findet auch ohne mich den Weg nach Hause. *Andiamo*, Schätzchen.«

»Also gut.« Ariana stieg aus dem Wagen, um ihre Tante ans Steuer zu lassen.

Entschlossen drückte Ruby ihrer Nichte einen Arm voll Brautzubehör in die Hände und nahm den gefiederten Hut ab. »Hier, stopf das in den Kofferraum. Aber dalli. Der Fotograf, den du engagiert hast, versucht gerade, sein Honorar doch noch irgendwie zu retten. Und du willst diesen Tag doch sicher nicht bildlich verewigt wissen, oder?« Ariana öffnete den kleinen Kofferraum, in dem bereits zwei kleine, ordentlich verstaute Reisetaschen lagen. Ohne weitere Umstände warf sie Phillips Designertasche im hohen Bogen auf den Boden, stopfte den Schleier und Rubys Hut hinein und sprang dann auf den Beifahrersitz. Kaum hatte Ariana die Tür zugeschlagen, trat Ruby das Gaspedal durch und schoss mit quietschenden Reifen in den Verkehr. Zurück blieben nur eine Staubwolke und eine Schar verdatterter Hochzeitsgäste, die ihnen ungläubig hinterherstarrten.

Ariana versank in ihrem Sitz und schlug die Hände vors Gesicht. »Ich weiß nicht, ob ich weinen oder schreien oder lachen soll.«

»Feiern sollst du«, rief Ruby und wechselte geschmeidig die Spur. »Du bist frei, und er war es ganz eindeutig nicht wert.«

»Ich weiß. Aber das Baby...« Ariana versuchte die Panik wegzuatmen, die in ihrer Brust brodelte.

»Das kriegen wir schon hin.« Ruby reckte entschlossen das Kinn und schaltete einen Gang hoch.

Ariana wusste, dass ihre Tante vor Jahren sogar mal ihre eigenen Autostunts für einen Film gemacht hatte, aber der filmreife Abgang, den sie jetzt vor der Kirche hingelegt hatte, war schon ganz schön beeindruckend gewesen – auch für jemanden, der nur halb so alt war wie sie. »Woher weißt du, dass Phillip nicht der Richtige für mich ist, Tante Ruby?«

Ruby warf ihr einen ungläubigen Seitenblick zu. »Lebenserfahrung. Du hast noch mal Glück gehabt.

Meiner Erfahrung nach werden Männer, ganz im Gegensatz zu Wein, mit dem Alter nicht unbedingt genießbarer.«

Ariana wünschte, sie müsste Phillip nie wiedersehen, aber mit einem gemeinsamen Kind würde das wohl Wunschdenken bleiben. Nagende Zweifel meldeten sich plötzlich zu Wort. »Was habe ich nur getan?« Ariana warf den Kopf gegen die Lehne.

Triumphierend sah Ruby sie an. »Du hast getan, was Millionen anderer Frauen gerne tun würden, aber nicht wagen – den eitlen Gockel, der sie wie den letzten Dreck behandelt, vor dem Altar stehenlassen. Stell dir einfach vor, wie sie dir alle Beifall klatschen.« Sie reckte die Faust in die Höhe und johlte.

Ariana machte es ihr nach und fühlte sich gleich ein bisschen besser. »Wuhuhuuu!« Mit gereckter Faust schaute sie sich um und sah, wie die Menschen sie aus den vorbeifahrenden Autos mit großen Augen anstarrten. »Ich fasse es nicht, dass ich das wirklich gemacht habe«, rief sie und brach in hysterisches Gelächter aus.

Sie war schon so lange mit Phillip zusammen, dass sie gar nicht mehr wusste, was sie eigentlich einmal so anziehend an ihm gefunden hatte. Na ja, beinahe jedenfalls. Er war immer noch der bestaussehende Mann, der sie je angesprochen hatte, und sein überbordendes Selbstbewusstsein reichte für sie beide. Aber sie hatte sich lange genug Ausreden für sein egoistisches Verhalten zurechtgelegt. Ariana wischte sich die hysterischen Lachtränen aus den Augen.

»Dazu braucht es eine Menge Mumm«, meinte

Ruby, zog ein Papiertaschentuch aus ihrer Kostümtasche und reichte es ihr. »Ich bin mächtig stolz auf dich, Mäuschen. Und jetzt fahren wir zu mir nach Palm Springs«, erklärte sie. »In deiner alten Wohnung hast du nichts mehr verloren.«

»Da stehen sowieso nur noch Kisten, die auf die Möbelpacker warten.« Ariana verzog das Gesicht und lehnte den Kopf gegen den Sitz. Das war alles ein bisschen zu viel für sie. »Morgen kommt das Umzugsunternehmen.« Phillip hatte die Firma bereits dafür bezahlt, damit sie, während sie auf Hochzeitsreise waren, all ihre Sachen abholten und in ihr neues gemeinsames Zuhause brachten. Seine persönliche Assistentin sollte sich um alles kümmern. Arianas Möbel aus Studienzeiten hatten sie vorher schon gespendet.

»Mir geht gerade auf, ich bin obdachlos und schwanger.« Ariana lächelte schief. »Die neuen Mieter ziehen nächste Woche ein, und die zahlen bedeutend mehr als ich bisher.«

»Mit Kind sowieso zu klein.« Ruby wedelte verächtlich mit der Hand. »Die Möbelpacker können deine Sachen einlagern, bis du was Passendes gefunden hast.«

»Bei dir klingt alles immer wie ein Kinderspiel«, sagte Ariana und streifte die Schuhe ab.

»Wäre es dir anders lieber?« Ruby grinste sie schief an. »Wo du jetzt einen Monat Urlaub hast, wollen wir nicht ein bisschen Ferien machen? Dr. Lettie würde das sicher gutheißen.«

Dr. Lettie, Rubys Hausärztin, hatte Ariana auf Rubys Drängen hin gründlich untersucht. An sich, so sagte sie, sei Ariana kerngesund, aber die Ärztin hatte ihr klassische Stresssymptome attestiert und ihr zu viel Bewegung, Yoga und einem Therapeuten geraten. *Du musst lernen, mit den Stressoren in deinem Leben umzugehen.* Zum Glück fehlte dem Baby nichts.

Stressoren. Die schlimmsten waren Phillip und die Arbeit. *Tja, einer davon hat sich jetzt erledigt.* Ariana löste das oberste Häkchen ihres trägerlosen Brautkleides, um ein bisschen besser atmen zu können.

»Ich sollte meinen Urlaub lieber für das Baby aufsparen.« Ariana musste daran denken, was sie nun alles absagen oder umplanen musste.

Sie hatte sich so auf diese kleine Auszeit gefreut. Kingsley, ihr Chef, lief immer herum mit einem Gesicht wie sieben Tage Regenwetter, und ständig hatte er etwas zu meckern. Achtete sie beispielsweise darauf, dass sämtliche Details der Kostüme in den Filmen auch der jeweiligen Zeit entsprachen, tat er das als pingelig und reine Geldverschwendung ab, selbst wenn sie im Secondhandladen ein Schnäppchen ergatterte. Man konnte es ihm einfach nicht recht machen.

Gekonnt wechselte Ruby die Gänge. »Ich glaube, du hast einen kleinen Urlaub bitter nötig. Ich sage Stefano, er soll uns einen Flug buchen. Ich wollte dich ohnehin bald mit einer kleinen Reise überraschen.«

»Nur wir beide?« Interessiert setzte Ariana sich auf. Seit Jahren war sie nicht mehr mit ihrer Tante verreist, genau genommen seit den letzten Semesterferien nicht mehr. Aber was war das immer für ein Spaß gewesen! »Wohin denn?«

Ruby reckte das Kinn. »An den Comer See.«

Ariana sah sie stirnrunzelnd an. »Warst du da nicht erst kürzlich?«

Ein verschmitztes Lächeln stahl sich auf Rubys fast faltenfreies Gesicht, das Zeugnis ablegte von Jahrzehnten gewissenhafter Gesichtspflege. »Ich kann es gar nicht erwarten, dir das alles zu zeigen. Und ich habe eine Überraschung für dich parat.«

»Die da wäre?«

Ruby lachte. »Oh nein, mein Schatz. Erst, wenn wir da sind.«

KAPITEL VIER
Comer See, 2010

»Was würde ich nur ohne dich und Stefano tun?« Ruby schob eine Hand in Arianas Armbeuge, als sie nach dem langen Flug von Los Angeles über New York nach Mailand das Flughafengebäude verließen.

Wobei Ruby mitnichten gestützt werden musste – ihr Knöchel war inzwischen fast verheilt. Aber sie genoss die vertrauliche Nähe zu Ariana und dass sie nicht zusehen musste, wie sie mit dem strammen Schritt ihrer reizenden, langbeinigen Nichte mithielt. Sie wollte die Zeit, die ihr noch blieb, unbeschwert genießen.

Und außerdem war es ohnehin viel eleganter, sich Zeit zu lassen.

Im Vorbeigehen bemerkte Ruby, dass etliche Männer sich nach ihnen umdrehten. »Du hast schon die ersten Bewunderer. Ach, wie ich die italienischen Männer liebe.« *Und einen davon ganz besonders.*

»Ich glaube, du wurdest erkannt«, flüsterte Ariana ihr zu.

Ruby tätschelte ihr den Arm. »Stell dein Licht nicht unter den Scheffel, meine Süße.«

Ruby hatte gar nicht damit gerechnet, so bald wieder in Italien zu sein, freute sich aber umso mehr, einen ganzen Monat mit Ariana zusammen hier verbringen zu können. Ihr lieber Stefano hatte die ganze Reise für sie geplant. Gerade einmal zwei Tage war es her, seit Ruby mit Ariana von der kleinen Kirche weggebraust war, ohne ihren verdatterten nichtsnutzigen Bräutigam, der ihnen mit offenem Mund hinterhergeglotzt hatte, auch nur eines Blickes zu würdigen. Er hatte sie einfach nicht verdient. Und das Kind, das sie erwartete, auch nicht.

Kaum in Palm Springs angekommen, hatte Ruby Ariana angewiesen, ihre Badesachen und ein paar leichte Sommerkleider einzupacken. Alles andere würden sie bei ihrer Ankunft vor Ort kaufen. Ruby wollte mit ihrer Nichte in den entzückenden kleinen Örtchen entlang des Comer Sees auf Einkaufsbummel gehen und sie nach Strich und Faden verwöhnen, ganz besonders nach allem, was dieser Phillip ihr angetan hatte. Ruby hatte keinen Zweifel, dass Ariana die richtige Entscheidung getroffen hatte.

»Signora Raines, was für eine Freude, Sie so bald wiederzusehen.« Ein Fahrer in einem schmal geschnittenen dunklen Anzug begrüßte sie und kümmerte sich um ihr Handgepäck. »Ihr Assistent, Signore Stefano, hat mich engagiert, um Ihnen jeden Wunsch von den Augen abzulesen.«

»Matteo, wie schön!«, rief Ruby. »Wie ich mich freue, Sie zu sehen.« An Ariana gewandt sagte sie: »Dieser entzückende Mensch war schon bei meinem letzten Besuch mein Fremdenführer.«

Als Erste-Klasse-Passagiere waren ihre Koffer beinahe die ersten auf dem Gepäckband. Matteo packte alles zusammen, und kurz darauf traten Ruby und Ariana hinaus in den strahlenden Sonnenschein und folgten ihrem Fahrer zu seinem schicken schwarzen Wagen.

Ariana musste grinsen. »Ich hatte schon ganz vergessen, wie angenehm es sich mit dir reist. Immer nur vom Feinsten, drunter machst du's nicht.«

»Ich habe jeden einzelnen Penny im Schweiße meines Angesichts selbst verdient«, erklärte Ruby hoheitsvoll. »Und es soll eine unvergessliche Reise werden. Für uns beide. Ich habe Stefano gesagt, für meine Kleine nur das Beste.«

»Unser guter Stefano. Für dich ist er doch fast so was wie ein Ersatz-Ehemann«, lachte Ariana. »Vielleicht sollte ich mir ein Beispiel an dir nehmen.« Sie zog die Stirn kraus. »Ich mache mir ernsthaft Sorgen, wie ich ganz allein ein Kind großziehen soll.«

»Heutzutage gibt es doch unendlich viele Möglichkeiten«, sagte Ruby und drückte Arianas Arm. »Und wenn das alles ist, weswegen Phillip dir fehlt, dann war es genau die richtige Entscheidung.«

»Vielleicht hättest du Stefano heiraten sollen.« Ariana lachte. »Noch ist Zeit, Tante Ruby.«

»Stefano hat sein eigenes Leben, Liebes«, widersprach Ruby und legte den Kopf schief. »Der will meins nicht. Wir stehen uns sehr nahe, aber so weit sind wir nie gegangen. Wir respektieren einander. Manchmal gehen wir zusammen ins Kino oder trinken ein Glas

Wein und lachen über vergangene Zeiten, aber mehr auch nicht. Eine gute Haushaltshilfe ist Gold wert, und eine Stellung wie die bei mir genauso. Wir können uns also beide glücklich schätzen.«

Ruby mochte Stefano sehr, aber ihre Zuneigung entsprang gegenseitigem Respekt und einer jahrelangen, tiefen Freundschaft. Er hatte keine Familie mehr, und sie nur noch Ariana und Mari. Natürlich hatte sie Stefano in ihrem Testament bedacht und dafür gesorgt, dass er seinen wohlverdienten Ruhestand würde genießen können.

Und ihr Herz gehörte ohnehin einem anderen.

Matteo hielt Ruby die Autotür auf, und sie sank auf den weichen Sitz, hob anmutig die Beine und zog sie in den Wagen, genau wie ihr Schauspiellehrer es ihr vor so vielen Jahren eingetrichtert hatte. Was man einmal gelernt hatte, verlernte man so schnell nicht wieder.

Während Matteo ihr Gepäck im Kofferraum verstaute, streckte Ruby die Beine aus.

»Aber du hast Stefano doch gerne um dich«, meinte Ariana. »Das ist ein großer Pluspunkt für eine Ehe.«

Ruby tätschelte ihrer Nichte die Hand. »Wenn die Leidenschaft erst einmal abflaut, bleiben in einer Ehe Kameradschaft, gemeinsame Ziele und die Familie. Habe ich mir zumindest sagen lassen.« Ruby öffnete ihre Handtasche und holte eine dunkle Designersonnenbrille heraus, zum Schutz vor der Sonne und schmerzhaften Erinnerungen.

»Bereust du es eigentlich, dass du nie geheiratet hast, Tante Ruby?«

Ruby sah Ariana für einen langen Augenblick an. »Es gab weiß Gott genügend Angebote.«

Ariana ließ nicht locker. »Welche denn, zum Beispiel?«

Ruby seufzte. »Der Nachbarrancherssohn aus Texas, der wollte, dass ich nach der Hochzeit aufhöre zu arbeiten«, sagte sie und zählte an den Fingern ab. »Der gut aussehende Schauspielkollege mit dem verheimlichten Alkoholproblem. Der jüngere Drehbuchschreiber, der nur wollte, dass ich seine Filme produziere.«

»Klingt zum Abgewöhnen. Niemand, der dich irgendwie interessiert hat?«

Oh doch, dachte Ruby, schüttelte aber nur stumm den Kopf. »Es gab da diesen entzückenden Arzt, der sich hingebungsvoll um mich gekümmert hat, als ich bei Dreharbeiten im Dschungel unweit von New Orleans – wo auch die Tarzan-Filme gedreht wurden – von einem Moskito gestochen und mit einem fiesen Parasiten infiziert wurde. Er hat mich zwar furchtlos durch einen üblen Malaria-Schub gepflegt, aber Hollywood machte ihm Angst. Stattdessen hat er sich dann für eine nette kleine Praxis in Mammoth Lakes, Kalifornien, entschieden, wo er sich prompt in seine Sprechstundenhilfe verguckt hat, und wenn sie nicht gestorben sind, wedeln sie noch heute gemeinsam über die verschneiten Pisten.«

Keiner von ihnen konnte Niccolò auch nur das Wasser reichen. Aber ihn durfte sie jetzt nicht erwähnen. Noch nicht.

»Ich frage mich, ob meine Eltern sich wohl je wirklich geliebt haben.« Ariana machte die Handtasche auf und nahm ein kleines Döschen Lipgloss heraus. »Moms ganzes Leben besteht aus Arbeit, Arbeit und nochmal Arbeit. Unglaublich, dass sie sich nicht mal für meine Hochzeit einen Tag freinehmen wollte.« Sie tupfte sich das Gloss auf die Lippen und schürzte sie.

Ruby hörte die Kränkung, Wut und Enttäuschung in Arianas Stimme. Wieder einmal war Mari nicht da gewesen, als ihre Tochter sie brauchte. Ruby hatte versucht, sie vor ihrer Abreise aus Palm Springs noch einmal anzurufen, hatte sie aber nicht erreicht, und Mari hatte nicht zurückgerufen.

Schon als Kind war Mari oft brüsk und halsstarrig gewesen. Selbst Patricia mit ihrer Engelsgeduld hatte bisweilen kaum gewusst, wie sie dem unbändigen Kind beikommen sollte. Aber sie hatte sie einfach genommen, wie sie war.

Ruby lächelte Ariana aufmunternd zu. »Vielleicht bekommt deine Mutter eines Tages noch mal die Gelegenheit, zu deiner Hochzeit zu kommen.«

Ariana schüttelte den Kopf. »So bald ganz bestimmt nicht. Ehrlich, ich habe die Nase gestrichen voll von den Männern.«

»Es ist ein großer Unterschied, ob man wählerisch ist oder ob man sein Herz verschließt«, erklärte Ruby.

»Ich werde in den nächsten Monaten schon genug um die Ohren haben.« Ariana fuhr sich mit der Hand über die Stirn. »Wie soll ich das bloß alles schaffen?«

»Das haben schon ganz andere geschafft.«

»In so einer verzwickten Lage warst du nie.«

Nachdenklich strich Ruby mit dem Finger über eine

Ader auf dem Handrücken. »Jeder ist auf seiner eigenen Reise.« Sie spürte Arianas Blick und schaute auf. »Du bist stärker, als du glaubst.«

Matteo schlug den Kofferraumdeckel zu und setzte sich hinter das Steuer. »Haben Sie es eilig, Signora?«

»Nehmen wir doch die Panoramaroute«, schlug Ruby vor, froh über die Ablenkung. »Meine Nichte ist zum ersten Mal hier.« Ruby spürte förmlich, wie die Luft pulsierte. Sie liebte Mailand, aber der Flughafen lag nordwestlich der Stadt, und ihr geliebter Comer See wartete schon auf sie. Ein andermal, dachte sie.

Ruby lehnte sich bequem zurück. Wenn Ariana erst einmal den Comer See und Bellagio sah – und vor allem Varenna –, würde sie viel besser aufnehmen können, was Ruby ihr zu sagen hatte. Aber eins nach dem anderen. Zuerst sollte Ariana ein bisschen ausspannen und die gewaltigen Veränderungen verarbeiten, die gerade ihr ganzes Leben auf den Kopf stellten. Wobei Ruby fand, dass sich alles zum Guten wendete.

Phillip weg, check. Baby auf dem Weg, check.

Ruby rieb sich die Schläfe. Wenn sie doch nur wüsste, wie sie Mari auch hierherlocken könnte. Leicht würde das sicher nicht, aber es war unumgänglich, dass Ariana und Mari sich wieder miteinander versöhnten, ehe das Kind kam. Ruby wusste nur zu gut, wie weh es tat, wenn Familien auseinandergerissen wurden.

»Mailand möchte ich mir unbedingt ansehen«, rief Ariana und schaute neugierig aus dem Fenster. »Die Stadt ist eine der Modemetropolen der Welt. Wenn das Budget es hergibt, bestelle ich den Stoff für die Kostüme am liebsten bei einem Hersteller hier in Mailand. Die Seide ist himmlisch.«

»*Scusi, Signora*«, meldete Matteo sich mit einem Blick in den Rückspiegel zu Wort. »Auch um den Comer See finden Sie feinste Seide und Bekleidung. Die Seidenproduktion hat in Como eine jahrhundertealte Tradition – seit der Duca di Milano seinerzeit die Seidenindustrie dort angesiedelt hat.«

»Tatsächlich?«, fragte Ariana und beugte sich interessiert nach vorne. Ihre Miene hellte sich merklich auf.

Man hörte ihm den Stolz und die Leidenschaft förmlich an, als Matteo erklärte: »Heute produzieren Ratti, Frey, Matero und Clerici die feinste Seide – für Tücher, Bekleidung, Gobelins. Unsere Hersteller liefern die besten Stoffe für die Modeindustrie. Nirgendwo auf der ganzen Welt gibt es eine bessere Seide als die aus Como.«

»Wieso wissen Sie so viel über die Modeindustrie?«, fragte Ariana verdutzt.

»In Como gehört das zu unserem Kulturerbe. Meine Frau ist Modedesignerin«, erklärte er, während er losfuhr und den Wagen durch den dichten Flughafenverkehr steuerte. »Und wir führen eine kleine Boutique in Bellagio.«

»Dann müssen wir uns Ihren Laden unbedingt anschauen«, rief Ruby. Ihr Blick wanderte zu ihrer Nichte, und das Herz ging ihr schier über vor Stolz. »Ariana, ich bekomme immer noch ständig Komplimente für das schwarze Seidencape, das du für mich entworfen hast.«

»Wenn Sie Modeschöpferin sind, müssen Sie unbedingt die Fertigungsstätten besuchen«, empfahl Matteo. »Die besten Designer kommen zum Einkaufen hierher. Versace, Missoni, Armani, Prada und Ferragamo.«

»Ich bin Kostümbildnerin«, erklärte Ariana und besah sich die Stadt draußen vor den Fenstern. »Ich arbeite für eins der großen Hollywood-Studios.«

»Wie Ihre berühmte Tante«, bemerkte Matteo. »Ich fühle mich doppelt geehrt, den beiden Damen zur Verfügung zu stehen.«

»Ich arbeite doch kaum noch«, winkte Ruby ab. Eine Hauptrolle zu spielen – samt anschließender Werbetour und Interviewmarathon – war ihr einfach zu beschwerlich geworden. Wobei sie kleinere Gastauftritte und außergewöhnliche Angebote noch immer gerne wahrnahm. Sie hatte ihr Geld gut angelegt und arbeitete nur noch zum Vergnügen. Sie tätschelte Ariana das Knie. »Aber Ariana könnte alles werden, was sie sich in den Kopf setzt.«

»Ach, Tante Ruby, jetzt sei nicht albern«, rief Ariana gereizt. »Ich bin kein kleines Mädchen mehr.«

»Mein Rat an dich lautet genauso wie damals. Dein Beruf wird mit einem kleinen Kind mehr als anstrengend sein.« Rasch bemühte Ruby sich um einen anderen Tonfall. »Wobei du das natürlich auch irgendwie hinbekommen würdest. Hat deine Mutter ja auch. Aber vielleicht gibt es eine angenehmere Art zu leben.«

Matteos Handy klingelte. »*Scusi*«, murmelte er und tippte auf seinen Ohrhörer, um dann leise zu sagen: »*Prego?*«

Versonnen schaute Ariana aus dem Fenster. »Ich

kann nicht mein ganzes bisheriges Leben über Nacht über den Haufen werfen.«

»Nein, natürlich nicht.« Ruby lächelte. »Wir haben schließlich einen ganzen Monat Zeit.«

Ariana wollte widersprechen, aber Ruby hob abwehrend die Hand. »Wenn du mir jetzt wieder sagen willst, wie schrecklich alt du bist oder wie eingeschränkt in deinen Möglichkeiten, dann sage ich Matteo, er soll auf der Stelle den Wagen wenden, und schicke dich postwendend zurück in die Staaten. Zeit ist relativ. Uns bleibt vielleicht noch ein Tag, ein Jahr oder, mit ein bisschen Glück, auch Jahrzehnte. Das Schöne daran, es nicht zu wissen, ist, dass uns die ganze Welt offensteht – es braucht bloß ein bisschen Mut und viel Fantasie. Lebe und tue das, was du tun willst, immer und jederzeit. Nutze die Gelegenheit, denn sie kommt vielleicht nicht wieder. Niemals mehr.« Bei den letzten Worten schnürte es ihr beim Gedanken an Niccolò fast die Kehle zu.

Ruby zog ein Taschentuch aus der Handtasche. So sehr sie die Zeit mit Niccolò auch genossen hatte, nie hätte sie gedacht, sie könnte so rasch vorübergehen. Das tragische Ende dieser Liebesgeschichte hatte jeden Anflug von Romantik in ihrem Leben überschattet. An Niccolò konnte niemand heranreichen.

Erschrocken sah Ariana sie an. »Es tut mir leid, ich wollte nicht, dass du dich so aufregst.« Sie griff nach der Hand ihrer Tante. »Tante Ruby, geht es dir gut?«

Ruby tupfte sich mit dem Taschentuch die Augen und überhörte geflissentlich ihre Frage. »Es tut mir in der Seele weh, dich so niedergeschlagen zu sehen.« Könnte sie es Ariana doch nur begreiflich machen. Sie sah in die klaren grünen Augen ihrer Nichte und setzte abermals an, nachdrücklicher diesmal. »Das Leben kann sich auf einen Schlag verändern. *Du* kannst dich verändern. Du musst die gewaltige Macht, dein Schicksal selbst in die Hand zu nehmen, ergreifen.« Erst da merkte sie, wie fest sie Arianas Hand umklammerte, und ließ sie rasch los.

Ruby war damals vor all den vielen Jahren in der Gewissheit abgereist, den Mann, den sie liebte, bald wiederzusehen. Seitdem hatte sie immer wieder daran denken müssen, was sie ihm noch alles hatte sagen wollen. Ach, hätte sie Niccolò doch nur noch ein einziges Mal wiedersehen können. Wie anders ihr Leben hätte aussehen können. Und nicht nur ihres.

In vielerlei Hinsicht hatte Ruby, zumindest in ihren eigenen Augen, ihr ganzes Leben gründlich vermasselt. Weshalb sie nun unbedingt verhindern wollte, dass Ariana die gleichen Fehler machte wie sie. Sie seufzte leise. So viele schwerwiegende Lebensentscheidungen wurden einem vor die Füße geworfen, wenn man noch jung und unerfahren war – und viel zu gutgläubig und naiv. Immerhin war Ariana nicht mehr so jung, wie Ruby es damals gewesen war.

Aber Ruby war fest entschlossen, das alles irgendwie wieder in Ordnung zu bringen.

Während draußen die Landschaft vorbeizog, wandte Ruby sich an Ariana. »Ich bin sehr stolz auf dich, dass du dir das mit Phillip noch mal überlegt hast.«

»Manchmal höre ich es zwar nicht gerne, was du mir zu sagen hast, aber du sagst immer ganz unverblümt die Wahrheit.« Ariana seufzte. »Ich will gar nicht wissen, was Mom dazu sagen wird.«

»Ihr habt noch nicht miteinander gesprochen?«

Ariana schüttelte den Kopf. »Ich wollte mir weder ihre hämische Schadenfreude antun noch mir anhören müssen, was für eine Zeitverschwendung es gewesen wäre, wenn sie doch zu meiner Hochzeit gekommen wäre.«

»Für unsere Liebsten da zu sein, wenn sie uns brauchen, ist doch keine Zeitverschwendung«, empörte Ruby sich. Selbst wenn sie es gar nicht merkten.

Sie wurden still und betrachteten stumm die Aussicht. Langsam ging es zwischen dicht bewachsenen, üppig grünen Hügeln bergauf, und Ruby wartete ungeduldig darauf, den ersten Blick auf den See zu erhaschen.

»Da ist er«, rief sie schließlich ganz aufgeregt. »Matteo, bitte halten Sie an, sobald Sie können. Ich möchte, dass Ariana die Aussicht in aller Ruhe genießen kann.«

Sì, Signora.«

Und dann lenkte Matteo den Wagen an den Straßenrand, und Ruby und Ariana stiegen aus.

»Da ist er«, seufzte Ruby, atmete tief die herrlich frische Luft ein und hakte sich bei Ariana unter. »Stell dir nur mal vor ... seit Jahrhunderten hat dieses Fleckchen Erde die Herzen von Künstlern, Schriftstellern und Musikern im Sturm erobert.«

Von ihrem Aussichtspunkt oberhalb des Sees war der Ausblick einfach atemberaubend. Tief saphirblaues Wasser schwappte an die Ausläufer der Berge tief unter ihnen. Sattgrüne Berge ragten über idyllischen eiscremefarbenen Dörfern und stattlichen Villen, die sich ans Ufer schmiegten, in den stahlblauen Himmel. Boote glitten über das Wasser, teilten die Wellen und zogen in ihrem Kielwasser sprühende Schaumbänder hinter sich her.

Ruby beobachtete Ariana ganz genau.

Ihre Nichte legte eine Hand auf die Brust und seufzte hingerissen. »Jetzt verstehe ich, warum du unbedingt herkommen wolltest. Fotos können das alles gar nicht einfangen.«

Ariana verstand eigentlich noch gar nichts, aber das würde sie schon noch. Ruby breitete die Arme aus, als wolle sie den ganzen See umarmen und an ihr Herz drücken. Es gab im Leben kaum etwas Schlimmeres als ein gebrochenes Herz, das nicht heilen durfte.

Und wenn es irgendwo Heilung gab, dann hier.

Ruby lächelte voller Vorfreude in sich hinein. Noch durfte sie Ariana nichts von ihrer großen Überraschung verraten.

KAPITEL FÜNF
Rom, 1952

»Alle auf ihre Plätze«, rief einer der Regieassistenten, und Ruby flitzte rasch an ihren vorgesehenen Platz. Hunderte Menschen drängten sich in jener Straße in Rom, wo eine kurze Café-Szene gedreht werden sollte. Trotz der brütenden Hitze schnatterten und lachten alle fröhlich durcheinander.

Ruby saß an einem Tisch auf der Terrasse des Cafés und tupfte sich unauffällig die Schweißperlen von der Oberlippe. Für die Schauspieler und den Filmstab aus Kalifornien war die Sommerhitze in Rom kaum auszuhalten, aber als gebürtige Texanerin war sie solch hochsommerlich heiße Temperaturen gewohnt.

Niccolò schlüpfte auf den Stuhl ihr gegenüber. »*Buongiorno.*«

Ruby musste sich das Lachen verkneifen. »Solltest du nicht an einem anderen Tisch sitzen?«

»Ich habe getauscht.« Er nahm ihre Hand. »Ich traue dieser Vespa nicht. Ich muss ein Auge auf dich haben.«

»Es ist doch alles ganz genau geplant. Wird schon nichts schiefgehen.«

»Nein, nein, nein, nein.« Entschieden schüttelte er den Kopf und tippte sich dann gegen die Stirn. »Du musst wissen, ich sehe Dinge.«

»Wie bitte?« Ruby zog die Hand weg. »Das ist unheimlich. Mit so was macht man keine Scherze.«

Er senkte die Stimme zu einem Flüstern. »Nein, wirklich. Ich weiß, dass ich dir vertrauen kann. Manchmal sehe ich Dinge, noch bevor sie passieren. Verstehst du?«

»Ach, zum Donnerwetter, jetzt hör aber auf. Du bist gruselig. Pass bloß auf, dass dich nicht ein Blitz aus heiterem Himmel trifft.« Sie warf die Zipfel des Halstuchs nach hinten, das David aus der Kostümabteilung ihr umgeknotet hatte.

Niccolò zog die Augenbrauen hoch wie ein alter Jagdhund, dem sie gedroht hatte, ihn in einer regnerischen Nacht vor die Tür zu setzen. Er schien tief gekränkt. »Du ziehst mich doch auf«, sagte sie. »Oder du bist ein besserer Schauspieler, als ich dachte.«

»Ich bin ein ausgezeichneter Schauspieler. Aber das ist nicht gespielt.« Wieder griff er nach ihrer Hand.

Das Pärchen am Nebentisch runzelte missbilligend die Stirn. »Psst. Mr Wyler guckt schon. Es geht gleich los.«

»Oh, prima.« Ruby schob seine Hand weg. »Mach mir bloß keinen Ärger. Ich brauche diesen Job.« William Wyler, der Regisseur, mochte Menschen, die pünktlich waren und gut vorbereitet, wie Audrey Hepburn, die immer zeitig am Set war und ihren Text brav auswendig lernte. Und Ruby versuchte, ihr in allem nachzueifern.

Niccolò zog seine Hand weg, ließ Ruby aber nicht aus den Augen. Ein Lächeln umspielte seine Lippen, und seine Augen waren so blau und strahlend wie der wolkenlose Himmel.

Ruby konnte ihn nicht anschauen aus Angst, das Herz könnte ihr unter dem dünnen Baumwollkleidchen vor Glück zerspringen.

Seit Niccolò sie neulich abends mitgenommen hatte zu Aida, verbrachten sie beinahe ihre gesamte freie Zeit zusammen. Am Set ging es immer schnell-schnell oder gar nicht, weshalb genug Zeit blieb zum Reden und Kartenspielen.

Etliche der Schauspieler vertrieben sich die Zeit mit Romméspielen, darunter auch Gregory Peck und Audrey und ihr Verlobter James. Oft trafen sie sich in der Via Condotti und scharten sich um die kleinen Marmortischchen vor dem Caffè Greco. Die Menschen blieben stehen, um ihnen zuzusehen. Und Audrey liebte ganz offensichtlich ihre Fans. Sie scherzte mit ihnen, gab Autogramme und schlug sogar Räder, nur so zum Spaß.

Aber Ruby mochte nichts lieber, als mit Niccolò zusammenzusitzen und zu reden und sich die gemeinsame Zukunft zu erträumen. Und wenn die Kameras dann liefen, war es ein berückender Gedanke, dass sie gerade auf Zelluloid gebannt wurden und der Film irgendwann auf der ganzen Welt gezeigt werden würde.

»Alles bereit zur Aufnahme!«, rief der Regieassistent. »Wir drehen eine Aufnahme nur für den Weg der Vespa zwischen den Tischen durch.«

Mr Wyler rief: »Action.«

Niccolò und Ruby steckten die Köpfe zusammen und murmelten albernes Zeug, damit es aussah, als unterhielten sie sich angeregt bei einer Tasse Kaffee.

Ruby hörte die Vespa von hinten kommen. Sie sollten nicht hinschauen, bis sie direkt vor ihnen war, und dann entsetzt aufspringen. Die einen Statisten sollten ganz erschrocken gucken, während die anderen schrien oder wild gestikulierten. Ruby überlegte, wie viel Spaß es machen würde, mit einem Roller durch die Stadt zu sausen, wie Prinzessin Ann es in dieser Geschichte machte. Nur, dass Niccolò dabei sein müsste.

Niccolò hatte sich ihr gegenüber an den Tisch gesetzt statt neben sie. Unter den dunklen Brauen schaute er unauffällig auf.

»Nicht in die Kamera gucken«, wisperte Ruby ihm zu. »Ganz natürlich bleiben.«

Und dann war das wütende Wespensummen auf einmal ganz nahe. Die Vespa, gesteuert von einem Stuntman, beschleunigte und schlingerte über den Bordstein.

Niccolò riss die Augen auf. Noch ehe Ruby einen Mucks von sich geben konnte, war er mit einem Hechtsprung über den Tisch gestürzt und hatte sie mit sich zu Boden gerissen.

Hinter ihnen hörte man Schreie, während der Roller unkontrolliert weiterschleuderte. »Vorsicht«, brüllten die Leute und sprangen erschrocken beiseite, um dem wild torkelnden Zweirad auszuweichen.

Ruby sah sich um. Der Stuhl, auf dem sie eben noch

gesessen hatte, war umgekippt, und eines der Beine war abgebrochen.

»Ach herrje«, flüsterte sie.

Niccolò hatte beide Arme um sie geschlungen. »Hast du dir wehgetan?«

»Ich glaube nicht.« Andere Statisten halfen ihr auf die Beine und klopften ihr den Schmutz aus dem Rock und der Bluse.

Eilig kam Mr Wyler zu ihr gelaufen. »Um Himmels willen. Geht es Ihnen gut?«

»Gut, bis auf den Schreck«, versicherte Ruby dem Regisseur. Noch nie hatte Mr Wyler persönlich mit ihr gesprochen.

Er nahm ihre Hand und hielt sie fest. »Wenn Sie einen Arzt brauchen, lasse ich gleich einen rufen.«

»Ich glaube, das wird nicht nötig sein.«

Mit schiefgelegtem Kopf sah er sie an und sagte: »Sie spielen eine amerikanische Reporterin, oder?«

Ruby war beeindruckt, dass der Regisseur bei all den vielen Leuten am Set wusste, welche winzig kleine Rolle sie spielte. »Ja, Sir. Ich freue mich ganz schrecklich, dass ich hier sein darf.«

»Und woher kommen Sie, Miss ...«

»Raines. Ruby Raines«, entgegnete sie und reichte ihm die Hand. »Ich komme aus Texas.«

Mr Wyler schüttelte ihr die Hand und schien ihr Gesicht eingehend zu mustern, als wolle er es sich ganz genau merken. »Ich höre da nicht den leisesten Anflug eines Akzents in Ihrer Stimme. Und Sie sind recht klein und zierlich. Äußerst interessant.«

Ruby lächelte anmutig. Im Tausch gegen Reitstunden hatte eine Dame der feinen Gesellschaft aus Connecticut, die einen der Nachbarrancher geheiratet hatte, ihr Aussspracheunterricht gegeben. Carol Clarkson, so hieß sie, hatte panische Angst vor Pferden gehabt und war trotzdem wild entschlossen gewesen, reiten zu lernen. Und Ruby hatte heimlich für die elegante Ausdrucksweise der Dame geschwärmt. Wohlgerundet, deutlich und ohne Silben zu verschlucken, hatte sie sich artikuliert, wie ein richtiger Filmstar.

Und jetzt zahlt es sich aus, dachte Ruby und konnte kaum fassen, dass sie tatsächlich mit Mr Wyler höchstpersönlich redete, dem Regisseur von *Mrs Miniver* und *Die besten Jahre unseres Lebens*, einem ihrer Lieblingsfilme.

Mr Wylers Blick ging zu Niccolò. »Dieser junge Mann hat zum Glück nicht lange gefackelt. Wie heißen Sie, mein Junge?«

Niccolò stellte sich vor, und der Regisseur nickte. »Sie spielen den Eisverkäufer.«

»Stimmt.« Niccolò strahlte.

»Blitzschnell reagiert. Gefällt mir. Aber wir sorgen dafür, dass so etwas nicht noch einmal vorkommt.« Mr Wyler unterbrach sich. »Miss Raines, möchten Sie diese Szene lieber aussetzen?«

»Es geht schon«, versicherte Ruby. »Wie meine Mutter immer sagt: ›Kopf hoch, Kinn vor, weiter im Text.‹«

Mr Wyler lachte leise. »Kinn vor. Das ist gut.« Er winkte der Requisite, dann wandte er sich an alle. »Zehn Minuten Pause, während wir uns den Roller anschauen und die Szene neu aufbauen – sicherer diesmal.«

Und damit ging er, um sich höchstpersönlich um alles zu kümmern, während Ruby ihm ehrfürchtig nachschaute. Die meisten Schauspieler drehten gerne mit ihm, und nun verstand sie auch, warum. Er schien das Beste aus den Leuten herauszuholen. Schon jetzt kursierten Gerüchte, Audrey würde mit diesem Film zum Star und könnte womöglich sogar einen Oscar gewinnen.

Ruby seufzte. Sie konnte sich kaum vorstellen, wie aufregend so ein Leben als Filmstar wohl sein musste. Bestimmt hatte man an jedem Finger zehn Kerle. Männer – korrigierte sie sich. Nicht bloß den Farmerssohn von nebenan, den ihr Vater für sie ausgesucht hatte. Granger Johnston war eigentlich ganz in Ordnung. Er hatte ein Händchen für Pferde und war ein gottesfürchtiger Kirchgänger, aber Ruby wollte mehr. Sie wollte alles das hier. Die Welt entdecken, neue Menschen kennenlernen, schicke Kleider tragen – aber ganz besonders wollte sie in fremde Rollen schlüpfen und die Menschen mit Geschichten verzaubern. Die Welt brauchte das.

Niccolò nahm ihre Hand. »Du hast Mr Wyler gefallen.«

Sie merkte, wie sie rot wurde. »Du aber auch.«

»Vielleicht engagiert er uns beide für seinen nächsten Film. Immerhin weiß er jetzt, wer du bist.« Niccolò hielt sich Daumen und kleinen Finger wie einen Hörer ans Ohr und säuselte mit mädchenhafter Stimme:

»Hallo Mr Wyler? Ich bin es, Ruby, das Mädchen, das an Ihrem Set in Rom beinahe von einem Roller überfahren worden wäre.«

Spielerisch knuffte Ruby ihn in den Arm. »Lass das. Was, wenn er dich sieht!«

Lachend drückte Niccolò ihr einen Kuss auf die Wange. »Na, und wenn schon. Ich bin ein guter Imitator.«

»Eins deiner vielen Talente. Mal sehen«, sagte sie und legte einen Finger an die Schläfe. »Hellseher …«

»Und bist du nicht froh darüber?«, meinte er mit Cary-Grant-Gehabe.

»Schlechte italienische Cary-Grant-Imitationen …«

»Autsch.« Mit gespielter Betroffenheit griff er sich ans Herz.

»Kannst du wenigstens kochen?«

Ein breites Grinsen stahl sich auf sein Gesicht. »Aha. *Sì, sì.*«

»Beweise?«, kommandierte sie.

»Diesen Freitag. Du kommst zum Abendessen.«

»Zu dir? Ich weiß nicht …« Obwohl sie Niccolò eigentlich vertraute, hatte ihre Mutter ihr eingebläut, nie mit einem Mann allein zu sein. Das Geld hatte nicht gereicht, damit ihre Mutter sie als Anstandsdame nach Italien hätte begleiten können, so wie Audreys Mutter. *Wie es sich gehört*, hatte ihre Mutter gesagt. *Also bitte benimm dich.*

»Lieber nicht«, seufzte Ruby bedauernd.

»Nein, nein, nein, nein«, rief Niccolò prompt. Er wusste, warum sie sich zierte. »Ich wohne noch bei meinen Eltern. Was glaubst du eigentlich, wie alt ich bin?«

Ruby platzte fast vor Lachen. »Was glaubst du, wie alt *ich* bin?«

Niccolò senkte die Stimme. »Ganz im Vertrauen gesagt, ich bin siebzehn, aber alle sagen immer: ›Niccolò, du siehst viel älter aus‹, also sage ich ihnen einfach, was sie hören wollen, *capisci*?« Er wackelte vielsagend mit den Augenbrauen. »Aber nächste Woche werde ich achtzehn.«

Als würde sie ein Schloss abschließen, um sein Geheimnis für sich zu behalten, drehte Ruby die Finger vor den Lippen, bemüht, dabei den Lippenstift nicht zu verwischen. »Ich hatte immer schon eine Schwäche für ältere Jungs«, wisperte sie. Sie legte eine Hand an sein Ohr und flüsterte ihm etwas zu.

Niccolòs Augen wurden groß und rund, dann legte er den Kopf in den Nacken und prustete vor Lachen. »Dafür könnte ich dich küssen«, rief er.

»Wage es ja nicht«, rief sie und hielt schützend die Hände vor ihr Make-up. Sie hatte ihm gestanden, dass auch sie mit ihrem Alter geschummelt hatte.

»Alle aufgepasst«, rief der Regieassistent.

Ruby und Niccolò lachten immer noch, als der Roller an ihnen vorbeischoss. Dieses Mal war die Lücke zwischen den Tischen breiter, und er fuhr etwas langsamer.

Ruby sah Mr Wyler zufrieden nicken, nachdem er sich mit seinem Kameramann besprochen hatte. »Wunderbar. Alles auf die Plätze. Noch mal.«

»Schnell«, rief Niccolò und gab ihr die Hand. »Wir sind im Bild.« Rasch setzten sie sich an ihren Tisch. Niccolò zwinkerte ihr zu und flüsterte: »Kinn hoch.«

Mr Wyler setzte sich in seinen Regiestuhl und legte die Fingerspitzen aneinander. »Und Action!«

Ruby hielt den Atem an und versuchte, ganz unbeteiligt zu tun. Sie sollten nicht auf Audrey und Gregory auf der Vespa – oder die Filmkamera – achten, aber das war gar nicht so einfach. Audrey steuerte den Roller. Sie spielte die Szene perfekt und fuhr schnurstracks zwischen den Tischen und Stühlen auf dem Gehsteig hindurch.

Genau im richtigen Augenblick sprangen Ruby und Niccolò auf und gestikulierten wild mit den Armen.

Die Kamera folgte der Szene noch einen Moment, dann hörte Ruby von hinten: »Und Schnitt.«

Alle johlten und klatschten, weil die Szene ohne weitere Zwischenfälle im Kasten war, aber der Regisseur wirkte gänzlich unbeeindruckt. Er nickte nur und sagte: »Noch mal.«

Wieder gingen Ruby und Niccolò auf ihre Plätze, und die Szene wurde wiederholt. Wieder und wieder ging es so, ohne dass Ruby große Unterschiede zwischen den einzelnen Szenen bemerkt hätte. Sie fand die Schauspieler alle großartig, und ganz besonders die Hauptdarsteller hatten es ihr angetan. Aufmerksam schaute sie ihnen zu und versuchte, sich alles ganz genau zu merken.

»Eines Tages werden wir das sein«, flüsterte sie und wies mit dem Kopf zu den beiden Hauptdarstellern.

Niccolò starrte sie an. »Bei dir habe ich da nicht den geringsten Zweifel.« Er nahm ihre Hand, führte sie an die Lippen und drückte ihr einen Kuss in die offene Handfläche.

Rubys Herz pochte laut in ihrer Brust. Dabei hatte ihre Mutter sie noch vor den italienischen Männern gewarnt. Niccolò war zwar nur ein Jahr älter als sie, aber so ganz anders als die Jungs, die sie aus Texas kannte. Die kannten sich aus mit Pferden und Rindern, sie wussten, wie man einen Pick-up reparierte, und tanzten samstagsabends in der nächsten Veterans' Hall zu Hank Williams und Kitty Wells Two-Step in ihren Sonntagsstiefeln. Sie schloss ganz kurz die Augen und versuchte sich Niccolò inmitten dieser Rancherjungs vorzustellen.

Unmöglich.

Aber Ruby entdeckte gerade unzählige neue Dinge, die ihr gefielen. Sie mochte die Songs von Doris Day und Patti Page und Ella Fitzgerald. Und sie hatte Nat King Cole und Frank Sinatra entdeckt, von denen ihr Vater nicht viel hielt.

Hier in Italien hatte sie die Oper entdeckt und Verdi und *Aida*, die sie mit Pomp und Gloria mitgerissen und begeistert hatten. Sie hatte nicht einmal gewusst, wonach sie hungerte. All die vielen vergnüglichen Dinge dieser wunderbaren neuen Welt zu entdecken war, als würde man ein Eis so schnell essen, dass einem davon die Brust wehtat.

Niccolò nannte das *la dolce vita* – das süße Leben – und wie recht er damit hatte. Alles hier sprach die Sinne an, von der frischen Focaccia und dem cremigen

Mozzarella bis hin zur römischen Kunst, der Architektur und Geschichte, die sie so begierig in sich aufnahm wie den ersten Cappuccino am Morgen. Wer hätte gedacht, dass es so viele verschiedene Sorten Olivenöl und Käse und Brot gab. Sogar die Veilchen, die in ihrer Pension in einer Vase standen, dufteten so betörend, dass ihr fast schwindelig davon wurde.

Und die Mode erst. Die Frauen trugen regenbogenbunte, weit ausgestellte Röcke und Seidentücher in schillernden Farben und verspielten Mustern, wie sie sie noch nie gesehen hatte. Wie gerne wollte Ruby so ein Kleid oder ein echtes Seidentuch mit nach Hause nehmen.

Und mittendrin Niccolò. Wie er sie ansah, sie berührte und ihr das Gefühl gab, das schönste Mädchen auf der ganzen Welt zu sein. Seine Worte klangen wie Musik und brachten ihr Herz zum Tanzen. Er war so freundlich und offenherzig – so ganz anders als alle Jungs, für die sie bisher geschwärmt hatte.

Aber das hier war keine Schwärmerei, das war viel mehr. Was Ruby für Niccolò empfand, war neu und berauschend und tiefer als jedes andere Gefühl. Nun verstand sie endlich die Werke von Shelley und Keats, aus denen sie ihrer Nachbarin Carol Clarkson so oft hatte vorlesen müssen. Den Schreibstil hatte sie immer schon gemocht, doch nun begriff sie endlich den Quell all dieser Gefühle.

Ruby wusste, ganz ohne den Hauch eines Zweifels, dass sie gerade dabei war, sich rettungslos zu verlieben.

KAPITEL SECHS
Comer See, 2010

»Du hast das Haus gekauft?« Ariana rümpfte die Nase über den muffigen Geruch, während sie Ruby und Matteo durch eine heruntergekommene Villa in Bellagio folgte.

Eine gemeißelte Inschrift verkündete *Villa Fiori*. Zugegeben, die Aussicht auf der Fahrt hierher war spektakulär gewesen, dachte Ariana. Aber das ganze Anwesen wirkte, innen wie außen, schmuddelig und verwahrlost – das konnten auch die Marmorfußböden und die reich verzierten Säulen, die aussahen, als gehörten sie eigentlich auf ein Filmset, nicht wieder wettmachen. Es wirkte mehr wie ein vernachlässigtes Hotel denn wie ein herrschaftlicher Wohnsitz.

Hatte ihre Tante den Verstand verloren? Oder zumindest ihr Urteilsvermögen? Ariana konnte sich beim besten Willen nicht vorstellen, warum sie aus einer Laune heraus dieses Haus gekauft hatte. Mit dem Geld, das sie für diese Monstrosität zum Fenster hinausgeworfen hatte, hätte sie bestimmt bequem bis an ihr Lebensende in den teuersten Luxushotels logieren können.

Was hatte dieser See bloß, dass er ihre Tante so magisch anzog?

»Ich wollte dich überraschen«, rief ihre Tante und klatschte fröhlich in die Hände. »Das hier ist eine waschechte alte Villa. Villa Fiori ist zwar klein, gemessen an Comer Verhältnissen – viele der Villen hier sind eher kleine Paläste –, aber dieses entzückende Häuschen ist etwas ganz Besonderes. Es hat schon Staatsoberhäupter, Schriftsteller und andere Künstler kommen und gehen sehen. Einmal gehörte es sogar der legendären Francesca Sofia Vitelli, damals ein Star wie Sarah Bernhardt und Eleonora Duse.«

»Und wann genau soll das gewesen sein?«, fragte Ariana und betrachtete stirnrunzelnd ein undurchdringliches Labyrinth aus Spinnweben.

»Um die Jahrhundertwende. Das goldene Zeitalter des Theaters.« Ruby machte eine ausholende Geste. »Diese Villa war ein wichtiger Treffpunkt, eine Schnittstelle zwischen Kunst und Kommerz. Francescas Ehemann war ein steinreicher Seidenfabrikant, und in Como gibt es sogar ein Museum, in dem Alfredo und seiner Arbeit ein ganzer Flügel gewidmet ist.« Sie faltete die Hände und strahlte über das ganze Gesicht. »Stell dir nur mal vor, was für eine Garderobe sie gehabt haben muss.«

Die Kleider interessierten Ariana tatsächlich wesentlich mehr als das Haus, das ganz dringend eine gründliche Reinigung, neue Farbe, einen Gärtner und Wer-weiß-was-alles in Küche und Bädern brauchte. »Bitte, sag mir, dass es hier drinnen Sanitärinstallationen gibt.«

»Liebes, ich muss mich doch sehr über dich wundern. Das Haus ist in den fünfziger Jahren renoviert worden. Und selbst die alten Römer hatten bereits Sanitärinstallationen.«

»Stimmt«, pflichtete Matteo ihr nickend bei. Er wirkte ein wenig gekränkt.

Ariana war das egal. Sie wollte nicht hierbleiben. Von diesem Mief wurde ihr schlecht.

Sie schaute auf, bemerkte die Deckenfresken mit den Cheruben und den herabhängenden Weinreben und den Blumen und musste gestehen, dass sie wirklich traumhaft schön waren. Aber irgendwas stimmte hier nicht.

Vom ersten Augenblick an, als sie das Haus betreten hatten, war ihre Tante förmlich aufgeblüht und strotzte nur so vor Überschwang und Begeisterung – selbst für Rubys Verhältnisse. So hatte Ariana ihre Tante noch nie erlebt. Ruby wirbelte durch das Zimmer wie Rosalind Russell in *Die tolle Tante*.

Ihre Tante drückte die breiten Flügeltüren auf, die auf die Terrasse hinausführten, und ging nach draußen. »Ist das nicht unglaublich? Stellt euch nur vor, was für Partys wir hier feiern werden. Und da«, sie wies auf ein schattiges Plätzchen, »die perfekte Ecke zum Lesen und Entspannen.«

Ariana schirmte die Augen mit einer Hand gegen die Sonne ab, die sich in den schimmernden Wellen spiegelte, und betrachtete das Panorama, das sich vor ihr ausbreitete. Entzückende Häuschen lagen entlang des Ufers verstreut, und auf dem Wasser tummelten sich Fähren und Sportboote. »Wir sind ja direkt am See«, rief Ariana, begeistert von so viel Schönheit. Je länger sie hinschaute, desto mehr löste sich die Verspannung in ihren Schultern.

Ich könnte ewig so hier stehen bleiben, überlegte sie zu ihrem eigenen Erstaunen. Mit einem Blick zu Ruby sah sie, dass ihre Tante sie mit einem selbstzufriedenen, siegesgewissen Lächeln musterte.

»Also gut, du hast gewonnen«, seufzte Ariana. »Es ist unbeschreiblich. Und ich muss gestehen, aus dem Haus lässt sich was machen.«

»Schau dir nur diesen Garten an«, schwärmte Ruby.

Die breite Terrasse grenzte auf der einen Seite an einen verwilderten Zitrushain und auf der anderen an einen unkrautüberwucherten Garten. Rosarote und weiße Kletterrosen rankten sich um ein zerbrochenes Spalier, während wuchernde, leuchtend lila Bougainvilleas eine altmodische Gartenlaube einzunehmen drohten.

»Und hier können die Boote gleich neben den Stufen anlegen«, rief Ruby und wies auf eine breite steinerne Treppe, die hinunter zum Wasser führte. Träge Wellen leckten an den Steinplatten. »Stell dir nur vor, Wassertaxis bis gleich vor die Haustür.« Mit den Händen rahmte sie die majestätischen, schneebedeckten Gipfel in der Ferne. »Wie ein Gemälde. Ist das nicht der hinreißendste Ausblick, den du je gesehen hast?«

»Die Lage ist unglaublich.« Und musste ihre Tante eine Menge Geld gekostet haben, trotz des Zustandes, in dem das Haus war. »Eins verstehe ich nicht, Tante Ruby. Wie kannst du dir das überhaupt leisten?«

Ruby wedelte abwehrend mit der Hand. »Ich hatte einen ausgefuchsten Agenten, der die meisten Filmverträge für mich ausgehandelt hat. Einschließlich stattlicher Beteiligungen. Und mit Videos und DVDs und Streaming-Anbietern, anderen Verleihmöglichkeiten und Neuverfilmungen läppert sich das ganz schön.«

»Aber kannst du dir überhaupt eine neue Hypothek leisten?«

»Ich bitte dich, Ariana«, schnaubte Ruby und stemmte eine Hand in die Hüfte. »Was denkst du denn? Das Haus in Palm Springs ist längst abbezahlt. Und außerdem habe ich gut investiert.« Sie zuckte betont lässig mit den Schultern. »Was soll ich denn sonst mit dem ganzen Geld anfangen?«

Ariana neidete Ruby das Vergnügen nicht, aber sie musste sich ganz plötzlich fragen, wie viel Geld ihre Tante wohl tatsächlich hatte. Auch wenn ihr das eigentlich ziemlich egal war. Ruby redete nie über Geld. »Da hast du wohl recht.«

»Und ich möchte dir ein Angebot machen.« Ruby legte den Arm um Ariana. »Du hilfst mir, mein neues Häuschen zu renovieren, und wenn ich dann ins große Himmelskino weiterziehe, kannst du es haben.«

»Tante Ruby, das kann ich nicht annehmen.«

»Warum denn nicht? Wem soll ich es denn sonst vererben, wenn nicht dir und deiner Tochter?«

Ariana verzog das Gesicht. »Es könnte auch ein Junge werden. Hinterlass es doch der Wohlfahrt«, sagte sie. Der Gedanke an eine solch große Verantwortung war erdrückend.

Ruby tippte Ariana auf die Brust. »Wenn du willst, kannst *du* es ja der Wohlfahrt spenden. Aber glaub mir, meine liebsten guten Zwecke werden ohnehin reich bedacht. Warum sollte ich also meine letzten Tage nicht in Saus und Braus verbringen?«

Ariana wollte mit ihrer Tante nicht über solche morbiden Gedanken streiten. »Du wirst bestimmt steinalt. Hast du selbst gesagt.«

Wieder musste Ariana sich fragen, warum ihre Tante ausgerechnet hier ein Haus gekauft hatte. Ruby war gewitzt. Und umgeben von mindestens genauso gewieften Agenten und Managern. Man stieg nicht bis an die Spitze der Unterhaltungsindustrie auf und blieb dann da, nur mit Glück und Zufall. Aber Rubys Großzügigkeit war schon fast legendär. Etliche junge Regisseurinnen hatten ihr den großen Durchbruch zu verdanken, weil sie ihnen die ersten großen Projekte finanziert hatte.

Ruby drehte sich auf der Terrasse im Kreis, und ihr langer, türkisfarbener Seidenrock bauschte sich in der Brise. Ihre Tante brauchte Selbstdarstellung und andere Menschen wie die Luft zum Atmen. Sie war glücklich, wenn sie Partys geben und Fremde zu Freunden machen konnte. Ihre Lieblingsbeschäftigung war es, Menschen zusammenzubringen, und manch einer hatte schon davon profitiert, dass Ruby sie oder ihn genau dem oder der Richtigen vorgestellt hatte.

Ariana musste leise lachen angesichts der Absurdität dieser ganzen Geschichte und ging wieder nach drinnen. Matteo folgte ihr.

»Sie sollen wissen, dass ich Ihre Tante in keinster Weise beeinflusst habe«, erklärte Matteo sehr ernst. »Signora Ruby hat einen starken Willen. Sie hat mich gebeten, Fotos zu machen, aber ich hatte ja keine Ahnung, dass sie die Villa tatsächlich kaufen will. Viele Touristen schauen sich Häuser an und träumen davon, hier zu leben, aber die wenigsten tun es dann tatsächlich. Ich dachte, sie ist bloß eine harmlose ältere Dame auf Rundreise zu den Sehenswürdigkeiten.«

Auch wenn *ältere Dame* eigentlich schon beinahe ein Kompliment war, würden sich Ruby trotzdem die Nackenhaare sträuben, weil es so gewöhnlich klang, und im Herzen war sie ohnehin jung geblieben. »Sie haben sie nicht erkannt?«

»Erst, als sie beiläufig einen ihrer Filme erwähnte«, gestand er kleinlaut. »Ich lese viel.«

»Daran ist ja nichts auszusetzen.« Ariana konnte ihn nur zu gut verstehen. Selbst sie als Insiderin kam kaum noch mit bei all den neuen Filmen und Serien der diversen Sender und Streaming-Dienste. Aber deswegen gab es auch für Schauspieler und Autoren und sämtliche Mitarbeiter hinter der Kamera mehr Arbeit denn je.

Arianas Blick blieb am schmutzigen Fußboden hängen. Ihr blieb nicht einmal ein Monat Zeit. Frustriert schüttelte sie den Kopf. »Ich habe einen Job in Los Angeles und einen Boss, der keinerlei Verständnis dafür hätte, würde ich auch nur einen Tag zu spät zurückkommen.« Und einen Arzt, den sie aufsuchen sollte. Sie biss sich auf die Unterlippe.

Kingsley dachte vermutlich, sie sei auf Hochzeitsreise. Sie hatte seitdem mit niemandem im Studio gesprochen. Und es waren auch keine Kollegen zu ihrer Hochzeit eingeladen gewesen. Ihr Privatleben war ihr heilig. Nur ihre engsten Freunde waren in der kleinen Kirche dabei gewesen. Ob Phillip womöglich schon alles herumposaunt hatte?

Das fehlte ihr gerade noch, dass ihr Boss jetzt darauf bestand, sie solle sich augenblicklich wieder an die Arbeit machen. Sie konnte ihn fast schon hören. *Keine Trauung, keine Flitterwochen? Dann gibt's auch keinen Urlaub. Komm zurück. Wir brauchen dich hier.*

Nein, das war die einzige Gelegenheit, sich diese dringend benötigte kleine Auszeit zu nehmen. Ariana nahm selten all ihren Urlaub und hatte inzwischen mehr Urlaubstage angesammelt als sonst irgendwer. Die würde sie auch bald brauchen. Für das Baby.

Ruby rauschte durch die Tür, und ihr Seidentuch in Korallenrot und Türkis flatterte hinter ihr her wie eine Fahne im Wind. »Ariana, Schätzchen, würdest du wohl ein paar Notizen machen, während wir durchs Haus gehen?«

»Notizen?«

»Natürlich. Wenn wir Ende der Woche einziehen wollen, gibt es noch viel zu tun.«

»Wie bitte?«, fragte Ariana verdattert, während sie Ruby durch einen prunkvollen Saal folgte. »Wir wohnen nicht im Hotel?«

»Nur ein paar Tage. Wieso sollten wir in einem Hotel absteigen, wo wir doch so ein herrliches Haus haben?«

Ruby gestikulierte mit den Händen in der Luft, dass ihre silbernen Armbänder klirrten. »Dort drüben das Esszimmer – schau dir nur diesen Kronleuchter an. Dort das Musikzimmer – mit Klavier, wir Glückspilze!« Sie blieb stehen und riss eine Tür auf. »Und, *voilà*, die Küche.«

»Oh, wow ...« Ariana trat in den riesigen Raum, der eine Profiküche aus den fünfziger Jahren beherbergte, mit handbemalten italienischen Fliesen an den Wänden und auf den Arbeitsflächen. Mittendrin stand eine Kochinsel aus Edelstahl. Kochplatten, Bratplatten, Grillmöglichkeiten und Arbeitsplätze reihten sich aneinander. Sie fuhr mit der Hand über die glatte Oberfläche. Der Stempel auf dem tomatenroten Porzellan verkündete stolz *Bertazzoni*.

»Stell dir nur mal vor, was für Menüs wir hier drin kochen lassen könnten«, schwärmte Ruby mit blitzenden Augen.

Ariana schüttelte den Kopf. »An mich ist so was verschwendet. Ich brauche bloß eine Kaffeemaschine und eine Mikrowelle.«

Matteo hinter ihnen hüstelte dezent. »Aber wir sind hier in Italien.«

»Und das heißt ...?«, fragte Ariana verdutzt.

»Mit dem Essen und dem Trinken halten wir es wie mit der Liebe«, erklärte Ruby unter Matteos etwas betretenem Blick, wenngleich er zustimmend nickte. »Nur die frischesten Zutaten, nur die besten Weine. Zeit zum Kochen, Zeit zum Leben. Man nimmt sich die Zeit – für ein *Ossobuco* oder ein *Risotto alla Milanese* mit Safran, für Forelle oder Barsch aus dem See. Wir schauen zu, wie die Sonne untergeht, trinken einen Wein aus Montevecchia, Brianza oder Valtellina. Ach, Liebes, wir werden ganz wunderbare neue Freundschaften schließen.«

»Aber du kannst doch gar nicht kochen, Tante Ruby. Und ohne Mikrowelle …«

Matteo breitete die Hände aus. »Sie könnten es lernen. Es gibt hier viele Köche, die Kochkurse anbieten.«

»Lass lieber Stefano einfliegen«, lachte Ariana.

»Nicht können und nicht machen sind nicht dasselbe.« Ruby stemmte die Hand in die Hüfte. »Ich habe nie gesagt, dass ich nicht kochen kann.«

»Das soll ein Witz sein«, stammelte Ariana, regelrecht schockiert angesichts dieser Enthüllung. »All die Jahre, die ich dich nun schon kenne, habe ich dich kein einziges Mal am Herd stehen sehen.«

»Ich möchte nicht, dass Stefano sich überflüssig vorkommt, und die Küche ist nun mal sein Reich.« Ruby winkte lässig ab. »Aber ja, als junges Mädchen in Texas habe ich kochen gelernt. Grütze, Rinderbrust, Enchiladas, Pfirsichmarmelade. Und hier in Italien habe ich noch einiges dazugelernt.« Sie zuckte die Achseln. »Es ist zwar schon eine Weile her, aber Kochen ist wie Stepptanzen. Das verlernt man nicht.« Ein verträumtes Lächeln zeichnete ihr Gesicht weicher als jeder Filter.

»Das muss ich sehen«, brummte Ariana. »Ich glaube, ich würde trotzdem lieber Stefano einfliegen lassen.«

»Was meinst du, würde es ihm hier gefallen?« Rubys

Augen blitzten. »Und wir sollten einen Kochkurs besuchen. Dann können wir einen Kochabend veranstalten und alle Nachbarn dazu einladen.« Sie drehte sich um und schaute in einen Raum mit einem gemauerten Kamin, so groß, dass ein erwachsener Mensch aufrecht darin stehen könnte, und einem langen rustikalen Tisch, an dem eine ganze Fußballmannschaft Platz gefunden hätte. »Wir werden eine Menge Spaß haben.«

»Wir kennen hier doch niemanden«, wandte Ariana ein.

»Wir kennen Matteo«, widersprach Ruby, und der schlanke junge Fahrer neigte geschmeichelt den Kopf. »Und die entzückende Concierge aus dem Hotel, Vera Orsini, die mir geholfen hat, den Makler ausfindig zu machen und das Haus zu kaufen. Und den Notar. Das sind schon vier. Plus Ehegatten oder sonstige Begleitung. Jeder kann noch ein, zwei interessante Menschen mitbringen, und schon haben wir eine Gesellschaft von sechzehn oder zwanzig Gästen. Siehst du, wie fix das geht?«

»Ich werde dir nicht helfen, derartige Menschenmassen zu bekochen. Ich will mir gar nicht vorstellen, wie anstrengend das sein muss. Wir bestellen einfach irgendwas.«

Ruby winkte ab. »Schätzchen, du warst zu lange in deinem Büro eingesperrt. Wie eine Schiffbrüchige auf einer einsamen Insel. Das ist doch kein Leben. Komm, ich zeige dir die Welt da draußen.«

Ariana machte den Mund auf und wollte schon widersprechen, aber Ruby klatschte in die Hände und tänzelte aus der Küche, das Ziel fest vor Augen. »Weiter geht's, Liebes. Schlafzimmer im oberen Stock.«

Ariana strich im Vorbeigehen ganz leicht über das verstaubte Geländer der imposanten, geschwungenen Treppe und folgte Ruby die steinernen Stufen hinauf nach oben. Auf halbem Weg blieb Ruby auf einem Absatz stehen.

»Wäre das nicht ein famoses Atelier?«, fragte Ruby mit Blick in den weitläufigen Raum darunter. »Ich sehe es schon genau vor mir, wie die Modelle die Treppe hinunterschweben, vorbei an den Kunden beidseits des Laufstegs. Fast wie in Paris, in Huberts Atelier – de Givenchy meine ich, Herzchen. Gott hab ihn selig.«

»Erst ein Hotel, jetzt ein Atelier.«

»Hast du deine Fantasie zu Hause gelassen?« Ruby drehte sich wieder um und stieg die restlichen Stufen behände wie eine Tänzerin hinauf. »Ach, und noch etwas. Wir brauchen Pflanzen, drinnen wie draußen. Palmen, Farne und überall Blumen.«

Allein vom Zusehen wurde Ariana schon müde. Ihr kam ein eigenartiger Gedanke. Wann hatten sie eigentlich die Rollen getauscht? Dann fiel ihr noch etwas ein. »Tante Ruby, hat deine Ärztin in letzter Zeit etwas an deiner Medikation verändert? Du wirkst nämlich ein bisschen sehr überschwänglich, wenn du mich fragst.«

Man sah Ruby die Kränkung an. »Wie kommst du dazu, mir zu unterstellen, meine Begeisterung sei medikamentösen Ursprungs?«

Ariana hätte sich am liebsten auf die Zunge gebissen. Vor allem, weil dies womöglich Rubys letzte Gelegenheit war, sich einen lange gehegten Traum zu verwirklichen. Vielleicht war es ja das.

»Mein ganzes Leben lang bin ich auf Abruf um die halbe Welt gereist«, erklärte Ruby, die majestätisch oben am Treppenabsatz stand. »Dreharbeiten, Filmfestivals, Werbekampagnen, Fotoshootings, Laufstegshows. Das hier ist *mein* Leben, Liebes. Und ich werde es leben. Du kannst mitmachen oder dir einen Flug nach Hause buchen. Aber diese Meckerei höre ich mir keine Minute länger an.« Ruby reckte das Kinn. »Angesichts deines Zustandes bist du noch mal entschuldigt.«

Kleinlaut zog Ariana den Kopf ein. Das hätte sie nicht sagen sollen. Seit wann und wieso war sie eigentlich so engstirnig und voreingenommen? Vielleicht hatte ihre Tante ja doch recht mit der Schiffbrüchigen auf der einsamen Insel.

»Entschuldige. Ich hätte das alles nicht so infrage stellen sollen. Und dich schon gar nicht.« Ariana ging zu ihrer Tante und legte die Arme um sie. Von ihrer Mutter abgesehen war Ruby ihre einzige Verwandte. Mehr Familie hatte sie nicht. Was machte es da schon, dass ihre Tante ein Paradiesvogel war, schillernd und abenteuerlustig? In ihrem Alter war es Rubys gutes Recht, zu tun und zu lassen, was immer sie wollte.

Ruby erwiderte ihre Umarmung erstaunlich fest. »Lass dein altes Ich in L.A. Hier kannst du dich ganz neu erfinden.« Ruby strich Ariana mit den Händen über beide Wangen. »Wie die kleinen Seidenraupen, die sich an den Maulbeerblättern sattfressen und dann in einen Kokon einspinnen, um sich zu verpuppen. Du musst nur die Flügel ausbreiten und davonfliegen.«

»Aber das Baby«, wisperte Ariana, obwohl Matteo draußen außer Hörweite auf sie wartete.

»Wenn das mal kein guter Grund ist, sich vorher noch ein bisschen zu amüsieren.«

Ariana blinzelte, überwältigt von einem Gefühlssturm. Ob bei der Arbeit oder mit Phillip, gut zehn Jahre hatte Ariana nun schon damit zugebracht, es anderen recht zu machen. »Ich weiß schon gar nicht mehr, was ich eigentlich will.«

Ruby lächelte und gab ihr einen Kuss auf die Wange. »Du hast einen Monat, um es herauszufinden. Wer weiß, was in dieser Zeit alles passieren kann!« Sie nahm Ariana an die Hand, und gemeinsam gingen sie weiter.

Ariana staunte, wie großzügig und luftig die Schlafzimmer waren, deren Fenster einen spektakulären Ausblick über den See boten. Alle Zimmer hatten Parkettboden, einen Kamin und hohe Deckenbalken und waren mit antiken Möbeln stilvoll eingerichtet. Fehlten eigentlich nur Bettzeug und Matratzen. Und ein Teppich vielleicht, und ein paar frische Blumen. Ariana ertappte sich dabei, wie sie überlegte, wie sie die einzelnen Zimmer nach ihrem Geschmack einrichten könnte.

»Such dir eins von den Schlafzimmern aus«, sagte Ruby. »Die anderen richten wir dann als Gästezimmer ein oder was immer uns einfällt. Eins könnte auch das Kinderzimmer werden.«

»Vielleicht«, murmelte Ariana, noch immer wie betäubt. Solange sie für Kingsley arbeitete, konnte sie es sich nicht leisten, allzu viele Urlaubstage zu nehmen. Was, wenn das Kind krank wurde? Kingsley hatte Mitarbeitern schon aus nichtigeren Gründen gekündigt.

Ariana spazierte in das größte der vielen Zimmer mit den hohen Decken, auch dieses mit einem Kamin, Bücherregalen, einer Sitzecke und sogar einem eigenen Balkon. Ein Nebenzimmer ging vom Hauptraum ab. Das Badezimmer wartete nicht nur mit einer, sondern gleich mit zwei gigantisch großen Badewannen, Kronleuchtern, vergoldeten Spiegeln und viel Platz für weitere Möbel auf. Die Armaturen stammten allem Anschein nach aus den fünfziger Jahren, aber davon abgesehen würde Ariana dort nicht viel verändern. Alles war makellos gepflegt. Sie warf einen Blick in das angrenzende Zimmer, das aussah wie ein Ankleideraum.

»So einen begehbaren Kleiderschrank habe ich noch nie gesehen, Tante Ruby.« Ein langer, dreiteiliger Spiegel stand an einem Ende des Raums vor einem kleinen Podest und Polsterhockern. In den eingebauten Schränken und Schubladen hätte ihre gesamte Garderobe zweimal Platz gefunden. »Das ist ja ein komplettes Ankleidezimmer. Noch größer als deins zu Hause, und das will schon was heißen. Das hier ist dein Haus, Tante Ruby. Gar keine Frage.«

»Ich brauche das alles nicht. Warum nimmst du es nicht?«

»Da drin würde ich mich verlaufen.«

Ruby grinste. »Nicht, wenn du nicht alleine wärst.«

»Ich habe es nicht eilig, einen potenziellen Nachfolger für meinen Ex-Verlobten zu finden.« Ariana schwankte zwischen Ins-Kloster-Gehen und der Sehnsucht nach einem Seelenverwandten.

»Man weiß nie, wann einem der Richtige begegnet«, meinte Ruby weise.

Ariana lachte leise und strich sich mit der Hand über den Bauch. »Mein Leben wird nie wieder sein, wie es war.« Ihr Blick wanderte durch das breite Panoramafenster hinaus über den stillen See, und sie lächelte. Beim Aufwachen diese Aussicht zu sehen wäre einfach himmlisch. »Villa Fiori hat ihren ganz eigenen Zauber, nicht?«

»Ach, und dabei haben wir gerade erst angefangen«, rief Ruby, zog die Augenbrauen hoch und schwebte dann mit wehendem Rock zur Tür hinaus.

Ariana starrte ihr nach und fragte sich, was ihre Tante wohl im Schilde führen mochte.

KAPITEL SIEBEN
Rom, 1952

»Was, wenn sie mich nicht mögen?«, fragte Ruby nervös und biss sich auf die Lippe. Sie standen vor der Haustür von Niccolòs Elternhaus. Er hatte sie zum Abendessen eingeladen, und sie sollten beide beim Kochen helfen.

»Sie werden dich vergöttern. Du bist eine amerikanische *principessa*«, versicherte Niccolò und gab ihr einen Kuss auf die Nasenspitze.

Ruby folgte ihm die Treppe hinauf, die zur Wohnung im ersten Stock führte, wo ihnen, gleich als er die Tür aufmachte, ein köstlicher Duft entgegenschlug. Opernmusik von einem Plattenspieler erfüllte die Luft.

Niccolò rief seinen Eltern etwas zu, während Ruby verlegen dastand und sich verstohlen umsah. Spätnachmittägliches Sonnenlicht schien durch die hohen Fenster, vor denen weinrote Samtvorhänge hingen, zurückgebunden mit goldener Kordel und Troddeln, die bis auf den Holzboden reichten. Niedrige Sofas und Polstersessel drängten sich um einen großen Kamin, und eine Treppe führte nach oben. Aber das Bemerkenswerteste an diesem Zimmer waren die Gemälde an den Wänden. Ruby machte einen Schritt auf eine in Öl gemalte See-Idylle zu, größer noch als sie selbst.

»Unglaublich, dieses Bild«, hauchte Ruby. Einmal war ihre Mutter mit ihr nach Dallas gefahren, und sie hatten bei einer Schulfreundin ihrer Mutter übernachtet, die nach ihrer Heirat in die Stadt gezogen war, und ihre Mutter war mit ihr ins Museum gegangen. *Ein bisschen Kultur kann nicht schaden*, hatte sie gesagt. Dieses Ölgemälde hätte auch gut neben den vielen anderen im Museum in Dallas hängen können.

»Ihr habt so viele Bilder«, flüsterte sie und sah sich staunend um.

»Mein Vater ist Kunsthändler«, erklärte Niccolò. »Mein Großvater hat das Unternehmen als junger Mann gegründet, die meisten dieser Gemälde sind schon seit mindestens ein paar Generationen im Besitz unserer Familie. Alles italienische Künstler, aber das hier mag ich am liebsten. Das ist der Lago di Como, ein See im Norden Italiens und einfach wunderschön. Wenn ich könnte, würde ich ihn malen, aber leider fehlt mir das Talent dazu. Stattdessen möchte Papa, dass ich eines Tages den Kunsthandel übernehme.« Sein Blick hing an dem Gemälde. »Die Landschaft ist in Wirklichkeit noch atemberaubender als auf dem Bild; ein fast unwirklich schöner Ort.«

Sie besah sich das Gemälde genauer. »Und dieses süße kleine Dorf dort an der Spitze.«

»Das ist Bellagio. Die Familie meiner Mutter hat ein Haus genau hier in Varenna«, sagte er und wies auf ein paar Palmen am Seeufer. »Dort verbringen wir oft die Ferien und Feiertage.«

Ruby war wie verzaubert. Der Künstler hatte dicht gedrängte Häuschen mit Terrakottaziegeldächern um einen tiefblauen See gemalt. Blumen und Bäume überwucherten sattgrüne Hänge, und schneebedeckte Berggipfel hoben sich in einen wolkenlos blauen Himmel. »Schwer zu glauben, dass es diesen Ort wirklich gibt.«

»In echt ist er noch schöner.« Er grinste sie an. »Du solltest ihn dir anschauen, bevor du wieder abreist.«

»Ich glaube, das geht nicht.« Sie musste so viel wie möglich von dem Geld, das sie hier verdiente, mit nach Hause nehmen.

»Musst du so bald wieder zurück nach Hause?«

»Nein, das nicht.« Sie zuckte die Achseln und schämte sich ein bisschen. »Ich kann es mir nicht leisten, viel herumzureisen.«

»Und wenn doch?«

Sie sah in seine strahlend blauen Augen und dann zu dem Bild an der Wand. »Ich würde es liebend gerne sehen.«

Niccolò zog sie in seine Arme und gab ihr einen Kuss auf die Wange. »Los, ich will dich meinen Eltern vorstellen.«

Sie nickte und schluckte heftig, da sich ein flaues Gefühl in ihrem Magen breitmachte. Was würden sie wohl denken, wenn sie sie sahen? Verglichen mit ihnen war sie ein ungehobeltes Gör aus Texas, das mehr von Pferden verstand als von der kultivierten Welt hier in Rom. Bei ihnen zu Hause spielte der Plattenspieler

Johnny Cash oder Jimmy Dean statt italienischer Opern. Niccolò konnte unmöglich verstehen, wie ihr zumute war.

Er nahm sie an die Hand, und sie folgte ihm, vorbei an einem Esszimmer mit vergoldeten Spiegeln an der Wand. *Barock?* Sie war bemüht, täglich neue Wörter zu lernen, aber so vieles wusste sie nicht. Alles, was sie sich zu merken versuchte, purzelte in ihrem Kopf durcheinander. Immer, wenn sie ein unbekanntes Wort hörte, schrieb sie es heimlich in das kleine spiralgebundene Notizbüchlein, das sie bei sich trug, um es später nachzuschlagen. Sie hatte ihren Eltern versprechen müssen, so viel wie möglich über römische Geschichte und Architektur zu lernen und sich die historischen Sehenswürdigkeiten anzuschauen, während sie hier war.

Niccolò begrüßte seine Mutter, die am Herd stand und eine Küchenschürze über ihrem hübschen Baumwollkleid trug. Sie erwiderte seine Begrüßung auf Italienisch mit Umarmung und Küssen.

»Mamma, wie schon angekündigt, habe ich meine Freundin Ruby zum Abendessen mitgebracht.«

Seine Mutter drehte sich zu ihr um, und ein einladendes Lächeln breitete sich auf ihrem jugendlichen Gesicht aus. »*Ciao*, Ruby. Was für ein schöner Name. *Come stai?*«

»*Molto bene, grazie*, Signora Mancini.« Mit so einem herzlichen Empfang hatte Ruby nicht gerechnet.

»Nein, nein, nein«, protestierte Niccolòs Mutter mit erhobenem Zeigefinger. »Nenn mich Carolina. Wir sind hier recht modern. Signora Mancini ist meine

Schwiegermutter. Mein Mann kommt bald nach Hause und wird sich sicher freuen, dich kennenzulernen.«

»Carolina«, wiederholte Ruby. Niccolò hatte erwähnt, dass seine Mutter während des Krieges einige Jahre in England gelebt hatte, weshalb sie die Sprache so ausgezeichnet beherrschte. Auf dem Herd köchelte ein großer Topf, daneben lagen Karotten- und Kartoffelscheiben neben kleinen Rosmarin- und Thymianzweigen und anderen frischen Kräutern. »Was auch immer Sie gerade kochen, es riecht köstlich.«

»*Grazie*«, sagte Carolina. »Ossobuco ist eins von Niccolòs Lieblingsgerichten.«

»Ruby glaubt mir nicht, dass ich kochen kann«, erklärte Niccolò. »Zum Beweis würde ich gerne *Insalata caprese* und Risotto machen.«

In den Augen seiner Mutter blitzte es, und sie tätschelte ihm die Wange. »*Grazie*.« Carolina wies mit dem Kinn nach oben und sagte: »Die Tomaten sind reif. Holst du uns ein paar?« Sie reichte ihm einen Korb.

Niccolò führte Ruby nach oben, hinaus auf eine Dachterrasse mit atemberaubendem Blick über die Dächer von Rom. »Heute Abend essen wir sicher hier oben«, sagte er und wies auf einen Tisch und Stühle. Daneben stand ein Sonnenschirm, und wo man auch hinsah, drängten sich Terrakottatöpfe und Hochbeete, in denen Gemüse, Kräuter und Blumen gediehen. »Meine Mutter gärtnert leidenschaftlich gerne, die Terrasse ist ihr Refugium.«

»So viele verschiedene Tomatensorten«, rief Ruby begeistert. Niccolò zeigte ihr ein paar, die sie unter anderen Namen kannte. Saftige Kirschtomaten, dicke Ochsenherzen, vollreife Roma-Tomaten. Weinreben, die wie Spitzenborte wuchsen, und ein zierlicher Zitronenbaum hingen voller Früchte.

Auf der Ranch ernteten sie, so viel sie konnten, bevor der Winter kam. Schon oft hatte sie ihrer Mutter geholfen, Erdbeerkonfitüre oder Pfirsichmarmelade einzukochen. Sie legten Okra und Gurken sauer ein, kochten Obst und Gemüse ein und trockneten Pekan- und Walnüsse in Papiertüten.

Gemeinsam pflückten Ruby und Niccolò die reifsten, saftigsten Tomaten und zupften dann noch ein paar Basilikumblätter ab, die süß und aromatisch dufteten.

»Die brauchen wir für den Caprese-Salat und zur Dekoration«, erklärte er und zeigte ihr, wo man die besten Blätter abzupfte, um sich dann dem Oregano zu widmen.

»Klingt fast, als wüsstest du, was du tust.«

Erstaunt sah er sie an. »Natürlich. Warum denn auch nicht?«

»Bei mir zu Hause gibt es nicht viele Männer, die kochen können.« Ihr Vater arbeitete den ganzen Tag hart auf der Ranch, und ihre Mutter kümmerte sich ums Kochen und die Hausarbeit. *Frauenkram*, wie ihr Vater immer sagte. Aber Ruby half lieber ihrem Vater. Hühnerfüttern war ihr lieber als Bettenmachen, weil sie dann wenigstens an die frische Luft kam. Oft fuhr sie auch mit den Eiern in den nächsten Ort und tauschte sie dort gegen Mehl und Zucker ein.

Jetzt, als sie darüber nachdachte, ging Ruby auf, dass

ihre Mutter und ihr Vater nun, da sie fort war, auch ihre Aufgaben übernehmen mussten. Aber ihre Mutter hatte sie immer in allem unterstützt. *Du sollst das Abenteuer erleben, das mir nicht vergönnt war.* Ihre Mutter hatte kaum die Schule verlassen, da war sie schon verheiratet. Und kurz darauf war Rubys Schwester auf die Welt gekommen.

Ruby blieb an der steinernen Balustrade stehen und blickte versonnen über die Dächer. Von diesem erhöhten Aussichtspunkt hatte man einen wunderbaren Blick über die Innenstadt von Rom. Kirchenkuppeln und -türme sprenkelten die Stadtlandschaft, und vor ihnen erhob sich das Pantheon in den Abendhimmel. »Ich kann noch immer kaum glauben, dass ich wirklich hier bin«, seufzte sie hingerissen.

Niccolò trat hinter sie und legte die Arme um sie. »Geht mir genauso. Du bist wie eine Märchenprinzessin, die mir unverhofft einfach in den Schoß gefallen ist.« Er sah ihr tief in die Augen. »Wenn der Film abgedreht ist, bleibst du hoffentlich noch ein Weilchen hier. Ich würde dir gerne noch mehr von Italien zeigen.«

Sie wollte ihm schon sagen, dass sie nach Beendigung der Dreharbeiten unverzüglich abreisen musste, doch dann dachte sie plötzlich: *Warum eigentlich nicht?* Wann würde sie noch einmal die Möglichkeit bekommen, Italien zu bereisen? Womöglich war das eine einmalige Gelegenheit. Außerdem mochte sie gar nicht daran denken, dass sie sich irgendwann von Niccolò trennen musste.

»Ich schicke meinem Agenten ein Telegramm«,

sagte sie und hielt das Gesicht in die leichte abendliche Brise. »Wenn er kein neues Rollenangebot für mich hat, kann ich womöglich noch ein bisschen bleiben.«

Niccolò kitzelte ihren Hals mit federleichten Küssen, und sie drehte sich in seinen Armen um, um seine Lippen auf ihren zu spüren. Einen seligen Augenblick lang verschmolzen sie zu einem Kuss, der Ruby Schauer über den ganzen Körper jagte.

»Wir sollten wieder runtergehen«, murmelte Niccolò mit belegter Stimme.

»Ja«, stimmte Ruby ihm zu. Keiner von beiden rührte sich vom Fleck. Sie lehnte den Kopf gegen seine Brust. *Das ist Liebe*, dachte sie.

Dann endlich, nach einem letzten Kuss, lösten sie sich voneinander. Doch bevor sie nach unten gingen, pflückten sie noch ein paar Zitronen und Mandarinen.

Unten angekommen schaute seine Mutter lächelnd auf, als wüsste sie ganz genau, warum es so lange gedauert hatte, oben auf dem Dach ein bisschen Obst und Gemüse zu pflücken. Ruby wurde hochrot.

Signora Mancini zog die Schürze aus und hängte sie an einen Haken. »Ich schaue mal nach deiner Schwester. Die Küche gehört dir.«

Kaum war seine Mutter zur Tür hinausgegangen, nahm Niccolò Ruby in die Arme und wirbelte sie lachend im Kreis. »Wollen wir kochen?«

»Ich dachte, ich soll nur zuschauen«, sagte sie.

»Nein, nein, nein, nein. Ich bringe es dir bei. Es ist ganz einfach.« Er setzte sie ab und reichte ihr eine Schürze. »Zuerst ziehst du dir das an, damit nichts an deine schöne Bluse kommt. Dann fangen wir mit dem Caprese-Salat an. Wenn das Risotto erst einmal fertig ist, muss man es sofort servieren.«

Während Ruby Tomaten und Basilikum wie angewiesen abwusch, holte Niccolò eine Kugel schneeweißen Käses heraus und goss die milchige Flüssigkeit ab. »Mozzarella«, erklärte er. »Ein Kinderspiel, wie ihr so schön sagt. Den schneiden wir in Scheiben und geben Tomaten und Basilikum dazu. So.« Niccolò schnitt Mozzarella und Tomaten in Scheiben und legte sie dann im Kreis auf eine Servierplatte.

Ruby tat, wie ihr geheißen.

Als Nächstes träufelte Niccolò Olivenöl darauf und gab frisch gemahlenen Pfeffer aus einer Mühle darüber. »Und nun das Basilikum.« Niccolò steckte ihr erst ein Stückchen Mozzarella zum Probieren in den Mund, und dann eine Tomatenscheibe mit einem Basilikumblättchen. »Gut?«

»Wie wunderbar das zusammen schmeckt«, rief Ruby begeistert. Es war köstlich und so ganz anders als alles, was sie kannte. »So frisch und so einfach.«

»Siehst du? Kochen ist gar nicht so schwer.«

»Das ist doch nicht kochen. Das ist bloß schnippeln und dekorieren«, widersprach Ruby, um ihn ein wenig zu foppen.

Niccolò lachte. »Also gut, kommen wir zum Risotto.«

Seine Mutter kam in die Küche und bereitete ein Tablett mit Oliven, Nüssen und Käse vor. Das stellte Carolina zusammen mit Olivenbrot auf den Tisch und bot ihnen dann ein Glas Wein an, das Ruby gerne annahm. Beim Essengehen mit dem Filmstab hatte sie gelernt, den Wein ganz gemütlich zum Essen zu trinken. Danach war ihr immer ganz wohlig und entspannt zumute. Aber nie mehr als ein halbes Gläschen, sonst wurde ihr schnell schwindelig. Sie musste einen kühlen Kopf bewahren.

Ein großer, eleganter Mann im Maßanzug betrat die Küche. »Mein Papa«, sagte Niccolò und stellte ihm Ruby vor.

Ruby sagte Hallo, und Niccolòs Vater sagte, sie solle ihn Dante nennen.

»Meine Eltern sind sehr fortschrittlich«, wisperte Niccolò ihr zu. »Das kommt von den vielen Künstlern, mit denen sie verkehren.«

Seine Eltern ließen die beiden in der Küche allein, und Niccolò wackelte vielsagend mit den Augenbrauen. Lachend strubbelte Ruby ihm durch die Haare und gab ihm einen Kuss auf die Wange.

»Und nun zum *Risotto alla Milanese*.« Niccolò holte einen Sack Reis und eine Flasche Weißwein aus der Speisekammer und stellte sie zusammen mit Olivenöl, Butter, einer Zwiebel und einem Stück Käse bereit. »*Parmigiano Reggiano*«, sagte er, hob den aromatisch duftenden Käse an die Nase und schnupperte genüsslich daran. »Der beste.«

»Heute Abend nehmen wir den *Carnaroli*-Reis«, erklärte Niccolò und wies auf einen Topf Rinderbrühe auf dem Herd. »Manchmal nehmen wir auch *Arborio*. Und die Art der Zubereitung ist *molto importante*. Du musst gut aufpassen und dir alles ganz genau merken.

Keine Albernheiten, und nicht den Koch küssen«, mahnte er streng und stahl Ruby noch schnell einen Kuss.

»Wenn du meinst, du bist so ein toller Hecht, dann zeig's mir«, spöttelte Ruby.

»Ein toller Hecht. Ist das ein Kompliment?«

Ruby lachte. »Ist es. Das heißt, du bist ein richtiger Teufelskerl.«

»Toller Hecht. Gefällt mir. Dann bin ich also ein toller Hecht, ja?«

»Das sagt man eigentlich nicht über sich selbst.«

Seine Augen funkelten schelmisch. »Verstehe. Dann muss ich es dir wohl beweisen.« Er stellte die Gasflamme unter dem Topf mit der Rindermarksuppe ein, die seine Mutter auf dem Herd stehen gelassen hatte. »Die Brühe muss unbedingt heiß sein.«

Niccolò erklärte ihr alles, was er machte. »Das Geheimnis ist der *zafferano* – der Safran. Aber zu dem kommen wir später. Zuerst hacken wir die Zwiebel in kleine Würfel, ungefähr so groß wie die Reiskörner.«

Ruby sah zu, wie er auf dem Schneidebrett die Zwiebel hackte. Er machte es genauso wie ihre Mutter. »Das kann ich auch«, rief Ruby.

Grinsend reichte Niccolò ihr das Messer.

Ruby würfelte die Zwiebel ganz fein, und als sie fertig war, liefen ihr die Tränen in Strömen über das Gesicht.

Niccolò lachte und küsste die Tränen fort. »So kann man eine Schauspielerin also auch zum Weinen bringen.«

Sie schaute zu ihm auf. »Außer ihr das Herz zu brechen?«

»Niemals«, erklärte er feierlich. »So, jetzt schwitzen wir die Zwiebel in Olivenöl und Butter an. Ganz sachte, siehst du, so.«

Kaum berührte die Zwiebel Öl und Butter, zischte es, und ein betörender Duft stieg auf. Während er die Zwiebel andünstete, gab Niccolò mit einer Suppenkelle heiße Brühe über die Safranfäden.

»Das lassen wir jetzt durchziehen«, sagte er. Sobald die Zwiebel goldbraun war, maß er den Reis ab und tat ihn zu den gedünsteten Zwiebelwürfeln. Zum Schluss gab er noch einen großzügigen Schluck Weißwein hinzu. »Wir lassen den Alkohol verkochen und geben die Rinde von unserem *Parmigiano Reggiano* dazu. Die Käserinde schmeckt am intensivsten. Als Nächstes kommt der wichtigste Schritt bei der Risottozubereitung. Bereit?«

»Du klingst wie ein Chirurg im OP«, meinte Ruby lachend. Er erinnerte sie an die Hörspiele, die sie immer mit ihren Eltern zusammen gehört hatte. Er brauchte sich gar keine große Mühe zu geben und war trotzdem ein hervorragender Schauspieler.

Niccolò drehte die Gasflamme herunter. »Das Risotto sollte nie kochen. Nun geben wir die heiße Brühe dazu, *il brodo, poco per volta*. Nach und nach.« Er goss eine Suppenkelle Brühe über die Reismischung. »Wir rühren um, warten, bis es wieder köchelt, dann geben wir noch etwas dazu.«

Ruby beobachtete die sachte köchelnde Mischung.

Just, als die Brühe beinahe verkocht und der Reis die ganze Flüssigkeit aufgesaugt hatte, gab er eine weitere Suppenkelle hinzu. »Eine Kelle nach der anderen?«

»*Sì, sì*. Die Flüssigkeit darf nicht mehr als einen Zentimeter über dem Reis stehen. Und jetzt den Safran.« Behutsam gab er die leuchtend gelben Fäden dazu und rührte um. »Während ich die Brühe dazugebe, kannst du schon mal den Käse reiben.«

Ruby nahm das Stück *Parmigiano Reggiano* und machte sich daran, den Käse in eine Schüssel zu reiben, was ihr großen Spaß machte. Beim Kochen mit Niccolò bekam sie Heimweh nach ihrer Familie, aber sie war so glücklich, hier bei ihm zu sein. Aus den Augenwinkeln spähte sie zu ihm hinüber und dachte: *Was, wenn ich nicht hergekommen wäre? Was ich alles versäumt hätte!* Und just in diesem Augenblick schwor sie sich, sich keine Gelegenheit im Leben mehr entgehen zu lassen. Und überlegte, wie sie es wohl anstellen könnten zusammenzubleiben.

Mit Argusaugen beobachtete Niccolò den Reis und dessen Flüssigkeitsaufnahme, wie ein Wissenschaftler ein köstliches kulinarisches Experiment. Als der Reis schließlich glänzend und etwas angedickt war, nahm er einen Löffel und kostete. Zufrieden drückte er einen Kuss auf die Fingerspitzen und hielt ihr dann einen Löffel zum Probieren hin. »Und, wie findest du es?«

»Oh, das ist ja köstlich«, rief Ruby und ließ sich das Risotto auf der Zunge zergehen.

»Fast fertig.« Er arbeitete nun schnell und geschickt, fischte die aufgeweichte Käserinde heraus und rührte dann den Käse, den sie gerieben hatte, zusammen mit einem Stückchen Butter unter.

Seine Mutter steckte den Kopf in die Küche. »Wie steht's mit deinem Risotto?«

»*Perfetto*«, entgegnete er und tauchte abermals den Löffel hinein, pustete darauf und steckte ihn Ruby in den Mund. »Es ist perfekt, das Beste, das ich je gemacht habe.«

Signora Mancini lachte. »Er macht das beste Risotto von uns allen, weil er die meiste Geduld hat. Die Frau, die ihn mal bekommt, ist ein Glückspilz.«

Niccolò füllte das Risotto in eine Servierschüssel, und Ruby zog die Schürze aus. Dann halfen alle, das Essen nach oben auf die Terrasse zu tragen, wo seine Eltern bereits den langen Tisch gedeckt hatten.

Seine Mutter goss Ruby einen kleinen Schluck Wein ins Glas, aber Ruby wollte es nicht riskieren, auch nur noch einen einzigen Tropfen zu trinken. Die meisten italienischen Jugendlichen in ihrem Alter, so wie Niccolò und seine älteren Geschwister, tranken beim Essen mit den Eltern ganz selbstverständlich ein Glas Wein.

Zu Hause in Texas hatte ihr Vater ihr nach einem langen, harten Arbeitstag unter der unerbittlichen Sommersonne auch schon mal ein kaltes Bier angeboten. *Das hast du dir redlich verdient*, hatte er augenzwinkernd gesagt. *Aber sag's nicht deiner Mutter.*

Der Himmel über ihnen färbte sich zartrosa und zauberte Bänder in leuchtendem Gold und Orange in die Abenddämmerung. Niccolòs Brüder und Schwestern setzten sich zu ihnen an den Tisch, und bald schallten Gelächter und gutmütige Witze und eine wüste Mischung aus Englisch und Italienisch durch die milde Abendluft. Die Nacht brach herein, und ringsum funkelten die Lichter der Stadt. Ruby konnte sich nicht daran erinnern, je so einen unbeschreiblich schönen Abend erlebt zu haben.

Kaum hatte Niccolòs Vater das Risotto probiert, hob er das Glas und prostete seinem Sohn zu. »Auf unseren Koch«, rief Dante. »*Delicioso!*«

Niccolò strahlte vor Stolz. Er beugte sich zu Ruby hinüber und flüsterte: »Jetzt musst du zugeben, dass ich ein toller Hecht bin, ja?«

»Also gut, du hast gewonnen«, rief Ruby lachend. »Du bist wirklich ein toller Hecht. Es ist köstlich. Ich kann es immer noch nicht fassen, dass du tatsächlich kochen kannst.« Alles auf dem Tisch war neu und unbekannt, und was sie auch probierte, es schmeckte alles ganz köstlich. Der Caprese-Salat war frisch, das Risotto cremig und das Ossobuco saftig und aromatisch.

Ruby fühlte sich von Niccolòs Familie herzlich aufgenommen. Von allen außer seiner Schwester Valeria, die sie nur anstarrte und kaum ein Wort sagte. Ruby schätzte sie vielleicht ein, zwei Jahre älter als sie selbst. Sie versuchte, sie in ein Gespräch zu verwickeln, probierte sogar, die paar Bröckchen Italienisch, die sie gelernt hatte, in die Unterhaltung einzustreuen, aber Valeria blinzelte bloß und zuckte mit den Schultern, und Ruby kam sich vor wie eine tölpelhafte Amerikanerin.

Niccolò, dem das nicht entging, griff unter dem

Tisch nach Rubys Hand. »Lass dich von der bloß nicht ärgern«, raunte er leise.

»Habe ich was falsch gemacht?« Ruby wollte unbedingt einen guten Eindruck machen. »Habe ich sie mit meinem furchtbaren Italienisch beleidigt?«

»Nein, daran liegt es nicht.«

»Woran denn dann?«

Niccolò wollte schon antworten, doch dann brach er ab und schüttelte nur den Kopf. »Das ist zu kompliziert. Erkläre ich dir später.« Und dann hob er ihre Hand an seine Lippen und drückte einen Kuss auf ihre Fingerspitzen.

Ruby setzte ein tapferes Lächeln auf, als machte ihr das mit Valeria überhaupt nichts aus. Als Niccolò ihre Fingerspitzen küsste, fiel ihr wieder auf, wie offen er seine Gefühle zeigte – so wie alle in seiner Familie. Würde ihr Vater sehen, wie Niccolò ihr beim Abendessen am Tisch die Finger küsste, würde er dem jungen Mann mit einigen nicht sehr gewählten Worten zu verstehen geben, er solle seine gute Kinderstube nicht vergessen.

Und das wäre das Ende von Niccolò.

Sie konnte sich beim besten Willen nicht vorstellen, Niccolò mit nach Texas zu nehmen. *Lebe im Moment,* ermahnte sie sich, fest entschlossen, diesen traumhaften Abend bis zum letzten Augenblick auszukosten. Sie hob das Weinglas an die Lippen. Aber trotzdem nagte der Zweifel an ihr.

Nach dem Ende der Dreharbeiten in Rom würden sich Filmstab und Besetzung, die zu einer eingeschworenen Gemeinschaft geworden waren, wieder in alle Winde verstreuen. Dieser Sommer hatte Ruby verändert. Wie sollte sie wieder zu dem kleinen Mädchen werden, das sie vorher war?

Sie schaute Niccolò tief in die Augen und musste sich eingestehen, dass es unmöglich war. Nie wieder würde sie sein wie vorher, so jung und unbedarft. Sie hatte sich verliebt, und ihr Leben war im Begriff, sich unwiderruflich und für immer zu verändern. Von nun an sollte Niccolò an ihrer Seite sein, und die Welt wäre in Ordnung.

Wenn sie nur wüsste, wie sie das anstellen sollte.

KAPITEL ACHT
Comer See, 2010

»Während du dich ein bisschen ausruhst, rede ich mit der Concierge«, sagte Ruby zu Ariana, nachdem sie von der Villa zurück ins Hotel gefahren waren. Ariana nickte ihres Jetlags wegen ständig ein, aber Ruby schwirrte der Kopf vor Ideen. Und mit ein bisschen Hilfe von den richtigen Leuten würde es gewiss nicht lange dauern, sie zu verwirklichen. Entschlossen ging Ruby nach unten.

»Sie sind wirklich ein Goldstück«, bedankte sie sich bei Vera, der Concierge, die ihr bereits mit Rat und Tat beigestanden hatte, als sie die Villa Fiori erwerben wollte. So sehr Ruby Luxushotels wie dieses auch liebte, freute sie sich schon schrecklich darauf, bald in ihr eigenes Haus umzuziehen. Sie schob einen cremefarbenen Umschlag mit einem geprägten Dankeskärtchen und einigen brandneuen Euroscheinen über den antiken Schreibtisch.

»Ich freue mich so, dass Villa Fiori eine neue Eigentümerin gefunden hat«, erklärte Vera. »Es war immer schon ein ganz entzückendes Haus, aber die Erben haben sich leider nicht um die Instandhaltung gekümmert, bis die Gemeinde sie dazu gezwungen hat. Sie haben dann einen Verwalter eingestellt, aber es ist doch etwas ganz anderes, wenn die Besitzer selbst dort wohnen.« Sie lächelte. »Willkommen in Bellagio. Wir freuen uns sehr, Sie hier bei uns zu haben.«

Ruby erzählte ihr vom desolaten Zustand des Hauses. »Ich würde das Haus gerne so bald wie irgend möglich grundreinigen lassen und neu einrichten. Matratzen, Bettwäsche, Sofas und Lampen. Können Sie mir da jemanden empfehlen?«

Veras Miene hellte sich auf. »Meine Schwester ist Innenarchitektin. Sie kann Ihnen alles besorgen, was Sie brauchen. Bis hin zum Besteck.«

»Die Küche ist zum Glück recht gut ausgestattet«, sagte Ruby. »Aber vielleicht eine Haushälterin? Wir haben mehr als genug Zimmer, um noch eine Haushaltshilfe, allein oder auch zu zweit, unterzubringen.«

Vera tippte sich ans Kinn. »Ich müsste ein bisschen herumtelefonieren. Sind Sie heute hier im Haus?«

»Ich habe gleich noch einen Termin beim Friseur und im Spa. Danach hätte ich Zeit.«

Ruby schlenderte zum Wellnessbereich des Hotels, wo sie eine Massage gebucht hatte, ihr Patentrezept gegen Jetlag und Zeitzonenverschiebung. Danach fühlte sie sich immer wie neugeboren. Sie entspannte noch eine Weile am Pool, schwamm ein paar Bahnen und ging dann zum Friseur, um sich die Haare machen zu lassen.

Als sie fertig war, buchte sie noch eben einen Termin

für Ariana im Spa und im Friseursalon. Zur Hochzeit hatte sie zwar eine traumschöne Hochsteckfrisur gehabt, aber Ruby wusste, dass sie vorher keine Zeit mehr gehabt hatte, sich die Haare schneiden zu lassen. Sie wollte ihre kleine Ariana rundum verwöhnen.

Was für eine furchtbare Angelegenheit diese Trauung interruptus doch gewesen war, dachte Ruby und musste daran denken, wie sie sich in dem alten MGB aus dem Staub gemacht hatten. Sie lachte leise. Seit Jahren war sie kein Auto mit Gangschaltung mehr gefahren, aber sie wusste immer noch, wie es ging. Sie hätte alles getan, um ihre Nichte so weit wie möglich wegzubringen von ihrem schrecklichen Bräutigam.

Dem Himmel sei Dank, dass dieser Kelch noch einmal an uns vorübergegangen ist. Ruby war stolz, dass ihre Nichte den Mumm und die Selbstachtung gehabt hatte, sich umzudrehen und zu gehen. Das Mädel hatte Courage.

Die würde sie in dieser Welt auch brauchen.

Ruby musste an die Zeit denken, als sie eine junge Frau wie Ariana gewesen war. Wie sehr die gesellschaftlichen Normen und Zwänge der fünfziger und sechziger Jahre sich doch inzwischen gewandelt hatten. Damals hatte sie gutgläubig auf die Menschen gehört, die dachten zu wissen, was das Beste für sie und ihre Karriere war.

Ruby spazierte durch das Hotel und erfreute sich an der luxuriösen Ausstattung mit sonnigen Seidenstoffen und Gobelins und dachte derweil über ihr Leben nach. Nicht reumütig, eher betrachtend. Sie dachte an die schweren Entscheidungen, die sie vor so langer Zeit hatte treffen müssen, und was sie für ihr ganzes Leben bedeutet hatten.

Eine dieser Entscheidungen war dabei ausschlaggebend gewesen für den weiteren Verlauf ihrer Karriere – und für ihre ganze Familie –, aber ausgerechnet diese bereute sie zutiefst. Sie hatte die Menschen verletzt, die ihr am meisten am Herzen lagen. Schlimmer noch, sie ahnten bis heute nichts von der Schwere ihres Verrats. Die Vergangenheit konnte sie nicht verändern, aber war es inzwischen auch zu spät, alles irgendwie wiedergutzumachen?

Sie trat hinaus auf die Hotelterrasse, um sich ein wenig zu sonnen und die Aussicht zu genießen. Ihr Talent als Schauspielerin war ihre Rettung gewesen, in mehr als einer Hinsicht. Hätte sie sich nicht zu verstellen gewusst, ihr Leben wäre schon vor langer Zeit ein einziger Scherbenhaufen gewesen.

Wie Ruby andere Menschen um ihre Ehrlichkeit beneidete. Ob es zu spät war, endlich die Wahrheit zu sagen? Würde sie als einsame alte Frau sterben, wenn sie es riskierte? Schon oft hatte sie sich gewundert, warum Menschen ihre Geheimnisse mit ins Grab nahmen, die dann später von einem anderen Familienmitglied aufgedeckt wurden. Wie gut sie diese armen gequälten Seelen jetzt verstehen konnte; aber sie wollte die Vergangenheit wieder geraderücken.

Ob das egoistisch war? Nichts von dem, was sie damals getan hatte, war aus Eigennutz geschehen – ganz im Gegenteil.

Vera eilte mit großen Schritten auf sie zu. »Signora

Raines, ich habe einiges für Sie organisieren können. Meine Schwester ist ohnehin gerade in der Nähe. Wenn Sie Zeit hätten, könnten Sie sie gleich sprechen. Sie kommt mit der Fähre.«

»Das ist ja wunderbar«, rief Ruby. »Bitten Sie sie doch, mit mir auf der Terrasse zu Mittag zu essen. Und Sie sind natürlich auch herzlich eingeladen.« Ruby aß am liebsten in Gesellschaft. Andere Künstler brauchten zur Erholung Ruhe und Einsamkeit, aber für Ruby waren interessante Menschen das beste Lebenselixier.

Ein Kellner führte Ruby an einen ruhigen Tisch am Rand der Terrasse, eingefasst mit steinernen Balustraden, unter denen kleine Wellen leise ans Seeufer plätscherten. Ein Kellner brachte ihr ein Mineralwasser mit Limette, und ein paar Minuten später legte ein Fährschiff unweit des Hotels an. Heraus stieg eine kunterbunte Mischung an Passagieren, von jungen Müttern mit Kindern über Geschäftsleute in Anzug und Kostüm bis hin zu Touristen auf Urlaubsreise.

Unter ihnen war auch eine attraktive Frau Mitte dreißig. Sie entstieg der Fähre, und Ruby dachte gleich, wie elegant sie doch wirkte mit ihrem leuchtend magentaroten Seidentuch, das sie über ein petrolblaues Etuikleid drapiert hatte, und den zierlichen Kitten-Heel-Sandaletten. Ob das Veras Schwester war?

Schwestern, dachte Ruby wehmütig, waren wie durch ein untrennbares Band miteinander verbunden, und wieder einmal musste sie schmerzlich einsehen, wie sehr ihre große Schwester ihr fehlte. So gut organisiert Patricia im Leben auch gewesen war, im Tod hatte sie einiges unerledigt gelassen, und nun war es an Ruby, ihr den letzten Wunsch zu erfüllen.

Der Kellner brachte ihr die Speisekarte, und Ruby vertrieb sich die Zeit damit, sie eingehend zu studieren. Kurz darauf kamen Vera und die elegante Dame von der Fähre zu ihr an den Tisch, und Vera stellte die Dame als ihre Schwester vor.

»Ich freue mich sehr, Sie kennenzulernen«, sagte Gia. »Ich bin ein großer Fan Ihrer Filme. Und ich habe gelesen, dass Sie auch in *Ein Herz und eine Krone* mitgespielt haben.«

»Ja, aber nur als Statistin«, winkte Ruby ab und stand auf, um die junge Frau mit einem Küsschen auf die Wange zu begrüßen. »Gedreht wurde der Film in Rom, aber ich war zu der Zeit auch hier am Comer See.«

»Und nun werden Sie hier sogar ansässig«, rief Gia entzückt. »Meine Schwester hat mir erzählt, Sie haben die Villa Fiori gekauft.«

Während die beiden Frauen sich angeregt unterhielten, entschuldigte Vera sich, um sich wieder um die anderen Gäste zu kümmern.

Munter plauderten sie weiter und bestellten als leichtes Mittagessen *Antipasti di lago*, bestehend aus marinierter Forelle, Räucherfisch und Forelle frisch aus dem See. Danach gab es eine Suppe aus Borlotti-Bohnen, Pancetta, Tomaten und Olivenöl.

»Soll die Villa Fiori eine Ferienresidenz werden, oder haben Sie vor, das ganze Jahr über dort zu wohnen?«, erkundigte sich Gia.

»Ich habe ein Haus in Palm Springs«, erklärte Ruby

und nippte an ihrem Mineralwasser. »Aber ich möchte so viel Zeit wie irgend möglich hier verbringen. In Palm Springs wird es im Sommer recht heiß.«

Gia nickte. »Möchten Sie vielleicht einige meiner Projekte sehen?«

»Unbedingt.«

Gia holte ihre Mappe heraus und klappte sie auf. »Das ist eine Villa in einem modernen skandinavischen Design.« Sie blätterte um. »Und hier eine sehr klassische Gestaltung, typisch für diese Gegend.«

»Das gefällt mir«, rief Ruby begeistert und stützte das Kinn in die Hand. »Ich mag eine heitere, entspannte Atmosphäre, und ich mag italienische Antiquitäten und Kunst. Ich habe mal ein Gemälde vom Comer See gesehen, das mindestens so groß war wie ich selbst«, sagte sie und musste an das Abendessen mit Niccolò und seiner Familie damals in Rom denken. »Der Himmel und der See waren strahlend blau, und an den Hängen wuchsen Palmen und Pinien und Blumen. In diesem Moment habe ich mich rettungslos in den See und die Gegend hier verliebt.«

Interessiert beugte Gia sich vor. »Erinnern Sie sich noch, von wem es war?«

»Leider nein«, antwortete Ruby. »Der Kunsthändler, bei dem ich es gesehen habe, hieß Mancini. In Rom. Aber das war lange vor Ihrer Zeit.«

»Ich könnte versuchen, ein ähnliches Gemälde von einem lokalen Künstler aufzutreiben.«

»Das wäre wunderbar«, sagte Ruby leise.

Gia blätterte eine weitere Seite ihrer Mappe um.

»Wie wäre es damit? Heitere, harmonische Farben, inspiriert vom See und den Blumen und Villen. Wenn ich mich recht entsinne, verfügt die Villa Fiori über herrliche Parkettböden und Deckenfresken.«

»Wir können heute Nachmittag gerne hinfahren, wenn Sie frei sind«, schlug Ruby vor. Sie schaute auf und sah Ariana über die Terrasse auf sie zukommen.

»Hallo, Tante Ruby«, sagte Ariana lächelnd. »Amüsierst du dich schön ohne mich?«

Ruby freute sich, dass Ariana zu ihnen gestoßen war. Sie wirkte frisch und ausgeruht. Rasch stellte Ruby die beiden Frauen einander vor und sagte: »Meine Nichte ist Kostümbildnerin. Schau mal, was hältst du von diesem Einrichtungsbeispiel, Ariana?«

Aufmerksam betrachtete Ariana die Fotos. »Die Farben gefallen mir, sanft und doch strahlend. Rosa, blau, lavendel. Farben, die die Natur widerspiegeln. Das könnte ich mir sehr entspannend vorstellen vor elfenbeinweißen Vorhängen.«

»Hauptsache, dir gefällt's«, meinte Ruby. Ariana würde länger etwas davon haben als sie selbst.

»Ich nenne es lässige Eleganz«, meinte Gia. »In unserer Region gibt es wirklich wunderbare Seidenstoffe.«

»Oh, ja«, rief Ruby. »Ich weiß.«

»Hier habe ich deine Liste, Tante Ruby.« Ariana öffnete die Notizen auf ihrem Handy und zeigte sie Gia. »Das alles brauchen wir.«

»Die wichtigsten Dinge würde ich gerne so bald als möglich liefern lassen«, sagte Ruby. »Matratzen, Bettzeug, Handtücher. Das Haus muss gründlich geschrubbt werden. Und wir brauchen Blumen, überall. Könnten Sie sich wohl darum kümmern?«

»Meine Schwester kann mir mit den Einkäufen helfen, und ich kenne ein sehr nettes Haushälterehepaar, das vielleicht infrage käme. Ich glaube, Sie würden die beiden mögen«, überlegte Gia. »Wir können gleich morgen anfangen. In einer Woche haben Sie ein blitzblankes Haus und nagelneue Betten zum Schlafen.«

»Klingt herrlich.« Ruby strich ihrer Nichte über die Hand. »Und Ariana, würdest du Gia bitte unterstützen? Such dir aus, was dir gefällt. Ich lege mein Schicksal gerne in die Hände zweier so talentierter Künstlerinnen. Überrasch mich. Tut mir den Gefallen.«

Ruby lächelte den beiden jungen Frauen zu, die sich offensichtlich schon auf das gemeinsame Projekt freuten. Sie waren ungefähr im gleichen Alter, vielleicht würden sie sich ja ein wenig anfreunden. Ariana konnte hier ein paar neue Freunde brauchen.

Während Ariana und Gia sich angeregt berieten, lehnte Ruby sich zufrieden zurück. Das Leben war schön, und sie hatte genug durchgemacht, um das zu schätzen zu wissen.

Als kleines Mädchen auf der Ranch hatte Ruby sich ein solches Luxusleben nur erträumen können. Wenn sie so über ihr Leben nachdachte und darüber, was sie alles erreicht hatte, fiel ihr nicht zuerst ihr materieller Besitz ein, sondern die Menschen, die sie kennengelernt, die ihr Leben bereichert und deren Leben sie verändert hatte. Die vielversprechenden jungen Regisseurinnen und Drehbuchautorinnen, die man bloß den richtigen Leuten vorstellen oder mit einem kleinen Scheck zu unterstützen brauchte, damit sie ihren großen Traum verwirklichen konnten. Ihr Leben als Schauspielerin war kein Zuckerschlecken gewesen, aber rückblickend waren nur die Menschen wichtig, die sie zusammengebracht hatte. Sie waren die Säulen ihres Erfolgs.

Nun wünschte sie sich nur noch eine letzte Chance.

Später, als Ariana und Gia in der Villa gerade Zimmer um Zimmer abgingen und sich überlegten, wie sie einmal aussehen sollten, klopfte es an der Haustür. Ruby entschuldigte sich und ging hin, um zu öffnen.

Draußen stand eine Frau. »Gia hat mich angerufen und sagte, ich soll mich hier vorstellen. Ich bin Livia.«

»Immer herein in die gute Stube«, rief Ruby und hielt ihr die Tür weit auf. Rubys erster Gedanke, als sie Livias dunkelblaue Uniform und die praktischen Schuhe sah, war, dass sie wie das Klischee einer Haushälterin aussah. Aber als Livia den Sonnenhut mit der breiten Krempe abnahm, kamen darunter kurzgeschorene, leuchtend lila Haare zum Vorschein.

Ruby lächelte. »Tolle Haare.«

»Ich bin auch Künstlerin«, erklärte Livia schüchtern.

Ruby gefiel sie auf Anhieb.

Da Ariana und Gia damit beschäftigt waren, sämtliche notwendigen Anschaffungen zu notieren, führte Ruby Livia selbst durchs Haus, um ihr dann das angrenzende kleine Hauswärterhäuschen zu zeigen. Die

Frau stellte kaum Fragen, wirkte aber zupackend und arbeitswillig. Ruby gefiel das. Gia hatte ihr gesagt, der ältere Herr, bei dem Livia bisher gearbeitet hatte, sei kürzlich verstorben, und sein Haus stünde zum Verkauf.

»Hier könnte ich wohnen«, meinte Livia zufrieden und schaute sich um. »Und mein Mann auch. Er kann sich um den Garten kümmern und Sie mit frischen Forellen aus dem See versorgen.«

Das lief ja alles noch viel besser als erhofft. »Haben Sie Kinder?«

»Alle längst erwachsen und aus dem Haus. Wir haben eine Katze. Wenn Sie das nicht stört?«

»Nein, ganz im Gegenteil.«

»Ich kann gleich anfangen«, sagte Livia und stellte ihre Tasche ab. »Ich habe ein paar Putzsachen dabei, und morgen besorge ich alles, was ich sonst noch brauche.«

Ruby besprach noch rasch ein paar Details bezüglich der Bezahlung mit ihr und überreichte ihr zu guter Letzt einen Hausschlüssel. »Willkommen in der Villa Fiori.«

Dann überließ sie Livia ihrer Arbeit und setzte sich in einen gemütlichen Sessel auf der Terrasse, um wieder zu Atem zu kommen. Während sie in der Aussicht auf den See schwelgte, überlegte sie sich, was noch alles zu tun war, und das hatte herzlich wenig mit Putzen oder Einrichten zu tun.

Ein Paar Sperlingsvögel – goldene Pirole mit sonnengelben und tintenschwarzen Federn – zwitscherten ihr aus einem Baum etwas zu. Die kleinen Vögel erinnerten sie daran, wie sie und ihre Schwester an heißen Sommertagen oft im Schatten unter einem Baum gelegen und den Spatzen zugehört hatten.

Ach, wäre Patricia doch nur hier. Sie und Ruby waren zwar nicht immer einer Meinung gewesen, aber auf ihre Schwester war immer Verlass. Der Schlüssel zu dem Bankschließfach, der sich in Rubys Handtasche versteckte, könnte der Schlüssel allen Unglücks werden.

Je näher Ruby einer Entscheidung kam, desto nervöser wurde sie. Während die Pirole in den raschelnden Palmen ihr Lied trällerten, zerbrach sie sich den Kopf wegen ihres Dilemmas.

Es war zu spät, es sich noch einmal anders zu überlegen. Aber konnte sie damit leben?

KAPITEL NEUN
Comer See, 2010

Ariana trat hinaus aus der Villa Fiori und konnte noch immer kaum fassen, wie sehr sich das Haus in den letzten Tagen verändert hatte. Wo man auch hinschaute: Spinnweben und Staub waren verschwunden, ausgetrieben von der bienenfleißigen Livia und ihrem ebenso tüchtigen Mann Emilio.

Sie ging in die Küche. Der Mief, von dem Ariana beim ersten Mal ganz anders geworden war, war erbarmungslos weggescheuert worden und hatte einem frischen, aromatischen Zitronenduft weichen müssen. Ruby stellte gerade kunterbuntes, mit Schnörkeln, Zitronen und Weinreben handbemaltes Keramikgeschirr auf dem Tisch zusammen.

Ruby schien um Jahre verjüngt, seit sie hier angekommen waren, fast als hätte sie einen bisher unbekannten Jungbrunnen entdeckt. Selbst die wohlverdienten Fältchen im Gesicht schienen wie weichgezeichnet.

»Guten Morgen«, rief Ariana. »Ist das ein schönes Geschirr. Hast du das etwa hier im Haus gefunden?«

»Ich nicht, aber Livia.« Ruby wies auf eine offene

Tür. »Im Geschirrschrank. Ich mag mir gar nicht vorstellen, wie lange es schon unbeachtet da drin verstaubt sein muss. Jahrzehnte womöglich.« Liebevoll arrangierte sie Platten und Krüge mit leuchtend gelben Zitronen und grünen Weinblättern mitten auf dem rustikalen Tisch, glatt poliert vom Gebrauch und von den vielen Menschen, die im Laufe der Jahre daran gesessen hatten.

»Das ist Majolika-Geschirr«, erklärte Ruby. »Jede Region hat ihr eigenes Motiv. Die Zitrusfrüchte stammen vermutlich aus Amalfi, wo die feinsten Zitronen wachsen.« Sie trat einen Schritt zurück, um ihr Arrangement zu bewundern. Dann wischte sie sich die Hände ab und fragte: »Wie kommt ihr zurecht, du und Gia?«

»Hervorragend«, antwortete Ariana und setzte sich behutsam auf einen Hocker. »Ohne sie hätte ich das nie hinbekommen. Ich hätte Monate gebraucht, um das alles zu schaffen, was sie in ein paar Tagen geschafft hat. Sie müsste eigentlich bald hier sein, sie meinte, heute kommt recht zeitig eine Lieferung. Und ich glaube, sie möchte mich zu einer Fabrikbesichtigung mitnehmen.« Sie sah sich in der Küche um.

»Livia war schon einkaufen und hat den Kühlschrank bis oben hin mit frischem Obst und Gemüse gefüllt«, sagte Ruby fröhlich. »Wir können uns wirklich glücklich schätzen, sie zu haben.«

Ariana machte den Kühlschrank auf und entdeckte eine Schale mit Weintrauben. Die nahm sie heraus und stellte sie mitten auf den Tisch, um sie mit ihrer Tante zu teilen. Sie steckte sich eine Traube in den Mund. Sie schmeckte einfach köstlich. »Ich kann noch immer kaum glauben, dass ich hier bei dir bin. Eigentlich sollte ich gerade auf Hochzeitsreise sein.«

»Das Leben steckt voller Überraschungen«, entgegnete Ruby. »Bist du nicht froh, dass du dich so entscheiden hast?«

»So froh, dass ich schon fast ein schlechtes Gewissen habe. Meinst du, ich habe Phillip womöglich die ganze Zeit etwas vorgemacht?«

»Das glaube ich nicht«, antwortete Ruby. »Du hast dich einfach in seinen Film hineinziehen lassen, statt die Hauptrolle in deinem eigenen Film zu spielen.«

Ariana zupfte noch eine Traube ab und dachte darüber nach, was ihre Tante da gesagt hatte. »Unsere Beziehung war bequem.« Und Veränderungen hatte sie noch nie gemocht. Da war es ihr anstrengender erschienen, sich zu trennen und jemand Neuen zu suchen, als einfach so weiterzumachen wie bisher. »Als ich so in der Kirche gesessen und auf ihn gewartet habe, ist mir erst so richtig bewusst geworden, dass mein Glück immer hinter seinem zurückstehen musste.«

»Zeit für einen Neustart«, erklärte Ruby entschieden und tätschelte Arianas Hand. »In jeder Hinsicht. Überleg dir, was du wirklich willst, und dann setz alles daran, es zu verwirklichen.«

»Du meinst meine Arbeit?«

Ruby nickte. »Nur, weil das mal dein Traum war, heißt das noch lange nicht, dass du ewig so weitermachen musst. Vielleicht bist du deinen Kleinmädchenträumen entwachsen.«

»Kingsley bin ich jedenfalls längst entwachsen. Der würde ausflippen, wenn er wüsste, dass ich die Hochzeit abgesagt habe und stattdessen mit dir in Urlaub geflogen bin.«

Ruby bedachte sie mit einem hintergründigen Lächeln. »Du kannst gerne hierbleiben und dir überlegen, wie es weitergehen soll.«

Der Gedanke war verlockend, wenn auch vollkommen abwegig. »Ich kann mir nicht vorstellen, Ende des Monats nicht in einem Flieger nach L. A. zu sitzen.« Und außerdem, sie musste schließlich ihre Brötchen verdienen. Für sich, und bald auch für das Baby.

Schon auf dem College hatte sie ihren ersten Job gehabt, und seitdem hatte Ariana weder ihre Mutter noch Ruby je wieder um Geld gebeten. Ihre Mutter hätte ihr sonst sicher einen Vortrag über Eigenverantwortung und finanzielle Eigenständigkeit gehalten. Als hätte sie nicht erzwungenermaßen über Nacht eigenständig werden müssen, als ihre Mutter sie als kleines Mädchen kurzerhand ins Internat abgeschoben hatte.

Die meisten Menschen hielten Internatsschüler für privilegierte Gören – und wer war sie, da zu widersprechen? –, aber ihre Mutter hatte sie immer kurzgehalten. Doch Ariana hatte sich zu helfen gewusst und gegen Bezahlung Hausarbeiten korrigiert und Nachhilfeunterricht gegeben.

»Du bist so talentiert, mein Schatz«, sagte Ruby und nahm sich noch eine Weintraube. »Vielleicht trifft dich ja hier die Inspiration wie ein Blitz aus heiterem Himmel.«

Just in diesem Augenblick erschien Livia mit Gia in der Küchentür. »*La signora* für Sie«, verkündete Livia.

»*Grazie*, Livia«, sagte Ariana und glitt von ihrem Hocker, um ihre neue Freundin zu begrüßen. Gia war verheiratet und hatte eine kleine Tochter, und sie und Ariana hatten bereits einige Gemeinsamkeiten entdeckt.

Zuerst besprachen sie, welche Lieferungen heute noch zu erwarten waren, und dann erzählte Ariana Ruby, dass sie Livia gestern schon genauestens eingewiesen hatte. Emilio war draußen im Garten und grub die Erde um, damit sie dort bald neue Pflanzen setzen konnten.

»Der erste Lieferwagen war gleich hinter mir«, sagte Gia. »Ich muss mich darum kümmern, dass alles dahin kommt, wo es hingehört. Und mein Auto ist voll bis unters Dach mit Bettwäsche und Handtüchern.«

»Ich bin schon so gespannt, wie es nachher aussehen wird«, rief Ariana ganz aufgeregt und folgte Gia aus der Küche.

Zwei Männer hatten schon den ersten Teppich für den zentralen Wohnbereich aus dem Lieferwagen geladen und waren gerade dabei, die Sofas hineinzutragen, die Gia ausgesucht hatte. Das Cremeweiß wirkte kühl vor der atemberaubenden Aussicht auf den See, und Ariana stellte sich viele, viele Kissen in strahlenden Farben als kleine Farbkleckse darauf vor.

Als Nächstes kamen die Lampen. Ariana half Gia, sie im ganzen Haus zu verteilen. Livia nahm die Bettwäsche mit, um sie gleich zu waschen, und im Handumdrehen war alles erledigt.

»Es ist immer noch sehr spärlich möbliert«, stellte Ariana fest, als sie sich schließlich umschaute.

»Wenn die Pflanzen erst einmal da sind, wirkt das ganz anders«, versicherte Gia.

Ruby machte die Türen auf, um die kühle morgendliche Brise hereinzulassen. »Ich mag das, so luftig und großzügig.«

Gia drehte sich zu ihr um. »Möchten Sie mitkommen und sich mit uns die Seidenfabrik anschauen? Vera hat mich daran erinnert und gleich einen Besichtigungstermin ausgemacht. Nur für uns. Ich dachte, das würde Ariana bestimmt interessieren.«

Ruby horchte auf. »Wie heißt denn die Fabrik, meine Liebe?«

»Bellarosa. Die Firma gibt es schon ewig. Die Seidenstoffe für das allererste Haus, das ich je ausgestattet habe, habe ich dort eingekauft. Ich hatte das schon beinahe wieder vergessen, aber Vera wusste es noch.«

»Ach, ja. Da findet ihr bestimmt ganz herrliche Stoffe«, rief Ruby aus. »Ich habe noch ein paar Einkäufe zu erledigen, aber lauft nur, ihr beiden, und viel Spaß!«

Kurz darauf machten Ariana und Gia sich auf den Weg. Rasant kurvten sie die steile gewundene Bergstraße hinunter, bis Ariana vor Schreck der Atem stockte und sie leise aufschrie, weil ein entgegenkommender Wagen in einer Kurve viel zu dicht an ihnen vorbeisauste.

»Man gewöhnt sich an die Straßen«, versicherte Gia

und steuerte den Wagen gekonnt um die engen Kurven. »Das war nicht so knapp, wie es aussah. Ich hoffe, ich mache dir keine Angst.«

»Schon okay«, murmelte Ariana und hoffte inständig, ihr möge von der Schaukelei nicht übel werden. »Ruby fährt genauso flott.«

Vor der Stofffabrik angekommen seufzte Ariana erleichtert, heilfroh, dass Gia eine so gute Autofahrerin war. Ihr war ein bisschen flau im Magen, aber das verging zum Glück rasch wieder.

Gemeinsam gingen sie in das Gebäude, das Ariana mit den hohen Fenstern und den blühenden Gärten eher an eine Villa erinnerte als an eine Fabrik. Gia sprach mit der Empfangsdame vorne am Eingang. Ariana hatte in der Schule gerade genug Italienisch aufgeschnappt, um ein paar Worte zu verstehen. Die Dame bat sie, auf einem der Sessel und Sofas Platz zu nehmen und kurz zu warten.

»Bliebe ich länger hier, würde ich gerne besser Italienisch lernen«, seufzte Ariana.

»Bei deinem Nachnamen hätte ich angenommen, du sprichst fließend Italienisch.«

»Ricci hieß mein Vater, aber der ist nicht lange genug geblieben, um es mir beizubringen.«

»Wie schade«, sagte Gia. »Hat deine Mutter noch mal geheiratet?«

»Sie hat sich in Arbeit vergraben und keine Zeit mehr gehabt, um noch irgendwas anderes zu machen, geschweige denn, jemanden kennenzulernen«, entgegnete Ariana. »Sie ist Investmentbankerin in New York.«

»Ich möchte mir gar nicht vorstellen, wie schwierig es sein muss, ganz allein ein Kind großzuziehen. Mein Mann macht das einfach wunderbar mit unserer Kleinen.« Gia unterbrach sich. »Deine Mutter muss eine sehr starke Frau sein. Das ist ein anspruchsvoller Job, vor allem, wenn man ganz auf sich allein gestellt ist.«

So hatte Ariana das noch nie gesehen. »Sie ist... eigen. Irgendwann bin ich lieber zu Ruby gefahren als zu ihr, darum stehen meine Tante und ich uns heute sehr viel näher. Meine Mom hatte nicht mal Zeit, zu meiner Hochzeit zu kommen.«

»Ach, dann bist du verheiratet?«

Ariana biss sich auf die Unterlippe. »Ich habe ihn vor dem Altar stehengelassen. Offen gestanden bin ich heute heilfroh darüber.« *Obwohl ich bald eine alleinerziehende Mutter sein werde*, dachte sie bei sich.

Gia machte große Augen. »Du hast Mumm. Genau wie deine Mutter und deine Tante.« Sie schaute auf. »Da kommt Alessandro.«

Ariana folgte ihrem Blick. Was ihr als Erstes ins Auge fiel, war nicht etwa das attraktive Äußere des Mannes, obwohl er groß und schlank war und gelockte Haare hatte, sondern seine Art, sich zu bewegen. Selbstsicher und doch geschmeidig – und sehr männlich. Er wäre ihr überall aufgefallen.

Der Anzug, den er trug, passte wie angegossen. Das Seidenhemd – es musste Seide sein, so wie es fiel – war tailliert, aber nicht zu eng, und die Hose saß genau auf der Hüfte. Schauspieler würden töten für so einen Körper, und sie ertappte sich dabei, wie sie sich vorstellte, wie es wohl wäre, die Kleider für so einen Mann zu entwerfen.

Er begrüßte Gia mit Wangenküsschen, und sie wechselten ein paar Worte. Dann wandte er sich Ariana zu und nahm ihre Hand. »*Ciao. Come stai?*«

»*Benissimo*«, fiel es Ariana gerade noch ein. Sie hatte verstanden, worüber er und Gia geredet hatten – sie hatte sich nach seinen Kindern erkundigt. Ein Blick auf seinen Ringfinger bestätigte ihre Vermutung.

Gia stellte die beiden einander vor, und Ariana schob energisch alle unpassenden Gedanken beiseite. Bestimmt liefen ihm die Frauen scharenweise nach, aber er war verheiratet. *Punkt.*

Als Gia ihm erzählte, dass dies Arianas erster Besuch am Comer See war, schien Alessandro erstaunt. »Dann muss ich Ihnen unbedingt die Fabrik zeigen.«

Ariana wollte schon protestieren, aber die Fabrik sah mehr nach einem Künstlerparadies aus als nach einer Werkshalle, und das machte sie neugierig. Draußen in den Gärten saßen Leute zusammen und unterhielten sich oder schlenderten gemächlich über das weitläufige Anwesen – und alle wirkten fröhlich und gut gelaunt. So ganz anders, als sie es von ihrem Arbeitsplatz gewohnt war, wo alle immer abgehetzt und gestresst durcheinanderliefen wie kopflose Hühner.

Sicher war hier auch nicht alles immer eitel Sonnenschein, aber die Atmosphäre war ganz anders, der Kreativität und Arbeitsmoral viel förderlicher. Vielleicht lag es an der Umgebung. Vielleicht waren es die stillen Wasser des Comer Sees – nur gelegentlich aufgewühlt von einem Wassertaxi oder einer Fähre –, die so beruhigend auf die Menschen wirkten.

»Die Familie meines Vaters ist seit beinahe dreihundert Jahren in der Seidenherstellung tätig«, erzählte Alessandro. »Im 16. Jahrhundert hat der Herzog von Mailand, Ludovico Sforza – Il Moro –, hier Maulbeerbäume anpflanzen und Seidenraupen züchten lassen. Wussten Sie, dass Seidenraupen gefräßige kleine Biester sind, die beinahe alles vertilgen, was ihnen unterkommt, aber sich nur dann in Seidenkokons einspinnen, wenn sie die Blätter des Maulbeerbaums fressen?«

Alessandro musste diese Geschichte bestimmt schon aberhunderte Male erzählt haben, und trotzdem strahlte er vor Staunen und Begeisterung über das ganze Gesicht. »Ein wahres Wunder der Natur. Wir fühlten uns sehr geehrt, diese große, alte Tradition fortsetzen zu dürfen.«

Ariana fand die Geschichte an sich zwar ebenfalls spannend, aber vor allem fesselte sie Alessandros leidenschaftliche Erzählweise. Ohne nachzudenken, platzte sie heraus: »Macht Ihnen Ihre Arbeit hier eigentlich Spaß?«

»Selbstverständlich«, entgegnete er, augenscheinlich verdutzt angesichts dieser Frage. »Wir kreieren schöne Dinge aus hochwertigen Naturmaterialien. Wie bei Wein oder Parfum auch merkt man es auf Anhieb, wenn man echte, qualitativ hochwertige Seide vor sich hat. Wir sind sehr stolz auf unser Erbe. In Como wird zwar längst nicht mehr so viel Seide hergestellt und verarbeitet wie früher, aber wir sind Spezialisten für Design und Umsetzung.«

Ein Blick in Alessandros Augen verriet Ariana, wie sehr er seinem Handwerk verschrieben war. Er führte sie in die Fabrik, wo sich Seidengarne in allen nur erdenklichen Farben auf Spulen drehten, und erklärte ihnen währenddessen, dass die meisten Rohstoffe aufgrund des arbeitsintensiven Herstellungsprozesses mittlerweile aus China kamen.

»Wir wirken und weben nach wie vor noch selbst«, erklärte Alessandro und blieb neben einem antik anmutenden Webstuhl stehen. »Das ist einer unserer restaurierten Webstühle. Den hat mein Großvater noch benutzt.«

Gia fiel ihm unverfroren ins Wort. »Ariana möchte gerne eure Muster und Farben sehen. Wie ich schon am Telefon sagte, hat ihre Tante Villa Fiori gekauft.«

»Ein echtes Schmuckstück in ausgezeichneter Lage«, sagte er anerkennend und nickte nachdenklich. »Wenn jemand es schafft, die Villa Fiori in altem Glanz wiederauferstehen zu lassen, dann Signora Raines mit ihrer natürlichen Anmut und Eleganz. Eine Frau mit Stil.«

Ariana lächelte. Ihre Tante hatte eben Fans auf der ganzen Welt. »Dann kennen Sie ihre Filme?«

»Aber ja. Und wir haben auch schon vor ein paar Wochen im Hotel einen Tee zusammen getrunken. Ihre Tante ist wirklich eine ganz reizende Frau.«

Ariana und Gia guckten sich verdutzt an. Mit keinem Wort hatte ihre Tante erwähnt, dass sie Alessandro bereits kennengelernt hatte, und so, wie Gia guckte, schien auch sie nichts davon zu wissen. Wie also kam es, dass sie jetzt hier standen?

Vera. Gias Schwester hatte diesen Vorschlag gemacht, fiel Ariana wieder ein.

Alessandro musterte sie aufmerksam. »Wir können auf Kundenwunsch alles herstellen, was Sie möchten. In unseren Archiven lagern etwa hunderttausend verschiedene Entwürfe. Möchten Sie vielleicht unsere Designabteilung besichtigen?«

Ariana folgte ihm durch die Fabrik und bemerkte, wie alle strahlten, sobald sie ihn kommen sahen. »*Ciao, ciao*«, rief er seinen Angestellten zu. Einmal blieb er stehen, um eine Mitarbeiterin für ihre Arbeit zu loben, einmal, um die Frage eines Mitarbeiters zu beantworten. Ihr fiel auf, wie familiär das alles wirkte, und sie versuchte sich vorzustellen, wie ihre Kollegen Kingsley mit ähnlich unverkrampfter Herzlichkeit begegneten. Oder jemand anderem aus der Geschäftsführung. Unmöglich.

Dabei war die Atmosphäre an ihrem Arbeitsplatz nicht immer so miserabel gewesen. Als sie damals dort angefangen hatte, war Kreativität die *Lingua franca* gewesen, aber seit sie von einem Investor aufgekauft worden waren, hatte die komplette Geschäftsleitung gewechselt. Kingsley war von eben jenem Investor eingestellt worden, und seine Hauptaufgabe bestand darin, Kosten zu drücken und einen möglichst großen Gewinn aus dem Unternehmen herauszuquetschen.

Alessandro blieb vor einem großen Raum voller Hightechgeräte stehen. »Neben den Entwürfen unserer Designer arbeiten wir auch mit handgemalten Mustern, die wir für den Druck digitalisieren. Für unsere

Luxuskundschaft bieten wir auch handbedruckte Stoffe an. Nach dem Druck wird die Farbe mit Dampf fixiert, was außerdem die Leuchtkraft der Farben verstärkt. Danach wird der Stoff gewaschen, getrocknet und schlussendlich veredelt.«

Farbgeruch lag in der Luft. Fasziniert sah Ariana zu, wie Ballen weißer Seide schnurrend durch Maschinen liefen, die sie mit verschlungenen Mustern bedruckten. »Die Farbintensität nach der Dampfbehandlung ist ja unglaublich«, sagte sie.

Alessandro sah sich interessiert nach ihr um. »Ihre Tante sagte mir, Sie sind Kostümbildnerin. War das immer schon Ihr Traumberuf?«

»Nein«, platzte sie heraus. Was hatte dieser Mann bloß, dass sie dauernd, ohne nachzudenken, drauflosplapperte? Aber es stimmte. »Ich habe Modedesign studiert, weil ich so gerne kreativ arbeite. Ich finde es herrlich zu sehen, dass Kleider wirklich Leute machen. Ein Kostüm kann Schauspielern helfen, in ihre Rolle zu schlüpfen. Es war ein irres Abenteuer, aber irgendwie fehlt es mir, Kleider für echte Menschen zu entwerfen.«

Alessandros Lächeln wurde noch breiter. »Gesprochen wie eine wahre Künstlerin. Da sind wir uns wohl sehr ähnlich«, sagte er, und seine tiefe Stimme schien ganz unten aus der Brust zu kommen. »Kommen Sie, es gibt noch viel zu sehen.«

Ariana kam es vor, als umschmeichelten seine wohlgewählten Worte sie wie feinste Seide. Bildete sie sich das nur ein, oder waren alle Italiener in ihrer Lässigkeit so unwiderstehlich wie Alessandro? Vielleicht liebte ihre Tante Italien deshalb so sehr. Wenn jemand nicht genug davon bekommen konnte, hemmungslos angeschmachtet zu werden, dann ihre Tante. Oder womöglich war das nur das Bild, das sie von sich vermitteln wollte. Ihre Tante war ihr auch heute noch ein Rätsel, vor dem man nur ratlos und staunend stehen konnte.

Sie gingen weiter in den nächsten Raum, in dem sich Stoffmuster und archivierte Entwürfe türmten. »Wir haben unsere Muster alle digitalisiert«, erklärte Alessandro und zog einen Stuhl für sie an den langen Tisch, auf dem sich die Musterbücher stapelten.

Gia trat zu ihnen und fing an, in den Musterbüchern zu blättern. »So viele Möglichkeiten zur Auswahl.«

Ob es nun an Alessandros ungewohnter Aufmerksamkeit lag oder an der schwindelerregenden Vielzahl unterschiedlicher Muster, Ariana wusste gar nicht mehr, wo ihr der Kopf stand. Sie schaute von Gia zu Alessandro und sagte: »Da ihr beide meine Tante und Villa Fiori kennt, was würdet ihr empfehlen?«

»Darf ich?« Alessandro schaute Gia an, die stumm nickte. »Wenn Sie gestatten«, sagte er und blätterte mit geübter Hand in den Mustern. »Augenblick.«

Und damit war er auch schon zur Tür hinaus, nur um gleich darauf mit etlichen Rollen farbenprächtiger Seidenstoffe zurückzukommen. Mit gekonnter Geste entrollte er sie auf dem Tisch. »Was meinen Sie?«

Ariana fuhr andächtig mit der Hand über die Seide, die so zart war wie der Atem eines Engels. Rosenrot, Fuchsienpink, Veilchenblau – strahlende Blumenfarben, verstreut auf einem türkisblauen Hintergrund. »Oh ja«, murmelte sie, ohne sich, wie sonst immer, alles bis ins kleinste Detail anzuschauen.

Sie wusste sofort, das hier war perfekt. Die Pastelltöne, die sie sich eigentlich für das Haus vorgestellt hatte, würden vor dem imposanten Hintergrund aus See und Bergen verblassen. Und sie wusste, Ruby würde sich auf Anhieb in diese leuchtenden Farben verlieben.

»Und das.« Alessandro drapierte einen weiteren Vorschlag auf dem Tisch. Der Stoff fiel herab wie ein schillernder Wasserfall in Aquamarinblau.

Ariana hielt sich den Stoff gegen die Wange. Er war kühl und spinnwebzart. Sofort hatte sie opulente Tagesdecken, fließende Fenstervorhänge und Kissen in allen nur erdenklichen Größen und Formen vor Augen... Sie schaute auf, und zu ihrer Verwunderung starrte Alessandro sie durchdringend an. Ein kleines Lächeln umspielte seine Lippen.

»Gefällt es Ihnen?«, fragte er.

»Es ist perfekt«, erwiderte sie begeistert. Dann, wie ertappt, blinzelte sie und überlegte. War sie zu vorschnell? Sie ließ den Stoff los. »Aber ich würde mir selbstverständlich gerne noch ein paar weitere Stoffe ansehen.« In seinen haselnussbraunen Augen sah sie einen Anflug von Enttäuschung aufblitzen, als sie das sagte.

Er nickte ganz leicht. »Aber selbstverständlich«, entgegnete er wie das Echo ihrer Worte in einem tönenden Bariton.

Ariana wandte sich an Gia. »Was meinst du?«

Gia schien genauso überfordert wie sie. »Alles ganz

wunderbar, aber warten wir doch mal ab, was es noch alles gibt.«

Die nächste halbe Stunde gingen sie die herrlichsten Seidenstoffe durch, die Ariana je gesehen hatte. Am Ende entschieden sie sich doch für Alessandros Empfehlungen vom Anfang, ergänzt um einige weitere Muster, wobei Ariana seine Wahl am besten gefiel.

Lächelnd faltete Gia die Hände. »Alessandro ist unser Seidenguru.«

Eine Frau erschien in der Tür. »*Scusa*, Alessandro?« Sie tippte sich aufs Handgelenk, wohl, um ihn an einen Termin zu erinnern.

»*Sì, sì*. Ich muss los«, rief Alessandro. Rasch stellte er ihnen die Frau noch als Paolina vor, dann entschuldigte er sich und versprach, schnellstmöglich zurückzukommen.

Paolina nahm auf dem Stuhl Platz, auf dem Alessandro bis eben gesessen hatte, und machte da weiter, wo er aufgehört hatte, nämlich ihnen bei der Berechnung zu helfen, wie viel sie von welchem Stoff benötigen würden. Irgendwann bot Paolina ihnen einen Kaffee an, und Ariana nippte dankbar an dem starken Espresso.

Als sie schließlich fertig waren, gingen Ariana und Gia zurück zu ihrem geparkten Wagen. Just in diesem Moment fuhr Alessandro vor. Er stieg aus seinem viertürigen Maserati und winkte ihnen.

»*Momento*«, rief er, während hinten zwei Kinder aus dem Wagen purzelten. Lachend stürmten sie zum Fabrikeingang. »*Scusi*, Adriana, darf ich Sie eben etwas fragen?«

Im selben Augenblick klingelte Gias Handy. »Das ist mein Mann. Geh nur. Ich telefoniere eben im Wagen.«

Ariana setzte die Sonnenbrille auf und wartete. Hinter ihr nahm Paolina die Kinder an der Tür mit einer freudigen Umarmung in Empfang und ließ sie hinein. Die Kinder hängten sich an sie wie kleine Kletten, weshalb Ariana sich fragte, ob sie womöglich ihre Mutter war. Es gab ja genug Ehepaare, die auch zusammen arbeiteten. Sie hatte nicht darauf geachtet, ob Paolina einen Ehering trug, aber nun ging ihr auf, dass sie vermutlich die Mutter der beiden sein musste.

Und Alessandros Ehefrau.

Mit großen Schritten kam Alessandro auf sie zu. »Es tut mir schrecklich leid, dass ich so überstürzt gehen musste, aber Sie sehen ja, warum. Ich habe die Zeit ganz aus den Augen verloren. Und dann die Kinder... irgendetwas ist ja immer.«

Bemüht, freundlich zu bleiben, antwortete Ariana: »Die beiden sind allerliebst. Wie alt sind sie?«

»Sandro ist sieben und Carmela fünf. Die beiden sind unglaublich neugierig und kaum zu bändigen. Haben Sie Kinder?«

»Nein, nein.« Ariana hätte sich vor Schreck fast verschluckt, aber sie würde einem Wildfremden ganz bestimmt nicht ihre persönlichen Umstände auf die Nase binden.

»Verheiratet?«

Und ganz bestimmt würde sie auch nichts von ihrem gescheiterten Heiratsversuch erzählen. »Ganz und gar nicht.«

Alessandro musste leise lachen, aber es klang irgendwie halb erstickt und ziemlich nervös. »Dann ... darf ich Sie vielleicht mal zu einem Kaffee einladen? Oder zum Essen? Ich weiß nicht – was man in Amerika so macht. Was trinken gehen?«

Habe ich das gerade richtig verstanden? Ariana blieb der Mund offen stehen, und ihr Blick wanderte von Alessandro zu den Kindern, die lebhaft plappernd mit Paolina in der Tür standen. Irgendwas stimmte hier nicht. Aber sie wollte ganz sicher nicht seine kleine amerikanische Affäre werden.

Empört riss Ariana die Sonnenbrille herunter und fauchte ihn an: »Ich fasse es nicht, dass Sie mich das fragen – noch dazu vor den Kindern.«

»*Che cosa?*« Mit ausgebreiteten Händen starrte er sie verständnislos an. »Wie bitte?«

Ariana setzte die Sonnenbrille wieder auf. »Vielen Dank für Ihre Hilfe, aber ich sollte mich nicht erklären müssen.« Und damit drehte sie sich brüsk auf dem Absatz um und öffnete die Beifahrertür von Gias Auto.

Gia legte auf, scheinbar etwas besorgt.

»Lass uns fahren«, sagte Ariana, angewidert und wütend, dass Alessandro ihr diesen ansonsten wunderbaren Tag verpfuschen musste.

»Meine kleine Tochter ist krank«, sagte Gia. »Ich muss sie gleich abholen und vorher noch zur Apotheke.«

Noch ehe Ariana ein Wort über Alessandro verlieren konnte, hatte das Gespräch sich schon Gias Tochter zugewendet.

»Nicht schlimm«, entgegnete Ariana. »Mir ist gerade

eingefallen, dass ich noch etwas mit meiner Tante besprechen muss.« Wie beispielsweise, warum sie versuchte, sie mit derart ungeeigneten Nachfolgern für Phillip zu verkuppeln – was noch verrückter war, als eine heruntergekommene Villa in Italien zu kaufen.

Unvermittelt kam ihr ein Gedanke. Das alles sah Ruby so gar nicht ähnlich. Ihre Tante konnte zwar bisweilen impulsiv und sprunghaft sein, was die kleinen Dinge anging, wie ein paar sündhaft teure neue Schuhe zu kaufen oder sich eine neue Frisur zuzulegen. Oder ihre Nichte mit einem Wochenende in einem Wellnesshotel zu überraschen. Aber Extravaganzen wie eine Villa in Italien?

Ariana musste an ihre Oma, Nana Pat, denken, die viele Jahre an Alzheimer gelitten hatte, fast so lange Ariana zurückdenken konnte. Patricia und Ruby waren Schwestern. Was, wenn Ruby am Ende erste Anzeichen der gleichen Krankheit zeigte?

KAPITEL ZEHN
Rom, 1952

Ein Botenjunge in ausgebeulter, verblichener Hose, hochgehalten nur von Hosenträgern, flitzte wieselschnell auf den Brunnen zu, an dem Ruby saß und Postkarten an ihre Lieben zu Hause schrieb.

An einem schwülwarmen Morgen wie diesem war es, wie sie inzwischen festgestellt hatte, am angenehmsten, in Windrichtung hinter dem Brunnen zu sitzen, weil es dort am kühlsten war – zumindest relativ betrachtet –, wenn man vor Drehbeginn noch ein wenig dem Trubel auf den Straßen zusehen wollte.

Am Filmset zu sein war schrecklich aufregend, und Ruby genoss jede Minute, stets bemüht, bloß nichts zu versäumen. Nie wurde sie es müde, Audrey Hepburn bei der Arbeit zuzusehen, die so natürlich wirkte, dass es gar nicht aussah, als schauspielerte sie.

Schlitternd kam der Junge vor ihr zum Stehen und keuchte: »Ruby Raines?«

»Die bin ich.« Bestimmt war er der Sohn eines der Mitarbeiter des Filmstabs, der sich ein bisschen nützlich machte, während Mama oder Papa oder auch beide arbeiteten. Viele Mitarbeiter hatten die ganze Familie mitgebracht und machten fast so etwas wie verlängerte Ferien. Selbst Mr Wylers Töchter Judy und Cathy waren als Schulmädchen in der Schulszene dabei gewesen.

»Sie sollen sich sofort bei David in der Garderobe melden, Anweisung von Mr Wyler.«

Ruby stopfte die Postkarten in ihre Rocktasche. *Anweisung von Mr Wyler!* Ob das ihre große Chance war? Schnell flitzte sie los.

In der Garderobe angekommen begrüßte David sie mit einer kurzen Umarmung. Der junge Kostümbildner war an diesem Morgen ein Ausbund an Energie und Lebensfreude.

»Miss Hepburns Lichtdouble hat sich heute krankgemeldet«, erklärte David, während er gleichzeitig Sachen für sie heraussuchte. »Mr Wyler dreht zwar in Schwarzweiß – dank des knappen Budgets –, aber wir müssen uns Miss Hepburns Garderobe, so gut es geht, annähern, damit die Beleuchtung stimmt. Wir brauchten einen Ersatz, also habe ich vorgeschlagen, dich zu nehmen. Du bist ungefähr genauso groß wie Miss Hepburn, und Mr Wyler hat Ja gesagt. Kamera und Beleuchtung waren auch einverstanden. Gleiche Größe, gleicher Teint, gleicher Körperbau. Bist du auch Tänzerin?«

Ruby hätte fast losgeprustet vor Lachen, beherrschte sich aber. Sie war jetzt in Rom, eine professionelle Schauspielerin am Set – beinahe jedenfalls –, und sie sollte sich nicht nur ihrem Alter entsprechend benehmen, sondern sogar noch älter, als sie eigentlich war.

»Oh, ja, ich tanze auch«, verkündete sie und klang dabei, wie sie hoffte, lässig und mondän.

Sag nie, dass du etwas nicht kannst, hatte sie die Stimme ihres Agenten noch im Ohr. *Du kannst alles lernen. Sag, was immer du sagen musst, um einen Job zu bekommen.*

David warf ein Tuch über einen Kleiderbügel. »Dachte ich mir schon. Muskulöse Unterschenkel, kräftige Arme.« Er klappte ein Buch mit Skizzen und Stoffmustern auf. Mit hochkonzentrierter Miene und gerunzelter Stirn folgte er der Liste mit dem Finger.

Die langen, muskulösen Glieder verdankte sie nicht etwa wie Miss Hepburn dem Ballett, sondern der Arbeit mit den Pferden zu Hause auf der Ranch. Und tanzen konnte sie nur texanisch. Den Two-Step mit dem Wechselschritt, den Schottischen mit den ulkigen kleinen Bocksprüngen und die traditionelle Polka, die sie mit ihrem Opa in der Gruene Hall in New Braunfels und bei Partys in Fredricksburg getanzt hatte. Sie tanzte langsamen Walzer auf texanische Art, aber das hatte wenig mit dem eleganten, schwungvollen Walzertanz zu tun, wie sie ihn aus Filmen kannte.

»Was ist denn das?«, fragte Ruby und lugte David neugierig über die Schulter, um zu sehen, was für einen dicken Wälzer er da konsultierte.

»Unsere Kostümbibel«, erklärte er und tippte auf die aufgeschlagene Seite. »Hier drin sind die Entwürfe von Edith Head, Stoffmuster, Maße und die vollständige Liste sämtlicher Accessoires und sonstiger Details für jede Szene. Damit die Anschlüsse passen, darf von einem Drehtag zum nächsten keine Haarnadel und keine Socke verändert werden. Und der Himmel sei dem Schauspieler gnädig, der zu viel zunimmt. Oder abnimmt.«

»Wieso denn das?«

»Änderungen brauchen Zeit und stören die Anschlüsse.« Er stemmte die Hände in die Hüften. »Gregory Peck nimmt immer weiter ab, aber er ist ja auch der Star«, brummte er. »Bei dem ganzen grandiosen Essen hier in Italien, wie kann man da bitte abnehmen?« Er legte die Stirn in Dackelfalten. »Schade eigentlich, wenn man sich das Catering anschaut.«

Ruby lachte. Die Verpflegung für den Filmstab bestand ganz überwiegend aus amerikanischem Essen wie geschmacklosem Weißbrot mit amerikanischem Käse, Fleischwurstscheiben und Erbsen aus der Dose. Von daheim kannte sie nur die frischen Erbsen aus dem Garten. Dieses eigenartige graugrüne Möchtegerngemüse war matschig und viel zu salzig. Und das Brot schmeckte auch nicht wie das von ihrer Mutter.

»Isst du denn nie am Set?«, fragte Ruby.

»Nicht, wenn es sich vermeiden lässt.« David grinste. »Ich schicke immer eins der Kinder los, damit sie mir Panini und italienische Limonade besorgen.« Er hielt einen Kleiderbügel voller Anziehsachen hoch. »So, und jetzt raus aus den Klamotten.«

»Wie bitte? Hier?«

David verdrehte die Augen. »Schätzchen, ich bin wirklich der Allerletzte, um den ihr Mädchen euch hier am Set sorgen müsst.«

»Ich weiß nicht, was du damit sagen willst …«

David grinste breit. »Ach, Herzchen, du bist ja *so* naiv. Was sagtest du noch mal, wie alt du bist?«

Trotzig reckte sie das Kinn. »Alt genug.«

»Mhm.« Mit zweifelnd hochgezogener Augenbraue sah er sie an und drückte ihr die Sachen in die Hand. »Los jetzt, umziehen, aber wehe, du gehst, ehe ich dich in Augenschein genommen habe. Ist mir piepegal, ob das bloß eine Beleuchtungsprobe ist. Dein Look muss perfekt sein. Wie du aussiehst, fällt auf mich zurück. So, und jetzt los.« Und damit deutete er mit einer energischen Handbewegung auf eine winzige Umkleidekabine.

Drinnen schälte Ruby sich aus ihren Sachen und schlüpfte in Rock und Bluse. Dann trat sie aus der Kabine und fragte: »Wie findest du das?«

»Ach, Liebes, nein, nein, nein«, rief David entsetzt. »Valentina, ich brauche mal deine Hilfe.«

Eine ältere Dame eilte herbei und half Ruby, die Bluse aus dem Rock zu ziehen und abermals hineinzustecken. Dann raffte sie hinten und an den Seiten alles zusammen, sodass die Bluse vorne ganz glatt fiel. Zum Schluss legte sie ihr noch einen Gürtel um, der Rubys schmale Taille betonte, und band ihr ein gestreiftes Tuch um den Hals.

Zufrieden trat David einen Schritt zurück und bewunderte sein Werk. »Du hättest zuerst in die Maske gehen sollen. Geh jetzt fix, aber sie sollen vorsichtig sein. Sag der Maskenbildnerin, sie soll um Himmels willen keine Flecken auf mein schönes Kostüm machen. Der Beleuchter muss das Licht für dein Gesicht einstellen.« Mit ausholender Geste wies er zur Tür. »Na los, worauf wartest du noch?«

»Danke, David«, rief Ruby.

»Danke deinem Freund für den Limoncello«, antwortete David grinsend. »Und jetzt los!«

»Er ist nicht mein Freund«, kicherte Ruby, während sie zur Tür hinausflitzte und dabei fast über ihre eigenen Schuhe stolperte.

David schlug die Hände über dem Kopf zusammen. »Und nicht rennen. Mach mir um Himmels willen keine Kratzer in die Schuhe.«

Ruby bremste sich, marschierte aber trotzdem mit großen Schritten zum nächsten Wohnwagen, wo Schminktische in einer Reihe standen, fast wie in dem Schönheitssalon, in dem ihre Tante Vivienne in Hollywood arbeitete. Mehrere Mitarbeiter der Maske lümmelten auf den Stühlen herum, unterhielten sich und lasen Fanzeitschriften.

Ruby räusperte sich. »Ich soll mich hier schminken lassen.«

Ein älterer Mann stupste eine Frau an, die auf einem der Stühle saß und am lautesten redete. »Marge, du bist dran.«

Marge stemmte sich aus ihrem Sessel. »Du hättest erst in die Maske kommen sollen.«

»Ich bin nur die Vertretung für ein Lichtdouble, das krank geworden ist«, erklärte Ruby. »Sie müssen Belichtung und Aufstellung überprüfen, also hat David aus der Garderobe mir gesagt, ich soll herkommen. Und gesagt, Sie sollen vorsichtig sein mit seinem Kostüm.«

»Das denk ich mir«, brummte Marge, lächelte aber amüsiert. Energisch riss sie einen Schminkumhang vom Haken. »Komm her, Herzchen. Pudern wir dir das Näschen und malen dir die Lippen ein bisschen an.« Sie wies auf einen Stuhl.

Ruby nahm Platz, und Marge drapierte den Umhang über ihr Kostüm und knipste die Druckknöpfe am Hals zu. Dann machte sie sich daran, den richtigen Ton für ihr Make-up zu mischen, das sie großzügig auf Rubys Wangen und Stirn auftrug und mit einem Schwämmchen verwischte.

»Die Scheinwerfer sind heiß, deshalb ist das Makeup wasserfest, für den Fall, dass du schwitzt«, erklärte Marge. »Könnte sich nachher womöglich schlecht abwischen lassen. Hast du eine Feuchtigkeitscreme?«

»Wasser und Seife?« Ruby wand sich unter dem Umhang.

Marge schnalzte missbilligend mit der Zunge und nickte zu einem der weißen Milchglastöpfchen auf dem Tresen. »Nimm dir eine Dose Pond's mit. Die solltest du jeden Abend auftragen. Du hast zwar noch nicht das kleinste Fältchen im Gesicht, aber wenn du ins Filmgeschäft willst, kannst du mit der Gesichtspflege gar nicht früh genug anfangen. Sieh dir nur die Garbo an. Was für ein Gesicht.«

»Wissen Sie, warum sie keine Filme mehr dreht?«, fragte Ruby.

»Die Garbo hat 1941 aufgehört zu drehen, ich habe sie nie kennengelernt.« Marge stäubte Ruby etwas Farbe ins Gesicht. »Das war vor meiner Zeit; ich weiß auch nicht mehr als das, was in den Fanzeitschriften steht. Aber die Garbo ist eine von den ganz Großen, keine Frage. Ihre Fans lieben sie immer noch.«

Ruby saß da, so still sie konnte, während Marge ihr mit einem Pinselchen dichte dunkle Augenbrauen wie die von Audrey Hepburn aufmalte. Mit einem anderen Pinsel tupfte sie dann etwas Lippenstift auf Rubys Mund. Zum Schluss puderte sie ihr noch das Gesicht und trat schließlich zufrieden einen Schritt zurück. »Da, schau dich an.«

Ruby warf einen Blick in den Spiegel und staunte nicht schlecht. Sie war wie verwandelt. Jetzt sah sie wirklich wie achtzehn aus, vielleicht sogar wie zwanzig oder noch älter. »Danke«, murmelte sie ehrfürchtig.

»Du bist entlassen.« Grinsend nahm ihr Marge den Umhang ab.

Ruby sprang vom Stuhl. »Ich weiß gar nicht, wo ich jetzt hin muss.«

Just in diesem Moment stürzte ein junger Mann zur Tür herein und fächelte sich mit einer Zeitung Luft zu. »Sind Sie das Double für Miss Hepburn?«

»Bin ich.«

»Kommen Sie bitte. Sie werden am Set verlangt.«

»Bis nächstes Mal«, rief Marge. »Und vergiss die Pond's nicht.«

Ruby steckte das Tiegelchen in die Handtasche und folgte dem jungen Mann zu einem kleinen Fiat. Während sie kurz darauf durch die Straßen brausten, fragte Ruby: »Wo fahren wir eigentlich hin?«

»Haben sie Ihnen das nicht gesagt?«, fragte der junge

Mann und steuerte den Wagen so rasant durch einen Kreisverkehr, dass Ruby sich ans Armaturenbrett klammerte. Ohne ihre Antwort abzuwarten, erklärte er: »Zur Kirche Santa Maria. Dort gibt es einen steinernen Kopf, auch Bocca della Verità oder Mund der Wahrheit genannt. Die Legende besagt, wenn man nicht die Wahrheit sagt, beißt er einem die Hand ab.« Er legte eine dramatische Kunstpause ein. »Und genau da müssen Sie die Hand reinstecken.«

Ruby reckte das Kinn. »Das macht mir keine Angst.«

Lachend hielt er den Wagen auf der Piazza an, auf der sich bereits die Schaulustigen drängten. »So, da wären wir. Ich bringe Sie hin.«

Bis eben war Ruby ganz ruhig gewesen, aber sobald sie am Set ankamen, wurde sie ganz schrecklich nervös und fing an zu zappeln.

Es war eine Sache, sich Filme anzuschauen und sich zu erträumen, selbst mitzuspielen, doch nun stand sie mitten im größten Chaos, in der brütenden Hitze der ewigen Stadt, die nur so wimmelte vor Menschen, die einen verfolgten, wohin man auch ging. Sie würde lernen müssen, das alles auszublenden, wenn sie wirklich eine große Schauspielerin werden wollte.

Köpfe drehten sich nach ihr um, als sie auf die Kirche zulief, dorthin, wo das Filmteam schon wartete. Gleich darauf hatte die Menge sie verschluckt, und sie eilte zum Set. »Wo muss ich hin?«, fragte Ruby, der das Herz bis zum Hals schlug.

»Da drüben«, sagte ihr Fahrer und wies auf eine Stelle neben einem großen runden Stein.

In die steinerne Scheibe an der Wand gemeißelt war eine beängstigende Fratze mit leeren Augen und offenem Mund. Ruby schlängelte sich durch die Menschenmenge.

»Da ist sie ja«, rief jemand.

Ruby erkannte den Regieassistenten gleich wieder. Auf dem Klappstuhl neben ihm saß Mr Wyler, der gelassen dem bunten Treiben ringsum zusah. Als er Ruby sah, lächelte er und nickte ihr freundlich zu.

»Sie sind die junge Dame, die beinahe von der Vespa überfahren worden wäre, stimmt's?« Mr Wyler reichte ihr die Hand.

Ruby ergriff sie und freute sich insgeheim, dass er sich an sie erinnerte. »Ja, Sir.« Seine ruhige Art und das freundliche Lächeln nahmen ihr die Nervosität. Er erinnerte sie an ihren Vater, den so schnell nichts aus der Ruhe brachte, seien es Klapperschlangen und Wildschweine oder tollwütige Hunde. *Rühr dich nicht vom Fleck*, hatte er dann immer nur gesagt. Aber sie fragte sich, ob der Regisseur wohl auch so ein Hitzkopf sein konnte wie ihr Vater. Sie blinzelte und riss sich zusammen. Sie musste sich konzentrieren.

Mr Wyler starrte sie durchdringend an. »David hatte recht. Erstaunlich ähnliche Größe. Würden Sie sich bitte hierherstellen, ganz still, wir bereiten derweil die Szene vor und stellen das Licht ein.«

Ruby stellte sich neben das gewaltige Marmorrelief, vor dem es sie ein bisschen gruselte, aber sie lächelte und drehte sich hierhin und dorthin, wie geheißen, während die Beleuchter verschiedene Lichteinstellungen ausprobierten und hier und dort letzte Änderungen vornahmen. Kurz darauf gesellte sich ein Mann im Anzug zu ihr, das Lichtdouble für Gregory Peck. Gemeinsam stellten sie wie angewiesen die Szene nach.

Auch wenn sie keine Szene zu spielen hatte, war Ruby doch ganz aufgeregt und nahm alles in sich auf wie ein Schwamm. Die Menschenmenge ringsum schnatterte aufgeregt, und die Leute knipsten Fotos von ihr, als sei sie ein Star. Es war alles so aufregend. In diesem Moment schwor sie sich zu tun, was immer sie tun musste, um die Schauspielerei zu ihrem Beruf zu machen, ganz gleich, was ihr Vater auch dagegen einzuwenden hatte. Schließlich war sie schon beinahe erwachsen.

Still lächelte Ruby in sich hinein. *Stell dir nur mal vor, dafür bezahlt zu werden.* Ihr Agent Joseph Applebaum hatte eine ganz ordentliche Bezahlung für sie ausgehandelt und dazu sämtliche Reisekosten nach Italien. Joseph hatte gesagt, das könne ihre große Chance sein, weil William Wyler einer der besten Regisseure in Hollywood war.

»Also, Ruby«, rief Mr Wyler und riss sie aus ihren Gedanken. »Drehen Sie sich bitte zur Seite und stecken Sie die Hand in den Mund der Scheibe. Den Mund der Wahrheit. Das ist ein wichtiger Moment.«

Ihr Schauspielkollege lachte nervös. »Lieber du als ich«, sagte er. »Wer weiß, was da drinsteckt.«

Ruby biss die Zähne zusammen und steckte die Hand vorsichtig in den aufgerissenen Mund. »Gar nichts dabei.« Sie würde sich doch nicht von so einem ollen Artefakt ins Bockshorn jagen lassen, obwohl sie aufpasste, nirgendwo dranzukommen. In Texas wimmelte es nur so vor Skorpionen und Klapperschlangen, und für sie war nichts dabei, notfalls ein so gefährliches Tier zu töten.

»Genau so«, rief Mr Wyler. »Gut. So bleiben, und jetzt zu mir umdrehen.« Er bat Licht und Kamera, Beleuchtung und Kameraeinstellung zu überprüfen.

Als sie schließlich fertig waren, schickte der Regisseur sie in die Pause, und Ruby und ihr Double-Kollege waren entlassen. Sie sollten sich allerdings weiterhin bereithalten, weshalb Ruby ganz in der Nähe stehen blieb, während Mr Wyler Miss Hepburn und Mr Peck rufen ließ.

Ruby hatte Kirche und Relief gerade den Rücken gekehrt und wollte ein bisschen herumbummeln, als sie plötzlich Miss Hepburn gegenüberstand, die sie musterte und dann zu lachen begann. Ruby stellte sich rasch vor.

»Das ist ja, als würde man in einen Spiegel schauen«, rief Audrey, noch immer lachend, und strich über Rubys gleichaussehenden Rock.

»Geht mir genauso«, entgegnete Ruby. »Aber von meiner Seite aus hat man den schöneren Anblick.«

»Ach was«, wehrte Audrey lächelnd ab. »Du bist bildhübsch. Tanzt du auch?«

»Ein bisschen, aber nicht wie Sie«, entgegnete Ruby und wurde rot.

»Sag doch einfach du zu mir. Danke, dass du die Szene für mich vorbereitet hast, Ruby. Bei dir hat das alles kinderleicht ausgesehen. Aber ich mag mir gar nicht vorstellen, meine Hand in diesen gruseligen Stein zu stecken.« Audrey schauderte.

»So schlimm war es nicht«, versicherte Ruby.

»Also, ich finde, du warst sehr, sehr mutig.«

Mr Wyler klatschte in die Hände und rief: »Alles auf die Plätze.«

Erschrocken griff Audrey sich an den Hals. »Hilfst du mir eben, die Kette abzunehmen? Ich hatte mich weggeschlichen und mir ein Eis gekauft, und auf dem Weg war ein kleiner Laden. Ich fand die Kette so entzückend. Aber in der Szene kann ich sie nicht tragen.«

»Wegen der Anschlüsse, stimmt's?« Ruby war stolz, schon etwas gelernt zu haben.

»Stimmt genau«, sagte Audrey. »Dabei ist es so ein süßes Ding.« Ihr Blick ging zu Niccolò, und dann lächelte sie Ruby zu. »Ist das dein Verehrer?«, flüsterte sie und wies auf Niccolò, der bei einem Grüppchen Schaulustiger stand. »Ich habe euch beide schon zusammen am Set gesehen.«

Ruby nickte. »Ich denke schon.« Vielleicht sah man es in ihren Augen. Audrey war verlobt, sie wusste, wie es sich anfühlte, verliebt zu sein.

»Er sieht umwerfend aus.« Audrey fummelte am Verschluss der silbernen Kette mit dem Herzanhänger. Zwei kleine rote Steine krönten das Herz.

»Lass mich das machen«, rief Ruby, hakte die Kette auf und reichte sie Audrey.

»Wie nett von dir.« Audrey lächelte. »Wieso behältst du die Kette nicht einfach? Das Herz kann man in zwei

Hälften aufteilen, siehst du? Wobei ich hoffe, dass du nie von deinem Liebsten getrennt sein wirst.« Sie drückte Ruby die Kette in die Hand. »An dir wird sie sicher wunderhübsch aussehen. Ich mag die kleinen Rubine, und wo du schon Ruby heißt, glaube ich fast, du solltest sie haben. Sie soll dich immer an die Zeit in Rom erinnern.«

»Aber so etwas Hübsches!«

»Hübsch bist du auch, Ruby«, entgegnete Audrey und lächelte breit. »Ach, da ist ja Mr Peck. Ich muss mich beeilen. Wir sehen uns hoffentlich bald wieder.«

Die beiden jungen Frauen umarmten einander vorsichtig, bemüht, ihr Make-up dabei nicht zu verwischen. Mit einem kleinen Winken eilte Audrey an ihren Platz.

Mr Wyler redete gerade mit Mr Peck, der sich Audrey gegenüber aufstellte.

Niccolò schlenderte lässig zu Ruby hinüber. »Hey, Tex. Du hast in der Szene ausgesehen wie ein echter Star.«

»Pst«, rief Ruby und legte den Finger auf die Lippen. »Sie fangen gleich an.«

Der Regieassistent rief: »Ruhe am Set!«

Die Menschenmenge verstummte, Niccolò legte den Arm um sie, und Rubys Herz flatterte. Sie legte die Finger auf die Silberkette, die eben noch Audreys schlanken Schwanenhals geziert hatte. Ruby wusste, diese Kette würde sie immer in Ehren halten.

Das Licht ging an, und die Kameraleute konzentrierten sich auf die Schauspieler. Ruby bekam eine Gänsehaut, wenn sie daran dachte, dass sie gerade eben noch genau dort gestanden hatte. Sie war auf dem Weg, eine richtige, echte Schauspielerin zu werden. Allein beim Gedanken daran verschlug es ihr fast den Atem vor Glück.

Ein Kameraassistent schrieb mit Kreide sorgfältig Szene und Einstellung auf die Klappe. Dann trat er vor die Kamera und sagte die Szene an, um schließlich die Klappe zu schlagen.

Alles wurde still.

»Action«, rief Mr Wyler.

Die beiden Schauspieler schlüpften in ihre Rollen, und augenblicklich war das Publikum wie gebannt. Ruby war beeindruckt, wie natürlich Audrey neben ihrem erfahrenen Schauspielkollegen agierte. Die beiden sprachen ihren Text, und sofort war Ruby mitten in der Geschichte. Und tatsächlich, Audrey – als Prinzessin Ann – zögerte, als sie die Hand in den Mund der Wahrheit stecken sollte, genau wie Ruby vorhin.

Danach war Gregory an der Reihe. Er steckte die Hand hinein, und als er den Arm wieder herauszog, fehlte die ganze Hand.

Audrey kreischte entsetzt auf, und Ruby sah, wie der Regisseur dem Kameramann bedeutete weiterzudrehen. Gregory hatte ihr einen kleinen Streich gespielt und den Ärmel seines Jacketts über die Hand gezogen. Ein alberner Scherz, aber Ruby hätte sicher auch geschrien.

Schließlich rief Mr Wyler: »Schnitt«, und Audrey und Gregory begannen schallend zu lachen.

»Drehschluss«, verkündete Mr Wyler.

»Nur eine Aufnahme?«, fragte Audrey ungläubig.

»Das war perfekt«, entgegnete der Regisseur. Auf sein Zeichen hin begannen alle mit dem Abbau.

Beschwingt drehte Audrey sich zu Ruby um. »Eine Aufnahme! Das ist bestimmt, weil du die Szene so toll vorbereitet hast. Magst du mitkommen zur Via Veneto? Wir treffen uns alle im Café de Paris, oder vielleicht in Harry's Bar. Komm doch auch dazu, ja?«

Ruby versprach, später nachzukommen, und griff nach der Kette um ihren Hals. »Und noch mal danke für die Kette.«

»Sie ist für dich bestimmt, Ruby.« Audrey winkte noch einmal und war fort.

»Ich bin beeindruckt«, murmelte Niccolò mit Blick auf die Kette.

»Audrey konnte sie in der Szene nicht tragen. Hast du gesehen, wie ich sie in der Szene gedoubelt habe?«

»Alles habe ich gesehen«, sagte Niccolò und wies mit dem Daumen auf die Schaulustigen. »Ein paar von meinen Freunden sind auch hier. Sie wollen dich gerne kennenlernen. Für sie bist du ein Star.«

»Ich bin bloß ein Lichtdouble mit einer kleinen Nebenrolle.«

Niccolò schüttelte den Kopf. »Ich habe ihnen erzählt, dass du eine amerikanische Filmschauspielerin aus Texas bist und irgendwann ein großer Star sein wirst.« Er unterbrach sich und schaute zu ihnen rüber, dann winkte er ihnen, dass sie gleich kämen. »Sie sagen, du gehst und stehst wie eine Prinzessin. Wie Miss Hepburn mit ihrer klassischen Ballettausbildung.«

Ruby lachte. Ihre aufrechte Haltung hatte sie eher

von den Wettrennen zu Pferd um die Ölfässer bei den Viehauktionen. »Einmal bin ich zur Rinderprinzessin gekrönt worden. Sie haben mir sogar eine Tiara auf die Krempe meines Cowboyhuts gesetzt.«

Niccolò lachte laut auf. »Wusstest du, dass wir gerade auf dem antiken *Forum Boarium* stehen, dem alten römischen Viehmarkt?«

»Kein Wunder, dass ich mich hier wie zu Hause fühle«, scherzte Ruby und musste an die heimatliche Farm denken. Sie vermisste es, mit ihrem Vater die Pferde zu satteln und die Rinder zusammenzutreiben – wie in der guten alten Zeit –, aber dieses neue Leben war um so vieles aufregender.

Niccolò bot ihr den Arm, und Ruby hakte sich bei ihm unter. »Stell mich nur ruhig deinen Freunden vor. Ich erzähle ihnen, dass ich immer mit dem Pferd in die Schule geritten bin.« Sie tat, als sei das ein Witz, dabei war es die reine Wahrheit.

»Du bist so lustig«, lachte Niccolò und schaute sie zärtlich an. »Ich habe noch nie ein Mädchen wie dich kennengelernt.«

Mit seinen Blicken schien er sie zu liebkosen, und sie hungerte nach mehr.

»*Anima mia*«, flüsterte Niccolò und küsste sie auf die Wange. »Du bist mein Herz, meine Seele. Wie soll ich dich nur jemals wieder gehen lassen?«

»Gar nicht«, sagte Ruby schlicht. Sie schaute sich um und sagte sich, dass dies nun ihr Leben war. *Rom. Filme. Hollywood.* Und Niccolò. So sehr die Familie ihr auch fehlte – wie sollte sie je wieder auf die Ranch zurückkehren, in ihr altes Leben? Solange sie gutes Geld verdiente und ihre Eltern großzügig unterstützte, bräuchte sie das vielleicht auch nicht. Aber Hollywood war so groß und unpersönlich. »Komm doch mit mir«, platzte sie heraus.

»Ist das dein Ernst?«

Unvermittelt hatte sich diese Idee in ihrem Kopf festgesetzt und erschien ihr gar nicht mehr so abwegig. »Wir überlegen uns was.«

Niccolò grinste. »Ich wüsste schon, wie.«

»Wie?«

»Sag einfach Ja.« In Niccolòs strahlend blauen Augen blitzte es leidenschaftlich.

Ruby kicherte. »Wie könnte ich da Nein sagen, zu einem Jungen mit so sagenhaft verträumten Augen?«

Wie sie und Niccolò so dastanden und mit seinen Freunden plauderten, die sie tatsächlich ein bisschen anhimmelten, obwohl sie doch gar kein Star war, kam der Botenjunge, der sie vorhin ans Set gebracht hatte, auf sie zugerannt.

»Miss Raines, Telegramm für Sie«, rief er im Näherkommen und schwenkte einen Umschlag in der Hand.

»Für mich?« Nur wichtige Leute bekamen Telegramme. Es sei denn … Mit zitternden Händen riss Ruby den Umschlag auf und wagte kaum hineinzusehen aus Angst, was darinstehen könnte.

Niccolò legte ihr den Arm um die Schultern, weil er merkte, wie nervös sie war.

Das Telegramm war von ihrer Schwester Patricia. Ruby presste die Hand auf den Mund, während sie las.

Kein Regen, Dürre immer schlimmer. Mama und Daddy brauchen Hilfe. Kannst du Geld schicken?

Sie wusste, was das hieß. Es hatte wieder eine Missernte gegeben.

Die Dürre im letzten Jahr war verheerend gewesen. Während Felder und Weiden ringsum vertrockneten, hatte Ruby die Dornen von Feigenkakteen geschnitten, um sie an das hungernde Vieh zu verfüttern. Zum Glück hatte der Regen in diesem Frühjahr zeitig eingesetzt und hatte ihre Eltern auf ein besseres Jahr hoffen lassen. Aber schon als Ruby Los Angeles in Richtung Italien verlassen hatte, hatte sie von Patricia gehört, dass alles wieder zu verdorren drohte.

Wenn die Pflanzen alle eingegangen waren, dann bedeutete Patricias Telegramm, dass ihre Eltern Geld brauchten, damit das Vieh nicht verhungerte – und sie selbst auch nicht. Dass Patricia Ruby um Hilfe bat, zeigte, wie verzweifelt die Lage sein musste. Ruby war ihre letzte Rettung.

Sorgenvoll sah Ruby zu Niccolò auf. »Ich muss schnell Geld und ein Telegramm verschicken.« Sie würde ihnen das Geld ihres letzten Gehaltsschecks schicken, den sie gerade bekommen hatte. Ihre Eltern hatten eigentlich gewollt, dass sie das Geld für ihre Aussteuer sparte, aber sie musste etwas unternehmen.

»*Andiamo.*« Niccolò nahm sie an die Hand, und gemeinsam hasteten sie durch die Menschenmenge.

Ruby biss die Zähne zusammen. Die Schauspielerei war nun nicht mehr nur ein großes Abenteuer. Sie würde ihren Agenten benachrichtigen und ihn bitten müssen, gleich noch ein paar Vorsprechen für sie zu arrangieren, sobald sie aus Italien zurück war. Nur so konnte sie ihren Eltern und Patricia und deren Mann helfen. Ihre Schwester hatte nichts von ihren eigenen Sorgen und Nöten geschrieben, aber Ruby konnte sich denken, dass sie ebenso dringend Hilfe brauchten.

Ruby musste unbedingt genügend Geld zusammenkratzen, sonst würde ihre Familie die Ranch und damit ihre Lebensgrundlage verlieren. Nun lag es an ihr zu retten, was sie retten konnte.

KAPITEL ELF
Comer See, 2010

Ruby schlug das alte Adressbuch auf, das sie schon seit Jahrzehnten mit sich herumschleppte, und fuhr mit dem Finger über die blaue Tinte, die im Laufe vieler Jahre verblasst war. Ein Blatt Papier fiel heraus, und sie bückte sich, um es vom Boden aufzuheben. Die mit vergilbten Klebestreifen zusammengehaltenen Seiten drohten jeden Augenblick auseinanderzufallen.

Sie faltete den Zettel auf, aber es war nicht das, was sie gesucht hatte. Vorsichtig blätterte Ruby eine Seite um. In ihren Händen hielt sie die Privatnummern von Familie, Freunden und berühmten Kollegen. Namen und Nummern waren durchgestrichen, überschrieben, ergänzt worden. Sie hielt nicht viel von diesem elektronischen Dingsbums, das Mari so gern benutzte, oder dem digitalen Adressverzeichnis in Arianas Handy. Dieses abgewetzte Büchlein war mit ihr um die ganze Welt gereist, ein verlässlicher Freund voller Erinnerungen und Anmerkungen.

»Wo ist es bloß?« Ruby blätterte das ganze Adressbüchlein durch, aber der Brief war nicht mehr da. »Wie kann das sein?« Beunruhigt strich Ruby sich mit der Hand über die Stirn. *Dass ich ausgerechnet diesen Brief verlieren muss.*

»Was suchst du denn da, Tante Ruby?«

Ruby schaute auf. »Ach, ich habe dich gar nicht kommen hören.« Am liebsten hätte sie Ariana erzählt, was sie so nervös machte, aber ihre junge Nichte hätte das wohl nicht verstanden. *Noch nicht.* Sie klappte das abgegriffene Adressbuch zu und setzte ein Lächeln auf.

»Komm, setz dich zu mir«, sagte Ruby und klopfte auf die neue Bettdecke, die Livia auf dem Bett ausgebreitet hatte.

Wie hatte sie nur diesen Brief verlieren können, den sie all die Jahre immer bei sich getragen hatte? Ob es bei Patricia damals genauso angefangen hatte?

»Ich mache mir Sorgen um dich«, sagte Ariana und musterte sie mit einem Blick, mit dem man nur alte Menschen bedachte, die nicht mehr im Vollbesitz ihrer geistigen Kräfte waren.

Ruby straffte die Schultern. *Nicht Ruby Raines.* Nicht wie ihre arme Schwester, Himmel noch eins. Sie nahm Arianas Hand. »Ich werde nicht dement. Ich wehre mich dagegen mit allem, was ich habe. Wie ein alter Hund mit einem Dorn in der Pfote.«

Dieser Dorn war die stete Erinnerung daran, was ihre Schwester durchgemacht hatte. Ruby hatte dafür gesorgt, dass Patricia bestmöglich umsorgt wurde und ihre letzten Tage in einem wunderbaren Hospiz verbringen konnte. Mari hatte zu viel um die Ohren gehabt, um sie zu besuchen, und gesagt: *Mom erkennt mich sowieso nicht mehr. Also, was soll's?* Doch Ruby wusste, dass Mari es in Wahrheit nicht ertrug, ihre Mutter so zu sehen. Unter der rauen Schale ihrer Nichte vermutete Ruby ein weiches, verwundetes Herz. Sie selbst hatte Patricia besucht, so oft sie nur konnte. Das war sie Patricia genauso wie Mari schuldig gewesen.

Wie um sie zu beruhigen, bedachte Ariana sie mit einem gönnerhaften Lächeln. »Du bist älter als Nana Pat damals, als sie die Diagnose bekam.«

»Grundgütiger, erinnere mich bloß nicht daran«, rief Ruby. »Ich nehme Dutzende Nahrungsergänzungsmittel und sehe zu, dass ich in Bewegung bleibe, körperlich wie geistig. Ich lese und schreibe jeden Tag. Und neuerdings versuche ich, mein Italienisch ein bisschen aufzupolieren.« Sie tippte sich an die Stirn. »Ich bin so blitzgescheit wie eh und je.«

Ariana lächelte erleichtert. »Da bin ich aber froh. Es war schlimm mitanzusehen, wie Nana Pat nach und nach immer weniger wurde.«

»Meine Kindheit ist mit ihr verschwunden«, seufzte Ruby. Patricia war immer die Hüterin der Familienerinnerungen gewesen. Ruby wusste zwar noch alles, aber ihre Schwester war die Sammlerin gewesen. Zeitungsartikel, Fotos, Andenken, alles hatte sie verwahrt.

Ruby musste an den Schließfachschlüssel in ihrer Tasche denken. Was, um Himmels willen, hatte Patricia wohl dort hineingelegt? *Es ist nur für Maris Augen bestimmt. Ich überlasse dir, Ruby, die Entscheidung darüber, wie, wann und sogar ob du ihr den Schlüssel dazu aushändigen willst.* Und mit den möglichen Folgen zurechtkommst. Patricias Anweisungen waren zwar präzise, aber eigentlich war es Rubys Geschichte, und sie müsste sie erzählen, oder nicht?

Warum hatte Patricia es ihr überlassen, die losen Fäden zusammenzuführen? All die vielen Jahre hatte ihre Schwester es nicht für nötig gehalten, darüber zu reden – Mari war schließlich schon schwierig genug. Doch der Brief, den der Testamentsvollstrecker Ruby ausgehändigt hatte, warf noch mehr Fragen auf. Sollte Ruby vielleicht besser dabei sein, wenn Mari das Schließfach öffnete, obwohl die Anweisungen ihr dies ausdrücklich untersagten?

Vielleicht war ihre Schwester da schon nicht mehr recht bei Sinnen gewesen.

Ariana bückte sich und hob etwas vom Boden auf. »Suchst du vielleicht das hier?« In der Hand hielt sie einen alten, gefalteten Brief.

»Ach, danke dir, mein liebes Kind«, rief Ruby erleichtert. Rasch steckte sie das brüchige Papier wieder in ihr Adressbuch. Jahrelang hatte sie diesen Brief jeden Abend vor dem Einschlafen gelesen. Inzwischen genügte es ihr zu wissen, dass er da war.

Ruby drückte Arianas Hand. »Das Haus sieht jetzt schon fantastisch aus. Livia und Emilio haben wirklich Unglaubliches geleistet. Morgen können wir aus dem Hotel auschecken, denke ich. Und, wie war dein Tag?«

»Gia und ich haben ganz himmlische Seidenstoffe gefunden«, schwärmte Ariana.

»Das freut mich.« Als sie Alessandro bei ihrem ersten Besuch kennengelernt hatte, hatte sie gleich an

Ariana denken müssen. Alessandro war gerade von einem Termin mit dem Hotelmanager gekommen, und Vera hatte sie einander vorgestellt. Woraufhin Ruby ihn zum Tee eingeladen und ihm vom Kauf der Villa Fiori erzählt hatte. Alessandro sah umwerfend gut aus, aber wichtiger noch, er hatte Stil, Herz und Köpfchen.

»Und, hast du irgendwelche interessanten Leute kennengelernt?«, wollte Ruby wissen.

Ariana schürzte die Lippen. »Wenn du damit Alessandro meinst, dann ja.«

»Und?« Wie charmant er gewesen war. Ruby hatte auch Ariana erwähnt. Wie konnte sie ihre Nicht auch verschweigen?

»Nein, Tante Ruby.« Ariana sprang abrupt auf. »Auf so eine Hilfe kann ich gut verzichten.«

Verdattert überlegte Ruby, was wohl vorgefallen sein mochte. Vera hatte ihr im Vertrauen gesagt, Alessandro sei ein bisschen einsam. Vielleicht hätten Ariana und er sich unter anderen Vorzeichen kennenlernen sollen.

»Lass uns doch dieses Wochenende eine kleine Einweihungsfeier geben«, rief Ruby. »Du kannst einladen, wen du willst.«

Ariana seufzte. »Ich kenne doch hier niemanden.«

»Lass uns Gia und Vera mit Familie einladen. Matteo natürlich auch und seine Familie. Und den Notar, der den Verkauf abgewickelt hat«, fügte Ruby hinzu und klopfte auf ihr Adressbuch.

Für den Rest der Woche konzentrierte Ruby sich darauf, Villa Fiori mit neuer Bettwäsche, Pflanzen und

Kunst auszustatten. Mit Gia, Vera, Ariana, Livia und Emilio hatte Ruby eine kleine Armee unter sich, die ihrem Befehl unterstand, und sie hätte zufriedener gar nicht sein können, wie schnell das alte Haus sich in ein gemütliches Heim verwandelt hatte.

Natürlich war es längst nicht perfekt. Das Geschirr war angeschlagen, Besteck und Gläser bunt zusammengewürfelt, und die Rohre und der Anstrich hatten auch schon bessere Zeiten gesehen. Aber Ruby fand es ganz wunderbar. Es erinnerte sie an eine andere Villa am See, in der sie vor vielen, vielen Jahren einmal gewesen war. Dort war sie das letzte Mal wunschlos glücklich gewesen.

Nun, an diesem sonnigen Samstagmorgen, kümmerte Ruby sich um die allerletzten Dinge, die noch zu tun und zu besorgen waren. Livia hatte ein himmlisches Menü für die Party zusammengestellt.

»Ich fahre dann mal schnell los und besorge den Wein«, erklärte Ruby nach ihrem leichten Frühstück aus Cappuccino und einer Scheibe Rosmarinbrot, dick mit der guten Butter aus dem Ort bestrichen, die auf dem duftenden Brot zerschmolz. Die Party sollte am Sonntagnachmittag stattfinden. Mit einem nonchalanten Lächeln fragte sie Ariana: »Möchtest du vielleicht mitkommen?«

Ariana guckte über den Rand ihrer Kaffeetasse. »Fährt Matteo dich?«

»Alessandro holt mich ab. Komm doch mit.« Kaum war sein Name gefallen, sah sie, wie sich Arianas Nackenhaare sträubten. Sie fragte sich immer noch, was wohl zwischen den beiden vorgefallen sein mochte. Alessandro hatte kein Wort darüber verloren, und Ariana weigerte sich beharrlich, über ihn zu sprechen.

»Wir wollen einen Freund von ihm besuchen, einen Weinhändler in Lecco, und unterwegs zu Mittag essen.«

Wie aufs Stichwort hörte man draußen ein Motorboot anlegen. Alessandro stellte den Motor ab und vertäute das Boot. Dann sprang er an Land.

Ruby stand auf und ging zur Terrassentür. »Komm doch auf einen Kaffee herein«, rief sie und spürte Arianas bohrenden Blick im Rücken.

»*Buongiorno*«, rief Alessandro, als er in lässiger Leinenhose, Segelschuhen und blauem Twillhemd hereinkam. Gut sah er aus.

Ariana stand abrupt auf und wollte fix aus der Küche verschwinden.

Ruby räusperte sich. »Möchtest du Alessandro nicht Hallo sagen?«

Ariana starrte ihn finster an. »Na schön. Hallo.«

»Ich hoffe, Ihre Arbeit geht gut voran«, sagte er und strahlte über das ganze Gesicht, als er sie sah.

»Bestens«, gab Ariana zurück. »Wie geht es Paolina und den Kindern?«

Ruby entging der sarkastische Unterton in Arianas Stimme nicht, und auch Alessandro schien sich darüber zu wundern. *Was hat sie bloß?*, überlegte Ruby.

»Meiner Schwester geht es gut, danke der Nachfrage. Sie kümmert sich heute um die Kinder.«

Arianas Augen wurden groß und rund. »Paolina ist Ihre Schwester?«

»Mein Vater hat uns das Unternehmen hinterlassen, und wir leiten die Seidenfabrik gemeinsam.«

»Ich dachte...« Ariana wurde rot und wandte sich ab.

Und mit einem Mal wusste Ruby, was passiert sein musste. »Paolina ist eine wunderbare Frau, und die Kinder lieben sie. Bestimmt wird sie hin und wieder sogar für deine Frau gehalten.«

Alessandro lachte leise und schielte hinüber zu Ariana. »Das könnte sein.«

»Ich habe noch zu tun«, murmelte Ariana und goss hastig Kaffee in ihren Becher.

Ruby überhörte sie einfach. »Ich mag mir gar nicht vorstellen, wie schwer es manchmal sein muss, die Kinder ganz allein großzuziehen.« Warum war Ariana bloß immer noch so unhöflich zu ihm?

Das Milchkännchen aus Porzellan in der Hand, hielt Ariana unvermittelt inne.

»Die letzten beiden Jahre waren alles andere als leicht, aber das Leben geht weiter.« Alessandro breitete die Hände aus. »Die Kinder sind einfach fabelhaft, Serafina sei Dank.«

Scheppernd stellte Ariana das Milchkännchen wieder auf die gefliese Arbeitsplatte. »Dann sind Sie also geschieden«, bemerkte sie vorwurfsvoll.

Ruby sah, wie Alessandro die Stirn runzelte. »Sie müssen meine Nichte entschuldigen«, sagte sie, entsetzt, wie unmöglich Ariana sich aufführte. »Wir Amerikaner können manchmal schrecklich direkt sein. Und manchmal vergessen wir unsere guten Manieren.« Sie sah Ariana, die es eigentlich besser wissen müsste, durchdringend an. Was zum Kuckuck war bloß in sie gefahren? Das konnte nicht nur an den Hormonen liegen, da war Ruby sich ganz sicher.

»Meine Frau Serafina ist tot, letzte Woche waren es genau zwei Jahre«, sagte Alessandro leise. »Es hat mir den Boden unter den Füßen weggezogen, aber für unsere beiden kleinen Kinder, Sandro und Carmela, war es noch viel schlimmer.«

»Einen geliebten Menschen zu verlieren ist immer entsetzlich«, meinte Ruby verständnisvoll. »Vielleicht sollten wir gleich los. Die frische Luft auf dem See wird uns guttun.« Sie sah Ariana an. »Und wir sprechen uns nachher beim Abendessen.« Ohne ihrer Nichte die Gelegenheit zu geben, es sich noch mal anders zu überlegen, rauschte sie mit Alessandro hinaus.

Draußen half er ihr ins Boot, und sie sagte: »Was für ein hübsches kleines Boot. An die kann ich mich noch gut erinnern.«

»Das ist eine alte Riva-Jacht«, erklärte er. »Sie wurde 1951 gebaut. Ich habe mehrere Jahre daran gearbeitet, um dieses Schätzchen zu restaurieren.«

Das polierte Holz glänzte in der Sonne. Sobald sie es sich auf der gepolsterten Sitzbank bequem gemacht hatte, startete er den Motor. »Wie lange ist es her, seit Sie das letzte Mal auf dem See waren?«, fragte er.

»Viel zu lange«, entgegnete Ruby. »Das letzte Mal war ich während der Dreharbeiten zu *Ein Herz und eine Krone* hier. Und damals war ich auf einer Jacht genau wie dieser, glaube ich.« Sie lächelte versonnen. »Das war die schönste Zeit meines Lebens.«

»Dann müssen Sie verliebt gewesen sein«, bemerkte Alessandro.

»Wie kommen Sie darauf?«

»Das Leben ist unendlich süßer, wenn man verliebt ist.«

Ruby nickte nachdenklich. »Für einen jungen Mann sind Sie sehr weise.«

Eine Brise blies ihm die dunklen, glänzenden Haare aus der Stirn, und er lachte leise. »So jung nun auch wieder nicht.«

Ruby setzte ihre Sonnenbrille auf. »Ja, ich war verliebt, damals.« Es gefiel ihr, wie frank und frei er über die Liebe sprach – auch die Liebe zu seinen Kindern.

»Und was ist passiert?«, fragte er leise. »Haben Sie ihn geheiratet?«

Ruby zögerte mit ihrer Antwort. Mit Alessandro konnte man reden. Schließlich sagte sie: »Nein.«

»Dann haben Sie auch keine Kinder?«

Ruby schaute hinaus über den See, der in einem strahlenden, schillernden Blau leuchtete und einen fast blendete im grellen Sonnenlicht. »Darum sind Ariana und ich uns so nahe. Sie ist für mich wie ein Enkelkind. Wenn nur ihre Mutter nicht so stur wäre. Selbst an guten Tagen macht sie es Ariana nicht leicht.«

Alessandro nickte nachdenklich und rückte die Sonnenbrille zurecht. »War Ariana deshalb eben so aufgebracht?«

Es war ihm also nicht entgangen, auch wenn er mit seiner Vermutung danebenlag. »Vor einer Woche hat Ariana noch ihre Hochzeit und die Flitterwochen geplant. Dann hat sie ihren Verlobten vor dem Altar stehen gelassen – eine gute Entscheidung, wenn Sie mich fragen.« Von der Schwangerschaft sagte sie nichts.

»Und wie haben ihre Mutter und ihr Vater ihre Entscheidung aufgenommen, die Hochzeit abzusagen?«

»Zu ihrem Vater hat sie keinen Kontakt mehr, und ihre Mutter hatte keine Zeit zu kommen.«

Alessandro schüttelte den Kopf, als er das hörte. »Wie furchtbar. Das tut mir leid für sie, aber das erklärt einiges. Hasst sie deshalb alle Männer?«

»Ich dachte eigentlich nicht, aber möglich wäre es. Sonst hat sie eigentlich keine so spitze Zunge.«

Alessandro steuerte die Jacht durch das offene Wasser aufs andere Seeufer zu. »Als ich sie gefragt habe, ob sie einen Kaffee mit mir trinken möchte, da ist sie, wie sagt man – ich glaube, sie *hat mich ungekaut wieder ausgespuckt*. Ich habe alles falsch gemacht. Seit Serafina hatte ich keine einzige Verabredung mehr.«

»Immerhin haben Sie es versucht.« Ruby musste an Arianas enttäuschtes Gesicht denken, als sie gegangen waren. »Vielleicht bekommen Sie noch mal eine Chance.«

Alessandro schüttelte den Kopf. »Seien Sie mir nicht böse, aber ich muss auch auf mein Herz achten.«

Er hob die Hand und grüßte einen anderen Bootsführer, der gerade vom Steg losfuhr. Alessandro lenkte die Jacht neben den Anleger und vertäute das Schiff. Vor ihnen lag das Örtchen Lecco.

Alessandro half Ruby beim Aussteigen und erzählte ihr dabei ein bisschen über die Gegend. »Einige der besten Weine aus der Lombardei kommen aus Montevecchia. Wenn Sie nichts gegen einen kleinen Spaziergang haben, könnten wir zu Mittag essen und anschließend einen Abstecher zum Weinladen machen.«

Gemeinsam schlenderten sie unter dem wachsamen Glockenturm der Basilica di San Niccolò über die Promenade am Seeufer, was Ruby ein Lächeln entlockte. Alles hier erinnerte sie an Niccolò. Alessandro erzählte ihr derweil von den Geheimgängen und Höhlen unter dem Kirchturm.

Die Kopfsteinpflastergässchen waren schmal und eng, und hinter dem Glockenturm ragte ein Berg in den Himmel. Sie aßen mit Blick auf den See zu Mittag, und danach machte Alessandro sie mit seinem Cousin bekannt, der ihnen dabei half, einige Weine aus der Region für ihre nachmittägliche Einweihungsfeier auszusuchen. Ruby entschied sich für Weine aus Montevecchia und der ganzen Lombardei und sogar einen aus dem angrenzenden Piemont.

»Das war wirklich ein schöner Tag«, sagte Ruby auf dem Rückweg zu Alessandro.

Hätte doch Ariana nur nicht so eine miserable Laune gehabt, Ruby hätte sie gerne mitgenommen. Alessandro entpuppte sich jedenfalls als sehr angenehme Gesellschaft.

Ruby lächelte still in sich hinein. Morgen, bei der Party, konnte sie noch mal versuchen, die beiden zusammenzubringen.

KAPITEL ZWÖLF
Comer See, 1952

Es war Mitte August, und die Hitze in Rom war für den Filmstab beinahe unerträglich geworden. Gefilmt wurde nur noch frühmorgens und spätabends, mit einer ausgedehnten Mittagspause dazwischen, um die heißesten Stunden des Tages irgendwie zu überstehen. Eines Tages dann verkündete Mr Wyler, die Dreharbeiten würden für Ferragosto, den Feiertag am 15. August, unterbrochen. Der Regisseur und seine Familie wollten nach Fregene fahren, einen beliebten Badeort unweit von Rom, wo immer eine angenehm frische Brise vom Meer wehte.

»Komm, wir fahren in den Norden«, schlug Niccolò vor, und seine Augen blitzten vor Aufregung. »Ich möchte dir den Comer See zeigen, einen der schönsten Seen der Welt.«

»Warte, wie weit ist das?«, fragte Ruby.

»Wir können den Nachtzug nehmen und sind am nächsten Morgen dort. Unterkommen können wir bei meiner Tante und meinem Onkel. Du hast doch bestimmt Lust auf ein kleines Abenteuer, oder nicht?«

»Aber nur, wenn du bezahlst«, sagte sie. Ihren letzten Scheck hatte sie ihrer Familie geschickt.

Doch die Gelegenheit war einfach zu günstig, um sie nicht zu nutzen. Rubys kurze Filmszene war bereits abgedreht, und sie konnte sich ein bisschen entspannen. Nun standen nur noch ein paar Massenszenen auf dem Programm.

Eine Stunde später stopfte Ruby hastig ein paar Baumwollblusen, einen Rock und eine Caprihose in eine kleine Tasche, schlüpfte in die Espadrilles, die sie auf dem Olvera Market in Los Angeles gekauft hatte, und lief dann flink wie der Wind wieder zur Tür hinaus.

Hand in Hand mit Niccolò rannte sie zum Bahnhof, der ihr mit all den Zügen und Gleisen und den Städtenamen, die sie nicht kannte, ein bisschen Angst machte. Hoch oben drehten sich die Fahrziele und rasteten dann klickend ein. Alles hier war neu und aufregend. Sie kam sich vor wie in ihrem eigenen Film.

»*Due biglietti per Milano, per favore.*« Niccolò schob die Lirescheine über den Tresen.

Ruby guckte verdattert. »Milano? Ich dachte, wir wollen zum Lago di Como?«

»In Mailand müssen wir umsteigen«, erklärte Niccolò. »Keine Sorge. Ich passe gut auf dich auf.«

Sie lächelte und legte ihre Hand in seine. Ihm konnte sie vertrauen.

»Schnell – nicht, dass wir den Zug verpassen. *Andiamo.*« Er fasste sie fest an der Hand, und so flitzten sie durch die Menschenmenge, während Niccolò links und rechts laut »*Scusi, scusi*« rief.

Ruby musste lachen, als die Menge sich vor ihnen teilte und die Leute ihnen zujubelten, während sie im allerletzten Augenblick auf den Zug aufsprangen. Beinahe hätten sie ihn verpasst. Sie hielten sich draußen am Wagen fest und winkten, als sei er Gregory Peck und sie Audrey Hepburn. Und als Niccolò sie dann küsste, hallten laute *Bravo*-Rufe durch den Bahnhof.

Ruby war ganz aufgeregt und kribbelig. *Das ist das Leben. Das ist die Liebe.* Mit niemandem auf der Welt hätte sie in diesem Augenblick tauschen wollen.

»Komm, gehen wir zum Restaurantwagen und genehmigen wir uns ein paar Antipasti«, schlug Niccolò vor.

Sie schlängelten sich durch den überfüllten Wagen, und einmal angekommen tranken sie prickelnden Prosecco und futterten Prosciutto und Käse zu Brot mit dicker Kruste und Oliven. Ruby fand, es sei mit das Leckerste, was sie je gegessen hatte.

Mit der untergehenden Sonne im Hintergrund sah Ruby zu, wie die Landschaft an ihnen vorbeiflog, fasziniert von der stetig wechselnden Kulisse aus sanften Weinberghügeln und Postkartendörfern.

Sie war so aufgeregt, mit Niccolò nach Norditalien zu fahren, dass sie in der Nacht kaum ein Auge zutat. Gemeinsam blieben sie wach, erzählten sich flüsternd Geschichten aus ihrem Leben und redeten über ihre Familien und ihre Träume. Niccolò, fand Ruby, hatte so ein gutes Herz. Er erzählte ihr, wie er seine Familie besser unterstützen wollte, damit seine Geschwister später einmal studieren konnten. Sein Vater verdiente zwar gutes Geld, aber bei vier Kindern musste man trotzdem zusehen, dass es für alle reichte.

Ruby lauschte hingerissen, und ihr wollte das Herz schier übergehen vor Liebe und Bewunderung. Bestimmt müsste doch auch ihr Vater erkennen, dass Niccolò ein junger Mann von tadellosem Charakter war.

Und nicht nur das. Ruby war überzeugt, dass er ihr Seelenverwandter war.

In Mailand mussten sie umsteigen, und in Varenna angekommen lugte die Sonne gerade über die Ausläufer der Alpen. Ruby verschlug es fast die Sprache. In einem kleinen Bahnhof stiegen sie aus dem Zug und atmeten tief den Duft des Geißblatts ein, das sich gleich nebenan über eine steinerne Mauer ergoss. Niccolò führte sie eine schmale Kopfsteinpflastergasse entlang bis hinunter zum Seeufer.

»Da sind wir«, sagte Niccolò und klang dabei fast ehrfürchtig. »Ist das nicht grandios?«

Ruby lehnte den Kopf an seine Schulter. »Ich bin so froh, dass du mich mitgenommen hast.«

So etwas hatte sie noch nie gesehen – außer auf den Seiten des *National Geographic* in der fahrenden Bücherei, die einmal im Monat in ihr County kam.

Sie drehte sich im Kreis, um das Panorama zu bestaunen, und ihr wurde ein bisschen schwindelig von all den vielen neuen Eindrücken. Hohe Zypressen, rauschende Palmen und üppig belaubte Maulbeerbäume säumten das Ufer. Dort zu stehen, an diesem gewaltigen, kristallklaren See, der ihr an den Zehen leckte, und vor den schneebedeckten Gipfeln, die sich majestätisch vom Seeufer erhoben, um den Himmel zu küssen, kam ihr vor wie ein Traum.

»Ich möchte dir alles zeigen, was ich hier am liebsten mag«, sagte Niccolò und wies über den See. »Dort an der dreieckigen Spitze ist Bellagio – da fahren wir hin –, und da ist die Fähre, mit der wir fahren, und wir werden das leckerste Essen essen, das du dir nur vorstellen kannst.« Schwungvoll drehte er sich um. »Und da oben, dieses Schloss, das ist das Castello di Vezio. Das müssen wir uns auch ansehen.«

»Ist es noch bewohnt?«

Niccolò schüttelte den Kopf. »Es wurde vor tausend Jahren für Teodolinda, die Königin der Lombardei, gebaut. Manche sagen, sie streift noch heute durch die Gänge und Flure.«

Lachend gab Ruby ihm einen Klaps auf die Schulter. »Ich gehe ganz bestimmt nicht in ein Spukschloss.«

»Es ist doch nur ein Geist«, entgegnete er und lachte ebenfalls. »Die Villa meiner Tante und meines Onkels ist nicht weit. Man kann ganz gemütlich zu Fuß hingehen, und dann lernst du sie endlich kennen, und all meine Cousinen und Cousins auch.«

Er warf sich ihre Tasche über die Schulter, und dann spazierten sie los, einen schmalen Weg entlang. Steile Steinmauern säumten den Weg, und über den in die Hänge gebauten Häusern ragten die Berggipfel auf. Goldene Schmetterlinge flatterten um Azaleen und Farne, während sie vorbeigingen, und Niccolò erzählte ihr von der kleinen Villa, die sich die Familie seiner Mutter als Feriendomizil teilte. Ihr älterer Bruder hatte es geerbt, aber die ganze Familie nutzte es, um hier Urlaub zu machen.

Es dauerte nicht lange, bis sie auf einen mit flammend rosaroten Blumen eingefassten Pfad abbogen. Der Weg führte zu einem Steinhaus, das oben auf einem Hügel thronte, dessen abfallende Hänge bis zum See hinunterreichten. Ringsum blühten Rosen im Überfluss, ergossen sich wie ein Blütenmeer über Steinmauern und überwucherten eine sonnengebleichte Pergola.

»Hier wächst einem das Obst fast in den Mund«, sagte Niccolò. Er wies auf die vielen Bäume, die das Haus umstanden. »Granatäpfel, Feigen, Kastanien und Oliven, alles da. Und da drüben ist ein Hain mit Limetten, Mandarinen, Zitronen und Pampelmusen.«

»Wie im Schlaraffenland«, rief Ruby. In den texanischen Bergen, dort, wo sie herkam, war es im Winter zu kalt für Zitrusfrüchte, aber sie mochte die rosaroten Grapefruits aus McAllen nahe der mexikanischen Grenze. Der süßliche Zitrusduft lag schwer in der Luft. Sie duckten sich unter einen Torbogen, der sich unter der Last violetter Blauregenblüten bog, und als Niccolò den Arm um sie legte, glaubte Ruby, dies müsse der romantischste Ort auf der ganzen Welt sein.

»Italien ist einfach traumhaft schön«, sagte Niccolò. »Wir sind von der Natur verwöhnt. Endlos lange Strände, die sanften Hügel der Toskana, die Inseln vor der Küste, und dann das hier... ein tiefer, klarer See, in dem es vor Fischen nur so wimmelt, und ringsum schneebedeckte Berge. Habt ihr bei euch zu Hause in Texas auch so was?«

Ruby schüttelte den Kopf. »Bei mir zu Hause ist es ganz anders. Die Landschaft ist eher eine raue Schönheit. Wir leben im Texas Hill Country, einer bergigen Region im Landesinneren. Seen gibt es bei uns auch, aber auch unendlich weite Ebenen. Es gibt uralte Eichen, die süßesten Pecannüsse und die gefährlichsten Klapperschlangen. Flüsse und Bäche, an denen man angeln kann, und Badestellen, wo wir an heißen Tagen zur Abkühlung ins Wasser springen. Im Sommer ist die Hitze fast unerträglich, weshalb wir dann auf der Veranda ein Bettenlager aufbauen, wo wir nachts schlafen, weil dort wenigstens eine kleine Brise geht.«

»Hier gibt es auch viele verschiedene Winde«, sagte Niccolò. »Der *Tivano* ist eher sanft und weht morgens aus dem Norden, während der etwas stärkere *Breva* kurz vor Mittag aus dem Süden kommt. Ich würde Texas gerne mal sehen. Ich möchte deine Eltern kennenlernen und mit dir ausreiten. Klingt alles wie in einem John-Wayne-Film. Habt ihr auch alle Holster und tragt Waffen?«

»Mein Großvater hat das noch gemacht, aber heute tut das eigentlich keiner mehr. Es hat sich viel verändert«, erklärte sie lachend. »Aber manchmal üben wir im Garten hinter dem Haus auf Blechbüchsen zu schießen. Da draußen muss man mit einer Schusswaffe umgehen können. Ein hungriger Puma lässt sich nicht mit netten Worten aufhalten.«

Niccolò schien ehrlich beeindruckt. »Hollywood muss für dich eine ganz andere Welt sein. Tummelplatz der Schönen, Reichen und Berühmten, stimmt's?«

»Du liest zu viele Klatschzeitschriften.« Ruby dachte an das angenehm milde Klima, die Palmen, die sich sachte im Wind wiegten, und die Kids in ihrem Alter, die die Wochenenden am Strand verbrachten. »Aber ich bin zum Arbeiten da, nicht zum Vergnügen.«

»Gehst du auch manchmal zum Wellenreiten ans Meer?«

Sie lachte. »Einmal war ich am Strand, aber das habe ich noch nicht ausprobiert. Ich arbeite, so viel ich irgend kann.«

»Und wie sind die Männer dort?«

»Ganz anders als du.«

Niccolò grinste. »Ich habe Marlon Brando gesehen in *Endstation Sehnsucht*.« Mit einem grüblerischen Stirnrunzeln hakte er den Daumen in den Gürtel beim Versuch, Brando nachzumachen. »Und Gene Kelly in *Ein Amerikaner in Paris*. Wow, kann der tanzen.« Er machte einen Tanzschritt und wirbelte Ruby um die eigene Achse. »Alle sagen, Paris ist ganz anders, aber ich war noch nie da. Bist du Frank Sinatra schon mal begegnet? Seine Familie stammt auch aus Italien, weißt du. Ligurien und Sizilien. Oh Mann, was für eine Stimme.«

Er fing an, *I'm a Fool to Want You* zu singen, und Ruby lachte laut auf. »Ich glaube, du wirst ein ganz großartiger Schauspieler.«

»Ich möchte mit dir um die ganze Welt reisen. Wir schauen uns alles an, was es da draußen zu sehen gibt.« Er nahm sie in die Arme. »Bist du dabei?«

»Nichts lieber als das«, seufzte sie. Niccolòs Begeisterung war ansteckend.

Er beugte sich zu ihr herunter, liebkoste ihre Lippen, streifte mit dem Mund ihre Wangen und strich ihr mit der Hand über die Haare. Es kribbelte überall, wenn er sie berührte. Im Gegensatz zu dem ungeschickten Gefummel der Jungs, die sie zu Hause beim Tanzen kennengelernt hatte, waren Niccolòs Berührungen stets sanft und respektvoll. Alles war ganz selbstverständlich – fast als seien sie füreinander geschaffen.

»*Cuore mio*«, flüsterte er und fuhr ihr mit den Lippen über den Hals.

Hier unter dem Blauregen, mit den hellen Sonnenflecken auf den Schultern, wünschte sich Rubys nichts mehr, als ihm ihre Liebe zu gestehen. Bestimmt wusste er es längst. Bestimmt empfand er genauso.

Nicht einmal im Traum hätte sie sich ausgemalt, sie könnte sich auf ihrer Italienreise rettungslos verlieben. Sie schloss die Augen und wusste, ihr Leben würde nie mehr so sein wie vorher. Niccolò war ihr Schicksal. Das wusste sie so sicher, wie sie wusste, dass ihr Herz für ihn schlug.

»Komm, gehen wir rein«, raunte er mit belegter Stimme.

Niccolò klopfte, aber es machte niemand auf. Seine Mutter hatte ihm den Schlüssel mitgegeben, den er nun in das alte Schloss steckte. Er drückte die Tür auf und rief nach drinnen, aber seine Stimme hallte ungehört von den Wänden wider.

Niccolò stellte ihre Taschen ab und führte sie in die Küche, wo ein handgeschriebener Zettel auf dem Tisch lag. »Sie sind in Como, aber wir dürfen gerne hierbleiben.« Er sah sie an. »Wir haben das ganze Haus für uns allein.«

»Ach«, murmelte Ruby verblüfft. Sie wusste nicht so recht, ob sich das schickte.

Niccolò drückte ihr einen Kuss auf die Stirn. »Keine Sorge, *amore mio*. Bei mir bist du sicher. Komm, ich zeige dir alles.«

Er führte sie durch das Haus, das mit handbemalten Fliesen, antiken Möbeln und Deckengemälden ausgestattet war. Dann blieb er vor einer Tür stehen und machte sie auf. »Und hier ist dein Schlafzimmer.«

Ruby spähte hinein. Auf dem Bett lagen eine schneeweiße Baumwollbettdecke und bauschige Kissen, und reizende alte Möbel reihten sich an den Wänden. »Wunderschön«, seufzte sie hingerissen.

»Hier gleich nebenan schlafe ich«, erklärte er mit einem breiten Grinsen. »Hey, hast du Hunger?«

»Wie ein Bär.«

Im Zug hatten sie starken Kaffee und Brot gefrühstückt, aber das war kein Frühstück, wie sie es zu Hause in Texas gewohnt war, mit Spiegeleiern, Hirschwürstchen und einem kleinen Pfannkuchenstapel. Ihre Tante in Hollywood servierte morgens frisch gepressten Orangensaft mit selbstgemachtem Joghurt und gebuttertem Toast, aber trotzdem knurrte ihr immer schon lange vor dem Mittagessen wieder der Magen. Wenigstens war die Verpflegung für Filmstab und Besetzung an den Sets, an denen sie bisher gearbeitet hatte, recht ordentlich.

»Komm, wir machen Panini«, rief Niccolò und zog

sie hinter sich her nach draußen. »Wir pflücken schnell Tomaten und Basilikum und Paprika.«

Niccolò führte sie in den Garten, der beinahe paradiesisch anmutete in seinem Überfluss. Ihr kamen fast die Tränen, als sie das sah. Ruby erzählte ihm, dass die ganze Ernte auf der Ranch in diesem Jahr vernichtet war durch die Dürre. Mais, Okra, Kürbis, grüne Bohnen, Tomaten.

»Ich komme mir vor wie im Schlaraffenland«, rief Ruby und legte saftige Tomaten und reife Paprika in ihren Rock, den sie an einem Zipfel hochhielt. Sie hob die Hand zur Sonne, die warm war, aber nicht so sengend wie in Texas, wo sie die Erde ausdörrte, bis sie aufsprang vor Trockenheit. »Letztes Jahr hat es den ganzen Sommer nicht geregnet, und diesen Sommer könnte sogar der Brunnen austrocknen.« Ruby hatte ihrer Familie fast das ganze Geld aus ihrem letzten Gehaltsscheck geschickt und würde auch weiterhin geben, was immer sie erübrigen konnte.

»Wie geht es deiner Familie jetzt?«, erkundigte Niccolò sich. Er war ja dabei gewesen, als sie das Telegramm von Patricia bekommen hatte.

»Wie gesagt, die Ernte fällt aus. Meine Eltern haben Futter dazugekauft und müssen jetzt das restliche Wasser rationieren.« Ohne Regen drohte das Vieh zu verhungern und zu verdursten. Ihre Eltern müssten eigentlich einen tieferen Brunnen bohren lassen, aber dazu reichte das Geld nicht. Und außerdem, selbst ein tiefer Brunnen reichte nicht aus, um die Weiden zu bewässern, damit das Vieh genug zu fressen hatte.

Beim Gedanken an die schwierige Lage auf der Ranch bekam Ruby fast ein schlechtes Gewissen, hier in diesem Paradiesgarten zu stehen.

»Ich wünschte, ich könnte etwas tun«, sagte sie. Es schnürte ihr den Hals zu, wenn sie daran dachte, was ihre Familie gerade durchmacht.

»Du tust dein Möglichstes.« Niccolò sah sie mitfühlend an. »Nach dem Krieg war es in Italien auch nicht leicht für die Menschen, ganz besonders unten im Süden nicht. Die Filmbranche bringt Arbeit nach Rom. Das ist unsere Zukunft. Wir haben unser ganzes Leben noch vor uns. Stell dir nur mal vor, was wir beide gemeinsam alles erreichen könnten. Bei deinem Talent kannst du deiner Familie eines Tages einen Palast kaufen.«

Ruby musste lachen, als sie das hörte, aber es gab in Hollywood tatsächlich Schauspieler, die ein ausschweifendes Luxusleben führten. Douglas Fairbanks und Mary Pickford lebten in einem Anwesen in Hollywood namens *Pickfair*. Alles schien möglich, wenn man nur willens war, hart dafür zu arbeiten.

Und das war sie. Ruby schlug den Rock über das Gemüse.

Gemeinsam gingen sie in die Küche, wo Ruby Niccolò half, das Gemüse zu waschen und kleinzuschneiden. Niccolò briet die Paprika und türmte sie dann mit Provolone und hauchdünn geschnittenem Prosciutto auf dicke Scheiben Bauernbrot. Zusammengeklappt legte er die Brote dann auf einen heißen Grill. Während er die Panini nicht aus den Augen ließ, schnitt

Ruby weichen Mozzarella auf, legte ihn auf dicke Tomatenscheiben und streute dann Basilikumblättchen darüber.

»*Mangiamo*«, rief Niccolò mit einladender Geste. »Zeit, unser Meisterwerk aufzuessen.«

Er goss jeweils einen Schluck Wein in zwei kleine Wassergläser, dann trugen sie alles nach draußen, um im Schatten der rosenüberrankten Pergola zu essen. Zufrieden saßen sie da, verspeisten genüsslich die selbstgemachten Köstlichkeiten und beobachteten die Boote und Fähren auf dem See und die Wolken am Himmel.

Nachdem die Panini verdrückt waren, ging Niccolò und holte eine Schale mit lilablauen Trauben. Ruby zupfte eine Handvoll davon ab. »Mund auf«, kommandierte sie und zielte in seine Richtung. Er tat, wie ihm geheißen, und sie warf eine pralle Traube, die von seiner Nase abprallte.

»Noch mal«, rief er lachend. Die nächste fing er auf, und eine ganze Weile vergnügten sie sich mit ihrem neu erfundenen Spiel. Ruby seufzte. Mit dem köstlichen Essen im Bauch, der warmen Sonne im Gesicht und umgeben von dieser malerischen Kulisse erschien es ihr, als wäre dies der schönste Nachmittag, den sie je erlebt hatte. Vom Wein war ihr ein bisschen schummerig, aber es war ein ganz angenehmes Gefühl. Sie schob ihm das Glas hin. »Noch mehr, bitte.«

»Oh nein, nein, nein. Ich glaube, du hast genug getrunken.« Niccolò stellte die Flasche weg.

Ruby musste ein Gähnen unterdrücken. »Vielleicht

sollte ich ein kleines Nickerchen machen.« Im Zug hatte sie kaum geschlafen. Jetzt, nach dem leckeren Essen und womöglich einem klitzekleinen bisschen zu viel Wein, wurde sie mit einem Mal ganz schläfrig.

»Großartige Idee«, stimmte Niccolò ihr zu. Er nahm sie an die Hand und führte sie ins Haus, die Treppe hinauf, bis auf ihr Zimmer. Dort öffnete er alle Fenster, und eine sanfte Brise hob die zarten weißen Gardinen.

Ruby ließ sich aufs Bett fallen, streckte die Hand nach Niccolò aus und zog ihn neben sich.

»Hey«, rief er und drehte sich zu ihr um, um sie zu küssen. Er strich ihr die Haare aus dem Gesicht und bedeckte Stirn und Wangen mit federleichten Küssen.

Ruby wandte den Kopf, sodass er mit dem Mund auf ihren Lippen landete, und verlor sich in seinem warmen Kuss. Wie eine wonnige Welle erfasste es sie und riss sie mit, und rückhaltlos gab sie sich seiner Umarmung hin. Sie fuhr mit den Händen unter sein Hemd, spürte seinen Herzschlag, im Takt mit ihrem eigenen.

Niccolò hielt ihre Hand in seiner. »Ich gehe jetzt besser«, flüsterte er. »Du bleibst hier und schläfst dich aus. Allein.«

»Bitte bleib.« Ruby war oft einsam, ein Gefühl, das sie verabscheute. Ganz auf sich allein gestellt musste sie sich nun auch noch um ihre Familie sorgen – ohne fremde Hilfe. Hier, allein mit Niccolò, konnte sie einfach nur sie selbst sein, und sie wusste, er würde immer für sie da sein.

»Ganz sicher?« Niccolò strich ihr die Haare aus dem Gesicht.

Seufzend schmiegte Ruby sich in seine Hand. Seine Berührung weckte ungekannte Gefühle in ihr, die sie wie eine Lawine mitzureißen drohten.

Spielerisch öffnete sie seinen obersten Hemdknopf. Niccolò hielt ihre Hand fest, aber es gelang ihr, noch einen Knopf aufzumachen. Kurz darauf fiel das Hemd auf den Holzboden.

»*Quanto ti amo*«, murmelte Niccolò, was sie mit Küssen erwiderte.

Seine Küsse weckten in ihr das süßeste Verlangen, und sie drängte sich an ihn und flüsterte seinen Namen. Auf welchen Pfaden sie bisher auch getrennt voneinander gegangen sein mochten, hier wurden sie nun eins. Ein Herz, ein Schicksal, ein Leben.

Diesen Mann würde sie lieben bis in den Tod.

Ruby schlug die Augen auf und hob den Kopf von Niccolòs Brust. Draußen ging die Sonne gerade unter, und der Wind frischte auf. Niccolò schnarchte leise, aber als sie sich rührte, schlang er die Arme um sie.

So mit ihm zusammen zu sein fühlte sich so richtig an. Und doch kam ihr mit Entsetzen ein Gedanke. *Was haben wir getan?*

Heiße Tränen liefen ihr über die Wangen und tropften auf Niccolòs Brust, und sie wandte sich von ihm ab.

»Hey«, flüsterte er, stütze sich auf die Ellbogen und wischte ihr die Tränen aus dem Gesicht. »Nicht weinen, *mio tesoro*. Du bist so wunderschön. Du bist mein Herz, meine Seele.«

Die lieblichsten Worte flüsterte er ihr ins Ohr, und auch wenn sie nicht alles verstand, was er sagte, schmolzen Rubys Sorgen und Ängste dahin.

»Ich liebe dich«, sagte er. »Ich habe dich vom ersten Augenblick an geliebt, als ich dich auf dem Set gesehen habe. Und ich wusste, von nun ab würden wir immer zusammen sein.«

Ruby drehte sich zu ihm um. »Meinst du das wirklich ernst?«

Niccolò betrachtete sie liebevoll. »Mit jedem Tropfen Blut in meinen Adern«, schwor er und küsste ihren Hals.

»Aber was wir getan haben ...«

»*Non sono dispiaciuto.*« Er küsste ihr die Tränen aus den Augenwinkeln. »*Quanto ti amo.* Warum sollten wir uns für unsere Liebe schämen?«

Tausend Fragen gingen ihr durch den Kopf.

Niccolò schlang die Arme um sie. »Lass uns heiraten.«

»Was?«

»Wir sind füreinander bestimmt«, erklärte er. »Oder willst du das etwa abstreiten?«

Ruby schaute ihm tief in die Augen, die klar waren und mit größter Bestimmtheit strahlten. »Das ist ein großer Schritt.«

»Nicht, wenn wir uns wirklich lieben.«

»Wie kannst du dir da so sicher sein?« Ruby biss sich auf die wundgeküssten Lippen. Niccolòs Liebesgeständnis hüllte sie ein wie eine wohlig warme, weiche Decke.

»Weil wir von nun an zusammen sein sollten.« Niccolò legte die Hand auf ihre und drückte sie an seine Brust. »Ich weiß das ganz sicher. Vertrau mir, wir werden das wunderbarste Leben führen, das man sich nur vorstellen kann. Hier, in Rom, in Hollywood, in Texas. Wo immer du hingehst, da will auch ich sein.« Er hob ihre Hand an die Lippen und küsste ihre Fingerspitzen. »Von jetzt an kann uns nichts mehr trennen.«

Als sie das hörte, ging Ruby das Herz auf vor Glück, und sie überschüttete ihn mit Küssen, bis sie sich schließlich widerstrebend von ihm löste und ihn ansah. »Und wie sollen wir das anstellen?«

»Ich kenne den Priester hier. Ein Freund meines Onkels. Für ein paar Lire macht er es.«

»Gleich dieses Wochenende?« Stirnrunzelnd sah sie ihn an. »Aber meine Eltern ...«

»Wir können nächsten Monat noch mal in Texas feiern. Der Film ist schon fast abgedreht. Aber wir beide sind jetzt eins. Wir sollten so bald wie möglich heiraten.«

Ruby nickte und schaute lächelnd zu ihm auf. Er verstand ihre Sorge. Wenn ihr Vater wüsste, was sie getan hatten, er würde auf der Stelle verlangen, dass Niccolò eine ehrbare Frau aus ihr machte. Wobei sie diesen Ausdruck noch nie hatte leiden können. Was war denn bitte ehrlos an einer Liebe wie ihrer?

»Ich glaube, meine Eltern werden sich freuen, wenn sie dich erst kennenlernen.«

»Möchtest du sie anrufen und es ihnen sagen?«

Das wollte sie tatsächlich, aber so aufregend die Vorstellung zu heiraten auch war, sie befürchtete, ihr Vater wäre darüber nicht ganz so erfreut wie sie. Nicht, weil er nicht wollte, dass sie heiratete, sondern weil er schon seit Jahren beabsichtigte, sie mit dem Sohn des Nachbarranchers zu verheiraten, genau wie ihre Schwester Patricia, als sie gerade siebzehn war. Ihre Mutter hatte es ihrem Vater abgetrotzt, Ruby nach Hollywood gehen zu lassen. In zwei Jahren spätestens sollte Ruby dann nach Hause zurückkommen, heiraten und eine Familie gründen. Ruby wusste, was das hieß. Aber sie wollte nicht für den Rest ihres Lebens auf einer Ranch festsitzen und dem trockenen Land mühsam einen kläglichen Ertrag abzwingen. Sie wollte das Leben leben, es in vollen Zügen genießen.

Dieses Leben. Und sie wollte Niccolò. *Warum das Glück zerstören, das wir beide haben?*

Ruby legte Niccolò die Arme um den Hals und küsste ihn sanft. »Überraschen wir sie lieber.«

KAPITEL DREIZEHN
Comer See, 2010

Ariana stand hoch oben auf dem Seeblick-Balkon ihres Schlafzimmers in der Villa Fiori und sah heimlich zu, wie Alessandro ankam und sein schwankendes Boot an ihrem Anleger festmachte. Paolina und die Kinder waren bei ihm, und ein Mann, den sie nicht kannte. Ariana vermutete, dass es Paolinas Mann sein musste.

Lachen schallte von der fröhlichen kleinen Gruppe herauf. Ariana hatte Livia in der Küche geholfen, aber kaum hatte sie gesehen, wie Alessandros Jacht draußen anlegte, war sie wie eine verstockte Pubertierende nach oben geflüchtet, um ihm nur ja nicht in die Arme zu laufen.

Am Tag zuvor hatte sie sich völlig zum Narren gemacht. Und nicht nur ein Narr war sie gewesen, nein, sondern auch noch taktlos, unhöflich und unausstehlich. Das waren Rubys vernichtende Worte gewesen, und Ariana wusste, sie hatte es sich redlich verdient. Hatte sie von der Sache mit Phillip einen solchen Knacks davongetragen, dass sie alle Männer zutiefst verachtete und immer nur das Schlimmste erwartete?

Wobei sie ja gar nicht vorhatte, Phillip so schnell zu ersetzen. Vor etwas über einer Woche hatte sie ihn noch heiraten wollen. Und in ungefähr sieben Monaten würde sie ihr gemeinsames Kind auf die Welt bringen.

Ihr Blick wanderte wieder zu Alessandro. Die Sonne spiegelte sich in seiner Pilotensonnenbrille, und den Pullover hatte er lässig über die Schultern geworfen. Er sah aus, als sei er gerade einer Werbekampagne des Fremdenverkehrsamts entstiegen, um den Tourismus am Comer See anzukurbeln. Wäre sie auf ein bisschen Rachesex aus, ehe man ihr die Schwangerschaft ansah, er wäre ein brandheißer Kandidat – wenn man einmal davon absah, dass er zwei kleine Kinder hatte und darum wohl kaum Zeit für irgendwelche Affären haben würde.

Ariana legte die Fingerspitzen auf die pochenden Schläfen. Irgendwie wurde ihr Leben immer komplizierter, je älter sie wurde. Sie gab es zwar nur ungern zu, aber langsam fing sie an, ihre Mutter zu verstehen, die sich kopfüber in die Arbeit gestürzt hatte, nachdem Arianas Vater sie so sang- und klanglos sitzen gelassen hatte. Mari Ricci war zu stolz gewesen, um mit ihrer kleinen Tochter zu Nana Pat zurückzugehen und ihrer Mutter ihr Scheitern einzugestehen. Zu stolz, um sich helfen zu lassen, außer beim Schulgeld für Ariana.

Irgendwann würde Ariana ihrer Mutter das mit dem Baby sagen müssen. Ihr wurde ganz mulmig bei dem Gedanken. Von ihrer Mutter war keine Hilfe zu erwarten, sie war von Anfang an gegen diese Heirat gewesen.

Beim Gedanken daran, was sie alles für ihr Kind brauchen würde, wurde sie kurz panisch. Sie hatte überhaupt keine Ahnung von Babys. Wie sollte sie das alles schaffen? Ein Windstoß wehte über den See, und Ariana musste niesen.

Alessandro schaute auf, und Ariana schnappte erschrocken nach Luft und machte einen Satz nach hinten. Stolperte über den Teppich, schrie leise auf und ruderte hektisch mit den Armen wie ein Clown in Zeitlupe, um nicht das Gleichgewicht zu verlieren. Vergebens. Sie fiel um wie ein Sack Kartoffeln.

Zum Glück fiel sie geradewegs auf die flauschige Bettdecke auf ihrem Bett. Dort blieb sie einfach liegen, starrte an die hohe Decke und seufzte selbstmitleidig ob der Zwickmühle, in der sie unversehens steckte. Alessandro musste gesehen haben, dass sie ihn beobachtete. Wie hatte sie sich bloß noch so einen Fauxpas leisten können?

Reglos lag sie auf dem Bett, als sie plötzlich Schritte vor der offenen Tür hörte.

»Ariana, bist du hier oben?« Rubys Stimme hallte durch den Flur, dann stand ihre Tante in der Tür. »Um Himmels willen, geht es dir nicht gut?«

Ariana stemmte sich hoch. »Alles bestens.«

»Kein Bauchzwicken?«

Ariana schüttelte den Kopf. Dann, zu spät, ging ihr auf, dass das eine gute Entschuldigung gewesen wäre.

»Na dann, komm mit runter. Livia hat gesagt, du bist wie ein geölter Kugelblitz nach oben gezischt, sobald du Alessandros Jacht gesehen hast.« Ruby stemmte die Hände in die Hüften. »Verstecken bringt nichts.«

»Mir ist das alles so peinlich.«

»Zu Recht. Aber ich glaube, Alessandro hat dir schon verziehen – und er macht sich Sorgen. Er hat mir gesagt, er hätte von hier oben so einen seltsam erstickten Schrei gehört, und meinte, ich solle doch eben nach dir sehen.«

Ariana stöhnte auf und vergrub das Gesicht in den Händen. Gerade, als sie dachte, es könne gar nicht mehr schlimmer kommen.

»Ich könnte ihn hochschicken, damit ihr beide euch aussprechen könnt.«

»Auf keinen Fall.« Ariana krabbelte aus dem Bett und strich das zerknitterte Sommerkleid glatt, das Ruby ihr am Tag zuvor von ihrem Ausflug mit Alessandro mitgebracht hatte. Ihre Tante hatte darauf bestanden, dass sie es heute trug, und gemeint, der Druck in Rosarot und Gelb bringe ihre rotblonden Haare besonders schön zur Geltung. Wobei sie sonst auch gar nichts zum Anziehen gehabt hätte. Bisher war sie noch nicht dazu gekommen, ein paar neue Sachen einzukaufen, um die spärliche Garderobe zu ergänzen, die sie von zu Hause mitgebracht hatte.

Mit einem Seitenblick in den Spiegel musste Ariana feststellen, dass ihre Tante recht hatte. Das fröhliche Muster kaschierte auch den inneren Aufruhr, der in Ariana tobte. »Ich komme gleich nach.«

»Ich warte so lange«, sagte Ruby. »Dann können wir zusammen runtergehen.«

Ariana atmete tief aus. Sich mit ihrer Tante zu streiten war vollkommen sinnlos. »Also gut, gehen wir.«

»So?« Mit skeptisch hochgezogener Augenbraue sah

Ruby sie an. »Du siehst aus, als wärst du gerade aus dem Bett gefallen. Wir haben Gäste. Kämm dir die Haare, tupf dir ein bisschen Lipgloss auf die Lippen. Jetzt ist nicht der Moment, um sich zu verkriechen.«

Ariana stöhnte auf. »Haben Frauen das nicht früher immer so gemacht? Ihre Schwangerschaft verheimlicht, solange es irgend ging? Also, ich finde die Idee gar nicht so schlecht, mich einfach wegzusperren.«

»Jetzt hör aber auf.« Rubys lebhaft grüne Augen blitzten vor Empörung. »Ein Kind zu erwarten ist nichts, wofür man sich schämen müsste. Vollkommen überholte Ansichten. Denk an dein Kind. Das braucht gesundes Essen, frische Luft und gute Gedanken, um zu wachsen und zu gedeihen. Los, gehen wir.«

Dagegen wusste Ariana nichts einzuwenden. Sie fuhr sich rasch mit der Bürste durch die Haare und trug ein bisschen Lipgloss auf, dann folgte sie Ruby nach unten. Der wallende, bunt bedruckte Seidenkaftan ihrer Tante bauschte sich hinter ihr, als sie die Treppe hinunterstolzierte und die feurig roten Haare über die Schulter warf. Eleganz pur.

Ariana blieb kurz auf dem Treppenabsatz stehen und musterte die Gästeschar unten im Salon. Lachen schallte durch die Villa Fiori. Gia und Vera waren da, mit ihren Ehemännern und den Kindern, vier an der Zahl, im Schlepptau. Alessandro und Paolina und ihr Mann plauderten mit ihnen, während Sandro und Carmela mit den anderen Kindern spielten. Matteo und seine Frau waren gekommen und noch ein paar Gäste, die Ariana nicht kannte.

»Ariana, komm mit, ich möchte dich gerne jemandem vorstellen.« Ruby dirigierte sie zu einem kleinen Grüppchen Neuankömmlinge und stellte sie den beiden Paaren vor. »Das sind unsere Nachbarn, die Colombos und die Vernates.«

Ariana spürte Alessandros Blick im Nacken, als sie die neu hinzugekommenen Gäste begrüßte, die, wie sich rasch herausstellte, sehr nette, interessante Leute waren. In wenigen Tagen hatte Ruby bereits sämtliche Nachbarn kennengelernt – darunter einen Künstler und einen Schriftsteller – ebenso wie den Ortsbürgermeister und eine Opernsängerin. Die Menschen fühlten sich magisch zu ihrer Tante hingezogen, selbst wenn sie sie nicht erkannten oder ihre Filme nie gesehen hatten. Rubys Charisma und Lebensfreude waren einfach unwiderstehlich.

Bald rannten die Kinder nach draußen, um im Garten Fangen zu spielen. Ariana schlenderte hinaus und sah ihnen zu, wie sie durch den Obstgarten hopsten und unter der Pergola spielten. So sehr sie sich auch immer Kinder gewünscht hatte, wollte es ihr einfach nicht in den Kopf, dass sie diesen wichtigen Schritt nun allein gehen musste. Sie lehnte sich gegen die steinerne Balustrade und strich sich mit der Hand über den Bauch. So hatte sie sich das mit der eigenen Familie nicht vorgestellt.

War es ein Fehler gewesen, Phillip einfach vor dem Altar stehen zu lassen? Aber sie hatte noch seine harschen Worte im Ohr. *Nein*, dachte sie und reckte trotzig das Kinn. Ihn zu heiraten kam nicht mehr infrage.

Sie wollte einen Mann, auf den Verlass war, keinen Windhund, der widerwillig ein bisschen Geld lockermachte für *das Problem*.

Das war ihr *Kind*.

Das gewaltige Ausmaß dieser Erkenntnis wurde ihr nach und nach bewusst, und Ariana blinzelte. Kinderlachen lag in der Luft, süßer als das Läuten des Windspiels, das in der sanften Seebrise tanzte. Ihre ganze Welt würde kopfstehen, aber vielleicht würde es nicht ganz so schlimm werden, wie sie jetzt noch befürchtete.

»Darf ich Ihnen ein bisschen Gesellschaft leisten?« Alessandro trat zu ihr, sein langer Schatten auf den Steinplatten der Terrasse zu ihren Füßen.

Ariana merkte, wie die Röte ihr übers Dekolleté ins Gesicht stieg, und lehnte sich gegen die Balustrade. »Ich schulde Ihnen eine Entschuldigung, denke ich.«

Er lächelte schief. »Sie haben Ihren Standpunkt sehr deutlich gemacht. Ich kann es einer Frau nicht verübeln, wenn sie feste Wertevorstellungen hat.«

»Ja, aber ich habe mich geirrt.« Sie riskierte einen kleinen Seitenblick zu ihm.

»*Sì*, das haben Sie.« Mit einem Nicken wies Alessandro auf die Kinder. »Jetzt kennen Sie meine Geschichte.«

Ariana drehte sich zu ihm um. »Und jetzt soll ich meine erzählen?«

»Nein, gar nicht. Sie schulden mir keinerlei Erklärungen.«

»Nur eine Entschuldigung.«

Er grinste. »Eine Entschuldigung habe ich ja nun

bekommen. Und dafür danke ich Ihnen.« Mit einer brüsken kleinen Verbeugung drehte er sich um und wollte gehen.

»Warten Sie.« Ariana strich sich die vom Wind zerzausten Haare hinter die Ohren. *Warum musste er bloß so verdammt gut aussehen?*

»Ja?«

»Ich, ähm, ich mag Ihre Stoffvorschläge«, stammelte Ariana unbeholfen. »Vielleicht können wir noch mal ganz von vorne anfangen?«

Er zuckte die Achseln. »Nicht, wenn Ihnen das unangenehm ist.«

»Nein, gar nicht, wirklich. Es ist nur, wie soll ich sagen, eine höllische Woche gewesen.« Als er darauf nichts erwiderte, plapperte sie weiter: »Eigentlich sollte ich gerade in den Flitterwochen sein, aber ich habe die Hochzeit im letzten Moment abgeblasen.«

»Das tut mir sehr leid.«

»Nein, muss es nicht. Es war meine Entscheidung. Und ich stehe dazu.« Sie blinzelte, aber irgendwie tat es gut, das laut auszusprechen.

Alessandro nickte. »Es braucht eine Menge Mut, sich einzugestehen, dass eine Beziehung nicht das Richtige für einen ist.«

»Eine Ehe ist schließlich für immer, stimmt's?«

»Bestenfalls ja, aber ...« Alessandro hüstelte und räusperte sich.

Augenblicklich ging Ariana auf, was sie da gerade Taktloses gesagt hatte, und begann erneut zu stammeln. »Verzeihen Sie bitte. Ich ... Es tut mir leid. Ich habe nicht nachgedacht.« Wie konnte sie bloß so gedankenlos sein?

Er schluckte schwer und schüttelte den Kopf. »Wäre Serafina nicht gewesen, hätte ich Sandro und Carmela nicht. So muss man die Sache sehen. Menschen treten aus den unterschiedlichsten Gründen in unser Leben. Was wir wollen und was uns bestimmt ist... ist oft nicht dasselbe. Was nützt es da, das infrage zu stellen?« Versonnen sah er zu seinen Kindern hinüber. »Vor allem, wenn man so reich beschenkt wurde. Serafina hätte nicht gewollt, dass ich Trübsal blase.«

Ariana wurde ganz still und ließ ihren Blick ebenfalls zu den Kindern wandern. Sie fragte sich, woran seine Frau wohl gestorben sein mochte, aber jetzt war nicht der richtige Moment, um ihn danach zu fragen.

Kurz darauf kamen Sandro und Carmela zu ihrem Vater gelaufen, plapperten aufgeregt und umarmten ihn stürmisch. Sie versuchte zu verstehen, was die beiden erzählten, und auch wenn es schon eine ganze Weile her war, seit sie in der Schule Italienisch gelernt hatte, stellte sie doch zu ihrem eigenen Erstaunen fest, dass sie das meiste verstand. Vielleicht sollte sie versuchen, ihre Sprachkenntnisse ein wenig aufzufrischen, wo sie schon mal hier war.

»Sie haben Hunger«, erklärte Alessandro lachend. »Kinder haben immer Hunger.«

Carmela zupfte an Arianas Rock und guckte sie mit ihrem süßen kleinen Gesichtchen vertrauensvoll an. »*Ho fame e sete.*«

Fame. Hunger. *Sete.* Durst. Ariana nahm das kleine

Mädchen an die Hand. »Wenn ich darf, hole ich ihnen eben etwas zu trinken und mache ihnen einen Teller zurecht. Gibt es irgendwas, das sie nicht essen dürfen? Wegen Allergien, meine ich.«

»Nein, die beiden essen fast alles. Warten Sie, ich helfe Ihnen.« Alessandro dirigierte seinen kleinen Sohn in die Küche.

Gerade, als Ariana mit den Kindern ins Haus ging, trafen sich ihre und Rubys Blicke. Augenscheinlich hochzufrieden wandte ihre Tante sich wieder ihrem Gespräch zu. Ariana musste gestehen, dass Ruby recht behalten hatte. Sich in ihrem Zimmer zu verstecken war wirklich keine Lösung.

In der Küche arrangierte Ariana Tomatenscheiben, Paprika, Gurke, Käse und Brot auf einem Teller. Es dauerte nicht lange, bis die Kinder vergnügt futternd am Küchentisch saßen und mit den kurzen Beinen baumelten.

»Sie sind wirklich entzückend«, bemerkte Ariana strahlend.

Alessandro lächelte. »Ich habe großes Glück. Sie sind meine Goldstücke.«

Kurz darauf brachte Livia das Essen hinaus und servierte eine bunte Auswahl an Antipasti, Suppen und Salaten, Pasta, frischem Fisch und Hackbällchen. Alle versammelten sich um die Tische, die Emilio und Livia auf die Terrasse gestellt hatten.

Ruby rückte Ariana den Stuhl Alessandro gegenüber zurecht, also gab es kein Entrinnen, aber nach ihrem Gespräch eben machte ihr das auch nichts mehr aus.

Alle aßen und tranken, und Ariana entspannte sich zunehmend und begann, das Fest zu genießen.

»Haben Sie vor, öfter herzukommen?«, erkundigte sich Alessandro.

»Vielleicht bleibt sie gleich ganz da«, warf Ruby ein. »Wer würde schon von hier wegwollen?«

Ariana schüttelte den Kopf. »Ich muss wieder nach Hollywood, zurück an meine Arbeit, Tante Ruby. Solange es noch geht.«

»Dann mögen Sie Ihren Job?«, fragte Alessandro.

Ariana verschränkte die Finger und überlegte. »Von der Idee her ja. Aber mein Chef ist wirklich kein netter Mensch. Und das sage ich nicht nur, weil er unerhört streng ist. Nein, er ist darüber hinaus auch noch kleinlich und nachtragend.«

Ariana musste daran denken, wie Kingsley damals eine schwangere Kollegin vor die Tür gesetzt hatte, weil er den Job lieber einem seiner Freunde zuschanzen wollte. Die Personalabteilung hatte ihm verklickern müssen, dass die Kündigung unwirksam war, und ihm gesagt, er müsse die Frau wieder einstellen. Was er zwar auch machte, aber nur, um der armen Frau von da an das Leben zur Hölle zu machen. Er machte sie vor allen Leuten runter, lästerte, sie sehe aus wie ein gestrandeter Wal, und verlangte ständig Überstunden von ihr. Oft blieb Ariana länger, und wenn Kingsley dann endlich gegangen war, schickte sie ihre Kollegin nach Hause und erledigte an ihrer Stelle die Arbeit. Ariana schüttelte sich bei der Vorstellung, was Kingsley wohl sagen würde, wenn er erfuhr, dass sie schwanger war.

Beim Gedanken daran, bald wieder für Kingsley arbeiten zu müssen, verging Ariana plötzlich der Appetit. Sie legte die Gabel beiseite. »Flugzeiten eingerechnet bleiben mir nicht einmal mehr drei Wochen.«

»Und Sie können ganz sicher nicht noch etwas länger bleiben?«, hakte Alessandro nach.

Ariana sah sich um, sah die lebhaft plaudernde Tischgesellschaft, das köstliche Essen und die interessanten Menschen. Der Wein floss in Strömen, wobei sie selbst nur Wasser trank, und sie hatte heute mehr gelacht als in den ganzen letzten Monaten zusammen. Und eigenartigerweise – oder vielleicht auch nicht – schienen die Attacken, die sie zuletzt immer häufiger heimgesucht hatten, hier fürs Erste verschwunden zu sein.

»Ich würde wirklich liebend gerne«, seufzte sie.

Ruby lächelte. »Es gibt noch genug zu tun.«

Alessandro griff nach der Weinflasche auf dem Tisch und bedeutete Ruby, nachschenken zu wollen. Sie nickte, also goss er ihr ein, dann wandte er sich Ariana und dem leeren Weinglas vor ihr zu.

Rasch legte Ariana die Hand auf das Glas. »Für mich bitte nicht.«

»Mögen Sie keinen Wein?«, fragte Alessandro.

»Doch. Aber heute ist mir nicht nach Alkohol«, antwortete Ariana, was ja auch irgendwie stimmte. Bei dem Gedanken an Alkohol wurde ihr ganz anders, obwohl sie sonst gerne ein Glas Wein trank. Ihr war die Lust darauf vergangen. Dafür hatte sie nun ständig Heißhunger.

Nach dem Essen blieben die Erwachsenen noch zusammen sitzen und redeten, während die Kinder durch den Garten tobten. Alle wirkten so entspannt und gut gelaunt und schienen den Tag und die angenehme Gesellschaft zu genießen.

Mit einem Blick auf die Uhr sagte Alessandro: »Ich habe gar nicht gemerkt, wie spät es schon ist. Ich will kein Spielverderber sein, aber wir sollten los, solange es noch hell ist.« Er winkte Paolina und ihrem Mann.

Dann bedankte er sich bei Ruby, verabschiedete sich von den übrigen Gästen und brachte schließlich die Kinder auf das Boot. Paolina und ihr Mann nahmen gerade Platz, als Alessandro noch einmal zurück auf den Anleger sprang. Er winkte Ariana und lief dann zu ihr.

»Ich habe morgen einen Termin ganz in der Nähe«, sagte er. »Hätten Sie vielleicht Zeit, danach einen Kaffee mit mir zu trinken?«

Eine Affäre mit diesem Mann stand völlig außer Frage, aber ein Kaffee war nun wirklich harmlos. »Sehr gerne«, antwortete sie und spürte Rubys Blicke im Nacken.

Er strahlte sie an und rief: »Ich rufe Sie an«, dann streifte er im Umdrehen ihre Hand und war weg.

Ariana sah ihm nach. Sobald sie draußen auf dem Wasser waren, winkte sie ihm und den Kindern nach. Die kleine Carmela wurde gar nicht müde, ihr zu winken, und Ariana warf dem kleinen Mädchen Kusshände zu, was es nur zu gern erwiderte. Ariana winkte, bis ihr der Arm wehtat und sie außer Sichtweite waren.

Während sie wieder ins Haus zurückging, fragte sie sich, wieso sie seine Einladung so spontan und ohne zu überlegen angenommen hatte. Eigentlich war das doch reine Zeitverschwendung. Bei dem Gedanken wurde sie fast ein bisschen traurig. Vielleicht sollte sie ihm sagen, dass sie schwanger war. Aber sie wollte kein Mitleid. Was konnte es schon schaden, wenn sie sich ein bisschen miteinander anfreundeten?

Ruby trat zu ihr. »Du triffst dich mit Alessandro?«

»Nur auf einen Kaffee«, entgegnete Ariana entschieden. »Ich weiß, was du im Schilde führst. Aber das kannst du dir abschminken. Bald muss ich wieder zurück nach Los Angeles.« Sie musste praktisch denken. Aber wie sie so Alessandros Boot nachschaute, wurde sie ein bisschen wehmütig. Warum hatte sie statt Phillip nicht jemanden wie ihn kennenlernen können?

KAPITEL VIERZEHN
COMER SEE, 2010

Ruby blickte auf den Kalender, der vor ihr auf dem Schreibtisch vor dem Fenster in ihrem Schlafzimmer lag. »Nicht mal mehr drei Wochen«, seufzte sie und atmete den Duft der weißen Rosen ein, die sie so liebte und die Livia ihr auf den Schreibtisch gestellt hatte. Ruby blieb nicht mehr viel Zeit mit Ariana hier am See. Ihre Nichte war fest entschlossen, wieder nach Los Angeles zurückzufliegen.

Ruby nahm ein Blatt Briefpapier aus der Schublade und griff zum Stift. *Mari.* Was sollte sie nur sagen, um sie hierherzuholen?

Ruby schaute hinaus auf den See und dachte an ihre Schwester. Zuzusehen, wie Patricias Erinnerungen und ihr ganzes Selbst langsam erloschen, das war so schmerzhaft gewesen, dass ihr Tod beinahe eine Erlösung gewesen war. Aber sie fehlte Ruby schrecklich. Ihr ganzes Leben lang war sie immer da gewesen, ihr einen Schritt voraus.

Ruby konnte es Mari nicht übelnehmen, dass sie sich von ihrer Mutter distanziert hatte. Sie hatten ohnehin eine eher wechselhafte Mutter-Tochter-Beziehung gehabt. Nach Patricias Diagnose waren die latenten Schuldgefühle für Mari wohl kaum noch auszuhalten gewesen.

Aus Angst, sich später nicht mehr um unerledigte Dinge kümmern zu können, hatte die stets praktisch denkende Patricia alles unternommen, um ihre Angelegenheiten zu regeln. Als das Alleinleben irgendwann unmöglich wurde, hatte sie Ruby gebeten, ein Pflegeheim für sie auszusuchen. Natürlich hatte Ruby sich darum gekümmert. Und nicht nur das. Sie hatte auch sämtliche Kosten übernommen. Nichts war ihr zu teuer gewesen. Sie wollte, dass Patricia sich so wohl fühlte wie nur irgend möglich. Es sollte ihr an nichts fehlen.

Doch eine wichtige Aufgabe hatte Patricia Ruby überlassen. Und nun nahte Patricias erster Todestag, und Ruby fand, es sei an der Zeit, die Sache endlich hinter sich zu bringen.

Sie legte den Stift beiseite und holte den Schließfachschlüssel heraus, den sie immer bei sich trug. Den hatte ihr Patricias Testamentsvollstrecker schon vor Monaten ausgehändigt. Sie drehte ihn in den Händen und überlegte, was wohl in dem Schließfach sein mochte. Patricia hatte strikte Anweisungen hinterlassen. Ruby warf einen Blick auf den Brief, den der Testamentsverwalter ihr geschickt hatte und den sie fast auswendig kannte.

1. *Ruby soll entscheiden, wann – und ob – Mari den Inhalt des Schließfachs erhalten soll.*
2. *Nur Mari darf den Inhalt sehen.*

3. Mari muss die Schachtel allein öffnen.
4. Was Mari danach tut, ist allein ihre Entscheidung.

Ruby hatte schwören müssen – schriftlich, vor Patricia und dem Notar, der das Testament vollstreckte –, Mari keine Fragen zu stellen. Ruby war zwar mit dieser Vorgehensweise nicht unbedingt einverstanden, aber sie hatte es ihrer Schwester versprochen. In vielerlei Hinsicht hatte Ruby ihren Erfolg ihrer Schwester zu verdanken. Und so vieles mehr.

Das Einzige, was sie Patricia hatte entlocken können, war, dass sie Mari einen Brief hinterlegen wollte.

Sie würde sich an die Anweisungen ihrer Schwester halten. Wenn Mari über den Brief oder den übrigen Inhalt des Schließfachs reden wollte, dann war das allein ihre Entscheidung. Nicht Rubys.

Aber das hieß ja nicht, dass sie Mari nicht anbieten konnte, Ruby das Herz auszuschütten.

Ruby nahm den Schlüssel und drückte einen Kuss darauf. Zeit, ihn Mari zu schicken. Ruby mochte gar nicht daran denken, Ariana und ihre Mutter könnten sich womöglich völlig entfremden. Nicht jetzt, wo sie doch gerade ein Baby erwartete.

Ruby wickelte den Schlüssel in Seidenpapier und steckte ihn in einen internationalen Expressumschlag. Schon morgen würde er Mari zugestellt.

Dann griff sie wieder zum Stift und überlegte, was sie in dem Brief schreiben sollte, den sie beilegen wollte. Mari hatte keinen Sinn für Gefühlsduseleien. Damit würde sie nur das Gegenteil von dem erreichen, was sie bezweckte. Sie setzte den Stift an und begann zu schreiben.

Liebe Mari,
deine Mutter hat mich gebeten, dafür zu sorgen, dass du diesen Schlüssel bekommst. Bald jährt sich ihr Todestag zum ersten Mal. Zeit, ihr ihren letzten Wunsch zu erfüllen.
Beigefügt findest du die Visitenkarte der zuständigen Bankangestellten. Die Filiale liegt nicht allzu weit von deinem Büro entfernt. Bitte ruf sie so bald wie möglich an.
Außerdem möchte ich dir ein geschäftliches Angebot machen. Ich möchte dir die alleinige Leitung der Stiftung sowie die Verwaltung meines nicht unerheblichen Vermögens übertragen, das unter anderem aus Effekten, Wertpapieren, Immobilien und geistigem Eigentum besteht. Ich bitte dich nicht um einen Gefallen, sondern biete dir eine großzügige Vergütung für deine Mühen. Als meine nächste noch lebende Verwandte würde ich mir wünschen, dass du dich baldmöglichst mit den Vermögenswerten vertraut machst. Ich werde nicht jünger, und meine Gesundheit bereitet mir Sorgen. Ich bin in meiner Villa am Comer See und treffe gerade Vorbereitungen, die Verwaltung meines Vermögens in kompetente Hände zu legen und einige weitere Dinge zu regeln. Womöglich ist dies die letzte Möglichkeit für einen Besuch, weshalb ich dich bitten möchte, innerhalb der nächsten zwei Wochen herzukommen. Es ist zwar etwas

kurzfristig, aber wenn du erst hier bist, wirst du verstehen, warum ich so darauf dränge. Stefano wird sich mit sämtlichen Details der Reise bei dir melden und alles Weitere mit dir besprechen. Sobald du hier bist, gehen wir dann gemeinsam alles durch und klären eventuell noch offene Fragen.

*Alles Liebe
Deine Tante Ruby*

Sie faltete den Brief. Der Ton war viel zu nüchtern für ihren Geschmack, aber für Mari war er genau richtig.

Es war wichtig, dass Mari hierherkam, an den Comer See. Um ihrer selbst willen und um Arianas und der nächsten Generation willen. Ruby klebte den Umschlag zu und adressierte ihn.

Dann ging sie nach unten und rief nach Livia. »Ich muss zur Post. Brauchst du irgendwas aus dem Laden?«

»Nein, nein, nein«, rief Livia und wischte sich die Hände an einem Geschirrtuch ab. »Ums Einkaufen kümmere *ich* mich, Signora.«

»*Grazie*, Livia.« Ruby musste lächeln. Livia hatte, genau wie Stefano, ihren Stolz.

Ruby marschierte los, zur Tür hinaus und dann immer weiter, und schließlich schlängelte sie sich durch die schmalen Kopfsteinpflastergässchen bis zur *Poste Italiane*. Dort angekommen unterhielt sie sich mit den anderen Kunden, die wie sie geduldig in der Schlange anstanden und warteten, und gab dann ihren Expressbrief auf. Sie konnte zusehen, wie er in einem großen Sack landete. Dieser Brief würde alles verändern. Schon morgen, wenn er ankam.

Sie atmete tief durch und machte sich auf das Schlimmste gefasst.

Auf dem Heimweg zur Villa Fiori machte Ruby auf der Suche nach einem ganz bestimmten Café einen kleinen Umweg. Schon bei ihrem letzten Besuch hatte sie danach gesucht, aber es leider nicht gefunden. *Wenn es überhaupt noch da ist.* So vieles hatte sich im Laufe der Jahre verändert.

Irgendwann blieb sie an einer Straßenecke vor einem Café stehen, das allem Anschein nach so beliebt war, dass die Menschen davor anstanden, um einen Platz zu ergattern. Auf dem Schild stand: *Lorenzo's*. Sie drehte sich um und sah sich die Aussicht von den Tischen aus an. Ihr Herz schlug ein paar Takte schneller.

Das ist es. Sie war sich ganz sicher.

Ruby schloss die Augen und spulte den Erinnerungsfilm in ihrem Kopf zurück. *Ein Nachmittag vor vielen Jahren. Ein feierlicher Anlass. Musik, Essen, fremde Gesichter. Und Niccolò. Immer wieder Niccolò.*

Sie schlug die Augen auf und musterte die Menschen draußen an den Tischen – ganz besonders die Männer gewissen Alters –, als erwartete sie, ihn unter den Gästen zu entdecken. Aber nein, sich das vorzustellen war einfach zu schmerzhaft.

Ihr Blick schweifte weiter zu den Wartenden, die in der Schlange anstanden. Ein andermal vielleicht. Sie drehte sich um und wollte gerade gehen, als sie den leer stehenden Laden neben dem Café bemerkte. Sie ging hin und spähte neugierig durch die Schaufenster.

Ein Mann im legeren Sakko trat zu ihr. »*Scusi, posso aiutarti con qualcosa?*«

»*Sì, grazie.*« So viel verstand Ruby.

Rasch wechselte er zu Englisch. »Ah, Amerikanerin.«

Ruby nickte. »Ich wüsste gerne, ob dieses Ladenlokal zu vermieten ist.«

»Ich glaube schon«, antwortete er. »Vorher war hier eine kleine Boutique. Der Laden gehört meinem Vermieter, ich kann ihm gerne Ihre Kontaktdaten geben.«

Ruby schob sich die Sonnenbrille in die Haare und kramte in ihrer Handtasche nach einer Visitenkarte. »Ist das Ihr Café?«

»Seit zehn Jahren«, erklärte der Mann nicht ohne Stolz, dann rief er mit einem Blick auf die Karte: »Signora Raines, es ist mir ein Vergnügen. Ich bin Lorenzo Pagani. Ich habe gehört, Sie haben die Villa Fiori gekauft. Willkommen in Bellagio.«

Zehn Jahre erst. Er ist viel zu jung, um sich daran zu erinnern. »Das Vergnügen ist ganz meinerseits. Und bitte, nennen Sie mich doch Ruby.«

»Signora Ruby.« Lorenzo legte die Hand aufs Herz und beugte leicht den Kopf. »Es wäre mir eine Ehre, Sie zum Mittagessen einladen zu dürfen.«

»Ach, das ist aber nett; allerdings würde mir morgen besser passen. Und vielleicht darf ich meine reizende Nichte mitbringen?«

»Aber selbstverständlich«, erwiderte Lorenzo. »Ich

reserviere Ihnen den besten Tisch im Haus. Und keine Sorge, Sie werden vollkommen ungestört sein. Keine Paparazzi.«

Sie lächelte. Die Fotografen verfolgten sie schon lange nicht mehr. Die interessierten sich nur für die Jungen und Schönen und die, für deren Fotos man ordentlich abkassieren könnte.

Ruby bedankte sich bei Lorenzo, der rasch in sein Café zurückging.

Ruby seufzte. *Ach, Niccolò. Wärst du doch nur hier.* Es war albern, aber für sie war das hier *ihr* Café. Sie konnte sich noch gut daran erinnern, wie sie es Patricia damals ausführlich bis ins kleinste Detail beschrieben hatte. Und wie sie es danach nie wieder auch nur mit einem Wort erwähnt hatte.

Ruby stand vor dem leeren Laden und legte gedankenverloren den Finger ans Kinn. Vielleicht hatten ihre Erinnerungen sie aus gutem Grund hierhergelockt.

Ganz ohne Eile spazierte sie zurück zur Villa, während in ihrem Kopf eine Idee langsam Form annahm.

KAPITEL FÜNFZEHN
COMER SEE, 1952

Ruby saß unter der rosenüberwucherten Pergola, lehnte sich schlaftrunken gegen Niccolò und legte beide Hände um den Cappuccino, den er ihr eben gemacht hatte. Es war noch früh am Morgen, sie war ein bisschen verkatert vom Wein und dem Limoncello, und die Füße taten ihr weh vom Tanzen, aber sie war überglücklich, mit ihm zusammen hier zu sein.

Am Abend zuvor waren sie in Varenna gewesen und hatten Ferragosto gefeiert. Sie hatten gegessen, getanzt und das Feuerwerk über dem See bestaunt. Ruby wusste nicht, wann sie sich schon einmal derart amüsiert hatte. Die Feierlichkeiten erinnerten sie an den vierten Juli in den Staaten, und als sie Niccolò das sagte, lachte er nur und sagte, den Leuten sei doch jede Ausrede recht für ein bisschen Feuerwerk, Musik und Tanz.

»Nach der Messe sprechen wir mit dem Priester«, sagte Niccolò. »Er ist noch jung und wird uns bestimmt helfen. Varenna gehört zum Erzbistum Mailand, die nehmen es mit dem Papierkram nicht so genau. Du hast doch deinen Pass dabei?«

»Habe ich.« Als Ruby damals auf der Ranch zur Welt gekommen war, hatte sie lange keine offizielle Geburtsurkunde gehabt. Ihre Tante Vivienne hatte ihrem Agenten Joseph Applebaum verklickert, sie sei schon achtzehn. Als sie dann die Rolle in *Ein Herz und eine Krone* bekommen hatte, hatte Joseph gesagt, sie brauche unbedingt einen Reisepass, und dabei angedeutet, es würde die Sache sehr vereinfachen, wenn sie volljährig wäre. Ihre Eltern hatten daraufhin umgehend eine Geburtsurkunde beantragt und ein entsprechendes Geburtsjahr zu ihrem Geburtsdatum angeben müssen. Und mit dieser Geburtsurkunde hatten sie dann anschließend ihren Pass beantragt. Diesem Dokument zufolge war sie achtzehn und konnte somit rechtsgültige Verträge unterzeichnen, ein Bankkonto eröffnen, eine Wohnung mieten – und heiraten.

Ruby schaute zu Niccolò auf. »Meinst du, wir können hier wirklich einfach so heiraten?«

»Uns fällt schon was ein«, entgegnete Niccolò und gab ihr einen Kuss auf die Wange. »Eine kleine Trauung, nur wir beide. Damit wir tief in unserem Herzen wissen, dass wir auf ewig miteinander verbunden sind. Dann können wir es auch unseren Eltern sagen.«

»Was meinst du, wie deine Eltern das aufnehmen werden?« Ruby mochte Niccolòs Mutter, befürchtete aber, eine heimliche Hochzeit werde keine erfreuliche Überraschung sein. Und was ihre Eltern anging ... Daran wollte sie gerade gar nicht denken. Stirnrunzelnd trank sie noch ein Schlückchen Kaffee.

»Meine Eltern sind ganz hingerissen von dir. Die

werden sich ganz schrecklich für uns freuen. Mein älterer Bruder und meine ältere Schwester sind schon verheiratet, und meine Eltern lieben ihre Schwiegertochter und ihren Schwiegersohn wie ihre eigenen Kinder.«

Ruby dachte kurz darüber nach. »Ich weiß nicht, ob sie sich auch über eine Amerikanerin freuen werden, die ihren Sohn nach Hollywood entführen will.«

Niccolò stellte seine Kaffeetasse auf den Tisch und nahm sie in die Arme. »Ich will Schauspieler werden, um jeden Preis. Sie wissen das und haben sich damit abgefunden, und ich weiß, dass sie mich unterstützen werden, wenn ich nach Hollywood gehen will. Vor allem mit dir – der Frau, die ich liebe.«

Ruby musste ihm vertrauen. Ihr blieb keine andere Wahl. Was sie getan hatten, war wunderschön gewesen, aber sie wusste, dass es gegen alles ging, was ihre Eltern und die Kirche ihr beigebracht hatten. Niccolò strich ihr über den Rücken. »Machst du dir Sorgen wegen deiner Eltern?«

»Mein Vater hat andere Pläne für mich.« Sie wollte ehrlich zu ihm sein. »Meine Schwester hat einen Rancher geheiratet, dessen Land an unseres grenzt. Mein Vater will, dass ich wieder auf die Ranch zurückkomme, wenn ich mit dem Filmemachen fertig bin.« Sie seufzte tief. »Er will, dass ich den Sohn eines anderen Ranchers heirate.« Sie fasste Niccolò am Arm. »Aber das kann ich nicht. Das *werde* ich nicht.«

Niccolò sah sie ernst an. »Dann ist es umso wichtiger, dass wir heiraten.« Er nahm sie an die Hand und stand auf. »Komm, wir müssen uns für die Messe fertig machen.«

Ruby folgte ihm ins Haus. Sie fragte Niccolò nicht, wie die Messe ablaufen würde. Alles hier in Italien war neu und ungewohnt für sie. Hand in Hand spazierten sie zur Kirche. Ruby mochte das Gefühl, sich Niccolò so verbunden zu fühlen. Alles ringsum schien ihr hell und sonnig. Sie waren zusammen, und das war alles, was zählte. Sie tastete nach der zarten Silberkette, die Audrey ihr gegeben hatte, und dachte, wie viel Glück sie ihr doch gebracht hatte.

Gänseblümchen wuchsen auf den Stufen, die zur Kirche hinaufführten, und darüber ragte ein Glockenturm empor. Die hohen Holztüren der Chiesa di San Giorgio standen weit offen, und Ruby und Niccolò betraten andächtig das kühle, dunkle Heiligtum. Rubys Absätze klapperten auf den schwarzen Marmorfliesen, und mit ehrfürchtigem Staunen betrachtete sie die alten Heiligengemälde, die Wände und Säulen zierten.

»Die Kirche ist ungefähr tausend Jahre alt«, flüsterte Niccolò.

Ruby wusste nicht so recht, was sie tun sollte, und verstand kaum etwas von dem, was der Priester sagte, also machte sie Niccolò einfach alles nach.

Nach der Messe sprach Niccolò mit dem jungen Priester. Niccolò übersetzte für Ruby und fragte dann: »Du bist doch katholisch, oder? Sonst weiß ich nicht, ob er uns trauen kann. Und ein paar Dokumente brauchen wir auch noch.«

»Meine Familie ist katholisch«, sagte Ruby nickend.

Was auch mehr oder weniger stimmte. Die Familie ihrer Mutter, die Raines, stammten ursprünglich aus England, aber die Familie ihres Vaters, die Smiths, waren gläubige Katholiken aus Irland. Sie war getauft, und ihr Vater hielt die alten Traditionen hoch, aber sie wohnten meilenweit von der nächsten Kirche entfernt. Oft ging Ruby deshalb mit ihrer Mutter zu kleinen überkonfessionellen Gebetskreisen. Aber Ruby konnte es gar nicht schnell genug gehen mit dem Heiraten, also sagte sie nichts.

»Und wo bekomme ich die Dokumente her?«, fragte Niccolò.

Der junge Geistliche erklärte es ihm und gab ihm auch gleich noch die Adresse von jemandem, der das Ganze gegen ein kleines Entgelt angeblich beschleunigen und außerdem zwei Trauzeugen stellen konnte. Danach gingen beide aus der Kirche und marschierten schnurstracks zu dem Mann, den der Pfarrer ihnen empfohlen hatte. Der Mann sagte ihnen, wie hoch die zu entrichtende Spende war, damit er alles Erforderliche in die Wege leiten konnte.

»Bist du dir ganz sicher, dass das alles seine Richtigkeit hat?«, fragte Ruby auf dem Rückweg zur Villa. »Was, wenn der Mann uns die Dokumente, die wir brauchen, nicht beschaffen kann? Nun haben wir ihm das Geld schon gegeben.« Er hatte ihnen gesagt, sie sollten warten, bis er sich bei ihnen meldete.

»Meinen Onkel kennt hier jeder«, erklärte Niccolò. »Ich glaube nicht, dass er sich mit dem anlegen will.«

Ruby verstand nicht so recht, wie die Dinge hier

vonstattengingen. Sie wollte einfach nur ihren Niccolò heiraten. Nach ihrem »Fehltritt« war eine rasche Heirat geboten. Obwohl sie es gar nicht als Fehltritt oder gar Sünde, wie viele es nannten, empfand. Ihre Eltern waren mit ihren Töchtern sehr streng gewesen. In ihren Augen könnte sie das nur wiedergutmachen, indem sie Niccolò auf der Stelle heiratete.

Dabei glaubte sie gar nicht, sich versündigt zu haben. Ob das hieß, dass sie eine Heidin war? Aber auch das glaubte sie nicht. Nein, es fühlte sich eher an wie ein wunderbares Erwachen. Sie liebte Niccolò umso mehr, und sie konnte sich nicht vorstellen, je wieder ohne ihn zu sein. Und geheiratet, daran zweifelte sie keinen Augenblick, hätten sie ohnehin. Sie war erfüllt von einem einzigen Gefühl, und das war reine, pure Glückseligkeit.

»Was soll ich nur anziehen?«, fragte Ruby. Sie freute sich schon schrecklich auf die Trauung.

»Schau doch mal im Schrank meiner Tante«, sagte Niccolò. »Ihr müsstet ungefähr die gleiche Größe haben.«

In der Villa angekommen ging Niccolò mit ihr ins Zimmer seiner Tante, und zu Rubys großem Entzücken fanden sich dort ein blassrosa Kleid und ein cremefarbenes Spitzentuch. Sie zog beides an und glaubte fast, nie etwas Schöneres getragen zu haben.

Niccolò klopfte an die Tür. »Und, passt es?«

»Verschwinde«, rief Ruby lachend. »Es bringt Unglück, wenn du mein Kleid vorher siehst.« Sie wusste nicht mehr ganz genau, ob es das Kleid war oder die

Braut, aber sie wollte, dass es eine Überraschung für ihn blieb.

Am nächsten Morgen machte Ruby für Niccolò gerade ein echt amerikanisches Frühstück mit Spiegeleiern und dick gebuttertem Toast, als es an der Haustür klopfte.

Niccolò öffnete die Tür, und davor stand ein atemloser kleiner Junge, der ihnen ausrichtete, sie würden bald in der Kirche erwartet. »*Per il matrimonio*«, rief er noch, um dann schnell ins Dorf zurückzuflitzen.

»Jetzt wird es ernst.« Niccolò legte die Arme um Ruby.

Sie war so glücklich und aufgeregt, dass sie kaum das Frühstück herunterbekam, das sie so liebevoll zubereitet hatte, aber Niccolò verschlang alles, hungrig wie ein Wolf, und erklärte es anschließend zum besten Frühstück seines Lebens.

Danach ging Ruby ins Schlafzimmer, um sich umzuziehen. Sie schlüpfte in das rosa Kleid und drapierte sich das Spitzentuch über die Haare. Wie sie sich wünschte, ihre Familie könnte dabei sein. Aber es war besser so, sagte sie sich. Als sie fertig war, ging sie nach unten, wo Niccolò schon im Salon auf sie wartete. In seinem Anzug sah er so gut aus, dass ihr vor Glück fast die Tränen kamen.

»Und das ist für dich«, sagte er und griff nach einem Brautstrauß aus zarten weißen Rosenblüten und sattgrünem, glänzendem Farn. Die Blumen hatte er in ein weißes Taschentuch gewickelt. Er ging auf ein Knie und überreichte ihn ihr. »Ich habe leider keinen goldenen

Ring für dich, aber das sind die schönsten Rosen aus dem Garten. Von jetzt ab sollst du immer, wenn du weiße Rosen siehst, an diesen Tag denken.«

Ruby blinzelte die Tränen weg und nahm die Blumen. Mit geschlossenen Augen atmete sie tief den himmlisch süßen Duft ein. Sie wollte diesen Tag in ihrer Erinnerung verewigen.

Ruby hakte sich bei Niccolò unter, und gemeinsam gingen sie zur Kirche. Über ihnen zwitscherten goldene Pirole, und die Sonne schien ihnen warm ins Gesicht. Alle Vorzeichen schienen ihnen eine goldene Zukunft zu verheißen.

Als sie zur Chiesa di San Giorgio kamen, sah Ruby, dass der Mann, mit dem Niccolò gesprochen hatte, bereits da war und ein älteres Ehepaar als Trauzeugen mitgebracht hatte. Die Frau schien ganz aufgeregt und schüttelte nachdrücklich den Kopf.

»Was ist denn los?«, fragte Ruby.

»*Agosto*«, sagte Niccolò. »Sie glaubt, es bringt Unglück, im August zu heiraten.«

»Das ist ja lächerlich«, schnaubte Ruby, aber irgendwie machte die Frau ihr Angst.

Ihr Mann drückte Niccolò etwas in die Hand und bedeutete ihm, er solle es sich in die Tasche stecken.

Niccolò besah es sich und musste leise lachen. »Ein Stück von einem kaputten Werkzeug. Aber es ist aus Eisen, also bringt es Glück.«

»Hoffentlich kann das den Augustfluch abwenden«, meinte Ruby.

Der Priester winkte ihnen, zu ihm nach vorne zu

kommen. Ruby konnte kaum glauben, dass das alles wirklich geschah, und wünschte, sie könnte verstehen, was der Geistliche sagte. So lauschte sie einfach nur der wunderbaren romantischen Melodie der italienischen Formeln. Hin und wieder verstand sie ein wenig von dem, worüber der Priester redete, und auch der Ernst seiner Worte entging ihr nicht.

Ganz besonders musste sie daran denken, dass dieses Versprechen, das sie sich geben wollten, auf immer und ewig galt, bis in den Tod.

Als der Priester schließlich nach dem Ring winkte, wurde Niccolò rot und schüttelte nur den Kopf. Ruby sah, wie peinlich ihm das war, und flüsterte: »Mach mir die Halskette auf.«

»Warum?«

»Du wirst schon sehen«, wisperte sie lächelnd. »Und nimm deine auch ab.«

Niccolò tat, wie ihm geheißen. Mit zitternden Händen teilte Ruby das Herz. Dann nahm sie die dünne Silberkette, die er trug, und fädelte eine Hälfte des Herzes darauf. Dann legte sie ihm die Kette um, und er tat es ihr gleich. Nun trugen sie beide je ein halbes Herz, von einem kleinen Rubin gekrönt.

»*Ti amerò per sempre.*« Niccolò küsste ihre Hand. »Ich werde dich immer lieben, *amore mio.*« Mit dem Finger hob er ihr Kinn und küsste sie so zärtlich, dass ihr die Tränen kamen.

»Und ich werde dich immer lieben«, erwiderte sie leise.

Der Priester erklärte sie zu rechtmäßig getrauten

Eheleuten und gab ihnen den Segen, und Ruby kam es vor, als hätte Niccolòs Liebe, und ihre Liebe zu ihm, sie vollkommen verändert. Was sie füreinander empfanden, war rar und kostbar, und Ruby war sich sicher, sie würden diese Liebe jeden Tag ihres Lebens feiern.

»Ich kann gar nicht glauben, dass wir jetzt wirklich verheiratet sind«, rief Ruby, als sie die Kirche verließen.

»*Evviva gli sposi*«, rief das ältere Paar, das ihre Trauung bezeugt hatte.

Ruby und Niccolò drehten sich um und winkten ihnen fröhlich zu.

Nach der Trauung hatten Ruby und Niccolò einen Bärenhunger. Noch im Hochzeitsstaat bestiegen sie die Fähre nach Bellagio, um dort in einem von Niccolòs Lieblingsrestaurants zu essen. Dort angekommen schlenderten sie Arm in Arm zu dem kleinen Café. Als die anderen Gäste mitbekamen, dass Ruby und Niccolò frisch verheiratet waren, scharten sie sich jubelnd um sie, um sie zu beglückwünschen und ihnen Champagner zu spendieren und ihnen das Essen zu bezahlen. Aus Fremden wurden rasch Freunde, und Ruby nahm sich vor, sich jedes der fröhlichen Gesichter für ihr Erinnerungsalbum zu merken.

Und obwohl sie ihre Hochzeit ohne die Familie feiern mussten, war sie für Ruby doch alles, was sie sich je erträumt hatte. Und sie schwor sich, diesen Tag auf immer in Erinnerung zu behalten.

Doch als sie so dasaßen und sich küssten und auf ihre gemeinsame Zukunft anstießen, musste Ruby sich insgeheim fragen, was ihre Eltern wohl zu den großen

Neuigkeiten sagen würden. Ob sie sich genauso mit ihnen freuen würden wie die wildfremden Menschen hier? Ob sie die Liebe sehen würden, die sie füreinander im Herzen trugen – oder nur das, was ihrer Verbindung entgegenstand?

KAPITEL SECHZEHN
Comer See, 2010

Ariana drehte das Gesicht in die Sonne und spürte die wohlig warmen Strahlen auf den Wangen, während Alessandro die Jacht über den See steuerte. Es war so ein herrlich sonniger Tag, und als Alessandro vorgeschlagen hatte, eine kleine Spritztour übers Wasser zu machen, hatte sie sich gedacht: *Warum eigentlich nicht?*

Schließlich hatte sie Urlaub. Den verbrachte sie nun zwar unvorhergesehen ohne den eigentlich vorgesehenen Ehemann, aber das hieß ja nicht, dass sie sich nicht ein bisschen amüsieren konnte.

Wie hatte ihre Tante heute Morgen noch zu ihr gesagt: *Du kannst in deinem Zimmer hocken bleiben und heulen, oder du lebst dein Leben und hast ein bisschen Spaß dabei.* Und dann hatte Ruby, Arianas lautstarkem Protest zum Trotz, kurzerhand die Vorhänge aufgerissen und die Morgensonne hereingelassen.

Alessandro war dann kurz nach Mittag vorbeigekommen. Da hatte sie gerade ein reichhaltiges Mittagessen verspeist, zubereitet von der wunderbaren, lilahaarigen Livia, die eine ausgezeichnete Köchin war und standhaft auf ihrer Meinung beharrte, Ariana sei viel zu dünn.

Hier am Comer See ging es Ariana inzwischen besser als seit Langem zu Hause.

»Hast du schon mal von der Villa d'Este in Cernobbio gehört?« Alessandro ging vom Gas und steuerte die alte hölzerne Jacht auf einen Anleger zu.

»Ich habe mal was darüber im Fernsehen gesehen.« Ariana strich mit der Hand über das restaurierte Holz, das in der Sonne glänzte. »Was für ein schönes Boot.« Es gab noch eine weitere gepolsterte Sitzreihe sowie einen Bereich zum Sonnenbaden.

»Wir nennen sie hier Jachten«, erklärte Alessandro lächelnd. »Diese hier ist beinahe sechzig Jahre alt. Sie zu restaurieren hat mir geholfen, nicht verrückt zu werden, als Serafina gestorben ist.« Er sah sie an. »Fährst du oft mit deiner Tante in Urlaub?«

Ariana brauchte einen Moment, bis sie darauf antwortete. »Früher schon. Das letzte Mal ist schon eine ganze Weile her.« *Vier Jahre, genauer gesagt, seit ich überhaupt irgendwie ein bisschen Urlaub gemacht habe.* »Ich war mit meiner Tante in London, zur Verleihung eines Ehrenpreises für ihr Lebenswerk.« Sie lachte. »Sie hat ihnen gesagt, sie sei noch lange nicht fertig, und hat auf offener Bühne die Telefonnummer ihres Agenten durchgegeben.«

»Und, hat es funktioniert?«

Ariana gluckste leise. »Das hat ihr die letzte Filmrolle beschert. Und dafür hat sie auch gleich wieder eine Auszeichnung gewonnen.«

»Vielleicht fühlt sie sich noch zu jung für den Ruhestand.«

»Ruby liebt ihre Arbeit. Aber sie liebt auch das Leben.« Sie näherten sich jetzt dem Ufer, und Ariana hörte Gelächter von den Restaurantterrassen und einem Schwimmbad, das bis in den See hineinreichte.

Alessandro legte den Kopf schief. »So machen es die Italiener. Meine Arbeit ist mir wichtig, aber meine Familie ist mir noch viel wichtiger.«

Ariana wurde ganz still, während sie darüber nachdachte. Ruby hatte so oft vorgeschlagen, sie solle sie zu irgendwelchen Veranstaltungen begleiten, aber Ariana hatte sich nur selten einmal einen Tag freinehmen können. Phillip hatte erwartet, dass sie sich nach der Hochzeit mehr Zeit für ihn nahm, was sie als Zumutung abgetan hatte. Sie bereute es zwar nicht, ihn vor dem Altar stehen gelassen zu haben, aber vielleicht fraß ihr aufreibender Job wirklich viel zu viel von ihrer wertvollen Lebenszeit. Fast wie bei ihrer Mutter.

Ariana sah Alessandro an. »Du bist neulich aus der Fabrik weg, um deine Kinder abzuholen.«

»Das mache ich jeden Tag«, entgegnete er lächelnd. »Ich finde es wunderbar, sie aus der Schule abzuholen und mir erzählen zu lassen, was sie alles erlebt haben. Wir drei lieben diese gemeinsame Zeit.«

»Hast du ein Au-pair oder so was?«

Alessandro schüttelte den Kopf. »Ich möchte so viel mit ihnen zusammen sein wie irgend möglich. Die Zeit vergeht so schnell. Fast kommt es mir vor, als wären sie gestern noch Babys gewesen.«

Ariana musste an eine sehr erfolgreiche Managerin denken, mit der sie des Öfteren zusammenarbeitete und die ein Au-pair-Mädchen hatte, das die Kinder von der Schule abholte, für sie kochte, sie badete und ins Bett brachte. Mit ein bisschen Glück war sie abends früh genug zu Hause, um ihren Kindern vor dem Gutenachtkuss noch eine Geschichte vorzulesen. Oft hatte sie dieses Glück allerdings nicht. Blieben nur die Wochenenden. Oder der Sonntag vielmehr, denn auch samstags musste sie oft ins Büro. Oder ins Fitnessstudio. Oder zum Friseur.

Allein der Gedanke war ermüdend.

Andere Frauen in ihrem Bekanntenkreis taten, was auch ihre Mutter getan hatte, und verschifften die Kinder, sobald sie groß genug waren, in Internate und Sommercamps. Ein bisschen wie ein Arbeitsprojekt outzusourcen, dachte Ariana.

Das wollte sie nicht.

Sie umklammerte die Knie mit den Händen. Heute trug sie eins der bunt bedruckten Sommerkleider, die Ruby ihr gekauft hatte. Sie waren weit genug, dass ein kleines Bäuchlein darunter nicht auffiel.

»Ich bin gerne kreativ und produktiv«, sagte sie. »Aber so langsam muss ich mich fragen, ob das wirklich das Leben ist, das ich leben will.«

»Raus aus dem Hamsterrad?«

»Vielleicht nicht von jetzt auf gleich. Eine feste Stelle bietet auch eine enorme Sicherheit.« Und die brauchte sie für ihr Kind.

»Ach, tatsächlich?« Alessandro manövrierte die Jacht

an den Anleger. »Hast du nicht genug Talent, um deinen eigenen Weg zu gehen?«

Ariana verzog das Gesicht. »Autsch, das hat gesessen. Willst du mein Talent infrage stellen oder mein Selbstbewusstsein?«

»Das sollte ein Kompliment sein«, entgegnete er und vertäute das Boot. »Du bist klug und talentiert. Viele Menschen würden gutes Geld für deine Kreationen bezahlen.«

Jeden Gedanken daran hatte Ariana sich in den letzten Jahren streng verboten. Während des Modestudiums in Los Angeles hatte sie immer davon geträumt, eines Tages eine eigene Modelinie zu entwerfen. *Klein und exklusiv.* Sie wollte kein Imperium aufbauen wie Ralph Lauren oder Giorgio Armani. Halbjährliche Kollektionen mit Modenschauen und Heerscharen von Angestellten würden ihr nur Kopf- und Bauchschmerzen bereiten. Aber das Ganze in klein war genau das, wovon sie immer schon geträumt hatte.

»Vielleicht könnte ich eine eigene Modelinie herausbringen oder eine kleine Boutique eröffnen«, überlegte sie laut.

»Bestimmt.« Alessandro reichte ihr die Hand, um ihr aus dem Boot zu helfen.

Sie zögerte nur kurz, dann nahm sie seine Hand. Er hielt sie, fest und verlässlich und irgendwie sehr angenehm. Nicht wie die Männer, die einen regelrecht vom Sitz zerrten, oder die, deren Handschlag sich anfühlte wie ein toter Fisch. Auf solche Typen konnte sie getrost verzichten.

Nicht, dass sie überhaupt einen Mann suchte, auf den sie sich verlassen konnte. Ihre Mutter hatte ihr den Gedanken an Unabhängigkeit praktisch mit der Muttermilch eingeflößt. Ihr war ja auch nichts anderes übriggeblieben, wie Ariana zugeben musste. Ihren Vater hatte sie zuletzt als kleines Mädchen gesehen.

Einmal hatte Ariana aus Neugier im Internet herumgeschnüffelt und war dabei auf ein paar Fotos gestoßen, die ihn mit seiner neuen Familie zeigten. Es hatte so wehgetan, dass sie die Fotos schnell wieder weggeklickt hatte. Wer weiß, vielleicht würde sie eines Tages ihre Halbgeschwister kennenlernen. Wenn die überhaupt wussten, dass es sie gab.

Alessandros dunkle Haare wehten im Wind, und die Sonne hatte seine Wangen gerötet. Er sah gut aus, gesund und fit, als verbringe er viel Zeit draußen. Das gefiel ihr. Wobei es natürlich vollkommen nebensächlich war.

»Und hier siehst du die grandiose Villa d'Este«, verkündete Alessandro. Er ließ ihre Hand los und wies auf eine weitläufige schneeweiße Villa am See mit dezenten beigen Akzenten. Auf langen Balkonreihen mit apricotfarbenen Marquisen sonnten sich Menschen. Auf der einen Seite erstreckte sich ein großer Pool bis zum Ufer, als führte er geradewegs in den See hinein.

Staunend, fast ehrfürchtig betrachtete Ariana das Hotel und die gepflegten Anlagen ringsum. »Das Hotel ist einer unserer besten Kunden«, sagte Alessandro. »Ich komme gelegentlich her, wenn ich mal kurz durchatmen will.«

Ariana ging neben ihm her, während sie gemächlich durch die parkähnliche Anlage spazierten.

»Die Villa d'Este ist eine der schönsten historischen Villen am See«, erzählte Alessandro. »Bekannt ist sie vor allem für ihre traumhaften Gärten und die opulente Ausstattung, ebenso wie für den tadellosen Service. Hierherzukommen, ohne sich die Villa d'Este anzusehen, ist schlicht unmöglich.«

»Es ist wirklich wunderschön«, sagte Ariana leise. Der Weg lag im Schatten unzähliger Bäume, Springbrunnen sprudelten, und wo man auch hinschaute, blühten Blumen.

»Interessierst du dich für Geschichte?«, fragte Alessandro.

»Ja, sehr«, antwortete sie.

»Die Villa d'Este geht zurück auf das Jahr 1568«, erzählte Alessandro. »Pellegrino Pellegrini, seinerzeit ein berühmter Architekt, hatte sie als Sommerresidenz für den Kardinal von Como entworfen. Eigentlich hieß sie Villa Garrovo, nach dem Flüsschen, das hier in den See fließt. Im frühen 19. Jahrhundert wurde sie dann von Caroline von Brunswick, der Prinzessin von Wales, erworben. Und 1873 dann schließlich in ein Hotel umgewandelt. Es ist nur einen Teil des Jahres geöffnet und schließt im Winter.«

»Wird es im Winter sehr kalt?«

»Von den Alpen weht es manchmal recht kühl herunter, aber richtig kalt wird es nicht. Mir gefällt es, weil es dann so herrlich still hier ist.«

In der Ferne sah Ariana eine kleine Hochzeitsgesellschaft. Das Brautpaar hielt sich an den Händen, und die Braut trug ein schlichtes, wunderschön geschnittenes weißes Seidenkleid mit Spaghettiträgern, das bis auf den Boden fiel. Wenn man sich die beiden so ansah, wusste man gleich, dass sie einander liebten. Wann hatte sie Phillip das letzte Mal so angesehen? Sie wandte sich ab.

»Das Hotel wird auch sehr gerne für Hochzeitsfeiern gebucht«, sagte Alessandro.

»Wo habt ihr denn geheiratet?« Kaum hatte sie die Frage ausgesprochen, wünschte Ariana sich schon, sie wieder zurücknehmen zu können. »Es tut mir leid, ich wollte keine schmerzhaften Erinnerungen wecken.«

»Nein, tust du nicht. Das war einer der schönsten Tage meines Lebens.«

»Habt ihr euch hier kennengelernt?«

»Man könnte es fast glauben, oder?« Er schüttelte den Kopf. »Wir hatten viele gemeinsame Bekannte. Aber richtig kennengelernt haben wir uns erst beim Studium in Rom.« Ein Anflug von Wehmut mischte sich in sein Lächeln. »Es ist schon komisch, wenn man an den Tag zurückdenkt, an dem man einen bestimmten Menschen kennengelernt hat, ohne auch nur zu ahnen, was für eine wichtige Rolle er einmal in deinem Leben spielen wird. Und man selbst in seinem.«

Ariana hörte ihm gerne zu. »Du klingst wie ein Philosoph.«

Er grinste. »Ich habe Philosophie und Literatur studiert.«

»Und machst jetzt in Seide. Wie bringst du denn den Kaufmann mit dem Philosophen unter einen Hut?«

»Ganz einfach. Ich liebe, was ich tue«, antwortete er. »Wir beschäftigen Menschen. Und wir üben ein wunderschönes, altes und hoch angesehenes Handwerk aus. Wir produzieren die herrlichsten Stoffe, die von unseren Kunden geschätzt und in Ehren gehalten werden, oft über mehrere Generationen hinweg. Und jeden Tag darf ich diese wundersame Mischung aus Kunst und Handwerk, diese Freude und dieses Glück mit der ganzen Welt teilen.« Er hielt kurz inne. »Wie teilst du deine besondere Gabe mit der Welt?«

Ariana stutzte. »Darüber habe ich noch nie nachgedacht. Ich nehme an, wenn ich Kostüme für einen Kino- oder Fernsehfilm entwerfe, tragen sie zur Unterhaltung der Zuschauer bei.«

»Und macht dich das auch froh?«

»Früher schon«, entgegnete Ariana nachdenklich. »Aber mittlerweile habe ich einen ganz schrecklichen Chef, der ein derart toxisches Arbeitsumfeld geschaffen hat, dass ich schon allein beim Gedanken an die Arbeit Bauchschmerzen bekomme. Wäre die kreative Arbeit nicht, ich würde eingehen wie eine Primel.«

Besorgt schaute Alessandro sie an. »Ariana, entschuldige bitte, aber ich muss das jetzt einfach mal so sagen: Du musst da ganz dringend weg. Man sieht es dir an, deinen Augen, wie viel Kummer dir das macht. Bleib doch eine Weile hier bei deiner Tante. Überleg dir in Ruhe, wie sich dein Leben verändern soll. Glaub mir, es ist kürzer, als wir alle denken.«

Alessandro nahm ihre Hand und hielt sie fest, und unvermittelt überlief sie ein Schauer. Waren das bloß die Hormone, oder warum hatte er diese eigenartige Wirkung auf sie?

Aber Ariana zog die Hand nicht fort. »Du warst vermutlich nie in der misslichen Lage, einen erniedrigenden Job machen zu müssen, nur um deinen Lebensunterhalt zu verdienen.«

»Oh, da irrst du dich aber gewaltig«, widersprach Alessandro. »Nach der Uni habe ich als Unternehmensberater gearbeitet, in Rom und Mailand. Ständig war ich unterwegs. Meine Frau habe ich kaum noch gesehen. Sie war selbst auch berufstätig und hat sich außerdem um unser erstes Kind gekümmert.« Er schüttelte den Kopf. »Wir haben gutes Geld verdient, aber das war kein Leben.«

»Was hat dich wieder hierher zurückgebracht?«

»Das war, als mein Vater gestorben ist. Da standen Paolina und ich vor der Entscheidung, die Seidenfabrik entweder zu verkaufen oder einen Geschäftsführer einzustellen oder nach Hause zu kommen und die Leitung der Fabrik selbst zu übernehmen. Wir haben uns für Letzteres entschieden.«

»Hast du diese Entscheidung je bereut?«

»Ich wünschte, ich wäre schon viel früher zurückgekommen. Stressige, verschwendete Jahre waren das.« Er schüttelte den Kopf. »Ergreife die Gelegenheit, dein Leben zu verändern. Du bist eine bildschöne, kluge Frau, die das Leben leben sollte, das sie sich wünscht.«

Ariana wusste nicht, was sie darauf erwidern sollte. Er war so gerade heraus und klang so glühend. »Flirtest du gerade mit mir?«

»Flirten?« Er schien etwas konsterniert. »Ich sehe deine schöne Seele und die Traurigkeit in deinen Augen. Du musst deinem Herzen folgen und dein Leben leben. Echt und wahrhaftig.« Er hob ihre Hand an seine Lippen und küsste sie. »Und würde ich mit dir flirten, würde diese Frage sich erübrigen.«

»Wow.« Ariana lachte leise. Ihr fehlten die Worte. Noch nie hatte sie einen Mann wie Alessandro kennengelernt.

Vor einem Garten mit kunstvoll zurechtgestutzten Buchsbaumskulpturen blieb er stehen. Er trat einen Schritt auf Ariana zu und legte ihr einen Arm um die Schultern. »Entspann dich. Ich erwarte nichts von dir. Ich will nur, dass dein gebrochenes Herz wieder heilen darf.« Lächelnd sah er sie an. »Ich weiß, wie das ist.«

Ariana schluckte schwer, um nicht laut aufzuschluchzen. War sie wirklich so ein offenes Buch? Sie schüttelte den Kopf. »Phillip – mein Verlobter – hat mir nicht das Herz gebrochen. Ich habe es mir selbst gebrochen. Seit ich hier bin, ist mir aufgegangen, dass ich von ihm erwartet habe, jemand zu sein, der er nicht ist. Nicht sein kann.« Sie legte den Kopf schief. »Von Ruby habe ich mal ein Sprichwort gehört. Es lautete ungefähr so: Versuche nie, einem Schwein das Singen beizubringen. Du verschwendest nur deine Zeit und verstimmst das arme Schwein.«

Alessandro warf den Kopf in den Nacken und lachte schallend. »Das ist lustig. Und sehr wahr.« Er lächelte und drückte sie kurz an sich, dann nahm er sie an der Hand.

Ariana spürte noch die Wärme seiner Arme. Seine Umarmung war tröstlich gewesen – und hatte so gar nichts Anzügliches gehabt. Und doch hatte ihr Körper darauf reagiert, als hätte sie mitten in der Wüste einen sprudelnden Quell entdeckt.

Es mussten wirklich die Hormone sein.

Sie gingen weiter, durch duftende Gärten voller Rosen und Lilien und Hortensien. Ariana ging Hand in Hand neben ihm her, als sei es das Natürlichste der Welt. So kurz sie sich erst kannten, so wohl fühlte sie sich in seiner Gesellschaft.

Schließlich blieben sie stehen, um die Villa d'Este in ihrer ganzen Pracht zu bewundern.

»Wirklich beeindruckend«, sagte sie leise und meinte damit nicht nur Villa und Gärten, sondern auch den Mann an ihrer Seite.

Nach ihrem Spaziergang durch die Parkanlagen kamen sie schließlich zum Eingang des Luxushotels. Alessandro führte sie in die Lobby und begrüßte vertraute Gesichter mit einem Nicken.

Ariana sah sich derweil um und bestaunte die hohen Decken, den funkelnden Kronleuchter über ihrem Kopf, den blau-gelb gemusterten Teppich. Die großen Fenster eröffneten einen prachtvollen Ausblick auf den See und die Dörfer, die sich ringsum ans Ufer schmiegten. Es war überwältigend.

»Inmitten von so viel Schönheit leben und arbeiten zu dürfen muss ein großes Privileg sein«, seufzte sie. »Oder hast du dich inzwischen daran gewöhnt?«

»Überhaupt nicht«, entgegnete er. »Während meiner

Zeit als Unternehmensberater bin ich oft in Industrie- oder Gewerbegebieten gewesen, weil meine Kunden dort saßen. Erst da ist mir aufgegangen, was für ein Glückspilz ich doch bin, dass ich hier geboren wurde, und wie tief verwurzelt meine Liebe zur Schönheit der Natur und mein Wunsch, diese Kultur zu erhalten, eigentlich sind.« Er machte eine ausholende Geste, die alles ringsum einschloss. »Das ist mein Erbe, und ich möchte, dass meine Kinder es in Zukunft genauso genießen können wie ich heute und meine Vorfahren damals.« Er grinste sie an. »Wie wäre es jetzt mit dem versprochenen Kaffee?«

»Klingt gut«, entgegnete Ariana mit einem Lächeln.

Also führte Alessandro sie auf die Restaurantterrasse mit Blick über den See, und sie setzten sich an einen Tisch mit weißem Leinentischtuch, poliertem Silber und funkelndem Kristall. Am Geländer hingen Blumenkästen, die schier überquollen vor rosa Geranien und schneeweißem Steinkraut.

Ariana dachte bei sich, dass dies einer der romantischsten Orte war, die sie jemals gesehen hatte. Wobei das natürlich kein romantisches Date war. Es war bloß eine Verabredung auf einen Kaffee, weiter nichts.

Während sie an ihren kleinen Tässchen mit dem starken Espresso nippten, erkundigte Alessandro sich nach ihrer Familie, und Ariana erzählte von ihrer Mutter und Nana Pat. Natürlich ließ sie auch Ruby nicht unerwähnt und betonte, was für eine wichtige Rolle ihre Großtante immer schon in ihrem Leben gespielt hatte. Irgendwie sprudelte alles nur so aus ihr heraus, und sie ertappte sich dabei, wie sie vor ihm auch Gedanken ausbreitete, die sie sonst kaum laut aussprach. Oder sich auch bloß selbst eingestand.

»Jetzt habe ich die ganze Zeit geredet«, sagte sie schließlich, nachdem sie gerade eine längere Geschichte über ihre Tante Ruby zu Ende erzählt hatte.

»Ich höre dir gerne zu.« Er lächelte. »Du hast eine wunderschöne Stimme. Ein seltsamer amerikanischer Akzent, aber ...«

»Hey«, rief sie und gab ihm einen spielerischen Stups. »Nur, damit du's weißt, ich lerne ganz fleißig Italienisch. Das hatte ich früher mal in der Schule.«

»Um Italienisch zu lernen, müsstest du länger hierbleiben«, entgegnete er, ein Funkeln in den Augen.

Ariana stützte das Kinn in die Hand. »Vielleicht mache ich das ja tatsächlich«, überlegte sie. Die Idee erschien ihr, nicht zuletzt wegen seinem und Rubys beharrlichem Drängen – und der entspannten Schönheit der Gegend hier – immer reizvoller. »Andererseits ist das beinahe ein Ding der Unmöglichkeit.«

Alessandro beugte sich über den Tisch und nahm ihre Hände in seine. »Wenig ist wahrlich unmöglich. Womöglich hast du nur noch keinen Weg gefunden, es möglich zu machen.«

Sie sah tief in Alessandros goldgepunktete braungrüne Augen und musste einsehen, dass er damit nicht ganz unrecht hatte.

Was, wenn es eine Möglichkeit gäbe, von der sie noch nichts wusste?

Sie lächelte. »Flirtest du gerade wieder mit mir?«

Grinsend schüttelte er den Kopf. »Glaub mir, du wirst es merken.«

Ariana sah ihn mit hochgezogenen Augenbrauen an. »Ach ... *wirst*, nicht *würdest*?«

Nun war es an Alessandro zu lachen. »Ich glaube, du flirtest gerade mit mir.«

Ariana öffnete den Mund, um das vehement abzustreiten, nur um abermals einsehen zu müssen, dass er recht hatte. Die Röte stieg ihr in die Wangen, und sie blickte beschämt zu Boden.

»Und es gefällt mir«, grinste er.

Jetzt begannen sie beide zu lachen, und dann redeten sie noch eine ganze Weile, bis Alessandro irgendwann sagte, er müsste bald los. »Paolina hat die Kinder nach der Schule zum Musikunterricht gebracht, aber zum Abendessen möchte ich zu Hause sein. Und die *Bresa*, der nachmittägliche Wind aus dem Süden, frischt später bestimmt noch auf, und dann gibt's ordentlich Wellengang.«

»Verstehe«, sagte Ariana, der es gefiel, wie ernst er seine Vaterrolle nahm. Nach der Erfahrung mit ihrem Vater – und Phillips harschen Worten – erschien ihr das alles andere als selbstverständlich.

Hand in Hand gingen sie zurück zu Alessandros Jacht. Als sie kurz darauf auf die Villa Fiori zusteuerten, hielt Ariana das Gesicht in die kühlende Gischt und ließ die Haare im Wind flattern. Sie fühlte sich so federleicht wie schon lange nicht mehr.

Dass aus ihr und Alessandro mehr werden könnte, war ein reizvoller, wenn auch gänzlich unrealistischer

Gedanke. Sie war schwanger. Von Phillip. Und auch wenn ihr Ex-Verlobter nichts von ihrem gemeinsamen Kind wissen wollte, würde es nicht mehr lange dauern, bis es auf die Welt kam. Sie war nicht mehr die Jüngste. Wer weiß, das war womöglich ihre letzte Gelegenheit, Mutter zu werden. Und sie wollte keinen Fehler machen.

Ariana wusste sehr wohl, dass ihr aufreibende Zeiten bevorstanden. Sie konnte sich noch gut daran erinnern, wie sie ihrer Mutter damals, mit dreizehn, vorgeworfen hatte, ihren Vater vergrault und ihn ihr weggenommen zu haben. Nie würde sie den Ausdruck tiefer Kränkung im sonst so strengen Gesicht ihrer Mutter vergessen. Jetzt, wo die Familiengeschichte sich zu wiederholen drohte, bereute Ariana ihre harschen Worte.

Sie sah Alessandro von der Seite an. Er hatte ein so umwerfendes Profil, dass es ihr fast den Atem verschlug. Aber er führte sein eigenes Leben, hatte seine eigenen Verpflichtungen und sie ihre. Und selbst wenn es für sie einen Weg geben sollte hierzubleiben, brauchte er die Sorge um das Kind eines anderen Mannes ganz bestimmt so dringend wie ein Loch im Kopf.

Ariana lächelte schief und überlegte. Vielleicht könnten sie einander ja helfen, ihre gebrochenen Herzen bei gelegentlichen Plauderstündchen und einem Tässchen Kaffee zu heilen. Das mit der Schwangerschaft konnte sie ihm irgendwann später erzählen. Eigentlich ging ihn das ja auch gar nichts an. Sie könnten Freunde werden, aber mehr auch nicht.

Traurig, aber wahr.

KAPITEL SIEBZEHN
Rom, 1952

Filmstab und Besetzung waren mittlerweile aus den Ferragosto-Ferien zurückgekehrt. Ruby war erneut als Double für Audrey eingesetzt worden, damit Beleuchtung und Kamerawinkel eingestellt werden konnten, und verließ gerade das Set. Sie sah Audrey ganz in der Nähe sitzen und Karten spielen, während sie darauf wartete, aufgerufen zu werden. Ihre dunklen Augen blitzten vergnügt, als sie Ruby sah.

»Du hast so entzückend ausgesehen da oben, und ich bewundere deine Geduld«, sagte Audrey, die wieder wie ein Spiegelbild von Ruby aussah.

»Ich lerne so viel dazu«, entgegnete Ruby. »Es ist alles so aufregend.«

»Ich weiß ganz bestimmt, dass du eines Tages ein berühmter Star sein wirst«, erklärte Audrey entschieden und legte die Spielkarten beiseite. Sie griff nach ihrem Fächer, um sich in der brütenden Hitze ein wenig kühle Luft zuzufächeln. »Und, wie waren deine Ferien?«

Ruby hockte sich auf die Kante des Segeltuchstuhls neben ihr. »Wir waren am Comer See.«

»Wir?« Audrey senkte die Stimme zu einem Flüstern. »Du meinst, du und Niccolò?«

»Es war einfach himmlisch«, erklärte Ruby nickend. Wie gerne wollte sie Audrey anvertrauen, dass sie und Niccolò geheiratet hatten, aber sie hatte ihrem frisch angetrauten Ehemann versprochen, dass sie es zuerst seinen Eltern sagen würden.

Dieses Wochenende.

Niccolò hatte sich derweil bei Ruby in ihrem Pensionszimmerchen einquartiert und seiner Mutter gesagt, er übernachte bei einem Freund, der nicht weit vom Filmset wohnte.

Audreys Blick wanderte zu der Kette um Rubys Hals. »Die Kette«, rief sie erschrocken. »Ist sie kaputtgegangen?«

»Das Herz lässt sich teilen, weißt du noch?« Ruby berührte den silbernen Anhänger. Sie hatte die Kette unter ihrem Kostüm versteckt, aber sie musste wohl herausgerutscht sein. Sie lächelte. »Die andere Hälfte habe ich Niccolò gegeben.« Wie gerne hätte sie Audrey alles über ihre Hochzeit erzählt, aber das musste noch warten.

Audrey machte große Augen. »Er ist also doch dein Verehrer!«

»Ehrlich gesagt ist er viel mehr als nur mein Verehrer«, erwiderte Audrey, die der Versuchung, alles auszuplaudern, kaum noch widerstehen konnte.

Audrey fasst sie an den Schultern. »Du bist verlobt!«

Lachend zuckte Ruby mit den Schultern.

»Ich wusste, die Kette würde dir Glück bringen«, rief Audrey und umarmte sie überschwänglich.

»Du glaubst gar nicht, wie viel Glück sie mir gebracht hat«, entgegnete Ruby.

Audreys Augen blitzten vor Vergnügen. »Oh, jetzt sag nicht...«

»Ich darf nicht, noch nicht. Ich habe es Niccolò versprochen.«

»Ich will so bald als möglich alles bis ins kleinste Detail wissen«, sagte Audrey. »Und ich möchte zu eurer Hochzeit eingeladen werden.«

In dem Moment rief Mr Wyler nach Audrey, die rasch von dem Stuhl mit ihrem Namen auf der Lehne aufsprang und an ihren Platz flitzte.

Ruby blieb noch ein bisschen und sah den Hauptdarstellern zu, wie sie die Szene mehrmals durchgingen. Sie verfolgte ganz genau, wie Mr Wyler die Szene anlegte, wie die Schauspieler ihren Text sprachen und was der Regisseur zu ihnen sagte. Das Kinn in die Hand gestützt saß sie da und passte auf wie ein Schießhund.

Ihr Leben könnte besser gar nicht sein. Sie tat, was sie liebte, mit dem Mann, den sie vergötterte. Ruby kam sich vor wie die glücklichste Frau auf der ganzen weiten Welt.

Die Woche verging nur so im Flug, und Niccolò versprach seinen Eltern, am Freitagabend mit Ruby zum Abendessen zu kommen.

Am Freitag ging Niccolò nach Drehschluss mit Ruby zu ihrer *Pensione*. Er drückte ihre Hand ganz fest und sagte: »Ich kann es kaum erwarten, es meinen Eltern heute Abend zu sagen. Wie die sich freuen werden.«

Ruby lächelte nur. Aber tief in ihrem Herzen plagten sie schlimme Zweifel, und die dumpfe Angst beschlich sie, seine Eltern könnten von den großartigen Neuigkeiten womöglich nicht ganz so angetan sein, wie Niccolò glaubte.

Später am Abend saß Ruby dann im Haus seiner Eltern neben Niccolò am Tisch und hielt seine Hand fest umklammert.

»Niccolò, reichst du mir eben das Messer für die Petersilie?«, fragte Carolina, während sie die Gasflamme auf dem Herd herunterdrehte. Das süßliche Aroma gebratenen Knoblauchs hing schwer in der Luft.

Niccolò sprang auf, um ihr zu helfen. Er hatte auch schon Knoblauch geschnitten, und Ruby hatte *Parmigiano Reggiano* gerieben. »Bitte schön, Mamma.«

Carolina bereitete gerade die Artischocken für ihre *Carciofi alla Romana* und den Speck für die *Spaghetti alla Carbonara* vor. Rasch hackte sie eine Handvoll Petersilie.

Mit einem Blick auf Ruby lächelte Carolina und sagte: »Ich habe euch beide so gerne hier bei mir in der Küche. Du bist bei uns immer willkommen, Ruby.«

»Wie schön«, sagte Ruby. Sie mochte die Familie und wollte gern dazugehören. Carolina behandelte sie jetzt schon wie eine Tochter, verwöhnte sie und sagte ständig, sie solle mehr essen.

Niccolò flüsterte Ruby etwas zu und nahm ihre Hand. Er konnte ihr Geheimnis keinen Augenblick mehr für sich behalten. Eigentlich hatten sie es seinen

Eltern beim gemeinsamen Abendessen sagen wollen, aber Niccolò war zu aufgeregt, um noch so lange zu warten.

»Mamma, Papà, bitte setzt euch einen Moment zu uns«, sagte Niccolò und lächelte Ruby zu. »Wir haben großartige Neuigkeiten für euch.«

Carolina wischte sich die Hände ab und zog ihren Mann Dante auf den Stuhl neben ihrem. »Was denn, Niccolò?«

Rubys Herz schlug so heftig, dass sie einen Finger gegen die Schläfe presste, damit man die Vene dahinter nicht sah, die immer pochte, wenn sie aufgeregt war. Sie war so nervös, dass sie kaum Luft bekam.

Niccolò drückte ihre Hand und sah seine Eltern an. »Als Ruby und ich am Comer See waren, haben wir beschlossen, dass wir den Rest unseres Lebens miteinander verbringen wollen.«

Strahlend sah Carolina ihren Sohn an. »Ihr zwei wollt heiraten?«

Ruby entging nicht, dass Dante nicht ganz so begeistert schien. Mit der freien Hand nestelte sie unter dem Tisch nervös an ihrem Rock herum.

Ein eigentümliches Lächeln umspielte Niccolòs Mund. »Wir konnten nicht warten. Der Pfarrer in der Kirche von Varenna hat uns getraut.«

»So schnell?«, rief Carolina erschrocken und fasste sich, offensichtlich hin und her gerissen, an den Hals. »Ich freue mich für euch, wirklich, aber wir hätten hier eine so wunderschöne Trauung ausrichten können.«

»Sie *war* wunderschön, Mamma«, entgegnete Niccolò und stand auf, um seine Mutter zu umarmen. »Denkt euch nur, wie viel Geld wir gespart haben, was, Papà? Für Valerias Hochzeit. Ihr wisst ja, sie wünscht sich eine bombastische Feier.«

Dante nickte widerstrebend. »Dann habt ihr das also einfach so gemacht, ohne es eurer Familie vorher zu sagen.« Er schüttelte den Kopf. »Die jungen Leute heutzutage. Ich verstehe euch nicht.«

Seine Frau stieß ihn in die Seite. »Wir freuen uns für sie, Dante. Wir haben eine neue Tochter in der Familie.« Carolina breitete die Arme aus, um ihre Schwiegertochter zu umarmen.

Sie hatte Tränen in den Augen, und Ruby fiel ihr um den Hals. Niccolòs Vater trat dazu, umarmte sie aber nur flüchtig. Ruby spürte, wie enttäuscht er war, aber er schien sich damit abzufinden. Ob ihre Eltern ähnlich reagieren würden? Schon beim Gedanken daran wurde ihr ganz flau.

»Wir richten eine ganz große Feier für euch aus«, rief Carolina, und ihre Augen strahlten vor Begeisterung. »Und ich weiß auch schon eine perfekte Wohnung für euch zwei. Eine meiner Freundinnen zieht bald um. Aber bis dahin könnt ihr natürlich hierbleiben.«

»Warte«, sagte Niccolò und hob die Hand. »Das ist noch nicht alles.«

Ruby graute es vor dem, was er noch zu sagen hatte. Alle setzten sich wieder, und sie wickelte den Rocksaum um den Finger und wiegte sich ganz leicht vor und zurück.

Niccolò strahlte vor Aufregung. »Ich werde mit Ruby nach Hollywood gehen. Ihr Agent nimmt mich in seine Kartei auf.« Schwungvoll legte er den Arm um Ruby. »Das wird der Anfang unseres neuen Lebens in Amerika.«

Carolinas Miene wirkte erschüttert, und Dante nahm ihre Hand. »Das nenne ich aber eine Überraschung«, murmelte er wie betäubt. Man sah ihnen die Liebe zu ihrem Sohn und die Sorge um ihn an. »Aber du solltest doch ins Familiengeschäft einsteigen. Neue Künstler entdecken, gemeinsam mit Sammlern ihre Karriere fördern. Das liegt dir bestimmt.«

Die Enttäuschung breitete sich wie ein Schatten auf Niccolòs Gesicht aus. »Papà, ich weiß, dass du dir für mich etwas anderes vorgestellt hast, aber ich dachte, ihr freut euch für uns.«

»Italien ist dir also nicht mehr gut genug?«, zischte Dante leise mit zusammengebissenen Zähnen.

»Papà, bitte, versteh mich doch.«

Dante klopfte auf den Tisch. »Bleib in Rom, lebe ein gutes Leben. Zieh deine Kinder hier groß, im Kreis der Familie, mit Menschen, die du kennst und denen du vertraust. So machen wir das hier.«

Traurig sah Carolina Ruby an. »Niccolò ist unser Sohn. Ich würde eure Kinder lieben wie unsere eigenen und dir helfen, sie großzuziehen. Wir sind doch jetzt eine Familie.«

Ruby hörte Caroline an, wie sehr sie die Vorstellung schmerzte, ihren geliebten Sohn zu verlieren, und zwirbelte den Rock noch fester um die Finger. Es war genauso gekommen, wie sie es befürchtet hatte. »Ich kann nicht hierbleiben. In Texas gibt es eine schlimme Dürre, und wenn ich nicht gleich wieder an die Arbeit gehe, verliert meine Familie die Ranch. Das kann ich ihnen nicht antun.«

»Siehst du, Papà. Wir müssen gehen.«

»Wir wissen ja, was dann passiert«, knurrte Dante. »Die Leute gehen nach Amerika und kommen nicht wieder zurück. Wir werden dich nie wiedersehen. Willst du das? Willst du deiner Mutter solchen Kummer bereiten?«

»Ich will niemandem wehtun.« Niccolòs Stimme brach, als er das sagte. »Aber ihr habt mich immer ermutigt, meine Träume zu leben.«

»*Sì, a Roma, Italia*«, mahnte Dante mit erhobenem Zeigefinger. »Was willst du in Amerika? Es ist so weit weg, so groß. Das ist nichts für dich.«

»Ich will Schauspieler werden. Das Kunstgeschäft ist deins, und Valeria wäre eine wesentlich bessere Nachfolgerin als ich.«

»Valeria wird eine eigene Familie gründen«, knurrte Dante und schlug mit der Hand auf den Tisch. »Dein Großvater hat dieses Geschäft aufgebaut, er hat es an mich weitergegeben, und jetzt bist du an der Reihe. Du solltest mehr an deine Verpflichtungen denken.« Er machte eine abfällige Geste. »Aber wenn es unbedingt sein muss, das Cinecittà Studio ist gleich hier in Rom. Warum also nach Hollywood gehen?«

»Aber Ruby kann hier in Italien nicht arbeiten«, widersprach Niccolò zähneknirschend. »Sie spricht kaum Italienisch, sie muss zurück nach Hollywood. Und außerdem ist das unser gemeinsamer Traum.«

Carolina tupfte sich mit einem Schürzenzipfel die Augen. »Wenn es das ist, was du willst...« Sie zuckte mit den Achseln, auch wenn es ihr augenscheinlich das Herz brach.

»Nein, nein, nein.« Sein Vater ballte die Fäuste und wurde immer lauter. »Ich kenne meinen Sohn. Diese...« Dante unterbrach sich und blickte zwischen Niccolò und Ruby hin und her. »Diese Ehe ist ein Fehler. Du hast uns nicht einmal um Erlaubnis gebeten.«

So sehr Ruby sich auch bemühte, sie konnte die Tränen nicht mehr zurückhalten, die ihr über das Gesicht liefen. Sein Vater nahm die Nachricht noch schlimmer auf, als sie es befürchtet hatten.

Niccolò drehte sich zu ihr um und wollte ihr die Tränen von den Wangen wischen, aber sie schob ihn fort. Ihr Herz wusste, dass es das Richtige gewesen war zu heiraten, aber sie hatten seine Eltern vor den Kopf gestoßen. Sie liebten ihren Sohn und wollten nur sein Bestes. Das zu sehen machte ihr nur noch mehr Angst, wenn sie daran dachte, dass sie es ihren Eltern sagen musste. *Was haben wir nur getan?*

Niccolò breitete bittend die Hände aus. »Papà, ich bin ein erwachsener Mann. Ich kann doch tun und lassen, was ich will!«

»Ich werde nicht zulassen, dass du weitere Dummheiten begehst«, donnerte Dante und schlug mit der Faust auf den Tisch. »Wie wollt ihr denn in Amerika zurechtkommen? Du hast nicht einmal das Geld für die Überfahrt. Nein, du bleibst hier. Du hast deinen Spaß gehabt, jetzt brauche ich dich im Geschäft. Das ist mein letztes Wort.«

Niccolò reckte das Kinn und stand auf. »Ich tue, was ich will.«

»Du wirst diese Ehe annullieren lassen«, sagte sein Vater, außer sich. »Dieses Mädchen«, knurrte er und zeigte auf Ruby. »Wenn sie dich mit nach Amerika nehmen will, dann ist sie nicht die Richtige für dich. Sie hat nicht dein Bestes im Sinn. In Hollywood wirst du deine Familie vergessen. Du wirst vergessen, wer du eigentlich bist.«

»Das stimmt doch alles gar nicht«, rief Ruby verzweifelt. Zorn kochte in ihr hoch, und es kribbelte in Armen und Beinen. Sie konnte kaum glauben, was sie da gerade mitanhören musste. *Ihre Ehe annullieren?*

»*No, no, non lo farò*«, versicherte Niccolò ihr und legte den Arm um Ruby. »Das mache ich nicht.«

»*Mio dio.*« Seine Mutter fuhr sich mit der Hand über das Gesicht. »Ach, nein, nein, nein, nein …«

Niccolò murmelte ein paar Worte auf Italienisch, die Ruby nicht verstand. Sein Vater schon. Sekunden später schrien Niccolò und Dante sich wutentbrannt an. Und obwohl Ruby kein Wort verstand, konnte sie sich sehr wohl denken, worum es ging. Ihr wurde schlecht, so schuldig fühlte sie sich.

»*Quando è troppo è troppo*«, rief Carolina den Tränen nahe, um ihren Mann zu beruhigen, aber es nutzte alles nichts.

»*Finito*«, brüllte Dante und wies auf Ruby, das Gesicht vor Wut verzerrt. Er packte Niccolò an den Schultern. »Wenn du dich mir widersetzt, deiner Mutter das Herz brichst und deinen Verpflichtungen hier den Rücken kehrst, dann bist du erledigt. Besteige dieses Schiff, wenn du unbedingt willst, aber dann brauchst du dich hier nicht mehr blicken zu lassen.«

Je heftiger der Streit tobte, desto schwerer wurde Ruby das Herz. Es war ihre Schuld. Wäre sie Italienerin, wäre das alles nicht passiert. Sie hatte Niccolò und seine Eltern entzweit.

Mit tränenverschleiertem Blick sprang Ruby vom Tisch auf und rannte wie blind hinaus. Im Vorbeilaufen nahm sie noch rasch ihre Tasche, dann riss sie die Tür auf. Sie wollte nur noch fort von hier, fort von all dem Zwist und dem Unheil, das sie über Niccolò und seine Familie gebracht hatte.

An der Straßenecke stand ein Taxi, aus dem gerade ein Fahrgast stieg, und Ruby stürzte hin und stolperte in der einsetzenden Dämmerung über die Pflastersteine. Endlich am Taxi nannte sie dem Fahrer ihre Adresse und schlüpfte auf den Rücksitz, dann wischte sie sich die Tränen aus dem Gesicht. Gerade, als der Fahrer den Wagen startete, hörte sie jemanden rufen und drehte sich um.

»Ruby! Warte!« Wild mit beiden Händen winkend rannte Niccolò auf das Taxi zu.

»Nicht stehen bleiben«, sagte sie zum Fahrer und bedeutete ihm loszufahren. »*Andiamo, per favore, andiamo.*«

Beschämt, Niccolò so stehen zu lassen, und doch in

dem Wissen, dass es sein musste, vergrub Ruby das Gesicht in beiden Händen. Niccolòs Vater hatte sie zurückgewiesen, und er hatte Niccolò verboten, nach Amerika zu gehen. Wenn Niccolò nun mitkäme, würde sie seine Familie zerstören. Mit dieser Schuld konnte und wollte sie nicht leben.

Habe ich Niccolòs Leben bereits zerstört?, fragte sie sich, während das Taxi durch die römische Nacht raste. Schluchzend umklammerte sie das geteilte Silberherz um ihren Hals und fühlte, wie ihr eigenes Herz ebenso brach wie der Anhänger, den sie trug.

KAPITEL ACHTZEHN
Comer See, 2010

»Da wären wir.« Vor Lorenzos Café mit Blick über den See blieb Ruby stehen. Sie lächelte der jungen Dame am Empfang freundlich zu und sagte: »Würden Sie Lorenzo Pagani bitte sagen, dass Ruby Raines und ihre Nichte zum Essen da sind? Wir werden erwartet.«

Die Augen der jungen Frau wurden ganz groß. »Signora Raines, was für eine Freude! Ich sage ihm gleich Bescheid.« Sie drehte sich um und eilte davon.

Während sie warteten, musterte Ruby Ariana unauffällig. Gestern hatte ihre Nichte sich mit Alessandro zum Kaffeetrinken getroffen, und Ariana hatte ihr erzählt, dass sie mit Alessandros Jacht zur Villa d'Este gefahren waren. Ruby war das Blitzen in Arianas Augen und ihr beschwingter Schritt nicht entgangen.

Dafür konnte es nur einen Grund geben. *Alessandro.* Ruby grinste. Das wäre ein Mann für ihre Nichte, doch sie befürchtete, ihnen würde nicht genügend Zeit bleiben, um einander gut genug kennenzulernen. Aber sie wusste auch, dass die wahre Liebe einen so unverhofft treffen konnte wie ein Blitz aus heiterem Himmel.

»Ariana, Liebes, hast du in letzter Zeit irgendwas von deiner Mutter gehört?«, fragte Ruby unvermittelt.

»Sie weiß nicht einmal, dass ich die Hochzeit abgeblasen habe«, sagte Ariana leise.

Ariana tat ihrer Tante leid. Sie und ihre Mutter hatten noch nie ein besonders gutes Verhältnis gehabt. War ihre Familie zur ewigen Wiederholung ihrer eigenen Geschichte verdammt? »Ich würde mir wünschen, dass ihr beide euch wieder vertragt.«

»Wir haben uns ja nicht einmal gestritten«, wandte Ariana ein. »Mom ist so karrieregeil, dass sie für gar nichts Zeit hat. Weder für mich noch für sonst irgendwen.«

Ruby wollte schon einwenden, dass Ehrgeiz eigentlich herzlich wenig damit zu tun hatte und dass man sich Zeit nahm für das, was einem wirklich wichtig war. Aber das hätte die Sache nur noch schlimmer gemacht. Ruby fragte sich, ob Mari überhaupt fähig war, Liebe oder Zuneigung zu ihrer Tochter zu empfinden. Vielleicht fehlten ihr schlicht und ergreifend jegliche Muttergefühle. Was wäre schlimmer, fragte Ruby sich – eine Mutter, die man nie sah, weil sie keine Zeit hatte oder weil sie einen nicht lieben konnte?

Aber vielleicht hatte Maris Verhalten ja auch einen ganz anderen, viel tiefergehenden Grund. Womöglich litt sie unter unerträglichen Verlustängsten. Aber Ruby war weder Ärztin noch Therapeutin.

Ariana unterbrach ihre Gedankengänge und sagte: »Sieht aus, als seien alle Tische besetzt.«

Lorenzo winkte von der anderen Seite des Cafés und

wies auf einen Tisch mit weißem Tischtuch und einem kleinen »Reserviert«-Schild. Die Dame vom Empfang eilte zurück zu Ruby und Ariana. »Tut mir leid, dass Sie warten mussten. Wenn Sie bitte mitkommen möchten? Lorenzo ist gleich bei Ihnen.«

Sie folgten der Dame zu einem Tisch im Schatten eines roten Sonnenschirms, und Ariana fragte: »Woher kennst du eigentlich Lorenzo?«

Die Dame rückte ihr den Stuhl zurecht, und Ruby setzte sich. Lorenzo hatte ihnen den besten Tisch reserviert.

»Gestern bin ich auf dem Weg zur Post hier vorbeigekommen«, erklärte Ruby.

Sie erwähnte dabei nicht, dass sie ganz gezielt nach diesem Café gesucht hatte. Bei ihrem letzten Besuch in Bellagio mit der Reisegruppe war sie mit Matteo in mehreren Restaurants gewesen, aber keins davon war das, in dem sie und Niccolò an ihrem Hochzeitstag gegessen hatten. Nun sah sie sich um und stellte sich vor, wie das Café damals ausgesehen und wo sie gesessen hatten. *Was für ein wunderbarer Abend das gewesen war.*

Ariana griff nach der Speisekarte. »Neuerdings habe ich immer einen Bärenhunger.«

»Wundert mich nicht.« Lächelnd tätschelte Ruby Ariana die Hand. »Ich kann es kaum erwarten, das Kleine nach Strich und Faden zu verwöhnen.«

»Wie du mich damals als Kind verwöhnt hast?«

»Wie ich es immer noch tue, bei jeder sich bietenden Gelegenheit.« Ruby lachte. *Oh ja, diesem kleinen Wesen sollte es an nichts fehlen.* »Wenn ich dich doch nur noch viel mehr verwöhnen dürfte.«

Ariana verzog die Lippen zu einem schiefen Lächeln. »Mom hat mir wohl einen Anti-Verwöhn-Knopf ins Hirn gebohrt.«

Von der anderen Seite des Cafés bahnte Lorenzo sich langsam den Weg durch die mondäne Mittagsmeute auf der Terrasse. Auch heute trug er ein tadellos sitzendes Sakko zu einem weißen Hemd mit offenem Kragen, das seinen sportlichen, trainierten Körper betonte. Die sonnengebleichten Haare verrieten, dass Lorenzo seine Freizeit am liebsten an der frischen Luft verbrachte.

»Signora Raines«, rief Lorenzo mit einem breiten Lächeln. »Und das muss Ihre reizende Nichte sein«, sagte er und neigte den Kopf zur Begrüßung.

»Ja, das ist sie«, sagte Ruby. »Darf ich vorstellen: Ariana Ricci.«

Lorenzo nahm Arianas Hand und führte einen formvollendeten Handkuss aus, bei dem seine Lippen galant kurz vor der Hand verharrten, ohne sie zu berühren. Eins musste man Ariana lassen, sie schien nicht im Geringsten verdattert, auch wenn Ruby sich beim besten Willen nicht vorstellen konnte, dass irgendwer in Los Angeles ihr je einen Handkuss gegeben hatte. Einschließlich, und vor allem nicht, ihr nun gottlob ehemaliger Verlobter Phillip.

Ruby klappte die Speisekarte zu. »Was ist die Spezialität des Hauses, Lorenzo? Das Essen betreffend, meine ich«, fügte sie mit einem charmanten Lächeln hinzu. Sie merkte, dass Ariana sich bemühte, Lorenzo nicht anzustarren, aber anscheinend auch nicht wegcucken konnte, weil der Anblick doch zu reizvoll war.

Während Lorenzo also die Essensempfehlungen aufzählte, darunter *Trofie al pesto con gamberetti* – eins ihrer Lieblingsgerichte mit Pesto und Garnelen –, schweifte Rubys Blick nach nebenan zu dem leer stehenden Laden. Vor Jahren schon hatte Ariana mal davon gesprochen, wie gerne sie ein Atelier eröffnen würde. Ruby kam da so eine Idee. Womöglich könnte sie ihre Nichte ja doch zum Bleiben bewegen.

Sie gaben ihre Bestellung auf, und als Lorenzo dann wieder gegangen war, stützte Ruby das Kinn in die Hand. »Schau dir nur mal dieses entzückende kleine Ladenlokal an. Und so ein schöner Blick auf den See. Wer da einzieht, kann sich glücklich schätzen.«

Ariana drehte sich um und besah sich den Laden. »Eine wirklich wunderschöne Lage.«

»Was für ein Geschäft da wohl hinpassen würde, frage ich mich?«

»Überlegst du etwa, einen Laden zu eröffnen, Tante Ruby?«

Ruby lachte. »Nein, eigentlich nicht, aber ich sehe dort durchaus Potenzial. Man muss sich nur mal anschauen, was hier los ist. Eine vorzügliche Lage, findest du nicht auch?« Ihr Blick ging über die Straße. »Und jede Menge Laufkundschaft.«

»Du bist längst durchschaut.«

Ruby legte die Hand aufs Herz. »Wie das?«

»Du glaubst, du könntest mich mit deiner Idee ködern.«

»Was für ein wunderbarer Gedanke.« Ruby lächelte. Wenigstens hatte sie Ariana damit nicht verärgert. Nein, sie schien sogar tatsächlich darüber nachzudenken.

Ariana schaute sich um. »Alessandro hat mir gestern eine Rolle von seinem himmlischen Seidenstoff gebracht. Ein helles Mintgrün, ganz zart mit Farnen und Blumen bedruckt. Er fand, der Stoff bringe meine Augen besonders gut zur Geltung. Ich überlege, mir daraus ein Kleid oder eine Bluse zu nähen. Wobei ich es, was immer es auch wird, wohl nicht lange werde tragen können. Aus den bekannten Gründen.«

»Du wirst nicht ewig schwanger sein«, erwiderte Ruby. »Oder du nähst dir etwas, das du die nächsten paar Monate noch tragen und hinterher ein bisschen umändern kannst, damit es dir wieder passt.«

»Das könnte gehen.«

Lorenzo kam mit zwei Gläsern Champagner zurück an ihren Tisch. »Willkommen in Bellagio, und ich hoffe sehr, es wird Ihnen gefallen in der Villa Fiori.«

Ruby hob huldvoll dankend das Glas. »Sie müssen uns unbedingt bald besuchen kommen.«

Lorenzos Blick blieb an Ariana hängen. »Mit dem allergrößten Vergnügen, *grazie*.« Er plauderte noch ein paar Minuten mit ihnen, dann ging er weiter zum Nebentisch.

Sobald Lorenzo außer Hörweite war, beugte Ruby sich über den Tisch zu Ariana hinüber. »Ich glaube, du hast einen neuen Verehrer.«

»Vielleicht liegt das an den Hormonen«, meinte

Ariana spöttisch. »Die ziehen Männer an wie klebrige Fliegenbänder.«

»Ganz nett, die freie Auswahl zu haben, oder?«

»Tante Ruby, ich habe überhaupt keine Auswahl mehr. Wie sollte ich denn meine gegenwärtigen Umstände erklären?«

Ruby zuckte die Achseln. »Wenn ein Mann dich wirklich liebt, ist das kein Hindernis. Verschließe nicht die Augen vor dem, was das Leben dir bietet.«

»Ich muss bald zurück nach Los Angeles. Ich muss wieder an die Arbeit.«

Ruby trommelte mit den Fingern auf dem Tisch herum. »Könntest du doch bloß etwas anderes machen. Kingsley wird dich sicher nicht vermissen.«

Arianas Blick huschte zu dem leeren Laden nebenan. »Auf gar keinen Fall kann ich in diesem Zustand ein eigenes Unternehmen aufziehen.«

»Ach, du bist noch jung und voller Energie«, winkte Ruby ab.

»Ich wüsste gar nicht, wie ich das anstellen soll.«

»Du hattest immer schon eine blühende Fantasie. Ich glaube, dir würde bestimmt was einfallen.« Ruby schaute hinaus zu der Fähre, die über den glitzernden See schipperte. »Du wirst dich noch wundern, was du während deiner Schwangerschaft alles schaffst. An deiner Motivation dürfte es jedenfalls nicht scheitern.«

Ariana guckte sie fragend an, dann ging ihr Blick wieder zu dem leeren Ladenlokal. »Seidentücher vielleicht mit Muster, Einzelstücke, ein paar ganz schlichte Entwürfe. Lässige Wickelkleider aus feinster Seide.«

Sie zog die Mundwinkel leicht nach oben. »Marlenehosen, Neckholdertops, Hängerchen. Luxus, der Spaß macht.«

Ruby nickte lächelnd. »Spannende Ideen.«

»Ach, Tante Ruby. Führst du das die ganze Zeit schon im Schilde?«

»Nein, gar nicht«, antwortete Ruby lachend. »Vielleicht ist es Schicksal.«

»Und du glaubst an Schicksal?«

Ruby schaute über den See zum Glockenturm von Varenna. »So verrückt sich das vielleicht anhören mag, das tue ich.«

Nachdem sie gegessen hatten – und Ruby beide Gläser Champagner, die Lorenzo ihnen an den Tisch gebracht hatte, ausgetrunken hatte –, winkte sie ihm. Sofort eilte er zu ihnen, und Ruby fragte: »Lorenzo, mein Lieber, wissen Sie zufälligerweise etwas über diesen süßen kleinen leer stehenden Laden hier nebenan?«

»Da haben Sie Glück. Der Eigentümer sitzt gleich da drüben.« Lorenzo gab sich glaubhaft überrascht. »Soll ich ihn eben herbitten?«

»Was für ein Zufall, stell sich das mal einer vor!«, rief Ruby begeistert. »Wir würden ihn liebend gerne sprechen und uns den Laden anschauen.«

Während Lorenzo also zu einem der anderen Tische ging, wandte sich Ariana an ihre Tante. »Echt jetzt? Willst du mir allen Ernstes erzählen, das alles sei reiner Zufall gewesen?«

Ruby zwinkerte verschwörerisch. »Und wie. Ich glaube schon lange an Synchronizität.«

Mit einem Mann im Schlepptau, den er als Cesare Catti vorstellte, kam Lorenzo zurück an ihren Tisch. Ruby bat ihn, sich zu ihnen zu setzen, und erkundigte sich dann nach dem freien Ladenlokal.

»Möchten Sie es sich anschauen?«, fragte Cesare.

»Ja, sehr gerne.« Ruby strahlte Ariana fröhlich an. »Nein, so ein Zufall.«

Also gingen sie gemeinsam nach nebenan zu dem leeren Laden. Cesare schloss ihnen die Tür auf.

»Zuletzt war hier eine Modeboutique«, erklärte er. »Die lief sehr gut, bis der Inhaber das Geschäft an jemand anderen übergeben hat.« Er schüttelte sich. »Die neue Inhaberin hatte überhaupt keinen Sinn für Mode und musste binnen eines halben Jahres schließen.«

»Ich glaube nicht, dass das ein Problem für Ariana wäre«, sagte Ruby nachdrücklich. Sie sah zu, wie ihre Nichte den kleinen Laden abging, sich die Umkleiden anschaute, die Spiegel, die Regale und die Einrichtung.

Während Ariana den Vermieter mit Fragen löcherte, schaute Ruby versonnen zum Fenster hinaus. Fährschiffe und Boote kreuzten den See. Es war ein fröhlicher Anblick, und die Menschen schienen den herrlich sonnigen Tag zu genießen. In der Ferne ragte der Kirchturm von Varenna in den blauen Himmel, und Ruby wurde wieder an den schönsten Tag ihres Lebens erinnert.

Immer, wenn sie die Augen schloss, sah sie Niccolòs Gesicht vor sich und in seinen blauen Augen seine ganze Liebe zu ihr. Sie roch die weißen Rosen, aus denen er ihr im Garten einen Brautstrauß gepflückt hatte, und sie spürte das blassrosa Seidenkleid auf der Haut.

Ruby legte eine Hand aufs Herz, und plötzlich waren die Gefühle von damals wieder da. Die Liebe, die sie füreinander empfunden hatten, war nie vergangen. Und kein anderer Mann hatte es je mit Niccolò aufnehmen können. War das die glückselige Vollkommenheit der ersten großen Liebe, oder hatte sie sich erst im Laufe all der vielen Jahre in ihrer Erinnerung vervollkommnet?

Die Hochzeit war wie ein einziger süßer Traum gewesen. Ruby mochte jung und naiv gewesen sein, aber sie hatte sich unsterblich verliebt. Dieser ganze Sommer in Italien lebte in ihrer Erinnerung wie in einer Kristallkugel konserviert.

Ariana trat zu Ruby und riss sie aus ihren Gedanken. »Das könnte ein wirklich bezaubernder kleiner Laden werden«, überlegte Ariana laut. »Und die Lage könnte man sich besser gar nicht wünschen. Das Café gleich nebenan, Laufkundschaft von den anderen Geschäften und eine frische Seebrise mit einem Ausblick, der fast ins Unendliche geht.« Ariana seufzte. »Wenn ich doch nur könnte, wie ich wollte.«

Ruby legte Ariana einen Arm um die Schulter. »Was, wenn du es könntest?«, fragte sie leise. Wenn sie schon ihr eigenes Leben nicht zurückspulen und ihm eine andere Wendung geben konnte, dann konnte sie vielleicht wenigstens Ariana helfen, den Lauf ihres Lebens zu verändern.

Seit Jahren schon hatte sie hilflos mitansehen müssen, wie die Arbeit langsam, aber unaufhaltsam Arianas

Seele auffraß. Kein Job dieser Welt war das wert. »Mein liebes Kind, es liegt in deiner Macht zu tun, was immer du willst. Du musst nur ganz fest daran glauben.«

Ariana lehnte den Kopf gegen Rubys Schulter. »So wie du, als du die Villa Fiori gekauft hast?«

»So wie ich es schon mein ganzes Leben lang gemacht habe«, entgegnete Ruby.

Oder nicht? Wie oft schon hatte Ruby nächtelang Entscheidungen gewälzt und sich gefragt, ob sie wirklich alles in ihrer Macht Stehende getan hatte. Aber in der Vergangenheit herumzukramen führte zu nichts. Ändern konnte man sie ohnehin nicht. Ändern konnte man nur die Zukunft.

Und nun stand sie wieder am Ufer dieses unbeschreiblichen Sees, wo sie mit der Liebe ihres Lebens vereint worden war, wenn auch nur für einen kurzen Moment. Nie hatte sie auch nur einen Augenblick bereut, sich dem Zauber hingegeben zu haben, dem sie und Niccolò hier verfallen waren.

Wenn Rubys Zeit irgendwann gekommen war, wollte sie mit dem Blick auf den kleinen Kirchturm vor ihrem Fenster und Niccolòs Namen auf den Lippen sterben. Ihr Leben sollte dort enden, wo es damals erst richtig begonnen hatte.

Jeder einzelne dieser Tage funkelte in ihrer Erinnerung wie ein vielseitiges Prisma, durch das die Liebe strahlte wie die helle Sonne. Ruby lächelte. Die Liebe zwischen ihr und Niccolò war ihr kostbarstes Gut, und was aus ihrer Verbindung hervorgegangen war, würde sie lieben und umsorgen bis an ihr Lebensende.

Ariana, die sie schon eine Weile beobachtet hatte, runzelte die Stirn und fragte besorgt: »Ist alles in Ordnung?«

Ruby blinzelte die Tränen weg. »Natürlich, es ist alles in bester Ordnung, Liebes.« Mit dem kleinen Finger wischte sie sich verstohlen eine Träne aus dem Augenwinkel. »Ich bin Schauspielerin. Das Dramatische liegt mir im Blut.«

»Darf ich?«, fragte Lorenzo und reichte ihr ein gebügeltes Taschentuch.

Ruby nahm es und sah Arianas verdutztes Gesicht. »Eine entzückende Geste, nicht wahr?« Heutzutage gab es nicht mehr viele Männer mit Stofftaschentüchern.

Ihr Blick wanderte nach unten, und sie sah ein kleines gesticktes *N* in der einen Ecke des feinen Stoffs. Warum hatte Lorenzo ein eingesticktes *N* auf seinem Taschentuch? Ruby tupfte sich die Augen und gab es ihm zurück.

Hier am Comer See erinnerte alles sie an Niccolò. War das bloß Zufall, oder war das perfekte Synchronizität?

KAPITEL NEUNZEHN
Rom, 1952

Blind vor Tränen kramte Ruby in ihrer Handtasche nach Geld, um den Taxifahrer zu bezahlen. »*Grazie*«, stammelte sie und fummelte ungeschickt am Türgriff.

Der Fahrer wollte ihr rasch die Tür aufmachen und ihr aus dem Wagen helfen, aber sie winkte ab. Sie wollte keine Hilfe, von niemandem. Sie wollte einfach nur allein sein. Noch ganz außer sich wegen des hässlichen Streits zwischen Niccolò und seinem Vater taumelte sie durch die immer finsterer werdende Nacht zu der kleinen Pension, in der sie wohnte. Heiße Tränen liefen ihr übers Gesicht, die sie wütend wegwischte.

Die Pensionswirtin, eine nette Dame mittleren Alters, die ihr sehr liebenswürdig geholfen hatte, sich in Rom zurechtzufinden, schaute alarmiert von ihrem Platz am Empfang auf. »*Mio dio. Signorina Raines, stai bene?*«

Ruby wollten einfach nicht die richtigen Worte einfallen, also gestikulierte sie wild in der Luft herum. »Niccolò, *finito.*«

Die Frau verzog mitfühlend das Gesicht und streckte die Hände nach Ruby aus.

Aber die wollte nur noch weg und sich die Decke über den Kopf ziehen, also schüttelte sie bloß stumm den Kopf und hastete zur Treppe. Stolpernd eilte sie die schlecht beleuchteten Stufen hinauf, und mit jedem Schritt wurde ihr das Herz schwerer, bis sie schließlich auf ihrem Zimmer war.

Das Herz wollte ihr schier brechen beim Gedanken an Niccolò und seinen Vater, der ihre Ehe so vehement abgelehnt hatte. Verzweifelt warf Ruby sich auf das schmale Bett in ihrem Zimmerchen. Im Dunkeln umfasste sie das halbe Silberherz um ihren Hals und schluchzte in ihr Kopfkissen, während ihr Magen sich vor Kummer zu einem festen Knoten zusammenzog.

Sie liebte Niccolò aus ganzem Herzen, aber sie stand zwischen ihm und seiner Familie. Sein Vater würde ihn ganz fraglos zwingen, die Ehe annullieren zu lassen. Sie konnte Niccolò doch nicht seiner geliebten Familie entreißen.

Gedanken, die ihr wie Messerstiche durchs Herz fuhren und alles Glück unbarmherzig zu zerstückeln drohten, das sie am Lago di Como gefunden hatte. Sie betete, ihr Vater würde nicht auch so wütend werden. Während draußen vor ihrem Fenster der Mond in den Nachthimmel stieg, weinte sie sich in den Schlaf.

Dann riss sie ganz unvermittelt ein Poltern und Klopfen an der Tür aus dem unruhigen Schlummer.

»Ruby, ich bin es.« Niccolòs heiseres Flüstern drang durch die Tür.

Ruby stöhnte auf und drehte sich mit dem Rücken

zur Zimmertür. Sie wollte nicht hören, was er zu sagen hatte, denn seine Worte konnten nur das Ende bedeuten, also hielt sie sich mit beiden Händen die Ohren zu. Das gedämpfte Klopfen hörte sie aber immer noch, und es wurde immer eindringlicher.

Aus Angst, er könne die Gäste in den anderen Zimmern wecken, mußte sie sich aus dem Bett und schleppte sich zur Tür. Ihre Bluse war tränennass, die Haare völlig zerzaust, aber das war ihr alles gleich.

Gegen die geschlossene Tür gelehnt wisperte sie heiser: »Wenn du gekommen bist, um mir zu sagen, dass es aus ist, kannst du gleich wieder verschwinden. Sag nichts, keine Erklärungen, keine Entschuldigungen. Das ertrage ich nicht.« Sie sank zu Boden und schlang die Arme um die Knie.

Überall auf der Welt wäre es besser als hier. Sobald die Dreharbeiten abgeschlossen waren, würde Ruby auf der Stelle nach Hause fahren. *Auf die Ranch*. Vielleicht könnte sie ja sogar früher nach Hause zurück. Sie vergrub den Kopf zwischen den Knien und ließ den Tränen freien Lauf, die ihr über die nackten Beine liefen. Sie hielt es hier nicht mehr aus. Nicht mit gebrochenem Herzen.

»Niemals lasse ich dich gehen«, flüsterte Niccolò mit rauer Stimme und drehte nervös am Türknauf. »Lass mich rein. *Per favore, cuore mio.* So können wir nicht reden.«

Ruby hob den Kopf und hörte wieder seine Worte. *Niemals lasse ich dich gehen.* Meinte er das wirklich ernst? Sie fuhr sich mit den Händen über das Gesicht. Verzweifelt nach einem Rettungsanker greifend rappelte sie sich mühsam hoch und öffnete ihm die Tür.

Stürmisch schloss er sie in die Arme. »*Quanto ti amo*«, murmelte er und drückte sie so fest an seine Brust, dass ihr fast die Luft wegblieb.

»Ich liebe dich auch«, schluchzte Ruby atemlos und fiel ihm um den Hals.

Im nächsten Augenblick war Niccolòs Mund auf ihrem, und hungrig erwiderte sie seinen Kuss. Sie brauchte seine Berührung, sehnte sich nach seinem süßen Trost.

Sie taumelten durch das winzige, mondbeschienene Zimmer, einander das Gesicht streichelnd, und versicherten sich gegenseitig ihre Liebe, bis sie schließlich aufs Bett fielen.

Ruby atmete tief durch. Sie musste es wissen. »Was ist passiert, nachdem ich weg war?«

»Es war ... furchtbar.« Niccolò fuhr sich mit der Hand durch die dichten Haare, bis sie in alle Richtungen abstanden. »Mein Vater versteht einfach nicht, dass wir füreinander bestimmt sind. Wir sind verheiratet, und das gilt für immer und ewig.«

Bis zum Tod. Ruby wollte lieber sterben, als ohne Niccolò zu leben. »Aber deine Familie ...«

Niccolò nahm ihre Hände in seine. »Ich werde dich immer lieben. Meine Mutter versteht das, und mit der Zeit wird mein Vater es auch verstehen.«

»Und wenn nicht?«

Niccolò umschloss ihre Hände noch fester. »*Anima mia*, unsere Liebe wird das überstehen. Du bist meine

Frau. Vertrau mir«, flehte er mit erstickter Stimme. »Du *musst* mir glauben.«

Der Mond schien ihm ins Gesicht, das ernst war und eindringlich. Ruby beschloss, ihm zu glauben, wenngleich jede Faser ihres Körpers bebte, wie um sie zu warnen vor dem Unwetter, das am Horizont aufzog.

»Ich glaube dir«, flüsterte sie. Sie schloss die Augen, fand seine Lippen und zwang das Geschehene aus ihren Gedanken. Wenn sie zusammen waren, so wie jetzt, konnte sie sich immer noch vorstellen, sie seien am Comer See. Nur sie beide, frei und ohne die Last der Ablehnung durch seine Familie auf ihren Schultern. Könnten sie doch nur wieder dorthin zurückkehren, wo sie so glücklich gewesen waren.

Wortlos streiften sie einander die Kleider ab und fanden ihre eigene Wahrheit in der Liebe, die sie miteinander teilten.

Während der Mond sie sachte beschien, lag Ruby in Niccolòs Armen. Dieser Moment war das Einzige, was zählte. Den Kopf in die Kuhle an seinem Hals geschmiegt verewigte sie diesen Augenblick in ihrem Kopf. Morgen schon würde die Welt um sie herum wieder in tausend Scherben zerspringen, aber daran mochte sie gerade nicht denken. Sie fuhr ihrem Mann mit den Fingern über die Brust und lauschte, wie sein Atem immer ruhiger wurde, bis sie beide schließlich erschöpft in einen tiefen traumlosen Schlaf fielen.

Am nächsten Morgen tat Ruby von den Aufregungen des Vortages alles weh. Als sie versuchte, den Kopf von Niccolòs Brust zu heben, pochte es in ihren Schläfen. Sie war nicht bloß müde, sie war erschöpft bis ins Mark.

Nur ein einziges Mal in ihrem Leben war sie so müde gewesen. Eines Frühlings, Ruby war gerade zwölf, hatte ein Tornado Kurs auf die Ranch ihrer Eltern genommen. Ihr Vater hatte ihn in der Ferne kommen sehen, und er und Ruby hatten inmitten des tosenden Sturms, zwischen Donner und Blitzen, die Pferde und das Vieh aus dem Stall getrieben, weg von der Scheune und dem Haus. Die Tiere wussten instinktiv, was zu tun war, und würden draußen auf offener Flur besser zurechtkommen als eingesperrt in einem Gebäude, das einstürzen und sie unter sich begraben konnte.

Danach, als der Tornado schon fast über ihnen war, hatten sie die Stalltüren fest verrammelt und sich in die hinterste Ecke gekauert. Im Gesicht ihres Vaters hatte Ruby eine Mischung aus Angst, Trauer und Entschlossenheit gesehen. Er hatte sie ganz fest gehalten und einen dicken Stapel Pferdedecken über sie gezogen und sie mit seinem eigenen Körper geschützt, und in der Dunkelheit hörte sie seine geflüsterten Gebete, während der Tornado unerbittlich immer näher kam.

Wie durch ein Wunder war er im letzten Augenblick abgedreht und hatte Scheune und Haus nur um Haaresbreite verfehlt. Als Ruby und ihr Vater sich wieder hinausgewagt hatten, waren sie fassungslos gewesen angesichts der Verwüstungen ringsum. Der Wirbelsturm hatte über den Weiden gewütet, hatte Zäune zerfetzt und mitgerissen wie Zahnstocher, um sie anderswo als zerborstene Späne wieder auszuspucken. Bäume, die voller Obst gehangen hatten, lagen entwurzelt auf der Erde – sogar hundertjährige Lebenseichen. Gerätschaften waren zerdrückt, und einige ihrer Tiere waren tot.

Bis zu diesem Tag erinnerte Ruby sich noch ganz genau daran, wie müde und erschöpft bis auf die Knochen sie nach der nur knapp überstandenen Gefahr gewesen war.

An diesem Tag war sie erwachsen geworden, und die beruhigende Illusion, ihre Eltern könnten irgendwie die ganze Welt lenken und sie vor allem Unheil bewahren, löste sich in Luft auf. Während sie mit ihrem Vater die zerstörten Zäune reparierte, war es, als würde der dünne Lack von Rubys behüteter Kindheit langsam weggekratzt, Nagel um Nagel, Brett um Brett. Ruby war damals schon beinahe so groß wie ihre Mutter und im Begriff, eine Frau zu werden. Gemeinsam mit ihren Eltern musste sie von da ab die harte Arbeit auf der Ranch erledigen. Und auf der Nachbarranch schuftete ihre Schwester Patricia mit ihrem Mann.

Obwohl inzwischen fünf Jahre vergangen waren, gab es immer noch Augenblicke, in denen Ruby sich vorkam wie ein verängstigtes Kind, das sich unter einem Stapel Pferdedecken versteckt. Und obwohl sie rasch gelernt hatte, die Zähne zusammenzubeißen und wie eine Erwachsene zu tun, was zu tun war, hieß das noch lange nicht, dass sie immun war gegen Furcht und Verlustangst.

Ruby biss die Zähne zusammen beim Gedanken an die Ereignisse des Vorabends. Sie hätte sich Niccolòs Vater entschiedener entgegenstellen müssen, als er sie und Niccolò so angegangen war. Sie hatte es versucht, aber sie war der Eindringling in dieser Familie. Dantes Zorn war wie ein Tornado, der alle Luft aus dem Zimmer sog und nichts als Zerstörung hinterließ.

Doch nun lag sie geborgen in Niccolòs Armen und lauschte auf das morgendliche Geplapper der Pensionswirtin mit den Straßenverkäufern vor der Tür. Der Duft von frisch gebackenem Brot stieg ihr in die Nase.

Niccolò strich ihr über das Haar; eine Berührung, so sachte wie die Brise über dem Comer See. »Bist du schon wach?«

Solange Ruby die Augen zuließ, musste sie nicht über den letzten Abend oder Niccolòs Streit mit seinem Vater reden. Oder was die Zukunft bringen würde.

Sie seufzte. Aber sie hatte damals auch gelernt, wenn ein Sturm aufzog, musste man kämpfen um das, was einem lieb und teuer war.

»Ich bin wach«, murmelte sie und schlug die Augen auf. Die Hälfte seines silbernen Herzens funkelte im Morgenlicht auf seiner bronzebraunen Brust.

»Ich gehe nicht mehr nach Hause«, erklärte er entschieden und gab ihr einen Kuss auf die Stirn. »Du bist jetzt mein Zuhause.«

»Wenn der Film abgedreht ist, muss ich zurück in die Staaten.« Als sie Niccolòs enttäuschte Miene sah, fügte sie hinzu: »Aber komm doch mit. Mein Agent kann dich auch unter Vertrag nehmen. Er findet bestimmt Arbeit für dich. Bisher habe ich auf der Couch meiner Tante in Hollywood geschlafen, aber wir können uns gemeinsam eine eigene kleine Wohnung suchen.«

»Das würde ich ja gerne«, antwortete er. »Aber mein Geld reicht nicht für die Überfahrt. Und Papiere muss ich auch erst noch besorgen. Und einen Reisepass.«

»Hast du denn keinen?«

»Bisher habe ich keinen gebraucht.«

Ruby fuhr sich mit der Hand über die Stirn. »Was glaubst du, wie lange das dauern wird?«

»Das Geld oder der Pass?«

»Beides.« Nachdenklich kaute Ruby auf der Unterlippe herum. Sie musste ihrem Mann helfen, aber sie hatte auch Verpflichtungen ihrer Familie gegenüber. Nur ganz wenig von ihrer Gage für den Film hatte sie selbst behalten. »Sobald ich wieder zu Hause bin, mache ich mich an die Arbeit. Und dann helfe ich dir. Aber ich habe meiner Familie versprochen …«

Niccolò legte ihr einen Finger auf die Lippen. »Halte dein Versprechen. Was wäre ich für ein Kerl, wenn ich Geld von dir annehmen würde? Ich schaffe das schon allein.«

Sie konnte ihn nur zu gut verstehen, aber jeder Tag ohne ihn würde für sie zur unerträglichen Qual werden. »Ich will nicht ohne dich sein«, wisperte Ruby.

Niccolò zog sie ganz fest an sich. »Es ist ja nicht für lange. Versprochen.«

»Wir können uns schreiben«, schlug Ruby vor und strich ihm mit dem Finger übers Kinn. »Jeden Tag.«

Niccolò lachte.

»Mein Englisch … tut mir leid, aber schriftlich bin ich eine Niete. Ihr schreibt so eigenartig, kein Wort wird buchstabiert, wie man es spricht, und ich mache alles falsch. Oder zumindest fast alles, habe ich mir sagen lassen.«

»Das stört mich nicht. Solange ich nur von dir höre.« Sie strubbelte ihm leicht durch die Haare. »Schreib mir auf Italienisch. Ich verstehe schon recht viel.«

Resigniert schüttelte er den Kopf. »Ich kann dir nicht versprechen, jeden Tag zu schreiben. Ich werde arbeiten müssen, so viel ich nur irgend kann.«

»Als Schauspieler, meinst du?«, fragte Ruby.

»Jede Arbeit, die ich bekommen kann. Ist mir gleich, solange sie mich dir nur näherbringt.« Niccolò nahm ihr Gesicht in beide Hände. »*Cuore mio*, du bist meine einzige Liebe, auf immer und ewig.«

Ruby hob den Kopf, und ihre Lippen trafen sich zu einem Kuss, von dem Ruby wünschte, er möge niemals enden. Bis sie Lebewohl sagen mussten, würde sie die Tage hüten wie kostbare Perlen und wie an einer Schnur zu einer Kette von Erinnerungen aufreihen.

Zwei Wochen später waren die meisten Szenen für *Ein Herz und eine Krone* abgedreht. Mit jedem Tag, der verging, wurde Ruby die Zeit, die ihr noch mit Niccolò blieb, kostbarer.

Und nun stand sie, in einem weißen Spitzenkleid mit weiten Ärmeln und Gürtel um die schmale Taille, in der Galerie des Großen Saals im berühmten Palazzo Colonna, einem der prächtigsten Adelspaläste von ganz Rom. Er war hunderte Jahre alt und wurde noch immer von der Familie Colonna bewohnt. Ruby reckte den Hals. Dieser Renaissance-Pracht wurde sie nie überdrüssig, ganz gleich, wie viel davon sie auch zu sehen bekam.

Marmorsäulen trugen die hohen Decken, und Gemälde in verschnörkelten goldenen Rahmen säumten die Wände. Niccolò zeigte ihr die Meisterwerke von Caravaggio, Bronzino, Carracci, Locatelli.

Ruby schaute nach oben. Über ihren Köpfen prangten Deckenfresken, ein farbenprächtiger Wirbel kleinster Details. Funkelnde Muranolüster beleuchteten den Raum. Unter ihren Füßen glänzten polierte Marmorböden, in Onyx, Elfenbein und Karneolrot geädert. Die Szenerie war so prachtvoll, dass es einem den Atem verschlug. Und obwohl Ruby wieder einmal nur stellvertretend für Audrey einstand, straffte sie die Schultern, weil sie in Gegenwart solch meisterhafter Kunstwerke das Gefühl hatte, sich ganz besondere Mühe geben zu müssen.

Im Salon hatten Mr Wylers Leute zusätzliche Scheinwerfer und anderes Gerät aufgebaut. Regisseur und Chefbeleuchter berieten sich mit Besetzung und Filmstab, während Beleuchter und Kameraleute alle nötigen Veränderungen für die Szene vornahmen.

Niccolò sollte in dieser Szene ebenfalls mitspielen, als Statist mimte er einen Journalisten in der Meute hinter Gregory Peck und Eddie Albert. Er war bereits in Kostüm und Maske, mit Anzug und zurückgekämmten Haaren.

Audrey setzte sich zu ihr, in wahrlich königlich gerader Haltung, und studierte genau wie sie die Szene. Von der Seite sah sie Ruby an. »Kannst du fassen, dass der Film beinahe abgedreht ist? Mir erscheint das alles fast wie ein Traum. Nie hätte ich mir eine solche Chance erträumt. Hat Italien dir gefallen?«

»Mehr, als ich Worte habe.« Unwillkürlich griff sie nach dem halben Silberherz um ihren Hals, aber sie hatte die Kette für die Szene abgenommen. Stattdessen trug sie ein zweireihiges Perlenhalsband mit auffälligem edelsteinbesetztem Mittelstück. Das fanden nun ihre behandschuhten Finger.

»Wo ist denn dein Schatz?«, fragte Audrey neugierig und drehte sich in ihrem Regiestuhl um.

»Niccolò probt den Text mit den Statisten für die Presseszene.« Mr Wyler hatte eigens für diese Szene einen Aufruf an echte Reporter internationaler Publikationen versandt, und viele waren seinem Aufruf gefolgt. Ruby lächelte Audrey zu und dachte daran, sich ihr anzuvertrauen – ein wenig zumindest. »Er möchte nach Hollywood kommen, sobald er nur irgend kann.«

Audreys dunkle, geschwungene Augenbrauen schossen freudig erstaunt in die Höhe, und Ruby lief rot an. Niemand aus Besetzung oder Filmstab wusste, dass sie und Niccolò geheiratet hatten. Das war ihr süßes kleines Geheimnis. Sie wollten warten, bis Ruby es ihren Eltern gesagt hatte, und natürlich wollte sie, dass Niccolò dabei war. Seit Dante Mancini derart in die Luft gegangen war, fürchtete Ruby sich umso mehr davor, es ihren Eltern zu sagen – auch, weil sie wusste, sie würde ihren Vater damit tief enttäuschen. Wieder schaute sie hinauf zur Decke, unwiderstehlich angezogen von der detailverliebten Darstellung. Das einfache Landleben war nichts mehr für sie. Nicht, wo es noch so unendlich viele faszinierende Orte auf der Welt zu entdecken gab. Mit Niccolò an ihrer Seite.

»Wo wollt ihr denn heiraten?«, fragte Audrey.

Fast wäre Ruby mit der ganzen Geschichte herausgeplatzt, aber sie hatte Niccolò versprochen zu warten. »Irgendwo, wo es schön ist und romantisch«, sagte sie in Gedanken an ihre Ferien am Comer See.

Es gab nur einen Menschen, dem Ruby und Niccolò sich anvertraut hatten, und das war die Pensionswirtin, die sich langsam Sorgen um Rubys guten Ruf gemacht hatte bei dem ständigen Herrenbesuch. Also hatten sie ihr alles erzählt, und die Frau hatte sie auf beide Wangen geküsst und ihnen ein langes glückliches Leben und viele Kinder gewünscht. Da hatten Ruby und Niccolò laut lachen müssen. Mit dem Kinderkriegen hatten sie es nicht eilig. In ein paar Jahren vielleicht, erklärten sie ihr. Zuerst aber wollten sie beide berühmte Schauspieler werden und die ganze Welt bereisen.

Ein Lächeln umspielte Audreys Lippen. »Ihr solltet in Italien heiraten. Ich komme wieder her, sobald ich kann.«

»Das wäre himmlisch«, rief Ruby und spielte die Scharade weiter. Vielleicht könnten sie und Niccolò tatsächlich eines Tages wiederkommen. Ihr kam da eine Idee. »Wenn ich irgendwo in Italien leben wollte, dann am Comer See.«

Audrey sah sie vielsagend an. »Ich glaube, du hast dich in den Comer See verliebt.«

»Unsterblich«, seufzte Ruby, und unvermittelt begannen die beiden jungen Frauen zu lachen.

Mr Wyler rief Ruby zu sich, um Beleuchtung und Kameraeinstellung zu überprüfen.

Die letzte Szene sollte noch einmal gedreht werden, da der Regisseur mit keiner der bisherigen Aufnahmen zufrieden war. Er war Perfektionist, und Ruby schätzte sich glücklich, mit ihm arbeiten zu dürfen. Allein durchs Zusehen und Zuhören hatte sie so viel gelernt, auch wenn sie bloß eine Statistenrolle innehatte und gelegentlich als Lichtdouble eingesprungen war.

Mr Wyler kam zu ihnen herüber. An Audrey gewandt sagte er: »Die Szene muss ganz beherrscht sein. Du entscheidest dich für die Pflicht und gegen die Liebe. Eine Liebe, zu der du dich nicht bekennen darfst, und doch versuchst du, sie diesem einen Menschen zu zeigen.«

Ruby hörte aufmerksam zu und überlegte, ob es ihr wohl auch so ergehen könnte? Würde sie sich für die Pflicht entscheiden und gegen die Liebe? Sie konnte es sich nicht vorstellen. Nie würde ihr Vater sie in eine Zukunft zwingen, der sie sich widersetzte. Sie war beinahe achtzehn, eigentlich schon eine Erwachsene, und nun eine verheiratete Frau. Vor Glück schlang sie die Arme um sich.

Mr Wyler bat Ruby, sich für eine letzte Probe bereitzuhalten, bevor sie anfingen zu drehen. Audrey zwinkerte ihr zu, ehe sie sich trennten.

»Gut, und nun einen Schritt nach links«, sagte Mr Wyler und überprüfte die Markierungen. »Und würde irgendwer bitte den Topf mit den roten Geranien da wegschaffen?«

Ruby schaute sich kurz um und sah Niccolò. Jemand aus dem Filmstab verschob gerade den Blumentopf, und im Vorbeigehen pflückte Niccolò rasch eine der roten Blüten ab und steckte sie sich hinters Ohr.

Sie kicherte leise, was Mr Wyler mit einem gutmütigen Stirnrunzeln quittierte.

Niccolò war unmöglich, und sie liebte ihn aus ganzem Herzen.

Schließlich waren die Dreharbeiten abgeschlossen, auch wenn die Hauptdarsteller – Audrey, Gregory und Eddie – noch ein bisschen bleiben mussten. Ruby hatte eine Überfahrt auf einem Dampfer nach New York gebucht, von wo aus sie mit dem Zug nach Texas fahren und ihre Familie besuchen wollte, ehe sie anschließend nach Hollywood zurückkehrte. Sie hatte ein Telegramm von ihrem Agenten bekommen. *Vorsprechtermine warten schon auf dich. Du musst sie nur noch überzeugen.*

Nun stand Ruby in ihrem kleinen Zimmerchen in der Pension und packte die letzten Andenken in den Koffer.

»Was ist mit den Sachen im Schrank?«, fragte Niccolò.

»Die alten Sachen lasse ich dem Zimmermädchen da«, erklärte Ruby. »Die kann sie brauchen. Ich nehme nur mit, was ich hier gekauft habe.« Sie war ganz verliebt in die strahlenden Farben und hatte neue Kleider in Sonnengelb, warmem Korallenrot und leuchtendem

Türkis erstanden. Hingerissen strich sie über die gemusterte Seide und die leichten Wolltücher, die sie sich kaum hatte leisten, denen sie aber nicht hatte widerstehen können.

»Das ist aber eine ganze Menge«, bemerkte Niccolò, der mit dem widerspenstigen Kofferdeckel kämpfte.

»Du solltest mal sehen, was Audrey alles mitnimmt«, gab Ruby zurück. Die junge Schauspielerin hatte sich unsterblich in die von Edith Head entworfene Garderobe für *Ein Herz und eine Krone* verliebt und ganz nett gefragt, ob sie die Sachen nach Drehschluss behalten dürfe. Paramount Studios hatte nichts dagegen gehabt, und Audrey war überglücklich. Eines Tages, nahm Ruby sich vor, würde sie auch so eine Garderobe haben, alles aufeinander abgestimmt, mit passenden Schuhen und Handtaschen und Schmuck.

Aber viel wichtiger als Kleider oder Souvenirs war Ruby das Glück, das sie in Italien gefunden hatte.

Ihren Niccolò. Rasch stibitzte sie sich einen Kuss. »Ich bin das größte Glückskind von allen. Ich nehme dich mit nach Hause.«

Endlich schnappte das Kofferschloss ein. »Ich wünschte, ich könnte gleich mitkommen.« Stürmisch nahm er sie in die Arme und vergrub das Gesicht in ihren Haaren. »Du wirst mir fehlen – der Duft deiner Haut, deine Haare, deine Augen, aber am allermeisten ...« Mit dem Finger hob er ganz leicht ihr Kinn an. »Deine süßen, süßen Küsse, *amore mio*.«

Seine Küsse waren für sie wie eine ganz neue Sprache. Manchmal sanft und zärtlich, dann wieder neckisch oder begehrlich. Sie hatte gar nicht gewusst, dass man auf so viele verschiedene Weisen küssen konnte. Aber sie war ja auch noch nie geküsst worden, bis sie hierher nach Italien gekommen war. Ihre Eltern gaben sich zwischendurch flüchtige Küsschen, die mit diesen leidenschaftlichen Küssen gar nichts gemein hatten.

Ob sie verstehen würden, wie sehr sie ihn liebte? Ruby hoffte es inständig. Widerstrebend löste sie sich aus Niccolòs Umarmung. »Wir müssen los. Ich darf den Dampfer nicht versäumen.«

»Ich wünschte, er würde ohne dich fahren«, meinte Niccolò scherzhaft.

Oder war das sein Ernst? Die traurigen Augen verrieten ihn, auch wenn sein Ton neckisch klang.

Ruby blinzelte die Tränen weg, die ihr schon seit dem Aufwachen am Morgen immer wieder kamen, dann nahm sie ihre Handtasche und seufzte schwer.

»Kopf hoch«, rief Niccolò und gab ihr einen Kuss auf die Stirn. Dann wuchtete er ihren Koffer vom Bett. Er würde nicht nach Hause zurückgehen, sondern sich bei einem Freund einquartieren. Er hatte ihr die Adresse gegeben und ihr gesagt, dorthin solle sie ihm schreiben. Sie hatte ihm die Adresse ihrer Tante Vivienne in Hollywood und ihre Telefonnummer gegeben.

Ruby schaute sich noch einmal in dem kleinen Zimmerchen um, das sie miteinander geteilt hatten und in dem sie in den vergangenen Wochen so glücklich gewesen waren. »Wie gerne würde ich noch bleiben, hier in unserem kleinen Flitterwochennest.«

»Schön war es«, sagte Niccolò. »Aber noch schöner

wird es, wenn wir uns bald in Hollywood wiedersehen.«

»Und du kommst auch ganz bestimmt?« Ruby drohte die Stimme zu brechen. Sie musste es noch einmal hören, jetzt mehr denn je.

Niccolò nahm ihre Hand, küsste sie und drückte sie an seine Brust. »Du wohnst in meinem Herzen. Wie sollte ich da fernbleiben?«

Im belebten Hafen Civitavecchia in der Nähe von Rom angekommen starrte Ruby den imposanten Ozeandampfer an, der glänzend in der Sonne vor ihnen lag, die Schornsteine in den italienischen Farben angemalt – grün, weiß und rot. Ihr wurde es eng um die Brust. Der Anblick des Schiffs und der salzige Geruch des Meeres ließen sie erschaudern, denn mit einem Mal fürchtete sie, sie könnten viel länger voneinander getrennt bleiben, als sie glaubten.

Die Passagiere, die bereits an Deck waren, winkten ihren Lieben vom Schiff zu. Die, die zurückgeblieben waren, riefen und winkten zurück. Ruby und Niccolò bahnten sich einen Weg durch die Menschenmenge. Es blieb nicht mehr viel Zeit.

Ruby umklammerte Pass und Fahrschein. Je näher sie der Eingangskontrolle kamen, desto schneller schlug ihr Herz. Sie schlang die Arme um ihn und schluckte schwer, um nicht in Tränen auszubrechen. »Ich ertrage es nicht, allzu lange von dir getrennt zu sein.«

»Ich auch nicht.« Niccolò legte die Arme um sie. »Kümmere dich gut um deine Familie. Ich schaffe das schon, und bald schon sehen wir uns wieder.«

Rubys Blick wanderte hinauf zu dem gewaltigen Ozeandampfer. Schon einmal hatte sie den Atlantik überquert. Aber die freudige Erwartung vor Antritt ihrer ersten Passage war nun dem bedrückenden Gefühl gewichen, alles, was ihr lieb und teuer war, zurücklassen zu müssen. Und trotz aller Schwüre und Versprechungen, die sie einander gegeben hatten, musste sie sich doch fragen, ob das alles nicht eine schöne Illusion war, ein Trugbild, und sie bald wieder in Texas aufwachen würde, so wie Dorothy aus *Dorothy und der Zauberer von Oz* in Kansas.

Eine Männerstimme dröhnte aus den Lautsprechern, und Niccolò führte ihre Hand an seine Lippen und küsste ihre Fingerspitzen. »*Cuore mio*, sie rufen dich schon aus.«

Ruby und Niccolò hatten den ganzen Morgen herumgetrödelt, als ließe sich das Unausweichliche doch noch irgendwie abwenden. Nun aber winkten Uniformierte den letzten Passagieren, sich unverzüglich an Bord zu begeben.

Es ist so weit. Ruby schnürte es die Kehle zu, und sie drehte sich noch einmal zu Niccolò um. Verzweifelt strich sie ihm über Gesicht und Haare, als wolle sie sich jedes noch so kleine Detail ganz genau einprägen. *Die hohen Wangenknochen, die vollen geschwungenen Lippen. Die unendlich blauen Augen, in denen sich der Himmel spiegelt. Die kantigen Schultern, das Gefühl seiner Haut. Der leichte Duft nach zitroniger Olivenseife ... gemischt mit seinem eigenen Geruch.* Er bedeckte ihr Gesicht mit Küssen, und sie lehnte den Kopf gegen seine

Brust und lauschte auf das Herz, das im Takt mit ihrem schlug.

Tränen liefen ihr über das Gesicht. Ruby wog die letzten gemeinsamen Augenblicke wie ein Goldschmied seine kostbaren Goldspäne. Wie sie sich wünschte, sie könnte hier bei Niccolò bleiben, aber sie musste wieder an die Arbeit. Ihr Herz jedoch würde in Rom bleiben, in den treuen Händen ihres Mannes.

Niccolò drückte sie so heftig, dass es wehtat, und Ruby schnappte nach Luft, ehe sich ihre Lippen zu einem allerletzten Kuss trafen. Auch seine Wangen waren tränenfeucht, und nur mit Mühe brachten sie die Worte heraus, die sie einander noch sagen mussten.

»*Cuore mio... anima mia. Quanto ti amo*«, flüsterte Niccolò.

»Du bist mein Ein und Alles. *Cuore mio*, ich liebe dich auch«, wisperte Ruby, um dann in Tränen auszubrechen.

Niccolò trat einen Schritt zurück und hob ihr Kinn an. *Kopf hoch*. Sie blinzelte heftig und wandte sich ab.

Ruby ging an Bord und schlängelte sich oben an Deck durch die dicht gedrängt stehenden Menschen, bis sie schließlich die Reling erreichte. Mit der Hand schirmte sie die Augen gegen die Sonne ab und suchte in der Menge unten am Kai nach Niccolò.

Da, dort unten, da stand er und winkte wie verrückt.

Und von oben winkte Ruby zurück, fest entschlossen, was auch immer kommen mochte, bald wieder mit ihm zusammen zu sein.

KAPITEL ZWANZIG
Comer See, 2010

»Stellen wir das Zweiersofa doch zwischen die beiden Steinurnen«, schlug Ariana vor und dirigierte Livia und Emilio, bis alles an der richtigen Stelle stand. »Üppige rosa Geranien in den Urnen wären ein herrlicher Kontrast zu den blauen Kissen in der Sitzecke.« Sie legte einen Finger ans Kinn und begutachtete kritisch die Aufstellung der Möbel auf der Terrasse.

Ruby hatte ihr freie Hand bei der Gestaltung des Außenbereichs gegeben, und Ariana hatte einen Heidenspaß dabei, ihrer Fantasie die Zügel schießen zu lassen. Der blaue See jenseits der Terrasse und die Berge mit ihren weißen Mützen bildeten einen majestätischen Hintergrund zu ihrer entspannten Inszenierung.

Erst jetzt merkte sie, wie dringend sie diese kleine Auszeit gebraucht hatte. Arianas Kummer wegen der geplatzten Hochzeit schien im hellen Sonnenschein, der Tag für Tag morgens in ihr Zimmer flutete, um ihr gleich zum Tagesbeginn ein kleines Stückchen Glück auf einem Silbertablett zu servieren, langsam zu verblassen.

Ariana wünschte, sie könnte hier bei ihrer Tante bleiben, aber nach Los Angeles zurückzugehen war das einzig Vernünftige. Schließlich war das ihr Zuhause, und sie musste zusehen, dass sie weiterarbeitete, solange sie noch konnte. Aber dieses leer stehende Ladenlokal neben dem Café ließ sie nicht mehr los. Hatte Ruby ihr diese Flausen in den Kopf gesetzt, oder könnte Arianas Idee von einem kleinen Atelier mit Boutique sich verwirklichen lassen? Das hatte sie schließlich studiert, wobei sie sich ernsthaft fragen musste, inwiefern ihr das Studium hier irgendwie nützen würde. Sie kannte kaum jemanden, und sie hatte keinen Schimmer von den Regeln und Vorschriften, die es hier zu beachten galt.

Wie Ariana so gedankenverloren dastand, summte das Handy in ihrer Tasche, und sie zog es heraus. Der Name, vor dem es ihr am meisten graute, leuchtete auf der Anzeige auf.

Kingsley. Ihr Boss.

Sie zögerte kurz und überschlug im Kopf den Zeitunterschied. In Los Angeles musste es schon schrecklich spät sein. Womöglich war es ein Notfall.

»Hallo?«

»Da ist ja die Braut, die sich nicht traut«, rief er sarkastisch. »Du bist mir ja ein cleveres kleines Ding.«

Ariana knirschte mit den Zähnen. »Hi, Kingsley. Dann hast du es wohl schon gehört. Also, was kann ich für dich tun?«

»Ich habe mich nur gefragt, wo eine meiner besten Kostümbildnerinnen abgeblieben ist.«

Kingsley redete langsam und lallend. Er hatte wohl wieder getrunken. Im Büro waren seine alkoholischen Schmäh- und Drohanrufe gefürchtet. Sie gab Livia ein Zeichen und trat an die Terrassenbrüstung. »Die genießt ihren wohlverdienten Entspannungsurlaub.«

»Ariana, jetzt werd bitte nicht albern.«

Ariana biss die Zähne zusammen und machte sich auf das Schlimmste gefasst.

»Du hast mich angelogen«, erklärte Kingsley. »Du hast dir Urlaub genommen, um in die Flitterwochen zu fahren. Nicht für eine Spritztour einmal um die ganze Welt.«

»Woher weißt du eigentlich, wo ich bin?« Konsterniert presste sie die Lippen zusammen. Phillip musste wohl die frohe Kunde verbreitet haben.

»Ich weiß, wo du sein *solltest*. Und zwar an deinem Schreibtisch. Ich erwarte dich am Montag.«

»Unmöglich.«

Kingsleys Schweigen klang wie eine Drohung. »Ach, tatsächlich?«, zischte er schließlich.

»Ich schaue gleich mal nach Flügen«, murmelte Ariana kleinlaut. Sie kam sich vor wie ein Kind, das beim Schuleschwänzen erwischt worden war. Aber warum nur? Sie war eine erwachsene Frau. Ein erfahrener, kompetenter Vollprofi auf ihrem Gebiet.

Und Kingsley war ein Meister in der Kunst der Einschüchterung.

»Wusste ich doch, dass du wieder zu Sinnen kommst«, sagte er versöhnlich. »Auf dich ist immer Verlass. Aber bitte, reiz mich nicht noch mal.«

In einigen Monaten würde sie ein Kind bekommen. Ein Kind, das ihren Schutz brauchte vor den Kingsleys und den Schulhofschlägern dieser Welt.

Kingsley wollte das Gespräch wohl gerade beenden und sagte: »Dann sehen wir uns am Mon...«

»Nein, tun wir nicht.« Ariana hielt den Atem an. Schweigen.

»Ich nehme mir den bewilligten Urlaub«, sagte sie entschieden. »Meinen mehr als wohlverdienten Urlaub.«

»Du weißt, wie ich es hasse, wenn Menschen ihr Wort nicht halten.«

Ariana kniff die Augen zusammen. Wollte sie ihn wirklich wagen, den beruflichen Sprung ins Ungewisse? Oder wollte sie wie üblich den Kopf einziehen und sich weiter von ihrem Boss herumschubsen und kleinmachen lassen?

»Damit kommst du nicht durch, Ariana.«

Sie holte tief Luft, um sich Mut zu machen. »Kingsley, betrachte das als meine Kündigung.«

Ein höhnisches Schnauben drang durch den Hörer an Arianas Ohr, dicht gefolgt von einem beeindruckenden Schwall an Schimpfwörtern. Angewidert hielt sie das Handy von sich fort. Aber nicht weit genug, um Kingsleys Abschiedsspitze zu überhören.

»Gut. Das erspart mir den Ärger, dich rauszuwerfen.«

Klick.

In schockiertem Schweigen stand Ariana da und rührte sich nicht.

»Schätzchen?« Rubys Stimme schallte über die Terrasse. »Alles in Ordnung?«

Den Blick noch immer starr auf das Telefon gerichtet, drehte Ariana sich um. »Ich habe gerade hingeschmissen.«

Ruby eilte zu ihr, ein strahlendes Lächeln im Gesicht. Man konnte ihr die Erleichterung förmlich ansehen. »Dem Himmel sei Dank. Dieser Kingsley ist ein ausgemachter Widerling. Jetzt bist du frei. Und kannst endlich anfangen, dich ein bisschen zu amüsieren.« Fröhlich nahm sie Ariana in die Arme.

Mit wild klopfendem Herzen lehnte Ariana den Kopf gegen die Schulter ihrer Tante. Sie konnte es noch immer nicht fassen. »Was ist denn bloß los mit mir? Ich führe mich auf wie eine Irre. Sind das die Schwangerschaftshormone?«

»Endlich bist du aufgewacht und siehst die endlosen Möglichkeiten.« Ruby nahm ihre Hand. »Nur keine Angst. Komm, springen wir ins tiefe Wasser und schwimmen wie die Fische.«

»Wie soll das gehen?«, fragte Ariana, die noch immer nicht glauben konnte, was sie da gerade getan hatte. Sie war doch sonst immer die Ruhige, Überlegte, die alles ganz genau plante. Sie fing an zu zittern.

»Miete den Laden, ehe ihn sich ein anderer schnappt«, riet Ruby ihr. »Da kommt eine Menge Arbeit auf dich zu.«

Ariana fuhr sich mit der Hand über das Gesicht. »Ein verlockender Gedanke, aber ich wüsste gar nicht, wo ich anfangen sollte, wollte ich hier in Italien einen Laden eröffnen.«

»Ach, würdest du doch nur jemanden kennen, der

hier ein erfolgreiches Unternehmen führt«, bemerkte Ruby in harmlosem Tonfall.

»Ich könnte Lorenzo fragen«, überlegte Ariana. Der Café-Betreiber war charmant und gut aussehend, aber zu ihm fühlte sie sich nicht hingezogen. Ganz anders als bei Alessandro. Lorenzo wäre ein neutraler Ansprechpartner. Er war alt genug, um ihr Vater zu sein.

Ruby zog eine Augenbraue hoch.

Ariana konnte ihr nichts vormachen. »Oder Alessandro vielleicht.« Allein, wenn sie seinen Namen sagte, schlug ihr Herz schon schneller. Warum hatte sie nie so für Phillip empfunden? *Weil er nicht der Richtige für dich war*, flüsterte eine leise Stimme in ihrem Kopf. Aber diese ungemeine Anziehungskraft, die von Alessandro ausging, war auch alles andere als normal. Vielleicht spielten ihre Hormone tatsächlich verrückt.

»Soll ich ihn für dich anrufen?«, erbot Ruby sich.

»Nein, das mache ich schon«, erwiderte Ariana und reckte das Kinn. Sie durfte nicht zulassen, dass ihr so ein albernes Gefühlswirrwarr in die Quere kam. Sie musste etwas tun und zumindest herausbekommen, ob es eine reale Möglichkeit gab, einen kleinen Laden zu eröffnen, wo sie doch seit gerade eben ohne festes Einkommen war. Ihre Mutter würde Ariana ganz bestimmt nicht um Hilfe bitten – von Mari würde es ohnehin schon genügend »Ich habe es dir doch gleich gesagt« hageln. Ruby würde sofort alle Hebel in Bewegung setzen, um ihr zu helfen, aber Ariana wollte es nur mit ihren eigenen Ideen und ihrem Geschäftssinn schaffen und allen zeigen, dass sie auch auf eigenen Beinen stehen konnte.

Ariana schwirrte der Kopf beim Gedanken daran, was nun alles zu tun war. Und das schnell.

»Du stehst unter Schock«, stellte Ruby fest. »Setz dich. Livia hat gerade frischen Saft gemacht, mit Früchten aus unserem eigenen Garten. Die Orangen hier sind zuckersüß.«

»Klingt gut«, murmelte Ariana. Sie musste in Zukunft unbedingt besser auf sich achten.

Ruby bat Livia, einen Krug Saft und Gläser herauszubringen. Ariana sank auf einen der gepolsterten Stühle, die sie gerade erst aufgestellt hatte.

»Gefällt mir, wie du die Möbel arrangiert hast«, stellte Ruby zufrieden fest. »Man hat einen freien Blick auf den See, gerahmt von rosa Bougainvillea.«

»So habe ich mir das vorgestellt«, meinte Ariana. Ihr Handy summte, um den Eingang einer Nachricht anzuzeigen, und sie schaute stirnrunzelnd nach.

Ruby nippte an ihrem Saft. »Wer ist es, Liebes?«

»Eine Nachricht von Phillip. Er schreibt: ›Hast du Moms Mail gelesen?‹« Rasch tippte sie eine Antwort. *Bin beschäftigt. Habe noch keine Mails gecheckt.*

Eine weitere Nachricht ploppte auf. *Sie will umgehend eine Antwort. Wie schon gesagt, mir ist es schnuppe, wie du dich entscheidest.*

Stirnrunzelnd rief Ariana ihre Mails auf. »Hör dir das an. Phillips Mutter schreibt, sie ist todtraurig, dass Phillip sich schon mit einer Neuen getröstet hat, aber sie möchte trotzdem Anteil am Leben ihres ersten Enkelkindes nehmen.« Sie schaute auf.

»Obwohl Phillip leugnet, dass das Kind von ihm

ist?«, fragte Ruby. »Interessant. Und was schlägt sie also vor?«

»Sie schlägt vor, eine Nanny einzustellen, die sich um das Baby kümmert.«

»Wie großzügig«, sagte Ruby eher verhalten.

»Bei ihr zu Hause, während ich weiter brav zur Arbeit gehe.«

Rubys Finger glitten über die bunte Kette aus venezianischem Glas um ihren Hals. »Aber wohnen sie nicht in Santa Barbara?«

Ariana las auch die restliche E-Mail. »Wie es aussieht, dürfte ich das Baby gerne freitagabends oder samstagmorgens abholen und übers Wochenende mit zu mir nach Hause nehmen.« Sie schüttelte den Kopf. »Ironie der Geschichte, hätte ich nicht eben meinen Job hingeschmissen, würde ich womöglich ernsthaft darüber nachdenken.«

Rubys Augen blitzten plötzlich vor Zorn. »Auf gar keinen Fall. Die Frau will dir dein Kind wegnehmen. Ehe du dich versiehst, beantragt sie das alleinige Sorgerecht.«

»Ich glaube nicht, dass sie so weit gehen würde«, entgegnete Ariana. Oder doch?

»*Nie* darfst du dein Kind weggeben.« Rubys Stimme klang schneidend wie ein Befehl. Sie war sichtlich aufgewühlt. »Du kannst dir gar nicht vorstellen, wie schnell es geht, dass ein Kind weg ist.«

»Schon okay«, sagte Ariana beruhigend und strich Ruby über die zitternden Schultern. Sich derart aufzuregen sah ihrer Tante gar nicht ähnlich. *Aber könnte sie womöglich recht haben?* Ein eiskalter Schauer überlief sie. »Ich sage ihr danke, aber nein danke.«

»Eins will ich dir sagen«, erklärte Ruby mit erhobenem Zeigefinger. »Das tut diese Frau nicht aus reiner Güte und Freundlichkeit. Wir sind uns bei deiner Trauung interruptus begegnet, und glaub mir, da ist was faul.«

Ariana tippte rasch eine Antwort und schaltete dann das Handy aus. Sie würde nicht auf das Angebot eingehen, aber Rubys heftige Reaktion wunderte sie. *Zorn, aber auch Angst.* Noch nie hatte sie ihre Tante so erlebt.

Gedankenverloren sah Ariana zu, wie Alessandro den Laden abging. Lorenzo und Cesare standen daneben und guckten. Das Ladenlokal war perfekt, um die Ideen, die Ariana im Kopf herumspukten, zu verwirklichen. Ein lichtes, luftiges, einladendes Ambiente zur Präsentation eleganter, lässiger Mode, aus luxuriösen Stoffen maßgeschneidert. Allein der Gedanke daran war schon so aufregend, dass sie ganz kribbelig wurde. Sie konnte es kaum noch erwarten, sich endlich in die Arbeit zu stürzen.

Nachdem sie sich von dem Schreck erholt hatte, so mir nichts, dir nichts ihren Job hingeworfen zu haben, hatte Ariana Rubys Rat beherzigt und war kopfüber ins kalte Wasser gesprungen. Sie hatte Alessandro angerufen, der, so hatte es sich zumindest angehört, hocherfreut gewesen war, von ihr zu hören. Dann hatte sie angefangen, die ersten Stücke für eine eigene kleine Kollektion zu skizzieren. Sie wollte Muster sämtlicher

Entwürfe anfertigen und dann nach Kundinnenwunsch maßschneidern. Je mehr sie überlegte, sich ausmalte und vorstellte, desto größer wurde die Vorfreude. Aber zuerst musste sie für dieses Objekt einen angemessenen Mietpreis aushandeln.

Ariana spürte aller Blicke auf sich.

»An der Lage ist nichts auszusetzen«, brummte Alessandro. »Aber die Konkurrenz hier schläft nicht.«

Cesare breitete die fleischigen, manikürten Hände aus. »Die Konkurrenz schläft nie. Man muss nur besser sein als sie.«

»Der letzte Laden hier ist nicht auf die Beine gekommen, weil die Miete viel zu hoch war«, wandte Alessandro ein und zeigte mit den Händen eine imaginäre Messlatte.

Das wunderte Ariana, aber sie ließ sich nichts anmerken. Als sie Alessandro angerufen und ihm gesagt hatte, dass sie überlege, den Laden anzumieten, hatte er angeboten, sich gleich dort mit ihr zu treffen.

»Nein, nein, nein«, widersprach Cesare. »Dass der Laden pleite gegangen ist, lag ganz allein an der Inhaberin. Keine Werbung, kein Umsatz.«

Alessandro schüttelte den Kopf. »Du hast beinahe doppelt so viel verlangt wie die übrigen Vermieter ringsum. Wer kann es sich denn noch leisten, Werbung zu machen, wenn allein die Miete alles auffrisst? Du hast der armen Frau versprochen, die Laufkundschaft würde schon für genügend Umsatz sorgen und nicht nur ihre Unkosten decken, sondern auch noch einen netten kleinen Gewinn abwerfen.«

»Ich weiß nicht, was du da redest«, knurrte Cesare achselzuckend. »Es gibt genügend Interessenten, die sich alle zehn Finger ablecken nach so einem Laden.«

Lorenzo, der sich wohl von Alessandro nicht ausstechen lassen wollte, wandte sich ebenfalls dem Vermieter zu und fing an, in maschinengewehrfeuerschnellem Italienisch auf ihn einzureden. Ariana verstand nicht, worum es ging, aber Cesare wurde hochrot im Gesicht.

Ariana nahm ein kleines Notizbüchlein aus der Tasche und klappte es auf. Nach einigen kurzen Berechnungen wandte sie sich an Alessandro. »Ich dachte an das hier«, sagte sie und tippte auf das Blatt. »Was meinst du?«

Alessandro besah sich ihre Zahlen. »Sieht gut aus. Vielleicht etwas zu niedrig angesetzt, aber er hat seiner letzten Mieterin schon genug Geld aus der Tasche gezogen.«

»Wie furchtbar«, sagte Ariana leise. »Ich kann es nicht ausstehen, wenn Menschen aus reiner Gier aus dem Geschäft gedrängt werden.«

Alessandro beugte sich zu ihr herunter und flüsterte: »Ganz im Vertrauen und nur zwischen uns, meine Freunde hätten sich die Miete spielend leisten können. Ich glaube, für sie war es mehr eine Laune, eine Schnapsidee, der sie dann irgendwann überdrüssig wurden. Aber die Miete war trotzdem viel zu hoch.«

»Den Luxus kann ich mir nicht leisten.« Ariana räusperte sich. »Entschuldigen Sie bitte. Ich würde Ihnen gerne ein Angebot machen.«

Lorenzo und Cesare drehten sich zu ihr um, und Ariana nannte ihren Preis zusammen mit all den Reparaturen, die noch durchzuführen waren.

Cesares Gesicht wurde noch röter. »Bei dem Preis stehlen Sie meinen armen Kindern das Essen aus dem Mund.«

Lorenzo lachte amüsiert auf. »Deine Kinder sind längst erwachsen und gerade zum Skifahren in St. Moritz, Cesare.«

Ariana verdrehte die Augen. Sie hatte den teuren Wagen gesehen, mit dem der Vermieter vorgefahren war. »Sonst können Sie den Laden auch gerne leer stehen lassen«, sagte sie ganz unverblümt. »Ich werde mich jedenfalls nicht ruinieren, nur weil die Miete, an meinen Einnahmen gemessen, viel zu hoch ist. Ganz besonders nicht zu Anfang, wenn ich mir erst einen Kundenstamm aufbauen muss. Und genau wie Ihre Vormieterin brauche ich ein Werbebudget.«

Ariana spürte Alessandros Blick auf sich ruhen. Sie sah verstohlen zu ihm rüber und bemerkte, wie er zustimmend nickte. Ariana kannte sich aus mit Zahlen, mit Finanzierungen und Projektierungen, weil genau das zu ihren Aufgaben im Studio gehört hatte.

»Knallhart, diese Amerikanerinnen«, schimpfte Cesare.

»Realistisch«, konterte Ariana. Dabei gefiel es ihr eigentlich, die knallharte Geschäftsfrau zu geben. Die Alternative wäre nämlich, nicht für voll genommen und über den Tisch gezogen zu werden. Als Frau verstand sie, was der Vermieter damit eigentlich meinte. Bei einem Mann waren es Verhandlungen. Bei einer Frau dagegen war es ...

»Unmöglich«, schnaubte Cesare empört.

An Alessandro gerichtet meinte Ariana achselzuckend: »Ich glaube, das war's dann wohl.« Entschlossen wandte sie sich zum Gehen. Gerade, als sie schon an der Tür war, rief Cesare sie wieder zurück.

Schon deutlich weniger großspurig brummte er: »Wenn diese Vereinbarung unter uns bleibt, können Sie den Laden zu Ihrem Preis haben.«

Ariana war entzückt, ließ sich aber nichts anmerken. Sie sagte ihm, wann sie die Schlüssel benötigte. Sie würde genügend Zeit brauchen, um ihre Kollektion zu entwerfen und umzusetzen, alles Nötige für die Einrichtung des Ladens anzuschaffen und ihn herzurichten.

Cesare war einverstanden, und sie schlugen ein. Er versprach, ihr den Mietvertrag zum Gegenlesen zukommen zu lassen.

Ariana verließ mit Alessandro den Laden, und er schlug vor, einen kleinen Spaziergang am Ufer des Sees unter den Maulbeerbäumen zu machen. »Ich möchte dir ein Angebot machen«, sagte er.

»Das da wäre?«

»Kommst du heute Abend zum Abendessen zu mir?«, fragte Alessandro. »Mit mir und den Kindern«, fügte er rasch hinzu. »Manchmal setzen wir uns nach dem Essen zusammen und spielen, oder Sandro und Carmela toben noch ein bisschen durch den Garten. Dann lese ich ihnen eine Gutenachtgeschichte vor und hoffe, dass sie ohne großes Trara einschlafen. Und wenn sie dann im Bett sind, könnten wir noch ein schönes Glas Wein zusammen trinken oder einen Limoncello.«

Das war keine Verabredung, sagte Ariana sich streng. Bloß zwei Freunde, die sich einen netten Abend machten. Und warum auch nicht? Sie mochte es, Alessandro von ihren Ideen zu erzählen. Sie könnte ihn fragen, wie er als alleinerziehender Vater zurechtkam – auch wenn sie noch lange nicht so weit war, ihm ihr kleines Geheimnis anzuvertrauen.

»Schöne Idee«, sagte sie. Und vielleicht würde ja auch, wenn sie mehr Zeit zusammen verbrachten, dieses eigenartige, flatterige Gefühl in ihrer Brust wieder verschwinden. Genau, das war's. Sie musste sich schlicht und ergreifend an ihn gewöhnen.

»Ich fasse es nicht. Ich habe es tatsächlich geschafft!« Ariana bog in eine zypressenbestandene Einfahrt ein, die zu einem steingemauerten Haus führte. Dann schaltete sie den Motor aus und seufzte erleichtert.

Zwar hatte sie schon die ganze Zeit auf die Beschilderung geachtet und war sich ziemlich sicher gewesen, bei einer Alleinfahrt nicht verloren zu gehen, aber womit sie nicht gerechnet hatte, waren die schmalen, gewundenen Straßen, die sich durch die steilen Hänge oberhalb des Sees schlängelten. Die Fahrt war nervenaufreibend gewesen, haarsträubend sogar, vor allem, weil die Einheimischen mit einem Affenzahn um die Kurven rasten.

An diesem Abend hatte Ariana es zum ersten Mal

gewagt, sich hinter das Steuer des schnittigen kleinen Wagens zu setzen, den ihre Tante Ruby gekauft hatte. Alessandro hatte angeboten, sie abzuholen und nachher von einem Fahrdienst nach Hause chauffieren zu lassen. Er konnte die Kinder nicht allein lassen, die tagsüber bei Paolina gewesen waren. Seine Schwester und ihr Mann hatten abends Pläne, die wollte er nicht einfach durchkreuzen. Ariana hatte ihm versichert, es werde auch so gehen. Sie musste ohnehin lernen, sich selbst zurechtzufinden.

Ariana hakte die Handtasche über den Arm. Sie hatte eine Flasche Wein eingepackt und eine Dose mit Chocolate Chip Cookies, die sie noch rasch gebacken hatte. Als Ariana Ruby gesagt hatte, wo sie hinwollte, hatte sie ihrer Tante an der Nasenspitze angesehen, wie sehr sie das freute, auch wenn Ariana ihr mehrfach versichert hatte, sie wären bloß Freunde.

Kaum war sie aus dem Auto gestiegen, kamen Sandro und Carmela aus dem Haus geflitzt, um sie stürmisch in Empfang zu nehmen. Fröhlich schlangen sie die Arme um Ariana.

Alessandro betrachtete leise lachend die Szene. »Die Kinder waren so aufgeregt, als ich ihnen gesagt habe, dass du heute Abend zum Essen kommst.«

Er beugte sich zu ihr hinunter und begrüßte Ariana mit einem liebenswürdigen Küsschen auf beide Wangen, und sie roch den warmen, etwas würzigen Duft, den er heute trug. Ihr wurde fast ein bisschen schwindelig, und sie trat schnell einen Schritt zurück.

»Ich habe den Kindern eine Kleinigkeit mitgebracht«,

erklärte Ariana und hielt die Dose mit den Keksen in die Höhe. Neugierig wollten die Kinder wissen, was darin war, also nahm sie den Deckel ab und ließ sie hineinschauen.

Mit großen Augen riefen sie verzückt: »*Cioccolato!*«

»Aber nicht vor dem Essen«, mahnte Alessandro lachend. »Die sehen köstlich aus«, fügte er ein wenig überrascht hinzu. »Backen kannst du also auch?«

»Nur ein bisschen, aber das mit dem größten Vergnügen.«

Damals, als Ariana noch die Schulferien bei Ruby in Palm Springs verbracht hatte, hatte Stefano ihr beigebracht, wie man Cookies und schnelle Brote backte. Aber das war lange her und der Ofen in der Villa Fiori kapriziös. Noch dazu hatten sie nur metrische Messbecher, und Ariana war an Cup-Einheiten gewöhnt. Zum Glück hatte sie auf einer Backseite im Netz eine Umwandlungstabelle gefunden, und Livia hatte ihr geholfen, den Ofen im Auge zu behalten, damit die Kekse nicht verbrannten.

»Ich überlege ernsthaft, einen Kochkurs zu besuchen«, sagte Ariana. »Ich würde gerne italienisch kochen lernen.«

Alessandro strahlte. »Wenn du nichts dagegen hast, könnte ich mitkommen, und ich könnte dir auch ein paar Rezepte verraten.« Er wies auf die Kinder und sagte: »Ich muss mit meinen Kochkünsten jeden Abend vor einem kritischen Publikum bestehen.«

Sie schaute in die eifrigen Gesichter der Kinder und sagte: »Das wird bestimmt ein Heidenspaß.«

»Dann bist du heute Abend mein Souschef«, erklärte er. »Ich bin spät dran mit dem Abendessen, weil da jemand einen kleinen Unfall hatte.« Alessandro nahm Sandro auf den Arm und drückte den kleinen Jungen an sich. »Er ist vom Fahrrad gefallen und hat sich die Knie aufgeschrammt.«

Sandro strampelte kichernd mit den Beinen. Auf beiden Knien klebten Pflaster.

»Ich sehe, es geht dir schon viel besser«, sagte Ariana liebenswürdig zu dem Kleinen, und erst dann fiel ihr ein, dass er sie wohl gar nicht verstehen konnte. Sie wiederholte den Satz in ihrem wackeligen Schulitalienisch, und Sandro strahlte sie an.

Carmela zupfte an Arianas türkisem Sommerkleid, und sie bückte sich zu dem kleinen Mädchen hinunter. »*Ciao, come stai?*«

Die Kleine lächelte Ariana schüchtern an und versteckte sich hinter den widerspenstigen Locken, die ihr wild ins Gesicht fielen. »*Bene.*«

Sachte strich Ariana Carmela die zerzausten Haare aus den Augen. »*Bene.* Ich auch.«

»Ich bin leider nicht besonders gut im Frisieren«, gestand Alessandro. »Ich hatte ihr die Haare zurückgesteckt, aber Gott weiß, wo die Spangen hingekommen sind. Die sind so winzig, dass ich sie kaum zu fassen kriege.«

»Lass mich das machen«, sagte Ariana und strich Carmela über den dichten Schopf. Sie stand auf und nahm das kleine Mädchen an die Hand.

Carmela schaute sie erwartungsvoll an.

Alessandro betrachtete das Mädchen und meinte dann: »Sie wirkt ganz ehrfürchtig. So still habe ich sie schon lange nicht mehr gesehen.« Er stellte Sandro auf die Füße, nahm den kleinen Jungen an die Hand, und dann gingen alle gemeinsam ins Haus.

Ariana trat ein und schaute sich um. Ein gemütliches Familien-Zuhause mit großen, hellen Räumen. Der gefliese Boden, die Teppiche und die Bilder an den Wänden brachten mit ihren warmen Farben Leben ins Haus. Verschwenderische Seidenkissen in unzähligen Mustern und leuchtenden Farben ließen ein kuschelig dick gepolstertes Sofa noch einladender wirken, und Puppen und Spielzeuglaster standen unordentlich in eine Ecke geräumt.

»Hier entlang, Sandro.« Alessandro ließ sich nicht beirren und scheuchte den ungebärdigen Siebenjährigen in die Küche, in deren Mitte ein rustikaler Esstisch stand und die auf eine luftige, pflanzenbestandene Terrasse führte.

Ariana fühlte sich gleich wie zu Hause. Rings um den Herd und die tiefe Spüle wuchsen handgemalte Küchenkräuter auf den sonst einfarbig elfenbeinfarbenen Keramikfliesen. Kupfertöpfe hingen von einer Deckenkrone, und an eine große Kork-Pinnwand am einen Ende der Küche war kunterbunte Kinderkunst geheftet.

Ariana kramte in ihrer Tasche und zog einen Haargummi heraus. »Hast du eine Bürste für Carmelas Haare?«

»Die ist in ihrem Zimmer. Sie kann sie dir selbst

zeigen.« Alessandro sagte ein paar Worte zu Carmela, und gleich nahm das kleine Mädchen Ariana an die Hand.

Sie folgte der Kleinen ins Kinderzimmer, das mit schillernden Regenbögen dekoriert und von unzähligen Plüschtieren und Babypuppen bevölkert war. Ariana nahm die Bürste von der Kommode und machte sich daran, Carmelas dicke Locken durchzukämmen. Das kleine Mädchen hielt ganz still und schaute ihr mit großen Augen im Spiegel zu. Ariana plauderte mit ihr, während sie ihr die Haare kämmte. Schließlich fasste sie den ganzen Schopf zu einem hohen, lockeren Pferdeschwanz zusammen. Zufrieden mit ihrem Werk stand Ariana da, und ganz kurz schoss ihr der Gedanke durch den Kopf, ob sie wohl einen kleinen Jungen oder ein kleines Mädchen bekommen würde.

»*Grazie*«, bedankte Carmela sich artig. Sie schlang Ariana die zarten Arme um den Hals und gab ihr einen Kuss, um dann rasch in die Küche zu ihrem Vater zu laufen und ihm stolz die neue Frisur zu präsentieren.

»Sehr hübsch«, lobte Alessandro, und sein Blick blieb kurz an Ariana hängen, ehe er sich wieder dem Kühlschrank zuwendete.

Kichernd kletterten die beiden Kinder auf die hohen Hocker an der Küchentheke.

»Sie sind es nicht gewöhnt, dass außer meiner Schwester noch andere Leute bei mir in der Küche sind.« Alessandro stellte ihnen ein Schälchen mit eingelegten Oliven und eine Ecke *Parmigiano Reggiano* mit Brot hin. »Zuerst die Antipasti. Eine Kleinigkeit zum Knabbern. Würdest du etwas Olivenöl auf ein kleines Tellerchen gießen?«

Sandro zeigte auf das Abtropfgestell neben der Spüle. Ariana nahm einen kleinen Teller heraus und goss etwas von dem duftenden Olivenöl darauf.

»Riecht herrlich«, sagte sie.

Alessandro gab noch etwas frischen Rosmarin dazu, dann riss er ein kleines Stück vom warmen Brot ab und tunkte es ins Öl. Das hielt er ihr dann hin. »Probier mal«, sagte er mit einem Blitzen in den Augen.

Ariana ließ sich artig von ihm füttern. Es war wie eine Geschmacksexplosion im Mund. »Köstlich«, erklärte sie hingerissen.

Die Kinder kicherten, und Alessandro lächelte. »Wir fangen gerade erst an. Du musst ja völlig ausgehungert sein.«

»Auf einmal habe ich tatsächlich einen Bärenhunger.« Ariana überlegte, ob das in ihrem Zustand normal war? Sie fühlte sich noch nicht so richtig schwanger, aber vielleicht sollte sie bald einen Vorsorgetermin beim Arzt vereinbaren und sich schon mal ein bisschen schlaumachen, was sie eigentlich erwartete.

Alessandro grinste. »Mir gefallen Frauen, die gerne essen. Hier, nimm dir ein Stückchen Käse, damit du wieder zu Kräften kommst.« Er schenkte ihr ein Glas Wein ein und schob es ihr hin.

»Oh, danke«, sagte sie und atmete den schweren Duft des Rotweins ein.

»Wein von einem hiesigen Winzer«, erklärte er und

goss sich selbst auch einen Schluck ein. Dann stieß er mit ihr an. »*Cincin.*«

Ariana hob das Glas, obwohl sie, seit sie von ihrer Schwangerschaft erfahren hatte, keinen Tropfen mehr angerührt hatte. Ohne zu trinken, stellte sie es dann wieder ab und sah Alessandro an. »Ich freue mich wirklich sehr über die Einladung. Das ist etwas ganz Besonderes für mich.«

Alessandro trank einen Schluck und lächelte. Dann wies er auf den Messerblock und sagte: »Wähle deine Waffen.«

Aus dem Kühlschrank holte er Brokkoli, orange und gelbe Paprika und verschiedene andere Gemüse und Kräuter, die es zu schnippeln galt, während er einen großen Topf mit Wasser füllte.

Beim Kochen unterhielten sie sich angeregt, und bald mischten auch die Kinder mit. Ariana fragte sie nach der Schule, und Sandro präsentierte stolz seine Schreib- und Rechenhefte. Carmela zeigte ihr das selbstgemalte Bild einer Katze, das Ariana sehr gelungen fand und überschwänglich lobte.

Bald war das Abendessen zubereitet, und alle vier setzten sich an den Tisch. Pasta, Gemüse und der gedünstete Fisch aus dem See waren vorzüglich – einfach zubereitet und perfekt gewürzt.

Nach dem Essen futterten sie die mitgebrachten Kekse, und danach spielten die Kinder draußen auf dem Rasen im Garten, während Ariana und Alessandro danebensaßen und zuschauten.

Schließlich, als die Sonne gerade jenseits des Sees

unterging und das Wasser regenbogenbunt färbte, sah Ariana Alessandro an und sagte: »Es ist so schön bei euch. Hast du ein Glück, so eine wunderbare Familie zu haben.«

Alessandro senkte den Kopf. »Für meine Kinder werde ich ewig dankbar sein, aber meiner Frau war dieses Glück leider nur kurz vergönnt.«

Ariana biss sich auf die Unterlippe. »Tut mir leid.«

»Schon gut«, sagte Alessandro und legte eine Hand auf ihre. »Es war ein unbeschreibliches Glück, dass mir die Zeit mit ihr geschenkt wurde. Sie fehlt mir einfach. Sie hatte Brustkrebs, falls du dich fragst. Hochaggressiv. Hätte ich Paolina nicht, ich wüsste nicht, wie ich das mit den Kindern hinbekommen hätte. Sie waren untröstlich, es hat mir fast das Herz gebrochen.« Er trank einen Schluck vom Wein, den er mit nach draußen gebracht hatte.

»Ich will mir gar nicht vorstellen, wie schwierig das gewesen sein muss.«

»Es wird immer besser«, versicherte Alessandro.

»Das freut mich.« Ariana erkundigte sich etwas eingehender nach seiner Frau, und Alessandro schien gerne von ihr zu erzählen.

»Kaum jemand fragt mich noch nach ihr«, sagte er ein wenig traurig. »Danke, dass du mich von ihr hast erzählen lassen. Aber jetzt zu dir!«

Ariana seufzte, und dann erzählte sie ihm, ohne weiter darüber nachzudenken, die ganze Geschichte mit Phillip.

»Besser, man stellt noch vor der Hochzeit fest, dass

man nicht zusammenpasst«, meinte Alessandro. »Wärst du nicht deinem Herzen gefolgt, wärst du wohl heute nicht hier.« Er unterbrach sich und strich ganz sachte über ihre Hand. »Und ich bin froh, dass du da bist.«

»Ich auch«, entgegnete sie leise.

»Ich will ja nicht ungemütlich werden, aber ich muss langsam die Kinder ins Bett bringen«, sagte er. »Bleibst du noch ein bisschen?«

»Sehr gerne«, antwortete Ariana. »Ich kann dir auch gerne helfen, sie ins Bett zu bringen, wenn du nichts dagegen hast.«

Alessandro lächelte. »Das fänden sie bestimmt spitze. Und ich auch.«

Nachdem sie die Kinder ins Bett gebracht und ihnen eine Gutenachtgeschichte vorgelesen hatten, gingen Ariana und Alessandro wieder nach draußen auf die Terrasse und schauten hinaus auf den See, auf dem unzählige Lichter funkelten. Ariana legte die Hände um den Bergamotte-Tee, den Alessandro ihr aufgebrüht hatte.

»Trinkst du keinen Wein?«, fragte Alessandro.

Ariana wurde rot. »Also, nein, eigentlich trinke ich Wein, aber ich muss … ich muss noch fahren. Ich bin die engen Straßen mit den vielen Kurven nicht gewohnt.«

Alessandro lachte leise. »Ja, daran muss man sich erst gewöhnen.«

Es wurde immer später, und sie redeten und redeten. Ariana ertappte sich dabei, wie sie ihm alles Mögliche erzählte, worüber sie sonst nur selten sprach, angefangen bei ihrer Liebe zum Modedesign bis hin zur schwierigen Beziehung zu ihrer Mutter. Alessandro erzählte ihr, wie es für ihn gewesen war, am See aufzuwachsen, und was er sich für seine Kinder erhoffte.

Als es schließlich Zeit für sie wurde zu gehen, brachte Alessandro sie zum Auto.

»Danke für den schönen Abend«, sagte Ariana. Ihr Herz fing wild an zu klopfen, als er einen Schritt auf sie zutrat und ihr eine Haarsträhne aus dem Gesicht strich.

»Er war mehr als schön«, entgegnete Alessandro. »Es ist lange her, dass ich mich so gut unterhalten habe wie heute.«

Ariana wusste, sie sollte schleunigst in den Wagen steigen und fahren, aber irgendetwas hielt sie davon ab. Und dann tat sie es, ohne weiter darüber nachzudenken. Sie schaute zu Alessandro auf und küsste ihn, nicht auf die Wange, wie er es zu erwarten schien, sondern mitten auf den Mund, auf diese vollen Lippen, denen sie einfach nicht widerstehen konnte.

Alessandro, obschon merklich überrumpelt, schien durchaus angetan und legte ihr, ein wenig zaghaft zunächst, den Arm um die Schultern und erwiderte ihren Kuss.

Nicht lange, dann löste Ariana sich wieder von ihm. Wortlos stieg sie ins Auto und startete den Motor, und während sie die Einfahrt hinunterrollte, überlegte sie, wo diese Freundschaft wohl hinführen würde, und warum sie derart aufs Ganze gegangen war.

KAPITEL EINUNDZWANZIG
Hollywood, 1952

Vor dem Studiokomplex, der sich wie ein eigenes kleines Städtchen vor ihr ausbreitete, stieg Ruby aus dem Bus. Die Handtasche fest umklammert reihte sie sich in die Schlange der Wartenden vor dem Haupttor ein. Wie sie so dastand und wartete, wurde ihr mit einem Mal ganz flau. *Blödes Lampenfieber*, schimpfte sie sich still. Als sie endlich an der Reihe war, trat sie vor und ging zu dem Wachmann im Pförtnerhäuschen.

»Ich bin Ruby Raines, und ich habe heute ein Vorsprechen bei Royce Blackstone.« Sie nannte ihm alle weiteren Angaben, die sie von ihrem Agenten bekommen hatte, und wartete dann, während der Wachmann auf der Suche nach ihrem Namen die Liste durchging. Als er ihn schließlich gefunden hatte, reichte er ihr ein Kärtchen mit der Nummer des Gebäudes, zu dem sie musste, und dazu eine Karte des Studiogeländes.

Ruby reihte sich ein in den Strom der hoffnungsvollen Schauspieler und Produktionsmitarbeiter, die zum Vorsprechen und zu Vorstellungsgesprächen gekommen waren. Es war so aufregend, unter so vielen Künstlerkollegen, Autoren und Darstellern zu sein. Ringsum eilten Menschen in Maske und Kostüm zu ihren Drehs. Cowboys, Tänzerinnen und eine ägyptische Königin. Manche hatten Drehbücher in der Hand, andere warteten in der Schlange vor der studioeigenen Kantine aufs Frühstück. Bei dem Essensgeruch drehte sich ihr der Magen um.

Dieses Vorsprechen war immens wichtig. Ruby brauchte das Geld, um eine Wohnung für sich und Niccolò zu mieten, wenn er endlich kam. Und sie musste ihren Eltern Geld schicken, damit sie irgendwie über die Runden kamen.

Wie sie so über das Studiogelände ging, stellte sie sich vor, wie Niccolò ihr aufmunternde Worte ins Ohr flüsterte. *Kopf hoch*. Sie schrieb ihm fast jeden Tag, hatte bisher aber nur zwei Briefe von ihm erhalten. Niccolòs Rechtschreibung und Grammatik waren, wie er sie bereits gewarnt hatte, eher dürftig. Sie musste lächeln beim Gedanken daran, wie sehr er sich dafür geschämt hatte. Er hatte die Sprache nur mündlich gelernt, durchs Sprechen, aber wenn er erst einmal hier wäre, würde sie ihm helfen, rasch richtig schreiben zu lernen.

Ruby und Niccolò hatten verabredet, dass sie warten würden, bis er in Hollywood war, um ihren Eltern von der Hochzeit zu erzählen. Nachdem sein eigener Vater derart aus der Haut gefahren war, bestand Niccolò darauf, bei ihr zu sein, wenn sie es ihnen sagte, damit er sie beschützen konnte, sollte ihr Vater einen Tobsuchtsanfall bekommen.

Ihre Eltern hatten sich zwar sehr über Patricias

Hochzeit mit dem Nachbarsrancher gefreut, aber ein italienischer Schauspieler entsprach vermutlich nicht ihrer Wunschvorstellung vom zukünftigen Schwiegersohn. Ungeduldig warteten ihre Eltern bereits seit Jahren auf die ersehnten Enkelkinder, aber auch nach acht Jahren Ehe waren Patricia und ihr Mann noch immer kinderlos. Und finanziell kamen sie, wie die meisten anderen Rancher in der Gegend, auch kaum über die Runden. Alle beteten für ein baldiges Ende der Dürre.

Ruby sprang die Stufen eines weißen Gebäudes mit hohen Säulen und einer breiten Veranda hinauf, das mehr von einem herrschaftlichen Anwesen in Pasadena als von einem Bürokomplex hatte. Oben angekommen holte sie tief Luft und öffnete die Tür.

»Guten Morgen, ich habe einen Termin bei Royce Blackstone wegen des Vorsprechens für *Tagebuch einer Pionierin*«, sagte Ruby zu der Empfangsdame am Schreibtisch in der Eingangshalle. Sie klammerte sich an ihre Handtasche und versuchte, ganz ruhig ein- und auszuatmen, aber eine Welle der Übelkeit drohte sie zu überwältigen. So schlimmes Lampenfieber hatte sie noch nie gehabt. Sie schluckte schwer, weil sie das Gefühl hatte, sich jeden Augenblick übergeben zu müssen.

»Bitte, nehmen Sie noch einen Augenblick Platz.« Die Empfangsdame reichte ihr einen kurzen Text und bedeutete ihr, sich auf einen der aufgereihten Stühle zu setzen, wo bereits etliche andere junge Frauen in ihrem Alter warteten.

Erst jetzt ging Ruby auf, wie viele aufstrebende Jungschauspielerinnen wohl zu diesem Vorsprechen eingeladen worden waren. Sie setzte sich und schaute in ihren Text und versuchte, die Übelkeit zu ignorieren.

Die wurde aber bald schon unerträglich. Ruby stürzte zum Empfangsschalter. »Wo ist die Damentoilette, bitte?«

»Den Flur entlang.« Die Empfangsdame wies auf eine Tür.

Ruby hastete durch die Tür und begann dann im Flur beinahe zu rennen. Ihre Absätze klackerten auf dem Parkettboden wie Schreibmaschinenanschläge. Schwer atmend platzte sie durch die Tür und stürmte in eine der Kabinen.

Gerade noch rechtzeitig.

Zum Glück war die Damentoilette ansonsten leer. Ruby übergab sich und schleppte sich dann matt zu einer kleinen Couch im verspiegelten Vorraum. Ihr war schrecklich schwindelig. Der ganze Raum drehte sich wie eine Walzerbahn auf dem Rummelplatz.

Die nächste Stunde verbrachte sie abwechselnd auf der Couch und in der nächstgelegenen Kabine. Sie konnte sich nicht daran erinnern, wann sie das letzte Mal so krank gewesen war. Sonst warf sie so schnell nichts um.

Auf dem Sofa kauernd wischte sie sich die Tränen aus dem Gesicht. Das Schlimmste an der ganzen Sache war, dass sie womöglich das Vorsprechen sausen lassen musste. Sie wartete und wartete und sah mit an, wie die anderen jungen Frauen reihum hereinkamen, um sich die Nase zu pudern. Einige fragten, ob sie ihr irgendwie helfen könnten.

»Geht gleich wieder«, versicherte Ruby ihnen, aber so, wie die sie anschauten, war ihnen anzusehen, dass sie Zweifel hatten an Rubys Eigenbefund. Sie schloss die Augen und versuchte mit schierer Willenskraft, die Übelkeit zu vertreiben.

Ruby wusste nicht so genau, wie viel Zeit vergangen war, als die Empfangsdame plötzlich in die Damentoilette kam. »Sie sind die Letzte auf der Liste. Sie werden drinnen erwartet.«

»Ich weiß nicht, ob ich das schaffe«, flüsterte Ruby.

Die Empfangsdame presste die Lippen zu einem schmalen Strich zusammen. »Sie müssen. Mr Wyler hat eigens ein Empfehlungsschreiben für Sie geschickt. Mr Blackstone wartet da drin mit dem Produzenten und der Besetzungschefin. Alle warten auf Sie, also reißen Sie sich gefälligst zusammen.«

Ruby stöhnte gequält auf.

Die Frau ging zu einem der Waschbecken, drehte den Hahn auf und feuchtete ein Papiertuch an. »Setzen Sie sich hin und legen Sie sich das auf die Stirn. Wenn Sie nicht vorsprechen, bekommt eins der anderen Mädchen die Rolle. Und Mr Blackstone und Mr Wyler sind miteinander befreundet, also sehen Sie lieber zu, dass Sie auf die Beine kommen. Ich lasse mir ganz bestimmt nicht vorwerfen, ich hätte Sie nicht reingeschickt.«

»Ich versuch's.« Brav drückte Ruby sich das kühle Tuch auf das Gesicht, und nach einigen Minuten drehte der Raum sich ein bisschen langsamer, und sie rappelte sich mühsam von dem kleinen Sofa auf.

Ruby zwang sich, den Aufruhr in ihrem Magen zu

ignorieren, und kämpfte mit aller Macht gegen die Übelkeit an. *Kopf hoch.* »Sagen Sie ihnen, ich komme sofort.«

»Ich kann fünf, höchstens zehn Minuten rausschinden, aber mehr nicht.« Die Frau eilte hinaus.

Ruby taumelte zum Waschbecken und spritzte sich kaltes Wasser ins Gesicht. Als sie aufschaute und ihr Spiegelbild sah, musste sie bei dem Anblick, der sich ihr da bot, beinahe würgen. Ihr Gesicht war leichenblass, und die sorgfältig frisierten Haare waren nun völlig zerzaust. Sie musste an David denken, ihren Kostümbildner in Italien, und was er wohl zu diesem Aufzug gesagt hätte. Aber da war wohl nichts zu machen. Kein Maskenbildner oder Frisör konnte vertuschen, wie elend es ihr gerade ging.

Das Einzige, worauf Ruby sich jetzt verlassen konnte, um die Rolle doch noch zu ergattern, war ihr schauspielerisches Talent. Sie atmete tief durch und nahm all ihre Kraft zusammen. Wenn sie diese Rolle nur wegen einer dummen Magenverstimmung nicht bekam und ihre Eltern dadurch die Ranch verloren, würde sie sich das nie verzeihen. Und Niccolò brauchte sie.

Und sie brauchte ihn.

Ruby strich sich die Haare glatt und straffte die Schultern. Dann marschierte sie aus der Damentoilette und rief: »Ich bin so weit.«

Die Empfangsdame deutete auf eine geschlossene Tür. »Dort hinein, und viel Glück.«

Zögerlich betrat Ruby den Raum, in dem das Vorsprechen stattfand. Er war leer bis auf einen langen

Tisch auf der einen Seite. Daran saßen zwei Männer und eine Frau. Alle hatten dicke Papierstapel und einen Notizblock vor sich liegen.

»Nur immer herein mit Ihnen«, sagte die Frau, schaute auf ihren Notizblock und das Porträt von ihr, das ihr Agent eingeschickt haben musste. »Sie sind Ruby Raines, richtig?«

Ruby schluckte einen Anflug von Übelkeit herunter. »Ja, die bin ich. Erfreut, Sie kennenzulernen.«

»Ich bin Meg Wallace, die Besetzungschefin von *Tagebuch einer Pionierin*«, stellte die Frau sich vor. »Wir haben uns sagen lassen, dass Sie in Italien mit William Wyler gedreht haben.«

»Ja. Es war eine wunderbare Erfahrung«, brachte Ruby mühsam heraus.

Meg stellte daraufhin Mr Blackstone und den Produzenten vor. »Wir werden das außerdem auf Film aufzeichnen.« Sie schrieb etwas auf ihren Notizblock.

Ruby wünschte, sie könnte dagegen protestieren. Der Gedanke, in dieser Verfassung für die Nachwelt auf Film gebannt zu werden, war verstörend. Aber sie musste wohl das Beste daraus machen.

Just in diesem Augenblick leuchteten die Scheinwerfer auf, und der Kameramann hastete an seinen Platz hinter einer gewaltig großen Filmkamera.

Ruby stand mitten im Raum, versuchte sich zu sammeln und die aufsteigende Übelkeit wegzuatmen. Sie wollte gar nicht daran denken, was geschehen würde, müsste sie sich hier und jetzt übergeben. Das durfte nicht passieren. Sie *musste* diese Rolle bekommen.

Ruby blinzelte und versuchte, in ihre Rolle zu schlüpfen.

Meg legte den Stift beiseite. »Sagen Sie bitte Ihren Namen und fangen Sie an, wenn Sie so weit sind.«

Der Regisseur gab das Zeichen zu drehen.

Und mit einem Mal war es, als verschmelze Ruby mit der Rolle, die sie spielen sollte. Sie sprang auf und warf den Kopf in den Nacken, als schaute sie jemanden an. Mit zusammengebissenen Zähnen hielt sie die Arme vor sich, als wiege sie darin ein kleines Kind.

»Wenn du hergekommen bist, weil du auf'n Almosen hoffst, dann bist du bei mir an der falschen Adresse«, sagte sie im breitesten texanischen Akzent. »Mein Kind ist todkrank, und bei dieser Dürre gibt's fast nichts mehr zu essen.«

Mit monotoner, ausdrucksloser Stimme las Mr Blackstone den Text ihres Gegenübers. Manch anderem Schauspieler wäre es womöglich schwergefallen, dabei nicht aus der Rolle zu fallen, aber Ruby nicht. Sie nutzte ihren Zorn auf sich selbst und preschte durch die Szene, und die schiere Verzweiflung ihrer Figur schien den ganzen Raum zu erfassen. Die Rolle, die sie spielte, und deren missliche Lage waren ihr nur allzu vertraut.

Mit einem wahren Gefühlsausbruch beendete Ruby die Szene und blieb dann reglos stehen.

Sekundenlang sagte niemand ein Wort, und Rubys Magen rumorte. Sie betete, das Rumoren möge nicht so laut sein, dass man es auf der Aufnahme hörte.

Schließlich rief der Regisseur: »Das reicht.«

»Wir haben alles, was wir brauchen.« Meg erhob sich. »Sie können jetzt gehen. Wir werden uns in den nächsten Tagen bei Ihrem Agenten melden.«

Ruby bedankte sich artig und ging hinaus, und sobald sie die Tür hinter sich zugezogen hatte, stürzte sie den Flur hinunter, geradewegs zur Damentoilette. Auf dem Weg vorbei an der Empfangsdame zeigte die ihr die gereckten Daumen.

Ruby wusste, das war nur ein Zeichen der Anerkennung, weil sie durchgehalten hatte, nicht, weil sie sich gegen die Konkurrenz durchgesetzt hatte. Dieses Vorsprechen war das schlimmste in Rubys ganzem bisherigem Leben gewesen, und sie hasste sich dafür, dass sie es nicht abgesagt hatte. Und was das Schlimmste war, nun gab es sogar eine Aufnahme davon. Wären Mr Wyler und sein Brief nicht gewesen und wäre ihre Familie nicht in solch argen finanziellen Nöten, Ruby hätte das Vorsprechen sausen lassen und wäre schnurstracks nach Hause und ins Bett gegangen. Die Busfahrt zurück zur Mietwohnung ihrer Tante in Hollywood war quälend. Zu Hause angekommen knabberte Ruby erst einmal ein paar Salzkräcker, damit sich ihr Magen ein wenig beruhigte. Es schien zu helfen, und kaum ging es ihr etwas besser, setzte sie sich hin, um Niccolò einen Brief zu schreiben.

Seit gut zwei Wochen hatte sie nichts mehr von ihm gehört, wobei er ihr beim letzten Mal geschrieben hatte, er arbeite auf dem Bau und verdiene gutes Geld. Er hatte einen Reisepass und Papiere beantragt und wartete nun darauf, dass sie endlich ankamen. Niccolò hatte ihr auch geschrieben, er und sein Cousin müssten bald umziehen, aber er werde ihr seine neue Adresse schicken, sobald er sie wüsste.

Ruby steckte eine neue Patrone in den Füller und setzte sich an den kleinen Schreibtisch im Wohnzimmer ihrer Tante mit Blick auf eine belebte Straße in Hollywood. Durch das offene Fenster schallten Autohupen und Gesprächsfetzen zu ihr in die Wohnung im ersten Stock hinauf. Draußen vor dem Fenster öffneten die rosa Petunien im Blumenkasten ihre Kelche zur Sonne.

Ruby konnte es kaum erwarten, endlich mit Niccolò zusammenzuziehen, selbst wenn sie sich am Anfang nur eine kleine Einzimmerwohnung würden leisten können. Mit diesem Gedanken im Hinterkopf zog sie ein Blatt von dem hübschen cremefarbenen Schreibpapier, das sie bei Woolworth's gekauft hatte, aus der Mappe, und machte sich daran, ihm zu schreiben.

Mein liebster Niccolò. Sie berichtete von ihrem Vorsprechen und wie elend ihr zumute gewesen war. *Aber das nächste Vorsprechen kommt bestimmt. Immer habe ich deine aufmunternden Worte im Ohr: Kopf hoch. Selbst über tausende Meilen Entfernung gibst du mir die Kraft, die Tage durchzustehen.*

Ihre Tante Vivienne hatte Niccolòs Briefe aus Italien ankommen gesehen und Ruby ausgefragt, wer ihr denn da schreibe. Ruby hatte ihr ein wenig von Niccolò erzählt – aber das mit der Hochzeit geflissentlich ausgelassen – und ihre Tante angefleht, ihren Eltern nichts zu sagen. Tante Vivienne war zwar eigentlich eine

Klatschtante, aber Ruby hoffte, sie würde diesmal ausnahmsweise nichts weitertratschen.

Ruby schrieb weiter und stellte sich vor, Niccolò wäre hier bei ihr. *Hast du noch einmal mit deinem Vater gesprochen? Du wirst das bestimmt nicht hören wollen, aber ich finde, du solltest ihn vor deiner Abreise besuchen. Womöglich wirst du ihn für lange Zeit nicht wiedersehen. Geh nicht im Streit.*

Wie sie so schrieb, kam ihr der entsetzliche Gedanke, Dante Mancini könne Niccolò zwingen, ihre Ehe annullieren zu lassen. *Aber das würde Niccolò niemals tun.* Sie schloss die Augen und dachte an ihren letzten Kuss, bevor sie an Bord des Dampfers gegangen war. Sie rief sich sein Gesicht in allen Einzelheiten ins Gedächtnis und wie er sie in den Armen gehalten hatte. Sie schlang die Arme um ihren Leib und stellte sich vor, wie er sie mit seiner Liebe umfing.

Just in diesem Augenblick hörte Ruby, wie sich die Wohnungstür öffnete. Sie schlug die Augen auf.

»Himmel, Kind, was sitzt du da und vertrödelst deine Zeit?« Tante Vivienne jonglierte mehrere braune Einkaufstüten aus Papier in den Armen. Mit hagerem Gesicht und verkniffenen, knallrot bemalten Lippen, die sie ständig missbilligend verzog, herrschte sie Ruby an: »Na los, sitz hier nicht rum und halte Maulaffen feil, hilf mir gefälligst.«

Sofort sprang Ruby auf und nahm ihrer Tante die Einkäufe ab.

Vivienne drückte Ruby die Tüten in die Hände. »Das war ein anstrengender Tag, ich brauche dringend mein Tonic. Ich habe es nicht so bequem wie deine Mutter. Ich habe keinen Mann, der mich aushält.« Vivienne arbeitete in einem Friseursalon, wo sie den reichen und schönen Damen, deren Ehemänner Hollywood lenkten, den lieben langen Tag die Haare schnitt und lockte. Sie selbst trug die Haare platinblond gebleicht und zu einem modischen Bob geschnitten.

»Mama arbeitet genauso schwer wie Dad«, wandte Ruby ein, was Vivienne mit einem verächtlichen Blick quittierte.

»Selber schuld.« Viviennes Blick ging träumerisch in die Ferne. »Beinahe wäre ich mal eine vornehme Dame geworden, die den ganzen Tag lang keinen Finger mehr krumm machen muss. Beinahe.« Sie zwinkerte Ruby zu. »Vielleicht hast du ja mehr Glück.«

Ruby fragte nicht weiter nach. Einmal, als sie ihre Mutter gefragt hatte, warum Tante Vivienne nicht verheiratet war, hatte Mercy erwidert, es schicke sich nicht, über *die Tragödie* zu sprechen, die ihrer armen Schwester widerfahren war. Ihr Vater hingegen nannte Vivienne nur die alte Jungfer, obwohl sie als jüngste Schwester ihrer Mutter nicht viel älter war als Patricia. Ruby war klug genug, ihre Tante nicht darauf anzusprechen. Bis Vivienne ihren ersten Feierabend-Tonic getrunken hatte, hatte sie eine spitze Zunge.

Ihre Tante war zwar oft auffahrend, aber Ruby war trotzdem heilfroh, dass Vivienne ihrem Bekannten Joseph die Fotos zugeschickt hatte. Ohne Vivienne hätte Ruby in Hollywood niemals einen Fuß in die Tür bekommen.

Viviennes Blick fiel auf den Brief vor ihr auf dem Schreibtisch. »Schreibst du schon wieder an deinen Verehrer?« Ihre Stimme klang seltsam tonlos.

Ruby wollte sich rasch zwischen ihre Tante und den Brief schieben, aber Vivienne war schneller.

»Na, das ist ja reizend.« Ihr Blick war starr auf das Briefpapier gerichtet.

»Das ist vertraulich«, erklärte Ruby bestimmt. »Ich muss doch sehr bitten!«

Vivienne zuckte die Achseln, als interessiere sie das nicht im Geringsten. »Wenn man blutjung ist und hübsch, kann man sich vor stinkreichen potenziellen Heiratskandidaten kaum retten. Aber du weißt ja, dein Daddy hat schon große Pläne für dich.«

Ruby sträubten sich die Nackenhaare. »Das sind seine Pläne, nicht meine. Heute keine Post gekommen?«

Vivienne schüttelte kurz den Kopf. »Als du die Familie in Texas besucht hast, hast du da mit deinem Vater über seine Zukunftspläne für dich gesprochen?«

Ruby überhörte ihre Frage. »Solange die Dürre anhält, muss ich weiterarbeiten.« Ruby hatte inständig gehofft, dass heute ein paar Zeilen von Niccolò in der Post wären. Sie drehte den Brief um und trug die Einkäufe in die Küche.

Beim Gedanken an ihren Besuch auf der Farm vor ihrer Weiterreise nach Kalifornien bekam sie Bauchweh. Sie hatte ihrer Mutter und Schwester Seidentücher mitgebracht und ihrem Vater einen Brieföffner. Den konnte er zwar eigentlich gar nicht gebrauchen, aber ihr hatte partout nichts Besseres einfallen wollen.

»Du siehst so schrecklich erwachsen aus«, hatte ihr Vater festgestellt, als er sie am Bahnhof abholte.

Ruby ging durch eine heiße, wirbelnde Staubwolke, die sich wie ein juckender klebriger Film auf ihre Haut legte. Noch immer kein Tropfen Regen, dachte sie bei sich.

»Richtig mondän«, hatte ihre Mutter entzückt gerufen und sie fest in die Arme geschlossen. »Warte nur, bis dein Johnston-Junge dich so sieht.«

»Wo wir gerade dabei sind, Mama«, setzte Ruby an.

»Du siehst so verändert aus.« Ihre Mutter hielt sie an den Schultern von sich weg und bewunderte Rubys neue Aufmachung. »Wie ein echter Filmstar.«

»Das will ich doch hoffen«, entgegnete Ruby. Sie trug jetzt knallroten Lippenstift und hatte gelernt, die Haare noch nass in Wellen zu legen. Für die Zugfahrt hatte sie eins ihrer neuen Sommerkleider getragen und sich dazu ein bedrucktes Tuch um den Hals gebunden. Und auf der Nase die dunkle Sonnenbrille, die David ihr förmlich aufgenötigt hatte.

Rubys Vater funkelte sie finster an. »Wir haben eine Abmachung, Ruby.« Er sagte das ganz ruhig, mit tiefer Stimme. Keine Drohung, nur die Erinnerung an ein gegebenes Versprechen. *Ein Mann, ein Wort*, sagte er immer.

Ruby nahm an, dass das auch für Frauen galt.

Ihre Mutter spürte die unterschwellige Spannung zwischen ihnen. »Freust du dich schon, Granger wiederzusehen, während du hier bist?«, fragte sie.

»Ich bleibe doch bloß ein paar Tage, Mama. Und die

will ich mit dir und Dad und Patricia verbringen. Ich komme ja bald wieder.« *Mit Niccolò*. Zu Weihnachten, hoffte sie.

Nach dem Abendessen ging Rubys Vater nach draußen, um im Stall nach einem Pferd zu sehen. Während Ruby und ihre Mutter in der guten Stube saßen und dünnen Baumwollstoff zu einem Quilt zusammennähten, sagte Ruby: »Ich bin in Italien erwachsen geworden. Ich muss mit dir über Granger reden.«

»Ich bin da ganz auf deiner Seite«, entgegnete ihre Mutter. »Aber das musst du mit deinem Vater besprechen. Du kennst ja die Abmachung.«

Ruby legte die Nadel beiseite. »Mama, ich kann Granger nicht heiraten.« Wie sie wünschte, sie könnte ihr einfach ihr Herz ausschütten, aber das wäre zu viel für ihre arme Mutter. Mercy hatte schon genug Kummer mit der Ranch und den Geldsorgen.

»Ich wollte deinen Vater auch nicht heiraten«, sagte Mercy matt. »Aber dann hätte ich dich und Patricia nicht bekommen. Das ist unser Los als Frauen, mein Schatz.«

»Die Zeiten ändern sich, Mama. Sag mal, hat Minnie Becker immer noch so eine Schwäche für Granger?« *Dann könnte sie zwei Fliegen mit einer Klappe schlagen.* Und alle wären glücklich – bis auf ihren Vater.

Der Faden ihrer Mutter riss, und sie schaute auf. »Der arme Junge wartet auf dich. Versprochen ist versprochen.«

»Aber ich will schauspielern. Und ihr braucht das Geld.«

Ihre Mutter spulte einen neuen Faden ab und runzelte die Stirn. »Ein Jahr hast du noch. Bis dahin kommt irgendwann der Regen, und du kannst wieder nach Hause kommen. Und dann sind wir alle glücklich wiedervereint.«

Ihre Eltern hielten sich noch immer an frommen Gebeten fest, während Ruby der Wirklichkeit ins Gesicht sah.

Gerade, als Ruby die Einkaufstüten auf der Arbeitsplatte in Viviennes Küche abstellte, läutete das Telefon.

Viviennes Absätze klackerten auf dem Holzboden. »Ich gehe schon. Mach du mir ein Tonic, ja?«

Ruby holte die eiskalte Flasche aus dem Eisschrank und nahm ein Glas, dann goss sie Tonic und Gin hinein. Sie rührte einmal kräftig um, und der Magen drehte sich ihr um. Sie hatte ihrer Tante hoch und heilig versprechen müssen, niemandem von ihren Tonics zu erzählen, weil sie sagte, Mercy würde das nicht verstehen. Womit sie wohl recht hatte.

Ruby legte die Hände auf die winzigen, sechseckigen Fliesen auf der Arbeitsfläche und wartete. Ob das Studio so schnell eine Entscheidung getroffen hatte?

»Es ist Joseph, für dich«, rief Vivienne.

»Dein Tonic steht in der Küche.« Rasch lief Ruby zum Telefonbänkchen im Flur. Sie wollte die Hoffnung noch nicht aufgeben, auch wenn ihre Darbietung grässlich gewesen war. Sie drückte den Hörer ans Ohr und sagte: »Hallo?«

Wie immer redete Joseph nicht lange um den heißen Brei herum. »Hey, Kindchen. Blackstone, die Besetzungschefin und der Produzent sagen einhellig, so ein Vorsprechen wie deins haben sie in all ihrer Zeit im Business noch nie erlebt.« Er lachte leise. »Sie meinen, du bist die perfekte Besetzung für die Rolle der geknechteten Frau in der Prärie – abgerissen, blass und heruntergekommen. Was zum Teufel hast du denn in Italien angestellt?«

»Mir war hundeelend«, erklärte Ruby kleinlaut und setzte hastig hinzu: »Wenn sie mir nur noch eine Gelegenheit geben …«

»Auf keinen Fall«, brüllte Joseph in die Leitung. »Du hattest deine Chance.«

»Und ich habe sie vermasselt.«

Joseph begann zu lachen. »Du hast die Rolle, Kindchen.«

Ruby war sprachlos. Sie dachte eigentlich, das Vorsprechen wäre ein riesengroßer Reinfall gewesen. »Wie denn das?«

»Die Besetzungschefin meint, die anderen Frauen seien allesamt viel zu hübsch und adrett gewesen. In der Szene ging es um eine Frau, die alles verloren hat, und du hast die Rolle nicht bloß gespielt, du *warst* diese Frau. Sie konnten sich dich in der Rolle vorstellen, weil du sie so überzeugend verkörpert hast.« Ihr Agent unterbrach sich kurz. »Nimmst du etwa neuerdings Method-Acting-Unterricht?«

»Nein, ich war bloß todsterbenskrank«, sagte Ruby. Eine Magenverstimmung war nicht weiter schlimm, sie hoffte bloß, dass es nichts Schlimmeres war, eine ausgewachsene Grippe zum Beispiel. Es ging ihr zwar schon viel besser, aber noch lange nicht gut.

»Tja, dann sieh zu, dass du fix wieder auf die Beine kommst, die Dreharbeiten beginnen in zwei Wochen. Du bist die letzte wichtige Rolle, die noch zu besetzen war.«

Ruby fiel ein Stein vom Herzen, und erleichtert lehnte sie sich gegen die Wand. »Wo drehen wir denn?«

»New Mexico. Du wirst eine Weile da sein, wo Fuchs und Hase sich gute Nacht sagen, aber du hast einen straffen Drehplan. In der ersten Oktoberwoche geht es los, und bis Weihnachten bist du wieder zu Hause.«

»Gut«, erwiderte sie und überschlug derweil im Kopf die Zahlen. Mit dem Geld würde sie ihre Familie durch den Winter bringen können, selbst wenn sie danach nicht gleich wieder eine neue Rolle ergatterte. »Keine weiteren Vorsprechen, zu denen ich bis dahin noch gehen könnte?«

»In den zwei Wochen, die uns noch bleiben, habe ich noch eine ganze Reihe Vorsprechtermine für dich. Alles Filme, die dann ab Januar gedreht werden«, erklärte Joseph. »Mit dieser Rolle wirst du der neue aufstrebende Stern am Hollywood-Himmel.«

Ruby hatte kaum aufgelegt, da jauchzte sie laut vor Freude. Nun konnte sie nichts mehr aufhalten.

Vivienne stürzte in den Flur. Ihr Atem roch nach Gin. »Hast du die Rolle bekommen?«

»Habe ich«, antwortete Ruby fröhlich und fiel ihrer Tante beschwingt um den Hals. Doch gleich darauf musste sie die Hand auf den Mund pressen und wich zurück.

»Was hast du denn?«, fragte Vivienne irritiert.

Ohne den Mund aufzumachen, stürzte Ruby ins Badezimmer und übergab sich heftig. Als sie danach matt auf die kühlen Fliesen sank, machte ihre Tante die Tür ganz vorsichtig ein Stückchen auf.

»Ist dir nicht gut?«, fragte Vivienne stirnrunzelnd.

»Es geht schon wieder«, versicherte Ruby. »Was auch immer ich habe, mir bleiben noch genau zwei Wochen, um es wieder loszuwerden. Wir drehen in New Mexiko.« Sie betete inständig, bis dahin würde sie wieder auf die Beine kommen.

KAPITEL ZWEIUNDZWANZIG
Hollywood, 1952

Ruby hockte in der Arztpraxis auf der Kante des Untersuchungstisches. »Schwanger?«, wiederholte sie wie betäubt. Zuerst hatte sie an eine Magenverstimmung geglaubt, aber die Übelkeit hatte sich hartnäckig gehalten und wollte und wollte nicht wieder weggehen.

In zwei Tagen sollte sie nach New Mexiko abreisen, wo bald die Dreharbeiten zu *Tagebuch einer Pionierin* beginnen sollten. Ruby strich mit den Fingern über das halbe Herz um ihren schlanken Hals und musste daran denken, wie sehr sie und Niccolò sich doch bemüht hatten, vorsichtig zu sein.

Aber anscheinend nicht vorsichtig genug.

»Morgenübelkeit ist um die sechste Woche recht verbreitet«, erklärte die nette Ärztin und machte einen Vermerk in ihrer Akte. »Sie sind jung und gesund, wenn Sie sich nicht übernehmen und ordentlich und ausgewogen essen, dürfte eigentlich nichts passieren.« Sie schaute in ihre Akte und runzelte die Stirn. »Ich sehe gerade, hier fehlt der Name Ihres Mannes. Das war doch sicher ein Versehen?«

Ruby schüttelte den Kopf. Die Zeile *Ehemann* auf dem medizinischen Fragebogen hatte sie absichtlich freigelassen. Und ihrer Tante hatte sie noch nichts von ihrer Heirat gesagt.

Ungefragt mischte Vivienne sich ein. »Sie kümmert sich darum, einen Ehemann zu bekommen, glauben Sie mir.« Sie schürzte die roten Lippen und starrte Ruby finster an.

»Wie schön«, entgegnete die Ärztin. »Meine Sprechstundenhilfe bringt Sie dann nach draußen.«

Und einfach so stand Rubys ganze Welt plötzlich Kopf.

Schweigend gingen sie zu dem alten Ford Pick-up ihrer Tante, als Vivienne unvermittelt fragte: »Das war dieser Junge, nicht? Niccolò?«

Ruby nickte. »Aber es ist nicht so, wie du denkst.«

»Oh, es ist genau so, wie ich denke«, erklärte Vivienne verächtlich und wandte sich zu ihr um. Mit zusammengekniffenen Augen zischte sie: »Du bist nach Italien gefahren und hast dich schwängern lassen, du dummes, dummes Gör. Ich habe deiner Mama und deinem Daddy versprochen, gut auf dich aufzupassen, aber kaum lasse ich dich auch nur einen Moment aus den Augen, machst du so eine Dummheit.« Zornig wies Vivienne auf Rubys Bauch. Ruby hatte Niccolò versprochen, dass sie es ihren Eltern gemeinsam sagen würden, aber da hatten sie nicht damit gerechnet, sie könne womöglich schwanger sein. »Es ist nicht so schlimm, wie du denkst.«

Vivienne stemmte die Fäuste in die Hüften. »Und

wie das, Fräuleinchen? Wenn du nicht schleunigst wieder an die Arbeit gehst, verlieren deine Eltern ihr Zuhause.«

Ruby blieb keine andere Wahl. »Ich bin verheiratet.«

»Ach, na bravo.« Vivienne verschränkte die Arme. »Und wo ist er, dein Romeo?«

»Niccolò.«

»Hat er Geld?«

Ruby schüttelte den Kopf.

»Und er ist noch in Italien, stimmt's?« Vivienne fuchtelte Ruby mit dem Zeigefinger vor der Nase herum. »Den siehst du nie wieder, das sage ich dir. Ein Windhund, ein Nichtsnutz, genau wie alle anderen auch.«

»Wie kannst du so was sagen!«, rief Ruby empört und schlug die Hand ihrer Tante weg. *Wie konnte Vivienne so über Niccolò reden!*

»Weil ich es weiß.« Wütend funkelte Vivienne sie an. »Was zum Teufel glaubst du, warum ich damals aus Texas weggegangen bin?«

Ruby starrte sie mit offenem Mund an. Vivienne packte sie am Ohr und schleifte sie zu ihrem Wagen. »Zu allererst rufen wir deine Mutter an. Die Ärmste muss es deinem Vater dann irgendwie schonend beibringen. Eigentlich solltest du das selber machen.«

Erzürnt entwand Ruby sich dem Griff ihrer Tante. »Mein Mann ist schon auf dem Weg hierher.«

»Und wann hast du das letzte Mal von ihm gehört?«

»Erst kürzlich.«

»Vor über einem Monat.«

Ruby musste die Zähne zusammenbeißen, um nicht

laut aufzuschreien. »Niccolò muss erst noch das Geld für die Überfahrt zusammenkratzen.«

»Das älteste Märchen überhaupt.« Vivienne kramte eine Schachtel Zigaretten aus der Handtasche und steckte sich eine davon zwischen die Lippen. »Werd endlich erwachsen, Schätzchen. Die Kerle sind alle gleich. Versprechen dir das Blaue vom Himmel, und ehe du dich versiehst, lassen sie dich mit einem Braten in der Röhre sitzen. Ich wette, ihr zwei habt jede Menge Spaß gehabt.«

Mehr, als du dir vorstellen kannst, hätte Ruby sie am liebsten angeschrien, aber sie war immer noch wie vor den Kopf gestoßen. Den letzten Kommentar ihrer Tante überhörte sie einfach. »Ich wusste gar nicht, dass du rauchst.«

»Du weißt so vieles nicht, Mädchen.« Vivienne fummelte nach einem Streichholz. Sie zündete ihre Zigarette an, zog heftig daran und stieß dann eine dicke Rauchwolke aus. Gegen den Wagen gelehnt sagte sie: »Das wird deiner Mutter das Herz brechen.«

Ruby rümpfte die Nase wegen des Rauchs und strich sich die Haare aus der Stirn, die feucht war vor Schweiß. Vielleicht lag das an den Nerven, vielleicht an den anderen Umständen. Eigentlich wollte Ruby glauben, dass ihre Mutter sich mit ihr freuen würde – auch auf das ersehnte erste Enkelkind, auf das sie schon seit Jahren vergeblich warteten –, aber sie wusste, ihr Vater würde außer sich sein vor Wut. Und ihre Mutter würde das meiste davon abbekommen.

Daran hatte Ruby noch gar nicht gedacht.

»Und dein Vater bringt dich um«, fuhr Vivienne ungerührt fort. »Es sei denn ...«

»Was?«

»Du gehst auf der Stelle zurück nach Texas und heiratest Granger Johnston. Ich habe läuten gehört, der Junge ist tüchtig und macht was aus sich.«

»Aber ich bin doch schon verheiratet.«

»In Italien. Wer weiß hier davon?«

»Niemals.« Ruby drehte sich brüsk um und wollte gehen.

Vivienne packte sie unsanft am Arm. »Sei kein zweites Mal so dumm. Granger würde es nie erfahren.« Sie schnaubte. »Das hätte ich damals auch machen sollen.«

Das war also besagte Tragödie, die Tante Vivienne zugestoßen war. Ruby guckte ihre Tante von der Seite an. »Das mache ich nicht. Ich gehe wieder arbeiten.«

»In diesem Zustand?«, lachte Vivienne höhnisch. »Bestimmt nicht.«

»Wir brauchen das Geld. Und man wird es nicht sehen, bis ...« Ruby legte eine Hand auf ihren noch ganz flachen Bauch. »Wann, meinst du, sieht man es mir an, dass ich ...« Sie brachte es nicht über sich, es zu sagen. *Schwanger.* Ruby wischte sich eine verirrte Träne von den glühenden Wangen. Könnte sie doch Niccolò bloß irgendwie erreichen. Bestimmt käme er dann auf der Stelle. Und er wäre glücklich, überglücklich. Sie musste ihm gleich heute Abend noch schreiben.

»Na ja, du bist groß und dünn ...« Ihre Tante musterte sie eingehend von Kopf bis Fuß. »Drei Monate dürfte es wohl noch dauern. Vielleicht sogar vier. Du könntest einen Hüfthalter tragen und darfst nicht zu viel zunehmen. Viele Frauen machen das, um weiterarbeiten zu können.«

Ruby schwirrte der Kopf, und ihr wurde schon wieder übel, aber wenn sie sich jetzt nicht zusammenriss, befürchtete sie, gleich zusammenzuklappen. Langsam atmete sie aus. *Ein Baby. Niccolò.* Was tun? Ruby presste die Finger auf die Schläfen. »Ich gehe nach New Mexiko und drehe bis Weihnachten diesen Film.«

»Und die neue Rolle, die du gerade bekommen hast, für den Film im Januar?«

Ruby sank der Mut. Ihr Agent hatte sie zu einem halben Dutzend Vorsprechen geschickt, und sie hatte tatsächlich eine weitere Rolle ergattern können. »Ich rede mit Joseph.«

»Was immer du vorhast, sag ihm bloß nicht, dass du ein Kind erwartest.« Vivienne senkte die Stimme zu einem vertraulichen Flüstern, als sei eine Schwangerschaft etwas, wofür man sich schämen musste. »Frauen in deinen Umständen sind ganz schnell weg vom Fenster. Dabei hast du gerade die besten Aussichten auf eine ganz große Karriere. Sag Joseph am besten, dass du nach Weihnachten erst einmal eine kleine Pause brauchst.«

»Aber ich bin verheiratet. Das ist kein uneheliches Kind.«

»Das ist unerheblich. Die Studios mögen ihre Stars am liebsten skandalfrei und in Topform.«

»Ich werde ganz schnell wieder in Form sein, wenn das Kind erst einmal da ist«, erklärte Ruby entschieden.

Ihre Tante schlug die Hände über dem Kopf zusammen. »Trotzdem bist du erst siebzehn. In Hollywood ist das ein Skandal. Genauso gut kannst du Granger heiraten. Das war's nämlich mit deiner Filmkarriere, wenn sich das erst einmal herumspricht.« Vivienne trat die Zigarettenkippe aus und mühte sich in den Pick-up. »Und ich dachte schon, eines schönen Tages wirst du so steinreich, dass wir uns alle ein schönes Lotterleben machen können.«

Die Worte ihrer Tante trafen Ruby bis ins Mark, aber sie klammerte sich in Gedanken an ihre Liebe zu Niccolò. Schweigend fuhren sie zu ihrer Tante nach Hause. Dort angekommen machte Ruby sich augenblicklich daran, Niccolò einen Brief zu schreiben.

Mein Schatz Niccolò, ich habe wunderbare Nachrichten. Du wirst Vater! Bitte richte es ein, zu Weihnachten herzukommen, dann feiern wir alle gemeinsam und bereiten alles für die Ankunft unseres Babys vor. Ich beginne bald mit den Dreharbeiten für den neuen Film, von dem ich dir geschrieben habe, also bleibt etwas Geld für eine kleine Wohnung.

Als Ruby fertig war mit Schreiben, wischte sie sich die Tränen aus dem Gesicht, die das Blatt sprenkelten, und steckte den Brief in einen Umschlag, den sie gleich verschloss, damit ihre Tante ihn nicht heimlich lesen konnte. Den Umschlag steckte sie in ihre Handtasche, um den Brief am nächsten Morgen einzuwerfen.

Aber am nächsten Morgen wachte Ruby wieder mit dieser schrecklichen Übelkeit auf.

Rasch gab Vivienne etwas Natron in ein Glas Wasser und presste Zitronensaft hinein. »In kleinen Schlucken trinken«, sagte sie streng und stellte es auf den Couchtisch neben dem blauen Sofa, auf dem Ruby nächtigte.

Ruby versuchte es, aber schon Augenblicke später wurde ihr speiübel, und sie stürzte so hastig ins Badezimmer, dass sie dabei beinahe Viviennes heißgeliebte Porzellanhahnsammlung umgerissen hätte. Sie übergab sich heftig und lange, dann spülte sie sich den Mund aus und spritzte sich kaltes Wasser ins Gesicht. Als sie endlich wieder aus dem Bad kam, war ihre Tante nicht mehr da.

Vorsichtig ließ Ruby sich auf die Couch sinken, nippte an ihrem Zitronensaft-Natron-Gebräu und versuchte, es irgendwie drinnen zu behalten.

Eine Stunde später war Vivienne wieder da und hatte frische Zitronen mitgebracht. »Früher oder später hilft es ein bisschen.«

»Ich glaube, es wird schon etwas besser.« Ruby setzte sich auf. Ihr war noch immer flau, aber nicht mehr ganz so schlimm wie vorhin. Sie war nur so schrecklich müde. *Der Brief.* Ruby stemmte sich hoch.

»Liegen geblieben«, kommandierte Vivienne. »Damit dein Magen zur Ruhe kommt.«

»Aber ich muss den Brief an Niccolò einwerfen.«

»Schon erledigt«, erwiderte Vivienne mit einem Lächeln. »Ich habe dich beim Schreiben gesehen und wusste gleich, der ist sicher wichtig. Und wo es dir so schlecht geht, da dachte ich mir, ich kümmere mich rasch darum.« Sie schüttelte Rubys Kissen auf und stopfte es ihr in den Rücken. »Ruh dich aus. Bis zu deiner Abreise kümmere ich mich gut um dich.«

Erleichtert sank Ruby in die Kissen, froh, dass ihre Tante sie nicht mehr anschrie, so wie gestern. »Ich muss Mama anrufen.«

»Warum ihr unnötig Sorgen machen? Dazu ist noch reichlich Zeit.« Vivienne setzte sich neben Ruby und nahm ihre Hand. »Ich sage dir das nur sehr ungern, wo du doch gerade in anderen Umständen bist, aber manchmal können Frauen das Kind auch nicht austragen.«

Verunsichert runzelte Ruby die Stirn. »Wie meinst du das?«

»Du könntest das Kind verlieren. Das ist nicht so ungewöhnlich. Sollte das der Fall sein, hättest du deine Mutter ganz umsonst beunruhigt.«

»Da könntest du recht haben«, murmelte Ruby nachdenklich. Wie sie sich danach sehnte, die Stimme ihrer Mutter zu hören, aber sie wollte ihr das Leben nicht noch schwerer machen, als es ohnehin schon war.

»Ganz bestimmt. Diese kleine Unannehmlichkeit könnte sich ganz von allein erledigen. So, wie wäre es mit einer schönen heißen Brühe und Crackern?«

»Also gut«, seufzte Ruby. Sie musste diese vermaledeite Übelkeit so schnell wie irgend möglich loswerden. Die Dreharbeiten in New Mexiko würden nicht auf sie warten.

Ruby stand in einem alten Farmhaus in New Mexiko mit einer monumentalen Felsformation im Hintergrund, die ihnen als Filmkulisse diente, und ging an ihren zugewiesenen Platz. Die Tage waren staubtrocken und noch immer glühend heiß, obschon es bereits Anfang Oktober war.

»Alles auf die Plätze«, rief der Regisseur.

Ruby trug einen braunen Wollrock, der über den staubigen Holzboden schleifte. Ihre zerknitterte weiße Baumwollbluse war kunstvoll mit Dreck beschmiert, und die Haare hatte sie zu einem nachlässigen Zopf zurückgebunden. Hätte sie nicht jeden Morgen längere Zeit in der Maske gesessen, sie hätte noch abgehärmter ausgesehen. Aber die Maskenbildnerin hatte ein Händchen dafür, dunkle Ringe unter den Augen verschwinden zu lassen und fahle Wangen zu kaschieren.

Trotzdem war Ruby die ideale Besetzung für die abgekämpfte Frau im rauen Grenzland.

Wegen der anhaltenden Übelkeit konnte Ruby kaum etwas im Magen behalten. Tagsüber aß sie fast nichts, knabberte nur gelegentlich an einem Salzcracker und trank heimlich Viviennes Zitronensaft-Natron-Gebräu. Abends ließ die Übelkeit meist etwas nach, und sie konnte ein wenig frisches Gemüse und Fleisch oder Fisch für das Baby drinbehalten. Meistens verschanzte sie sich in ihrem Wohnwagen, hielt sich von der Sonne fern und ruhte sich mit einem kalten Lappen auf der Stirn aus, um sich für die Dreharbeiten zu schonen. Noch nie in ihrem Leben war sie so unglaublich müde gewesen.

»Hey, Giraffe«, rief der Regisseur sie bei ihrem Spitznamen und kam zu ihr herüber. »Ich habe mir gestern

Abend das Filmmaterial angeschaut und hab noch ein paar Tipps für dich. Insgesamt eine großartige Leistung. Aber die Szene heute wird hochemotional. Meinst du, du schaffst das?«

Ruby nickte. »Sie können sich auf mich verlassen.« Der Gedanke daran, bald ein Kind zu bekommen, ließ sie umso verbissener arbeiten. Ruby beriet sich noch ein paar Minuten mit dem Regisseur. Abends sah er sich immer das Filmmaterial des Tages an, damit sie Szenen, wenn nötig, gleich nachdrehen konnten, ehe sie zu einer anderen Kulisse oder einem anderen Drehort wechselten.

Heute würden sie wohl keine Nachdrehs ansetzen müssen. Ruby beschwor all die vielen widerstreitenden Gedanken und Gefühle, die in ihr tobten, herauf – das Kind, Niccolò, ihre Mutter und ihr Vater – und traf jede Note im Gefühlsregister, die die Szene von ihr verlangte, ganz genau.

Ihr männlicher Filmpartner, der in seiner illustren Karriere schon so manchen Preis gewonnen hatte, zwinkerte ihr anerkennend zu und schüttelte ihr wohlwollend die Hand. »Das war oscarreif, meine Liebe. Einfach brillant.«

Nach den Dreharbeiten schrieb Ruby täglich an Niccolò. Und wann immer sie konnte, fuhr sie in den nächstgelegenen kleinen Ort, um ihre Tante anzurufen. Doch so oft Ruby auch nachfragte, immer sagte Vivienne ihr, es sei kein einziger Brief mehr von Niccolò angekommen.

Er hatte einfach aufgehört, ihr zu schreiben.

Ruby sorgte sich, ihm könne etwas zugestoßen sein. Wäre sie doch bloß in Rom geblieben, dann wüsste sie wenigstens, was mit ihm los war. Vielleicht war er im Krankenhaus. Wenn er krank war, würde seine Mutter sich hoffentlich um ihn kümmern und ihn wieder gesund pflegen. Ruby wünschte, ihr würde die Adresse seiner Eltern wieder einfallen, dann könnte sie an Carolina Mancini schreiben. Aber sie war damals einfach blind hinter Niccolò hergelaufen und hatte weder auf die Straße noch auf die Hausnummer geachtet.

Womöglich war er auch tot. Aber daran mochte sie gar nicht denken.

Und sie wollte auch partout nicht glauben, was ihre Tante steif und fest behauptete – dass Niccolò sie nicht mehr liebte. Wie konnte das sein? Ihre Liebe zu ihm würde nie vergehen.

Die Dreharbeiten zogen sich schier endlos hin, aber Mitte Dezember war der Film dann doch fast fertig. Eines Samstags fuhr Ruby in das nächstgelegene Städtchen und führte von einer Telefonzelle im örtlichen Drugstore ein Telefonat.

Ihr Agent hatte ihr tags zuvor ein dringendes Telegramm geschickt. *Ruf mich schleunigst an. Verlockendes Angebot für dich.*

Ruby gab dem Fräulein von der Vermittlung Josephs Telefonnummer in Hollywood. Die Telefonistin meldete den Anruf an, und als Joseph drangjng, sagte sie: »Ich habe ein R-Gespräch für Mr Joseph Applebaum von Miss Ruby Raines. Möchten Sie den Anruf entgegennehmen?«

»Natürlich.« Die Telefonistin stellte sie durch, und Joseph meldete sich. »Du glaubst nicht, wer mich zurückgerufen und mir *das Dreifache* seiner ursprünglichen Offerte geboten hat.« Und dann erzählte er ihr freudestrahlend, dass die Rolle, die sie abgelehnt hatte, wieder zu haben sei. »Maxwell Banksy, und der Film heißt *Auf immer ein Rebell.*«

Ruby lehnte sich gegen die Wand. »Joseph, ich muss mir eine Auszeit nehmen.«

»Schätzchen, du hast doch Ende Dezember zwei Wochen frei.«

»Das reicht nicht.«

»Ich bitte dich, deine Szenen werden im Januar und Februar gedreht. Bis zum Valentinstag ist der Drops gelutscht, und du kannst tun und lassen, was du willst.« Und dann nannte er ihr eine Summe. Es war mehr als alles Geld, das sie bisher verdient hatte, zusammen.

Ruby schwankte. Rasch überschlug sie die Wochen bis dahin – und ihren Kontostand. Mit den richtigen Kostümen ließe sich das machen. »Also gut.«

Wenn sie es geschickt anstellte, könnte sie bis zum sechsten Monat arbeiten. Und vielleicht würde Niccolò sie ja zu Weihnachten überraschen.

Ruby umklammerte den Hörer. »Aber danach brauche ich eine Pause.«

»Du kannst nicht einfach Ferien machen. Man muss das Eisen schmieden, solange es heiß ist«, sagte Joseph. »Ich kann dir eine Rolle in Wylers nächstem Film besorgen. Er hat schon nach dir gefragt.«

Ruby biss sich auf die Unterlippe. Was würde sie

dafür geben, noch einmal mit Mr Wyler zusammenzuarbeiten. »Wann wäre das?«

»Die Dreharbeiten beginnen im April. Ziemlich kurzfristig, das Ganze, aber du könntest dir im März ein, zwei Wochen freinehmen. Das ist dein Moment. Du darfst jetzt nicht kneifen.«

Ihren Berechnungen zufolge müsste das Baby Anfang Mai kommen. »Es tut mir leid, aber das geht nicht.«

»Weißt du, was auch nicht geht? Als Agent launische Schauspielerinnen zu vertreten«, gab Joseph spitz zurück. »Wenn du nicht arbeitest, kriege ich kein Geld. Ich bitte dich, Ruby, lass dir diese einmalige Gelegenheit nicht entgehen. Du hast selbst gesagt, du willst arbeiten und Geld verdienen, also nenne mir nur einen guten Grund, warum du diese Rolle nicht annehmen kannst.«

Und da erzählte Ruby es ihm, entgegen aller Warnungen ihrer Tante. Sie legte die Hand um die Sprechmuschel und drehte sich gegen die Wand. »Ich bekomme ein Baby«, flüsterte sie.

Am anderen Ende der Leitung entfuhr Joseph ein Schwall von Flüchen. »Wer weiß noch davon?«

»Nur meine Tante. Und meine Ärztin.«

»Vermassle dir jetzt bloß nicht deine Karriere.« Joseph senkte die Stimme. »Ich kenne jemanden, der sich um solche Problemchen kümmert. Das geht ganz schnell. Ich mache einen Termin für dich, sobald du wieder da bist.«

Ruby wusste gleich, worauf er hinauswollte, und war

entsetzt. Vivienne hatte neulich noch etwas ganz Ähnliches angedeutet. »Ich bin verheiratet.«

»Ach herrje. Ist dein Mann in Los Angeles?«

»Er ist in Italien.« Beim Gedanken an Niccolò hatte sie gleich wieder Tränen in den Augen.

»Und warum ist er nicht bei dir?«

Ja, warum nicht? Ruby brachte die Worte nicht heraus.

Joseph fluchte abermals. »Du bist viel zu jung dafür.«

»Elizabeth Taylor war erst achtzehn, als sie Nicky Hilton geheiratet hat.«

»Ja, achtzehn«, sagte Joseph trocken. »Und acht Monate später waren sie schon wieder geschieden. Du bist nicht mal achtzehn.«

»Beinahe doch«, gab Ruby zurück. »In meinem Pass steht, dass ich es bin.«

»Du machst einen gewaltigen Fehler«, drängte Joseph. »Sämtliche Verträge, die du unterzeichnet hast, enthalten unter anderem sehr detaillierte Moralklauseln. Die hast du eindeutig verletzt; ein schwerwiegender Vertragsbruch, der sie zur fristlosen Kündigung berechtigt.«

Ruby zögerte. Sie hatte Horrorgeschichten gehört über Schauspielerinnen, die schon für wesentlich geringfügigere Vergehen vor die Tür gesetzt worden waren. Aber sie war doch verheiratet. Sie konnte das alles erklären.

Joseph redete unbeirrt weiter. »Wenn die Presse erst einmal Wind davon bekommt – und glaub mir, das wird sie –, kriege ich dich nicht mal mehr in einer

Hundefutterreklame unter, geschweige denn bei den heiß gehandelten Regisseuren. Ich flehe dich an, Ruby, wirf nicht weg, was du hast. So eine Gelegenheit kommt nicht wieder. Nicht in dieser Stadt. Ich weiß, dass du das Geld brauchst, also sage ich es dir ganz unverblümt.«

Tränen liefen Ruby über das Gesicht, und sie drehte sich mit dem Gesicht zur Wand. Hinter ihr hörte sie den Limonadenverkäufer mit einer der hübschen jungen Darstellerinnen flirten. Ruby senkte die Stimme.

»Sag Mr Wyler, es geht leider nicht, aber er soll bitte beim nächsten Film an mich denken.«

Joseph schnaubte. »Bitte sag mir, dass du das Kind nicht behalten willst.«

»Will ich. Aber ich muss nach der Geburt weiterarbeiten.«

Es wurde still in der Leitung.

»Ruby, wenn das rauskommt, wird es hässlicher, als du es dir in deinen schlimmsten Albträumen vorstellen kannst. Ein Nachbar, eine Verwandte – viele Menschen wollen einmal im Leben ihren Namen in der Zeitung lesen, und dafür gehen sie über Leichen. Sie weiden sich daran. Hör zu, du kannst dieses Kind nicht behalten. Wenn du meine Tochter wärst …« Joseph zögerte. »Ehe du irgendwas entscheidest, sprich zuerst mit deinen Eltern. Die werden wissen, was zu tun ist. Und vergiss diesen Burschen in Italien. Du bist noch jung. Du kannst noch einmal ganz von vorne anfangen. Komm im Juni zurück, wenn du kannst. Allerspätestens im September.«

»Ich überlege es mir.« Ruby legte auf und verließ hastig den Drugstore. In ihrem Kopf ging alles drunter und drüber.

Joseph hatte in anderen Worten wiederholt, was ihre Tante ihr bereits gesagt hatte – und noch einiges mehr. Wenn sie nicht mehr beim Film arbeiten konnte, wie sollte sie dann das Geld verdienen, das ihre Familie so dringend brauchte? Oder für ihr Kind sorgen?

Ein Dilemma, das sie viele schlaflose Nächte kostete, und als der Film schließlich abgedreht war, stand Ruby vor einer schwierigen Entscheidung. Ihre Sorge um Niccolò wurde täglich schlimmer. Diese Totenstille sah ihm überhaupt nicht ähnlich. Wenn er nicht gerade vorhatte, sie zu Weihnachten zu überraschen, musste sie es ihren Eltern bald sagen und sich überlegen, was sie nun machen sollte.

Ihr Bauch begann ganz langsam, sich zu runden. Im Frühjahr würde sie Mutter werden.

KAPITEL DREIUNDZWANZIG
Comer See, 2010

Wenn Ruby morgens die Augen aufschlug, sah sie als Erstes den Kirchturm am gegenüberliegenden Seeufer. Bei der ersten Besichtigung der Villa hatte diese Aussicht aus dem Schlafzimmer den Ausschlag für ihre Kaufentscheidung gegeben.

Eine eigenartige Sache war das mit der Zeit: Die Aussicht auf den Kirchturm war im Laufe der Jahre immer gleich geblieben. Und doch sagte ihr jeder Blick in den Spiegel, dass es sich, auch wenn die unsterbliche Liebe in ihrem Herzen ewig jung blieb, mit ihrem sterblichen Körper anders verhielt.

Ihr Handy auf dem Nachttisch bimmelte. Sie griff danach und musste sich ein wenig strecken, was ihr ein leises Ächzen entlockte. Selbst die simpelsten Bewegungen fielen ihr nicht mehr so leicht wie früher. »Hallo?«

»Guten Morgen. Ich hoffe, ich habe dich nicht geweckt.«

Ruby musste lächeln, als sie die Stimme ihres Hausdieners hörte.

»Hast du nicht. Ich genieße gerade die spektakuläre Aussicht. Du musst wirklich bald herkommen und mich besuchen. Wie ist es in Palm Springs?« Ruby, die noch im rosa Seidenpyjama im Bett lag, reckte und streckte sich, um die steifen Glieder ein wenig zu lockern.

»Haus und Garten sind in Schuss«, entgegnete Stefano. »Genießt du die Neuauflage deines kleinen italienischen Abenteuers?«

»Und wie, mein Lieber. Es ist noch besser als beim ersten Mal. Heute stehen ein langer Spaziergang am See, eine Massage mit heißen Steinen und ein bisschen Planschen im Whirlpool auf dem Programm. Danach gönne ich mir ein nettes kleines Abendessen und eine Flasche ausgezeichneten Wein mit meiner Lieblingsnichte. Das beste Rezept für ein glückliches Leben.«

»Du scheinst dir die allergrößte Mühe zu geben, dich königlich zu amüsieren.« Stefano zögerte kurz. »Ich wünschte, du würdest mir erzählen, was wirklich los ist«, sagte er dann.

Stefano kannte sie einfach zu gut. Noch nie hatte sie aus einer Laune heraus ein kleines Vermögen ausgegeben. Ruby setzte sich im Bett auf. Wo anfangen mit der Geschichte, die den Lauf ihres Lebens für immer verändert hatte? Stattdessen sagte sie nur: »Wen kümmert das schon, in meinem Alter?«

Aber Stefano ließ so schnell nicht locker. »Hast du mir nicht immer gesagt, einige deiner Vorfahren seien hundert Jahre und älter geworden? Wenn das stimmt, dann hast du noch einiges vor dir. Für La Dolce Vita muss man auf der Höhe sein, geistig, emotional und körperlich.«

»Es gibt genügend große Stars, die dir das Gegenteil beweisen würden.« Ruby lachte leise in sich hinein, aber Stefano fand das wohl gar nicht lustig. »Genau das meinte ich, Stefano. Versage mir nicht die kleinen Freuden des Lebens.«

»Das war nie meine Absicht.«

Ruby rieb sich den Nacken. »Ich verspreche dir, ich werde diesen traumhaften Tag in vollen Zügen genießen. Und ich hoffe, du genießt die Hochsaison in der Wüste.« Die Tourismussaison in Palm Springs ging von Januar bis April, was bedeutete, dass die Überwinterungsgäste die Stadt bald wieder verlassen und nach Hause zurückkehren würden. »Oder nein, noch viel besser, warum machst du den Laden über den Sommer nicht einfach dicht und kommst zu uns an den Comer See? Das Wetter ist herrlich. Mein Reisebüro kann dir ein Ticket buchen.«

»Geht nicht«, widersprach Stefano. »Meine Arbeitgeberin legt großen Wert darauf, dass ich mich um ihre Pflanzen kümmere, und diesen Pflanzensitterservices traue ich eben nun mal nicht.«

Ruby schnaubte. »Du willst bloß deine Pokerrunden am Dienstagabend nicht versäumen und die Teestündchen am Samstagmorgen.«

»Und du willst bloß einen Partybegleiter.«

Ruby musste lachen. »Wir kennen einander einfach zu gut, Stefano.« Tatsächlich fehlte er ihr. »Hat Mari sich übrigens gemeldet oder irgendwas geschickt?«

»Ich sage dir Bescheid, sollte ich etwas von ihr hören. Hat sie deine Adresse in Bellagio?«

»Hat sie.«

Ruby seufzte. Wieso brauchte Mari so lange, um auf ihren Brief zu antworten? Sie hatte ihn eigens per Expresspost geschickt, damit Mari gleich wusste, wie wichtig er war. Ruby hatte per E-Mail eine Empfangsbestätigung erhalten. Wer wartete denn bitte wochenlang, um auf eine brandeilige Nachricht zu antworten? Aber Ruby wollte sie nicht bedrängen oder ihre Entscheidungen infrage stellen. Sie hatte es Patricia versprochen.

Nachdem sie sich von Stefano verabschiedet hatte, legte Ruby den Hörer auf und rieb sich den steifen Nacken.

Als Schauspielerin hatte Ruby es sich nie erlauben können, sich von unguten Gefühlen die Laune vermiesen zu lassen. Sie war es gewohnt, trotz allem ein tapferes Lächeln aufzusetzen und die Zähne zusammenzubeißen. Das gehörte zu ihrem Job.

Sie musste an ihr Vorsprechen für *Tagebuch einer Pionierin* denken. Wie sie sich mit schierer Willenskraft auf den Beinen gehalten hatte, obgleich ihr hundeelend gewesen war. Und wie sie nicht nur die Rolle bekommen, sondern auch noch diverse Auszeichnungen dafür gewonnen hatte.

Dieser Film hatte ihrer Karriere den entscheidenden Schub gegeben. Ihr Agent hatte recht behalten, aber Ruby bereute es bis heute, auch in ihren persönlichen Angelegenheiten Josephs wohlmeinendem Rat gefolgt zu sein.

Ein warmes Bad, ein strammer Spaziergang und eine schöne Massage und danach ein kleines Gläschen Wein, mehr brauchte sie nicht. Ruby war sich sicher, im Zweifelsfall über sämtlichen alltäglichen Banalitäten zu stehen. Sie war schließlich nicht erst seit gestern auf der Welt – länger als so manch andere. Alles in allem war es ein gutes Leben gewesen, wenn auch nicht ohne Reue.

Aber jetzt musste sie sich um die dringenden Familienangelegenheiten kümmern, die Patricia ihr aufgetragen hatte. Ihre Schwester war immer die Sanftmütige gewesen, während Ruby die Ärmel hochgekrempelt und getan hatte, was zu tun war.

Patricia hatte immer gesagt, Ruby sei die lebenstüchtigste von ihnen allen. *Du bist die Stärkste von uns, Ruby.*

Aber das stimmte nicht ganz. Rubys Stärke bestand darin, die Dinge in die Hand zu nehmen, und doch trug sie schwer an der Last ihrer Entscheidungen und litt still und unbemerkt.

Patricia hingegen war immer die Beständige gewesen, unerschütterlich selbst unter den widrigsten Umständen.

Mit einem weiteren tiefen Seufzen mühte Ruby ihre steifen Glieder aus dem Bett. Sie warf sich den seidenen Morgenmantel über, schlüpfte in die Pantoffeln und tappte zum Fenster, das auf den in der Morgensonne funkelnden See blickte. Nachdenklich, fast als könne sie den Glockenturm in der Ferne dahinter berühren, strich sie mit den Fingern über das Fensterglas und musste an diesen einen Tag denken und daran, wie Niccolò sie vor dem Altar geküsst hatte. Nichts hatte sie davon abhalten können, dem Ruf ihres Herzens zu folgen.

Im Garten unterhalb sah Ruby Ariana an einem Bistrotisch im Pavillon sitzen und auf einem Tablet zeichnen.

Wieso dauert das mit Mari bloß so lange? Ruby brauchte sie hier, aber sie würde einen Teufel tun, diesen Sturkopf irgendwie zu drängen. Womöglich lag Rubys Brief irgendwo unter Maris Poststapel begraben. Oder, wenn sie Glück hatte, stand der Termin bei der Bank bereits in ihrem übervollen Terminkalender.

Bis dahin musste Ruby nur dafür sorgen, dass es Ariana und dem Baby gut ging und ihre Nichte das Leben lebte, das sie sich wünschte und erträumte. Ruby erkannte so viel von sich selbst in Ariana wieder. Es ging nicht ums Geld, denn davon würde Ariana eines Tages mehr als genug haben – selbst wenn der unstete Aktienmarkt das Portfolio ihrer Mutter von heute auf morgen zu Schutt und Asche machen sollte. Ruby wollte, dass Ariana die Freiheit hatte, ihren eigenen Weg zu gehen.

Nach einer Tasse Kaffee und Livias selbstgemachtem Joghurt mit Blaubeeren und Honig machte Ruby sich für ihre Anwendungen auf den Weg zum Hotel.

Bei ihrem kleinen Spaziergang kam sie auch an dem leeren Ladenlokal vorbei, das Ariana angemietet hatte, und sie bemerkte einen Flyer im Schaufenster von Lorenzos Café nebenan. Laut vor sich hin übersetzend las sie: »Diesen Sommer sehen Sie *Ein Herz und eine Krone* live auf der Bühne. Bald im Teatro Della Vigna.«

Lorenzo kam zu ihr herübergeeilt. »*Buongiorno*, Signora Raines«, rief er und küsste sie zur Begrüßung auf beide Wangen. »Immer ein Vergnügen, Sie zu sehen. Möchten Sie einen Tisch?«

»*Ciao*, Lorenzo«, sagte Ruby. »Ich bin gerade auf dem Weg ins Spa, aber mir ist diese Theaterproduktion ins Auge gesprungen.«

»Das Teatro Della Vigna ist eines der schönsten Theater der Gegend«, schwärmte Lorenzo. »Ein natürliches Amphitheater inmitten der Weinberge, an einem Hang mit Blick auf den See. Der Eigentümer serviert Weine aus den Weingütern der Umgebung und aus seinem Weingarten in Valtellina, einer Weinregion gleich nördlich des Sees. Weine aus Valtellina sind wie der Nektar der Götter«, begeisterte er sich und küsste zur Verdeutlichung seine Fingerspitzen.

»Wie das?«, fragte Ruby freundlich. Nach mehreren Besuchen in seinem Café wusste sie, wie Lorenzo es liebte, über den Wein und das Essen der Gegend zu philosophieren.

Er strahlte vor Begeisterung. »Die Chiavennasca-Trauben wachsen an steilen, terrassierten Hängen, in Lagen etwas nördlich von hier. Das ist dieselbe Traube wie die Rebsorte Nebbiolo, aus der im Piemont der begehrte Barolo und der Barbaresco gekeltert werden. Wenn Sie und Ariana das nächste Mal vorbeikommen, gebe ich Ihnen eine Flasche zum Probieren mit. Der wird Ihnen schmecken.«

»Klingt interessant«, erwiderte Ruby und meinte damit sowohl den Wein als auch die Theaterproduktion. Italien war für sie ein Land nicht enden wollender zauberhafter Überraschungen. »Ganz besonders die Theateraufführung.«

»Sie kennen *Vacanze Romane*?«

»Aber natürlich.« Lächelnd legte Ruby Lorenzo die Hand auf den Arm. »Bei uns heißt der Film *Ein Herz und eine Krone*, und es ist einer meiner Lieblingsfilme.«

»Dann müssen Sie kommen«, erklärte Lorenzo freudestrahlend. Er griff ins Schaufenster und angelte ihr den Flyer heraus. »Hier, zum Mitnehmen. Wir haben noch mehr davon.«

»Ich sollte Ariana auch mitbringen«, überlegte Ruby.

Ihr wurde ganz warm ums Herz bei der Erinnerung an die Dreharbeiten zu *Ein Herz und eine Krone*. Ruby rollte den Flyer zusammen und steckte ihn in die Handtasche. Wie schön es wäre, diese Produktion draußen unter freiem Himmel in einem Amphitheater zu sehen, bei einem Gläschen Wein unter dem Sternenzelt und in seligen Erinnerungen an die schönste Zeit ihres Lebens schwelgend. Darum war Ruby nach Italien zurückgekehrt und hatte sich das Haus in Bellagio gekauft. Es war die letzte Gelegenheit, irgendwie anzuknüpfen an diese längst vergangene, aber unvergessene Zeit.

Ruby verabschiedete sich von Lorenzo und ging weiter.

Später an diesem Nachmittag, als Ruby zur Villa Fiori zurückkam, fühlte sie sich so frisch und ausgeruht wie lange nicht mehr. Sie hatte nichts, was eine begabte

Massagetherapeutin nicht binnen kürzester Zeit wegkneten könnte.

Ruby marschierte in die Küche, um den Tag mit einem schönen Glas Wein zu beschließen.

»Tante Ruby«, rief Ariana und schaute von der Limonade auf, die sie gerade zubereitete. »Wie war die Massage?«

»Göttlich«, seufzte Ruby zufrieden. Fröhliches Kinderlachen schallte durch die offenen Terrassentüren herein. »Das klingt wie pures Glück da draußen.«

»Ich habe Alessandro eingeladen, um ein bisschen Ideen zu sammeln, wie es mit dem Laden weitergehen soll.« Arianas Augen strahlten. »Er weiß einfach alles, und hier in Italien laufen die Dinge ein bisschen anders als bei uns zu Hause.« Sie legte die Chocolate Chips Cookies, die sie am Tag zuvor gebacken hatte, auf einen farbenfrohen Teller. »Sandro und Carmela bringen mich immer zum Lachen. Ich könnte die beiden glatt fressen, so niedlich sind sie.«

So fröhlich und aufgekratzt hatte Ruby ihre Nichte schon lange nicht mehr gesehen. Und Alessandro war offensichtlich der Grund dafür. »Wie schön, euch alle hier zu haben. Soll ich Livia sagen, sie soll für uns alle was Leckeres zum Abendessen kochen?«

Ariana schaute nach draußen. »Das ist lieb, aber ich glaube, Alessandro und ich machen das selbst. Er ist ein ganz großartiger Koch, und wir hatten bei ihm zu Hause in der Küche schon so viel Spaß zusammen.«

Das freute Ruby zu hören. Sie öffnete die Handtasche und zog den Flyer vom Teatro Della Vigna heraus.

»Was hast du denn da, Tante Ruby?«

»Einen Werbezettel für eine Theaterproduktion von *Ein Herz und eine Krone* – unter den Sternen, inmitten der Weinberge. Da möchte ich unbedingt hin. Komm doch mit.« Sie warf einen Blick nach draußen. »Und bring deinen Alessandro mit. Und die Kinder von mir aus auch, aber ich befürchte, die werden sich schnell langweilen und zu quengeln anfangen. Vielleicht können Paolina und ihr Mann sich ja so lange um sie kümmern.«

»Abgemacht«, rief Ariana und grinste. »*Ein Herz und eine Krone* ist doch dein Lieblingsfilm, oder nicht?«

Ruby sah sie mit hochgezogenen Brauen an. »Ich glaube nicht, dass ich das dir gegenüber je erwähnt habe.«

»Das war nicht so schwer zu erraten«, meinte Ariana lachend. »Als ich noch klein war, hast du dir den Film oft angesehen, wenn ich schon im Bett lag. Ich habe ihn erst einmal gesehen, aber so oft gehört, dass ich wohl jedes Wort mitsprechen könnte.«

»Ich wusste gar nicht, dass du den Fernseher in deinem Zimmer hören konntest.«

»Wenn es still ist, hört man besser. Und ich habe die Tür immer einen Spaltbreit aufgelassen, um heimlich zu lauschen. Das hat mir irgendwie ... ein so heimeliges Gefühl von Geborgenheit gegeben. Als wäre ich dir damit ein bisschen näher.« Ariana legte den Kopf schief. »Warum bedeutet dieser Film dir eigentlich so viel?«

Ruby strich den Flyer glatt und legte ihn mit einem Briefbeschwerer aus Muranoglas in strahlendem Blau und Grün auf den antiken Schreibtisch. Neben der schillernden Glaskugel türmte sich ein Stapel alter italienischer Kochbücher.

»*Ein Herz und eine Krone* war mein erster Film. Ach, was hatten wir damals für einen Spaß bei den Dreharbeiten in Rom.«

Ariana guckte sie erstaunt an. »Ich wusste gar nicht, dass du da mitspielst. Ich dachte immer, *Tagebuch einer Pionierin* sei deine erste große Filmrolle gewesen?«

»Das war das erste Mal, dass ich im Abspann stand«, erklärte Ruby. »Aber im Sommer davor hatte ich einen kleinen Auftritt in *Ein Herz und eine Krone*. Leider ist die Szene auf dem Boden des Schnittraums gelandet.«

»Wie schade. Hast du damals auch Audrey Hepburn kennengelernt?«

Ruby nickte. »Ich war das Lichtdouble für Audrey, und es war so aufregend, am Set zu sein und die ganze Besetzung kennenzulernen. Die Dreharbeiten waren wie verlängerte Ferien für uns alle. Dieser Film hat mein ganzes Leben verändert.« Ruby stockte, weil ihr die Stimme zu brechen drohte und sie plötzlich Tränen in den Augen hatte. »Und es war, ganz ohne Frage, die glücklichste Zeit meines Lebens.«

Ariana musterte sie besorgt und trat zu ihr. »Tante Ruby, ist alles in Ordnung? Du weinst ja. Warum hast du mir diese Geschichte denn noch nie erzählt?«

»Ach, mein liebes Kind, ich habe ein so langes Leben gelebt«, seufzte Ruby und blinzelte die Tränen weg. »Wann hätte ich dir das denn erzählen sollen? Aber diesen Sommer holen wir alles nach.«

Ruby umarmte ihre Nichte. »Und jetzt geh wieder raus zu deinem Alessandro und den Kindern«, sagte sie. »Und wenn du nichts dagegen hast, würde ich gerne ein wenig entspannen und ein Glas Wein auf meinem Zimmer trinken. Grüße Alessandro von mir.«

Und damit ging Ruby nach oben in ihr Schlafzimmer. Sie öffnete die Türen zu ihrem kleinen Balkon und setzte sich draußen auf die Chaiselongue, die Ariana eigens dort hingestellt hatte, damit sie die Abendsonne genießen konnte, dann breitete sie eine leichte Decke über den Beinen aus. Sie nippte an ihrem Wein und sah Alessandros Kindern zu, wie sie unten im Garten und zwischen den Obstbäumen spielten. Carmela und Sandro waren ganz entzückende Kinder – und bald würde Ariana auch ein Kleines haben.

Ruby hörte die Kinder lachen und Ariana und Alessandro, die unten an einem Tisch saßen und miteinander plauderten und sich dabei immer wieder vertraulich über den Tisch zueinander vorbeugten. Sie redeten über den Laden und die neue Modelinie. Ariana war die Begeisterung anzuhören.

Ruby war heilfroh, dass Ariana im Studio gekündigt hatte und fleißig Zukunftspläne schmiedete. Lächelnd nippte sie an ihrem Wein. Wenigstens einen Punkt auf ihrer Liste konnte sie also abhaken. Sie beugte sich nach vorne, bis sie Ariana und Alessandro sehen konnte.

Während sie sich so angeregt unterhielten, griff Alessandro über den Tisch nach Arianas Hand, die sich ganz selbstverständlich in seine schmiegte.

Ariana hatte Ruby von dem Abendessen mit Alessandro und den Kindern bei ihnen zu Hause erzählt. Und obwohl ihre Nichte um jeden Preis versuchte, ihre noch zarten, aufkeimenden Gefühle für Alessandro zu leugnen, straften ihre Augen sie Lügen.

Nachdenklich trank Ruby ein Schlückchen Wein. Ariana hatte ihr auch gesagt, sie habe nicht vor, Alessandro von ihrer Schwangerschaft zu erzählen, sie seien ja schließlich bloß Freunde.

Aber was, wenn Alessandro der richtige Mann für Ariana war? Würde sie zu lange warten, bis sie es ihm sagte, könnte ihn ihr Mangel an Vertrauen schwer kränken. Oder er würde womöglich wütend werden oder sich hintergangen fühlen. Sollte das passieren, Ariana wäre sicher am Boden zerstört. Ruby machte sich Sorgen, Arianas gerade erst verheiltes Herz könnte erneut gebrochen werden.

Und soweit Ruby wusste, spürten Kinder es schon im Mutterleib, wenn ihre Mama Kummer hatte. Sie wünschte ihrer Nichte eine glückliche, unbeschwerte Schwangerschaft. Ariana brauchte nun, mehr denn je, Menschen um sich, die sie liebten.

Das zumindest wusste Ruby ganz bestimmt.

KAPITEL VIERUNDZWANZIG
Texas Hill Country, 1953

Orkanböen rüttelten an den Fenstern ihres Schlafzimmers auf der Ranch, und der kalte Nordwind blies durch die Ritzen der Scheiben und ließ Ruby frösteln. Der Februar war in Texas immer bitterkalt. Der Wind pfiff über die Weiden und drückte die Bäume nieder, bis ihre steifen Äste einfroren und sie aussahen wie erstarrte Skelette in einem eigenartigen Totentanz.

Man hörte Schritte im Haus. In den kältesten Nächten hoch oben auf dem Edwards Plateau, wie diese eine war, stand Rubys Vater schon lange vor Sonnenaufgang auf und sah nach den Tieren, damit sie sich tüchtig bewegten und bei den eisigen Temperaturen nicht erfroren. Bei dem wenigen Futter in diesem Jahr war der Winterpelz der Rinder dünner, und die Speckschicht unter der Haut, die sie sonst gegen die Kälte schützte, fehlte fast ganz.

Trotz Rubys Geldspritzen steckten ihre Eltern und ihre Schwester noch immer in argen finanziellen Nöten. Ihr Vater hatte ihr zwar versichert, wie dankbar sie seien, aber man merkte es Harrison Smith an, wie sehr es ihm widerstrebte, sich von seiner Tochter unter die Arme greifen zu lassen. Schon seit ihrer Ankunft war er mürrisch und gereizt.

Ruby konnte nicht mehr schlafen, also zog sie sich einen Morgenmantel über und stand auf, um in der Küche Feuer zu machen. Sie stellte die Kaffeekanne auf den Herd und riss ein Streichholz an, um die Gasflamme darunter zu entzünden. Während der Kaffee köchelte, hielt sie ein Streichholz in die Kienspäne im Ofen und setzte sich auf eine Bank, um sich die Hände zu wärmen.

Über Weihnachten war Ruby in Los Angeles geblieben, unter der vorgeschobenen Behauptung, zu weiteren Vorsprechterminen erscheinen zu müssen. Dabei wollte sie bloß dort sein, sollte Niccolò doch noch überraschend vor der Tür stehen. Sie hatte noch immer nichts von ihm gehört und war zunehmend in Sorge. Nach ihrem dritten Film, *Auf immer ein Rebell*, den sie Mitte Februar abgedreht hatte, beschloss sie, es sei endlich an der Zeit, nach Hause zu fahren.

Während sie sich um die zaghaft züngelnden Flammen mühte, dachte sie darüber nach, wie sie ihren Eltern von ihrer Schwangerschaft erzählen sollte. Sie war erst seit ein paar Tagen da und hatte ihren immer runder werdenden Bauch bisher unter dicken Pullovern verstecken können.

Sie hörte ein Geräusch und schaute auf. Ihre Mutter kam in die Küche geschlurft. »Du bist aber früh auf.«

»Ich konnte nicht mehr schlafen.« Ruby sah ihre Mutter von der Seite an. Mercys Haare waren merklich grauer geworden im letzten Jahr, und sie selbst wirkte dünner und hagerer.

»Hast du irgendwas auf dem Herzen?«, fragte Mercy ihre Tochter.

Ruby nickte ganz langsam. Sie musste an Joseph denken, und wie er ihr gesagt hatte, sie solle es ihren Eltern sagen. *Die werden wissen, was zu tun ist.* Sie holte tief Luft und sprang ins kalte Wasser. »Ich habe euch etwas verheimlicht. Mehr als nur eine Sache, genau genommen.«

Seufzend sah ihre Mutter sie an und lächelte traurig. »Du bist schwanger.«

»Hat Tante Vivienne gepetzt?«

»Ich wünschte, einer von euch beiden hätte es mir gesagt.« Mercy goss zwei Becher Kaffee ein und reichte einen davon ihrer Tochter. »Eine Mutter sieht so was auf den ersten Blick. So dünne Ärmchen du hast, bist du in der Taille ganz schön auseinandergegangen. Aber du strahlst nur so. Es ist kaum zu übersehen.«

»Meinst du, Dad weiß es auch?«

»Männer sehen so was nicht.« Stirnrunzelnd setzte ihre Mutter sich zu ihr auf die Bank. Sie nippte an ihrem Kaffee und fragte leise: »Erzählst du mir, wie es passiert ist?«

»Er heißt Niccolò, und wir haben am Comer See geheiratet.«

»Geheiratet?« Ihre Mutter seufzte erleichtert auf. »Und wo um Himmels willen steckt er jetzt?«

Ruby verzog das Gesicht. »Noch immer in Rom, soviel ich weiß. Vielleicht ist er auch tot. Ich weiß es nicht. Seit September hat er mir nicht mehr geschrieben.« Seither fuhren Rubys Gefühle Achterbahn, sie schwankte zwischen Verzweiflung, Sorge, Wut und Angst.

Ihre Mutter rieb ihr die Schulter. »Das tut mir leid.«

»Mir auch. Ich wollte nicht, dass du meinetwegen Sorgen hast.« Sie umfasste die Hand ihrer Mutter. »Ich musste weiterarbeiten, und jetzt kann ich Granger nicht mehr heiraten.«

»Nein, kannst du nicht.« Ihre Mutter wurde ganz still. Schließlich fragte sie: »War er lieb zu dir, oder …?«

»Niccolò war wunderbar, Mama. Er war alles, was ich mir je von meinem Ehemann erträumt habe. Wenn ich ihn doch nur erreichen könnte. Ich habe Angst, dass ihm etwas zugestoßen ist.«

Ihrer Mutter das Herz auszuschütten war eine große Erleichterung für Ruby. Sie wünschte nur, sie hätte es ihr schon viel früher gesagt, aber sie hatte ihr nicht noch mehr Kummer machen wollen. Die tiefen Sorgenfalten im Gesicht ihrer Mutter gaben Ruby recht.

Mit einem Schürhaken schob sie einen Holzscheit im Feuer zurecht. »Dad wird aus der Haut fahren, oder?«

»Lass mich zuerst mit ihm reden«, sagte Mercy. »Und ich will, dass du weißt, wie dankbar wir dir für deine Unterstützung sind.« Sie schaute sich um in ihrer bescheidenen Küche. »Vielen Leuten wäre das einfache Landleben auf der Ranch wohl nicht fein genug, aber dieses Stück Land ist unser Zuhause. Mit deiner Hilfe geht es weiter. Wenn im Frühjahr endlich der Regen kommt, können wir die Kreditraten hoffentlich wieder pünktlich zahlen. Und du musst nicht nach Hollywood zurück. Vielleicht stimmt ihn das ein bisschen milde.«

»Aber ich arbeite gerne, Mama. Ich möchte meinem Kind ein besseres Leben bieten.«

Mercy seufzte. »Dann haben wir dich also längst verloren?«

»Ich komme ganz oft zu Besuch, versprochen.« Ruby lehnte den Kopf gegen die Schulter ihrer Mutter.

»Du musst daran denken, was das Beste für dein Kind ist«, sagte Mercy sanft.

Selbst wenn Ruby nicht mehr nach Hollywood zurückgewollt hätte, sie hätte gar keine andere Wahl gehabt. Solange die Dürre anhielt, brauchte ihre Familie die Unterstützung. Und selbst wenn sie die Raten wieder zahlen konnten, der Schuldenberg war ihnen längst über den Kopf gewachsen. Ruby musste mehr denn je ihre Karriere vorantreiben. Irgendwie musste sie es schaffen, Kind und Karriere unter einen Hut zu bringen.

Sie zog den Morgenmantel enger um sich und legte die Hände um den warmen Kaffeebecher, doch die Wärme konnte nichts ausrichten gegen ihre zittrigen Finger. »Willst du es Dad gleich sagen?«

»Warum nicht. Du bist schon ziemlich weit.« Mercy tätschelte Ruby das Knie. »Möglich, dass er erst mal fuchsteufelswild wird, aber das ändert nichts daran, dass wir uns bald auf unser erstes Enkelkind freuen können.«

Während der Dreharbeiten Anfang Februar hatte

Ruby das erste Mal gespürt, wie sich ihr Kind bewegte, und sie hatte sich Niccolò so nahe gefühlt wie nie.

Aber mit jedem Tag, der verging, wuchs Rubys Sorge, ihm müsse etwas Unaussprechliches zugestoßen sein. Ihr einfach nicht mehr zu schreiben sah ihm so gar nicht ähnlich. Und niemand konnte sich derart für mangelnde Fremdsprachenkenntnisse schämen.

Ruby blinzelte die Tränen weg, die sie inzwischen ständig in den Augen hatte. Niccolò hatte gesagt, er arbeite auf dem Bau, um das Geld für die Überfahrt zu verdienen. Womöglich hatte er auf der Baustelle einen Unfall gehabt.

Vielleicht war er schwer verletzt worden. Vielleicht war er tot.

Je länger Ruby darüber nachdachte, desto einleuchtender erschien ihr der Gedanke. Ihr wollte partout kein anderer Grund einfallen, warum er so plötzlich aufgehört haben sollte, ihr zu schreiben. Selbst wenn sein Vater ihn gezwungen hatte, die Ehe annullieren zu lassen – und Ruby bezweifelte, dass Niccolò sich darauf einlassen würde –, hätte ihr Mann ihr doch geschrieben. Niccolò war ehrlich und aufrichtig.

Oder schämte er sich so sehr, dass er es nicht über sich brachte, es ihr zu sagen?

Ruby schluckte schwer. Fünfeinhalb Monate waren seit seinem letzten Brief vergangen. Während der Dreharbeiten hatte sie in einer Zeitschrift gelesen, wenn ein Mensch spurlos verschwand, konnten Ehemann oder Ehefrau die Ehe annullieren lassen, indem sie es in einer Zeitung annoncierten. Das letzte Wort hatte dann ein Richter. Sie fragte sich, ob das in Italien genauso ablief. Ob Niccolò *sie* für verschollen hielt? Ruby erschrak. Sie musste ihm gleich noch einen Brief schreiben.

Ihr Vater kam hereinspaziert und knallte die Küchentür schwungvoll hinter sich zu. »Morgen«, rief er mit vor Kälte rauer Stimme.

»Kaffee ist fertig, Harrison«, antwortete Mercy und stand auf, um ihm einen Becher einzuschenken. »Frühstück kommt sofort.« Rasch ging sie zum Herd.

»Ich mache das schon, Mama.« Ruby griff nach der geschwärzten gusseisernen Pfanne.

»Du bist Filmstar *und* Köchin?« Ihr Vater schüttelte den Kopf. »Womit haben wir das denn verdient?« Er lachte leise über seinen eigenen Witz.

Ruby guckte ihre Mutter von der Seite an. Ob er das immer noch so sehen würde, wenn sie es ihm erst gesagt hatten? *Wohl eher nicht.* Sie und ihre Mutter wurden ganz still. Ruby nahm Schinkenspeck aus dem Eisschrank und legte die Streifen in die gusseiserne Pfanne. Dann nahm sie ein paar Eier aus einem Körbchen – gelegt von ihren eigenen Hennen.

Während Ruby sich um den Speck kümmerte, ging Mercy zur Anrichte und suchte die trockenen Zutaten zusammen. Dann gab sie Mehl in eine Keramikschüssel, Natron und eine Prise Salz. Gekonnt krümelte sie kalte Butter darunter und gab zum Schluss Buttermilch dazu, bis der Teig genau die richtige Konsistenz für luftige kleine Brötchen hatte.

Harrison fröstelte. »Gibt's noch Kaffee?«

Ruby nahm die Kanne vom Herd und schenkte ihm nach.

Ihr Vater kniff die Augen zusammen. »Warum seid ihr beiden so still? Sonst plappert ihr doch auch unentwegt.«

»Also wirklich, Harrison«, schalt Mercy ihn. »Lass Ruby in Ruhe. Sie ist doch gerade erst angekommen.«

Ihr Vater schüttelte den Kopf. »Ihr beiden verheimlicht mir doch was. Mercy, ich schwöre dir ...«

»Ich bekomme ein Baby«, unterbrach Ruby ihn. Er riss die Augen auf, und sie redete weiter, solange sie noch konnte. »Ich habe in Italien geheiratet.«

Harrison schlug mit der Faust auf den Küchentisch, dass der Kaffee nur so auf die Holzplatte spritzte und an den Seiten herunterlief. Sein Gesicht verfinsterte sich vor Zorn, und unvermittelt stürzte er auf sie zu und stand drohend über ihr.

In die Küchenecke gedrängt drückte Ruby sich mit dem Rücken gegen die Anrichte. Sie zitterte, und ihr ganzer Körper war in Alarmbereitschaft.

»Den Hurensohn bringe ich um«, schrie ihr Vater, die geballten Fäuste über Ruby erhoben. »Und du, du Flittchen. Eine billige Schauspielerin bist du, mehr nicht!«

Mercy schlug seinen Arm weg. »Harrison, hör sofort auf. So löst man keine Probleme.«

Ruby sah, wie ihr Vater mit der Hand ausholte, aber noch ehe er zuschlagen konnte, duckte sie sich und wich ihm aus, eine Hand unwillkürlich schützend auf den Bauch gelegt.

»Oh nein, so kommst du mir nicht davon.« Mit wutverzerrtem Gesicht griff ihr Vater nach ihren Beinen, erwischte aber nur den Morgenmantel und zerrte daran.

Ruby hatte nur einen Gedanken: Schnell weg. Sie musste ihr Kind schützen.

Sie wand sich aus dem Morgenmantel und taumelte zur Hintertür, riss sie auf und stolperte über die Stufen. Kurz schaute sie über die Schulter und sah ihren Vater unmittelbar hinter ihr, wie er irgendwas von verlorener Unschuld schrie und sie mit Schimpfwörtern verwünschte, wie Ruby sie noch nie von ihm gehört hatte.

Blind vor Zorn über die abtrünnige Tochter steigerte ihr Vater sich immer weiter in seine besinnungslose Raserei. Harrisons Augen brannten vor nie gesehener, weißglühender Wut, und seine hasserfüllten Verwünschungen klangen Ruby in den Ohren und machten sie sprachlos.

Die Hände fest auf die Ohren gepresst rannte Ruby blindlings zur Scheune, frierend in der eisigen Luft und ohne auf die spitzen Steine zu achten, die ihr die bloßen Füße zerschnitten.

Ihr Vater kam indes immer näher, riss im Laufen den Gürtel aus den Schlaufen und packte ihn fest mit der Hand. »Dir werde ich diesen Teufelsbraten schon aus dem Leib prügeln«, brüllte er.

Ruby schrie auf, zu Tode erschrocken angesichts seiner besinnungslosen Wut. Wollte er sie etwa gefügig prügeln wie ein widerspenstiges Wildpferd? *Ihr eigener Vater?* Nicht mal ein bockiges Pferd hatte eine solche Strafe verdient.

Im Stall zerrte sie die Boxentür ihres Quarter Horse Blaze auf und schwang sich in einer geschmeidigen Bewegung auf den bloßen Rücken des Fuchses. Rubys Atem stieg in kleinen Wölkchen in die kalte Morgenluft, während das Pferd gehorsam aus dem Stall trottete.

Fluchend polterte Harrison auf sie zu, den Gürtel in der erhobenen Faust, und stieß erneut einen Schwall an Verwünschungen aus. Ihre Mutter lief hinter ihm her und versuchte ihn aufzuhalten, aber Mercy hatte seinem selbstgerechten Zorn nichts entgegenzusetzen. Grob schüttelte er sie ab und stieß sie beiseite, und sie stürzte hart zu Boden.

»Das ist alles deine Schuld«, brüllte er seine Frau an. »Du hast ihr diese Hollywood-Flausen überhaupt erst in den Kopf gesetzt.« Mit erhobenem Gürtel trat er auf sie zu.

»Wag es ja nicht, sie zu schlagen«, schrie Ruby aufgebracht. »Mich willst du, nicht sie. Na los, komm her.«

Trotzig reckte sie das Kinn und versuchte ihn zu reizen, damit er von Mercy abließ. Aus Angst, er könne seine Wut sonst an ihrer wehrlosen Mutter auslassen, versuchte sie ihn von ihr wegzulocken und ritt ganz dicht an ihm vorbei, damit er ihr folgte. Als die Distanz zwischen Harrison und ihrer Mutter groß genug war, wendete Ruby blitzschnell das Pferd. Zungenschnalzend trieb sie Blaze zurück zu Mercy, streckte die Hand nach ihr aus und rief: »Los, spring auf.«

Mit einem Blick auf ihren Mann zögerte Mercy kurz. »Ich kann ihn doch so nicht allein lassen.«

»Wenn du nicht mitkommst, kriegst du alles ab. Wir müssen hier weg.« Mit festem Knieschluss lehnte Ruby sich vom Pferd, packte die Hand ihrer Mutter und zog sie zu sich hinauf. Sie brauchte all ihre Kraft. In der kalten Luft zogen sich die Muskeln in Bauch und Rücken bei der plötzlichen Anstrengung schmerzhaft zusammen.

»Halt dich fest«, rief Ruby über ihre Schulter. Mercy schlang die Arme um sie, und Ruby spürte, wie sie zitterte. Ob vor Kälte oder Angst, wusste sie nicht. Vermutlich beides.

»Na komm«, rief Ruby, drückte dem Pferd die Beine in die Flanken und beugte sich nach vorne. Blaze tat, wie ihr geheißen, und galoppierte los.

Der eisige Wind pfiff durch Rubys Nachthemd wie tausend Nadelstiche. Es dauerte nicht lange, da spürte Ruby ihre Lippen nicht mehr, und doch trieb sie ihr Pferd immer weiter an.

Ruby ließ die Stute im gestreckten Galopp laufen, bis sie das Haus ihrer Schwester erreichten.

Patricia kam mit ihrem Mann nach draußen gelaufen und hielt das Pferd, während Michael erst Mercy herunterhalf und dann Ruby.

»Vorsicht mit ihr«, rief Mercy.

»Bist du verletzt?«, fragte Michael erschrocken.

»Sie ist schwanger.« In Mercys weit aufgerissenen Augen mischten sich Sorge und Schrecken. »Harrison wollte sie verprügeln. Er hat völlig den Verstand verloren, und ich habe Angst.«

Ruby glitt mit halberfrorenen Gliedern von ihrer

Stute, und Michael fing sie auf und setzte sie behutsam ab.

Patricia hatte, auch wenn ihr Vater ihre Ehe mehr oder minder arrangiert hatte, großes Glück gehabt. Michael war einer der liebenswertesten Menschen, die Ruby kannte. Ein sanfter Riese, der immer ein Lächeln und für jeden ein freundliches Wort auf den Lippen hatte.

»Ach, Harrison wird sich schon wieder einkriegen«, versuchte Michael, sie nun zu beruhigen. »Andrew hat letzte Nacht hier geschlafen. An uns kommt er nicht vorbei. Jetzt erst mal rein mit euch, Ladys.«

»Bitte, bringst du Blaze weg?«, bat Ruby flehentlich, aus Angst, wozu ihr Vater in seiner Raserei wohl fähig war. Sie hatte ihn schon wütend erlebt, aber noch nie, niemals so wie eben.

»Mein Bruder soll sie in den Stall bringen«, sagte Michael.

Ruby wollte einen Schritt machen, aber die Knie gaben unter ihr nach. Michael fing sie auf, dann nahm er sie auf die Arme und trug sie ins Haus wie ein kleines Kind.

Patricia half Mercy die Stufen hinauf, und als dann alle im Haus waren, holte sie einen ganzen Arm voller Decken und legte noch einen Scheit aufs Feuer. Sie wickelte Ruby fest in eine Decke und musterte sie dann stirnrunzelnd. »Du armes kleines Ding, deine Nase ist puterrot, und deine Lippen sind ganz blau vor Kälte.« Energisch rieb sie Ruby die Arme. »Ich hole dir eine Wärmflasche und setze einen Tee auf.«

Neben ihre Mutter auf die Couch gekuschelt sah Ruby zu, wie ihre Schwester emsig herumhantierte. Mit ihren dunkelblonden Locken, die das zarte Gesicht rahmten, war Patricia weder so groß noch so drahtig wie Ruby. Und anders als ihre Schwester, die nicht auf den Mund gefallen war, war Patricia eher still und zurückhaltend, eine treue Weggefährtin, die fest an der Seite ihres Mannes stand. Die beiden passten gut zusammen, und niemand, der die beiden kannte, konnte verstehen, warum sie noch nicht längst mit einem Dutzend Kinder gesegnet waren. Dabei hatte Michael ein so schönes großes Haus mit vielen Kinderzimmern gebaut. Ruby hatte sich oft gefragt, ob die leeren Zimmer für die beiden nicht eine bittere tägliche Erinnerung sein mussten.

Michael verschloss die Türen und zog die Vorhänge zu. Dann weckte er seinen Bruder, der rasch in den Overall stieg und hinauslief, um Blaze in den Stall zu bringen.

Ruby war noch immer so kalt, dass sie keinen Ton herausbrachte. Sie klapperte mit den Zähnen und konnte einfach nicht aufhören zu zittern. Ihre Mutter legte den Arm um sie und zog sie fest an sich, und just in diesem Augenblick fuhr Ruby ein stechender Schmerz in die Seite. Irgendwas stimmte da nicht. Mit zitternden Händen strich sie sich über den leicht gewölbten Bauch.

Das Kind, das Ruby unter dem Herzen trug, war ein Teil von Niccolò. Wenn sie ihren Geliebten schon nicht mehr in den Armen halten konnte, dann doch wenigstens ihr gemeinsames Kind, entstanden aus ihrer Liebe zueinander. Ein solches Kind wäre ein Wunder und ein Segen – den hässlichen Worten, die ihr Vater ihr entgegengeschleudert hatte, zum Trotz. Verlöre sie jetzt das Kind, sie wüsste nicht, was sie täte.

Draußen knirschten Truckreifen in der Schotterauffahrt, und eine Fehlzündung knallte. Mercy schrie erschrocken auf und zog ihre Tochter noch fester an sich. Ruby betete, ihr Vater möge sich endlich beruhigen, aber es war vergeblich. Jetzt hörte sie ihn draußen vor der Tür herumbrüllen, und sie bekam es mit der Angst.

Das war alles ihre Schuld. Diese Raserei. Sie hatte ihren Vater in den Wahnsinn getrieben.

»Patricia, bring sie rüber in eins der leeren Zimmer«, sagte Michael düster und ließ seinen Bruder durch die Hintertür herein, um sie gleich wieder hinter ihm zu verriegeln. »Andrew und ich kümmern uns um euren Vater.«

KAPITEL FÜNFUNDZWANZIG
Texas Hill Country, 1953

Ruby stand am Fenster und schaute hinaus auf die kahle, von Frost überzogene Berglandschaft. Vor über einer Woche hatte sie sich vor dem Zorn ihres Vaters ins Haus ihrer Schwester geflüchtet. Jetzt schüttelte ein weiterer Hustenanfall ihren geschwächten Körper, und sie rang keuchend nach Luft.

Irgendwo im Haus schlug eine Tür, und sie verkroch sich rasch unter ihre dicke Decke. Noch immer klang ihr das ohrenbetäubende Gebrüll in den Ohren, der schreckliche Streit zwischen ihrem Vater und ihrem Schwager, der das Haus bis in seine Grundfesten erschüttert hatte. Sie zog sich den kuscheligen Quilt, den ihre Schwester Patricia genäht hatte, bis hoch zum Kinn und lauschte auf die Stimmen aus dem Flur.

Vorsichtig öffnete ihre Mutter die Tür. »Ruby, Doc Schmidt ist da.« Mercy hielt dem alten Landarzt die Tür auf.

Langsam kam Doc Schmidt ins Zimmer geschlurft. »Miss Ruby, ich habe gehört, Sie haben schlimmen Husten.«

»Unter anderem«, brummte Mercy und guckte ihre Tochter vielsagend an. »Sie sagt allerdings, sie hätten in der Kirche geheiratet.«

»Ja, das haben wir, Mama, und ich kann für mich selber sprechen.« Ruby wandte sich zu dem grauhaarigen Arzt um, der sie damals im Bett ihrer Eltern entbunden hatte, aber noch bevor sie etwas sagen konnte, wurde sie schon wieder von einem heftigen Hustenanfall geschüttelt.

»Na, na.« Der Doktor legte das Stethoskop an und hörte Brust und Rücken ab. Während er sie eingehend untersuchte, erzählte Ruby ihm von ihrer Schwangerschaft.

Der Doc nickte. »Bisher irgendwelche Probleme?«

Ruby schüttelte den Kopf. »Alles bestens, bis auf den Husten.«

»Vergiss nicht, ihm das mit dem Blut zu sagen«, erinnerte Mercy sie leise.

Mit hochgezogenen Brauen beendete der Arzt die Untersuchung. »Kinder sind immer ein Segen«, sagte er mit sanfter Stimme, die im Laufe der Jahre schon viele, viele werdende Mütter beruhigt hatte. »Wer ist denn der glückliche Vater?«

Ruby erzählte ihm von Niccolò und der Hochzeit in Italien, während ihre Mutter sich auf einen Stuhl setzte und an ihrem Taschentuch herumnestelte. Ihre mageren Schultern zuckten.

»Und kommt er bald in die Staaten?«, erkundigte sich der Doc.

Ruby biss sich auf die Unterlippe und wusste nicht,

was sie darauf sagen sollte. »Er wurde aufgehalten«, erklärte sie schließlich.

»Ach? Aber nicht allzu lange, hoffe ich?«

Ruby presste die Finger in die Augenwinkel, damit die Tränen, die ihr unvermittelt in die Augen traten, ihr nicht übers Gesicht liefen. Ihre Mutter drüben in der Ecke räusperte sich vernehmlich.

Der Arzt unterbrach sich und schaute zwischen ihnen hin und her. »Gibt es ein Problem?«

»Ihr Mann hatte einen Unfall«, erklärte Mercy leise. »Ruby ist jetzt alleine.«

»Wir wissen es nicht«, brachte Ruby mühsam hervor. »Ich habe schon länger nichts mehr von ihm gehört.«

»Seit Monaten nicht«, ergänzte Mercy.

Wäre Niccolò noch am Leben, Ruby war sich sicher, er hätte sich bei ihr gemeldet. Aber es war so viel Zeit vergangen. Es konnte keine andere Erklärung geben.

Doc schüttelte den Kopf. »So jung und schon Witwe. Mein aufrichtiges Beileid. Ich tue, was ich kann, für dich und das Baby.«

Witwe. Ruby wurde übel, als sie das hörte. *Bin ich das jetzt tatsächlich?* Ihre Brust zog sich vor Kummer schmerzhaft zusammen, und sie schlug die Hände vors Gesicht und verschloss ganz fest die Augen vor dieser vermeintlichen Wahrheit. Allein der Gedanke, Niccolò könnte tot sein, nahm ihr den Atem. Und doch wurde es mit jedem Tag, der verging, wahrscheinlicher.

Der Arzt befragte Ruby zu ihrem Husten und erklärte schließlich, sie habe eine Lungenentzündung.

»Das ist ernst, aber zum Glück bist du noch jung. Viel Ruhe, ausreichend Schlaf und immer genug trinken, und ruft mich auf der Stelle, sollte sich ihr Zustand verschlimmern. Und was die Schwangerschaft betrifft: Wenn du ein gesundes Kind auf die Welt bringen willst, musst du ab sofort strikte Bettruhe einhalten.«

Und dann sagte der Arzt noch einiges mehr, was Ruby nicht verstand, aber ihre Mutter hörte ihm mit ernster Miene aufmerksam zu.

»Wir sorgen dafür, dass sie im Bett bleibt, Doc.« Mercy stand auf, um den Arzt zur Tür zu begleiten.

Bettruhe. So sehr Ruby es auch hasste, die Beine hochzulegen und zum Nichtstun verdammt zu sein, für dieses Kind würde sie alles tun.

Draußen vor der Tür hörte Ruby ihre Mutter und den Arzt reden. Sie schnappte nur ein paar Brocken von dem auf, was der Doc sagte. »Mehrere Jahre... Ehemann tot oder verschollen... um wieder heiraten zu können... oder Adoption.«

Damit braucht ihr mir erst gar nicht zu kommen. Verzweiflung legte sich auf ihre Brust und drückte sie nieder wie ein Amboss aus dem schwersten Eisen. Ihre Mutter und ihr Vater, ihr Arzt, ihr Agent, ihre Tante. So viele Menschen waren gegen ihre Entscheidung, das Kind zu bekommen und zu behalten. Ruby schluckte schwer und versuchte zu atmen, dann strich sie mit der Hand über ihren Bauch und versuchte, nur an das neue Leben zu denken, das in ihr heranwuchs.

Das hätte Niccolò so gewollt.

Und Patricia. Sie war die Einzige, die sich genauso

auf das Baby freute wie Ruby. Was würde sie nur ohne ihre Schwester machen?

Als Doc Schmidt schließlich gegangen war, kam Mercy kurz darauf wieder zu Ruby ins Zimmer. »Ich habe mit Patricia gesprochen, und sie besteht darauf, dass du hierbleibst.«

Ruby kämpfte mit sich und ihren Gefühlen, die sie zu überwältigen drohten. Ihr Vater hatte sie des Hauses verwiesen und sie angeschrien, sie habe Schande über die Familie gebracht. Aber bei Patricia und Michael war sie in Sicherheit. Sie musste jetzt praktisch denken.

»Komisch, nicht?«, krächzte sie heiser. Und wollte eigentlich hinzufügen, man solle doch denken, sie dürfe in dem Haus wohnen, das von ihrem Geld bezahlt wurde, aber das kummervolle Gesicht ihrer Mutter ließ sie verstummen. Ruby würde die Raten weiterzahlen, nur ihrer Mutter zuliebe, damit die eine Sorge weniger hatte.

»Pst, du musst dich jetzt ausruhen«, sagte Mercy. »Du hast gehört, was der Doktor gesagt hat.«

Ächzend stemmte Ruby sich hoch. »Vieles davon habe ich überhaupt nicht verstanden.«

Mercy hockte sich auf die Bettkante und strich Ruby sanft über die Haare. »Mein armes liebes Kind. Was für ein schlimmes Jahr das für dich war, und jetzt auch noch das.«

»Ach Mama, so schlimm war es eigentlich gar nicht.« Rubys Finger tasteten nach dem halben Silberherz, das sie bis an ihr Lebensende tragen würde. Sie dachte an Niccolò und den Sommer in Italien, und ihr wurde ganz warm ums Herz. »Es war ... wie in einem Traum.« *Und dann bin ich aufgewacht.* Schwer atmend rang sie um Luft und fragte: »Was hat der Doc denn da alles erzählt?«

»Dafür ist nachher noch Zeit«, sagte Mercy und tupfte sich die Augen. »Wir müssen jetzt ganz vorsichtig sein. Das Baby muss erst noch wachsen und groß und stark werden, und jede Woche, die es in deinem Bauch bleibt, hilft ihm dabei.«

Mühsam richtete Ruby sich auf.

Mercy nahm ihre Hand. »Nicht so hastig, ganz langsam.«

Ruby überlief es eiskalt vor Angst. Könnte sie womöglich das Baby verlieren? Die Welt, die einmal so verheißungsvoll glitzernd vor ihr gelegen hatte, erschien ihr nun düster und trist. Mit zusammengebissenen Zähnen legte sie eine Hand auf den gerundeten Bauch und schwor sich, alles in ihrer Macht Stehende zu tun, um Niccolòs ungeborenes Kind zu schützen.

»Wenn es so weit ist, bringen wir dich in ein richtiges Krankenhaus«, erklärte Mercy entschieden. »Wir lassen es nicht darauf ankommen.«

Die Tage vergingen, und Ruby vertrieb sich die Zeit mit Lesen, Schreiben und Nähen. Ihre Mutter brachte ihr Schulbücher mit, und die Lehrerin der kleinen Landschule, Miss Naomi, erklärte sich sogar freundlich bereit, ihr die Prüfungen abzunehmen. Ruby bestand in jedem einzelnen Fach mit fliegenden Fahnen und bekam ein durchaus vorzeigbares Abschlusszeugnis.

Außerdem brachte ihr die Lehrerin Bücher über kreatives Schreiben mit, die Ruby gierig verschlang. Sie erinnerte sich noch ganz genau daran, wie sie in Rom Mr Wyler belauscht hatte, als er mit einem seiner Autoren einen Dialog umschrieb. Während der Dreharbeiten stand immer ein Autor auf Abruf bereit, um eventuell notwendige Änderungen vorzunehmen.

Wie sie also so zur Untätigkeit verdammt im Bett lag, fing sie an, sich kleine Geschichten auszudenken und die einzelnen Szenen aufzuschreiben. Schon bald hatte sie alles zu einer Geschichte zusammengefügt. Ihrer Fantasie freien Lauf zu lassen half ihr, die endlos langen Stunden des Wartens zu ertragen.

Ruby fehlte der Zusammenhalt mit den Kollegen beim Dreh, und sie konnte es kaum erwarten, endlich wieder arbeiten zu dürfen. Inzwischen war sie aus tiefstem Herzen zu der Überzeugung gelangt, dass sie zur Schauspielerin geboren war. Als Kind hatte sie sich nach dem Schlafengehen oft heimlich auf den Flur geschlichen, um den Hörspielen im Radio zu lauschen, die ihre Eltern sich abends gerne anhörten. Die Sprecher legten so viel Gefühl in ihre Stimme, dass sie Ruby zum Lachen oder Weinen bringen konnten oder sie wie gebannt dasitzen und ihre Lieblingsdecke vor Spannung zu einem festen Knoten zusammendrehen ließen. Die Geschichten entführten sie in eine andere Welt. Manchmal schlief sie darüber im Flur ein, und ihre Eltern mussten sie später ins Bett bringen.

Aber als sie dann ihren ersten Kinofilm sah, war das noch tausend Mal aufregender als jedes Hörspiel. Die

Kostüme, die Kulissen – eine faszinierende neue Welt tat sich da vor ihr auf. Gefühle entfachen und die Menschen in fremde Welten entführen – es war wie Zauberei. Das war alles, was sie sich je gewünscht hatte.

Eines Tages, Ruby las gerade, brachte ihre Schwester ihr das Mittagessen auf einem Tablett ins Zimmer.

»Du siehst schon viel besser aus«, erklärte Patricia zufrieden und stellte das Tablett aufs Bett. Es gab selbstgemachte Tomatensuppe mit Basilikum, frisches Gartengemüse, Russische Eier und selbstgebackenes Brot. »Schreibst du noch?«

»Ich bin so aufgeregt. Ich bin beinahe fertig.« Vorsichtig schob Ruby ihr Manuskript beiseite. »Ich weiß gar nicht, was ich ohne dich gemacht hätte. Vermutlich wäre mir nichts anderes übriggeblieben, als wieder nach Hollywood zu fahren und Tante Viviennes ungezügelten Zorn zu ertragen.«

»Die arme Frau.« Patricia schüttelte mitfühlend den Kopf.

»Machst du Witze?« Ruby verzog das Gesicht. »Sie hat mich wüst beschimpft, als sie gehört hat, dass ich schwanger bin. Mich ein dummes Gör genannt. Wenn ich wieder zurückgehe, suche ich mir eine eigene Wohnung. Nicht groß oder extravagant, aber mein.«

Patricia zog eine Augenbraue hoch und fragte: »Weißt du denn nicht, warum Vivienne damals aus Texas weggegangen ist?«

»Mama hat nur gesagt, sie hätte eine Tragödie erlebt.«

»Sie war schwanger von einem Kerl, der sie sitzen gelassen hat, als sie es ihm gesagt hat. Unser Großvater wollte sie eigentlich in ein Heim für gefallene Mädchen bei den Nonnen stecken, aber in der Nacht, bevor er sie hinbringen konnte, ist sie ausgebüchst. Ist einfach immer weiter nach Westen und hat erst Halt gemacht, als sie ans Meer gekommen ist. Angeblich hatte sie eine Fehlgeburt.«

Ruby runzelte die Stirn. »Angeblich?«

»Mama hat gesagt, Vivienne kann keine Kinder mehr bekommen, und das hat ihre Heiratsaussichten ganz erheblich geschmälert.« Mercy war die Älteste der Geschwister und Vivienne die Jüngste, nicht viel älter als Patricia.

Ihre Schwester senkte die Stimme. »Ich glaube, Vivienne muss so verzweifelt gewesen sein, dass sie es, so gefährlich das auch ist, hat wegmachen lassen. Dabei muss irgendwas ganz schrecklich schiefgegangen sein. Mama sagt, Vivienne ist dabei beinahe selbst gestorben, aber sie sollte trotzdem um Vergebung beten.«

Ruby war schockiert, als sie das hörte. Mit diesem Wissen erschienen ihr Viviennes grässliche Ratschläge plötzlich in einem ganz neuen Licht, und sie wusste gar nicht mehr, was sie noch denken sollte. Ihre Tante konnte bisweilen grob und unsensibel sein, aber warum nur hatte sie ihrer Nichte allen Ernstes derart gefährliche Ratschläge gegeben und von Ruby verlangt, ihr eigenes Leben aufs Spiel zu setzen? Ruby schüttelte den Kopf. Wog die Schande, ein uneheliches Kind auf die Welt zu bringen, wirklich so viel schwerer als die

Gefahr für Leib und Leben? Sie verstand das einfach nicht.

»Warum hat mir das denn keiner gesagt?«, fragte Ruby empört.

»Du warst noch viel zu klein, um das zu verstehen. Das war kurz vor Michaels und meiner Hochzeit.«

»Das ist lange her«, grübelte Ruby. Sie kam sich ausgeschlossen vor, weil niemand mit ihr darüber gesprochen hatte. »Ihr hättet es mir sagen sollen, ehe ich zu ihr gezogen bin.«

Patricia seufzte tief. »In dieser Familie wird so manches totgeschwiegen. Wie Daddy immer sagt, wenn man etwas nicht im Hause des Herrn sagen kann, sollte man es auch sonst nirgendwo sagen.«

»Dann ist er ein Heuchler«, erklärte Ruby. »Er hat geschimpft und geflucht wie ein Kesselflicker. Du hast ihn doch selbst gehört.«

»Er war im Unrecht«, sagte Patricia. »Bestimmt hat er schon um Vergebung gebeten.«

»Also, mich nicht.« Ruby verschränkte die Arme. Das Mittagessen duftete zwar köstlich, aber ihr war der Appetit vergangen.

Patricia fummelte am Saum ihrer Schürze herum. »Und du willst ganz bestimmt zurück nach Hollywood? Du könntest doch auch hierbleiben. Bei uns ist es auch schön.«

»Und mich Jahr für Jahr irgendwie durchschlagen, so wie ihr alle hier?«

»Ich weiß schon. Es ist bloß …« Patricia biss sich auf die Unterlippe.

Ruby griff nach der Hand ihrer Schwester. »Keine Sorge. Ich laufe nicht weg. Ich kümmere mich um Mama, solange sie mich braucht.«

»Das meine ich nicht«, antwortete Patricia. »Wobei ich gar nicht weiß, was unsere Eltern – und wir – ohne deine Hilfe machen würden. Ich kann mir bloß nicht vorstellen, wie du da draußen in der großen Stadt lebst, ganz allein, mit einem kleinen Kind in einer winzigen Schuhkartonwohnung. Und wer soll sich um das Kleine kümmern, während du zu Dreharbeiten in Italien oder New Mexico bist?«

»Ich finde schon eine vertrauenswürdige Babysitterin. Sonst nehme ich es einfach mit.« Tatsächlich bekam Ruby allein beim Gedanken daran schon Bauchweh.

»Du könntest doch hierbleiben«, schlug Patricia vor. »Ich habe schon mit Michael gesprochen, und er hat nichts dagegen.« Sie strahlte über das ganze Gesicht. »Wir fänden es herrlich, ein Kind im Haus zu haben.«

Rubys Blick ging zu dem Papierstapel mit ihrer Geschichte. »Ich weiß, du meinst es nur gut, aber ich komme mir vor wie ein Vogel, dem man die Flügel stutzt.« Unter den missbilligenden Blicken ihres Vaters würde sie langsam und qualvoll eingehen. »Und außerdem, was soll ich denn hier? Du und Michael, ihr habt gerade andere Sorgen.« Erst kürzlich hatte sie mitbekommen, wie sie spätabends sorgenvoll darüber geredet hatten, dass das Geld hinten und vorne nicht reichte.

»Es gibt ja auch noch den Diner am Highway«, wandte Patricia ein.

»So ein Leben will ich meinem Kind nicht zumuten«, erklärte Ruby entschlossen. »Und uns auch nicht. Möchtest du deine Mutter in einem Diner bedienen sehen?« Kaum hatte Ruby das gesagt, tat es ihr schon wieder leid, aber es stimmte nun einmal. Sie waren in ärmlichen Verhältnissen aufgewachsen, und es wurde gerade nicht besser.

Patricia senkte den Kopf. »Ich bete inständig, dass es nie so weit kommt.«

»Dazu braucht es mehr als fromme Worte«, entgegnete Ruby bestimmter als beabsichtigt. »Mein Agent hat schon ein neues Filmangebot für mich, sobald ich wieder arbeiten kann. Ich muss weitermachen, jetzt mehr denn je. Für mein Kind, für unsere Eltern. Und außerdem, meine große Chance in Hollywood kommt so schnell nicht wieder.« Josephs eindringliche Warnung klang ihr noch in den Ohren.

Patricia schaute auf und sah Ruby an. »Du könntest dein Kind hier bei uns lassen, wenn du arbeiten musst. Du weißt, dass niemand dieses Kind jemals so lieben wird wie ich. Du bräuchtest dir keine Sorgen zu machen, weil du dein Kind einer Fremden anvertraust. Und in der drehfreien Zeit kommst du zu uns. Du hast hier immer ein Zuhause.«

»Aber ich kann doch mein Kind nicht verlassen!«, rief Ruby, schockiert angesichts dieses Vorschlags.

»Willst du denn nicht das Beste für dein Kind?«, fragte Patricia. »Wir waren als Kinder vielleicht nicht reich, aber wir sind mit unseren Pferden durch Wildblumenwiesen getobt, haben im Fluss gebadet und gelernt, die dicksten Tomaten für die Landwirtschaftsausstellung zu züchten. Kann dein Kind das in Hollywood auch?«

Ruby spürte einen Tritt am Bauch und strich mit der Hand darüber. »Dieses kleine Leben ist alles, was mir von Niccolò noch geblieben ist.«

»Wir wollen dir nicht dein Kind wegnehmen.«

Ruby musste daran denken, wie es war, hier draußen aufzuwachsen. Ihre große Schwester war sieben Jahre älter als sie und hatte sie mit großgezogen. Schon damals mit einer Engelsgeduld gesegnet, hatte Patricia Ruby das Reiten und Gärtnern beigebracht. Ihre Eltern hatten immer zu tun gehabt und schufteten hart für ihr Auskommen, damit sie ein Dach über dem Kopf und Essen auf dem Teller hatten, wobei die Kinder natürlich auch schon kleine Aufgaben übernehmen mussten.

Wenn Ruby ihr Kind allein lassen musste – und das würde sie, sobald sie wieder anfing zu arbeiten –, wäre es tröstlich zu wissen, dass Patricia ihr Kind umsorgen und mit so viel Liebe und Zuneigung überschütten würde, wie sie es sich nur wünschen konnte.

Patricia strich ihr über die Hand. »Und wir haben Babysachen und alles, was du brauchst.«

Ruby wusste, dass ihre Schwester seit Jahren schon alles für den sehnlichst erwarteten Nachwuchs bereithielt. Mit akkuraten kleinen Stichen hatte Patricia die niedlichsten Kindersachen genäht und bestickt, die man sich nur vorstellen konnte. Ganze Stapel davon. Gesegnet mit einem unerschütterlichen Gottvertrauen hatte sie nie daran gezweifelt, dass ihr die ersehnten Kinder geschenkt würden. Jeder Strampler, jede Weste war ein Vertrauensbeweis, Zeugnis dafür, was für eine gute Mutter sie abgeben würde, bekäme sie nur die Gelegenheit, es zu zeigen.

Eins der vielen Kinderzimmer war hergerichtet und wartete schon, und jede Woche wischte Patricia dort den Staub von den Möbeln. Die hölzerne Wiege und die Kommode, die Michael selbst geschreinert hatte, waren liebevoll auf Hochglanz poliert.

Ruby lehnte den Kopf gegen die selbstgestopften Gänsedaunenkissen. Hier könnte ihr Kind frei aufwachsen, geborgen inmitten der Natur und der Familie, und Ruby könnte jederzeit zu Besuch kommen und bleiben, solange sie wollte. Sie würde immer die Mutter ihres Kindes bleiben.

Patricia legte einen Arm um Ruby. »Denkst du darüber nach?«

»Das mache ich«, entgegnete Ruby.

Aber ganz tief in ihrem Herzen wusste Ruby längst, wie einleuchtend Patricias Vorschlag war. Sie musste bald wieder zurück nach Hollywood, aber allein in einer großen Stadt mit einem kleinen Kind würde das kein leichtes Unterfangen. Auf Tante Vivienne konnte sie nicht zählen – mütterliche Gefühle gehörten nicht ins Repertoire ihrer schillernden, wechselhaften Persönlichkeit. Patricia und Michael dagegen waren verantwortungsbewusste, liebevolle Menschen. Noch nie hatte Ruby ein böses Wort zwischen ihnen gehört. Und wie froh und glücklich sie das machen würde. Ohne Kinderlachen würde dieses große Haus öde und leer bleiben.

Ruby konnte ihrer Schwester dieses unbezahlbare, unschätzbare Geschenk machen. Sie lehnte den Kopf gegen Patricias Schulter. Und wie Ruby so dasaß und über ihr Dilemma nachsann, erschien es ihr fast selbstsüchtig, ihr Kinderglück nicht mit ihrer Schwester zu teilen. Umgekehrt bräuchte Patricia wohl keine Sekunde darüber nachzudenken. Ihr großherziges Wesen würde keine andere Entscheidung zulassen. Ruby mochte auf der Leinwand die sanftmütige selbstlose Heldin spielen, aber im wahren Leben war es Patricia.

Wie Ruby sich danach sehnte, ihr Kind in den Armen zu halten. Wie sie hoffte, es würde Niccolòs strahlend blaue Augen haben und seine dunklen Haare. Wie sie sich wünschte, seine feinen Gesichtszüge in ihrem Kind wiederzuerkennen. Wenn er sie schon allein lassen musste in diesem Leben, das sie sich gemeinsam ausgemalt hatten, so hatte er ihr doch wenigstens ein Kind geschenkt, das sie mit ihrer Liebe überschütten konnte. Der Gedanke, sich von ihrem Kind zu trennen, ganz gleich für wie lange, war schier unerträglich. Aber ihr blieb keine andere Wahl.

Niccolò würde auch nur das Beste für sein Kind wollen. Und in Anbetracht der Tatsache, wie wichtig die Familie für ihn war, würde er ihre Entscheidung bestimmt gutheißen.

Auch wenn es keine Entscheidung war, die Ruby leichten Herzens traf.

Im fahlen Morgenlicht erwachte Ruby aus einem fiebrigen Schlaf und wusste gleich, dass irgendetwas nicht stimmte. Seit dem Vorabend tat ihr der Rücken weh, und sie hatte kaum ein Auge zugetan. Nun war ihr Kissen schweißnass, aber viel schlimmer war dieser Druck im Bauch, der ihr Angst machte.

Sie versuchte, sich im Bett aufzurichten, aber ein stechender Schmerz durchfuhr ihren Leib. *Nein, nein, nein*, dachte sie. Rasch überschlug sie die Tage im Kopf. Doc Schmidts erster Besuch war inzwischen ganze sechs Wochen her.

»Patricia. Hilfe!« Sie drehte sich auf die Seite und rief wieder nach ihrer Schwester.

Gleich darauf stürzte Patricia ins Zimmer. »Was ist los?«

»Irgendwas stimmt nicht mit dem Baby«, keuchte Ruby und atmete angestrengt gegen die immer schlimmer werdenden Schmerzen an. »Hol den Arzt, schnell!«

Patricia rannte hinaus, und Ruby stöhnte gequält auf. Niccolòs Namen auf den Lippen, krallte sie sich in die Laken und ballte die Hände zu Fäusten gegen den gleißenden Schmerz.

Der Schmerz kam und ging in Wellen, und Ruby wusste nicht, wie viel Zeit vergangen war, bis der Doktor endlich kam, aber eins war ganz sicher: Es war zu spät, um Ruby noch ins nächstgelegene Krankenhaus zu bringen, das gut zwei Stunden entfernt war.

Ihre Mutter und Patricia gingen dem Doc zur Hand, und Ruby merkte am sorgenvollen Stirnrunzeln und den geflüsterten Stoßgebeten, dass irgendetwas ganz und gar nicht stimmte.

»Das Baby kommt«, erklärte der Doktor und krempelte die Ärmel hoch, um gleich darauf sämtlichen Anwesenden Anweisungen zu erteilen.

Patricia eilte mit einem Stapel Handtücher herbei, während Michael heißes Wasser holte.

Der Doc beugte sich über sie, und Ruby sah die Schweißperlen, die ihm vor Anspannung auf die Stirn traten. »Stark bleiben, Miss Ruby, und immer tun, was ich sage.«

Unsicher sah Ruby zu ihrer Mutter hinüber, die zustimmend nickte. Mercys stoischer Gesichtsausdruck erschreckte Ruby fast zu Tode. Mit zusammengebissenen Zähnen zwang sie die aufsteigende Panik nieder, klammerte sich in Gedanken an das Bild von Niccolò und hüllte sich in die Liebe, die sie miteinander verband, wie in einen warmen Mantel.

Lautlos liefen Patricia die Tränen über die Wangen, aber sie wollte sich nützlich machen und dem Arzt zur Hand gehen, und das tat sie denn auch. Alle paar Minuten wischte sie sich mit dem Handrücken verstohlen die Tränen aus dem Gesicht.

Niccolò, Niccolò. Ruby stellte sich vor, wie er ganz fest ihre Hand hielt, ihr Mut machte, sie anfeuerte, Lebenskraft in ihr Kind atmete.

»Das Baby kommt«, rief der Doc schließlich. Und dann: »Warte!« Er bellte Kommandos wie ein General auf dem Schlachtfeld. Ruby versuchte nach Kräften, sie zu befolgen, aber sie fühlte sich zunehmend erschöpft und schwindelig. Ihre Muskeln gehorchten ihr mit jeder Wehe weniger.

Niccolò, steh mir bei.

»Nabelschnurverwicklung«, knurrte der Doc.

Ruby hatte das Gefühl, immer leichter zu werden, als erhebe sie sich aus ihrem Körper, bis sie schließlich über der Szene schwebte, ihre lockigen dunkelroten Haare wirr auf den feuchten Kissen liegen sah und die blassen Beine wie Zahnstocher auf den blutverschmierten Laken. Der Doc biss die Zähne zusammen und arbeitete fieberhaft, während Mutter und Schwester versuchten, das erstickte Schluchzen herunterzuschlucken.

Alles klang ganz gedämpft, und die Szene unter ihr lief ab wie ein Film. Ruby fragte sich noch, was wohl als Nächstes geschehen würde, als sie plötzlich mit einem Ruck wieder in ihren Körper zurückgeholt wurde. Der Doc leuchtete ihr in die Augen, und dann, während die Schmerzen sie wie eine Flutwelle überrollten, legte sie den Kopf in den Nacken und schrie.

Sie wusste nicht, wie viel Zeit vergangen war, bis sie den Doc sagen hörte: »Da ist sie!«

Besorgt sprang ihre Mutter vom Bett auf. »Ist sie … atmet sie?«

Sie. Ein Mädchen. Ruby wrang einen Zipfel des Bettlakens in der geballten Faust.

Mit grimmiger Miene hielt der Doktor mit beiden Händen ein dünnes, schlaffes Ding in die Luft.

In panischem Schrecken rief Ruby: »Nein, nicht mein Kind!« Das Blut rauschte ihr in den Ohren, und sie konnte keinen anderen Gedanken fassen, als dass sie nun beide verloren hatte. Verzweiflung, schwärzer als alles, was sie je zuvor erlebt hatte, erfasste sie, und sie wünschte, sie könnte wieder zurückkehren an diesen seltsamen Zwischenort, an dem es keinen Schmerz gab und keine Angst.

»Pssst«, sagte Patricia beruhigend und nahm Rubys Hand, die wild um sich schlug. »Lass den Doc seine Arbeit machen.«

Mit tränennassem Gesicht lauschte Ruby auf die verzweifelten Gebete ihrer Mutter. Wie konnte es sein, dass ihr Kind ging, während sie bleiben musste? Gerne hätte sie die Plätze getauscht und ihrer kleinen Tochter das Leben geschenkt.

Momente schienen wie Stunden, aber irgendwann war ein leises Wimmern zu hören, gefolgt von einem dünnen Schrei, bei dem Ruby ein Schauer über den Rücken lief. »Geht es ihr gut?«

Doc sah sie mit sorgenvoller Miene an. »Sie ist zu früh geboren, es könnte sein, dass ihre Lunge noch nicht vollständig ausgebildet ist.«

Ruby überlief es eiskalt. »Wird sie ... überleben?«

»Wenn sie selbstständig atmen kann, hat sie gute Aussichten«, entgegnete der Doc grimmig, aber entschlossen. »Wir tun, was wir können.«

KAPITEL SECHSUNDZWANZIG
Comer See, 2010

Ihre Zeichnungen unter den Arm geklemmt flitzte Ariana die breiten Stufen der Villa Fiori hinunter. Alessandro holte sie gleich ab, sie wollten in den Laden, den sie gemietet hatte, um endlich mit der Renovierung und Umgestaltung zu beginnen. Aber zuerst wollte sie ihrer Tante noch die Entwürfe für ihre erste eigene Kollektion zeigen, an denen sie gerade arbeitete.

Ruby saß schon draußen auf der Terrasse beim Frühstück.

»Guten Morgen«, rief Ariana fröhlich. Sie setzte sich zu Ruby an den Tisch, wo Livia einen Platz für sie gedeckt und eine große Kanne Kaffee hingestellt hatte. Sie schenkte sich eine Tasse ein und sagte: »Ich habe dir einige meiner Entwürfe mitgebracht und wollte dir zeigen, was ich mir für die Kollektion vorgestellt habe.«

»Die sehe ich mir gerne an.« Ruby schob ihre Grapefruit und das Granola beiseite.

Ariana breitete ihre Skizzen auf dem Tisch aus. »Ich stelle mir eine Fusion aus lässiger amerikanischer und eleganter europäischer Mode vor. Jacqueline Kennedy

Onassis auf einer griechischen Insel. Grace Kelly auf einer Segeljacht vor Monaco.«

Ruby begutachtete die Skizzen und lächelte. »Der Einfluss der Mid-Century-Mode ist unverkennbar, aber bei dir wirkt das sehr frisch und aktuell.« Sie tippte auf einen der Entwürfe. »Das gefällt mir. Ein weites Top mit U-Boot-Ausschnitt und dreiviertellangen Glockenärmeln. Und dazu eine Bleistifthose. Gute Linienführung. Und ich liebe dieses Korallenrot.«

»Dachte ich mir, dass dir das gefällt«, sagte Ariana. »Nachdem ich jahrelang in deinen Schränken gespielt habe, kenne ich deinen Geschmack. Gewagt, dramatisch, voller Flair.«

»Alles nur für den großen Auftritt, Liebes.« Ruby faltete die Hände. »Und, wie ist dein Plan für die Umsetzung?«

»Den Stoff bekomme ich von Alessandro«, sagte Ariana. »Und in ein paar Tagen werden meine Schneiderpuppe, die Nähmaschine und alles andere geliefert. Zuerst drapiere ich meine Entwürfe mit Nesselstoff auf der Puppe. Daraus werden dann Schnittmuster in verschiedenen Größen gefertigt. Meine Kundinnen können sich die Muster anschauen und dann passgenau bestellen und bekommen am Ende ein maßgeschneidertes Unikat.«

Ruby nickte nachdenklich. »Und was ist mit den Leuten, die hier Urlaub machen und nur eben rasch ein Kleid brauchen, um abends schick essen zu gehen?«

Auch daran hatte Ariana gedacht. »Ich plane, auch einige fertige Modelle auf Lager zu haben. Freizeitmode, schlicht, aber luxuriös. Nicht unbedingt Einheitsgrößen, aber etwas in der Art. Small, Medium und Large. Anfangen will ich mit nur ein paar Modellen, bis ich weiß, was meinen Kundinnen gefällt.«

»Gute Idee«, rief Ruby und betrachtete eingehend jeden einzelnen Entwurf. »Allesamt himmlisch schön. Aber ich hatte von vornherein vollstes Vertrauen in dich und dein Talent.«

»Es gibt bloß noch so viel zu tun, ehe ...« Ariana biss sich auf die Unterlippe. *Ehe das Kind kommt*, dachte sie. Eigenartig, dass sie sich, von ihrem Bärenhunger einmal abgesehen, so gar nicht schwanger vorkam.

»Sehr weise«, entgegnete Ruby ernst. »Du willst vorbereitet sein, falls – na ja, auf alles eigentlich. Hast du Vera nach ihrer Empfehlung für einen Geburtshelfer gefragt, wie ich es dir gesagt hatte? Sie hat eine ganze Liste von Fachärzten zur Hand.«

Seufzend presste Ariana die Fingerspitzen gegen die Schläfen. »Das mache ich noch, aber es geht mir gut. Ich habe bloß momentan so unglaublich viel um die Ohren.«

Ruby griff über den Tisch nach ihrer Hand. »Nein, du solltest lieber jetzt gleich einen Termin ausmachen. Wenn du willst, kann ich das auch für dich übernehmen.«

Erstaunt über Rubys nachdrückliche Ermahnung zog Ariana den Kopf ein. »Das mache ich schon, aber ich würde meinen Zustand ungern an die große Glocke hängen.«

»Du solltest unbedingt unter ärztlicher Aufsicht stehen. Für alle Fälle.« Ruby hatte steile Sorgenfalten auf der Stirn. »Hat das irgendwas mit Alessandro zu tun?«

Ariana sah schnell weg und pustete auf ihren heißen Kaffee. Sie genoss die gemeinsame Zeit mit Alessandro und den Kindern und befürchtete, wenn sie ihm erst einmal sagte, dass sie schwanger war, würde er sich aus dem Staub machen. Und sie könnte es ihm noch nicht einmal verübeln.

»Alessandro würde mir für dich gefallen«, erklärte Ruby. Sie klang eisern und entschlossen. »Aber du musst es ihm sagen. Und zwar bald. Je länger du wartest, desto aufgebrachter und gekränkter wird er sein, dass du ihm nicht genug vertraut hast, um es ihm gleich zu sagen.«

»Aber ich habe Angst«, flüsterte Ariana und schämte sich dafür, nicht so stark und unbeugsam zu sein wie Ruby. Ihre Tante hatte kaum je etwas an ihr auszusetzen, aber wenn, dann schmerzte es umso mehr. »Vielleicht nächste Woche ...«

Ruby sah sie mit hochgezogenen Augenbrauen an und schüttelte den Kopf. »Sei ehrlich zu ihm.« Ihr Blick ging über das Wasser hinüber nach Varenna. »Sonst wird alles nur noch verworrener und unentwirrbarer, als du glaubst, dass es ohnehin schon ist. Das weiß ich leider aus eigener schmerzhafter Erfahrung.«

Noch ehe Ariana ihre Tante fragen konnte, wie sie das meinte, tupfte die sich mit einer Serviette den Mund ab, stand auf und straffte die Schultern. »Deine Entwürfe sind grandios, Liebes, aber ich hoffe, du wirst, was Alessandro angeht, meinen Rat befolgen.«

Als Ruby fort war, frühstückte Ariana noch zu Ende. Ihre Tante packte sie nun nicht mehr in Watte, aber das wollte Ariana auch gar nicht. Ruby hatte einen ausgeprägten Gerechtigkeitssinn und hohe Erwartungen, und Ariana fragte sich manchmal, auf welchem Amboss Rubys eiserner Wille wohl geschmiedet worden war.

Während Alessandro Ariana die kurze Strecke zu ihrem Laden chauffierte, gingen ihr Rubys Worte nicht mehr aus dem Sinn. Gedankenverloren schaute sie hinaus auf den See, dessen spiegelglatte Oberfläche nur gelegentlich von einer Fähre oder einem Freizeitboot gekräuselt wurde. *Was wohl darunter schlummert?*, fragte sie sich.

Sie warf Alessandro einen Seitenblick zu und sah sein bewunderndes Lächeln, und ihr ging auf, dass sie und der See sich nicht ganz unähnlich waren. Er war arglos, ahnungslos ob des Geheimnisses, das sie hütete und das ihre gerade erst aufkeimende Freundschaft zu zermalmen drohte – unschuldiges Opfer einer arglistigen Täuschung. Das schlechte Gewissen drückte ihr auf den Magen.

Seit sie nach Bellagio gekommen war, hatte Ariana alle unangenehmen Gedanken weit von sich geschoben und versucht, nur im Hier und Jetzt zu leben. Hatte Ruby ihr das nicht genau so eingebläut?

Aber schon in einigen wenigen Monaten würde Arianas Zustand nicht mehr zu übersehen sein. War sie verrückt, ihren Job hinzuschmeißen, das Angebot von

Phillips Mutter auszuschlagen und einen Mietvertrag für einen Laden in Italien zu unterschreiben, dessen Miete sie sich kaum leisten konnte, nur um sich ihren hochfliegenden Traum von der erfolgreichen Modeschöpferin zu erfüllen? Vielleicht hatten Ruby und ihr extravaganter Lebensstil doch keinen so guten Einfluss auf sie. Vielleicht hatte ihre Tante ihr diese Flausen in den Kopf gesetzt, Ariana könne ein ebenso freies Leben führen. Aber es gab nur eine Ruby Raines.

Sie, Ariana Ricci, musste ihren eigenen Weg gehen. Und sie musste es klug angehen. Wie sie aus leidvoller Erfahrung mit Phillip wusste, war es nie gut, sich auf einen Mann zu verlassen. Womöglich hatte Alessandro seine eigenen Geheimnisse. Auf ihre Mutter war kein Verlass, und Rubys Almosen wollte sie nicht, auch wenn ihre Tante alles freigiebig und von Herzen gab.

So sehr Ariana ihre Tante auch liebte, ihr war nicht entgangen, dass sie sich irgendwie verändert hatte. Sie packte die Gelegenheiten beim Schopfe – und kaufte einfach so eine Villa, die ein Vermögen gekostet haben musste.

Und dann traf es Ariana wie ein Schlag. *Vielleicht war das Rubys letzter Frühling.* Womöglich war ihre Tante krank? Der Gedanke machte ihr Angst, und sie musste schlucken.

»Du bist heute aber still«, bemerkte Alessandro. »Wenn dich irgendwas bedrückt und du darüber reden willst, ich bin immer für dich da.«

Das war ihre Gelegenheit, und doch brachte Ariana es nicht über sich, ihm die Wahrheit zu sagen. Stattdessen drehte sie sich zu ihm um und lächelte. »Mir geht gerade so vieles durch den Kopf.« Was ja auch stimmte. »Von der Ladenrenovierung über die Entwürfe für die Kollektion bis hin zu den tausend Kleinigkeiten, die es zu beachten gilt, wenn man hier ein Geschäft eröffnen will ... Mir schwirrt schon der Schädel.«

»Das fügt sich alles«, versicherte Alessandro ihr zuversichtlich. »Es bleibt nicht immer so turbulent wie jetzt.«

Ariana fischte den Ladenschlüssel aus der Handtasche. »Und obendrein verlangt meine Tante jetzt auch noch, dass ich ein bisschen ›geselliger‹ bin, wie sie sich ausdrückt.«

»Man kann nicht immer nur arbeiten«, sagte Alessandro. »Warum auch? Schau dich doch nur um.« Er wies auf den stillen See und die schneebedeckten Berge. »Hier leben zu dürfen ist ein Vergnügen und ein Privileg, das man nicht als selbstverständlich nehmen sollte. Solche Schätze, wie sie uns die Natur hier schenkt, darf man nicht leichtfertig vergeuden.«

Ariana musste lächeln, denn irgendwie hatte er ja recht. »Dann sollte ich wohl mehr vor die Tür gehen und neue Menschen kennenlernen«, sagte sie und zog den Schlüssel heraus. »Tante Ruby hat ein kleines Theater aufgetan und mich gebeten, sie zum Premierenabend zu begleiten. Möchtest du mitkommen? Sie bekommt immer die besten Plätze.«

»Sehr gerne sogar«, antwortete er. »Solange Paolina sich um die Kinder kümmern kann. Was spielen sie denn?«

»*Ein Herz und eine Krone*. Oder *Vacanze Romane*, wie ihr hier sagt. Ruby muss diesen Film sicher schon tausend Mal gesehen haben.« Ariana steckte den Schlüssel ins Schloss und wollte ihn umdrehen.

»Einer meiner Lieblingsfilme.« Er grinste. »Mein Onkel hat diese Aufführung finanziert.«

Alessandro wollte noch etwas sagen, aber da schrie Ariana plötzlich auf. »Autsch, mich hat was in die Hand gebissen.«

»Hier, lass mich mal machen. Diese alten Schlösser können ganz schön kapriziös sein, und ich sehe da ein spitzes Metallstück vorstehen, das müsste dringend abgefeilt werden.« Alessandro drehte ein bisschen an dem Schlüssel, und schließlich ließ sich die Tür widerstrebend öffnen.

Drinnen schaute sie sich um. Der Kronleuchter an der Kassettendecke verbreitete unter seiner dicken Staubschicht ein schummeriges Licht. »Eine gute Ausgangsbasis, aber die Böden sind ein Trauerspiel.« Die vielen Lagen Linoleumfliesen aus verschiedenen Epochen wellten sich und hatten sich an den Ecken aufgerollt.

Alessandro rieb sich die Stoppeln am Kinn. »Ich wüsste jemanden, der dir das Zeug rausreißt.«

»Und was mache ich dann damit?«

»Sieht aus, als wäre Beton darunter.«

Ariana kam eine Idee. »Ich könnte den Betonfußboden mit Schablonen bemalen und anschließend versiegeln, matt oder hochglänzend. Ich könnte Teppiche auslegen, um bestimmte Bereiche gegeneinander abzugrenzen. Und die Kollektion mit Hängelampen ausleuchten. Muranoglaskelche müssten grandios aussehen, meinst du nicht?«

Alessandro lachte. »Ich glaube, ich bin hier überflüssig.«

Jetzt, wo sie ihrer Fantasie freien Lauf lassen konnte, ging es ihr gleich viel besser. Ihre Zweifel, ob sie es schaffen würde, verflogen. »Im Auto dachte ich nur, mir wächst das gerade alles über den Kopf. Aber jetzt, wo ich hier bin, weiß ich ganz genau, was alles zu tun ist.« Sie zog ein Notizbüchlein aus der Tasche und machte sich daran, ihre Ideen zu Papier zu bringen.

»Die wichtigste Eigenschaft eines Unternehmers ist Entscheidungsfreude.« Alessandro legte ihr einen Arm um die Schultern. »Ich finde, du machst das alles ganz großartig.«

»Danke für dein Vertrauen.« Seine Umarmung weckte ungebetene Sehnsüchte. Alessandro war das genaue Gegenteil von Phillip. *Unterstützend, interessiert, erwachsen, echt.* Wie war sie nur auf die absurde Idee gekommen, Phillip könnte der Richtige für sie sein? Sie hatten sich kurz nach ihrem Studienabschluss kennengelernt. War sie damals so naiv und unbedarft gewesen, dass sie geglaubt hatte, Phillips unmögliches Verhalten sei das Beste, was sie erwarten durfte?

Erst jetzt, da Alessandro in ihr Leben getreten war, merkte sie den Unterschied. Eine echte Beziehung war etwas ganz anderes.

Ariana schaute auf zu zwei großen, gerahmten, barock anmutenden Spiegeln. Die Vergoldung war abgeblättert und verblichen, und das Spiegelglas war ringsum mit dunkelfleckigen Sprenkeln übersät. Und doch hatten die alten Spiegel etwas. »Was hältst du von denen?«

»Gründlich saubermachen, dann strahlen sie wieder in altem Glanz. Sie haben Geschichte. Das ist wichtig.«

Ariana dachte darüber nach. »Das ist es wirklich, nicht?«

»Man darf die Spuren der Geschichte nicht einfach mit glänzendem neuem Lack überpinseln«, erklärte Alessandro. »Lieber sollte man kleine Unvollkommenheiten zeigen und zu ihnen stehen. Jede Narbe ist ein Triumph, jeder Makel einzigartig. Das ist viel interessanter als lupenreine Vollkommenheit.«

»Noch mehr philosophische Gedanken?«, fragte Ariana grinsend und trat einen Schritt auf ihn zu. »Du hättest einen großartigen Professor abgegeben.«

»Vielleicht schreibe ich irgendwann ein Buch«, entgegnete er augenzwinkernd. Er zog Ariana näher heran und lehnte die Stirn gegen ihre.

Sie schlang die Arme um seinen Hals und streifte seine Lippen mit ihren. Sämtliche Nervenenden in ihrem Körper schienen elektrisch aufgeladen zu knistern. »Hast du sonst noch irgendwelche Macken, von denen ich wissen sollte?«

»Jede Menge«, erwiderte er. »Manchmal verliere ich die Geduld mit den Kindern. Es ist nicht leicht als alleinerziehender Vater. Und gelegentlich beansprucht das Geschäft mehr Zeit und Aufmerksamkeit, als mir lieb ist. Trotzdem versuche ich immer, zuerst zu leben und dann zu arbeiten.« Ein Lächeln umspielte seine

Lippen. »Und du? Sonst noch irgendwelche Lädierungen, die du mir verschweigst?«

»Definitiv etliche Narben.« Ariana starrte in seine goldgesprenkelten grünbraunen Augen, in denen es ... verliebt blitzte? Und dann dachte sie: *Was er wohl in meinen Augen sieht?*

Alessandro sah sie mit hochgezogenen Augenbrauen an. »Willst du mich jetzt raten lassen?«

Sie hatte Rubys strenge Ermahnung noch im Ohr, aber sie wollte diesen Zauber zwischen ihnen nicht zerstören. »Es gibt da etwas, das du wissen solltest, aber ich weiß nicht, wie ich es dir sagen soll.«

Alessandro hob ihre Hand an die Lippen und drückte ihr einen Kuss auf die Handfläche. »Hat es vielleicht etwas damit zu tun, dass du keinen Alkohol mehr trinkst?«

Sie nickte, und er zögerte kurz. »Wie lange schon?«

»Zwei Monate sind es jetzt.«

»Eine meiner Cousinen war auch Alkoholikerin«, sagte er mit mitfühlender, aufmunternder Miene. »Es braucht ungeheure Stärke, das zu tun, was du gerade machst. Du kannst stolz auf dich sein.«

»Was?« Sie fuhr sich mit der Hand über das Gesicht und schüttelte den Kopf. »Du dachtest ... Ach, nein, nein, du irrst dich. Das ist es nicht.«

Alessandro runzelte verblüfft die Stirn. »Was denn dann?«

Ariana fehlten die Worte, also machte sie nur eine hilflose Geste mit der Hand. »Fällt dir sonst kein Grund ein, warum man als Frau keinen Alkohol trinkt?«

»Wechselwirkungen mit Medikamenten ...«

Ariana schüttelte den Kopf.

»Alkoholunverträglichkeit ...«

»Echt jetzt?« Ariana stemmte die Hände in die Hüften.

»Oder eine Schwangerschaft ...« Alessandro brach ab. »Du bist doch nicht ...«

»Bin ich.«

»Ach, *mamma mia*.« Er fuhr sich mit der Hand durch die Haare. »Ich weiß nicht, was ich sagen soll. Ich meine, ich freue mich für dich, aber ...« Alessandro legte den Kopf in den Nacken, als suche er nach den richtigen Worten. »Das ändert natürlich alles. Darf ich fragen, von wem das Kind ist? Außer von dir, natürlich.«

Ariana blinzelte die Tränen weg, die ihr an den Wimpern hingen. »Es ist von Phillip, aber der möchte nichts mit ihm zu tun haben.«

Kopfschüttelnd schnalzte Alessandro mit der Zunge und wandte sich ab.

Ariana sah seine hängenden Schultern und wusste, es war aus. *Ruby hatte recht*. Ihr Herz zog sich schmerzhaft zusammen. Sie hätte es Alessandro schon viel früher sagen müssen. *Was hatte sie sich bloß dabei gedacht?*

Und außerdem, nach all den Jahren mit Phillip hätte Ariana lieber erst ihr gebrochenes Herz verarzten sollen, ehe sie sich auf jemand Neuen einließ. Das hier war nicht mehr als eine Trostbeziehung, und sie konnte nicht allen Ernstes erwarten, dass Alessandro ein fremdes Kind von einem anderen Mann annahm. Für ihn war es wohl nur ein Flirt gewesen. *Mehr nicht*. Aber sie konnte so etwas nicht. Sie verschenkte immer vorschnell ihr Herz.

»Alessandro, es tut mir so leid«, setzte sie an.

Er drehte sich zu ihr um und nahm ihre Hand. »Du brauchst dich doch nicht zu entschuldigen. Das war eine gute Entscheidung. Kinder bringen so viel Freude, sie sind ein Geschenk.«

»Und eine tägliche Geduldsprobe«, ergänzte Ariana und nahm all ihren Mut zusammen. Sie wollte ihm sagen, dass sie es verstehen konnte, wenn er jetzt ging, auch wenn ihr Herz schon zu zerspringen drohte. »Ich hätte es dir viel früher sagen sollen, ehe …«

Alessandro legte einen Finger an ihr Kinn und hob ihr Gesicht an. »Ehe wir uns ineinander verliebt haben?«

Wir? Hatte sie richtig gehört? Ariana schnürte es die Kehle zu beim Gedanken daran, dass auch ihm das Herz brechen würde. Sie konnte nur nicken.

Alessandro nahm sie in die Arme und wiegte sie sanft wie zu einer Musik, die nur er hörte. »Ariana. Meine Ariana. Du weißt gar nicht, was Liebe ist. Dieser Phillip – wenn es stimmt, was du sagst, und davon gehe ich aus – weiß nicht, wie man eine Frau liebt. Er hätte dich nicht glücklich gemacht. Aber ich habe die Liebe kennenlernen dürfen – tiefe, wahre Liebe –, und sie ist wie sonst nichts auf dieser Welt. Nie hätte ich zu hoffen gewagt, sie noch einmal zu finden.«

Bei diesen Worten keimte neue Hoffnung in Ariana auf. »Und wann hat sich das geändert?«

Alessandro tippte ihr auf die Nase. »In dem Augenblick, als du in die Fabrik spaziert bist. Und als ich dich mit einer solchen Freude im Herzen mit meinen Kindern habe herumlaufen sehen. Du bist das fehlende Teil in unserer Familie, Ariana. Gar keine Frage.« Er nahm ihr Gesicht in beide Hände. »Was meinst du dazu?«

»Aber das Baby ...«

»Ich liebe Kinder«, versicherte er rasch. »Zwei oder drei oder noch mehr, was macht das schon für einen Unterschied? Dieses Baby gehört zu dir, und ich liebe dich mit allem, was dazugehört, Ariana.«

Doch so sehr Ariana sich nach einem »Und wenn sie nicht gestorben sind, dann leben sie noch heute«-Märchen-Happy-End sehnte, wusste sie nur zu gut, dass es so etwas im wahren Leben nicht gab – wie sie auf die harte Tour vor dem Altar hatte lernen müssen. Und diesmal musste sie auch an die Kinder denken.

Ariana schaute zu ihm auf. »Ich bin sehr glücklich, dass du das so siehst, und du sollst wissen, dass ich dich – und die Kinder – mit jedem Tag mehr ins Herz schließe. Ihr habt mein Herz im Sturm erobert, Alessandro, aber bevor ich es wieder verschenke, muss ich mir ganz sicher sein.«

KAPITEL SIEBENUNDZWANZIG
TEXAS HILL COUNTRY, 1953

Ruby saß im Bett und strich mit den Fingerspitzen ganz zart über die feinen hellbraunen Haare ihrer kleinen Tochter, und das Herz tat ihr weh vor lauter Liebe. Immer, wenn die Kleine die Augen aufschlug, schauten sie Niccolòs strahlend blaue Augen an. *Neugierig, bedürftig und unwiderstehlich fordernd.* Ihr Kind hatte unbedingt früher auf die Welt kommen wollen, bereit, beinahe unüberwindbare Hürden zu meistern.

»Mariangela, mein kleiner Engel«, murmelte Ruby in Gedanken an Niccolò und seine Worte bei ihrem ersten gemeinsamen Abend in der Oper.

Doc Schmidt war hergekommen, um sie beide zu untersuchen. Vier Wochen war die Entbindung nun her.

»Sie wird weiter gute Pflege brauchen«, sagte der Arzt, nahm das Stethoskop ab und legte es in die Tasche. »Zum Glück ist sie eine kleine Kämpferin. Genau wie ihre Mutter.«

»Ohne Patricia hätten wir das alles nicht geschafft.« Ruby war ihrer Schwester unendlich dankbar und wusste nur zu gut, wäre sie in Los Angeles geblieben, sie wäre wohl auf sich allein gestellt gewesen, und Mariangela hätte womöglich nicht überlebt.

Patricia lächelte. »Für die Kleine würde ich alles tun.«

»Sie kann von Glück sagen, dass sie euch beide hat.« Doc Schmidt nahm seinen Hut und seine Arzttasche. »Und nicht vergessen, immer schön warmhalten.«

»Ich bringe Sie zur Tür«, sagte Patricia und ging mit ihm durch den Flur.

Als sie wieder allein war, zog Ruby ihrer kleinen Mariangela das winzige rosa Mützchen über, das Mercy ihr gestrickt hatte. »Hey, Süße«, flüsterte Ruby.

Da Mariangela etwa acht Wochen zu früh auf die Welt gekommen war, war es überlebenswichtig, dass sie sich strikt an die Anweisungen des Doktors hielten. Schwach und mit dürren Ärmchen und Beinchen geboren hatte Mariangelas kleiner Körper kaum Fett, um seine Temperatur zu halten. Bei ihrer Geburt empfahl der Arzt darum eine Schlinge, in der das Baby an der Mutterbrust liegen konnte. Und da blieb es dann, Haut an Haut unter einem von Michaels weiten Flanellhemden. Doc Schmidt sagte ihnen, dieser enge Körperkontakt würde Mariangela helfen, ihre Temperatur zu halten und ordentlich zuzunehmen.

Patricia und Michael hatten Ruby und ihrer kleinen Tochter ein Krankenlager im Esszimmer bereitet, gleich vor dem Kamin, in dem rund um die Uhr ein Feuer loderte, selbst als der Frühling schon die ersten leuchtend blauen Lupinen mitbrachte.

Anfangs war Mariangela zu schwach, um selbst an der Brust zu saugen, also füllte Ruby eine Pipette mit Muttermilch, mit der sie und Patricia die Kleine dann abwechselnd fütterten. Sie sah aus wie ein kleines Kätzchen, das die Milch aufleckte, die ihm ins Mäulchen lief. Oft war Ruby so erschöpft, dass sie zwischendurch einschlief. Hier ein kleines Nickerchen, dort eine halbe Stunde dösen – aber sobald Mariangela sich rührte, war sie wieder hellwach.

Derweil wurde ihre kleine Tochter immer kräftiger. Sie konnte selbständig trinken, und ihre Lunge hatte sich gut entwickelt – was sie mit lautem Geschrei kundtat.

Als Patricia wiederkam, streckte sie die Arme nach der Kleinen aus. »Ich kann sie nehmen, wenn du eine kleine Pause brauchst.«

»Ich würde gerne kurz nach draußen an die frische Luft.« Ruby zog den Kopf aus der Babyschlinge und reichte Mariangela an ihre Schwester weiter, die die Bluse aufknöpfte, damit die Kleine sich an ihre bloße Haut kuscheln konnte. Sie schien sich bei ihrer Tante Patricia genauso wohlzufühlen wie bei ihrer Mutter.

»Sieh sich das einer an«, meinte Ruby. »Als hätte sie zwei Mütter.«

»Du bist ihre Mutter«, entgegnete Patricia fest.

Und doch strahlte sie über das ganze Gesicht, und Ruby konnte ihrer Schwester ansehen, wie sehr sie sich über diese kleine Bemerkung freute. Ihre Schwester würde womöglich nie eigene Kinder haben, und Ruby war selig, ihr eigenes Mutterglück mit ihr teilen zu können. Manchmal versetzte die Eifersucht ihr einen kleinen Stich, wenn Mariangela sich gleich beruhigte, sobald Patricia sie auf den Arm nahm. Aber als ältere der beiden Schwestern hatte Patricia auch schon viel mehr Kinder in ihren Armen in den Schlaf gewiegt. Das war alles.

Ruby ging nach draußen und spazierte hinüber zum Stall, wo ihr Pferd seit jenem frostigen Morgen vor über zwei Monaten stand. Der Frühlingssonnenschein wärmte ihr das Gesicht, und sie atmete den betörenden Duft von Geißblatt und Jasmin, die das Geländer der rückwärtigen Veranda überwucherten. Dort wartete schon ein Schaukelstuhl auf sie – sobald es etwas wärmer wurde und Mariangela kräftig genug war, dass sie nach draußen durfte.

Im Stall ging Ruby zu ihrer Stute. Auf dem Weg durch die Küche hatte sie ein Stück Würfelzucker für sie eingesteckt.

»Hey Blaze.«

Ruby reichte ihr den Zucker in der offenen Hand, und die Stute nahm ihn behutsam mit ihrem samtweichen Maul. Ruby ging mit ihr nach draußen, damit sie sich ein wenig die Beine vertreten konnte. Wie sie sich wünschte, sie könnte einfach aufsteigen, hinausreiten, die Haare im Wind flattern lassen, aber sie war zu müde.

Michael winkte ihr aus dem Gemüsegarten, in dem er gerade mit der Hacke Unkraut jätete. Der Frühling war in dieser Gegend kurz, das Wetter konnte täglich umschlagen, und Frostnächte wechselten sich ab mit schwülheißen Tagen. Er legte die Hacke beiseite und schlenderte zu ihr hinüber.

»Schön, dich wieder hier draußen zu sehen«, sagte er und schob sich den Strohhut aus der Stirn.

»Ich musste dringend ein bisschen frische Luft schnappen. Drinnen wird es so schnell heiß und stickig.«

»Was hat der Doktor gesagt?«

»Er scheint zufrieden, wie sie sich entwickelt«, antwortete Ruby und schwang die Arme, um den Blutfluss in den verkrampften Gliedern in Gang zu bringen. »Sie nimmt zu und sieht nicht mehr aus wie eine verschrumpelte Rosine.«

Michael lachte leise. »Eins muss man dir und Patricia lassen, ihr beide habt ein kleines Wunder gewirkt.«

»Patricia weiß immer ganz genau, was zu tun ist. Sie ist die geborene Mama.« Ruby musste über sich lachen. »Ich weiß nicht halb so viel wie sie.«

»Für meine Frau gibt es keine größere Erfüllung.« Michael kratzte sich das stoppelige Kinn. »Vielleicht bekommen wir ja bald ein eigenes«, fügte er mit hoffnungsvoller Miene hinzu.

Ruby nickte. Irgendwann, während der langen Stunden, in denen sie sich gemeinsam um die Kleine gekümmert hatten, hatte Patricia ihr anvertraut, dass es ihr einfach nicht gelingen wollte, schwanger zu werden. »Bis dahin habt ihr ja Mariangela«, versuchte Ruby ihn zu trösten. »Du kannst dir gar nicht vorstellen, wie froh ich bin, dass sie bei euch bleiben darf, wenn ich wieder arbeiten muss.«

»Wir haben zu danken«, entgegnete Michael. »Ich habe Patricia schon lange nicht mehr so glücklich gesehen.«

Für Ruby war Michael der große Bruder, den sie nie hatte. »Mariangela wird mit dir als ihrem Vater aufwachsen.« Die letzten Worte schnürten ihr die Kehle zu. Niccolò wäre ein so wunderbarer Vater gewesen. Sie konnte die beiden genau vor sich sehen. Niccolò hätte Mariangela in seinen starken Armen an die Brust gedrückt und ihr italienische Schlaflieder vorgesungen.

»Und ich freue mich schon darauf«, sagte Michael. »Das ist eine große Verantwortung, aber du sollst wissen, dass ich mich immer gut um sie kümmern werde.«

»Das weiß ich.« Ruby rang sich ein Lächeln ab, dann brachte sie Blaze zurück in den Stall. »Bald reiten wir zusammen aus«, flüsterte Ruby der Stute zu, die zustimmend schnaubte. Ruby sehnte sich nach einer kleinen Verschnaufpause, so kurz sie auch sein mochte. Fünf oder zehn Minuten zum Baden, ein paar Minuten an der frischen Luft.

Langsam ging sie zum Haus zurück und hörte durchs offene Fenster das Telefon schrillen. »Ich gehe schon«, rief sie und lief eilig nach drinnen.

In der Küche stürzte sie zum Telefon an der Wand. »Hallo?«

Die Stimme ihres Agenten knackte durch die Leitung. »Ruby, hier ist Joseph. Ab wann kannst du wieder Termine zum Vorsprechen annehmen?«

Ruby grinste. Joseph Applebaum machte wie immer nicht viele Worte. »Nicht vor Juli oder August.« Sie hatte zwar noch immer kein Wort mit ihrem Vater gewechselt, aber ihre Mutter hatte durchscheinen lassen, dass ihnen langsam das Geld ausging.

»Mach dich auf einen heißen Herbst gefasst«, sagte Joseph. »*Tagebuch einer Pionierin* kommt im September in die Kinos, und gleich danach der letzte, den du danach gedreht hast. Man munkelt von einer atemberaubenden Neuentdeckung.«

»Das klingt doch gut«, seufzte Ruby erleichtert.

Josephs Stimme wurde vor Aufregung immer lauter. »Gut möglich, dass du für diverse Auszeichnungen nominiert wirst. Daran arbeite ich noch. Wir müssen nur die richtigen Leute zur Kinopremiere locken.«

»Wann kommt *Ein Herz und eine Krone* denn nun eigentlich ins Kino?«, fragte Ruby. Sie musste den Film sehen. Schon jetzt erschien ihr der vergangene Sommer wie ein schöner Traum. Beim Gedanken daran, Niccolò auf der Leinwand wiederzusehen, überlief es sie eiskalt.

»September«, antwortete Joseph. »Die Premiere ist im August, soweit ich weiß.«

»Kann ich hingehen?«, fragte Ruby und biss sich nervös auf die Lippe.

»Das könnte ich einfädeln«, meinte Joseph. »Du bist ein aufsteigender Stern, Ruby. Mach dich darauf gefasst, der nächste große Star zu werden.«

Der Gedanke erschien ihr vollkommen abwegig. »September, ja?««

»Genau. Und die Pressestelle des Studios hat schon Fotos von dir für sämtliche Fanmagazine und Klatschzeitschriften freigegeben. Ein bisschen die Werbetrommel rühren für unseren neuen Star. Und ich habe hier einen Vertrag vorliegen für eine neue Nagellackreklame mit dir.«

Rubys Blick wanderte zu ihren unlackierten, kurzgeschnittenen Nägeln, und sie musste lachen. »Ich habe mir im ganzen Leben vielleicht ein, zwei Mal die Fingernägel lackiert«, erklärte sie. Einmal zu einer Party in Rom, und einmal in Los Angeles anlässlich eines größeren Anlasses im Roosevelt Hotel. Ruby erinnerte sich noch gut an diesen ausgelassenen Abend. Es war eine rauschende Poolparty gewesen, und sie hatte Marilyn Monroe gesehen, eine blonde Schauspielerin, die die Zeitungen als »Göttin« bezeichneten. Als Joseph Ruby erzählte, Marilyn habe *sans couverture* für einen Kalender posiert, hatte Ruby ihm versichert, sie selbst würde so etwas niemals tun.

Ihre Mutter würde tot umfallen, würde sie ihre Tochter – außer im Film – mit lackierten Fingernägeln sehen, geschweige denn, wie sie im Evakostüm den Wonnemonat Mai einläutete. Und den Wutanfall ihres Vaters wollte sie sich gar nicht erst vorstellen.

»Ich schicke dir ein paar Fanzeitschriften mit deinen Fotos«, versprach Joseph. »Dann kannst du dich schon mal daran gewöhnen, ständig dein eigenes Gesicht zu sehen. Wenn du zurückkommst, wird nämlich der ganze Sunset Boulevard damit plakatiert sein.«

»Solange die Schecks nicht platzen«, meinte Ruby ungerührt. Dann legten sie auf. Sie liebte die Schauspielerei, und sie brauchte das Geld, das sie damit verdiente. Ruhm und Renommee waren ihr eigentlich egal.

Aber sie konnte es kaum erwarten, endlich wieder zu arbeiten. So sehr sie ihre süße Mariangela auch liebte, insgeheim war sie heilfroh, dass Patricia sich eine Weile um die Kleine kümmern würde. Ruby gab es nur ungern zu, aber sie war vollkommen ausgelaugt. Nicht nur die Sorge um ihr Kind zehrte an ihr, sondern auch die windgepeitschte Monotonie des Rancherlebens. Nach dem Sommer in Italien sehnte sie sich danach, mehr von der Welt zu sehen. Sie hatte ihr ganzes Leben noch vor sich, und sie wollte es in vollen Zügen genießen.

Wenn doch nur Niccolò bei ihr wäre. In den vergangenen Monaten hatte sie eine Achterbahnfahrt der Gefühle erlebt, von nagenden Zweifeln über hilflose Wut bis hin zu Kummer und schierer Verzweiflung. Der Mann, den sie geheiratet hatte, hätte nichts unversucht gelassen, sie zu erreichen – vor allem, wenn er vorgehabt hätte, ihre Ehe annullieren zu lassen. Daran zweifelte sie keinen Moment. Bisher hatte keine der Anfragen, die sie nach Italien oder an die Leute von der Produktionsfirma geschickt hatte, irgendetwas erbracht.

Rasch blinzelte sie die Tränen weg, die sie plötzlich in den Augen hatte, und ging zurück zu Patricia. Kaum hörte sie ihre kleine Tochter schreien, schoss ihr die Milch ein.

Vorerst brauchte ihr Kind sie. Von allen Rollen gefiel Ruby diese am allerbesten, so anstrengend sie auch sein mochte. Mariangela war eine reine kleine Seele, frei von Geldsorgen und dem bangen Gedanken an Hypotheken und Kredite, die ihre Mutter plagten.

Mitte Juni, drei Monate nach ihrer Geburt, hatte Mariangela bereits ordentlich an Gewicht zugelegt und war ein echter Wonneproppen geworden. Ruby hatte ihre kleine Tochter gewissenhaft durch alle anfänglichen Schwierigkeiten gehegt und gepflegt, und nun konnte Patricia sie immer öfter für immer längere Zeit ablösen.

Und so trieb Ruby nun Blaze unter dem sonnigen Himmel in einen leichten Galopp, und gemeinsam flogen sie bei ihrem ersten Ausritt seit Mariangelas Geburt über die Weiden. Wieder zu Hause im Stall, tänzelte Blaze aufgeregt herum und schnaubte und wieherte leise, und Ruby beruhigte sie mit ein paar Karotten. So schön der Tag auch sein mochte, Ruby machte der Gedanke zu schaffen, bald wieder arbeiten zu müssen. Sie wollte Mariangela nicht alleinlassen, aber es ging nicht anders. Im Frühling hatte es kaum geregnet, und wieder hatte die Sommerhitze früh eingesetzt.

Ruby rannte ins Haus und ging in die Küche, um sich ein bisschen frischzumachen, ehe sie zu ihrem Kind ging. Ihr Schwager kam herein und musterte sie.

»Schönen Ausritt gehabt?«, fragte er freundlich.

Ruby trocknete sich die Hände am Geschirrtuch ab und grinste breit. »Herrlich. Wenn man etwas, das man wirklich liebt, so lange nicht machen konnte, ist es umso schöner, wenn es endlich wieder geht.«

»Ohne dich und Patricia hätte unsere kleine Mari nicht überlebt.«

Mari. Diesen Spitznamen hatte Michael ihrer Kleinen verpasst, weil Mariangela ihm zu sperrig war, obwohl der Name aus dem Mund seiner Frau wie Musik klang. Ruby wollte, dass ihre Tochter sich ihres italienischen Erbes bewusst war. Ach, hätte sie doch bloß ihren Vater kennenlernen dürfen.

»Hier ist ein Brief für dich«, sagte Michael und legte die Post auf den Küchentisch.

Ruby schlug das Herz bis zum Hals vor Aufregung. Trotz der täglichen Sorge um Niccolòs mögliches Schicksal bekam sie jedes Mal Herzflattern, wenn Michael die Post mitbrachte, und sie schickte insgeheim ein Stoßgebet gen Himmel, Vivienne möge einen Brief bekommen und ihn weitergeschickt haben. Doch nun, neun Monate, nachdem sie das letzte Mal von ihm gehört hatte, schwand ihre Hoffnung zusehends.

»Von meinem Agenten«, sagte Ruby und öffnete den Umschlag mit dem Poststempel *Hollywood*.

Rasch überflog sie ihn, und neue Hoffnung keimte in ihr auf.

»Na, was sagt der gute alte Joseph?«, fragte Michael.

»Er hat mir eine Einladung zur Premiere von *Ein Herz und eine Krone* in New York verschafft. Die ist im August, und er will mir auch gleich eine Zugfahrkarte schicken.« Rubys Herz schlug höher. Vielleicht machte sie sich falsche Hoffnungen, aber sie betete, durch irgendein Wunder möge Niccolò – so er denn noch lebte – eine Möglichkeit finden, zur Premiere zu kommen. Oder dass irgendein anderer Kollege aus Stab oder Besetzung ihn gesehen oder etwas von ihm gehört hatte.

Ruby zog ein Blatt Briefpapier aus einer Küchenschublade, griff zum Stift und schrieb gleich einen Antwortbrief.

Schick mir die Fahrkarte, danke. Wir sehen uns dort. Und fügte dann noch hinzu: *Bin ab dann bereit zum Vorsprechen. Muss unbedingt wieder arbeiten.*

Dann steckte sie den Brief in den Umschlag und klebte ihn zu mit einem stillen Gebet, dass Niccolò ebenfalls irgendwie dorthin kommen möge. Oder dass sie wenigstens erfahren würde, was aus ihm geworden war.

KAPITEL ACHTUNDZWANZIG
New York, 1953

Ruby stand vor einem Ganzkörperspiegel im Plaza Hotel, während der Chef der Kostümabteilung des Studios vergeblich versuchte, den Reißverschluss ihres trägerlosen zitronengelben Kleides mit der betonten Wespentaille zuzuziehen.

»Geht er nicht zu?«, fragte Ruby und zog den Bauch ein.

»Bis zur Brust geht es«, entgegnete David. »Dabei habe ich das Kleid genau nach deinen Maßen vom letzten Sommer angefertigt.« Misstrauisch musterte er ihre üppigen Rundungen. »Wo um Himmels willen hast du bloß in gerade mal einem Jahr solche Kurven herbekommen?«

Ruby zuckte die Achseln. »Ich mache täglich meine Übungen.« Sie hatte Mariangela vor ihrer Abreise abgestillt, aber ihr Dekolleté war fraglos beeindruckender als noch vor einem Jahr.

David beäugte sie mit argwöhnisch hochgezogener Augenbraue. »Das müssen sehr effektive Übungen sein. Letztes Jahr warst du noch mager wie ein Windhund.«

Während er sich daranmachte, das Kleid mit Stecknadeln und Schneiderkreide zu markieren, nahm Ruby all ihren Mut zusammen. »Hast du seit letztem Sommer irgendwas von Niccolò gehört oder gesehen?« Wenn auch nur der Hauch einer Chance bestand, dass Niccolò noch lebte, könnte sie hier, unter den Kollegen, mit denen sie im letzten Sommer gemeinsam in Italien gedreht hatten, womöglich einen Hinweis finden.

David nahm eine Nadel aus dem Mund. »Dein Verehrer? Ach, herrje. Nein, leider nicht. Und ich dachte noch, das mit euch beiden wäre was Ernstes.«

Ruby schluckte schwer und blinzelte die Tränen weg.

»Ach, ich bitte dich, Herzchen.« Er reichte ihr ein Taschentuch. »In unserer Branche ist es nicht leicht, einen Menschen wirklich kennenzulernen. Gerade Schauspieler sind die Allerschlimmsten. Und hat man sie erst mal kennengelernt – die echten Menschen –, ist es nie mehr wie vorher. Viele im Showbiz spielen einfach nur eine Rolle.«

»Aber nicht alle«, widersprach Ruby, auch wenn sie genau das gerade tat. Womöglich mehr als alle anderen zusammen.

»Ach, ich weiß nicht«, meinte David. »Du bist jedenfalls auch nicht mehr das kleine, naive Ding, das ich letzten Sommer kennengelernt habe. Ist das jetzt echt oder gespielt?«

»Vielleicht bin ich auch einfach nur erwachsen geworden«, entgegnete Ruby. *War es wirklich so offensichtlich?*

»Und bildschön.« David trat einen Schritt zurück,

um sein Werk zu bewundern. »Die Spatzen pfeifen es schon von den Dächern, dass du eine ganz heiße Anwärterin auf die weibliche Hauptrolle in Charlies nächstem Film bist.« Er runzelte die Stirn. »Aber hüte dich vor dem. Schrecklicher launischer Mensch. Einmal hü, einmal hott.«

Fast wie ihr Vater. »Den werde ich schon zu nehmen wissen.«

David klatschte in die Hände. »Gib mir eine Viertelstunde, zwanzig Minuten, dann können sie den roten Teppich ausrollen. Und jetzt runter mit dem Ding.«

Mit leisem Lächeln gab Ruby ihm einen Wink, er sollte sich umdrehen, während sie aus dem Kleid schlüpfte und rasch den hoteleigenen Bademantel überwarf.

In der kurzen Wartezeit probierte Ruby den falschen Schmuck an, den David für sie ausgesucht hatte, und dazu das eine besondere Stück, das sie selbst mitgebracht hatte. Es dauerte nicht lange, bis er mit dem Kleid zurückkam. Diesmal passte es wie angegossen.

Ruby trat vor das gut gekühlte, klimatisierte Plaza Hotel, hinein in die stickige Sommerhitze von New York City. Vor dem Hotel warteten schon die Wagen, um sie zur Premiere zu fahren. Ruby war so aufgeregt, dass sie kaum ein Wort herausbrachte. Was, wenn Niccolò auch da war?

Die lange Autoschlange kam zum Stehen, und Ruby stieg aus dem Wagen. *Ein Herz und eine Krone* stand in großen Lettern über dem Kinoeingang. Vor ihr ging Audrey Hepburn in einem trägerlosen Abendkleid mit langen weißen Opernhandschuhen. Die fesche Kurzhaarfrisur der Schauspielerin wirkte lässig und elegant, während Ruby die lockige Löwenmähne jetzt schon am verschwitzten Hals klebte.

»Hierher, Miss Hepburn«, rief einer der Fotografen.

Rub sah zu, wie Audrey auf dem roten Teppich stehen blieb, strahlend in die Kameras lächelte und winkte. Sie bewunderte Audrey und die anderen Schauspieler, die so souverän, chic und selbstbewusst wirkten, und das trotz der Hitze, die die Stadt an diesem Augusttag fest im Würgegriff hatte. Ruby war zwar Hitze gewöhnt, aber dabei im Abendkleid herumzustöckeln nicht.

Während Kameras klickten und Blitze aufflammten, tastete Ruby nach dem halben Silberherz um ihren Hals und suchte die Menge ab in der Hoffnung, den einen Menschen zu entdecken, der ihr alles bedeutete.

Niccolò. Aber er war nirgendwo zu sehen.

»Weitergehen, Miss.« Einer der Organisatoren winkte sie auf den roten Teppich. »Sie sind dran.«

Ruby musste sich zusammenreißen, um nicht enttäuscht den Kopf hängen zu lassen. Sie richtete sich auf, straffte die Schultern und reckte das Kinn.

Dann trat sie auf den roten Teppich und präsentierte sich den Fotografen, die alle anfingen, laut ihren Namen zu rufen.

»Miss Raines! Hierher, nach rechts. Miss Raines, hier drüben!«

So unerwartet im Mittelpunkt des Interesses zu stehen war erst einmal erschreckend, und ihr erster Gedanke war: *Woher wissen die, wie ich heiße?* Aber Ruby fing sich rasch wieder, lächelte und drehte sich in ihrem Kleid hierhin und dorthin und schaute kokett über die Schulter – wie David es ihr vorhin erst gezeigt hatte.

Genau wie Audrey posierte Ruby geduldig und machte sich kühle Gedanken – wie sie zu Hause auf der Ranch nackt im Fluss badete oder am Venice Beach in Los Angeles den eisigen pazifischen Wellen trotzte.

Rubys Szene war zwar herausgeschnitten worden, aber Joseph hatte es trotzdem geschafft, sie auf die Gästeliste setzen zu lassen. Er hatte sogar darauf bestanden, dass sie nach New York fuhr, und gesagt, das sei tolle Reklame für sie. Nun schaute Ruby sich unter all den Stars auf dem roten Teppich und den Fans, die die Straße säumten, um. Sie hatte zwar in der Wochenschau vor dem Hauptfilm im Kino schon so einige Premieren gesehen, aber das hier war aufregender, als sie es sich je hätte ausmalen können. Unglaublich, aber alle riefen ihren Namen. Und dann fielen ihr die Fanzeitschriften wieder ein, die Joseph erwähnt hatte.

So berauschend das alles auch sein mochte, Ruby schaute sich noch immer unauffällig um in der unsinnigen Hoffnung, Niccolò möge unvermittelt auftauchen. Sie hatte einen Kloß im Hals. Wenigstens auf der Leinwand, hoffte Ruby, würde sie ihn wiedersehen.

Und dann sah sie Joseph, der dastand und auf sie wartete. Sie war nicht seine einzige Künstlerin heute.

»Was für ein Auftritt, Ruby. Gleich hinter Miss Hepburn.« Joseph zwinkerte ihr verschwörerisch zu und bot ihr den Arm. Mit den blonden, sonnengebleichten Haaren sah er noch jünger aus als seine dreißig Jahre.

Aber so jung er auch sein mochte, im Showbusiness war Joseph ein alter Hase. Seine Eltern waren beide in Vaudeville und im Radio aufgetreten, und einer seiner Onkel war Drehbuchautor.

»Gut, dass du hergekommen bist«, sagte Joseph. »Du bist schon jetzt der nächste Stern am Hollywood-Himmel. Bereit für die neue Runde Vorsprechen?«

»Gewiss.« Sie musste daran denken, was David gesagt hatte, und fragte: »Wer bitte ist Charlie? Ich habe gehört, ich bin im Rennen um eine Rolle in einem Film mit einem gewissen Charlie.«

Joseph gluckste und nannte dann den Namen eines der größten Hollywoodstars. »Wenn du die Rolle bekommst, kannst du dir nicht noch mal so eine Pause gönnen. Dann brauche ich vollen Einsatz.«

»Du weißt, warum ich mir eine Auszeit nehmen musste«, entgegnete Ruby mit vielsagend gehobenen Augenbrauen.

»Und, hast du dein kleines Problem gelöst?«

Ruby hätte ihn am liebsten laut angeschrien. »Mariangela ist kein Problem, das es zu lösen gilt.«

»Pst, nicht hier.« Joseph nahm sie am Arm und zog sie weg von der Menschenmenge. »Ich werde vergessen, dass du das gesagt hast«, flüsterte er heftig. »Du bist viel zu jung, um ... um so eine Erfahrung gemacht zu haben.«

»Ich bin achtzehn.«

Joseph fuhr sich mit der Hand über das Gesicht. »Bitte rede mit niemandem darüber, ganz besonders nicht mit der Presse.«

Ruby liebte Mariangela aus ganzem Herzen. Warum sollte sie ihre Tochter verstecken wie einen peinlichen Fehltritt? Schließlich war sie verheiratet. »Ich liebe dieses Kind unbeschreiblich. Sie war ein Frühchen, weißt du, und wäre bei der Geburt beinahe gestorben.«

Joseph seufzte tief. »Also gut, verstehe. Aber ich warne dich, bewahre Stillschweigen.«

»Trotzdem brauche ich zwischen den Drehs Zeit, damit ich nach Texas fahren kann.« Ruby hatte vor, sich ein eigenes kleines Apartment in Hollywood zu suchen, um nicht mehr ständig mit Vivienne zu tun zu haben. Die war inzwischen umgezogen.

»Ich werde mir Mühe geben, aber Drehpläne kann auch ich nicht ändern.«

»Ich kann nicht zu lange am Stück weg sein.«

Ruby musste an den Tag denken, als sie nach New York abgereist war. Mariangela in Patricias Obhut zurückzulassen hatte ihr beinahe das Herz gebrochen. Patricia und Michael hatten ihr zwar versichert, sie brauche sich keine Sorgen zu machen, aber das tat sie. Sie sorgte sich darum, ob ihr Baby genügend essen und wo es schlafen würde. Ruby wollte, dass Mariangela bei Patricia und Michael im Zimmer schlief, damit die beiden es gleich hörten, wenn sie weinte. Irgendwann würde Mariangela ins Kinderzimmer umziehen müssen, aber Ruby hatte Angst, ihr Kind könne dort einsam sein oder niemand würde hören, wenn es weinte.

Mit einem ungutem Gefühl wandte Ruby sich an Joseph. »Hat sich eventuell irgendwann ein Niccolò aus Italien bei dir gemeldet? Ich habe dir von ihm erzählt.«

»Das hast du mich schon mal gefragt«, antwortete Joseph leise. »Hat er nicht, Ruby. Und nur, damit du es weißt, es tut mir wirklich aufrichtig leid, was du durchmachen musstest.«

»Danke.« Ruby holte tief Luft, und das Kleid wurde noch enger. »Wenn er sich bei dir gemeldet hätte, würdest du es mir doch sagen, oder?«

»Natürlich würde ich es dir sagen. Aber du musst nach vorne schauen, Ruby. Das Besetzungskarussell dreht sich rasend schnell, und ich will nicht, dass du den Aufsprung verpasst.«

Joseph begleitete sie nach drinnen, und sie nahmen ihre Plätze ein. Das Licht ging aus, und mit einem Mal war Ruby hellwach und beobachtete jede Szene mit Argusaugen, um Niccolò nur ja nicht zu verpassen.

»Da«, rief sie plötzlich und zeigte ganz aufgeregt auf die Leinwand. Die Leute ringsum lachten, und Joseph setzte sich kerzengerade auf. Ruby beugte sich nach vorne, die Ellbogen auf die Knie gestützt, und rieb ihre Hälfte des silbernen Herzens zwischen den Fingern.

Auf der Leinwand sah man Ruby und Niccolò an einem Tisch auf einer Café-Terrasse sitzen, während Audrey und Gregory mit ihrer Vespa zwischen den Tischen herumkurvten. Ruby sprang vor Schreck auf, und Niccolò nahm sie schützend in die Arme. Er sah sie an wie eine Göttin.

Während die anderen über die Szene lachten, musste Ruby schlucken, um nicht laut aufzuschluchzen. Joseph drückte ihr ein Taschentuch mit Monogramm in die Hand. Sie tupfte sich die Augen und sah weiter nach vorne, wo sie Niccolò noch in einigen weiteren Szenen entdeckte. Es tat weh, ihn zu sehen, und doch genoss sie jeden Augenblick. Sie erinnerte sich an ihre Gespräche und wie er sie in den Armen gehalten und geküsst hatte.

In der letzten Szene spielte Niccolò einen der Reporter in der Pressemeute hinter Gregory Peck und Eddie Albert, während Audrey den herzzerreißenden Abschied von Prinzessin Ann gab. Niccolò war so hübsch und überzeugend, dass Ruby die Tränen nicht mehr zurückhalten konnte. Es schien ihr undenkbar, dass sie Niccolò womöglich nie wiedersehen würde, außer im Film.

Aber wenigstens der war ihr geblieben.

Nach der Premiere verließ Ruby mit Joseph das Kino, und auch jetzt hielt sie noch unablässig Ausschau nach Niccolò. Bei der anschließenden Premierenfeier, bei der es ein Wiedersehen mit all den anderen Schauspielern und dem ganzen Filmstab gab, fragte sie jeden nach Niccolò. Aber niemand hatte ihn gesehen oder von ihm gehört, seit die letzte Klappe gefallen war.

Er war wie vom Erdboden verschluckt.

Ruby befürchtete das Schlimmste.

Am nächsten Morgen hatte Ruby einen Fototermin bei einer Werbeagentur auf der Madison Avenue. Joseph hatte ihr einen Vertrag als Werbebotschafterin für einen Lippenstift verschafft. Rubinrot war die neue Farbe der Saison, das Muss für Partys und feierliche Anlässe, also trug Ruby ein knallrotes Kleid, das ihr beeindruckendes

Dekolleté betonte. Während sie für die Fotos posierte, dachte sie jedoch unablässig an Niccolò.

Garderobe, Frisur und Make-up ließen sie viel älter wirken, als sie war. Ihrem Vater würde das gar nicht gefallen. Sie hatte noch seine verletzenden Worte im Ohr, aber inzwischen machte sie sich nichts mehr daraus. Sie musste für ihr Kind sorgen.

Einen Monat später war Ruby der neue Stern am Hollywood-Himmel, genau wie Joseph es vorausgesagt hatte. *Ein Herz und eine Krone* war ein Welterfolg und spielte an den Kinokassen Millionen ein. Als *Tagebuch einer Pionierin*, in dem Ruby die weibliche Hauptrolle spielte, eine Woche später Premiere feierte, betonte die Presse, Ruby habe schon als Statistin in *Ein Herz und eine Krone* mitgewirkt, was noch mehr Wirbel um den neuen Film auslöste. Ruby zog in ein möbliertes Studio-Apartment in Hollywood, in dem sie für Vorsprechen und scheinbar endlose Presseinterviews zur Verfügung stehen musste.

Als dann ihr nächster Film *Auf immer ein Rebell* erschien, nahm das Interesse an ihrer Person noch weiter zu, und zu Rubys Überraschung wurde sie nun auch auf der Straße erkannt und um Autogramme gebeten. Sie drehte einen Film nach dem anderen, manchmal mit nur ein oder zwei Wochen Pause, aber wann immer es ihr übervoller Terminkalender erlaubte, fuhr sie zu ihrer kleinen Tochter nach Texas.

So sehr Ruby die Arbeit auch liebte, sie lebte für diese kleinen Auszeiten. Ihr kleines Mädchen wuchs rasend schnell heran, und sie wollte nichts davon versäumen. Und doch war es unausweichlich. Und so war nicht Ruby bei ihr, als Mariangela sich das erste Mal selbst umdrehte, sich das erste Mal selbst aufsetzte, sondern Patricia.

Nach einer kleinen Verschnaufpause über die Weihnachtstage im Dezember musste Ruby anschließend nach San Diego, wo bald die Dreharbeiten zu ihrem neuen Film beginnen sollten. Michael und Patricia brachten Ruby zum Bahnhof. Mit Mariangela auf dem Schoß saß sie im Wagen und hielt die Kleine fest in den Armen, bis es Zeit war auszusteigen. Ruby drückte Patricia ihre Tochter in die Arme und nahm ihre Handtasche.

»Sagst du mir Bescheid, falls sie krank wird?«, fragte Ruby, während sie gemeinsam zum Zug gingen. Sie sorgte sich um Mariangela, fürchtete um ihre fragile Gesundheit. Aber mit acht Monaten war ihr kleines Mädchen schon eine richtige Persönlichkeit. Sie schrie aus Leibeskräften, wenn ihr etwas nicht gefiel, und spuckte alles aus, was ihr nicht schmeckte.

Patricia strahlte, als Mariangela ihr die kleinen Ärmchen um den Hals schlang. »Natürlich mache ich das. Aber der Doktor sagt, sie ist groß und stark, also mach dir keine Sorgen.«

Ruby rümpfte die Nase über den durchdringenden Geruch nach Motoröl und blieb unschlüssig am Bahnsteig stehen, während die meisten anderen Reisenden längst eingestiegen waren. Sie streckte die Arme nach ihrer Tochter aus und sagte: »Eine Umarmung noch, ehe ich gehe.«

Patricia gab ihr Mariangela, aber sobald sie die Kleine aus ihren Armen gegeben hatte, fing diese an, herzzerreißend zu schluchzen.

»Pssst«, sagte Ruby und hielt sie ganz fest. »Mama hat dich lieb, für immer und ewig.« Und dann vergrub sie das Gesicht an Mariangelas Hals und atmete tief den wunderbaren Kinderduft ein.

Patricia und Michael standen daneben und warteten geduldig. »Sie beruhigt sich schon wieder, wenn du erst einmal weg bist«, versicherte Patricia. »Sie ist nur ein bisschen müde.«

Ruby überschüttete ihr Kind mit Küssen und reichte es dann widerstrebend ihrer Schwester. Sofort hörte Mariangela auf zu weinen.

Patricia sah sie entschuldigend an. »Bestimmt hat sie Hunger. Mach dir keine Sorgen.«

Ruby wusste, ihre Schwester wollte ihr die Angst nehmen, aber sie merkte selbst, wie sehr die lange Abwesenheit ihr das eigene Kind entfremdete. Wie eine Welle schlugen die Schuldgefühle über ihr zusammen.

Der Schaffner rief über den Bahnsteig und mahnte die letzten Passagiere zum Einsteigen, der Zug sei bereit zur Abfahrt.

Rasch stieg Ruby mit einigen anderen Reisenden ein und ging zu ihrem Schlafabteil, das Joseph für sie reserviert hatte. Ein schriller Pfiff zerschnitt den Lärm, und als der lange Zug langsam aus dem Bahnhof tuckerte, öffnete Ruby das Fenster ihres Abteils. Mit wildlederbehandschuhten Fingern winkte sie ihrem kleinen Mädchen, das sich wegdrehte und Schutz in den Armen ihrer Schwester suchte.

»Sie hasst mich dafür, dass ich schon wieder fahre«, sagte sich Ruby traurig.

Aber sie musste wieder an die Arbeit. Sie stand inzwischen unter Vertrag und hatte empfindliche Geldstrafen zu fürchten, sollte sie sich nicht pünktlich zurückmelden. Ruby war bereits ein ganzes Jahr im Voraus ausgebucht, was sie natürlich freute, denn nun konnte sie nicht nur ihren Eltern helfen, sich irgendwie über Wasser zu halten, sondern auch etwas zu Mariangelas Versorgung beisteuern, damit Patricia und Michael die Kosten nicht ganz allein tragen mussten. Säuglingsmilch, Windeln, Arztbesuche, Medikamente, Kinderausstattung. Sie hatte gar nicht gewusst, was so ein kleines Ding alles brauchte.

Unter dem Ächzen und Knacken der riesigen stählernen Räder fuhr der Zug aus dem Bahnhof. Ruby sah, wie Mariangela verstohlen zu ihr rüberschaute und dann schnell wieder wegguckte. Es brach ihr fast das Herz. Rasch wischte sich Ruby die Tränen aus den Augen und winkte ihrer Tochter, bis sie schließlich in der Ferne verschwand.

Matt sank sie gegen die Rückenlehne ihres Sitzes und fühlte sich mit einem Mal sehr einsam. Ohne Niccolò und ohne Mariangela erschien ihr der Erfolg hohl, sinnlos und leer.

Leise weinend zog sie ein Taschentuch aus der Handtasche. Wie gern wäre sie länger bei ihrer kleinen Tochter geblieben. Und dann war auch noch Rubys Vater mit einer Lungenentzündung ins Krankenhaus eingeliefert worden. Es ging ihm zwar schon wieder bedeutend besser, aber Doc Schmidt hatte ihm dringend geraten, sich in Zukunft nicht mehr so zu verausgaben, sonst könnte der nächste Krankenhausaufenthalt der letzte sein.

Das Honorar für ihren nächsten Film, *Sturmgepeitschter Strand*, würde die ausstehenden Krankenhausrechnungen begleichen, aber sie würde wohl das ganze Jahr arbeiten müssen, um Harrisons Fehlen auf der Ranch und seine verminderte Arbeitsfähigkeit irgendwie aufzufangen. Und sie würden einen Hilfsarbeiter einstellen müssen, denn Mercy konnte nicht alles alleine machen, solange Harrison krank war.

Ruby sorgte sich, ihre Verpflichtungen gegenüber der Familie könnten verhindern, dass sie Mariangela so oft wie irgend möglich sah. Dass sie ihr Kind hatte zurücklassen müssen, war wie eine klaffende Wunde in ihrem Herzen, und nur der Gedanke, dass Patricia sich um sie kümmerte, konnte sie ein klein wenig trösten. Wie traurig es war, dass sie nicht dabei sein konnte, wenn ihre Tochter wieder einen wichtigen Entwicklungsschritt machte.

Ruby fehlte die erste Zeit mit Mariangela, als sie die Kleine noch alle zwei Stunden gestillt und ihr Töchterchen im Tuch unter den weiten Flanellhemden selig geschlummert hatte. Jetzt packte sie plötzlich die Angst, bei ihrem nächsten Besuch könne ihr eigenes Kind sich womöglich schon gar nicht mehr an sie erinnern. Ruby tat, was sie tun musste, aber sie musste sich fragen, ob ihre Tochter ihr das je würde verzeihen können – oder ob Mariangela sich aus Wut und Enttäuschung immer mehr zurückziehen würde?

KAPITEL NEUNUNDZWANZIG
Comer See, 2010

»Die Kulisse ist atemberaubend«, seufzte Ruby und blickte aus dem Fenster der Limousine, die sie bestellt hatte, um sich selbst nebst Ariana und Alessandro zur Produktion von *Ein Herz und eine Krone* im Teatro della Vigna chauffieren zu lassen. Sie ließ das Fenster herunter, und der Duft der blühenden Landschaft wehte herein.

Sie waren schon fast da, und nun kam auch die kleine Freilichtbühne in Sicht. Sie lag auf einem Plateau oberhalb des Sees, umgeben von terrassierten Weinbergen, die sich die Hänge hinaufzogen. Strahler beleuchteten die Reben und rückten die ersten zarten Traubenbüschel ins rechte Licht. Ihr Duft, noch gewärmt von der Nachmittagssonne, lag betörend schwer in der lauen Abendluft. An einem Ende des Plateaus erhob sich eine Bühne vor geschwungenen, wie eine Duftorgel gestaffelten Sitzreihen. Der Eindruck war dramatisch und doch intim.

»*Siamo arrivati*«, sagte der Fahrer.

Ruby streckte die Hand nach Alessandro aus, der ihr

aus dem Wagen half. Früher war sie immer gerne zu den Freiluftkonzerten in der Hollywood Bowl gegangen. Es hatte etwas so Zauberhaftes, bei Wein und einem Picknick mit Freunden, den warmen Sommerwind im Gesicht, einer musikalischen Aufführung unterm Sternenzelt zu lauschen.

Ruby raffte den langen Rock ihres kanariengelben, asymmetrisch geschnittenen Kleides und stieg aus. Das war einer von Arianas neuesten Entwürfen, und Ruby war ganz hingerissen. Der goldene Schimmer brachte ihre Haarfarbe zum Strahlen und leuchtete golden unter dem sanften Licht des Vollmonds, das sich wie ein Scheinwerfer auf ihre Schultern senkte. Dazu trug sie eine überlange Perlenkette und ihr halbes Silberherz an einer Platinkette.

»Das wird ein wunderbarer Abend«, sagte Ruby und nickte freundlich einigen Damen zu, die in einem Grüppchen zusammenstanden und sie allem Anschein nach erkannt hatten. Sie stupsten sich gegenseitig mit den Ellbogen an und tuschelten und kicherten, als teilten sie ein Geheimnis. »Wir machen uns einen schönen Abend, genießen die charmante Vorstellung und lassen uns dazu ein paar exzellente Weine schmecken.« Alessandro hatte angeboten zu fahren, aber davon hatte Ruby nichts wissen wollen.

Alessandro eilte um das Auto, um Ariana beim Aussteigen zu helfen. Es war nicht zu übersehen, dass es zwischen den beiden heftig knisterte. Ruby lächelte still in sich hinein. Ariana war wie von einem Heiligenschein umgeben und strahlte vor Verliebtheit über das ganze Gesicht. Ihr Teint hatte diesen lieblichen Schwangerschaftsschimmer angenommen. Alessandro konnte kaum den Blick von ihr wenden. Man sah ihnen an, dass sie halt- und rettungslos ineinander verliebt waren.

Ruby kannte dieses Gefühl und hoffte inständig, dass Ariana nun endlich ebenfalls die große Liebe gefunden hatte.

Ariana hatte ihr anvertraut, Alessandro habe ihr gesagt, es sei ihm sehr ernst mit ihr. Was Ruby nicht weiter wunderte. Ariana war eine talentierte, begehrenswerte junge Frau. Und sie war ganz hingerissen von Alessandros Kindern.

Ariana hatte Alessandro endlich gestanden, dass sie schwanger war, und Ruby war stolz auf ihre Nichte, dass sie all ihren Mut zusammengenommen und ihm die Wahrheit gesagt hatte.

Und Alessandro schien nur umso vernarrter in Ariana.

Alessandro bot Ruby den Arm, und sie hakte sich bei ihm unter.

»Wie nett, verbindlichen Dank«, sagte Ruby und neigte den Kopf. »Tadellose Manieren, muss ich schon sagen.« An Ariana gewandt, die neben ihr herging, sagte sie: »Ist das nicht himmlisch? Wir drei zusammen an einem so herrlichen Abend, und dann auch noch einer meiner Lieblingsfilme als Theaterstück.«

Ariana gab Ruby einen Kuss auf die Wange. »Danke, Tante Ruby. Das Kleid steht dir übrigens ausgezeichnet. An dir wird es erst zur Robe.«

»Mit einer guten Haltung und einer noch besseren Einstellung kann selbst ein bettelarmes Mädchen eine Königin sein«, erklärte Ruby aufgeräumt. »Ich erinnere mich noch genau an Audrey damals am Set. Diese Körperhaltung, diese Anmut und Präsenz. Ich habe so unglaublich viel von ihr gelernt. Erst viel später hat sie mir gestanden, dass sie selbst eine Heidenangst hatte.« Sie lachte und griff nach dem silbernen Anhänger um ihren Hals.

Sie gingen ganz nach vorne, wo Ruby eine Loge für sie hatte reservieren lassen. Auf dem Tisch stand eine Flasche Wein, und daran lehnte ein Kärtchen mit ein paar Worten auf Italienisch. *Einen schönen Abend*, stand da übersetzt.

»Wie aufmerksam«, rief Ruby. Kaum hatten sie Platz genommen, erschien schon ein Kellner mit einem Tablett, auf dem sich Käse, Trauben und Nüsse türmten.

»*Molto bene*«, sagte Alessandro. »Und ein Mineralwasser für die Dame, *per favore*.«

Ariana schmiegte ihre Hand in seine. »Das ist lieb von dir.«

»Ich muss mich doch gut um dich kümmern«, entgegnete Alessandro und drückte ihr einen Kuss auf die Hand.

Ruby hatte ihre stille Freude daran, den beiden zuzusehen. Sie erinnerten sie daran, wie es damals mit Niccolò gewesen war. Ruby verstand nicht alles, was der Kellner und Alessandro miteinander redeten, aber er schien den jungen Mann zu kennen. Doch seine Familie lebte ja auch schon seit Generationen hier.

»Alles erledigt«, erklärte Alessandro und lächelte Ariana zu.

Ruby studierte das Programm, aber ohne Brille konnte sie das Kleingedruckte nicht lesen. Also reichte sie es Ariana und sagte: »Wärst du so lieb und steckst das in deine Handtasche, Liebes? Ich möchte es mir später in Ruhe anschauen.«

Dann hob Ruby ihr Glas. »Auf das Leben, *la dolce vita*«, rief sie, stieß mit den anderen an und probierte den Rotwein, von dem Alessandro ihr erzählt hatte, dass er aus Nebbiolo-Trauben gekeltert wurde. Sie schmeckte Sherry- und Röstaromen heraus und im Abgang honigsüße Erdnoten und Leder. »Vollmundig, aromatisch und trocken«, stellte sie fest. »Eine hervorragende Wahl.«

»Das ist einer unserer besten Weine«, sagte Alessandro.

Das Licht auf der Bühne wurde gedimmt, und Ruby musste an einen Abend vor langer, langer Zeit denken, als Niccolò sie in den Armen gehalten hatte. Das Kinn in die Hand gestützt, verlor sie sich in ihren Erinnerungen.

»Das erinnert mich an meine allererste Oper. Das war auch so ein bezaubernder Abend wie heute, in Rom ... *Aida* unter dem Sternenzelt in den Caracalla-Thermen, der alten römischen Badeanstalt. Ringsum mondäne, elegante Menschen, Kunstliebhaber, Opernfreude. Das war einer der hinreißendsten Abende, die ich je erleben durfte.«

»Das Teatro dell'Opera ist immer noch ein Traum«,

sagte Alessandro. »Da sollten wir mal hin. In welchem Jahr war das?«

Ruby lächelte. Natürlich, Alessandro hatte auch ein Faible für Kultur. Das gefiel ihr. So einen Mann brauchte Ariana. »1952 war das. Ein magisches Jahr für *Aida*.« Ruby schaute sich um und hatte mit einem Mal das tröstliche Gefühl, dass der Kreis ihrer Lebensgeschichte sich geschlossen hatte. Sie war genau da, wo sie hingehörte.

Bald begann *Ein Herz und eine Krone*, und Ruby beobachtete das köstliche Schauspielertrio, das die Rollen von Audrey Hepburn, Gregory Peck und Eddie Albert spielte. Die Dialoge waren zwar auf Italienisch, aber Ruby konnte der Handlung spielend folgen, schließlich kannte sie die ganze Geschichte in- und auswendig.

Die Café-Szene, bei der Prinzessin Ann auf der Vespa zwischen den Tischen hindurchfegte, spielten sie mit viel Humor und Anmut. Ruby lächelte im Gedanken an Niccolòs starken schützenden Arm, damals, vor all den Jahren. Hier, am Ufer des Comer Sees, fühlte sie sich ihm wieder näher denn je. Es war, als sei seine Gegenwart noch immer zu spüren, hier, wo sie am glücklichsten miteinander gewesen waren. Sie legte eine Hand auf ihr Herz und tastete dann nach dem schlichten Schmuckstück, das sie um den Hals trug und das ihr noch immer so viel bedeutete.

Im Laufe der Jahre hatte sie einige Romanzen erlebt, aber rückblickend musste sie einsehen, dass ihr Liebesleben eher ein Ein-Mann-Stück gewesen war. Sie hatte immer nur Niccolò geliebt, und sie hatte ihr Herz für ihn aufbewahrt.

In der letzten Szene im Palast waren die Schauspieler ihnen so nahe, dass Ruby die Tränen in Prinzessin Anns Augen sehen und hören konnte, wie ihr fast die Stimme brach. Ruby war beeindruckt angesichts der Liebe zum Detail, die Bühnenbauer und Kostümbildner an den Tag gelegt hatten. Selbst Kleinigkeiten, an die sie sich noch vom Set erinnerte, waren exakt repliziert worden. Wie der Blumentopf mit den roten Geranien knapp außerhalb der Kameraeinstellung, der dort an der Seite stand. Oder glaubte sie bloß, sich daran zu erinnern? Vielleicht gaukelte ihr der Wein schöne, aber falsche Erinnerungen vor?

Während Prinzessin Ann in der Schlussszene die lange Reihe der Auslandskorrespondenten abschritt, ging Rubys Blick zu dem Platz hinter Gregory Peck, wo Niccolò damals als Statist gestanden hatte.

Erschrocken schnappte sie nach Luft. Ihre Fantasie musste ihr einen Streich spielen. Denn dort, genau dort, wo Niccolò damals gestanden hatte, stand nun ein gut aussehender, älterer Herr. Und die Kopfform und das markante Profil kamen ihr eigenartig vertraut vor. Da war wohl der Wunsch Vater des Gedankens, und sie hatte das Bild, das sie vor dem inneren Auge hatte, auf den Schauspieler vorne auf der Bühne projiziert.

Sie blinzelte, weil ihr unvermittelt Tränen in die Augen getreten waren. Ihr Blick verschwamm, und als sie endlich wieder klar sehen konnte, war der Schauspieler verschwunden, und der männliche Hauptdarsteller, der Gregory Pecks Rolle spielte, stand ganz allein auf der Bühne.

Wie gut Ruby Prinzessin Ann doch verstehen konnte. Immer, wenn sie den Film sah, überkam sie wieder dieses Gefühl, etwas unendlich Wertvolles verloren zu haben. Für einen kurzen Moment hatten zwei Menschen einander geliebt, auch wenn sie im wahren Leben nicht zusammen sein durften.

Ringsum brandete Applaus auf, und das Publikum sprang begeistert von den Sitzen auf. Ruby war noch wie betäubt von ihrer Vision. Einer nach dem anderen kamen die Schauspieler auf die Bühne, um sich zu verbeugen, und dann traten sie unter tosendem Beifall alle gemeinsam nach vorne an den Bühnenrand. Das Orchester wurde beklatscht, und mit einer großen Fanfare wurde der Regisseur auf die Bühne geholt. Und dann donnerte der Applaus noch lauter, woraufhin ein großer, eleganter Herr mit dichtem silbergrauem Haar und einem strahlenden Lächeln die Bühne betrat.

Ruby blinzelte. *Spielt meine Fantasie mir Streiche?* Das war der Mann, der in der letzten Szene auf Niccolòs Platz gestanden hatte. Und wäre Niccolò älter gewesen, er hätte diesem Mann wohl verblüffend ähnlich gesehen. Etwas wackelig stand sie auf und stimmte in den Applaus ein.

Lächelnd wandte der Mann sich ihr zu, und plötzlich öffnete er erschrocken den Mund und blinzelte. Die Jubelrufe aus dem Publikum rüttelten ihn wieder wach, und er fasste sich ans Herz, als könne er es gar nicht glauben. Dann hob er beide Hände, drückte einen

Kuss auf die Handfläche und warf ihn ihr zu. Eine anmutige Bewegung, genau wie Ruby sie von Niccolò in Erinnerung hatte.

»Ich glaube, er hat dich erkannt, Tante Ruby«, flüsterte Ariana ihr zu. »Ein attraktiver Kerl.«

Ruby schlug das Herz bis zum Hals. »Niccolò«, wisperte sie. Der Mann sah ihrem geliebten, verschollenen Ehemann zum Verwechseln ähnlich.

Aber das war natürlich absurd.

Und dann lächelte der Mann ihr zu, und die Haut um die strahlend blauen Augen legte sich in kleine Fältchen.

Wie bei meinem Niccolò. Ruby wurde ganz schummerig bei diesem Anblick. Oder bildete sie sich das alles nur ein?

Wieder lächelte der Mann, fast als kenne er sie. War er bloß ein Fan, ein Bewunderer, jemand, der sie an Niccolò erinnerte? Ruby blinzelte. Aber dieses Kinn, diese Lippen, und wie er den Kopf schieflegte. Das konnte kein Zufall sein.

Mit pochendem Herzen klammerte Ruby sich haltsuchend an Alessandros Arm. *Konnte das wirklich sein?*

Alessandro legte den Arm um Ruby, und sie fühlte, wie ihr die Knie weich wurden. »Fehlt dir was?«, fragte er besorgt.

»Im ersten Moment dachte ich...« Oder halluzinierte sie nun schon vor unerfüllter Sehnsucht?

Ariana machte einen Schritt auf sie zu. »Tante Ruby«, rief sie erschrocken und stützte sie von der anderen Seite.

Ruby schwankte. Das war einfach zu viel. Es konnte nicht sein, und doch war es wahr, ganz unerklärlicherweise. Hilflos versuchte sie noch, sich an den starken Armen festzuhalten, die sie stützten, dann glitt sie hinab in eine samtschwarze Stille.

KAPITEL DREISSIG
Texas Hill Country, 1954

»Schluss für heute«, rief der Regisseur am Set von *Sturmgepeitschter Strand*.

Ruby raffte ihren kobaltblauen Sarong zusammen und hastete über den Sand zu ihrem Wohnwagen. Inzwischen hatte sie einen eigenen ganz für sich allein – so wie von Joseph im letzten Vertrag, den er für sie ausgehandelt hatte, verlangt.

Die Dreharbeiten zu ihrem aktuellen Film – eine romantische Komödie, die in einem Hotel in Laguna Beach spielte – waren verlängert worden, aber sie hatte darauf bestanden, für ein paar Tage nach Texas zu fahren. Mariangela hatte Geburtstag, und da durfte sie um keinen Preis fehlen. Der Regisseur war darüber nicht sonderlich erfreut gewesen, aber so stand es nun mal in ihrem Vertrag. Ihr Agent hatte auch auf dieser Vertragsklausel bestanden, ohne den wahren Grund dafür zu nennen.

»Hey, Ruby, warte mal«, rief eine der anderen Schauspielerinnen.

»Jetzt nicht, Nancy.« Ruby schlängelte sich durch das

Gedränge der übrigen Besetzung, um ihrer nervigen Kollegin zu entwischen, die wie besessen davon war, ihre Darbietung, genau wie Rubys auch, tagtäglich akribisch auseinanderzunehmen. Seit Nancy diese Diätpillen nahm, die der Filmarzt ihr verschrieben hatte, um ihre Gewichtsprobleme wieder in den Griff zu bekommen, war sie nervös und reizbar. Und sie redete wie ein Wasserfall, was Ruby unglaublich anstrengend fand.

Die Moralklausel stand leider noch immer in ihrem Vertrag, also musste Ruby aufpassen wie ein Luchs, dass niemand Wind bekam von Mariangela. Fast genauso demütigend war die Gewichtsklausel. Jede Woche kam eine Krankenschwester ans Set, um nacheinander alle Schauspielerinnen zu wiegen. Ihr Gewicht durfte um nicht mehr als fünf Pfund von ihrem Ausgangsgewicht zu Drehbeginn abweichen, weder nach oben noch nach unten. Ruby achtete strikt darauf, was sie aß, häufte sich den Teller mit Gemüse voll und verzichtete dafür auf Brot. Wann immer sie die Zeit dazu fand, machte sie lange, stramme Strandspaziergänge. Auch das half.

Doch bei Nancy hatte die Waage irgendwann die Grenzen des Zulässigen deutlich überschritten. Der Arzt hatte ihr daraufhin ein Medikament verschrieben, das Nancy noch hibbeliger machte, als sie ohnehin schon war. Die junge Frau schlief kaum noch, aber Ruby musste sich auf ihre Arbeit konzentrieren und durfte sich nicht in Nancys persönliches Drama hineinziehen lassen.

Nach dem Überraschungserfolg ihrer vorangegangenen Filme arbeitete Ruby nun ohne Pause. Sie hatte einen Film an Originalschauplätzen in San Diego gedreht, danach mehrere Werbefilme in Los Angeles, und nun drehte sie in Laguna Beach. Dabei war das Jahr noch nicht einmal zu einem Viertel um.

Ruby stürzte in ihren Wohnwagen und fummelte am Türschloss. Das blöde Ding war kapriziös, einmal hatte sie sich sogar versehentlich eingesperrt und hatte aus dem Fenster klettern müssen, um nicht zu spät zum Dreh zu kommen.

Hinter der verschlossenen Tür zog Ruby die Einkaufstüten heraus, die sie in den Schränken und hinter dem Sofa versteckt hatte. Geschenke für Mariangela, die sie noch einwickeln und in den Koffer packen musste, ehe sie am nächsten Morgen abreiste.

Ruby breitete das rosa Geschenkpapier aus und setzte einen Teddybären in die Mitte. Gerade, als sie das Papier zurechtschnitt, flog die Tür auf. Ruby wirbelte auf dem Absatz herum und versuchte, die Geschenke hinter ihrem Rücken zu verstecken.

»Warum bist du nicht stehen geblieben, als ich dich gerufen habe?«, fragte Nancy vorwurfsvoll und platzte ungebeten in den Wohnwagen. »Wie fandest du mich heute? Ach, und du musst mir unbedingt sagen, wieso du den letzten Monolog gerade *so* gespielt hast.« Unruhig bewegte sie ihre Finger. Die Fingernägel waren bis zum Nagelbett heruntergekaut.

Das würde der Regisseur gar nicht gern sehen.

»Nancy, ich sagte doch schon, ich habe jetzt keine

Zeit. Ich habe noch zu tun«, sagte Ruby erschrocken. Ausgerechnet Nancy musste sie so überrumpeln. Sie hatte schon munkeln gehört, Nancy sei eifersüchtig auf sie, weil sie eigentlich für Rubys Hauptrolle vorgesprochen, aber nur eine kleinere Nebenrolle bekommen hatte.

Neugierig guckte Nancy an ihr vorbei und machte große Augen. »Kindergeburtstag! Wer wird denn da so reich beschenkt?«

»Meine Nichte«, entgegnete Ruby, ohne mit der Wimper zu zucken. »Ich fahre morgen zu meiner Schwester und meinem Schwager und muss noch die Geschenke einpacken.« Das Mädchen musste doch begreifen, dass sie jetzt keine Zeit für sie hatte.

»Du nimmst dir frei, nur weil deine Nichte Geburtstag hat?«

»Wir legen bei uns zu Hause großen Wert auf Familienzusammenhalt.« Ruby drehte sich um, damit Nancy ihr hochrotes Gesicht nicht sah. »Und jetzt geh bitte. Ruh dich lieber mal ein bisschen aus.«

Nancy zögerte. Ihr Blick glitt über die vielen Spielsachen, die Ruby gekauft hatte. »Dann sehen wir uns, wenn du wieder da bist.«

Ruby seufzte leise auf.

Sie konnte es gar nicht erwarten, Mariangela endlich wiederzusehen. Hastig stürzte sie durch die Tür. »Wo ist mein kleiner Schatz?«, rief sie.

»Mary ist bestimmt mit Patricia im Kinderzimmer«, sagte Michael, der hinter ihr ins Haus gekommen war.

»Patricia wollte sie gerade baden, als ich losgefahren bin, um dich am Bahnhof abzuholen.«

»Mary?« Ruby hatte noch nie gehört, dass jemand ihre Tochter so nannte, und sie wusste nicht so recht, ob ihr das gefiel. Auf dem Küchentisch stand eine kleine Geburtstagstorte. Die musste Patricia gebacken haben. Wirklich sehr aufmerksam, nur hatte Ruby ihrer Tochter eigentlich selbst einen Kuchen backen wollen. Sie versuchte, sich ihre Enttäuschung nicht anmerken zu lassen, aber es versetzte ihr trotzdem einen kleinen Stich.

Die hohen Absätze klackerten auf den Holzdielen, als sie rasch hinüber ins Kinderzimmer ging. Da sie gerade erst aus dem Zug gestiegen war, trug Ruby noch ihr hellgraues Reisekostüm mit bordeauxroter Bluse. Seit sie auf der Straße erkannt wurde, legte Joseph allergrößten Wert darauf, dass sie immer und überall makellos elegant und vorzeigbar aussah. Auf der Ranch konnte sie sich das zum Glück sparen. Ruby ging ins Kinderzimmer mit den vielen Plüschtieren und all dem Spielzeug, das sie Mariangela per Post geschickt hatte. Patricia schaute auf, als sie hereinkam.

»Bist du aber heute schick«, stellte sie bewundernd fest und hob Mariangela hoch, die einen kuschelweichen rosa Pullover mit passendem Schleifchen trug. »Mary ist heute auch besonders schick. Sie hat sich für dich feingemacht.«

»Ich habe gehört, du hast gerade gebadet«, sagte Ruby liebevoll und lächelte ihre Tochter an, deren strahlend blaue Augen vor übersprühender Lebensfreude nur so funkelten – genau wie die ihres Vaters immer. Beim Gedanken daran hatte Ruby plötzlich einen Kloß im Hals.

»Und Mittag gegessen«, sagte Patricia. »Also Vorsicht.«

Ruby streckte die Arme nach ihr aus, aber die Kleine begann zu weinen, wandte sich ab und vergrub das Gesicht an Patricias Brust.

»Na, na, das ist doch deine Mama«, tröstete Patricia sie, aber jedes Mal, wenn sie versuchte, Ruby das Kind in den Arm zu drücken, fing es wieder an zu heulen. »Ich glaube, sie ist im Moment einfach ein bisschen quengelig.«

»Wie lange geht das denn schon so?«, fragte Ruby. Mariangela war so groß geworden, seit sie sie an Weihnachten das letzte Mal gesehen hatte.

»Na ja, erst seit jetzt, aber mach dir deswegen keine Sorgen.«

Machte sie sich aber. Ruby sehnte sich mit jeder Faser ihres Körpers danach, ihr kleines Mädchen in die Arme zu nehmen, aber es klammerte sich an Patricias Bluse und heulte herzzerreißend. Ruby war am Boden zerstört. Drei Tage hatte sie mit dem Zug von Laguna Beach in Kalifornien bis hierher gebraucht, und die ganze Zeit über hatte sie an nichts anderes denken können, als dass sie ihre Mariangela bald in die Arme schließen würde. Und einen Koffer voller Geburtstagsgeschenke hatte sie auch dabei.

Patricia kitzelte die Kleine unter dem Kinn, bis sie zu kichern begann. »So ist es besser, Mary.« Und an

Ruby gewandt fügte sie hinzu: »Wir versuchen es gleich noch mal.«

Ruby streifte ihre Jacke ab und setzte sich auf die Bank am Fußende des Bettes. »Warum nennst du sie denn jetzt ›Mary‹?«

»Michael hat Schwierigkeiten, Mariangela zu sagen. Es klingt so fremd. Er meint, Mary mit Ypsilon ist hübscher. Und amerikanischer.«

Ruby wusste kaum, was sie dazu sagen sollte. »Aber genau darum geht es doch. Sie hat einen italienischen Namen. Im Gedenken an ihren Vater.« Sie presste die Lippen zu einem schmalen Strich zusammen. »So schwer ist das nun wirklich nicht.«

»Ich finde den Namen ganz entzückend, aber du weißt doch, wie die Leute hier sind. Die mögen es schlicht. Joe, Bud, Jane. Verstehst du?«

Ruby verschränkte trotzig die Arme und entgegnete: »Hätte ich sie Mary nennen wollen, hätte ich das gemacht. Sie heißt Mariangela.«

»Ja, aber sicher doch«, versuchte Patricia sie zu beruhigen. »Du hast eine lange Reise hinter dir und musst bestimmt müde sein. Bitte, ärgere dich doch nicht über einen dummen kleinen Spitznamen. Kinder bekommen alle möglichen Spitznamen. Du doch auch.«

»Dann Mari mit ›i‹. Aber nicht Mary mit Ypsilon.« Ruby musste wohl oder übel ein wenig nachgeben, aber sie wollte, dass ihre Tochter ihr italienisches Erbe nicht vergaß. Dabei meinte Michael es bestimmt nicht böse. Vielleicht fiel es ihm ja wirklich schwer, Mariangela zu sagen.

Endlich hatte Mari sich wieder beruhigt, und Patricia setzte sich zu Ruby und gab ihr das Kind auf den Schoß. Mari schien fröhlich und zufrieden, und Ruby seufzte erleichtert.

»Ich hole dir eben ein sauberes Handtuch, damit du dir die Bluse nicht schmutzig machst.« Patricia stand auf und ging zu der kleinen Kommode. »Echte Seide, oder?«

»Die hat David mir geschenkt, der auch die Kostüme für meinen letzten Film gemacht hat.« Ruby vergrub das Gesicht in Mariangelas weichen Haaren und atmete den herrlich süßen Kinderduft ein. Ihre Haare waren lang geworden und federweich.

»Ist David jemand Besonderes in deinem Leben?«

»Ist er, aber nicht so, wie du denkst. Ich glaube, er ist nicht zu haben.« Warum, das sagte Ruby lieber nicht, aber sie hatte läuten gehört, dass David einen heimlichen Liebhaber hatte. Ihr war das gleich, und Patricia würde es auch nicht interessieren, aber ihr Vater hätte bestimmt etwas gegen eine solche Freundschaft.

Patricia zog eine Schublade auf, und prompt fiel sie heraus, und alles darin ergoss sich auf den Boden. Rasch kniete sie sich hin und fing an, alles wieder einzusammeln und Maris Sachen und die Stoffwindeln zurück in die Kommode zu räumen. »Vielleicht gibt es ja irgendwo jemand Nettes für dich. Da fällt mir ein, ich habe gerade neulich erst in der Kirche einen sehr sympathischen jungen Mann kennengelernt. Der neue stellvertretende Pastor.«

»Nett, und arm wie eine Kirchenmaus, würde ich

wetten.« Patricia nickte, und Ruby erklärte: »Den könnte ich mir nicht leisten.«

»Da hast du wohl recht«, musste Patricia zugeben. »Wir hatten im vergangenen Jahr so viele Ausgaben. Da ein bisschen Geld zurückzulegen ist nicht leicht, aber wir wissen es wirklich sehr zu schätzen, was du alles für uns tust. Ohne dich würden wir es unmöglich schaffen.« Patricia stopfte die Anziehsachen in die Schublade und reichte ihr dann ein weiches Kinderhandtuch.

Aber just in dem Moment, als Ruby danach griff, spuckte Mari ihr über die Schulter, nur einen Augenblick, ehe Ruby sich das Frotteetuch über die Bluse legen konnte.

»Ach herrje«, rief Patricia. »Seide ist einfach ein Magnet für Kinderkotze.«

»Macht gar nichts.« Ruby tupfte an ihrer Bluse herum. Sie wollte einfach nur ihr Kind im Arm halten.

»Kann passieren.« Patricia wollte ihr Mari abnehmen. »Komm her, ich halte sie, während du dich saubermachst.«

»Es geht schon«, entgegnete Ruby. »Ich will sie einfach bloß im Arm halten. Ich habe so lange darauf gewartet.«

Patricia lächelte. »Kann ich verstehen.«

Die beiden Schwestern plauderten noch eine ganze Weile, und Patricia erzählte ihr von den großen Fortschritten, die Mari machte. Die Kleine schien sich unterdessen wieder an Ruby zu gewöhnen – fast als erinnerte sie sich an ihre ersten Lebensmonate, die sie in einem Tuch Haut an Haut mit ihrer Mutter verbracht hatte. Irgendwann schlummerte sie friedlich ein, und Ruby legte sie zu einem kleinen Mittagsschlaf in ihr Bettchen.

Nachdem sie sich auf Zehenspitzen aus dem Kinderzimmer geschlichen hatten, sagte Patricia: »Mama und Daddy müssten gleich da sein. Ich habe ihnen gesagt, du willst dich vorher bestimmt ein bisschen frischmachen.«

»Ich sollte mich wohl umziehen«, meinte Ruby.

»Es ist schon so frühlingshaft, dass ich mir dachte, wir feiern auf der Veranda«, sagte Patricia. »Michael hat die Veranda unten mit Fliegengitter bespannt und sogar Strom nach draußen gelegt, damit Mari, sobald sie zu laufen anfängt, dort draußen spielen kann. Da ist sie sicher vor den Stechmücken. Letztes Jahr hatte sie so dicke rote Pusteln auf ihrer zarten Babyhaut.«

»Danke«, murmelte Ruby. Davon hatte sie gar nichts gewusst. Das musste passiert sein, als sie gerade in New York war.

»Ich sage das wirklich nur ungern, aber die Veranda ist eigentlich vor allem für Mari gedacht«, erklärte Patricia verlegen. »Und am Ende hat es doch viel mehr gekostet als anfangs gedacht.« Patricia nestelte nervös an ihrem Blusenkragen. »Meinst du, du könntest vielleicht …«

»Ich übernehme das«, sagte Ruby. »Sag mir nur, wie viel ihr braucht.«

Dann ging Ruby und zog sich um und kam schließlich in einem blau karierten Baumwollkleid zurück, um

Patricia zu helfen, auf der Veranda Maris Geburtstagsfeier vorzubereiten. Ruby hatte eine rosa Tischdecke gekauft und dazu passende Papierservietten und ein Spruchband mit der Aufschrift *Alles Gute zum Geburtstag*. Ihre Geschenke stapelte sie neben dem gelben, vinylbezogenen Hochstühlchen.

Die hintere Fliegengittertür schlug zu, und herein kamen Mercy und Harrison, beide mit Geschenken beladen.

»Ach, meine Ruby«, rief ihre Mutter entzückt. »Wie du dich verändert hast.« Sie stellte die Geschenke auf den Tisch und breitete die Arme aus.

»Du hast mir gefehlt, Mama«, sagte Ruby und umarmte ihre Mutter, die Ruby noch dünner erschien als in ihrer Erinnerung.

»Willkommen zu Hause«, sagte ihr Vater steif, kam dann aber doch unter dem strengen Blick seiner Frau mit ausgebreiteten Armen auf sie zu.

Ruby entging der Blick zwischen ihren Eltern nicht, der ihr verriet, dass diese versöhnliche Geste das Werk ihrer Mutter war. Sie fragte sich, mittels welchen Druckmittels Mercy ihn wohl dazu gebracht haben mochte. Manchmal kochte Mercy nicht mehr für ihren Mann oder ließ ihn auf der Couch schlafen. Oder noch schlimmer. Ob ihre Mutter gar gedroht hatte, ihn zu verlassen?

Ruby hatte das letzte Mal vor Maris Geburt mit ihrem Vater gesprochen. Mercy hatte sie angefleht, ihrem Vater den Tobsuchtsanfall zu verzeihen. Ruby gab sich alle Mühe, aber sie konnte einfach nicht vergessen, wie er sie beschimpft und ihre Mutter bedroht hatte. Aber die Vergangenheit ließ sich nicht ändern, und Ruby konnte nur hoffen, von nun an würden sie sich wieder besser vertragen, vor allem Mari zuliebe. Sie ließ sich kurz von ihrem Vater umarmen und spielte mit, schob Ärger und Unbehagen beiseite und versuchte, an schönere Zeiten zu denken. Und wusste doch, von nun an würde sie in seiner Gegenwart stets auf der Hut sein.

Ihrer Mutter entfuhr ein leises, erleichtertes Seufzen.

Harrison trat unbehaglich von einem Fuß auf den anderen und starrte angestrengt zu Boden. »Wir sind dir sehr dankbar für alles, was du für uns tust«, brummte er.

Mercy faltete die Hände. »Ich weiß nicht, was wir ohne dich gemacht hätten, vor allem, als dein Vater so krank war. In seinem Alter noch ganz allein eine Ranch zu bewirtschaften ist Schwerstarbeit.«

Ihr Vater runzelte die Stirn. »So alt bin ich nun auch wieder nicht, Mercy. Und bald bin ich wieder auf dem Posten.«

Ruby drückte die Hand ihrer Mutter. »Keine Sorge. Ich habe dieses Jahr gut zu tun.« Sie spürte die angespannte Stimmung und fragte: »Wollen wir Mari wecken, damit sie ihre Geburtstagsfeier nicht verschläft?«

»Ja, holen wir sie«, rief Patricia.

Ruby setzte ihre kleine Tochter in den Hochstuhl, und das kleine Mädchen gluckste und winkte vergnügt mit den Händchen. Sie sangen ihr ein Lied, und Ruby half ihr, die einzelne Kerze auf dem Kuchen auszublasen. Patricia schnitt die Torte an und gab Mari ein kleines Stück, das sie sich im Ganzen in den Mund schob, wobei sie sich das ganze Gesichtchen mit Buttercreme beschmierte und wie wild lachte.

»Ist sie nicht entzückend?« Mercy klatschte vor Begeisterung in die Hände über Maris Kapriolen. »Es ist so eine Freude, wieder etwas Kleines im Haus zu haben.«

Michael legte den Arm um Patricia. Beide schienen furchtbar stolz auf Mari. »Ich kann kaum glauben, dass sie schon so groß ist«, sagte er. »Sie macht uns so glücklich, und meine wunderbare Frau ganz besonders.«

Ruby schaute sie an und konnte nicht umhin zu bemerken, wie erfüllt ihre Schwester wirkte. Patricia schien ganz in sich zu ruhen, und ihr Mann himmelte sie förmlich an. Gemeinsam kümmerten sie sich hingebungsvoll um Mari, und Ruby rührte es sehr, das zu sehen. So sehr die Trennung von ihrer kleinen Tochter sie auch schmerzte, sie wusste, für die Kleine war es die richtige Entscheidung gewesen.

Ruby machte ein paar Fotos mit ihrer Kamera und wischte Mari dann Gesicht und Hände sauber. Danach half sie ihrer kleinen Tochter, das erste Geschenk auszupacken, kunterbunte Bauklötze in Rot und Blau und Grün. »Ich hoffe, die mag sie«, sagte Ruby.

»Ganz bestimmt«, meinte Mercy. »Michael hat ihr gerade selbst welche gemacht.«

Und Patricia fügte rasch hinzu: »Die sind toll. Als Kind kann man doch nie genug Bauklötze haben.«

Wieder etwas versäumt, dachte Ruby traurig, die sich wie eine Außenseiterin im Leben ihrer Tochter vorkam. Sie griff nach dem nächsten Geschenk.

Während Ruby Mari half, die Geschenke auszupacken, klingelte das Telefon. Michael ging hin.

»Das war dein Agent«, erklärte er, als er zurückkam. »Du sollst ihn gleich zurückrufen. Ein Notfall, sagt er. Ich habe ihm gesagt, wir haben heute etwas zu feiern, und du möchtest nicht gestört werden.«

»Ist er noch dran?«

»Nein, ich habe aufgelegt.«

Ruby machte sich zwar Gedanken wegen des Anrufs, war Michael aber dankbar für seine Umsicht. »Danke, Michael. Ich rufe Joseph dann später zurück. Nach der Feier.«

Ein Notfall. Ruby fragte sich, was da wohl los sein mochte. Sobald sie konnte, stahl sie sich nach draußen und wählte auf dem Telefon, das sie sich hatte ins Schlafzimmer legen lassen, die Nummer der Vermittlung.

Ihr Ferngespräch wurde durchgestellt, und sie hörte es mehrfach klicken in der Leitung. »Hallo, Joseph?«

»Ruby! Ein Glück, dass du anrufst.« Joseph klang so außer sich, dass seine Stimme sich zu überschlagen drohte. »Eins dieser Klatschblätter bringt morgen eine Geschichte über das uneheliche Kind eines fast noch minderjährigen Stars.«

Ruby überlief es eiskalt. »Doch nicht über mich?«

»Leider ja. Wir müssen auf diese skandalöse Enthüllung unverzüglich reagieren. Was für ein Debakel.

Ich habe dir doch tausend Mal gesagt, auf keinen Fall darfst du dein kleines Geheimnis irgendwo ausplaudern. Wie zum Teufel ist das passiert?«

»Ich weiß es nicht!«, rief Ruby, den Tränen nahe. »Ich habe niemandem auch nur ein Sterbenswörtchen gesagt.«

Und dann traf es Ruby wie ein Schlag. *Nancy.* Konnte ihre Schauspielkollegin sie an die Presse verraten haben?

Ja. Nancy musste sofort eins dieser billigen Boulevardblättchen angerufen haben. Ruby wurde ganz flau, als ihr das Interview wieder einfiel, das sie im vergangenen Jahr gegeben hatte. Darin hatte sie ihre Schwester und ihren Schwager erwähnt. Der Reporter hatte gefragt, ob sie Kinder hätten, und Ruby hatte geantwortet, leider nein. Ob Nancy sich noch daran erinnert und daraus ihre Schlussfolgerungen gezogen hatte? Aber vielleicht war sie auch nur scharf auf Rubys Rolle.

Tränen der Wut traten ihr in die Augen. »Aber es stimmt doch gar nicht.«

»Das ist völlig schnuppe«, entgegnete Joseph aufgebracht. »Morgen weiß es die ganze Welt. Und das Studio hat mich auch schon angerufen. Sie drohen mit der Anwendung der Moralklausel in deinem Vertrag.«

Empört warf Ruby sich auf das Bett. »Und was heißt das?«

»Im Grunde genommen setzen sie dich vor die Tür.«

Panik erfasste Ruby. »Das können sie doch nicht machen«, rief sie aufgebracht. »Der Film ist fast fertig.«

»Die engagieren eine andere Schauspielerin und drehen deinen Teil einfach neu«, entgegnete Joseph. »Wäre nicht das erste Mal, dass so etwas passiert.«

»Und mein nächster Film?«

»Deine Karriere ist futsch, auf Nimmerwiedersehen. Wenn du diese Geschichte nicht widerlegen kannst, bekommst du nie wieder einen Fuß in die Tür. Nicht mal, wenn die Gemüter sich wieder beruhigt haben und längst Gras über die Sache gewachsen ist.«

Ruby setzte sich kerzengerade auf. »Aber es gibt doch gar keinen Skandal! Niccolò und ich haben uns in Italien trauen lassen. Mein Kind hat einen Vater.«

»Und wo ist der jetzt?«, fragte Joseph. »Jetzt wäre ein guter Moment für seinen großen Auftritt.«

»Ich weiß es nicht. Ich glaube... ich glaube, er ist womöglich tot«, brachte Ruby mit erstickter Stimme heraus und begann dann zu schluchzen. Unwillkürlich griff sie nach dem Anhänger um ihren Hals.

»Na toll«, brummte Joseph verärgert. »Der Kerl ist also tot. Wie wäre es mit Beweisen? Einer Eheurkunde zum Beispiel?«

»Hab ich nicht. Niccolò hatte sich um alles gekümmert.«

»Wer war sonst noch bei eurer Trauung? Gibt es Fotos?«

Ruby hatte den Film, mit dem ihre Mutter sie nach Rom geschickt hatte, da längst vollgeknipst gehabt. »Leider nein. Nur wir waren da.«

»Und der Priester kam vermutlich von der Besetzungsagentur.« Joseph fluchte in den Hörer.

Ruby fuhr sich mit der Hand über das Gesicht.

»Joseph, bitte, die dürfen meinen Vertrag nicht kündigen. Ich muss unbedingt weiterarbeiten. Für meine Familie. Bitte. Ich steige in den nächsten Zug und mache mich gleich wieder an die Arbeit.« Ihre Eltern brauchten ihre Unterstützung, genau wie Mari und Patricia und Michael. Ruby hatte das Gefühl, ihr platze gleich der Schädel, und sie hielt sich die pochenden Schläfen. Sie musste unbedingt arbeiten, jetzt mehr denn je.

»Gut, gut, gut«, brummte Joseph. »Wir müssen das irgendwie wegerklären. Wir brauchen einen Beweis, dass das Kind nicht deins ist.«

»Ist es aber!«

»Hörst du mir nicht zu? Wir stehen vor einem zweiteiligen Problem. Erstens ein uneheliches Kind. Zweitens eine minderjährige Mutter. Du bist ein Teenager. Du bist gerade mal achtzehn, und du warst erst siebzehn, als das alles passiert ist.«

»Aber in meinem Pass steht...«

»Vivienne hat dem Klatschkolumnisten von *Modern Screen* bereits dein tatsächliches Geburtsdatum bestätigt. Bestimmt hat sie einen schönen Scheck dafür bekommen.«

»Meine Tante? Wirklich?«, fragte Ruby, fassungslos vor Wut, und drehte das Telefonkabel in der geballten Faust.

Joseph seufzte. »Nun tu nicht so schockiert. Vivienne kommt in ihrem Schönheitssalon so einiges zu Ohren. Sie handelt mit Klatsch und Tratsch. Also, wer kümmert sich denn jetzt um das Kind?«

»Meine Schwester.«

»Bitte sag mir, dass sie älter ist als du.«

»Patricia ist fünfundzwanzig.«

»Verheiratet?«

»Mit einem ganz wunderbaren Mann. Einem Rancher.« Ruby ahnte schon, worauf er hinauswollte.

»Jetzt gilt es. Wir müssen deinen guten Ruf retten«, erklärte Joseph. »Wenn sie das Kind als ihr eigenes ausgeben, könnte es klappen. Bleib, wo du bist, und rühr dich nicht vom Fleck. Ich rufe dich gleich zurück.«

Den Hörer fest umklammert schrie Ruby ins Telefon: »Nein, Joseph, nein, nein, nein ...«

»Jetzt sei nicht so selbstsüchtig. Du wirst mir noch dankbar sein, Ruby.«

Klick.

Ruby brach das Herz beim Gedanken daran, was Joseph vorhatte. Hin- und hergerissen zwischen Muttersein und dem Wunsch, ihre Familie zu ernähren, schlugen Zorn und Verzweiflung über ihr zusammen wie eine allmächtige Woge. Mit noch nicht einmal neunzehn Jahren musste Ruby ganz allein die Last zweier Familien und deren Ranches inmitten einer vernichtenden Dürre schultern.

Schluchzend ließ sie ihren Tränen freien Lauf. Joseph war sich ganz sicher, wenn das herauskäme, das Studio würde sie auf der Stelle entlassen und niemand würde sie je wieder einstellen. Oder Ruby müsste mit der Schauspielerei aufhören und sich vor dem Skandal verstecken.

Aber ihre Familie war auf ihr Einkommen angewiesen. Ohne ihre Hilfe würden erst ihre Eltern und dann auch Patricia und Michael ihr Land und ihre ganze Lebensgrundlage verlieren. Die Landwirtschaft war das Einzige, was sie kannten. Allen Bittgebeten und allem eisernen Durchhaltewillen zum Trotz wurde das Wasser immer rarer, und die Futterpreise hatten sich verdreifacht. Sie wollte gar nicht daran denken, was dann aus ihrer Familie werden würde.

Ruby *musste* weiterarbeiten. Sie konnte ihrer Familie das nicht antun. Zwangsvollstreckung und Obdachlosigkeit, heimatlos und hoffnungslos.

Aber der Preis dafür war ihre geliebte kleine Tochter.

Ruby weinte vor Wut über diese himmelschreiende Ungerechtigkeit. Über den Himmel, der mit Regen geizte. Über die Herzlosigkeit einer Moral, der der bloße Schein von Anständigkeit wichtiger war als ein Menschenleben. Über das Talent, das ihr geschenkt worden war und für das sie nun den höchsten Preis zahlen sollte, den man sich nur vorstellen konnte.

Dabei war alles, was sie sich wünschte, doch nur eine einzige Chance auf ein Leben, wie sie es am Ufer des Comer Sees flüchtig, so flüchtig nur kennengelernt hatte, in Niccolòs Arme geschmiegt und erfüllt von ihrer Liebe.

Aber ihr Mann war verschwunden. *Fast achtzehn Monate schon.* Sich vorzustellen, Niccolò hätte sie kaltschnäuzig sitzenlassen, ganz allein mit ihrem Kind und allen Konsequenzen, war so niederschmetternd, dass ihr Herz, wäre es wirklich wahr, unter ihrem Zorn und ihrem Kummer aufhören müsste zu schlagen.

Niccolò *musste* tot sein.

Nur so konnte Ruby ihn weiterhin lieben und nicht den Verstand verlieren.

Sie schluchzte erstickt. Ihr einziger Trost war, dass ihre kleine Tochter in Patricias Armen wachsen und gedeihen würde, umgeben von einer Liebe, so stark, dass Ruby ohne die Spur eines Zweifels wusste, ihre Schwester und ihr Schwager würden Mariangela als ihr eigenes Kind ausgeben und darauf, wenn nötig, sogar einen Eid schwören.

Patricia und Michael würden Rubys Karriere und ihren guten Ruf retten, und Ruby würde damit leben müssen, ihre geliebte, dickköpfige kleine Tochter verleugnet zu haben.

Als diese unerträglich schmerzvolle Entscheidung schließlich gefallen war, stemmte Ruby sich aus dem Bett, schrubbte sich das Gesicht und schwor sich, sich nie wieder Ungerechtigkeit oder Herzschmerz zu beugen.

KAPITEL EINUNDDREISSIG
Comer See, 2010

Gedämpfter Lärm wummerte Ruby in den Ohren, während sie sich langsam ins Bewusstsein zurückkämpfte. Die Sternbilder über ihr schienen sich zu drehen. Ihr Körper war bleischwer, und sie konnte sich kaum bewegen.

Erst einen Augenblick später ging ihr auf, dass sie ausgestreckt auf dem Rücken lag und in den Sternenhimmel über ihr starrte.

»Was ist passiert?« Mühsam rappelte sie sich auf. »Ariana, bist du da?«

Eine starke Hand schob sich unter ihren Rücken und stützte sie. »Alles gut, ganz ruhig«, sagte Alessandro sanft.

Allmählich lichtete sich der Schleier vor Rubys Augen, und direkt vor ihr erschien eine ihr unbekannte Frau.

»Nur keine Aufregung, ich bin Ärztin«, erklärte die Frau. »Stehen Sie noch nicht gleich auf. Sie sind ohnmächtig geworden. Sie sind mit Ihrer Nichte im Theater an der Freilichtbühne. Haben Sie irgendwelche Vorerkrankungen, von denen Sie wissen?«

Ruby schüttelte stumm den Kopf. »Ich dachte, ich hätte jemanden gesehen, den ich ... vor langer Zeit einmal gekannt habe. Aber das ist unmöglich.«

Ariana kniete sich neben sie. »Tante Ruby, du irrst dich nicht. Ich glaube, du und Alessandros Onkel, ihr kennt euch.«

Aber wie konnte das sein? Ruby sah einen großgewachsenen Mann – *Niccolò?* – auf sich zukommen. Strahlend blaue Augen, kaum verdunkelt vom Alter, und ein warmer, liebevoller Blick, der sie umfing wie eine Umarmung.

»Ich wollte dich nicht erschrecken«, sagte er. Die Bühnenbeleuchtung hinter ihm malte ihm einen schimmernden Heiligenschein um die dichten silbergrauen Haare. »Erinnerst du dich noch an mich?«

Rubys Herz raste in diesem tosenden Sturm der Gefühle, und sie streckte eine zitternde Hand nach ihm aus. »Wie könnte ich den Mann vergessen, den ich geheiratet habe?«, flüsterte sie heiser.

Niccolò umfasste Rubys Hand, und er führte sie an seine Lippen und küsste ihre Fingerspitzen, wie damals, vor all den vielen Jahren.

Mit Tränen in den Augen bedeutete sie ihm näherzukommen. »Ich dachte, du wärst tot«, flüsterte sie, und ihre Stimme drohte zu brechen.

Da mischte die Ärztin sich wieder ein. »*Scusi, Signora*, können Sie sich aufsetzen?«

Mithilfe von Niccolò gelang es Ruby, sich aufzurichten. Blinzelnd schaute sie sich um und sah, dass Alessandro sein Jackett ausgezogen und ihr als Kissen unter den Kopf geschoben hatte. »Ach, dein schönes Sakko ist ganz schmutzig, Alessandro.« Sie schüttelte den Kopf. »Wie kann Niccolò denn dein Onkel sein?«

»Meine Mutter ist seine Schwester«, erklärte Alessandro.

Noch immer verwirrt und vollkommen überwältigt schaute Ruby Niccolò an.

»Valeria«, sagte er. »Alessandro ist ihr Sohn. Ich glaube, du hast sie damals bei uns zu Hause in Rom kennengelernt. Als wir draußen auf der Terrasse zu Abend gegessen haben.«

Seine Stimme klang noch melodischer als damals als junger Mann – und ihr wurde dabei noch immer ganz anders. Ruby atmete tief durch, und der Nebel in ihrem Kopf begann sich zu lichten. »Du hast damals *Ossobuco* und *Risotto alla Milanese* mit Safran gemacht. Du wolltest ein bisschen angeben und mir beweisen, wie gut du kochen kannst.«

Ariana und die Ärztin schauten einander erleichtert an.

Niccolò lachte leise. »Ich fühle mich geschmeichelt, dass du dich noch daran erinnerst.«

»Ich habe nichts vergessen. Ich weiß alles noch ganz genau.« Die kostbaren Erinnerungen, die sie aufgereiht hatte wie Perlen auf einer Kette, wurden plötzlich in den Augen dieses Mannes, der ihre Hand hielt, lebendig.

Mit fragend gerunzelter Stirn beugte Ariana sich zu ihr herab. »Tante Ruby, sagtest du eben, du warst verheiratet?«

Ruby seufzte tief. »Habe ich das gesagt?« Sie tätschelte Ariana die Hand. »Später, Liebes. Ich verspreche dir, wir unterhalten uns noch ganz in Ruhe.«

Ariana hielt Ruby einen Becher Wasser an die Lippen, während Alessandro einige Worte mit der Ärztin wechselte, die immer noch ein wachsames Auge auf sie hatte.

Niccolò sah sie an. »Komm mit zu mir und ruh dich ein bisschen aus. Ich wohne gleich um die Ecke, und ich habe einen kleinen Golfwagen, mit dem ich dich fahren kann. Es sei denn, die Frau Doktor möchte dich noch gründlicher untersuchen.«

»Vielleicht sollten wir sie lieber ins Krankenhaus bringen«, meinte Ariana.

»Nur über meine Leiche«, entgegnete Ruby entschieden und versuchte umständlich aufzustehen. »Niccolò hat mir einen ordentlichen Schrecken eingejagt, weiter nichts.« Sie richtete sich auf und reckte das Kinn. »Aber ich würde mich gerne ein bisschen ausruhen, ehe wir nach Hause fahren.« Sie drückte Niccolòs Hand, und er half ihr auf die Beine.

Kaum stand Ruby wieder auf ihren eigenen Füßen, brandete aus dem kleinen Grüppchen, das sich um sie geschart hatte, verhaltener Applaus auf.

Ruby schaute sich um und winkte kurz. »Ich wusste gar nicht, dass ich Publikum habe.«

Niccolò lachte leise. »Du hast immer schon gewusst, wie man anderen die Show stiehlt – sogar beim großen Finale eines Premierenabends.«

Auf jeder Seite bei einem gut aussehenden Mann

untergehakt marschierte Ruby zu dem kleinen Golfwagen, der neben einer Rebenreihe parkte. Ariana schnappte sich ihre Handtasche und eilte hinterher.

Niccolò fuhr sie bis vor die Tür und half ihr dann ins Haus, ein restauriertes altes Bauernhaus, malerisch auf einem kleinen Hügel gelegen und von Weinstöcken umgeben. Drinnen setzten sie sich an einen großen Holztisch, und er brachte eine Flasche Wein und eine Karaffe Wasser. Dazu stellte er einen frischen Laib Brot, Olivenöl und ein großes Stück Käse auf den Tisch.

»Fühl dich ganz wie zu Hause«, sagte Niccolò. »Vielleicht möchtest du eine Kleinigkeit essen? Hast du heute Abend schon was gegessen?«

»Ich habe keinen Hunger«, sagte sie. »Aber ich könnte einen Schluck Wein vertragen. Ich bin noch immer ganz schockiert, dass du wirklich und wahrhaftig vor mir stehst.« Sie sah Ariana an und fragte: »Und ich bin ganz sicher nicht tot?«

Ariana lachte nervös. »Nein, aber ich mache mir ernsthaft Sorgen um dich. Meinst du, Alkohol ist gerade eine gute Idee?«

»Wein beruhigt die Nerven«, erklärte Ruby, die noch immer zitterte. »Und wenn ich nicht tot bin, wüsste ich nicht, warum ich nicht ein Schlückchen trinken sollte.«

Während Niccolò Wein einschenkte, schaute Ruby sich verstohlen um. Der Charme des alten Bauernhauses mit dem gemauerten Kamin und den rustikalen Deckenbalken war liebevoll erhalten und in der Küche um moderne Küchengeräte ergänzt worden. In einem Erkerfenster standen bunt bemalte Blumentöpfe mit Küchenkräutern.

Und dann kam ihr unvermittelt ein Gedanke. Ob Niccolò verheiratet war und Kinder hatte? Es würde sie nicht wundern. Es war so viel Zeit vergangen seit damals.

»Das ist ein Wein von den Reben, die wir hier anbauen«, erklärte Niccolò. »Aus meinem kleinen Privatvorrat.«

Ruby hob das Glas an die Nase und schnupperte. »Den hatten wir vorhin schon. Himmlisch!« Sie nippte vorsichtig daran. »Dann hast du Ariana also schon kennengelernt, meine bezaubernde Nichte.«

Ein schelmisches Lächeln umspielte Niccolòs Lippen. »Offiziell noch nicht, aber ja, während du ein Nickerchen im Orchestergraben gehalten hast, haben wir uns miteinander bekanntgemacht.«

»Ich merke schon, deinen Sinn für Humor hast du jedenfalls nicht verloren«, stellte Ruby mit hochgezogenen Augenbrauen fest. »Ariana, Alessandro, würdet ihr uns bitte entschuldigen? Ich glaube, wir haben da einiges zu besprechen.«

»Gehen wir doch nach draußen«, schlug Niccolò vor. »Da hängt eine Schaukel mit Blick über den Weinberg und den See. Dort können wir unseren Wein trinken und uns in Ruhe unterhalten.« Er reichte Ruby die Hand, und sie gingen nach draußen, während Ariana und Alessandro ihnen mit offenem Mund hinterherstarrten.

Niccolò half Ruby, vorsichtig auf einem Schaukelsitz Platz zu nehmen, der an einem Balkon über der gefliesten Terrasse hing. Lachen schallte durch die milde Nachtluft, während die letzten Theatergäste und Schauspieler die Freilichtbühne am Berg etwas weiter unterhalb verließen. Eine milde Brise, die vom See herüberwehte, blies ihr die Haare ins Gesicht und brachte den schweren Duft frischer Erde und reifender Trauben mit sich.

»Was für ein wunderschöner Ort«, sagte Ruby leise, als Niccolò sich zu ihr setzte. »Wie hast du das Haus gefunden?«

»Das Haus hat mich gefunden«, entgegnete er. »Es hat meinem Großvater mütterlicherseits gehört. Als er – viel zu jung – gestorben ist, hat er es mir vermacht. Guiseppe Sala hieß er. Darum Sala-Mancinci-Weine.« Er zeigte ihr das Etikett der Flasche. »Er wusste, ich würde dafür sorgen, dass das Haus in der Familie bleibt, und er hat immer davon geträumt, eines Tages ein kleines Theater zwischen seinen Weinstöcken zu bauen. Ich weiß nicht mehr, ob du dich noch daran erinnerst, aber er hat mich auch ermutigt, meiner Liebe zur Schauspielerei zu folgen.«

Ruby hob ihr Glas. »Und, bist du?«

»In Italien, ja«, sagte er. »Und ein bisschen in England, als ich dort studiert habe. Aber irgendwann musste ich einsehen, dass mein Talent eher im Produzieren liegt, also habe ich mich darauf verlegt. Mache ich auch heute noch gelegentlich. Aber meistens schaue ich den Reben beim Wachsen zu und plane die Sommersaison unseres Theaters. Das Schauspielern überlasse ich den Jungen, Hungrigen, Ehrgeizigen.«

»Du lügst«, widersprach Ruby. »Ich habe dich doch auf der Bühne gesehen.«

Niccolò musste leise lachen. »Ach, ja. Ich dachte mir, es wäre eine schöne Idee, meine alte Rolle aus *Ein Herz und eine Krone* noch einmal zu spielen.«

Ruby schwenkte den Wein im Glas. »Ich habe den Film so oft gesehen, dass ich jedes Wort auswendig kenne.«

»Ich erinnere mich noch an unsere Szene im Café, als ich dich vor der wildgewordenen Vespa gerettet habe.« Niccolò stieß mit seinem Glas an ihres. »Auf die wunderbaren alten Zeiten. Ich wünschte, sie hätten nie geendet.«

»Sie hätten nicht enden müssen.« Sie zögerte kurz, aus Angst vor dem, was sie beide nicht anzusprechen wagten, aber als sie sah, wie er die Stirn runzelte, nahm sie all ihren Mut zusammen und redete weiter.

»Ich habe nie verstanden, warum du den Kontakt abgebrochen hast«, sagte Ruby. »Selbst Jahre später hättest du mich noch über meinen Agenten oder meine PR-Frau oder jedes beliebige Filmstudio, für das ich je gearbeitet habe, ausfindig machen können.« War er denn nicht wenigstens ein kleines bisschen neugierig geworden, als sie ihm geschrieben hatte, sie sei schwanger?

Niccolò legte seine Hand auf ihre, und es fühlte sich genauso an wie damals. Vielleicht war sie ein wenig rauer, aber noch genauso warm und liebevoll.

»Aber ich bin dir doch nachgekommen«, sagte er. »Genau, wie ich es versprochen hatte.«

Ruby sah ihn zweifelnd an. »Wann soll das denn gewesen sein?«

»Im Dezember 1952. Mein Großvater hat mir das Geld für die Überfahrt gegeben. Ich hatte dir geschrieben und dir gesagt, dass ich im Dezember komme, aber ich habe nie wieder etwas von dir gehört. Von jetzt auf gleich hast du aufgehört, mir zu schreiben.«

»Nein, *du* hast aufgehört«, gab Ruby irritiert zurück. »Ganze zwei Briefe habe ich von dir bekommen.« Sie kannte jedes Wort aus diesen Briefen auswendig – und wusste noch ganz genau, wie sehr es sie verletzt hatte, als er ihr einfach nicht mehr antwortete.

»Aber ich habe dir Dutzende Briefe geschrieben«, versicherte er glaubhaft und sichtlich verwirrt.

Ruby musste ihn einfach fragen. »Erinnerst du dich an irgendwas *Besonderes* aus meinen Briefen?«

»Ich weiß nicht, was du meinst«, antwortete Niccolò. »Die beiden, die ich bekommen habe, habe ich gehütet wie einen Schatz.«

Ruby konnte einfach nicht begreifen, was mit ihrer Post passiert war. »Im Dezember habe ich einen Western in New Mexico gedreht, *Tagebuch einer Pionierin*. Danach bin ich wieder nach Hause gefahren, nach Texas.«

Niccolò runzelte die Stirn. »Am ersten Dezember habe ich vor der Tür deiner Adresse in Hollywood gestanden und habe mit deiner Tante Vivienne gesprochen.«

»Unmöglich.« Rubys Herz pochte wie wild, und sie trank noch einen Schluck Wein zur Beruhigung. *Aber warum sollte er mich anlügen?* »Vivienne hätte es mir gesagt, wenn du da gewesen wärst.«

Niccolò drückte ihre Hand an seine Brust. »Ich kann mich noch ganz genau an alles erinnern, an deine Tante und ihre Wohnung. Die blaue Couch, auf der du geschlafen hast. Ihre Sammlung Porzellanhähne. Die rosa Petunien in den Fensterkästen.«

»Wie …?« Ruby wurde blass und suchte stammelnd nach Erklärungen. »Vielleicht hast du mal ein Foto in einer Fanzeitschrift gesehen …«

»Ich war im Badezimmer und habe ein Shampoo gesehen«, sagte er. »Weißes Porzellan mit blauem Deckel. Lustre-Crème.«

»Das war damals ein sehr beliebtes Shampoo«, hielt Ruby schwach dagegen. »Ich habe sogar mal eine Druckanzeige für die gemacht.« Neben Lana Turner, Loretta Young, Maureen O'Hara und so vielen anderen Schauspielerinnen.

Niccolò ließ sich nicht beirren. »Da lag ein gelbes Seidentuch, das du bei unserer Reise an den Comer See getragen hast. Ich konnte nicht widerstehen. Ich habe es heimlich mitgenommen, weil ich etwas von dir haben wollte.« Er seufzte. »Ich weiß, ich hätte es lassen sollen, aber ich dachte doch, wir sehen uns bald wieder, und dann kann ich es dir zurückgeben.«

Ruby fiel wieder ein, wie sie ihre Tante damals nach dem Tuch gefragt hatte. Vivienne hatte vehement abgestritten, es genommen zu haben. »Ich dachte, ich hätte das Tuch irgendwo verloren. Es war ja nichts wert, außer für uns beide.«

Niccolò lächelte schief. »Wenn du es wiederhaben willst, es liegt drinnen.«

Tante Vivienne. Ruby wurde die Brust eng, so schäumte sie innerlich vor Wut – aber nicht auf Niccolò.

»Vivienne hat mir gesagt, dass du zu Dreharbeiten verreist bist«, sagte Niccolò. »Und ich habe ihr gesagt, wo ich wohne und dass ich auf dich warte. Woraufhin sie fuchsteufelswild geworden ist und mir gesagt hat, ich solle mich zum Teufel scheren und du wolltest mich nie wiedersehen. Vivienne sagte, du glaubtest, einen großen Fehler gemacht zu haben, und wolltest mich ganz schnell vergessen.«

»Niemals«, schnaubte Ruby entrüstet.

Sachte strich Niccolò ihr die Haare aus dem Gesicht. »Ich wollte es auch nicht glauben. Ich habe Vivienne gefragt, wann du wiederkommst, und sie sagte, sie weiß es nicht, also bin ich in einem Motel ganz in der Nähe abgestiegen. Eine Woche lang bin ich jeden Tag zur Wohnung deiner Tante gegangen und habe an die Tür geklopft und gefragt, ob du wieder da bist. Und dann, am Samstagmorgen, war sie plötzlich weg, und die Wohnung war leer.«

Ruby fuhr sich mit der Hand über das Gesicht. »Als ich von den Dreharbeiten zurückkam, war meine Tante zwischenzeitlich umgezogen. Mir hat sie gesagt, ihr Vermieter hätte sie vor die Tür gesetzt und sie bräuchte mehr Geld für die Miete, also habe ich es ihr gegeben.«

»Vivienne hat mit keinem Wort erwähnt, dass sie umzieht«, erklärte Niccolò. »Aber ich habe mit einem ihrer Nachbarn gesprochen, der sagte, sie habe bei Nacht und Nebel ihre Siebensachen gepackt und sei, ohne eine Nachsendeadresse zu hinterlassen, spurlos verschwunden. Ich bin zu Paramount gegangen und habe einen der Wachleute so lange beschwatzt, bis er schließlich deine Adresse rausgerückt hat, aber es war bloß die, die ich schon hatte. Ich hatte keine Möglichkeit, dich ausfindig zu machen.« Niccolòs Stimme drohte zu brechen. »Ich war am Boden zerstört. Ich wollte einfach nicht wahrhaben, dass du es dir anders überlegt hattest, dass du mich nie wiedersehen wolltest. Aber am Ende blieb mir keine andere Wahl.«

Seine Worte trafen Ruby mitten ins Herz, und sie brachte keinen Ton heraus.

Ruby erinnerte sich nur zu gut daran, wie ihre Tante Vivienne sie später, als Ruby immer größere Erfolge feierte, oft um Geld gebeten und ihr vorgehalten hatte, dass sie ihr damals, als Ruby nach Hollywood gekommen war, ein Dach über dem Kopf geboten hatte. Ruby hatte ihr das Geld zwar gegeben, aber nie vergessen, wie ihre Tante sie beschimpft hatte, als sie hörte, dass Ruby schwanger war. Sie hatte ihre Worte heute noch im Ohr. *Dummes Gör!* Und dann diese schlimme Geschichte mit dem Klatschblatt. Am Ende war Vivienne als gebrochene, verbitterte, einsame alte Frau gestorben.

Rubys Blick ging zu den Weinbergen. Wenn man bedachte, dass Vivienne – ebenfalls schwanger – damals nach Kalifornien gegangen war, weil ihr Liebster sie sitzen gelassen hatte, konnte Ruby fast verstehen, warum sie so etwas getan hatte. *Reiner Neid.*

»Ich wusste nichts davon«, versicherte Ruby. »Meine Tante hatte ihre eigenen Probleme, und mir ist erst viel später aufgegangen, dass sie auch damals schon neidisch auf mich war. Neidisch genug, um mir die große Liebe zu nehmen und unsere Ehe zu zerstören.«

Und einem Kind den Vater zu nehmen, dachte Ruby verbittert.

»Es tut mir so leid, dass ich es nicht weiter versucht habe«, seufzte Niccolò und strich mit der Hand über ihre. »Irgendwann musste ich das, was ich für die Wahrheit hielt, wohl oder übel akzeptieren. Ich bin in eine schwere Depression gerutscht, und mein Großvater hat mich zur Erholung hierhergeholt. Und als es mir dann irgendwann wieder besser ging, hat er mich zum Studium nach England geschickt.«

Mit Tränen in den Augen neigte Ruby den Kopf. *Niccolò hatte genauso gelitten wie sie.* Sie sah ihn an. »Ich hätte weiter versuchen sollen, dich ausfindig zu machen, aber als ich nichts mehr von dir hörte …« Sie wischte sich die Tränen aus dem Gesicht. »In einem deiner Briefe stand, du würdest am Bau arbeiten.«

»Das habe ich auch«, sagte Niccolò. »Ich bin aus Rom weggegangen, nach Mailand, und habe da mit einem Freund an der Errichtung eines neuen Hochhauses gearbeitet. Die Adresse habe ich dir auch geschickt, und ich habe dir unzählige Male geschrieben, aber es kam kein einziger Brief mehr von dir an.«

Ruby fasste sich ans Herz. »Und ich dachte, du hättest einen schlimmen Unfall gehabt und wärst tot. Die andere Möglichkeit hätte ich nicht ertragen – dass du mich nicht wiedersehen wolltest.«

Mich und unser Kind, dachte sie. Wie sollte sie ihm das jetzt sagen? Und doch hatten Lügen sie getrennt, beinahe für immer. Das wollte sie ihm nicht noch einmal antun.

»Das erklärt auch, warum du so erschrocken bist, als du mich auf der Bühne gesehen hast«, meinte Niccolò verständnisvoll. »Ich war selbst wie vor den Kopf gestoßen. All die versäumten Jahre. Wir haben so viel nachzuholen.«

Ruby nickte. »Hast du dich wieder mit deinem Vater versöhnt?« Allzu lebhaft erinnerte sie sich noch an den hässlichen Streit zwischen Niccolò und seinem Vater, als er erfahren hatte, dass sie beide geheiratet hatten.

»Schlussendlich ja«, antwortete Niccolò. »Er hatte recht behalten, zumindest schien es so. Ich war derart am Boden zerstört, dass ich ihm wohl irgendwann leidgetan habe.«

Ruby streifte Niccolòs Hand und musste daran denken, wie er mit diesen Händen ihren jugendlichen Körper liebkost hatte. *Und umgekehrt.* Sie schluckte. »Hast du irgendwann noch mal geheiratet?«

Erstaunt zog Niccolò die Augenbrauen hoch. »Ich bin schon fast mein ganzes Leben lang verheiratet.«

Ruby wurde das Herz schwer, als sie das hörte, aber sie versuchte, sich nichts anmerken zu lassen. »Mit wem?«

Er nahm ihre Hand und strich sachte mit den Lippen darüber. »Mit dir, meine Liebste. Wobei ich dich wohl fragen sollte, ob du mich noch immer willst.« Seine Stimme klang älter und tiefer, aber die Worte waren immer noch dieselben.

Niccolò war immer noch genauso hoffnungslos romantisch wie damals. Sie sah ihn an, und ihre Lippen trafen sich zu einem sanften, zögerlichen Kuss. Mit einem Mal war Ruby wieder siebzehn und so verliebt, dass es nur noch sie beide gab auf der Welt. Sie musste an die idyllische Zeit in Varenna denken, an diesen Liebesrausch, diese überschäumende Lebensfreude, die sie durch die Jahre hinweg begleitet hatten.

Ruby löste sich von ihm. Tatsache war, sie war keine siebzehn mehr. Es war eine Sache, in tröstlichen Erinnerungen zu schwelgen, aber eine ganz andere, in ihrem Alter ihr ganzes Leben auf den Kopf zu stellen.

Bei aller weiser Voraussicht, die Ruby im Laufe der Jahre stets hatte walten lassen – Lebensversicherung, Krankenversicherung, Rentenversicherung, solide Investitionen –, war ihr eins nie in den Sinn gekommen: dass Niccolò von den Toten auferstehen und noch einmal um ihre Hand anhalten könnte.

Mit tränenverschleiertem Blick sah sie ihn an. »Ich glaube, es ist zu spät für uns.«

Niccolò schüttelte den Kopf. »Vielleicht zu spät, um noch eine Familie zu gründen, wie wir es uns damals erträumt haben, aber nicht zu spät, um zusammen alt zu werden. Es sei denn, es gibt einen anderen Mann in deinem Leben?«

»Ich habe nie jemanden so geliebt wie dich«, versicherte Ruby.

»Fast bin ich versucht zu sagen, das tut mir leid«, erwiderte Niccolò mit sanfter Stimme. »Eine Frau wie du ... du hättest heiraten sollen, Kinder bekommen.«

Seine Worte trafen Ruby mitten ins Herz. »Woher willst du wissen, dass ich weder Mann noch Kinder habe?«

»Ich habe nie die Scheidungspapiere bekommen. Und so schmerzhaft das auch für mich war, es war ein Leichtes, die glanzvolle Karriere und das schillernde Privatleben der weltberühmten Ruby Raines zu verfolgen.«

»Die Presseabteilung des Studios hat den Großteil des Materials dafür geliefert, aber du hast recht«, seufzte sie. »Ich habe nie wieder geheiratet.«

Ruby schlug die Augen nieder. Sie hatte nur auf den einen Teil seiner Bemerkung geantwortet. Ihr schwirrte jetzt schon der Kopf von den unglaublichen Ereignissen dieses Abends und all den Dingen, die Niccolò erzählte – und die ganz zweifellos stimmen mussten.

Schließlich schaute sie wieder auf und sagte: »Ich erinnere mich noch an den Abend, als wir deinen Eltern gesagt haben, dass wir geheiratet haben, und daran, wie wütend dein Vater geworden ist. Er hat von dir verlangt, du sollst die Ehe annullieren lassen. Warum hast du das nicht gemacht?«

Niccolò holte tief Luft. »Mein Vater hat darauf bestanden, dass ich die Formulare ausfülle, und das habe ich auch getan. Er dachte, eine Annullierung wäre wie ein Schlussstrich, ein Neuanfang, damit ich wieder auf andere Gedanken komme.« Er fuhr sich über die Augen. »Aber am Ende habe ich es nicht über mich gebracht, meine Unterschrift darunterzusetzen. Solange mein Herz dir gehörte, war es ohnehin ganz gleich, was auf einem Stück Papier stand. Je berühmter du wurdest, desto mehr habe ich damit gerechnet, dass du eines Tages anrufst und mich bittest, dich freizugeben.«

Ein wehmütiges Lächeln umspielte seine Lippen, und Niccolò nahm ihre Hand. »Oder mich wiedersehen willst. Bis dahin blieb allein die Hoffnung. Mein Vater hat das nie verstanden, aber zum Glück haben meine Eltern auch ohne meine Mithilfe viele entzückende Enkelkinder bekommen. Die Jahre gingen ins Land, und der Schmerz verging. Irgendwann war unsere Liebe zu einer bittersüßen Erinnerung geworden. Die Papiere habe ich immer noch. Ich unterschreibe sie, wenn du das möchtest.«

Niccolò so reden zu hören schnürte Ruby die Kehle zu. Sie brachte kein Wort heraus. Er hatte mehr gelitten, als sie je geglaubt hätte. Wie um alles auf der Welt sollte sie ihm nun sagen, dass sie ihr geliebtes Kind weggegeben hatte? Wäre das zu viel für ihn?

In der Stille, die sich zwischen sie legte, dachte Ruby über Niccolòs Leidensgeschichte nach. Sie konnte seinen Kummer verstehen. Sie wusste, wie vernichtend die Zurückweisung durch einen geliebten Menschen sein konnte – hatte sie doch selbst geglaubt, er wolle sie nicht mehr. Nun wünschte Ruby sich, sie wäre damals selbst nach Italien gefahren und hätte ihn gesucht, aber damals hatte ihr die Kraft gefehlt, hierher zurückzukehren, nur um sich ins Gesicht sagen zu lassen, dass er nichts mehr von ihr wissen wollte. Der menschliche Verstand ersann eigenartige Methoden, um das Unerträgliche erträglich zu machen. Sich mit seinem Tod abzufinden war weniger schmerzhaft gewesen, als einzusehen, dass er sie sitzen gelassen hatte. Sie hatte sich Hals über Kopf in die Arbeit gestürzt, um sich abzulenken, und als sie schließlich einen Moment zum Nachdenken gehabt hatte, war längst viel zu viel Zeit vergangen.

Zumindest hatte sie das geglaubt.

Niccolò legte ihr einen Arm um die Schultern, und sie schmiegte sich an ihn und genoss seine Nähe. Aber er musste erfahren, dass er eine Tochter hatte. Selbst wenn er dann nie wieder ein Wort mit ihr wechseln würde. Ruby räusperte sich.

»Wollen wir einen kleinen Erinnerungsspaziergang durch Varenna machen?«, fragte sie.

»Eine wunderbare Idee«, entgegnete er und lehnte den Kopf an ihren. »Das war die glücklichste Zeit meines Lebens.«

»Meine auch«, sagte Ruby leise. Sie hoffte nur, er würde das nach ihrem Geständnis noch genauso sehen.

KAPITEL ZWEIUNDDREISSIG
Comer See, 2010

Die Sonne war gerade erst aufgegangen, doch Ruby saß schon mit einer Tasse Kaffee auf der Terrasse und genoss die frische morgendliche Brise, die der *Tivano* aus Valtellina und dem Norden mitbrachte. Ihr Kopf war voller Gedanken an Niccolò. Sie konnte es noch immer nicht fassen, dass er quicklebendig war und am Ufer des Comer Sees wohnte. Und dass ihre Liebe all die vielen Jahre überdauert hatte.

Sie nippte an ihrem Kaffee und sah der Frühfähre zu, die auf ihrem Weg von Varenna nach Bellagio durch den See pflügte. Die Morgenglocken der Chiesa di San Giorgio läuteten in der Ferne, und der Duft des Geißblatts lag schwer in der Luft, genau wie damals, an dem Tag, als sie geheiratet hatten.

In dem Wissen, dass Niccolò lebte, hatte Ruby lange wachgelegen. Sie war aufgekratzt und fühlte sich fast so jung wie damals.

Goldene Pirole flatterten um die Bäume, und Ruby musste lächeln. Bevor sie sich gestern Abend verabschiedet hatten, hatte Niccolò ihr versprochen, heute gegen Mittag herzukommen. *Ich glaube nicht, dass einer von uns beiden heute Nacht auch nur ein Auge zutun wird*, hatte er zu ihr gesagt, während er sie auf der Schaukel vor seinem alten Bauernhaus inmitten der Weinberge im Arm gehalten hatte.

»*Scusi, Signora Ruby.*« Livia trat aus der Küche hinaus auf die Terrasse. »Eine Dame ist an der Tür. Sie sagt, sie wäre ihre Nichte. Mari.«

Ruby sprang auf. »Mari ist hier?« Es sah der peniblen Planerin Mari so gar nicht ähnlich, einfach unangekündigt hereinzuschneien. »Wecken Sie Ariana nicht, aber wenn Sie hören, dass sie wach ist, warnen Sie sie, dass ihre Mutter da ist. Ich rede zuerst mit Mari. Sagen Sie ihr das bitte.« Ruby eilte nach drinnen.

»Meine liebe Mari, was für eine Freude«, rief Ruby überschwänglich und riss die Tür auf. »Herein, herein.«

Mari stand ganz in Schwarz vor der Tür und wirkte müde und erschöpft – ganz bestimmt die Nachwirkungen des Transatlantikflugs.

»Hallo, Tante Ruby«, murmelte Mari matt. »Hast du einen Kaffee für mich? Der im Flieger war ungenießbar.«

»Aber natürlich, stell dein Gepäck hierher. Livia kümmert sich darum.« Ruby fiel auf, wie dünn Mari war. Sie hatte immer schon viel Sport getrieben, aber jetzt wirkte sie verhärmt und abgemagert. »Ich wünschte, ich hätte gewusst, dass du kommst.«

»Ich habe den Flug gestern erst gebucht«, entgegnete Mari und platzierte, praktisch und patent, wie sie war, ihre Designerhandtasche und die Laptoptasche auf dem darauf abgestimmten Koffer. »Du hast gesagt, du willst mich sprechen. Du musst entschuldigen, dass ich jetzt erst herkomme, aber ich hatte im Büro viel um die Ohren.«

»Ich freue mich sehr, dass du hier bist.« Ruby schloss Mari, die sie mit einer schlaffen Umarmung begrüßte, fest in die Arme. »Jetzt bekommst du erst mal einen Kaffee. Und Frühstück gibt es auch, wenn du Hunger hast.«

Mari folgte ihr auf die Terrasse und ließ sich mürrisch in einen Korbsessel fallen. Livia kam eilig mit einer großen Kaffeetasse und der Kanne zum Nachschenken heraus.

»Dem Himmel sei Dank«, seufzte Mari und legte beide Hände um den heißen Keramikbecher.

»Wie schön, dass du es geschafft hast, dir ein paar Tage freizunehmen«, sagte Ruby und versuchte, das Gespräch in die unvermeidliche Richtung zu lenken.

Mari senkte unbehaglich den Blick. »Sie haben mich vor zwei Wochen vor die Tür gesetzt, weshalb ich unerwartet viel Zeit habe, das Chaos in meinem Leben zu sortieren.«

»Ach herrje, das tut mir aber leid«, rief Ruby. »Ich weiß, wie wichtig dir dieser Job war.«

»Er war mein ganzes Leben. Und es ist traurig, mir das eingestehen zu müssen.« Mari zog ein gefaltetes Blatt Papier heraus. »Ich hatte keine Zeit, deinen Brief zu lesen, bis ich raus war aus der Firma.«

Ruby erkannte das Briefpapier, das sie Patricia vor Jahren gekauft hatte. »Du warst bei der Bank?«

»Erst vor Kurzem. Weißt du von diesem Brief, den Mom mir hinterlegt hat?«

Ruby wappnete sich innerlich und nickte. »Ich nehme an, sie hatte dir einiges zu sagen.«

»Ich weiß nicht, was ich sagen soll. Ich komme mir ... manipuliert vor«, erklärte Mari und fuhr sich aufgebracht mit der Hand durch die kurzen braunen Haare. »Mom war ja immer schon sehr harmoniebedürftig, und dann, na ja, du weißt ja, wie sie nachher abgebaut hat. Aber warum hast *du* mir nichts gesagt?«

»Ich konnte mich doch nicht zwischen dich und Patricia stellen«, entgegnete Ruby, so sanft sie konnte. »Ich hatte es ihr versprochen, ich musste Wort halten.«

Mari nahm den Brief aus dem Umschlag und reichte ihn Ruby. »Von mir aus kannst du ihn gerne lesen. Und mir sagen, ob meine Vermutung stimmt.«

Meine liebste Mari,
es ist mir wahrlich keine Freude, dir diesen Brief zu schreiben, aber ich finde sonst einfach keine Ruhe. Wie du inzwischen sicher weißt, bin ich an Alzheimer erkrankt. Mein Gedächtnis lässt nach, und wenn ich daran denke, was mir nun bevorsteht, werde ich ganz klein und demütig. Ich wechsle zwischen Trauer und hilfloser Wut über diese entsetzliche Krankheit, die mir meine noch verbliebene Lebenszeit zu nehmen droht. Aber wenn du das hier liest, werde ich schon frei sein und meinen Frieden bei Gott gefunden haben.
Es heißt auch, dass Ruby sich entschlossen hat, dir

unsere Geschichte zu erzählen. Ich habe ihr diese Entscheidung überlassen.
Du warst mein über alles geliebtes Kind, liebste Mari, und ich mag mir nicht ausmalen, wie mein Leben ohne dich ausgesehen hätte. Nachdem dein nichtsnutziger Mann dich damals mit der kleinen Ariana hat sitzen lassen, hast du getan, was du tun musstest. Und obwohl wir bisweilen heftige Meinungsverschiedenheiten hatten, hoffe ich sehr, du hattest nie einen Zweifel daran, wie sehr du immer geliebt wurdest. Vom ersten Augenblick an, als ich dein süßes kleines Gesichtchen gesehen habe, warst du ein Kind meines Herzens, und ich habe dich nur umso mehr geliebt, weil ich keine eigenen Kinder bekommen konnte.
Ja, ganz recht.
Jetzt weißt du es. Es ist so. Ich konnte selbst keine Kinder bekommen. Und doch habe ich dich geliebt wie mein eigen Fleisch und Blut.
Und trotz all unserer Differenzen hast du mir auf unendlich viele Arten gezeigt, dass du mich ebenfalls liebst. Du sollst wissen, dass ich dir jedes harsche Wort, das zwischen uns gefallen ist, längst verziehen habe, und ich hoffe, du kannst auch mir verzeihen. Denken wir nur an die guten Tage; wir hatten so viele davon.
Wenn du das liest, bist du mir vielleicht böse, dass ich dieses Geheimnis so lange für mich behalten habe. Bitte verzeih mir, aber es war nicht allein meins. Vermutlich möchtest du nun alles ganz genau wissen.

Das besprichst du am besten mit meiner Schwester. Ruby wird dir alle Fragen beantworten, denn es ist ihre Geschichte. Sie wurde der Star der Familie, und ich habe alles dafür gegeben, damit ihr Stern weiter hell erstrahlt.
Danke, dass du dich all die Jahre um mich gekümmert hast, denn ich bin mir sicher, das hast du. Ich mag mir kaum vorstellen, was du in dieser Zeit alles mitgemacht hast. Du sollst wissen, es tut mir aus tiefstem Herzen leid, dass diese Krankheit mich der unbezahlbaren Momente zwischen uns beraubt hat. Ganz bestimmt war ich dir eine Last, und dafür bitte ich dich um Verständnis und Verzeihung. Ich liebe dich, auf immer und ewig, meine liebste Tochter. Und in alle Ewigkeit bleibe ich deine Mutter.
In Liebe,
Mom

Ruby ließ den Brief sinken. Mari war ein rationaler Mensch, sie brauchte Fakten, nicht Gefühle. Ruby sollte nicht um den heißen Brei herumreden. »Ich hoffe, du sitzt bequem. Es ist eine lange Geschichte.«

»Wie schön. Ich bin einen weiten Weg gekommen, um sie zu hören«, erwiderte Mari und verschränkte die Arme vor der Brust.

»Also, erstens bist du tatsächlich meine Tochter«, sagte Ruby. »Ich habe mit siebzehn geheiratet und war gerade achtzehn, als du geboren wurdest. Da hatte ich schon in drei Filmen mitgespielt und musste unsere gesamte Familie finanziell über Wasser halten. Auch deine Eltern. Damals herrschte eine beispiellose Dürre in Texas, und sie standen vor dem Nichts.«

»Und mir hast du vorgeworfen, es ginge mir immer nur ums Geld«, bemerkte Mari spitz. »Allein eine Familie zu ernähren ist Schwerstarbeit.«

»Ja, das stimmt«, musste Ruby eingestehen und überging dabei geflissentlich Maris spitze Bemerkung. »Du hast diese Last lange alleine getragen.«

Mari runzelte verärgert die Stirn. »Und wer war mein Vater?«

»Er heißt Niccolò Mancini. Ich habe ihn beim Dreh in Rom kennengelernt, wo er auch herkam. Nach meiner Rückkehr in die Staaten ist der Kontakt durch eine Verkettung unglücklicher Umstände abgebrochen, und ich musste davon ausgehen, dass er tot ist. Ich habe dich im Haus deiner Eltern auf die Welt gebracht.«

»Viel zu früh«, warf Mari ein. »Das wusste ich schon. Aber wusste dieser Niccolò denn überhaupt, dass du schwanger bist?«

»Das waren damals noch ganz andere Zeiten. Es war nicht so leicht, über so eine weite Entfernung irgendwie in Verbindung zu bleiben. Ich hatte zwar seine Adresse in Rom, aber mehr auch nicht. Wir dachten, wir würden nicht lange voneinander getrennt sein.«

»Und warum hast du mich nicht behalten?« Maris Augen wurden ganz schmal. »Oder hattest du keine Zeit bei all den vielen glamourösen Hollywood-Partys? Ich habe die Fotos gesehen.«

»Das hatte damit nichts zu tun.« Ruby sah Mari streng an. »Ich hatte keine Kopie der Eheurkunde, und dann hat jemand der Presse einen Tipp gegeben, ich hätte ein uneheliches Kind, was sich herumgesprochen hat wie ein Lauffeuer. Das Studio hat sich natürlich gleich auf die Moralklausel in meinem Vertrag berufen und gedroht, mich sang- und klanglos vor die Tür zu setzen. Meine Karriere wäre zu Ende gewesen, aber schlimmer noch, deine Eltern – und meine auch – hätten ihr Zuhause und damit ihre gesamte Existenzgrundlage verloren. Sie hatten damals ohnehin schon schwer genug zu kämpfen. Das waren magere Jahre auf der Ranch.«

»Und da hast du mich einfach so weggegeben.« Mari schnippte verächtlich mit den Fingern.

»Nein, natürlich nicht«, gab Ruby scharf zurück, um diesen absurden Gedanken gar nicht erst aufkommen zu lassen. »Ich bin fast daran zerbrochen.«

Mari verzog den Mund. »Entschuldige, ich hatte eine echt beschissene Woche.«

»Die hat jeder mal.« Ruby hatte zwar mit Maris bissiger Abwehrhaltung gerechnet, aber trotzdem auf ein wenig Verständnis gehofft. »Alle waren älter als ich und hatten viel mehr Lebenserfahrung. Und was sie sagten, erschien mir einleuchtend. Ich wollte dich nicht weggeben, Mari. Ich habe es getan, damit du eine schöne, behütete Kindheit hast.«

»Und doch hast du mich einfach auf der Ranch gelassen«, bemerkte Mari und machte eine wegwerfende Geste.

Ruby nahm ihre Hand und hielt sie fest. »Ich konnte dich nicht mitnehmen. Ich habe einen Film nach dem anderen gedreht, die meisten an Originalschauplätzen. Und es war nicht halb so spannend und glamourös, wie es klingt. Aber dort auf der Ranch konntest du eine sorgenfreie, unbeschwerte Kindheit verleben. Erinnerst du dich noch an das Pferd, das du so mochtest? Champ? Und was ist mit den Rodeos und deinen Ausflügen nach Galveston zu dem Strandhaus, in das du so vernarrt warst? Und dann deine Haustiermenagerie. Die hättest du in einem Apartment in L. A. nicht halten können. Und mehr noch, dort hättest du auch nicht zwei liebevolle, fürsorgliche, verlässliche Eltern gehabt.«

Etwas kleinlaut wandte Mari den Blick ab. »So habe ich das noch gar nicht gesehen.«

Ruby merkte, wie ihr Puls pochte, und atmete tief durch. »Patricia und Michael hatten sich schon vorher um dich gekümmert, wenn ich arbeiten musste. Nachdem das Studio Schritte eingeleitet hatte, meinen Vertrag zu kündigen, hat mein Agent diese Idee ausgeheckt, um meine Karriere zu retten. Er hatte natürlich ein berechtigtes Eigeninteresse, aber meine Eltern waren schnell überzeugt und haben mich gedrängt zuzustimmen.«

»Warte. Eine Sache verstehe ich immer noch nicht«, unterbrach Mari sie. »Ich habe auf meiner Geburtsurkunde nachgesehen, und da steht ganz eindeutig, dass meine Mutter meine Mutter ist. Sie und Dad stehen da als meine Eltern.«

»Stimmt«, sagte Ruby. »Die Studios wollten einen rechtsgültigen Beweis, dass das Kind, das die Klatschblätter mir anhängen wollten, nicht mein eigenes war.

Doc Schmidt, unser Hausarzt, hat dich entbunden. Also sind mein Vater und Michael zu ihm gegangen und haben mit ihm ausgemacht, dass er und die Frau vom Amt gegen eine kleine Gebühr, die ich beglichen habe, eine neue, rückdatierte Geburtsurkunde ausstellen.«

»Wow«, brummte Mari, wider Willen beeindruckt. »Bevor es Computer gab, ging so was wohl noch?«

Ruby nickte. »Als deine Eltern die vorlegten, hat das Studio sämtliche Vorwürfe gegen mich fallengelassen, und mein Agent hat eine Entschuldigung verlangt. Ich durfte wieder arbeiten, und der Beinahe-Skandal geriet rasch in Vergessenheit. Aber ich bin daran fast zugrunde gegangen. Ich habe dich so schrecklich geliebt, und du warst das Einzige, was mir noch geblieben war von meinem Mann.«

Mari starrte in ihre Kaffeetasse. »Ich denke, ich verstehe dich jetzt besser«, murmelte sie leise. »Ich mag mir gar nicht ausmalen, wie es gewesen wäre, Ariana wegzugeben, als sie noch ein kleines Baby war.«

Und doch hatte Mari Ariana weggegeben, ins Internat. Ruby ermahnte sich allerdings, nicht so streng mit ihr zu sein. Mari war eine alleinerziehende Mutter gewesen, mit einem anspruchsvollen Job, der alles von ihr forderte, und hatte mit den verheerenden Nachwirkungen einer schmutzigen Scheidung zu kämpfen gehabt. Unter den gegebenen widrigen Umständen hatte sie getan, was sie konnte. Und Ruby hatte sie dabei nach Kräften unterstützt.

»Rückblickend war es das Beste so«, meinte Ruby. »Patricia und Michael haben dich von Herzen gerngehabt, und ich war viel zu jung, um eine gute Mutter zu sein. Lange Zeit war ich sogar richtiggehend eifersüchtig auf Patricia. Aber schließlich habe ich mich schweren Herzens damit abgefunden.«

Mari senkte den Kopf, und Ruby hörte ein ersticktes Schluchzen.

»Ich kann mir vorstellen, in was für eine aussichtslose Lage du da geraten bist«, sagte Mari schließlich. »Jahrelang habe ich mir Vorwürfe gemacht, weil meine Ehe gescheitert ist. Ich habe so hart gearbeitet, um mich zu beweisen. Ich war keine gute Ehefrau, ich war keine gute Mutter, aber wenigstens eine gute Geschäftsfrau war ich. Vielleicht sind wir uns doch irgendwie ähnlich.«

Ruby lächelte sie an. »Du und ich, wir haben beide Fehler gemacht und haben lernen müssen, zu unseren Entscheidungen zu stehen und mit ihnen zu leben. Aber es hat uns nur noch stärker gemacht. Und Ariana ist genau wie wir. In ihren Adern fließt das Blut starker Frauen.«

Mari fuhr sich mit der Hand über das Gesicht. »In den letzten Wochen hatte ich viel Zeit, über meine Fehler nachzudenken. Ich hätte zu Arianas Hochzeit fahren müssen. Schlimmer noch, ich habe sie nachher nicht mal angerufen, um zu fragen, wie es war. Ich nehme an, sie ist gerade in den Flitterwochen. Aber so, wie ich mich aufgeführt habe, konnte ich nicht ernsthaft erwarten, dass sie sich bei mir meldet. Also, wie war die Hochzeit?«

»Ariana hat es sich anders überlegt und Phillip vor dem Altar stehengelassen«, erzählte Ruby.

Mari seufzte. »Ich hätte dabei sein sollen. War es sehr schlimm für sie?«

»Leicht war es nicht«, antwortete Ruby. »Aber sie hat zum Glück eingesehen, dass Phillip nicht der Richtige für sie ist.«

Mari trommelte mit den Fingern auf dem Tisch herum. »Besser so, als später die Scheidung. Ich sollte wohl von hier aus gleich nach L. A. fliegen.«

»Das musst du gar nicht«, entgegnete Ruby und legte ihre Hand auf Maris. Eine gewagte Geste. »Ariana ist hier. Und sie hat dir eine Menge zu erzählen. Ich möchte nur, dass du ihr zuhörst, offen und ohne Vorurteile. Sie ist ein kluges Mädchen, und sie ist gerade dabei, ihr Leben von Grund auf umzukrempeln.«

»Ich werde mir Mühe geben«, versprach Mari mit zittriger Stimme. »Das ist auch für mich gerade keine leichte Zeit.«

Zögerlich legte Ruby den Arm um Mari. So nahe hatte sie ihr nicht mehr sein dürfen, seit Mari ein Teenager gewesen war. »Gerade, wenn man denkt, man hat sein Leben geregelt und alles läuft wie am Schnürchen, kommt es mit einer Überraschung um die Ecke. Wir krempeln alle gerade unser Leben um.«

Mari lehnte den Kopf gegen Rubys Schulter. »In meinem Alter machen Veränderungen mir Angst. Eine Frau Mitte fünfzig an der Wall Street«, sagte sie mit einem bitteren Lachen. »Die meisten sind längst ausgebrannt oder vollkommen desillusioniert. Ich habe es länger ausgehalten als die meisten anderen.«

Ruby strich Mari über die kurzen Haare. »Bestimmt

hast du kluges Kind genug Geld zurückgelegt, um dich damit bequem zur Ruhe zu setzen.«

»Geld habe ich genug, aber in Rente gehen will ich noch lange nicht«, lachte Mari. »Wenn dein Angebot noch gilt, die Leitung deiner Stiftung zu übernehmen und dein Portfolio zu managen, wie es in deinem Brief stand, dann wäre ich dabei.«

»Es war mir ganz ernst damit«, sagte Ruby. »Ich werde bald mehr um die Ohren haben, als ich dachte.« Sie sah ihre Tochter an. Zum ersten Mal seit sehr langer Zeit schien Mari sich wirklich Gedanken über ihr Leben zu machen. Ruby schöpfte neue Hoffnung. Vielleicht war es ja doch noch nicht zu spät. Vielleicht blieb noch genug Zeit, alles wieder ins rechte Lot zu bringen.

Mari schien überrascht. »Drehst du wieder?«

Ruby lachte leise. »Ach, Liebes, wir haben uns so viel zu erzählen. Ich weiß, es wird vielleicht ein bisschen viel auf einmal sein, aber ich hoffe, du gibst mir eine Gelegenheit, alles wiedergutzumachen.« Sie wies auf die Villa Fiori. »Es gibt Platz genug, und ich würde mich sehr freuen, wenn du eine Weile hierbliebst. Und Ariana ganz bestimmt auch.«

Hinter ihnen waren Schritte zu hören, und dann Arianas verwunderte Stimme: »Mom? Was machst du denn hier?« Ariana trug T-Shirt und Jogginghose, und die langen rotblonden Locken hatte sie zu einem lockeren Pferdeschwanz zusammengebunden. Ihre Lippen waren zu einem dünnen Strich zusammengepresst – sie schien mit dem Schlimmsten zu rechnen.

Ruby nickte Mari zu. »Na los, das ist die Gelegenheit«, flüsterte sie. Die Gelegenheit für Mari und Ariana, sich wieder zu versöhnen, ehe Ruby ihre Geschichte zu Ende erzählte – mit einem Ende, das sie selbst in ihren kühnsten Träumen nicht für möglich gehalten hätte.

Mari stand auf und ging mit großen Schritten zu Ariana. Sie schloss ihre Tochter fest in die Arme und verhaspelte sich fast, so hastig sprudelten die Worte aus ihr heraus. »Es tut mir so leid, dass ich nicht zu deiner Hochzeit gekommen bin. Das war ein Fehler. Aber ich bin so stolz auf dich, dass du weißt, was du willst – und was nicht.«

Vollkommen verdattert angesichts dieses unerwarteten und untypischen Gefühlsausbruchs ihrer sonst so nüchternen Mutter klappte Ariana die Kinnlade herunter. Unbeholfen erwiderte sie die Umarmung.

»Komm, setz dich zu uns, Ariana«, sagte Ruby. »Wir haben viel zu besprechen, oder, Mari?«

Mari hakte sich bei Ariana unter. »Wir haben mehr als genug Zeit zu reden. Mein Job in New York ist Geschichte, ich kann also ein Weilchen hierbleiben.«

Alle setzten sich, und Ruby sah, wie sehr Mari sich bemühte, echtes Interesse für ihre Tochter zu zeigen. Ariana erzählte ihrer Mutter, wie sie ihren Job hingeschmissen hatte und von ihren Plänen für die Boutique und ihre eigene Kollektion.

»Das war doch immer schon dein Traum«, meinte Mari nachdenklich. »Aber als Fremde, wird das nicht schwierig werden?«

»Alessandro steht mir in allem zur Seite.« Ariana strahlte über das ganze Gesicht, als sie ihrer Mutter erzählte, wie sie sich kennengelernt hatten, und ihr von Sandro und Carmela vorschwärmte.

Ruby konnte Mari ansehen, wie viel Mühe es sie kostete, nichts dazu zu sagen, aber eins musste man ihr lassen, sie biss sich auf die Zunge und blieb still. Sie hörte einfach nur zu, und das war alles, was Ariana je gewollt hatte. Ruby fühlte, wie ihr warm wurde ums Herz. Sie hier zusammen zu sehen war die Erfüllung ihres sehnlichsten Wunsches. Das Schicksal erwies sich als großzügiger, als sie es je zu hoffen gewagt hatte.

»Klingt nach einem interessanten Mann, dein Alessandro«, meinte Mari schließlich lächelnd. Arianas Augen leuchteten auf. »Ich bin so erleichtert, dass du das sagst, er hat mich nämlich gestern Abend nach dem Theaterstück gefragt, ob ich ihn heiraten will. Und ich habe Ja gesagt. Aber vielleicht erst nach …« Ariana unterbrach sich abrupt. Als Ruby ihr aufmunternd zunickte, sagte Ariana: »Mom, ich bin schwanger. Von Phillip, aber der zeigt kein Interesse daran, Vater zu werden.«

Ruby sah, wie Mari eine Bemerkung herunterschluckte, und legte ihr die Hand auf die Schulter. »Alessandro ist wirklich ein feiner Kerl.«

»Und er ist Niccolòs Neffe«, fügte Ariana hinzu und warf ihrer Tante einen Blick zu. »Ein unglaublicher Zufall.« Sie wandte sich an ihre Mutter. »Mom, wusstest du, dass Tante Ruby die ganze Zeit über verheiratet war? Und er ist hier.«

Mari runzelte die Stirn und drehte sich dann abrupt zu Ruby um. »Niccolò? Mein leiblicher Vater?«

»Ja, genau«, entgegnete Ruby. »Wie sich gerade erst herausgestellt hat, ist er gar nicht tot.«

Ariana starrte sie mit offenem Mund an. »Moment mal. Tante Ruby, dein Mann ist Moms Vater?«

Und dann nahm Ruby beide an die Hand und erzählte ihnen die ganze Geschichte. Als sie fertig war, starrten die beiden Frauen sie ungläubig an.

»Ich mag mir gar nicht ausmalen, was du alles durchmachen musstest«, sagte Mari leise. Mit Tränen in den Augen schloss sie Ruby in die Arme. »Wir haben alle eine zweite Chance bekommen.« An Arianas Hand geklammert fügte sie hinzu: »Und jetzt möchte ich für meine Tochter und ihr Baby da sein, so wie meine Mutter...« Sie unterbrach sich und lächelte Ruby zu. »Wie meine *beiden* Mütter immer für mich da waren.«

Ruby hatte Freudentränen in den Augen. »Ich freue mich so für dich, Mari, dass du diese Gelegenheit bekommst. An diesem Punkt in meinem Leben angekommen kann ich dir nur sagen, nichts ersetzt einem die Familie. Ich habe mir nichts mehr gewünscht, als Brücken zu schlagen und meine Familie wieder zusammenzubringen, ehe ich das Zeitliche segne und ins große Himmelskino weiterziehe.«

Ariana fiel Ruby um den Hals. »Sag so was nicht. Du gehst so schnell nirgendwo hin. Du wirst hier noch gebraucht, Tante Ruby. Jetzt, wo du meine Oma bist, darf ich dich da nicht mehr Tante Ruby nennen?«

Ruby drückte Ariana einen Kuss auf die Wange. »Warum denn nicht? Wir wissen schließlich, wer wir sind.«

Rubys und Arianas Hand fest umklammert sagte Mari: »Ich möchte eine bessere Großmutter werden als die Mutter, die ich war. Es war für mich ein ständiger Kampf, als alleinerziehende berufstätige Mutter Kind und Karriere unter einen Hut zu bringen. Eine Doppelbelastung, die nicht unbedingt meine besten Seiten hervorgekehrt hat; ich weiß, dass ich oft unsensibel, ungeduldig und unaufmerksam war. Erst als ich aus dem Job geflogen bin, der mir alles bedeutete, ist mir aufgegangen, was mir wirklich wichtig sein sollte.«

Ruby ging das Herz fast über vor Stolz auf ihre Tochter. Sie hatte gebetet, Mari möge ihren Irrweg erkennen, bevor es zu spät war. »Ich bin so unbeschreiblich stolz auf dich, Mari. Immer schon, aber heute ganz besonders.«

So lange hatte Ruby diese Wiedervereinigung herbeigesehnt, aber nie hätte sie auch nur im Traum daran gedacht, auch Niccolò könnte dabei sein, und sie könnte Mari nach ihrem Bekenntnis ihrem leiblichen Vater vorstellen. Ruby betete inständig, Niccolò würde verstehen, warum ihr damals nichts anderes übriggeblieben war, als ihr Kind wegzugeben.

Das Gedankenkarussell in ihrem Kopf drehte sich unermüdlich im Kreis und erdachte immer neue Szenarien.

Würde Niccolò wütend werden, oder wäre er am Ende so gekränkt, dass er sie nie wiedersehen wollte? Was würde das für Alessandro und Ariana bedeuten? Mari und Ariana hatten ihre Erklärung zwar hingenommen, aber Niccolò könnte das womöglich ganz anders sehen, hatte sie ihm doch das Kind und die Familie vorenthalten, die er hätte haben sollen.

Mit einem Stoßgebet auf den Lippen schloss Ruby fest die Augen. Niccolò einmal zu verlieren war entsetzlich gewesen, ihn ein zweites Mal zu verlieren war undenkbar.

KAPITEL DREIUNDDREISSIG
Comer See, 2010

Ruby betrachtete eingehend ihr Spiegelbild und versuchte sich in Erinnerung zu rufen, wie sie damals ausgesehen hatte, als Niccolò und sie sich kennengelernt hatten. Ob er noch immer die gertenschlanke, quirlige junge Frau vor Augen hatte, oder war dieses Bild mit den Jahren langsam verblasst? Sie straffte die Schultern. Nur das Heute zählte.

»Tante Ruby«, rief Ariana und klopfte an Rubys Schlafzimmertür. »Niccolò ist da.«

»Danke, Liebes. Ich bin gleich da. Aber bitte, komm doch eben herein.«

Ariana trat in Rubys Zimmer.

»Wie findest du das?«, fragte Ruby und drehte sich um die eigene Achse.

Sie hatte sich schon dreimal umgezogen und sich einfach nicht entscheiden können, was sie zu ihrer Verabredung mit Niccolò tragen sollte. Sie wollten mit der Fähre nach Varenna fahren. Ruby musterte sich im Spiegel und fand, die weiße Seidenbluse und der fließende rosa Rock mit den aufgedruckten Schmetterlingen machten gleich Laune auf diesen Tag. Aber irgendwie ...

»Das steht dir hervorragend«, versicherte ihr Ariana. »Bist du nervös?«

Ruby lächelte. »Ein bisschen. Es ist lange her.«

Als Niccolò gestern Mittag vorbeigekommen war, hatte sie gerade mit Mari und Ariana gesprochen, also hatte sie ihm vorgeschlagen, sich stattdessen heute zu treffen. Dass Mari hergekommen war, war eine unbeschreibliche Überraschung. Das Wiedersehen hatte all ihre Erwartungen übertroffen, aber in Rubys Alter reichte ein Gefühlsaufruhr am Tag.

Außerdem wollte sie zuerst allein mit Niccolò reden. Sie hielt sich zwei Paar Ohrringe an. »Perlen oder Rubine? Perlen bringen den Teint zum Strahlen, aber Rubine ...«

»Unbedingt die Rubine. Und keine Sorge... du siehst bezaubernd aus.« Ariana zögerte kurz. »Wart ihr beide, Niccolò und du, sehr verliebt?«

»Oh, und wie. Vom allerersten Augenblick an. Genau wie du und Alessandro.« Ruby lächelte beim Gedanken daran. Mit zittrigen Fingern strich sie sich die Haare hinters Ohr und klippte die Rubinohrringe fest.

»Und liebst du ihn immer noch?«, fragte Ariana.

Ruby legte die Stirn in nachdenkliche Falten. »So einfach ist das nicht. Ich liebe immer noch die Erinnerung an damals.« Ihr Blick ging zu den Parfumfläschchen, während sie überlegte, welches sie nehmen sollte.

Ariana hockte sich auf die Kante der brokatbezogenen Sitzbank am Fußende von Rubys Bett. »Gestern hast du versprochen, mir alles ganz in Ruhe zu erzählen. Also, wie war das, als ihr euch kennengelernt und geheiratet habt?«

»Wir haben uns beim Dreh von *Ein Herz und eine Krone* in Rom kennengelernt«, erzählte Ruby und musste daran denken, wie Niccolò sie auf der Spanischen Treppe angesprochen hatte. »Wir haben im Urlaub in Varenna geheiratet, drüben auf der anderen Seite des Sees. In der kleinen Kirche. Man sieht den Glockenturm vom Fenster aus.« Ruby entschied sich für ein Veilchenparfum aus Parma, das sie in jenem Sommer in Rom getragen hatte. Niccolò hatte es ihr geschenkt – nicht diese Flasche, natürlich – aber eine solche.

Ariana trat ans Fenster und schaute hinaus über den See. »Und wie lange wart ihr verheiratet?«

»Uns blieb nur der Sommer 1952.«

Ariana machte große Augen. »Wenn du dachtest, er wäre tot, heißt das dann, ihr seid immer noch verheiratet?«

»Ja, so ist das wohl.«

»Oh, wow.« Ariana wickelte sich nachdenklich eine Haarsträhne um den Finger. »Aber was genau ist denn passiert, dass ihr getrennt wurdet?«

»Ich hatte eine Tante, Vivienne, die Schwester meiner Mutter. Wie sich herausstellte, war sie eine falsche Schlange und hat uns mutwillig auseinandergebracht.«

»Warum macht man denn so etwas?«

Ruby seufzte. »Wohl aus Neid und purer Bosheit. Leider wussten Niccolò und ich damals nichts davon. Wir waren noch so jung, so naiv, und haben den Menschen, denen wir vertrauten, geglaubt, was sie uns sagten. Wir können nur rückblickend rekonstruieren, was damals wirklich passiert sein muss.«

»Unglaublich«, schnaubte Ariana empört.

»In der Zeit, als ich schon wieder in Hollywood war und auf ihn gewartet habe, haben wir uns geschrieben«, erzählte Ruby weiter und tupfte sich Parfum aufs Handgelenk. »Aber unsere Briefe wurden heimlich abgefangen.«

Ruby musste daran denken, wie nett Vivienne immer angeboten hatte, ihre Briefe zur Post zu bringen. Und für den Briefkasten im Haus hatte es nur einen Schlüssel gegeben, und den hatte ihre Tante gehabt. »Als Niccolò dann nach Los Angeles kam, hat Tante Vivienne ihm scheinbar erzählt, ich wolle nichts mehr von ihm wissen. Inzwischen gehen wir davon aus, dass sie unsere Briefe abgefangen haben muss, aber damals war ich vollkommen arglos.«

Ruby versuchte unterdessen, eine Kette umzulegen, aber die Hände zitterten ihr zu sehr. »Die muss ich heute unbedingt tragen. Könntest du mir wohl helfen?«

Ariana trat zu ihr an den Schminktisch und hatte die Kette im Handumdrehen eingehakt. Im Spiegel sah sie Ruby an. »Sieht etwas mitgenommen aus. Ist die von Niccolò?«

Ruby schüttelte den Kopf. »Audrey Hepburn hat sie mir eines schönen Tages am Set geschenkt, und weil Niccolò und ich keine Ringe hatten, haben wir stattdessen bei unserer Trauung einfach den Anhänger geteilt.« Sie fummelte am Ausschnitt ihrer Bluse. »Wir haben ja völlig spontan geheiratet. Siehst du, das hier ist ein halbes Herz. Die andere Hälfte hat er.«

Ariana legte Ruby die Hände auf die Schultern. »Hast du ihn immer geliebt?«

Ruby legte ihre Hand auf Arianas. »Ja, das habe ich. Niccolò ist ein wunderbarer Mann. Genau wie sein Neffe, wenn ich mich nicht irre.«

»Ich kann es noch immer kaum glauben, dass Alessandro und Niccolò miteinander verwandt sind«, warf Ariana ein.

Ruby lächelte. »Ich glaube, da hatte das Schicksal die Hand im Spiel. Bringst du mir bitte die hellgrauen flachen Schuhe aus dem Schrank?«

»Klar.« Ariana verschwand im Schrank und kam mit einem Paar Schuhe zurück. »Und wie geht es jetzt weiter mit dir und Niccolò?«

Ruby schlüpfte in die bequemen Schuhe und stand auf. Nie hätte sie geglaubt, Niccolò würde ein zweites Mal in ihr Leben treten. Und wie er die Nachricht aufnehmen würde, dass er eine Tochter hatte, stand in den Sternen. »Abwarten und Tee trinken. Aber jetzt sollte ich ihn wirklich nicht noch länger warten lassen.«

Niccolò begrüßte sie mit einem Strauß weißer Rosen, die Livia in eine Vase stellte und nachher auf Rubys Schlafzimmer zu bringen versprach. Bei Tageslicht, dachte Ruby, sah er noch viel besser aus. Nachdem er ein wenig mit Ariana geplaudert hatte, schlug Niccolò vor, er und Ruby könnten die nächste Fähre nach Varenna nehmen, genau wie damals. Ariana brachte sie zur Tür, und Ruby merkte, wie sehr sie sich für sie freute. Zum Abschied gab sie Ariana einen Kuss auf beide Wangen.

Als sie dann die Fähre bestiegen, grinste Niccolò breit. »Genau wie an unserem Hochzeitstag. Weißt du noch?«

»Ich weiß alles noch ganz genau. Sogar an den Topf roter Geranien auf der Bühne neulich Abend erinnere ich mich noch. Das war am Palazzo Colonna, und du hast eine der Blüten abgebrochen und sie dir hinters Ohr gesteckt.«

Er warf den Kopf in den Nacken und lachte schallend. »Du bist die Einzige, die die Geschichte dahinter kennt, weißt du das?«

Ruby genoss die frische Brise im Gesicht bei der Fahrt über den See und lehnte sich neben Niccolò gegen das Geländer der Fähre. Für Ruby fügten sich Vergangenheit und Gegenwart zusammen wie die verloren geglaubten Teile eines Puzzles. Sie hielten sich an den Händen, Rubys schlanke Finger in Niccolòs großer, wettergegerbter Hand, die sich so stark und verlässlich anfühlte, dass ihr ein Schauer über den Rücken lief. Mehr als alles andere hatte ihr diese tiefe, innige Verbindung zu ihm gefehlt.

Als sie sich dann Varenna näherten, kam der steinerne Glockenturm der Chiesa di San Giorgio in Sicht, und Niccolò gab ihr einen Kuss auf die Stirn. Ganz sachte und sehr respektvoll.

»Ich kann mich noch an das Parfum erinnern, das du trägst«, raunte er. »Violetta di Parma.«

Ruby lächelte, gerührt, dass er sich an eine solch nebensächliche Kleinigkeit erinnerte. »Du hast mir damals in Rom ein kleines Fläschchen davon geschenkt.« Sie stellte sich in die Schlange der Passagiere, die in Varenna ausstiegen.

»Erinnerst du dich noch, wie wir hier langgegangen sind?«, fragte er, als sie von Bord gingen.

Ruby legte die Hand in seine dargebotene Rechte und machte einen großen Schritt von der Fähre, und ihr weißer Seidenrock mit den aufgedruckten Schmetterligen wehte im Wind. »Ich bewahre mir alle diese Bilder im Kopf. Ich habe sogar das kleine Café in Bellagio wiedergefunden, in dem wir damals an unserem Hochzeitstag gegessen haben. Es ist immer noch da.«

Niccolò sah sie erstaunt an. »Dann kennst du Lorenzo Pagani?«

»Aber ja«, rief Ruby, verblüfft, dass Niccolò ihn auch zu kennen schien. »In seinem Schaufenster habe ich den Aushang für euer Theaterstück gesehen. Und Ariana hat das Ladenlokal gleich nebenan gemietet, um dort ihre kleine Boutique einzurichten.«

»Siehst du, es war uns vorbestimmt, dass wir uns wiederfinden«, meinte Niccolò lächelnd. »Und Alessandro ist vollkommen vernarrt in Ariana. Sie kennen sich zwar noch nicht so lange, aber manchmal weiß man gleich, wenn es passt.«

Ruby schaute lächelnd zu ihm auf. »Wir sind der lebende Beweis. Wären wir damals nicht voneinander getrennt worden, meinst du, wir wären heute noch zusammen?«

»Sagen wir doch einfach Ja.« In Niccolòs Augen blitzte es schelmisch. »Würde ich dich heute das erste Mal sehen, ich würde mich auf der Stelle wieder in dich verlieben.«

»Ich glaube, ich auch«, sagte sie leise und hakte sich dann bei ihm unter. Gemeinsam spazierten sie durch die Kopfsteinpflastergässchen zur Kirche.

Fast war es, als fielen unterdessen die Jahre von ihnen ab. Die Zeit war gnädig zu ihm gewesen. Die silbergrauen Haare schimmerten in der Sonne, und im Gesicht hatte er Lachfältchen, keine Sorgenfalten. Gemächlich schlenderten sie die Straße entlang und erzählten einander aus ihrem Leben. Niccolò beglückwünschte sie zu ihren Filmen und ihrer Karriere, und sie fragte ihn nach seiner Familie.

»Meine Eltern sind natürlich schon lange tot.« Niccolò schüttelte den Kopf. »Nie werde ich den Abend vergessen, an dem wir ihnen gesagt haben, dass wir uns haben trauen lassen. Wieder und wieder hat sich diese Szene vor meinem inneren Auge abgespielt, und ich habe mir gewünscht, wir hätten ihnen nichts gesagt und wären einfach gemeinsam nach Amerika durchgebrannt.«

»Das wäre auch nicht richtig gewesen«, entgegnete Ruby. Wenn sie nun darüber sprachen, tat es nicht mehr ganz so weh, und Ruby konnte die Angst seiner Eltern verstehen, ihren Sohn für immer zu verlieren.

»Hattest du ein gutes Leben?«, fragte sie. Sie wollte so gerne mehr über den Mann an ihrer Seite wissen.

»Nicht so gut, wie es mit dir gewesen wäre«, gab

Niccolò zurück. »Ich glaubte damals, ich müsse dir langweilig geworden sein. Aus der Ferne habe ich deine steile Karriere verfolgt und mich gefragt, was ich dir noch zu bieten gehabt hätte, wo du es doch gewohnt warst, mit Prinzen und Würdenträgern zu verkehren.«

»Ich hoffe, die Flausen haben sich ausgewachsen«, meinte Ruby lachend und nahm ihn an der Hand.

Niccolò nickte. »Der achtzehnjährige Junge steckt zwar noch immer irgendwo in mir, aber meistens hat der weisere, erwachsene Mann das Sagen. Er weiß, dass wahre Liebe keine Wertung kennt, kein Maß, keinen Vergleich. Nur die Liebe.« Er hob ihre Hand an die Lippen und küsste sie.

Niccolò erzählte ihr noch mehr darüber, was er in seinem Leben alles gemacht hatte, von der Sorge um die Weinberge bis hin zur Förderung junger Schauspieler, Autoren und Regisseure in seinem Theaterprogramm. »Mein Leben ist erfüllt und sinnhaft, aber es ist immer noch mehr als genug Platz für dich darin.«

Ruby drückte seine Hand. Der übermütige junge Mann, den Ruby damals gekannt hatte, war immer noch da, doch inzwischen hatten sich Weisheit und Reife dazugesellt, was ihn nur noch anziehender machte. Während sie Niccolòs Erzählungen lauschte, keimte in Rubys Herzen eine neue, tiefere Liebe.

Gemeinsam stiegen sie die ausladenden Steintreppen hinauf, zwischen denen Moos und Gänseblümchen wuchsen, und blieben vor der offenen Holztür der alten grauen Steinkirche stehen. Der steinerne Turm mit seinem Kampanile und der Uhr erhob sich über ihnen in den Himmel. Niccolò griff nach der Kette um seinen Hals. »Erinnerst du dich noch?«

»Die andere Hälfte meines Herzens«, rief Ruby und sah erstaunt auf die schlichte Halskette.

»Und du trägst deine auch noch.« Mit Tränen in den Augen küsste Niccolò sie sanft. »Wollen wir hineingehen?«

Ruby nahm seine Hand, und dann gingen sie in die altehrwürdige Basilika aus dem 14. Jahrhundert und blinzelten, bis ihre Augen sich an das Dämmerlicht gewöhnt hatten. Süßlicher Weihrauchduft lag in der Luft, genau wie Ruby es in Erinnerung hatte.

»Genau wie damals.« Ruby bewunderte den schwarzen Marmor zu ihren Füßen und die Fensterrosette aus Bleiglas hoch oben, die ein kunterbuntes Kaleidoskop an Farben in die Kirche warf. Der barocke Altar und das dreiteilige Fresko des heiligen Georg waren noch genauso da wie die anderen herrlichen Fresken. Oberhalb des Kirchenschiffs und der kleineren Seitenschiffe reihten sich Backsteinsäulen und hohe Gewölbe, die Licht in den dunklen Innenraum brachten.

»Heute weiß ich das alles viel mehr zu schätzen«, sagte Niccolò. »Im Sommer spielt abends manchmal ein Orchester draußen auf dem Kirchenvorplatz auf, und die Leute sitzen unter dem Sternenhimmel zusammen und lauschen. Das würde ich gerne mal mit dir machen.«

Ruby nickte. »Warst du seit damals noch mal hier?«

»Viele Male«, entgegnete Niccolò, und seine Stimme

klang plötzlich belegt. »Immer zu unserem Hochzeitstag. Der ist bald wieder, weißt du das?«

»Wie könnte ich diesen Tag je vergessen?« Über die Jahre hatte sie sich ein eigenes kleines Ritual angewöhnt, aber wie gerne würde sie ihren nächsten Hochzeitstag hier begehen. Danach könnten sie zu Lorenzo gehen und im Café essen, genau wie damals, an diesem zauberhaften Tag. Immer vorausgesetzt, Niccolò würde verstehen, in welcher bedrückenden Zwangslage sie sich damals kurz darauf unversehens wiedergefunden hatte.

»Dieses Jahr könnten wir vielleicht unser Ehegelübde erneuern«, schlug Niccolò mit kaum überhörbarer Hoffnung in der Stimme vor.

»Ja, vielleicht.« Ruby schaute auf in seine ehrlichen Augen, und ihr Herz schlug schneller. Das war der Mann, dem sie sich vor so vielen Jahren versprochen hatte. So viel Zeit seither auch vergangen war und so viel sie beide inzwischen erlebt hatten, der Funke ihrer Liebe glomm noch immer hell. Ruby fühlte sich so unwiderstehlich zu ihm hingezogen wie eh und je. Sie betete, er würde sie noch wollen, wenn er erst einmal erfahren hatte, was sie ihm zu sagen hatte.

»Möchtest du noch mal die Villa sehen, in der wir damals gewohnt haben?«, fragte Niccolò.

»Gehört sie noch immer deiner Familie?«, fragte Ruby verwundert.

»Inzwischen wohnt eine meiner Cousinen mit ihrer Familie dort. Ich habe sie angerufen und gefragt, ob wir vorbeikommen können. Sie hat noch etwas zu erledigen, hat uns aber den Schlüssel hinterlegt.«

»Liebend gerne.«

Hand in Hand schlenderten sie denselben oleanderbestandenen Pfad entlang, wenn auch etwas gemächlicher als damals. Vor dem Steinhaus oben auf dem Hügel angekommen musste Ruby lächeln. »Und im Garten blühen immer noch die weißen Rosen.«

»Gut möglich, dass es noch dieselben Stöcke sind, die ich damals für deinen Brautstrauß geplündert habe.«

»Meine Lieblingsblumen.« Ruby blieb stehen und schnupperte daran, während Niccolò die Tür aufschloss. Die altmodischen cremeweißen Rosen dufteten noch genauso himmlisch wie an ihrem Hochzeitstag.

Drinnen sah Ruby dann, dass die Küche inzwischen renoviert worden war. Niccolòs Cousine hatte ihnen einen Krug Limonade in den Kühlschrank gestellt und eine Flasche eiskalten Prosecco. Auf dem Tisch standen Nüsse, Oliven, Käse und Brot.

»Was möchtest du?«, fragte er und suchte im Schrank nach Gläsern.

Ruby streifte seine Hand. »Wir haben etwas zu feiern. Ich finde, wir sollten die Korken knallen lassen.«

»Recht hast du.« Er schenkte ihnen zwei Gläser Prosecco ein. »Auf uns, nach all der Zeit«, rief er. Sie tranken ein Schlückchen, und dann führte er sie durch das Haus. In der Tür zu dem Schlafzimmer, in dem sie übernachtet und sich geliebt hatten, blieb er stehen.

Wie damals an den Türrahmen gelehnt, seufzte Ruby tief. Wer weiß, womöglich war ihre Tochter hier empfangen worden – und wie schön es gewesen war.

Mit Tränen in den Augen wandte sie sich um und schmiegte sich in Niccolòs offene Arme.

»*Quanto ti amo*, meine liebste Ruby.« Niccolò streifte mit den Lippen ihren Nacken. »Ah, *cuore mio*. Welch süße Stunden wir hier miteinander verbracht haben. Ich erinnere mich noch ganz genau.«

Ruby hielt Niccolò fest in den Armen, bis er schließlich vorschlug: »Wollen wir in den Garten gehen und uns unter die Pergola setzen?«

»Das ... wäre schön«, flüsterte Ruby, so überwältigt, dass sie kaum ein Wort herausbrachte.

In der Küche füllten sie die Gläser noch einmal auf, und Niccolò nahm das Tablett mit nach draußen, das seine Cousine für sie bereitgestellt hatte.

Draußen gingen sie unter dem mit lila blühenden Glyzinien überwucherten Bogen hindurch und vorbei an dem Obstgarten, in dem noch immer Feigen, Granatäpfel, Kastanien und Oliven wuchsen. Andere Bäume trugen schwer an Zitronen und Grapefruit. Im Gehen pflückte Niccolò ein paar reife Mandarinen.

Die Pergola verschwand noch immer fast unter einem Blütenmeer aus Kletterrosen, in deren Schatten die Stühle standen. Hier waren sie umgeben vom schwindelerregenden Duft der Blüten und geschützt vor der Mittagssonne. Pirole zwitscherten, und andere Vögel stimmten ein. Niccolò stellte die Antipasti auf einen Bistrotisch und rückte zwei Stühle zurecht, damit sie auf den See hinausschauen konnten.

Während Niccolò an den Snacks knabberte, nippte Ruby an ihrem Prosecco. Eine leichte Brise spielte in ihren Haaren, und langsam fand sie ihre Fassung wieder. »Das ist alles noch viel romantischer, als ich es in Erinnerung hatte.«

»Und du bist noch entzückender«, gab Niccolò zurück und nahm ihre Hand. »Als ich dich neulich am Abend gesehen habe, konnte ich danach kein Auge mehr zutun. Meine größte Sehnsucht war erfüllt worden, und ich konnte dich endlich wieder in die Arme schließen. Warum also, *cuore mio,* so traurig? Du solltest dich doch freuen, dass ich von den Toten auferstanden bin«, meinte er mit einem leisen Lachen.

Es war so weit. Ruby stellte ihr Glas ab, wandte sich ihm zu und nahm seine Hände in ihre. »Niccolò, wir wurden des gemeinsamen Lebens beraubt, das uns eigentlich bestimmt war. Wir wurden der Familie beraubt, die wir haben wollten – zusammen.«

»Beweinen wir nicht, was hätte sein können«, erwiderte Niccolò. »Wir können uns glücklich schätzen, eine Familie zu haben, Neffen und Nichten. Und wer hätte gedacht, dass Alessandro und Ariana zueinanderfinden würden? Das wärmt mein altes Herz.«

Ruby hielt kurz inne und wappnete sich gegen den unausweichlichen Zornesausbruch. Sie könnte es ihm nicht verübeln, würde er sich danach endgültig von ihr abwenden. Hätte sie doch bloß gewusst, dass er noch lebte.

Niccolò legte den Arm um sie. »Ruby, *amore mio,* bitte sag mir, was dir auf der Seele liegt.«

Wie sollte sie es ihm anders sagen als unverblümt und geradeheraus?

»Du hast gesagt, du hättest keine Briefe mehr von mir bekommen, und ich glaube dir«, setzte Ruby an. »Aber in einem meiner Briefe habe ich dir geschrieben, dass ich ein Kind erwarte.«

Niccolòs Lippen öffneten sich vor Erstaunen. »Wir ... haben ein Kind?«

So sanft sie irgend konnte, erzählte Ruby weiter. »Ja, aber sie wusste bis vor Kurzem nicht, wer ihre Eltern sind.«

»Dann hast du sie weggegeben?« Niccolò verzog verwirrt das Gesicht.

»Es tut mir so leid, aber mir ist nichts anderes übriggeblieben.« Tränen liefen Ruby über die Wangen, aber sie schob resolut ihren Kummer beiseite, um Niccolò die ganze Geschichte zu erzählen, während er still zuhörte. »Meine Schwester hatte nur eine Bitte: dass unsere Tochter nichts davon erfährt.«

Als sie fertig war, senkte er den Kopf. »Ich weiß nicht, was ich sagen soll.«

Sie umklammerte fest seine Hand.

Schließlich wischte Niccolò sich die Tränen aus den Augen. »Wir haben eine Tochter ... unglaublich! Du musst mir alles ganz genau erzählen! Sieht sie dir ähnlich?«

Ruby schnürte es vor Erleichterung die Kehle zusammen. »Ein bisschen, aber die strahlend blauen Augen hat sie von dir. Sie heißt Mariangela.«

»Den Namen fand ich immer schon wunderschön«, sagte er versonnen.

»Das hast du damals erwähnt, an dem Abend, als wir

zusammen in der Oper waren. *Aida*. Du hast gesagt, Maria Pedrini habe eine engelsgleiche Stimme, und solltest du je eine Tochter bekommen ...«

»...würde ich sie Mariangela nennen«, beendete er den Satz ehrfürchtig.

Ruby drückte seine Hand. »Alle nennen sie nur Mari. Und sie ist gestern angekommen.«

»Sie ist hier?« Ein Schatten fiel auf Niccolòs Gesicht. »Meinst du, sie möchte mich kennenlernen?«

»Ich weiß es«, sagte Ruby.

Niccolò atmete tief aus, und ein Anflug tiefster ehrfürchtigster Dankbarkeit leuchtete in seinen Augen auf.

Ruby streichelte seine Hände. Ihr tat alles weh von der unerträglichen Anspannung, aber jetzt, wo Niccolò alles so klaglos hinnahm, löste auch der Schmerz sich langsam im Wohlgefallen auf.

»Ich wünschte, ich hätte das gewusst«, sagte Niccolò mit brüchiger Stimme.

»Das ist noch nicht alles«, entgegnete Ruby. »Du wirst gleich noch viel mehr staunen. Ariana ist nämlich Maris Tochter und eigentlich meine Enkelin. Und deine auch.«

Tränen traten Niccolò in die Augen, und er schloss sie in die Arme. »Du machst mich zum glücklichsten Menschen auf Gottes weiter Erde, *amore mio*. Stell dir nur vor, Alessandro und Ariana sind füreinander bestimmt. Genau wie wir beide.«

»Ich habe die halbe Nacht wachgelegen und darüber nachgedacht«, gestand sie. »Und mir ein bisschen Sorgen gemacht. Ariana und Alessandro sind nämlich Großcousin und Großcousine.«

Niccolò gab ihr einen Kuss auf die Wange. »Sorge dich nicht. Valeria und ihr Mann haben Alessandro und seine Schwester Paolina adoptiert, als sie noch ganz klein waren. Ihre Eltern sind bei einem tragischen Unfall ums Leben gekommen. Eine schreckliche Geschichte, auch, weil sie enge Freunde der Familie und entfernte Verwandte waren.«

Und so saßen sie da und sprachen über ihre Familien, und Ruby erzählte ihm alles über Mari und Ariana, während Niccolò von Alessandro berichtete. Als schließlich die Sonne unterging, war Ruby nur umso mehr überzeugt, dass Ariana und Alessandro füreinander geschaffen waren.

Ruby lachte. »Du kannst dir gar nicht vorstellen, wie schwierig es war, Mari und Ariana zusammenzubringen. Ich dachte mir: Und wenn es das Letzte ist, was ich tue, ich muss es irgendwie schaffen.«

»Ach, *cuore mio, no, no, no*. Die beste Zeit unseres Lebens beginnt gerade erst.« Liebevoll strich er ihr über die Hand.

Ruby lächelte unter Freudentränen und schob die Finger zwischen seine. »Das glaube ich auch. Neulich erst hat meine Ärztin noch gesagt, ich sei gesünder als so manche Frau, die nur halb so alt ist wie ich, und mindestens genauso renitent. Also, ja, mein Liebster, das Beste kommt erst noch.«

Niccolò gab ihr einen flüchtigen Kuss auf die Lippen. »Wir stehen wieder am Anfang, dort, wo alles begonnen hat, am Beginn unserer Flitterwochen. Vorausgesetzt natürlich, du willst mich überhaupt noch.«

»Ich habe dich immer gewollt.« Ruby nahm Niccolòs Gesicht in beide Hände. Das war der Mann, den sie ihr ganzes Leben lang geliebt hatte. Die Erinnerungen, die sie in ihrem Herzen aufbewahrt hatte wie kostbare Schätze, erwachten wieder zum Leben. Und sie würden neue Erinnerungen schaffen. »Auf das Leben – und diesmal lassen wir uns nicht wieder hineinpfuschen.«

EPILOG
Comer See, 2010

Ruby stand vorne vor dem barocken Altar und hielt Niccolò ganz fest an der Hand. Neben ihnen standen Ariana und Alessandro, und hinter ihnen in den Bänken saßen Freunde und Familie. Stefano, der eigens aus Palm Springs eingeflogen war, Paolina und ihr Mann und die Kinder, Niccolòs Schwester Valeria und seine Cousine und noch so einige Verwandte. Lorenzo aus dem Café, der auch für das Essen bei der anschließenden Feier sorgen würde. Vera, die Concierge, und ihre Schwester Gia, die Ariana und Alessandro miteinander bekanntgemacht hatten. Matteo, Livia und Emilio. Und so viele andere, die inzwischen Freunde geworden waren.

Vor ihnen stand der Priester. »Ich habe schon einmal eine Doppelhochzeit für ein Zwillingspaar ausgerichtet, aber noch nie eine Hochzeit und die Erneuerung eines Ehegelöbnisses für die Großeltern und ihre Enkeltochter. Das nenne ich mal eine Familienfeier.«

»Na, dann mal los«, rief Niccolò. »Ehe Ruby wieder spurlos verschwindet. So lange warte ich nicht noch mal.«

Ruby lachte leise und stieß ihn in die Rippen. »Das musst *du* gerade sagen.«

Ruby trug ein schlichtes, atemberaubendes aquamarinblaues Kleid, das Ariana eigens für sie entworfen hatte. Um den Hals trug sie die kleine Kette mit dem silbernen Herzen, die Audrey ihr geschenkt hatte, doch nun war es wieder ganz, zusammengeführt in Liebe.

Neben Ruby stand Niccolò in einem weißen Sommersakko mit cremeweißer Rose am Revers. Seine Cousine hatte Ruby mit einem Strauß weißer Rosen und glänzender sattgrüner Farnwedel überrascht, genau wie sie ihn damals an ihrem Hochzeitstag von Niccolò bekommen hatte.

An Rubys anderer Seite stand Mari und strahlte ihre leiblichen Eltern übers ganze Gesicht an. Jetzt, wo sie Mann und Kind so nebeneinander sah, war die Ähnlichkeit kaum zu übersehen, dachte Ruby. Mari und Niccolò hatten sich auf Anhieb blendend verstanden, fast wie alte Freunde. Die beiden hatten viel mehr Gemeinsamkeiten, als Ruby erwartet hätte. Niccolò, so hatte sich nämlich herausgestellt, war ein begnadeter Geschäftsmann, der Weingut und Theater mit leichter Hand lenkte. Er und Mari hatten einander viel zu erzählen.

Und Ruby war überglücklich, ihre kleine Familie endlich vereint zu sehen.

Neben ihnen standen auch Ariana und Alessandro vor dem Altar. Ihre Enkeltochter trug ein selbstentworfenes Kleid – ein weich fließendes blassrosa Seidenkleid mit passendem Spitzenjäckchen. Der zarte Farbton passte gut zu ihren rotblonden Locken, die ihr wie ein Wasserfall über den Rücken fielen. Ariana war inzwischen im siebten Monat, und der Babybauch war nicht mehr zu übersehen, aber er stand ihr ausgesprochen gut.

»Nun denn, Ruby Raines und Niccolò Mancini«, setzte der Geistliche an. Er sprach über die Erneuerung ihres Ehegelübdes und die Beständigkeit der Liebe, die Widerstandskraft des menschlichen Geistes und die Liebe zur Familie.

Noch bevor er zum Ende kam, kämpfte Ruby bereits mit den Tränen.

»*Amore mio*«, wisperte Niccolò, zog ein weißes Stofftaschentuch aus der Hosentasche und reichte es ihr.

Ruby lächelte ihn an. Die strahlend blauen Augen, in denen sich seine Liebe zu ihr spiegelte, überstrahlten die Altersfältchen in seinem Gesicht.

Ruby und Niccolò bekräftigten noch einmal ihr Eheversprechen, und dann steckte Niccolò ihr einen schmalen Platinring mit Diamanten, die einen feurig funkelnden Rubin umfassten, an den Finger. Das Sonnenlicht, das durch die Fensterrosette fiel, ließ die Edelsteine funkeln und tauchte ihre Hände in einen warmen Farbenschimmer.

Zu guter Letzt besiegelten sie die gemeinsame Zukunft mit einem Kuss, und aus den Kirchenbänken brandete Applaus auf. Rubys Herz war übervoll vor Liebe, und sie begann zu lachen. »Was bin ich froh, dass unsere Familien uns diesmal ihren Segen gegeben haben.«

»Hat ja auch bloß ein paar Dutzend Jahre gedauert.« Niccolò lachte ebenfalls und drückte ihre Hand.

Dann wandte der Geistliche sich an Ariana und Alessandro. Ganz vorne in der ersten Reihe saßen Sandro und Carmela neben Paolina und ihrem Mann und den Kindern und guckten ganz hingerissen zu.

Ehe Ariana und Alessandro sich die Hand zum Ehegelöbnis reichten, gab sie ihren Brautstrauß aus weißen Rosen und Hortensien mit eingewobenem Efeu weiter an Carmela, die gleich die Nase in den duftenden Blüten vergrub. »*Ah! Che belli!*«, rief die Kleine entzückt, und alle lachten. Ruby musste sich während der Zeremonie noch öfter die Augen mit Niccolòs Taschentuch tupfen.

Als sie anschließend aus der Kirche traten, schaute Ruby hinauf zu den Glocken von San Giorgio, die ihnen und ihrem freudigen Ereignis zu Ehren läuteten. Niccolò gab ihr einen Kuss auf die Wange, während Ariana und Alessandro vorneweg marschierten.

»Was für ein schönes Paar«, seufzte Ruby. »Dein Neffe ist wirklich ein ausnehmend attraktiver Mann.«

»So attraktiv wie ich damals?«, fragte Niccolò grinsend.

Ruby stupste ihn in die Seite. »Jetzt legst du es aber darauf an.«

Ariana und Alessandro drehten sich zu ihnen um und umarmten sie. »Tante Ruby, ich kann dir gar nicht genug dafür danken, dass du darauf bestanden hast, ich solle mitkommen nach Italien«, sagte Ariana. »Diese Reise hat mein ganzes Leben verändert.«

Ruby drückte ihre Wange gegen Arianas. »Du hast den Sprung ins kalte Wasser gewagt, Schätzchen. Und nun sieh dir nur an, was für ein Leben du dir geschaffen hast.«

Lächelnd schaute Ariana zu Alessandro auf, dann wandte sie sich wieder Ruby zu. »Ich muss gestehen, als ich gehört habe, dass du auf deiner Italienreise eine alte Villa gekauft hast, dachte ich, du bist nicht mehr ganz bei Trost.«

»Aus unerfindlichen Gründen hat sie mich unwiderstehlich angezogen«, meinte Ruby lachend. »Aber wir fliegen bald mal nach Palm Springs.« Ruby und Niccolò hatten sich entschlossen, die Wintermonate in Palm Springs zu verbringen, ehe im Teatro della Vigna die nächste Sommersaison begann. Aber sie wollten warten, bis Arianas Baby da war. Es sollte ein Mädchen werden, und Ariana und Alessandro hatten sich noch immer nicht auf einen Namen einigen können.

Neben der Hochzeitsplanung, bei der Mari ihr nach Kräften unter die Arme gegriffen hatte – im Organisieren machte ihr so schnell keiner was vor –, hatte Ariana beinahe Tag und Nacht an ihrer ersten eigenen Kollektion gearbeitet. Nach ihrer Hochzeitsreise, einem zweiwöchigen Segeltörn entlang der italienischen Küste, derweil sich Paolina und ihr Mann um die Kinder kümmerten, sollte die Boutique-Eröffnung stattfinden. Arianas Schwangerschaft verlief zwar geradezu vorbildlich, aber sie und Alessandro wollten nicht allzu weit verreisen. Man konnte ja nie wissen. Und Mari schien sich schon darauf zu freuen, bald in der Boutique auszuhelfen.

Niccolò und Alessandro umarmten und beglückwünschten sich, dann gingen alle hinunter zum Anlegeplatz, wo eine kleine Bootsflotte bereits darauf wartete, sie über den See zur Villa Fiori zu schippern.

Ruby und Niccolò fuhren mit Ariana und Alessandro auf seiner restaurierten Riva-Jacht. Mit der Brise im Haar und der Gischt im Gesicht schossen sie über den See in Richtung Bellagio und Villa Fiori.

»Was für ein traumhafter Tag«, rief Ruby lachend und breitete die Arme aus. Und unvermittelt fühlte sie sich wieder wie damals mit siebzehn, als sie die unbeschreibliche Schönheit des Comer Sees zum ersten Mal gesehen hatte.

Leise lachend legte Niccolò die Arme um sie. »Diesmal kommst du mir nicht mehr davon.«

»Wenn ich euch so sehe, kann ich nur hoffen, dass wir eines Tages so werden wie ihr«, sagte Alessandro. »So voller Leben und Liebe.«

Kaum waren sie und die Gäste am Anleger der Villa an Land gegangen, spielte auch schon die kleine Band auf, die Ruby engagiert hatte. Bald schallte die Musik über das Wasser, der Champagner floss in Strömen, und alle stürzten sich auf die Köstlichkeiten, die Lorenzo eigens für das Fest zubereitet hatte. Die Terrasse stand voller Tische, es war ein herrlicher Herbstnachmittag, und die Heizpilze standen schon bereit, um später die Abendkühle zu vertreiben. Allmählich füllte sich die Tanzfläche. Alle schienen sich ganz wunderbar zu amüsieren.

Irgendwann stand Ruby von ihrem Platz am Tisch

mit Niccolò, Alessandro und Ariana auf und ging mit Mari in die Küche, um nach Lorenzo zu sehen, dessen Serviceteam gerade mit den Horsd'œuvres herumging.

»Ich wollte dir nur sagen, dass du mit dem Portfolio ganz großartige Arbeit leistest, Mari.«

»Bei all der Ruhe ringsum habe ich einen viel klareren Kopf für gute Investitionen«, antwortete Mari. »Und mit Ariana die Hochzeit vorzubereiten war mir ein großes Vergnügen. Ich hätte nie gedacht, dass ich das mal sagen würde, aber es stimmt. Und Lorenzo war uns eine unbezahlbare Hilfe. Der Mann kann vielleicht kochen!«

»Und Ariana ist so froh, dich bei sich zu haben«, sagte Ruby. Ihre Tochter hatte ein bisschen zugenommen und sah viel glücklicher und ausgeglichener aus. Sie und Ariana verstanden sich blendend.

Sie gingen in die Küche, und Lorenzo schaute vom Herd auf, wo er gerade eine Sauce abschmeckte, die einfach himmlisch duftete. Er wies einen der anderen Köche an, sich darum zu kümmern, und kam mit weit ausgebreiteten Armen auf sie zu. Gut sah er aus in der weißen Kochjacke, und er war ganz unverkennbar in seinem Element.

»Meinen Glückwunsch«, rief Lorenzo überschwänglich und drückte Ruby einen Kuss auf beide Wangen. Dann begrüßte er Mari ebenso herzlich, und Ruby merkte, wie er sie einen Moment zu lange anschaute.

»Zusammen mit Lorenzo das Hochzeitsmenü zu planen war ein Fest für sich«, erklärte Mari mit leuchtenden Augen.

»Erst durch deine Vorschläge ist es etwas ganz

Besonderes geworden«, gab Lorenzo das Kompliment zurück. »Ich habe da eine Idee für einen neuen Salat, genau so, wie du ihn magst. Vielleicht kommst du in den nächsten Tagen mal vorbei und probierst ihn, ehe ich ihn auf die Speisekarte setze?«

»Mit dem allergrößten Vergnügen«, antwortete Mari und erwiderte sein Lächeln. »Wie wäre es morgen?«

»*Perfetto*«, entgegnete er mit einem breiten Strahlen.

Ruby schaute von Mari zu Lorenzo, und auf einmal ging ihr auf, was für eigenartige Schwingungen hier in der Luft lagen. *Aber warum auch nicht?*, dachte sie sich. Lorenzo mochte ein paar Jahre jünger sein als Mari, aber was machte das schon?

Lorenzo strahlte vor Glück über das ganze Gesicht. An Ruby gewendet sagte er: »Ich bilde mir ein, einen kleinen, aber nicht unerheblichen Beitrag zur Wiedervereinigung geleistet zu haben«, sagte er. »Niccolò und ich sind schon seit Jahren befreundet. Er war mein erster Stammgast, als ich damals das Café übernommen habe, und er hat viele seiner Freunde mitgebracht.«

Lächelnd nahm Ruby seine Hand. »Wäre da nicht der Aushang für *Ein Herz und eine Krone* im Schaufenster gewesen, wir hätten uns womöglich nie wiedergefunden.«

Just in diesem Augenblick kam Ariana dazu. »Ich merke gerade, dass ich einen Bärenhunger habe. An dem ganzen Für-zwei-essen-Gerede ist wohl doch was dran.«

»Darf ich?«, sagte Lorenzo rasch und stellte ihr in Windeseile einen kleinen Teller zusammen. »So viele meiner Gäste können es kaum erwarten, dass du endlich deine neue Boutique eröffnest.«

»Ich finde, es sollte eine große Eröffnungsparty geben«, meinte Ariana. »Lorenzo, würdest du das Essen für die Einweihungsfeier liefern? Weit hättest du es ja nicht.«

»Aber sicher doch«, antwortete er. »Wenn du magst, bespreche ich mit deiner Mutter schon mal die Details, während ihr weg seid. Sie ist ein echtes Organisationstalent«, fügte er bewundernd hinzu. »Ganz im Gegensatz zu mir.«

An Mari gewandt fragte Ariana: »Würdest du, Mom? Das wäre mir wirklich eine große Hilfe.«

»Nichts lieber als das, Liebling.« Mari drückte Ariana. »Und ich kann es kaum erwarten, bis unsere verrückte Familie endlich wieder Zuwachs bekommt.«

Ariana streckte die Hand nach Ruby aus. »Das Leben ist wirklich eigenartig. Erinnerst du dich noch an den Tag, als ich die Umschläge mit dem Poststempel aus Rom gefunden habe, in der Schachtel mit den alten Fotoalben?«

»Sehr gut sogar«, sagte Ruby. Die Umschläge waren noch da, doch die Briefe waren vom unzähligen Aufklappen und Zusammenfalten und Lesen und Wiederlesen zu Staub zerfallen. Aber sie kannte ohnehin jedes Wort auswendig.

»Nie im Leben hätte ich geglaubt, binnen eines Jahres würde ich in Italien eine Boutique eröffnen und einen Italiener heiraten. Das kann doch alles kein Zufall sein.« Ariana fiel ihrer Großmutter um den Hals.

»Du bist wie die gute Fee mit dem Zauberstab, die einem die geheimsten Herzenswünsche erfüllt.«

»Zufall oder Schicksal?« Ruby lachte. »Das Leben ist voller Zauber und Magie, wir müssen uns nur die Zeit nehmen, genauer hinzuschauen.«

Später am Abend, nachdem bis weit nach Mitternacht gegessen und getanzt worden war, traten Ruby und Niccolò ans Geländer und schauten hinaus über den See. Er legte die Arme um sie, so wie damals, vor all den Jahren.

»Bist du auch so glücklich wie ich, *mio tesoro*?«, fragte er. Seine tiefe, melodische Stimme war Balsam für ihre Seele.

»Überglücklich.« Federleicht streifte Ruby seine Lippen mit ihren, und es überlief sie ein wohliger Schauer reinen Glücks. Heute würden sie in der Villa Fiori übernachten, während Ariana und Alessandro sich in Veras Hotel eine romantische Hochzeitssuite hatten reservieren lassen. Ruby wollte mit Niccolò in den Armen in ihrem neuen Zuhause aufwachen.

Niccolò erwiderte ihren Kuss und konnte sich kaum losreißen. »Freust du dich auf deine zweiten Flitterwochen in Como?«

Niccolò strahlte vor Vorfreude über das ganze Gesicht, und Ruby musste lächeln. Es war ihre Idee gewesen, mit einer Jacht gemütlich über den See zu schippern und die ganze Gegend zu erkunden. »Unsere erste Hochzeitsreise war unvergesslich, aber allmählich wird es Zeit für neue Erinnerungen.« Sie strich mit der Hand über sein frisch gestärktes weißes Anzughemd und spürte sein Herz darunter schlagen. »Aber wenn wir zusammen sind, sind diese beiden jungen Liebenden aus längst vergangenen Zeiten plötzlich wieder quicklebendig.«

Niccolò legte seine Hand auf ihre. »Im Herzen bin ich immer noch der junge Mann von damals, der ganz vernarrt ist in dich. In meinen Augen wirst du immer dieses bezaubernde junge Mädchen sein – das heute nur umso schöner ist.«

Ruby hatte vorgeschlagen, Niccolò solle ihr die malerischen Dörfchen und seine liebsten Ecken rund um den Comer See zeigen. Ein paar Wochen wollten sie mit seiner Jacht auf Reisen gehen und sich die idyllischen Fleckchen zwischen Como im südwestlichen Arm des Sees und Lecco im Südosten ansehen.

»Wenn wir wiederkommen, bringe ich noch ein paar von meinen Sachen her«, sagte Niccolò. »Und du kannst zu mir rüberbringen, was immer du willst.«

»Gute Idee«, erwiderte Ruby. Vorerst wollten sie abwechselnd beide Häuser bewohnen. Niccolò musste bei seinen Reben sein, aber beide liebten sie auch die Restaurants und das rege gesellschaftliche Leben in Bellagio. Überwintern wollten sie in den USA und die kalten Monate gemeinsam in der wohligen Wärme von Palm Springs verbringen. Eigentlich rundum perfekt, dieses Leben, für das sie beide so hart gearbeitet hatten.

Leise summend wiegte Niccolò sich im Takt der Musik. »Ich habe mir ein paar Gedanken gemacht, über das Bauernhaus und das Theater. Es wäre doch zu schade, wenn das alles leer stünde, solange wir unterwegs sind. Was hältst du davon, wenn wir daraus einen Künstlertreff machen und Aufenthaltsstipendien für Autoren, Schauspieler und Regisseure ausloben, die dann dort neue Projekte entwickeln können? Bestimmt wären alle ganz versessen darauf, dich kennenzulernen, *mio tesoro*.«

Lächelnd schaute Ruby zu ihm auf. »Ach Liebling, das ist eine großartige Idee. So könnten wir beide unsere geballte Erfahrung weitergeben.« Sie konnte sich schon lebhaft vorstellen, was für ein Spaß es wäre, ihre ganze Energie in neue Produktionen zu stecken.

Schwungvolle Musik schallte zu ihnen herüber, und Ruby warf einen Blick nach hinten zu ihrer Familie und ihren Freunden, die sich auf der Tanzfläche drängten und lachend zu einem angesagten Song herumhopsten.

»Schau dir das nur an, dieses Wunder«, flüsterte sie, und das Herz wollte ihr schier übergehen vor Glück. »Ich kann es immer noch nicht ganz fassen, dass mich der Weg zur Versöhnung geradewegs zu dir geführt hat – und zu einer zweiten Chance auf ein gemeinsames Leben. Wäre ich doch nur früher hergekommen.«

»Denken wir nicht an das, was hätte sein können, sondern daran, was sein wird.« Niccolòs Augen funkelten im Mondschein. »Und ich habe da auch schon ein neues Stück im Kopf. Du wärst die perfekte Besetzung für eine der Rollen – vielleicht überlegst du es dir.«

»Für dich immer, *amore mio*«, erwiderte Ruby fröhlich. »Für immer und ewig.«

ANMERKUNGEN DER AUTORIN

In *Sterne über dem Comer See* wollte ich den Sommer 1952 und die Zeit der Dreharbeiten zu *Ein Herz und eine Krone* in Rom heraufbeschwören. Meine Recherchen jene Menschen betreffend, die damals an der Entstehung des Films beteiligt waren, förderten unzählige schriftliche Schilderungen und Fernsehinterviews zutage, aus denen ich viele Details für meine Erzählung übernommen habe. Es machte Spaß, mir auszumalen, wie Ruby und Niccolò sich bei den Dreharbeiten zu *Ein Herz und eine Krone* kennengelernt haben könnten.

Die Szenen, in denen die Stars des Films auftreten – Audrey Hepburn, Gregory Peck und Eddie Arnold neben Regisseur William Wyler und Kostümbildnerin Edith Head –, sind sämtlich frei erfunden. Mein Roman möchte das kreative Wirken all dieser Menschen würdigen, aus deren gemeinschaftlicher Arbeit ein Film entstanden ist, der bis heute von treuen Fans auf der ganzen Welt geliebt wird.

Zum Schluss noch eine persönliche Anmerkung: Ich habe Audrey Hepburn schon immer für ihre Anmut, Herzlichkeit und Charakterstärke bewundert. Dies ist eine von Herzen kommende Hommage an eine wunderbare Frau, die noch lange in der Erinnerung ihrer Familie, Freunde und Bewunderer weiterleben wird.

Meinen Leserinnen und Lesern möchte ich danken, dass sie mich auf dieser Reise begleitet haben – ich hoffe, Sie haben sie genauso sehr genossen wie ich.

DANKSAGUNG

Einen druckreifen Roman zu produzieren bedarf eines engagierten Teams hinter den Kulissen. Meine allergrößte Anerkennung gilt Kerstin Schaub, meiner unglaublich talentierten Lektorin beim Goldmann Verlag, die nicht nur *Sterne über dem Comer See*, sondern auch bereits *Die Chocolatière* bis zur Veröffentlichung geleitet und begleitet hat. Ein besonderes Dankeschön möchte ich meinem Literaturagenten in Deutschland aussprechen, Bastian Schlück, und ein herzlicher Dank geht auch an meine deutsche Übersetzerin Stefanie Retterbush.

Wie immer kann ich meiner Familie gar nicht genug danken, Eric und Ginna Moran und der kleinen Zoë. Und auch meiner Freundin Pamela Tinsley, die mir ein wunderschönes, ruhiges Schreibrefugium mit herrlichem Pool und hinreißender Aussicht zur Verfügung gestellt hat. Dort wohnen zu dürfen hat mir geholfen, meinen Roman in den chaotischen Monaten während der Pandemie und Quarantäne 2020 fertigzustellen.

Und danken möchte ich auch meinen Leserinnen, mit denen ich so gerne meine Geschichten von Anfechtungen, Hoffnung, Widerstandskraft und Triumph teile. Danke, dass Sie meine Figuren in Ihr Herz gelassen haben. Leserinnen und Autorin – wie glücklich wir uns doch schätzen dürfen, unsere gemeinsame Liebe zum Lesen miteinander zu teilen, ganz besonders in diesen schwierigen Zeiten. Ich bin dankbar für diese Arbeit und die Ablenkung, und ich freue mich darauf, noch viele weitere Geschichten mit Ihnen zu teilen.

Jan Moran
Los Angeles, Kalifornien
www.janmoran.com

Um die ganze Welt des
GOLDMANN Verlages
kennenzulernen, besuchen Sie uns doch
im Internet unter:

www.goldmann-verlag.de

Dort können Sie
nach weiteren interessanten Büchern *stöbern*,
Näheres über unsere *Autoren* erfahren,
in *Leseproben* blättern, alle *Termine* zu Lesungen und
Events finden und den *Newsletter* mit interessanten
Neuigkeiten, Gewinnspielen etc. abonnieren.

Ein *Gesamtverzeichnis* aller Goldmann Bücher finden
Sie dort ebenfalls.

Sehen Sie sich auch unsere *Videos* auf YouTube an und
werden Sie ein *Facebook*-Fan des Goldmann Verlags!

www.goldmann-verlag.de
www.facebook.com/goldmannverlag

JAN MORAN
Sterne über dem Comer See